U0917861

外国文学学术史研究

主编

陈众议

高尔基学术史研究

Исследования по истории изучения творчества М.Горького

陈寿朋 邱运华 等 著

译林出版社

图书在版编目(CIP)数据

高尔基学术史研究 / 陈寿朋,邱运华等著. —南京:译林出版社, 2014.7
(外国文学学术史研究 / 陈众议主编)
ISBN 978-7-5447-3165-2

Ⅰ.①高… Ⅱ.①陈… ②邱… Ⅲ.①高尔基,M(1868~1936)—文学研究 Ⅳ.①I512.065

中国版本图书馆 CIP 数据核字(2012)第 178782 号

书　　名 高尔基学术史研究
作　　者 陈寿朋　邱运华 等
责任编辑 季　钰
特约编辑 张　睿
出版发行 凤凰出版传媒股份有限公司
　　　　　译林出版社
出版社地址 南京市湖南路 1 号 A 楼, 邮编: 210009
电子邮箱 yilin@ yilin. com
出版社网址 http://www. yilin. com
经　　销 凤凰出版传媒股份有限公司
印　　刷 南京爱德印刷有限公司
开　　本 718 毫米×1000 毫米　1/16
印　　张 23.75
插　　页 4
字　　数 334 千
版　　次 2014 年 7 月第 1 版　2014 年 7 月第 1 次印刷
书　　号 ISBN 978-7-5447-3165-2
定　　价 58.00 元

总序

在众多现代学科中，有一门过程学。在各种过程研究中，有一种新兴技术叫生物过程技术，它的任务是用自然科学的最新成就，对生物有机体进行不同层次的定向研究，以求人工控制和操作生命过程，兼而塑造新的物种、新的生命。文学研究很大程度上也是一种过程研究，从作家的创作过程到读者的接受过程，而作品则是其最为重要的介质或对象。问题是，生物有机体虽活犹死，盖因细胞的每一次裂变即意味着一次死亡；而文学作品却往往虽死犹活，因为莎士比亚是“说不尽”的，“一百个读者就有一百个哈姆雷特”。

换言之，文学经典的产生往往建立在对以往经典的传承、翻新乃至反动（或几者兼有之）的基础之上。传承和翻新不必说，即使反动，也每每无损以往作品的生命力，反而能使它们获得某种新生。这就使得文学不仅迥异于科学，而且迥异于它的近亲——历史。套用阿瑞提的话说，如果没有哥伦布，迟早会有人发现美洲；如果伽利略没有发现太阳黑子，也总会有人发现。同样，历史可以重写，也不断地在重写，用克罗齐的话说，“一切历史都是当代史”。但是，如果没有莎士比亚，又会有谁来创作《哈姆雷特》呢？有了《哈姆雷特》，又会有谁来重写它呢？即使有人重写，他们缘何不仅无损于莎士比亚的光辉，反而能使他获得新生，甚至更加辉煌灿烂呢？

这自然是由文学的特殊性所决定的，盖因文学是加法，是并存，是无数“这一个”之和。鲁迅谓文学最不势利，马克思关于古希腊神话的“童年说”和“武库说”更是众所周知。同时，文学是各民族的认知、价值、情感、审美和语言等诸多因素的综合体现。因此,文学既是民族文化及民族向心力、认同感的重要基础,也是使之立于世界之林而不轻易被同化的鲜活基因。也就是说,大到世界观,小到生活习俗,文学在各民族文化中起到了染色体的功用。独特的染色体保证了各民族在共通或相似的物质文明进程中保持着不断变化却又不可淹没的个性。惟其如此,世界文学和文化生态才丰富多彩,也才需要东西南北的相互交流和借鉴。同时,古今中外,文学终究是一时一地人心的艺术呈现,建立在无数个人基础之上,并潜移默化、润物无声地表达与传递、塑造与擢升着各民族活的灵魂。这正是文学不可或缺、无可取代的永久价值与恒久魅力之所在。

于是,文学犹如生活本身,是一篇亘古而来、今犹未竟的大文章。

此外,较之于创作,文学研究则更具有意识形态和上层建筑属性,因而更取决于生产力和社会形态、社会发展水平。这也是马克思主义的基本观点之一。如是,我国现代意义上的文学研究起步较晚,外国文学研究更是如此。虽然以鲁迅为旗手的新文学运动十分重视外国文学,但从实际成果看,1949 年前的外国文学研究却基本上属于旁批眉注、前言后记式的简单介绍,既不系统,也不深入。因此,我国的外国文学研究几乎可以说是在新中国成立以后全面展开的, 而系统的外国文学学术史研究,这还是第一次。

二

学术史研究也是一种过程学,而且是一种相对纯粹的过程学。不具备一定的学术史视野,哪怕是潜在的学术史视野,任何经典作家作品研究几乎都是不能想象的。

然而,后现代主义解构的结果是绝对的相对性取代了相对的绝对性。于是,许多人不屑于相对客观的学术史研究而热衷于空洞的理论了。在一些人眼里,甚至连相对客观的真理观也消释殆尽了。于是,过去的“一里不同俗，十里言语殊”，成了如今的言人人殊。于是，众声喧哗，且言必称狂欢，言必称多元，言必称虚拟和不确定。这对谁最有利呢？也许是跨国资本吧。无论解构主义者初衷如何，解构风潮的实际效果是：不仅相当程度上消解了真善美与假恶丑的界限，甚至对国家意识形态，至少是某些国家的意识形态和民族凝聚力都构成了威胁。然而，所谓的“文明冲突”归根结底是利益冲突，而“人权高于主权”这样的时鲜谬论也只有在跨国公司时代才可能产生。

且说经典在后现代语境中首当其冲，成为解构对象，它们不是被迫“淡出”，便是横遭肢解。所谓的文学终结论也正是在这样的背景下提出来的。它与其说指向创作实际，毋宁说是指向传统认知、价值和审美取向的全方位的颠覆。因此，经典的重构多少具有拨乱反正的意义。

正是基于上述原由，中国社会科学院外国文学研究所于2004年着手设计“外国文学学术史研究工程”计划，并于翌年将该计划列入中国社会科学院“十一五规划”。这是一项向着重构的整合工程，它的应运而生，标志着外文所在原有的“三套丛书”(即20世纪60至90年代——“文革”时期中断——的“外国文学名著丛书”、“外国古典文艺理论丛书”和“马克思主义文艺理论丛书”)等工作的基础上又迈出了新的一步，也意味着我国的外国文学研究已开始对解构风潮之后的学术相对化、碎片化和虚无化进行较为系统的清算。

于是，关乎经典的一系列问题将在这一系统工程中被重新提出。比如，何为经典？经典是必然的还是偶然的？经典重在表现人类的永恒矛盾(用钱锺书的话说是“两足动物的基本根性”)呢，还是主要指向时代社会的现实矛盾？它们在认知方式、价值判断、审美取向方面有何特征？经典及经典批评与时代社会的生产力和生产关系、经济基础和上层建筑等关系何如？批评及批评家的作用(包括其立场、观点、方法及其与时代社会的一般和特殊关系)又如何？此外，经典作家的遭际与性情、阅历与禀赋，经典的内容与形式、继承与创新，以及文学的一般规律和文学经典的特殊性等诸如此类的问题，都将是本工程需要展示并探讨的。

且说世界文学一路走来,其规律并非羚羊挂角,无迹可寻。童年的神话、少年的史诗、青年的戏剧、中年的小说、老年的传记是一种概括。由高向低、由外而内、由强至弱、由大到小等等,也不失为一种轨辙。如是,文学从摹仿到独白、从反映到窥隐、从典型到畸形、从审美到审丑、从载道到自慰、从崇高到渺小、从庄严到调笑……终于一头扎进了个人主义和主观主义的死胡同。小我取代了大我,观念取代了情节;“阿基琉斯的愤怒”变成了麦田里的脏话;“路漫漫其修远兮,吾将上下而求索”变成了“我做的馅饼是世界上最好吃的”;诸如此类,不一而足。是谓下现实主义。当然,这不能涵盖文学的复杂性和丰富性。事实上,认知与价值、审美与方法等等的背反或迎合、持守或规避所在皆是。况且,无论“六经注我”还是“我注六经”,经典是说不尽的,这也是由时代社会及经典本身的复杂性和丰富性所生发的。

二

众所周知,文学是人类文明的重要组成部分。马克思主义的经典作家向来重视文学,尤其是经典作家在反映和揭示社会本质方面的作用。马克思在分析英国社会时就曾指出,英国现实主义作家“向世界揭示的政治和社会真理, 比一切职业政客和道德家加在一起所揭示的还要多”。恩格斯也说,他从巴尔扎克那里学到的东西,要比从“当时所有职业的历史学家、经济学家和统计学家那里学到的全部东西还要多”。列宁则干脆地称托尔斯泰是俄国革命的一面镜子。这并不是说只有文学才能揭示真理,而是说伟大作家所描绘的生活、所表现的情感、所刻画的人物往往不同于一般抽象的概括、数据的统计。文学更加具体、更加逼真,因而也更加感人、更加传神。其潜移默化、润物无声的载道与传道功能更不待言。站在世纪的高度和民族立场上重新审视外国文学,梳理其经典,展开研究之研究,将不仅有助于我们把握世界文明的律动和了解不同民族的个性,而且有利于深化中外文化交流,从而为我们借鉴和吸收优秀文明成果、为中国文学及文化的发展提供有益的“他山之石”。胡锦涛前不久说过，“我们必须准确把握当代世界和中国发展变化的大势，坚持立足国情，同时又吸收世界文化的优秀成果；坚持立足当代，同时又大力弘扬中华民族优秀文化传统”。这和“洋为中用”、“古为今用”思想一脉相承。

“观乎天文以察时变，观乎人文以化成天下”；文学作为人文精神的重要基础和介质，既是人类文明的重要见证，同时也是一时一地人心、民心的最深刻、最具体的体现，而外国文学则是建立在外国各民族无数作家基础上的不同时代、不同民族的认识观、价值观和审美观的形象反映。研究人心自然不能停留在简单抽象的理念上，因此，走进经典永远是了解此时此地、彼时彼地人心、民心的最佳途径。换言之，文学创作及其研究指向各民族变化着的活的灵魂，而其中的经典(包括其经典化或非经典化过程)恰恰是这些变化着的活的灵魂的集中体现。

如是，“外国文学学术史研究”立足国情，立足当代，从我出发，以我为主，瞄准外国文学经典作家作品和思潮流派，进行历时和共时的梳理。其中第一、第二系列由十六部学术史研究专著、十六部配套译著组成：第一系列涉及塞万提斯、歌德、雨果、左拉、庞德、高尔基、肖洛霍夫和海明威；第二系列包括普希金、茨维塔耶娃、康拉德、狄更斯、哈代、菲茨杰拉德、索尔·贝娄和芥川龙之介。

三

格物致知，信而有证；厘清源流，以利甄别。“外国文学学术史研究”中的经典作家作品学术史研究系列，顾名思义都是学术史研究(或谓研究之研究)。学术史研究既是对一般博士论文的基本要求，也是一种行之有效的文学研究方法，更是一种切实可行的文化积累工程，同时还可以杜绝有关领域的低水平重复。每一部学术史研究著作通过尽可能抽丝剥茧式的梳理，即使不能见人所未见、言人所未言，至少也能老老实实地将有关作家作品的研究成果(包括有关研究家的立场、观点和方法)公之于众,以裨来者考。如能温故知新,有所创建,则读者幸甚,学界幸甚。相配套的经典论文翻译,则遴选有关作家作品研究的阶段性和标志性成果,其形式类似于外文所先前出版的“外国文学研究资料丛书”。

此次面世的“外国文学学术史研究”中的每一部学术史研究著作将由三部分组成。第一部分为经典作家(作品)的学术史梳理。这是相对客观的,但其中的艰难也不可小觑。首先,学术史梳理既不像平素泛舟书海,拾贝书海,尽意兴而为之的俯拾由己和随心所欲;其次,牵涉语种繁多,而且经过20世纪的形形色色的方法论和批评思潮的浸染,用汗牛充栋来形容经典作家作品研究成果已不为过。因此,要在浩如烟海的研究史料中攫取最有代表性的观点和方法,实在是件考验耐心和毅力的事情。战战兢兢,生怕挂一漏万,自不待言,且挂一漏万在所难免。因此,我们只能择要概述,甚至把侧重点放在经典作家的代表作上。不然纵使篇幅再大,也难以涵括浩瀚的文献资料。换言之,去芜杂的枝蔓和重复的敷衍,留精粹要义和真知灼见是必然的,但也是不容易做到的。它考验我们涉猎的深度和广度,而且也是检验我们学术水准和价值判断的重要环节。

第二部分研究之研究何啻是一大考验。都说20世纪是批评的世纪,在经历了现代主义的标新立异和后现代主义的解构风潮之后,在各种思潮、各种方法杂然纷呈的情况下,如何言之有物、言之成理、不炒冷饭,殊是不易;如何在前人的基础上有所发现、有所前进,就更是难上加难。反过来看,正因为文化相对主义的盛行和批评的多元,也才有了我们展示立场、发表见解的特殊理由和广阔余地。举个简单的例子,解构主义针对二元论的颠覆虽然是形而上学的,却不可谓不彻底。其结果是相当一部分学者怀疑甚至放弃了二元思维,但事实上,二元思维不仅难以消解,而且在可以想见的未来仍将是人类思维的主要方法。真假、善恶、美丑、你我、男女、东方和西方等等实际存在,并将继续存在。与此同时,作为中国学者,面对西方话语,我们并非无话可说。总之,从文学出发,关心小我与大我、外力与内因、形式与内容、反映与想象、情节与观念,以至于物质与精神、肉体与灵魂、西方与东方等诸如此类的二元问题,以及经典在民族和人类文明进程中的地位和作用,依然可以是我们的着力点。当然,二元论决不是排中律,而是在辩证法的基础上融会二元关系及二元之间所蕴藏的丰富内涵和无限可能性。毋庸讳言,改革开放以来,学术界解放思想,广开言路,但日新月异中不乏矫枉过正、时髦是趋。比如大到存在与意识、物质与精神的辩证关系,小到客观与主观、客体与主体等等,都大有乾坤倒转、黑洞化吸之势。至于意识形态"淡化"之后,跨国资本主义的一元化意识形态更是有增无已;真假不辨、善恶不论、美丑混淆的现象所在皆是;个人主义大行其道,从而使抽象的人性淹没了社会性;普世主义势不可挡,以致文化相对主义甚嚣尘上。文学从大我到小我,从外向到内倾,从摹仿到虚拟,从代言到众声喧哗;真实给虚幻让步,艺术向资本低头;对妖魔鬼怪和封建迷信津津乐道,任帝王将相和无厘头充斥视阈,能不发人深省?然而,经典作家是说不尽的,以上的任何一位作家都是无法穷尽的。用巴尔加斯·略萨的话说,伟大的经典具有"自我翻新"的本领。至于何为经典,虽然也是个说不尽的话题,但用简单的方式综观前人的观点,也许可以用两句话来概括:一是它们必须体现时代社会(及民族)的最高认知和一般价值(包括人类永恒的主题、永恒的矛盾);二是其方法的魅力及审美的高度不会随着岁月的更迭而褪色或销蚀。当然这是将复杂问题简单化的一种说法。而本课题便是关乎经典其所以成为经典的一种较为复杂的论证方式。需要说明的是,经典不等于市场。用桑塔亚那的话说,经典不在于一时一地喜欢者的多寡,而在于喜欢者的喜欢程度。如果在此基础上再加上一个历史的维度,那么这话也就更加全面了。

学术史研究的最后部分为文献目录。它在尽可能详尽的基础上,还要有所选择。不然,展示一个经典作家的学术史,光文献目录就可以编辑厚厚的几大本。因此,去粗存精,是为重要或主要文献目录。

最后需要说明的是,"外国文学学术史研究"的中长期目标是在作家作品和流派思潮研究的同时,进行更具问题意识的学术史乃至学科史研究,以期点面结合,庶乎“既见树木,又见森林”;若能密切联系实际,促进中华学术的繁荣、发展和创新,则读者幸甚,我等幸甚。无疑,此工程面向全国高校及科研机构,希望有志于外国文学学术史研究的同仁踊跃加盟、不吝赐教。

陈众议

目录

绪言

《高尔基学术史研究》最初是《高尔基研究史》,是由陈寿朋先生提出选题、研究计划和核心方案,得到了国家社会科学基金的支持,并很荣幸地被纳入到该基金重点项目内资助出版。参与本项目的研究人员有王芳教授、马晓华教授、马晓辉博士、史亚娟博士,最后由陈寿朋先生和邱运华统稿。

关于本项目,有几点需要向专家学者交代:

一、研究重点。本项目把高尔基研究重点放在19世纪和20世纪之交和20世纪和21世纪之交,具体时间点在1898—1920年、1988—2000年之际,而并非是学术界一般认可的高尔基学形成于20世纪30年代。基本思想是认为:关于高尔基的研究,精华所在就是两个世纪之交(1898—1920年、1988—2000年)的思想大交响,不是30年代至70年代歌功颂德似的高度认同;是研究者和研究对象之间的思想对话,而不是把研究对象供奉起来,作为思想统一的偶像。关于前一个世纪之交,本学术史研究重点梳理了重要理论家、思想家的阐述立场、观点和理论贡献;关于后一个世纪之交,重点是梳理观点转向的脉络。本研究基本思想是:高尔基学形成的时间应该确定在19世纪和20世纪之交,而不是20世纪30年代。

二、中国观点。高尔基学的中国观点是非常鲜明的。与俄国学者侧重于创作过程研究、追求材料确凿、文献考据细致和大量的纪念文献不同,中国学者的高尔基研究与自己国家的时代问题(政治问题、思想理论问题、文学问题甚至社会问题)联系密切,有浓厚的“为我所用”的色彩。其次,高尔基学在中国1950年之前和之后发挥着不同的作用。1950年之前的高尔基学不仅作为进步文学的代表,还作为进步思想的代表。它是传播马克思主义和社会主义思想的重要桥梁,是普罗米修斯。而中华人民共和国成立后,即1950年之后高尔基学则主要发挥着指导社会主义文学创作、文学理论建设的功能,几乎所有重要的文学理论共识,几乎历次重大文学事件,都能够看到高尔基理论和思想的影子。应该说,若没有高尔基,阐释新中国文学运动就有缺憾;高尔基在新中国文学建设过程中起到了积极的作用,这个作用是世界上其他国家的任何作家都不能比拟的。但是,坦诚来说,中国学者在形成自己的研究特色的同时,仍较多在材料、观点上借鉴或引用俄国学者的论述,"跟"得多且紧。当然,这和两国意识形态相近有直接关系。

三、文献资料。高尔基学的文献汗牛充栋,长期以来,学者细致收集、整理,形成了一套专门的学问。本项目工作人员也分别做了文献整理,但是将其在本研究项目成果的文献索引里完整体现出来,却是一件几乎无法完成的工作。我们采取重点列举的方法:仅有选择地罗列20世纪80年代以来的俄国研究成果,而不再列举中国和其他国家学者的研究成果。而后者的研究成果,我们已在正文里做了比较翔实的列举。

高尔基学在中国具有独特的地位、优良的传统,培养了大批优秀的学者。虽然本项目历经数年,但项目组成员仍觉匆忙,自身也觉得难以满意,权当引玉之砖,恳请专家学者们指正。

第一编

高尔基学术史

第一章 高尔基学的形成（1900—1930）及其问题域

第一节 作为学术史研究对象的高尔基学

“高尔基学”（Горьковедение或者наука о горьком）在俄罗斯文艺学研究领域长期以来都是一门“显学”，后来逐渐影响到世界一些重要国家的文学研究。“高尔基学”指有计划地、科学地和系统地对高尔基的生活、思想、创作和社会活动进行研究。一般认为，作为文学研究中的一个领域，它早在20世纪20—30年代就出现在俄罗斯文艺学领域了。到1928年高尔基再次回到俄罗斯国内时，一股研究高尔基的热潮在俄罗斯文艺学界有规模地兴起，打下了“高尔基学”的基础。

其实，早在19世纪末、20世纪初，对高尔基创作的研究，就已经吸引了文艺学界有经验的研究者们。他们凭借高尔基早期创作中所显现出来的特色，捕捉到了他对于俄罗斯文学的意义和价值。一些有远见的政治家，在高尔基的创作中看到了俄罗斯工人阶级愿望和情绪的艺术表现，看到了他的创作对于无产阶级伟大事业的价值，也纷纷发表了对他作品的评介，例如普列汉诺夫（Г. В. Плехáнов）、列宁、卢那察尔斯基（А. В. Луначáрский）、沃罗夫斯基（В. В. Ворóвский）等，他们的评论文章的确对“高尔基学”在20世纪大部分时间内的研究，起到指导作用。而到了20年代，卢那察尔斯基已经写作了将近二十篇评论高尔基的文章；1932年，俄罗斯文学所（“普希金之家”）成立了以杰斯尼茨基和巴鲁哈德伊为首的高尔基研究小组，高尔基向这个小组赠送了自己部分文献资料——即他在1890年到1900年间与蒲宁（И.А.Бýнин）、安德烈耶夫（Андреев）、奥夫相尼科–库里科夫斯基（Д. И. Овсянико-

Куликовский）等作家和批评家的通信。研究组在整理、分析、研究这些资料的基础上创作了第一套评价高尔基的创作和文学社会活动的论文集（包括作品、资料）《高尔基·资料与研究》（1—4卷，1934—1951）。以后，苏联的高尔基学逐渐发展起来，涌现出了一大批卓有成就的研究成果，成为文学研究领域的显学。

关于高尔基学形成问题，学术界比较一致的看法是：高尔基学开始于20世纪20年代末—30年代初[①]。这个观点比较符合学术界的一般规范。的确，当我们要明确一个学术研究领域确定的研究对象、历史和边界的时候，必须具有四个基本条件：研究对象的确定性，研究队伍的规模，研究问题的格局形成和研究的一般历史。学界认为20世纪30年代标志着高尔基学的基本形成，在这四个方面具备了基本条件。

一是研究对象的确定性。作为研究对象的高尔基，在他活着的时候，无论如何具有相当程度的不确定性。他的政治信仰、创作活动、艺术表现力等，都可能发生新的变化。作为研究对象来说，他就是不确定的一个存在。1936年，高尔基去世，他的一生画上了句号。无论是高尔基的政治态度、立场，还是文学创作活动、艺术表现等一切都确定了，不再有变化的可能。而关键的是，作为一个独立的个体，他的生、他的死确定了。在1868—1936年之间，高尔基的生活、创作空间被固定下来，而其作为研究对象也被确定下来，这成为学术研究的关键前提。

二是研究人员的基本规模。高尔基造就了学术研究领域的一个方向，即高尔基的创作、生活成为学术研究的重要母题，包括他的文学创作体现出来的基本规律，这个规律对人类业已掌握的文学创作基本规律的关系和意义，对俄国文学和世界文学的价值；他所创作出来的著名文学作品具有的思想价值和艺术价值；高尔基本人在当时俄国各个时期的文学活动和政治活动，与俄国社会进程之间的关系等等，这一系列问题，俄国学者迫切希望明确了解，因为对于文学研究这个领域的专业人士来说，假如不为国人提供明确的解释，的确难以接受。所以，在高尔基去世之际，也是学者们普遍关注与高尔基相关的问题的开始，也是高尔基作为一个研究对象被确立的时候。这个时期，苏联文学研究所

① 谭得伶：《俄罗斯和中国的高尔基学简论》，《谭得伶自选集》，上海：上海世纪出版集团·上海人民出版社，2007年，第126页。

成立了高尔基研究室，吸引了一批优秀的学者对高尔基相关的上述问题进行专门研究，形成了最初的专业研究队伍。

三是基本的研究问题格局。高尔基学的研究问题格局在20世纪30年代基本形成。例如：作家传记研究——专注于高尔基各个时期的文学活动、社会活动、政治活动研究，帮助形成一个完整的高尔基生活史；经典作品解读——包括经典作品创作过程、传播过程、意义阐释、接受历史；文学关系学研究——包括高尔基对俄国文学、对世界无产阶级文学的关系，高尔基与苏联各民族文学之间的影响与被影响的关系等。一时期有一时期的学术，对于高尔基学亦是如此。高尔基学的研究问题格局与20世纪30年代的学术氛围、思想氛围密切相关。严格说，高尔基学的整个格局和方向是在这个时期的政治气氛下形成的，唯有这样的环境，能够造就这样的研究问题格局。但是，问题涉及到第四个方面时，出现了困难的局面。

第二节　高尔基学的特殊性

我们研究的对象具有一种特殊性，一旦我们理解了这个特殊性，似乎就可能打开自己的视野，脱离学术界的一般规矩来重新定位高尔基学的形成问题。在这个基本认识前提下，我们不妨加以补充：尽管大规模的高尔基系谱、传记、索引、目录、创作史等研究在20世纪30年代展开，但是，高尔基作为一位著名的文学家、社会活动家早在19世纪和20世纪之交就引起了社会各界的广泛注意，不仅文学研究者在关注他、界说他、评论他，政治家、社会学家、文化学家也都试图在各自的思想框架下来阐释他。1900年代最初几年，例如1901—1904年，在各类报纸、杂志上，几乎每天都有评论文章发表。据统计，从1902年9月到1904年12月，各类俄文和外文出版的关于高尔基的书籍达到一百多种。因此，把这个高峰值定在1898—1910年之间是合适的。与一般的学术史研究对象（例如但丁学、莎士比亚学）的确定方式不同，高尔基学的研究对象——不仅是将其作为文学研究的对象，而且是全社会关注的对象；不仅是后代学者关注的历史存在（学术史的研究对象往往如此），而且是当代各领域学者、艺术家、政治家、社会活动家关注的现实存在（这是它的特殊性所在)。

因此,笔者倾向于提出:高尔基学在1898—1910年间就产生了。

在此,应该予以补充的第一个观点是:从时间上来说,对高尔基的研究实际上从19世纪末期就开始了。例如,明斯基(Н. М. Минский)1898年发表的评论《苦闷的哲学和意志的渴望》、波什(В. А. Поссе)同年发表的评论《抗议者的苦闷的歌手》、斯卡比切夫斯基(А. Скабичевский)同年发表的述评《高尔基:特写和短篇小说集(两卷集)》以及后来发表的《高尔基才华的新特点》等,特别是沃罗夫斯基、米哈伊洛夫斯基(Н . Михайловский)、费罗索菲(Д. В. Философов)、梅列日科夫斯基(Д. С. Мережковский)发表了一系列论文(1898—1910年间),都在世纪之交完成,并产生了重要影响。

需补充的第二个观点是:高尔基研究的一些基本问题、一些关键问题的基本立场,在这个时期就已经形成,成为整个世纪的学术定论。例如,高尔基创作的基本性质、高尔基经典著作的思想内涵和艺术创新、高尔基与当时俄国社会基本问题(1905年革命、二月革命、十月革命与苏维埃政府、他出走西欧等)之间的关系等、高尔基的宗教观和文化观、高尔基与无产阶级文学运动之间的关系等。这一系列问题,在20世纪30年代之前得到比较系统的研究,基本结论确定后在后来半个世纪得到学术界的认可。

必须补充的第三个观点是:高尔基研究的重要代表在20世纪30年代之前就确定了自己的学术地位。我们后来接受并作为其他问题研究前提的一系列观点,基本上来自于列宁、普列汉诺夫、沃罗夫斯基、卢那察尔斯基、梅林等人的研究成果。一些重要的研究史料来源于蒲宁、科罗连柯、米哈伊洛夫斯基、费罗索菲、契诃夫、梅列日科夫斯基、托尔斯泰、扎伊采夫、霍达谢维奇、安年科夫、楚科夫斯基、列米佐夫、明斯基等人。上述人员实际上成为高尔基学的第一批学者。他们提出的观点、提供的研究史料,成为以后研究的依据;有的观点影响了整个高尔基学,至今被沿用。沃罗夫斯基和鲍恰洛夫斯基(В. Боцяновский)的研究工作特别值得注意。前者确定了高尔基1910年前创作分期问题,后者1901年编订了高尔基早期文学系列。

因此,本书明确把高尔基学产生的时限提前到1900年代前后,把厘清这个时期的学术研究成果作为学科基础来把握。笔者认为，从1900年代到1930年代，高尔基学构成了下列基本特点：

第一，把高尔基的创作和思想与俄国社会运动密切联系在一起的研究方法。

第二，以意识形态批评为主体的研究路径。

第三，产生了一批参与高尔基研究的理论家，他们不仅是政治家、思想家，而且是素养很高的文学鉴赏大师。这支队伍的特点决定了高尔基研究一开始就摆脱了学究式的研究层次，成为高层次的研究领域。

第四，提出了一系列对后代高尔基研究有重要意义的命题，这些命题不仅构成高尔基研究领域，而且也关联到文学艺术创作和研究的一般规律，所以，它们具有世界观和方法论的意义。

关于这一时期的研究态势，应该注意一下以下几位学者的研究成果：明斯基、波什、斯卡比切夫斯基、鲍恰诺夫斯基、普列汉诺夫、列宁、沃罗夫斯基、卢那察尔斯基、梅林等。

第三节　1900年代的高尔基研究：语境和重要代表

（一）1900年代高尔基研究的语境

19世纪和20世纪之交，俄国社会进入了一个新的发展时期。1861年2月，俄国农奴制度改革后，统治俄国社会400年的陈旧制度退出了政治舞台，资本主义社会关系得到了迅猛的发展。1861—1895年这个历史时期，俄国社会处于一个复杂的社会发展阶段。列宁把19世纪俄国历史称作“解放运动的历史”，它“经历了三个主要阶段，这是与影响过运动的俄国社会的三个主要阶级相适应的。这三个主要阶段是：（一）贵族时期，大约从1825年到1861年；（二）平民知识分子或资产阶级民主主义时期，大致上从1861年到1895年；（三）无产阶级时期，从1895年到现在”。[①] 根据这个描述，高尔基作为文学新星崛起并引起社会各界广泛注意的时期，正好是1895年之后，即俄国解放运动的“无产阶级时期”。这个时期的社会历史特征，决定了高尔基的创作内容，也决定了高

① 列宁：《俄国工人报刊的历史》，《列宁论文学与艺术》，北京：人民文学出版社，1983年，第160页。

尔基被接受、被阐释的历史语境。

俄国解放运动发展的无产阶级时期，在社会力量方面存在着此起彼伏的格局变化。贵族作为一个阶级已经分崩离析了，他们已经退出社会政治舞台，但在广大的农村，尤其边远的农村，它的残余力量还存在着。农民阶级由于农奴制度解体也处在大规模分化时期，大部分农民受新的劳动关系制约，仍然被土地束缚在农村，其中一部分发达了，成为土地的新主人或商人、工厂主、资产者；一部分沦落了，再次失去了土地，成为佃农或者流落到城市，成为流浪者；还有一部分同样失去了土地，进入城市的工厂，成为工人阶级的成员。这一时期可以大致简述为：迅速衰落的贵族阶级、急剧分化的农民阶级、不断壮大的工人阶级、野心勃勃的资产阶级。19世纪和20世纪之交俄国解放运动的特征在于——它的重心和中心不是在广阔农村，而是在城市。这决定了俄国社会解放首先是在城市进行，再推广到广大农村去。同样，这也决定了参与解放运动的基本力量是城市市民：工人、平民、士兵、知识分子，农民是这支队伍的后备力量。

但是，另一个问题也必须注意。实际上，俄国社会发展还有另一个不同的方向。假如说，以工人阶级、城市平民、农民出身的士兵和进步知识分子为一方价值取向的话；那么，以工厂主、商人、官僚、小市民等为主体的则成为另一个发展取向。二月革命之前，上述两种力量联合起来，推翻了罗曼诺夫王朝。二月革命后，他们之间开始争夺俄国社会的未来。

高尔基作为文学界迅速崛起的新星，吸引了俄国社会各种力量的注意。这个文学国度以对文学的特殊敏感，很快把高尔基研究变成各种话语的战场。各种社会力量纷纷对他及其作品进行阐释，极力把他纳入自己的话语权之内。社会民主党、自由民主派、宗教文化派等派别都按照自己的话语惯例阐释高尔基：有人在他那里读出了尼采，有人读出了流浪汉，有人读出了马克思主义……

两个世纪之交的1900年代，高尔基正是在这个语境下被接受、被阐释着。高尔基学所凸显出来的，也是上述话语支配的基本问题。

（二）高尔基学重要的代表

1. 尼古拉·米哈伊洛维奇·明斯基（1855—1937）被认为是最早发表高尔基评论文章的人。明斯基是位诗人、哲学家、杂志编撰者，也是社会活动家，与革命团体社会主义者、革命者过从甚密。1905年，他出版了布尔什维克的报纸《新生活报》，此后便长期流亡法国。他提出美学的原因是“生命力”的观点，其著作《在良知的光芒下：关于生命日的的意义和幻想》发展了这个学说；它是“新艺术”形成最终“标志”之一。1898年，他在《新闻》（138期）批评栏（第17—26页）里发表了《苦闷的哲学和意志的渴望》一文，最早系统地评论高尔基的生活与创作。他表示，“高尔基刻画的不是普通的流浪汉，而是那些高级流浪汉和无业游民，是某种新的、外省的尼采学说和亚速海的恶魔思想的宣传者”①。“几乎在高尔基的每一部作品中都能找到这些哲学思想的痕迹。生活的苦恼和对自由的渴望——这个自由是自发性的自由，而不是理性上的自由——高尔基从没有停止弹奏过这两段旋律，从没停止拨动过这两根琴弦，因此他的作品具有众所周知的完整性，但同时也存在着过于千篇一律的问题。笔者承认，自己不能确定高尔基的哲学观念是对尼采学说和易卜生的个人主义的映射。如果这些学说确实从年轻的小说家的世界观中反映出来，也是以改头换面的形式，未必有哪个查拉图斯特拉的拥护者会同意用俄罗斯式的勇气来代替那种超人的自由，用奔逃到库班来替代善与恶之间的求索。但是，尽管如此，高尔基的文集仍是严肃的文学现象，至少年轻的作家敢于独立地看待生活，没有受到那些警惕地限制俄国知识分子眼界的教师和家庭教师的影响。高尔基是个有勇气的人，这种勇气——代表着杰出的力量。”②明斯基还对高尔基早期创作里的“忧郁”、“苦恼”、“悲伤”等与时代不适应的情绪做了深入研究，他认为这种情绪的内涵是独特个性和生活对社会的抗议。

2. 高尔基研究史上，最先对作家发表评论之一的，还有弗拉基米尔·亚历山大洛维奇·波什（1864—1940）。他在1898年主编《生活》，吸

---

① Максим Горький:за или против.изд. “хрестьанство-гуманитарный институт”, Санкт., 1997, стр.309.

② Максим Горький:за или против.изд. “хрестьанство-гуманитарный институт”, Санкт., 1997, стр.314.

引高尔基加入其编辑部；1901年4月，高尔基发表《海燕之歌》后被逮捕。他曾经尝试在伦敦编辑出版杂志。死后留有回忆录。他在1898年11月号的《启蒙》上发表题为《抗议者的苦闷的歌手》一文，对高尔基最初的两卷集《高尔基：特写和短篇小说集》予以集中评述。他盛赞《切尔卡什》、《心痛》等小说，称："作者是下层阶级出身，这个人一定饱受穷乏的围困，也许目前仍在穷困潦倒的困境里挣扎。"他断言："高尔基未必不是第一个在作品里直接反映了工人群众的心灵、反映了俄罗斯流氓无产者的心灵的天才作家。我们许多优秀的作家，即使他们反映人民的生活的时候，也只是贵族、资产阶级和知识分子的俄罗斯的代表；而高尔基即便在刻画商人、平民知识分子和一般知识界人士时，也仍然是无产者作家、流浪汉作家。"① 这个判断影响了学术界对高尔基的定位。长期以来，他就被作为无产者、流浪汉作家存在，被学术界从这个角度阐释。

3. 契诃夫（1860—1904）是高尔基早期很关键的批评者。他的批评很经典。1898年11月，高尔基把自己新出版的书寄给他。12月3日，他回复一封信说："你问我对你所著的小说有何意见。我的意见吗？我认为你在这方面是无可怀疑的天才，一个真正的、伟大的天才。例如，你那篇小说——《在草原上》写得那样的有声有色，我看后恨不得这篇东西是我自己写的，竟怀着不胜妒羡的心情。你是一个艺术天才，一个具有聪明眼光的人；你对事物能有敏锐的感觉，你是个写生能手，再说得具体些，当你描写一个事物的时候，好像你能看见，并用你的手去触碰它似的。这是真正的艺术……我开头要说的是，在我看来，你在文章里缺乏自制的能力。你好像戏院里的一个看客——他看得手舞足蹈地喧嚷着，一点不稍加隐藏地表现他的快乐，以至于他自己及别人都听不见舞台上的声音。在你的作品里，这种自制力缺乏，尤其是对于自然的描写，你往往用这样的描写穿插打断了谈话。读者看到你这样描写，每觉得冗长。我认为还是紧凑些，短些来得好，只需两三行就够了……""你唯一的缺点是缺乏节制，是'精炼'的缺乏。一个人对于某种准确的动作，能用最少数量的言语来表达，那便是'精炼'。看你小说的人，感觉到你有辞费的地

① Максим Горький: за или против.изд. "хрестьанство-гуманитарный институт", Санкт., 1997, стр.226.

方……”[①] 契诃夫的这个评价，虽然不是首先见诸报刊，但却是对高尔基早期文学创作的准确评价。他的简要评述概括了高尔基早期创作的特点（也许是缺陷？），也许只有像契诃夫这样的伟大作家才可能提出。

4. 亚历山大·米哈伊洛维奇·斯卡比切夫斯基（1838—1910）于1898年《祖国之子》第116、123、219期“批评栏”上发表短评《高尔基：特写和短篇小说集（两卷集）》，在1899年第219期《祖国之子》“批评栏”上发表《高尔基才华的新特征》。斯卡比切夫斯基是俄国著名的文学批评家和文学史专家，著有《新文学史（1848—1890）》一书。70年代，他转向民粹派。斯卡比切夫斯基对高尔基的才华特点做出了断然的界定：“高尔基是为无家可归的赤脚乞丐写作的诗人；是为城市间流浪的、勇敢的流浪汉们写作的诗人；是为那些把昨天挣来的钱全部用来喝酒的人而写作的诗人，这些人像天空中的鸟儿一样，并不考虑明天他们将要面对什么。”他否定了高尔基具有马克思主义思想的可能性：“我相信有的读者已经发现在高尔基的作品中，有些主人公鄙视农民且义愤填膺地对待他们，以为自己在道德方面高于这些农民；同时这些读者认为，高尔基的信仰可能是类似于新马克思主义的东西。”此外，他也否定高尔基对工人阶级的倾向性：“这是个很大的误解，高尔基要是马克思主义者，我们就能从他的作品中体会到较农民而言，其工人阶级特殊的理想化；但在他的小说中，我们并没有看到类似的内容。高尔基完全没有接触过工人的生活。据他所言，城市中的手艺人为被摧残并受劳动奴役的人，与农民是一样的。想必他不会对工人有特别高的评价，因为在他眼中，他们无非同样是受机械劳动支配的奴隶。在高尔基的小说中，没有特别讨人喜欢的主人公。他们完全脱离了政治经济理论范围，他们并没有西方的无产阶级思想，他们身上并没有表露出受西方无产阶级思想影响的特征。”[②] 他认为，高尔基就是俄国社会独特的群体——流浪汉的艺术表现者，就是“对流浪的热爱”的群体。

---

① 转引自邹韬奋《革命文豪高尔基》，上海：上海三联书店，1987年，第175—176、176—177页。

② 斯卡比切夫斯基：《高尔基：特写和短篇小说集（两卷集）》，《祖国之子》，1898年，第116、123、219期（“批评栏”）。见Максим Горький:за или против. изд. “хрестьанство-гуманитарный институт”, Санкт., 1997, стр.262—272.

5. 弗拉基米尔·费奥菲罗维奇·鲍恰洛夫斯基（1869—1943）《追问生活的意义》（1900）发表在1900年第8期《世界历史快讯》上。他是一位批评家、戏剧家、文学史专家。他整理出版了高尔基生活年谱、评论文章索引目录，对早期高尔基研究作用很大。据他私下承认，高尔基的出现对他文学趣味的养成有决定性影响。从1900年开始，鲍恰诺夫斯基专注于研究高尔基等新现实主义作家的批评、政论活动，编辑出版过安德烈耶夫和魏列萨耶夫年谱。鲍恰诺夫斯基强调高尔基对人物个性、个人意志的看重："高尔基是一位勤勉的宣传者、斗士，不仅仅用文字来斗争，他是在用整个生命斗争，为了捍卫个性的自由而战斗。"他们永远是周围庸俗环境的敌人："高尔基笔下的主人翁是忧国忧民的，他们渴望什么？他们有什么理想呢？首先，这些人物都比周围的环境要好，他们非常厌恶小市民的幸福感，他们永远在寻找更高的境界、寻找自己的位置。"[①] 实际上，他笔下饥饿苦恼的人物群像，正是在庸俗环境的困囿下无所适从、无所事事。他们的酗酒、放荡、流浪，多半正是对周围环境的抗议。

6. 尼古拉·米哈伊洛维奇·米哈伊洛夫斯基（1842—1904）。米哈伊洛夫斯基是俄国著名的社会活动家、政论家、民粹派重要的思想家，曾长期主编《俄罗斯财富》，科罗连柯和高尔基都在上面发表过重要作品。他是高尔基最早，也是最重要的评论家之一。1898年，他在《俄罗斯财富》的第9、10月号上连载了长篇论文《论马克西姆·高尔基和他的主人翁》。他写道："我感觉到，高尔基被某种对他而言还不完全明了的思想所俘虏了；尽管不清晰，却将他俘虏了，可能正是由于不清晰才战胜了他。只有当他摆脱了这一思想的压迫，从中解放出来；或是将它完全抛弃，或是掌控住它的时候，我们才有可能去最终评判他的文学成果的规模和意义。他十分了解他所描写的世界，这一点毫无疑问，但是我们还是觉得一些主题的反复出现令人生疑（尽管，这些主题是有趣的），甚至一些话语和表达方式也是反复出现。更为可疑的是，高尔基不是让流浪汉，或是传说中的、寓意性的人物说出这些话语，而是让两个疯子说的。笔者认为，这证明高尔基在作品当中加入了一些他并没有看到但却十分令他感兴趣的东西。这也许不是什么大不了的事情，但是，恕笔

① 鲍恰诺夫斯基：《追问生活的意义》，《世界历史快讯》，1900年第8期。

者直言，可能这也完全不是成功的描写，高尔基还没有完全掌握这个吸引他的东西，还没有熟悉到能把这种思想转化为形象和画面。吸引作家的思想没有和他的观察融合成一个有机的整体，作者只是把思想硬塞给了他的人物。从此就造成了艺术分寸感的缺失……"[①] 米哈伊洛夫斯基的这个评价很有代表性，也很有远见。在1898年出现的第一批高尔基研究者里，米哈伊洛夫斯基的观点以深远的文学历史感、高雅的艺术品位和准确的判断力，对20世纪最初十年的高尔基学具有重要价值，特别是高尔基创作中的"思想力"的性质和作用问题。

7. 普列汉诺夫（1856—1918）在高尔基学领域的学术贡献是特殊的，具有标志性意义。他以当时马克思主义文学批评的最高水平研究了高尔基的新创作，树立了意识形态文学批评的榜样。普列汉诺夫的高尔基研究体现在《论工人运动的心理》（1907）、《谈谈俄国的所谓宗教探寻》、《再论宗教》、《黑帮》（一译《黑色百人团》）和致高尔基的三封信件里。他对高尔基学的建立具有重要贡献。他的贡献主要体现为三点：（1）独具慧眼对高尔基发表的中篇小说《母亲》给予了专门的评论；（2）对高尔基代表戏剧作品《仇敌》给予了专业的、高度的评价，对小说《马特维·克日米亚金的一生》、剧本《太阳的孩子》等也给予了高度的评价；（3）结合社会政治运动，对小说《忏悔》和高尔基参与的所谓"宗教探寻运动"给予了尖锐批评。

（1）对小说《母亲》的批评。《母亲》在俄国国内公开发表是在1907—1908年《知识》文集第16—21卷上。在相当长的时期内它被认为是高尔基的代表作，也被认为是世界无产阶级文学最高水准的代表，佳评如潮。细细品味这部作品获得如此地位的原因，有三个方面的因素：一是在俄国工人阶级运动渐次达到高峰的背景下，《母亲》表现了俄国工人的思想成熟和人格成长历程，为国际工人运动的开展提供了一个学习的榜样。二是列宁对这部作品有一句间接的酷评："这是一部及时的书。许多工人都是不自觉地、自发地参加革命运动，现在他们读一读《母亲》，一定会得到好处。"应该说，在1905年的俄国社会背景下，表现工人运动是文学界的时尚题材，整个世界被如火如荼的工人运动吸

① Максим Горький:за или против.изд. "хрестьанство-гуманитарный институт", Санкт., 1997, стр.379—380.

引了眼球，高尔基创作并出版《母亲》应该说是一种时髦之举。据高尔基回忆，列宁在与之见面时首先谈到了“书的某些缺点”，至于这些缺点是什么，至今我们没有见到相关文献[①]。列宁接下来对小说的评价基本上是以教科书的标准来进行，谈不上什么文学性评价。为什么说列宁的这个评价是“间接的”呢？因为这个评价只是出现在高尔基自己的《回忆录》里，而不是列宁本人发表的文献里，但长期以来学术界把它作为列宁本人的观点。这是耐人寻味的。三是除去上述两点，《母亲》表现出来的浪漫主义精神，对于这个时代追求艺术现代性的俄国读者来说，是一种流行风格。关于这个提法，长期以来流行的观点认为：《母亲》体现出很强的现实主义和浪漫主义相结合的风格；而在回答沃罗夫斯基对母亲形象的著名评论时，高尔基本人倾向于强调这部小说的现实性、实在性。但是，放在1900年代的俄国文学艺术界，《母亲》既不是现实主义的，也不是浪漫主义的。之所以认为它是现实主义的风格，是被它的题材所迷惑——内容似乎取材于工人生活、罢工、党派等，这些难道不是现实主义性所强调的吗？但是，回到现场去听当时文学批评家的声音：“四年前高尔基创造了一个无产阶级老母亲尼洛夫娜的形象，母爱的力量使她从一个畏缩、可怜的村妇变成了她儿子在为工人事业斗争的艰苦道路上一个自觉而理智的助手。诚然，尼洛夫娜的形象是罕见的、理想化的，与其说是日常生活中常有的人物，倒不如说是可能有的人物；正因为这样，所以跟儿子并肩斗争的尼洛夫娜就显得是一个虚构的、令人难以信服的典型。”[②] 高尔基曾经辩解说，在现实生活中他认识很多和儿子一起被法庭判有罪的母亲。正如理论家所说，现实中的个数并不是设为典型的唯一依据。《母亲》不是浪漫主义的。作为一种历史上曾经存在过的文学思潮，卡拉姆静、普希金的浪漫主义文学作品曾使洛阳纸贵。但是，时过境迁，1900年代的文学，即使采用的表现手法是浪漫主义使用过的，也不能据此认为其属于浪漫主义。这个时期文学作品的浪漫主义表现手法反倒像障眼法，具有相当程度的现代性迷惑色彩。《母亲》被认为是现实主义与浪漫主义相结合的典

① 吴元迈：《探索集》，北京：外国文学出版社，1986年，第247页。

② 沃罗夫斯基：《两个母亲》，《沃罗夫斯基论文学》，北京：人民文学出版社，1981年，第350页。同样的观点还体现在《马克西姆·高尔基》，版本同上，第284页。

型。那是1930年代的理论环境，应该注意《母亲》文本的多变性。米亚斯尼科夫注意到："《母亲》每次再版，一直到1920—1927年出版文集时，高尔基都做了大量修改。这位要求严格的艺术家十分重视对语言的加工。在修订过程中高尔基对人物的性格也做了相当多的改动。例如，在最早的版本中，母亲是个老太婆，而现在则是个四十岁的妇女；艺术家从小说中删除了尼洛夫娜关于宗教内容的许多议论，他还去掉了安德烈·那霍特卡抽象人道主义的议论，减少了偶然出现的人物，特别是削减了法庭上辩护人的作用，加深了巴威尔的心理描写。这一切都使得作品变得更好，加强了它对群众的思想影响。"① 但是，假如我们打开的文本里，尼洛夫娜是个老太婆，她满口是宗教言辞，那会怎样呢？所以，笔者认为，现实主义和浪漫主义风格同时在这部作品里出现，显得有些怪异，把它们看作是结合可能有点简单化；把它们看成是现代主义风格的两个因素可能更合适。宗教话语、人道主义抽象议论、写实风格、浪漫手法——这就是高尔基《母亲》里体现出来的时尚，它似乎有些诡异。

普列汉诺夫对高尔基的这个"代表作"提出的意见，具有前瞻性。作为一位马克思主义文学理论家，他强调文学作品里表现出来的艺术性与思想性、艺术家与思想家之间的辩证关系，"对一个艺术家——即一个主要用形象的语言说话的人来说，充当一位宣传家——即一个主要用逻辑语言说话的人的角色，是多么不合适。"② 作为一名著名思想家，普列汉诺夫基本上否定了高尔基《母亲》里所力图表现出来的所谓"马克思主义"（实际上是列宁主义）地理解俄国工人运动的实质，即认为《母亲》乃是"乌托邦主义"："看来高尔基先生已经认为自己是一个马克思主义者。他在自己的长篇小说《母亲》中表现出是一个马克思主义观点的宣传者，但是小说所表现的是——对扮演这些观点的宣传者这个角色来说，高尔基是完全不适合的，因为他完全不理解马克思的观点。"③ 当然，像列宁一样，普列汉诺夫也仅仅从思想内容层面上评

① 米亚斯尼科夫：《论高尔基的创作》，陈寿朋、孟苏荣译，呼和浩特：内蒙古人民出版社，1983年，第242—243页。

② 同上，第244页。

③ 普列汉诺夫：《再论宗教》，《普列汉诺夫论文学与美学》，第一卷，苏联文学出版

价高尔基，没有从文学艺术的角度来评价，但是，假如我们把他和列宁看法之间的差异简单地局限在政治立场之间，就不够了。普列汉诺夫对《母亲》的批评还有一点，就是批评高尔基把马克思主义思想宗教化理解。出版这部作品之后不久，高尔基发表了中篇小说《忏悔》。此书狂热地鼓吹寻神主义、造神思想，是高尔基参与波格丹诺夫、卢那察尔斯基领导的相关团体的思想产物。仔细阅读《母亲》，我们可以发现母亲形象与马特维形象的神似之处。注意到这一点很关键。普列汉诺夫认为《母亲》和《忏悔》具有一致性，是“政论式创作”路线的结果。他评论道：“我们应该承认，高尔基的宗教思想给人留下的印象似乎正像从别人的菜园里摘来的一些黄瓜，它们完全不是在现代社会主义思想所赖以生长和成熟的那种土壤上长出来的。”① 这个观点是在评论《忏悔》时提出的，但可以用在他评论《母亲》的立场上。

（2）普列汉诺夫对戏剧作品《仇敌》做了高度评价。普列汉诺夫认为，这部作品“内容异常丰富，谁要是否认这一点，谁就是睁着眼睛说瞎话”。在这个肯定的总前提下，普列汉诺夫着重讨论：“描写阶级斗争的艺术家，应该向我们表明，剧中人物的精神状态是怎样受阶级斗争支配的，阶级斗争是怎样决定他们的思想和感情的。总之，这样的艺术家必须同时又是心理学家。高尔基的这篇新作品之所以出色，正是因为它在这一方面已经符合了严格的要求。《仇敌》恰好在社会心理方面是很有意思的。我很愿意把这个剧本推荐给一切对现代工人运动的心理感兴趣的人们。”② 应该说，普列汉诺夫用《仇敌》里的人物作为例证，很有力地说明了现代工人运动中群众心理——觉悟了的工人阶级是如何对待阶级命运、个人命运、金钱、道德等这个时代不能回避的问题：“‘上等阶级’的道德家说，你要避开恶，创造幸福。无产阶级的道

社，1958年，第132页。译文引自吴元迈：《探索集》，北京：外国文学出版社，1986年5月，第248页。

① 普列汉诺夫：《论俄国的所谓宗教探寻》，《普列汉诺夫文集》俄文版，第17卷，第260页。译文引自米亚斯尼科夫：《论高尔基的创作》，陈寿朋、孟苏荣译，呼和浩特：内蒙古人民出版社，1983年，第282页。

② 普列汉诺夫：《普列汉诺夫美学论文集》，曹葆华译，北京：北京人民出版社，1983年10月，第591页。

德说，‘纵然你避开了恶，你终究还是在维护它的存在；要创造幸福，就必须消灭恶。’道德的这个差别根源在于社会地位的差别。马克西姆·高尔基通过列夫欣给我们鲜明地描绘出了我所指出的无产阶级道德的这个方面。单凭这一点就足以使他这个新剧本成为杰出的艺术作品。”[①] “最有学问的社会学家可以从艺术家高尔基那里，从已故的艺术家格·伊·乌斯宾斯基那里学到很多东西。他们那里有很多发人深省的东西。”[②] 他的逻辑很清楚：

> 好的文学家应该通过自己的艺术眼光抓住社会生活中本质的东西。
>
> 20世纪初期俄国社会生活的本质就是工人运动如火如荼地开展；工人阶级作为一种社会历史力量已经成熟；他们的阶级意志在社会生活的各个方面都表现出来了。
>
> 作家在表现这个社会趋势时必须处理好艺术性和思想性之间的矛盾，让思想性的东西在艺术表现中自然而然地流露出来，而不是去做某种思想的宣传家。
>
> 在高尔基的创作中，《仇敌》比《母亲》更好地处理了这种辩证关系。

普列汉诺夫对高尔基《仇敌》的研究，开辟了一种意识形态文学批评的基本模式：从主人翁身上体现出来的突出品质，与社会历史运动产生的新生事物相比较，结合工人运动的要求，对文学形象、主题做出精辟的评价。这种研究模式也体现在他研究《忏悔》、《马特维·克日米亚金的一生》等一系列作品中，这也与他在《亨利·易卜生》、《从社会学观点论十八世纪法国戏剧文学和法国绘画》等文学批评文献里的立场、观点、方法是一致的。

（3）普列汉诺夫对《忏悔》和高尔基参与宗教探寻的批评。高尔基参与1900年代初期俄国知识界一批人的宗教探寻运动，受到了社会

① 普列汉诺夫：《普列汉诺夫美学论文集》，曹葆华译，北京：人民出版社，1983年10月，第614页。

② 同上，第615页。

进步力量尤其是列宁和普列汉诺夫的尖锐批评。列宁对高尔基的批评，我们另外行文论述，这里着重叙述普列汉诺夫的批评。

普列汉诺夫对高尔基文学生活中的宗教情结一直持批评态度，在这方面发表的专门著述是《谈谈俄国的所谓宗教探寻》、《再谈宗教》、《黑帮》等。作为一个马克思主义者，普列汉诺夫对于宗教在古代民族生活中发挥的重要作用具有清醒的认识，在《没有地址的信》、《艺术与社会生活》等著述里有专门的研究，其结论仍然没有过时。他的总的观点是：宗教是古代民族为了生存与自然（气候、环境、动物）、他者（其他部落）竞争的智慧结晶。原始民族的图腾都与社会生活、经济活动有密切的关系，随着这些社会生活因素、经济活动在民族生活中逐渐消失，原先可以看得很清楚的那种联系，现在模糊了、消失了，图腾和宗教活动就只剩下了形式。这时人们产生了一种错觉，似乎宗教生活与人们的社会生活无关。实际上，只要我们把特定民族的宗教与其社会生活和经济活动联系起来做历史考察，就会清晰地看到这种联系。但是，普列汉诺夫对当代社会中的宗教探寻却持激烈的反对意见，对高尔基附和波格丹诺夫、卢那察尔斯基等“前进派”搞寻神运动、造神运动，提出了尖锐的批评。“我不打算分析中篇小说《忏悔》。谈到这篇小说时，我要谈的不是作为艺术家的高尔基，而是作为宗教宣传家的高尔基。他和卢那察尔斯基先生宣传着同样的东西。但是，他知道得更少（我不想因此说，卢那察尔斯基知道得很多）；他更幼稚（我不想因此说，卢那察尔斯基先生不幼稚）；他更不了解现代的社会主义理论（这绝不是说，卢那察尔斯基先生很了解这种理论）。因此，他想披上宗教法衣的企图失败得更惨。”“高尔基的宗教思想给人留下的印象似乎正像从别人的菜园里摘来的一些黄瓜，它们完全不是在现代社会主义思想所赖以生长和成熟的那种土壤上长出来的。高尔基想给予我们宗教哲学，而实际上他给予我们的——只是一种想法；他多么不了解这一哲学啊!”[①] 他把卢那察尔斯基比作干草堆，把高尔基比作勃朗峰，那么，为什么高尔基这个勃朗峰会受卢那察尔斯基这个干草堆的第五宗教的影响呢？普列汉诺夫说：“高尔基在俄罗斯文学中的意义在于，他在适

① 普列汉诺夫：《论俄国的所谓宗教探寻》，《普列汉诺夫哲学著作选集》，第三卷，北京：生活·读书·新知三联书店，1962年。

当的历史时机、在许多富有诗意的特写中贯穿着他笔下的老太婆伊则吉尔所发表的思想：'要是一个人喜欢功勋，他总可以建立功勋，而且也会找到能够建立功勋的地方。你知道吧，生活里总有让人建立功勋的地方。'但是，如此有力地激荡俄国读者心灵的这位富有诗意的、歌颂功勋的歌手，却不大了解现代俄国的先进人士建立功勋的历史条件。在理论方面，他落后于时代太远了；说得好听点，他还没有赶上时代。因此，他的心灵中还有神秘主义的地盘。他的勇敢的马尔华迷恋于神人阿历克赛的生活。高尔基像他自己的马尔华。他赞颂功勋的美，同时又不反对从宗教的角度来看功勋。这是令人遗憾的重大弱点。正是由于这一令人遗憾的重大弱点，小小的干草堆才能使巍巍的高山受它的影响。"[①]这个结论对于高尔基学的意义是永久的。也许，在后来的斯大林时期直至80年代，高尔基学都回避着这个观点和它涉及的现象；但是，它却存在着，让研究者不能忽视它，给予研究者一个限度。

8. 列宁（1870—1924）在高尔基学中的地位。

列宁在高尔基的思想和文学创作中占有重要的地位。20世纪贯穿高尔基学的一些基本问题，与列宁的论述有着密切的关系。作为高尔基生活中的好友和给予重要思想的人，列宁一直影响着高尔基，以至于在列宁去世后，高尔基写下了他最动情的回忆录。

列宁在高尔基学的确立过程中，有三个事件值得注意：第一，对小说《母亲》的肯定；第二，对高尔基参与"寻神—造神"运动并在文学创作、思想上有所反映的批评；第三，围绕十月革命和《不合时宜的思想》，列宁与高尔基的争论及其影响。这三个事件确定了列宁在高尔基学中独特的，甚至任何人不能取代的地位。

小说《母亲》出版后，在读书界产生了广泛的影响，这个影响的方向并非作者所预料。关于作者创作力衰竭和毁灭的意见，关于《母亲》不是艺术作品而是政论、是马克思主义思想的宣传物等意见，影响很广，甚至一直对作者青睐有加的马克思主义文学批评家也对高尔基的创作方向提出质疑。列宁虽然没有撰写专门的文章阐述自己对这部作品的看法，但是，在与高尔基的交谈过程中，他表达了一个很有意思的见解，

① 普列汉诺夫：《论俄国的所谓宗教探寻》，《普列汉诺夫哲学著作选集》，第三卷，北京：生活·读书·新知三联书店，1962年。

这个见解为高尔基所接受，并记载在回忆录里："这是一部必需的书，许多工人都是不自觉地、自发地参加了革命运动，现在他们读一读《母亲》，一定会得到很大的益处。"高尔基回忆道："'一本非常及时的书'。这是他对我唯一的，然而极其珍贵的赞语。"[①] 实际上，列宁没有回应读书界关于高尔基的天才、创作力的质疑，也没有就这部作品的艺术方面发表什么独到的见解，他只表达了一个方面的意见：《母亲》具有非常及时的教育价值。而这个意见一直影响着学术界的评价趋向。

对高尔基参与"寻神—造神"运动并在文学创作、思想上有所反映的批评，是列宁给高尔基学留下的另一份遗产，即批评高尔基"离开无产阶级的观点而去迁就一般民主的观点"。[②] 在1913年11月13日或14日的信里，列宁批评了高尔基对造神论的迷恋，指出："基督教的幻想同对于无产阶级和共产主义思想十分危险而有害的资产阶级民主的幻想交织得何等紧密！"[③] "您却拿最甜蜜的、用糖衣和各种彩色纸巧妙包着的毒药来诱惑他们的灵魂！！真的，这太糟糕了。"[④]

围绕十月革命和《不合时宜的思想》，列宁与高尔基的争论产生了重大影响。高尔基在《新生活报》上发表了一系列文章，显示出与新生的布尔什维克政权严重分歧。列宁在1919年7月31日给高尔基写了一封信。这封信的中心问题是艺术家对现实理解中的情感与理性之间的相互关系，涉及到政治家与艺术家之间的差异。他说："您使自己处于这样的地位，在这种地位上您不能直接观察工人和农民，即俄国十分之九人口生活中的新事物；在这种地位上您只能观察故都生活的片段，那里工人的精华都到前线和农村去了，剩下的是多得不合比例的失去地位、没有工作、专门'包围'您的知识分子。……一个政治家可以在彼得堡工

① 高尔基：《列宁》，《列宁论文学与艺术》，克鲁奇科娃编著，北京：人民文学出版社，1983年，第411页。

② 列宁：《列宁论文学与艺术》，克鲁奇科娃编著，北京：人民文学出版社，1983年，第295页。

③ 诺维科夫：《列宁的方法论的历史威力》，《列宁文艺思想论集》，北京：中国社会科学出版社，1986年，第514页。

④ 列宁：《列宁论文学与艺术》，克鲁奇科娃编著，北京：人民文学出版社，1983年，第294页。

作，但是您不是政治家。”[①]

尽管与高尔基在许多问题上发生冲突，但是，列宁始终表达着这样一个见解：“毫无疑问，高尔基是一个伟大的艺术天才，他为全世界无产阶级运动做出了，而且还要做出很多贡献。”[②] “高尔基同志用他伟大的艺术作品把自己同俄国和全世界的工人运动结合得太牢固了……”[③] 列宁的这个基调决定了十月革命后高尔基研究的基本路径。

十月革命前后，高尔基发表题为《不合时宜的思想》的政论文章，对列宁和俄国时局发表了尖锐批评，这是另一个维度的问题。

9. 沃罗夫斯基（1871—1923）确立的高尔基学基本命题和框架。

沃罗夫斯基的著述在高尔基学历史上具有很高的地位。原因有三：第一，他第一个对高尔基的文学创作和思想发展做了历史分期；第二，他发表了一系列高质量的文学批评文章，其观点一直影响着整个20世纪高尔基学；第三，他对高尔基创作中的一些特殊现象（《母亲》及其以后的创作）所做的研究，具有相当高的理论水平，有的观点至今仍然值得深思。

沃罗夫斯基的高尔基研究代表著作有：《马克西姆·高尔基》（1910）、《论马·高尔基》（写作于1901年）、《“黑暗王国”里的分崩离析》（约写于1903年）、《再论高尔基》（1911）、《两个母亲》（1911）。

沃罗夫斯基《论马·高尔基》成稿于1902年年底，是为评论叶甫盖尼·良茨基发表在《欧罗巴导报》（1901年11月号）上的评论《马·高尔基及其短篇小说》一文而写的。但是，本文在作者生前没有得以发表；批评家去世后发表在《红色处女地》1929年第四期上。

批评家叶甫盖尼·良茨基评论文章的基本立场是道德批评的，但是，显然是站在特定立场上的道德批评。他认为，高尔基出身于下层阶级，“他——这个在昨天还被社会唾弃的人，现在已经率领了一大群也是社会所不齿的人，而且还是社会永远唾弃的人——小偷、杀人犯、职

① 《列宁论文学与艺术》，克鲁奇科娃编著，北京：人民文学出版社，1983年，第310页。

② 列宁：《远方来信》，《列宁论文学与艺术》，北京：人民文学出版社，1983年，第305—306页。

③ 列宁：《资产阶级报纸关于高尔基被开除的无稽之谈》，《列宁论文学与艺术》，北京：人民文学出版，1983年，第268页。

业暴徒、强盗、淫棍、酒鬼和其他下流胚。可是，他不仅没有表示出任何轻蔑的或者厌恶的感情，反而用迷人的艺术力量，甚至是用狂喜的感情来讲述他们这些人所生活着的肮脏的世界，讲述由于这种在所有的意义上说来都是罪恶的、乌烟瘴气的生活，他们在思想上和内心里都产生了什么想法。"[①] 这里，批评家表达出对于高尔基作品的两个看法：一是对其中人物世界的归纳；二是对作家与作品里的人物之间的关系。

良茨基认为，高尔基文学世界里人物身份与社会的道德观点不一致，甚至属于天壤之别，把他们引入文学世界是不道德的。同时，在处理作家与其笔下人物之间的思想关系这个问题时，他把作家高尔基与他笔下的人物（例如切尔卡什、叶美良·皮里雅依、柯诺瓦洛夫和叙述者"我"）的思想观念混同起来，认为高尔基破坏了自由原则和伟大的劳动原则，侮辱了农村和人民，具有反社会、反人民的思想倾向。

实际上，这种观点具有一定的代表性。高尔基作为一个作家进入莫斯科、彼得堡的读者世界，是19世纪与20世纪之交的两三年，一般的读者对高尔基并不了解，当然更无法了解他的世界观、政治态度。他们了解高尔基，主要是通过他的文学世界。换句话说，高尔基就是他文学世界里的那些人物。在这一点上，业余读者是不能被责备的。但是，对于有经验的专业读者和批评家来说，就应该慎重了。毕竟，作家与自己文学世界的人物关系远不是对等的、等同的。所以，假如说，在前一个问题上，良茨基还可以理解的话，那么在后一个问题的处理上，他可以说是犯了一个简单化的常识性错误。

沃罗夫斯基的论文是直接回答良茨基的。他的基本方法是把高尔基的文学人物放到社会关系和环境里去理解、评价。他认为，高尔基笔下的人物"是鲜明的个人主义的，他痛苦地感到自己是受了社会的排斥，因此把社会当作监狱加以蔑视和憎恨，这种典型根本不把共同的幸福当成自己的理想，而作为他理想的仅仅是个人——首先当然是他自己个人——的自由与不受约束。按其心理气质来讲，这是一种反社会的、无政府主义的典型。这种典型在生活实践中简直发展到非常极端的地步。……高尔基先生短篇小说里的那些'流浪汉'人物都是从这种典型

① 叶甫盖尼·良茨基：《马·高尔基及其短篇小说》，《欧罗巴导报》，1901年11月，转引自沃罗夫斯基《论文学》，北京：人民文学出版社，1981年，第2—3页。

所在的环境里来的。”①

沃罗夫斯基论文的主要学术贡献，在于他鲜明提出了高尔基短篇小说里的“流浪汉”人物形象问题，并首先开辟了从社会历史环境的角度予以认识的路径。他写到：“要了解切尔卡什、普罗蒙托夫等人那种‘豺狼的’性格，就必须仔细地研究他们这些人是怎样落到那种地步的。为此，就应该研究他们出身的那个环境，以及他们所不得不经历的那些过渡的阶段。”② 他提出，要“去掉所有那些属于个人的、偶然的特征，把所有共同的、具有代表性的东西抽出来”③。他特别以奥尔洛夫形象为代表做了细致的分析，把他苦恼的产生、救死扶伤工作激发出来的热情，以及熄灭这股热情的原因，阐释得清清楚楚，结论是：奥尔洛夫“能够干出英雄主义的事业来，但是有规律的日常工作他却干不了，尽管对于这样的工作他也是十分看重的。像他这样极端的个人主义者、社会形式的否定者，在否定了一定社会形式之后也是不可能同另一种社会形式相协调的，可是任何一种有规律的工作却都少不了一定的社会形式、一定的制度”。④ 这个观点很关键。它表述出来的是对流浪汉本质的一种认识：流浪汉的反抗社会，是针对所有社会形式的，而不仅仅针对这个社会形式。对流浪汉的这个观点影响到了学术界的基本观点。直到现在，学术界一般认为：流浪汉的本质仍然是反社会的，而不仅仅是反俄国资本主义社会的。

沃罗夫斯基论文的主要学术贡献还体现在：他对高尔基与其笔下人物形象的思想之间的关系做了清晰的辨析。

沃罗夫斯基的另一篇论文《“黑暗王国”里的分崩离析》写于1903年，生前没有发表。这篇论文的主题是在俄国社会“父辈”与“子辈”之间的矛盾这一话题下，研究高尔基的戏剧作品《小市民》里所体现出来的1900年代俄国商人家庭里父与子之间的典型矛盾。作者对尼尔、彼得、塔基亚娜三个形象的理解，至今仍然被学术界所沿用。对于尼尔，他写到：“虽然在这个家庭里被当作亲儿子看待，但他还是感到他不是

① 沃罗夫斯基：《论文学》，北京：人民文学出版社，1981年，第13页。

② 同上。

③ 同上，第13—14页。

④ 同上，第19页。

亲儿子。尽管他也同别斯谢苗诺夫那几个亲生儿子一样受教育，但他还是不得不过早就出去干活挣钱了。这种具有全盘否定因素的体力劳动、劳动者的社会、为资本卖命以及同家庭里的权威成天发生的冲突——这一切才是具有奇迹般的教育力量。”① 所以，在尼尔身上，“他的看法和判断都不是从政治经济学家的教科书或者其他什么指导读物上搬来的，而是从他身上自发地、在周围生活的压力下产生出来的。”② 而彼得、塔基亚娜形象明显“具有分裂心理”，“他们身上的小市民因素同正在消失的、旧知识分子身上典型的那些特点混合在一起”。作者表明，“我们加以研究的所有这些典型，不光在于他们是某个剧本中的人物，作者使我们对他们的命运感兴趣；而且因为他们是社会的典型，是社会过程的产物。现在遍及整个俄国的、这个旧式小市民商人阶层的分化历史过程，不管在什么地方，这一过程都产生大致相同的结果，因为正在分化的阶层也还是同一个阶层，而分化的外部条件和内在的各种因素，又都是相同的。由于过程的这种共同性是通过它的各种典型表现出来的，所以这些典型也就是社会的典型。同时，这些典型又因受社会引力的作用，而结成了集团，并力图阐明他们的共同要求、概念和趣味。总之，他们就是要形成他们的世界观，以及在他们的共同心理和‘典型心理’的基础上形成他们这个集团的自我意识。”③

沃罗夫斯基论高尔基《小市民》的价值在于：他把高尔基的创作与19世纪俄国民主文学的主旋律联系在一起，把其中的核心人物、性格、心理、感情与普希金、果戈理、屠格涅夫、陀思妥耶夫斯基、托尔斯泰、契诃夫的传统密切联系起来，赋予理解和阐释他的一个广阔思想史背景。

代表20世纪初期高尔基学最高水准的是沃罗夫斯基的代表作《马克西姆·高尔基》。这篇论文是作者写作的《现代俄国小说史略》一书的第一章，初次发表于1910年环球出版社出版的《现代俄国文学史略》文集里。论文的主题是对高尔基十七年（1893—1910）文学创作进行梳理，提出三个创作时期划分观点，并对各个时期的创作做宏观的描述。

① 沃罗夫斯基：《论文学》，北京：人民文学出版社，1981年，第47页。

② 同上，第48页。

③ 同上，第51页。

这是高尔基研究史上第一次对作家分期划分，而难能可贵的是，沃罗夫斯基提出的这个分期法一直沿用到现在。对高尔基早期创作的浪漫主义方法的研究结论、对流浪汉形象的社会学分析、对知识分子形象塑造的认识，以及各个时期工人艺术形象的理解，《母亲》所表现出来的具有争论性的观点、关于《忏悔》里体现出来的宗教和文化问题等，沃罗夫斯基的真知灼见是显而易见的。一位天才的文学理论家在高尔基学领域留下了值得珍惜的思想财富。

首先，这篇论文对高尔基十七年的文学写作做出了总体评价："高尔基的活动，不论是作为艺术家，还是作为政论家，总是一贯地在探求真理——即探求一种能够说明人类日常生活的，并使人们生活变得合理与幸福的道德原则。"[①] 从文学史的连续关系上看，"高尔基既是契诃夫的否定者，同时又是他的继承者"。[②] 作为否定者的高尔基，却是尚在形成过程中的无产阶级审美意识形态的反映者，"所以不必奇怪，高尔基作为尚未壮大的无产阶级群众的代表，会打着浪漫主义的旗号出现。虽说《马卡尔·楚德拉》问世后十七年来，无产阶级的迅速发展已经从根本上改变了高尔基创作的内容，使他变成了工人阶级公开的思想家，直到今天他的诗里还保留着浪漫主义的色彩"。沃罗夫斯基科学地解释了文学创作的风格与时代发展的社会历史内容之间的辩证关系，足资训诫。

其次，该论文把高尔基十七年的创作划分为三个时期："第一个时期是所谓的'流浪汉'小说时期。他早期的几部长篇小说（《福马·高尔捷耶夫》、《三人》）也应该归入这个时期，因为它们在基本心理状态上与早期的短篇小说是一样的。在这些作品里贯穿着个人对于不公正的、混乱的和荒谬的现存社会制度的抗议（其公式是：'生活这么狭隘，我却这么宽广'）。在作者看来，人的个性就是一切，而当代社会制度却总是迫害、压抑和摧残这种个性。作者自然就要去寻找可能有助于安排生活和解放个性的力量。可是他无论在被排斥的人们（流浪汉）或者资产阶级（《福马·高尔捷耶夫》）中间，都没有找到这种力量。他转而关注知识分子，结果也是枉然。这是他的创作的第二个时期。于是他就

---

① 沃罗夫斯基：《论文学》，北京：人民文学出版社，1981年，第269页。

② 同上，第269—270页。

无情地鞭挞意志薄弱的、可怜的、不能大胆振作起来的知识分子——他们虽然标榜关心民困，可是并不理解人民。第二个时期主要包括作者在写作剧本《敌人》以前的一些剧作。从《敌人》开始，高尔基就有了转变，这转变后来特别鲜明地表现在长篇小说《母亲》和《忏悔》中。接着就是第三个时期：作者在工人阶级中间找到了生活的建设者。这就是孜孜不倦探索真理的高尔基创作发展的一幅略图。"[①] 这种教科书式的分期描述，在学术界是常见的，但那一般是面对已经成为经典的文学家。而在1910年，高尔基虽然具有很高的文学声望，但是，显然还不能说已经成为文学经典。沃罗夫斯基对高尔基的创作评价如此之高，显然并非从阶级感情出发。这表现了他相当高的文学鉴赏力。单从时期划分看，沃罗夫斯基依据的是作家探索真理的阶段性，而非题材的阶段性。流浪汉——知识分子——工人阶级：这可以说是高尔基不同时期专注的社会力量。唯一值得注意的是，高尔基对知识分子生活的表现问题。他究竟在哪些作品里对知识分子生活做了集中的、特殊的表现？《底层》、《小市民》、《太阳的孩子们》都有知识分子形象，但是，这些形象与契诃夫的知识分子有多大的区别，以至于构成了高尔基探索的一个独立的阶段呢？

沃罗夫斯基对流浪汉题材小说的论述具有独到之处。他认为高尔基流浪汉题材的小说可以分为两组："一组主要写的是自豪、粗犷、勇敢；另一组描写的是善良、温顺和人情味。"值得注意的是作者的结论："高尔基不得不把他自己的情绪通过流浪汉世界把这个事实本身表现出来，不能不在作者的心理及这种心理的发展上反映出来。这一方面是我们已经指出的他思想上存在着的某种无政府主义，另一方面就是与无政府主义的流浪汉世界的这种创作关系，这两个方面构成一个迷魂阵，而高尔基的思想没有立即就从迷魂阵里摆脱出来。诚然，不必否认，正是由于这种情况，作者的艺术感受和他所描写的人群之间才建立起了稳固而和谐的关系，并使高尔基登上了他后期作品中再也没有达到的艺术高峰，固然高尔基后期作品的意义往往更为深刻，在社会学方面也更为有趣。"[②] 从学术史的梳理角度来看待这

① 沃罗夫斯基：《论文学》，北京：人民文学出版社，1981年，第272—273页。

② 同上，第269—270页。

个结论具有极大的诱惑力。是否高尔基早期的流浪汉作品较之于后期（沃罗夫斯基所谓后期乃是他所说《敌人》之后到1910年这一区间）在艺术上更高？这个结论到21世纪第一个十年才有学者逐渐提出！在高尔基被无产阶级运动推上高峰的时刻，做出这样的价值判断具有怎样的意义？

沃罗夫斯基对《母亲》的评价也具有学术史价值。作者承认，这部小说最显著的特点，就是作者没有把运动中最直接的积极活动者弗拉索夫、维索夫希诃夫等人当作小说的主人翁，而是选择母亲弗拉索娃。沃罗夫斯基认为，母亲心里苏醒的是母爱，正是母爱，使她在儿子被捕后把他的事业继续下去，“因为那是他的事业，而不是社会的事业”。论者的结论：“由于这样，小说在很大程度上已不是一本描写正在觉醒的工人的思想、感情和事业的小说，而变成了描写一位母亲的内心的故事。社会因素服从个人因素。”“这样的母亲作为个别现象可以存在，但却不是典型现象。”[①] 同时，沃罗夫斯基提出，在高尔基创作中出现了一种新的现象，他常常把主人翁身上“一切细小的、庸俗的和可笑的东西，把一切凡与真正的人格格不入，可以这样说，把凡是与现实中尼洛夫娜格格不入的东西都通通剔除干净。……为了色彩统一，还必须把‘真理’的体现者——巴威尔·弗拉索夫、霍霍尔、尼考拉伊万洛维奇、雷宾、娜塔莎等人物身上所有那些微不足道的、庸俗的东西也去掉。这一串连环扣似的东西，结果便造成了理想化的描写，同时它还影响到了语言，从而使小说完全失去了健康的、现实的色彩”。“诚然，由于作者这种理想化的片面性（有时候叫作倾向性），这部小说是一个很好的宣传材料，可是宣传价值还不能作为一部文艺作品优秀的凭证。”[②] 在本文的最后，沃罗夫斯基说：“自从高尔基不再纯粹描写，而开始把一定的社会任务交给自己的创作去解决的时候起，艺术形式在社会内容面前就越来越退居次要的地位。他成了艺术中的政论家。”[③] 这个结论很有见识，更具有相当大的胆识。似乎是为了强调自己的这个观点，在1911年发表的另一篇论文《再论高

① 沃罗夫斯基：《论文学》，北京：人民文学出版社，1981年，第284页。

② 同上，第284—285页。

③ 同上，第292页。

尔基》里，作者再次集中阐述了这个观点。如果把这个观点与普列汉诺夫的观点相比较，可以从中看出其与后来斯大林时代文学批评家完全不同的品格。

关于《忏悔》，沃罗夫斯基说了一句很有分量的话：“我们有很多理由认为，作者在主观上是把《忏悔》看成是那条路线（即《敌人》—《母亲》的路线——引者）的延续。”[①] 事实上，作者认为《忏悔》背离了工人阶级的立场。

在高尔基的创作里，戏剧《瓦萨·日烈兹诺娃》很少为学术界所研究，围绕它发表的论文也不多。1911年沃罗夫斯基发表的《两个母亲》从形象比较的角度分析了《母亲》里的尼洛夫娜和本剧主人翁瓦萨·日烈兹诺娃，结论是：“两个母亲，有着同样的出身，带着相似的精神气质，充满着同样的母爱之情，可是一旦落入不同的社会环境，就会彼此截然相反，成为永远不能调和的死敌。”[②] 文章所运用的方法具有新鲜感。

沃罗夫斯基的高尔基研究成果，集中在20世纪的最初十年。这实际上是高尔基研究的起步，但是他的研究成果却并不稚嫩，而是已经具有文学理论大师的气质。他提出了后来高尔基研究普遍关注的问题，对一些敏感的问题，他显示出了先见之明，奠定了世纪初期最重要研究者之一的学术地位。

10. 德米特里·弗拉基米罗维奇·费罗索菲（1872—1940）的高尔基评论。

德米特里·弗拉基米罗维奇·费罗索菲是20世纪初期俄国有名的政论家、文学批评家和社会活动家，是作家梅列日科夫斯基的密友，也是普列汉诺夫批评的所谓的俄国“宗教探寻运动”的代表人物之一、俄国著名宗教哲学团体的积极参与者。他关于高尔基创作和思想的论文集在当时的文学团体里是关注的中心，曾激起了尖锐的论战。他的主要论文有《明日的市侩习气》（1909）、《高尔基的终结》（1907）、《高尔基谈宗教》（1907）、《唯物主义的分化》（1907）等。费罗索菲的核心观点体现在《高尔基的终结》一文里。在这篇文章里，他认为：“作为艺术

① 沃罗夫斯基：《论文学》，北京：人民文学出版社，1981年，第286页。

② 同上，第355页。

家,他(高尔基)是个无意识的无政府主义者,可作为俄罗斯的一个公民,他却是个坚定的社会民主主义者。他的公民觉悟越高,抗议一切公民意识的所有艺术力量就越弱。在这方面列奥尼德·安德烈耶夫比他的朋友高尔基要强得多。”这个观点的实质是认为高尔基的政治观点与他的艺术力量相矛盾。换言之,就是高尔基缺乏足够的艺术能力去解决他所面对的政治问题。所以,费罗索菲继续说:“高尔基是一个愚昧落后的人,他竟然都搞不清楚无政府主义和社会主义之间显而易见的区别。艺术家高尔基首先是位个人主义者。如果说在他身上存在什么有价值的东西的话,很明显那一定是个人对社会的反抗,还有‘自我’对‘非自我’、世间万物以及上帝的反抗。他是一个易怒的无政府主义者。从这方面来看,他笔下那个社会经济学中典型的流浪者上升到了一个绝对个人的高度,达到了反抗上帝的程度。这种反抗并没有被包含在社会范围内,也没有被容纳在阶级斗争理论中等等。当高尔基去西方看见那个黄色魔鬼的庸俗王国,看见被黄金控制的‘白色野人’那隐藏的、愚蠢的苦闷时,他本能地反抗生活中的惨状。在他的心中一个过时的、正在反抗的‘个人主义流浪汉’被唤醒了。然而这次造反没有任何结果。意识,准确地说是半意识,还有最庸俗的、拥有着社会主义知识分子普遍世界观的高层组织,这些都扼杀了他那并不突出的艺术才能。艺术家高尔基渴望的个人光辉在原始的唯物主义世界观的压力下逐渐衰退。”他的结论是:“高尔基无法理解自己个人主义的意义。单纯从表面看,他机械地和普通唯物主义结合在一起,陷入了最低俗的境遇。作为一个艺术家,在他身上曾经存在的一切卓越和刚毅都已经消失了。不满、谄媚、叛乱——他用自负的语调代替了平凡的蛊惑。最开始他那生动有力的语言已经变得很空洞、很虚伪,还有些中学生般的无助。……如果一个艺术家不能用自己真实的感觉去照亮作品的话,那么最好让他只去倾听自己的艺术本能。极度的半意识状态破坏的正是创作的源泉。一个不存在更多疑问的人,一个用廉价的唯物主义淹灭自己灵魂火焰的人不可能变成一个自我满足的中等资产阶级。”

在20世纪初期直至20世纪90年代的高尔基研究历史上,费罗索菲的观点都招致了普遍的批评。直到90年代后,人们开始意识到,或许其中还是包含着部分真理。

11. 卢那察尔斯基（1875—1933）论高尔基。

在老一辈文学批评家里面，尤其在马克思主义文学理论家里面，对高尔基及其文学创作做过系统而专题的研究且卓然成家的，当属卢那察尔斯基。他在1900年代初就注意到高尔基创作的崭新价值，一直延伸到20世纪30年代。卢那察尔斯基对高尔基的研究具有三个重要特点：一是注意把高尔基的创作与俄国文学的优秀传统密切联系起来，强调在社会历史生活的发展变化的力量性质中定位高尔基的创作，尤其注意他与列夫·托尔斯泰的创作相比较，在比较中发掘高尔基创作的时代意义。二是注意把作家创作个性的研究与文学基本规律联系起来，不孤立地就作家谈作家就作品谈作品，具有理论家的风范。三是在学术史上，他比较早也比较准确地集中研究了高尔基后期的长篇小说《克里姆·萨姆金的一生》，对学术界定位这部作品、理解萨姆金这个人物形象，起到了重要引导作用。围绕这部重要作品，他提出了"萨姆金主义"和"萨姆金性格"，都具有示范价值。

卢那察尔斯基的主要著述有：《艺术家总论与艺术家专论》（1903）、《避暑客》（1905）、《野蛮人》（1906）、《市侩与个人主义》（1909）、《社会民主主义艺术创作的任务》（1907）、《现代俄国文学概论》（1908）、《谈〈知识〉文集第二和第三集》（1909）、《艺术家高尔基》（1931）、《高尔基（创作40周年纪念）》（1932）、《作家和政治家》（1931），以及《萨姆金》（1932）等。

在这些著述里，《避暑客》（1905）和20世纪30年代发表的几篇研究成果具有重要地位。论文《避暑客》结合对高尔基的剧本《小市民》、《底层》的梳理，提出：这个作品（指剧本《避暑客》）是高尔基新的思想艺术高涨的体现，"这不仅是写知识分子社会分化的剧本，也标志着高尔基同知识分子习气彻底划清界限"[①]。它表现了俄国革命处于低潮时期知识分子的两极分化，揭示了他们的市侩心理。论文《艺术家高尔基》（1931）着力探讨高尔基创作的本质问题。卢那察尔斯基提出："就时间来说，高尔基是世界第一个无产阶级作家，就等级来说，他也是第一个无产阶级作家。"[②] 他回应了高尔基批评者们的种种意见、

---

① 卢那察尔斯基：《卢那察尔斯基文集》，第2卷，莫斯科：文学出版社，1964年，第11页。

② 卢那察尔斯基：《卢那察尔斯基论文学》，蒋路译，北京：人民文学出版社，1978年，第291页。

质疑，也梳理了高尔基创作和思想上的种种缺陷，旗帜鲜明地说：“我们直截了当地说，历史地看，甚至从绝对艺术价值的观点看，《敌人》和《母亲》这类作品都属于高尔基艺术创作的顶峰之列。”[①] 卢那察尔斯基做出这个判断时，已经读到了高尔基后期出版的《阿尔塔莫诺夫家的事业》、《克里姆·萨姆金的一生》等小说，也对其中重要篇章进行了专门的评议，在这个时候提出这个判断，充分说明他已经形成了完备的无产阶级文学价值观。继而，他对高尔基创作的本质做了一个评价：“高尔基写作不是为了招人喜欢，而是为了影响人们的意志，影响他们的意识，使他们为较高级的社会制度做斗争。”[②] 这个意见一举超越了有关政治家与小说家之间的界限说，从一个更高的层次来理解文学家的事业。在论文《高尔基（创作40周年纪念）》（1932）里，卢那察尔斯基采取比较的方法，对列夫·托尔斯泰与高尔基的创作进行了细致的分析，他认为前者表现了资本主义胜利后俄国农村的变革、俄国农民的遭遇；后者表现了资本主义进一步发展过程中俄国各社会的分化，尤其是市民阶层分化的残酷结果。高尔基从流浪汉入手，经过小市民，最后抵达资本主义这件衣服的“衬里”——无产阶级。论文从三个方面比较两位大作家的差异：对自然的态度、对人的态度、对进步文明的态度，提出了高尔基创作的时代色彩和阶级性质。长篇论文《萨姆金》（1932）是卢那察尔斯基研究高尔基创作的重大成果。在高尔基学术史上，针对萨姆金形象最早做集中研究并取得令人信服的结论的人，卢那察尔斯基当之无愧。针对萨姆金形象，卢那察尔斯基的研究方法仍然是社会历史研究路径。他首先把高尔基的创作背景定位：“产生那些同高尔基的创作息息相关的矛盾及其解决办法的社会时代，高尔基的艺术和高尔基的人生哲学借以吸收养分的那个社会时代，是俄国资本主义取得胜利的时代，大致说来，就是19世纪90年代和20世纪最初十年。”[③] 继而，他提出，这部小说是用“集中法”——也就是让各个事件汇集在特定的中心人物即主角周围的方式——写成的；同时，这部小说在文体上

① 卢那察尔斯基：《卢那察尔斯基论文学》，蒋路译，北京：人民文学出版社，1978年，第303页。

② 同上，第305页。

③ 同上，第339页。

属于欧洲“成长小说”（Bildungsroman）的反讽模拟，中心人物没有获得作者的好感，他在各个方面同作者的个性恰恰相反。作者花了很大的功夫，目的就是塑造一个精神空虚的知识分子典型形象，他们精神空虚却力图使自己享有威望或出风头。卢那察尔斯基认为：“高尔基用萨姆金主义来谴责知识界相当大一部分人和某种普遍存在于知识界的特殊因素”，“萨姆金主义的一切最典型的组成部分，可以说差不多都决定于作为一个社会集团的知识界的基本社会生活方式”。[①] 这个看法在学术界仍然沿用着。

第四节　高尔基在他者文化中的接受和阐释

1900年之际，高尔基成为欧洲文明社会和激进知识分子阶层关注的重点——既有政治态度的关注，也有文学艺术方面的关注。当然更多的是出自政治立场和社会观点的关注。在这些关注里，能够把政治态度、社会立场与文学艺术关注融合得比较恰当的，是德国马克思主义者梅林。

（一）弗兰茨·梅林（1846—1919）的论文《高尔基的〈夜店〉》

高尔基的戏剧作品于1900年代初期在柏林上演，获得了广泛的注意，但是，德国的观众显然更加关注《底层》（即《夜店》），而不是其他著作。梅林《高尔基的〈夜店〉》发表于1902—1903年《新时代》第一卷上。论文发表标注时间是1903年1月。这是戏剧界研究高尔基《底层》最早一批评论的代表作。论文有四个方面的标志性价值：

第一，它描述了1月23日德国小剧院上演四幕话剧《夜店》时所获得的“今冬最巨大、最应得的成功”。这个剧本由奥古斯特·舒尔茨翻译成德语，由慕尼黑专门出版斯拉夫文学和北方文学的出版社——J.玛尔赫列夫斯基博士公司出版，“装帧得很漂亮”。

第二，它最早为研究界阐释剧中的重要角色鲁卡（文中译为啰假）奠定了基调：“只有一个人物在这种龌龊的背景中显得色彩鲜明，这就

① 卢那察尔斯基：《卢那察尔斯基论文学》，蒋路译，北京：人民文学出版社，1978年，第378页。

是年老的游方僧啰假，他是在第一幕落幕前出现的，消失在第三幕的结尾。这完全不是一个值得仿效的人，甚至也可以说他与一个流浪汉没有什么不同。他不是一个热心的说教者，却从某种意义上来说算得上是一个哲学家。他知道在那些变成非人的人身上去找寻最后那一块人的部分。他知道去安慰垂死的人和绝望的人，尽管这仅是好心的用一种谎言。”[①] 这个判断的思想价值和学术价值很高，为后来研究鲁卡形象的观点的起点，尤其对他表现出来的两个特点——安慰哲学和“在那些变成非人的人身上去找寻最后那一块人的部分”——提出了具有认识论的观点。这也是后面第四点的依据。

第三，梅林提出了高尔基这部戏形式和风格上的鲜明特点，并对它做了高度肯定。“一个天生的剧作家绝对不会像高尔基在这部《底层》中那样彻底，不仅把亚里士多德的规则，而且也把所有戏剧创作规则都弃置不顾。……如果要把《夜店》列入戏剧一栏，那么从其极端强烈的效果、一种空前绝后的效果来看，它是环境剧（Milieudrama）。高尔基这部戏剧不得不同梅特林克的《莫娜梵娜》和豪普特曼的《可怜的海因里希》分享今冬柏林舞台的文学荣誉。”[②] 梅林认为：“同豪普特曼和梅特林克的转向截然不同，高尔基以锲而不舍的努力开创了环境剧——无动作的情调剧（das Milieu—das Handlungs lose Stimmungsdrama）；如果说《夜店》在艺术内容上远远超出了《莫娜梵娜》和《可怜的海因里希》，那么似乎也可以说，高尔基比豪普特曼和梅特林克更忠于现代戏剧这面旗帜。”[③] 这个评价对于高尔基的这出戏剧来说，应该是恰当的。在欧美戏剧发展历史上，亚里士多德确立下来的戏剧创作规范，以古希腊、罗马的戏剧创作为基础，受到莎士比亚、莫里哀的戏剧创作的沿袭，虽然在文艺复兴时期和浪漫主义戏剧创作中受到挑战，但是并没有得到根本的改变。19世纪末期、20世纪初期的欧洲戏剧创作大师们如易卜生、斯特林堡、契诃夫，多多少少在这个清规戒律指导下进行创作。高尔基的《夜店》的确带有非常明显的反亚里

① 梅林：《高尔基的〈夜店〉》，《梅林论文学》，张玉书、韩耀成、高中甫译，北京：人民文学出版社，1982年，第331页。

② 同上，第333页。

③ 同上，第334页。

士多德倾向，尤其是反“戏剧是行动”这个普遍规律的思想。对高尔基戏剧思想的这个认识，在梅林以后成为高尔基学的共识。

第四，论文的末尾，梅林提出这样一个观点：“正因为德国工人们渴望欣赏这部奇妙的剧作，这才更令人感到遗憾呢。”这是什么意思呢？应该说，像梅林这样具有很好艺术趣味的批评家，不会说出没有头脑的话；特别在论文的结尾，不会说前面的文字欠缺铺垫的话。那么这句话的意思就费琢磨了。原因在于两点：首先，这个戏剧作品的特点是“俄罗斯人民缺少历史行动”，这个特点导致它“在持续的演出中却无法保持经久不衰”。其次，梅林站在马克思主义文学批评家的立场上，从渴望“历史行动”的工人阶级的立场出发，提出了“正因为德国工人们渴望欣赏这部奇妙的剧作，这才更令人感到遗憾呢”的观点。

（二）意大利对高尔基的接受

高尔基在意大利出名很早。高尔基的作品被翻译成意大利语相比翻译成德语要稍晚些，而与被翻译成法语几乎同时。第一部用意大利语出版的高尔基文集是《港湾的戏剧》，这部文集1901年在利沃诺由别尔佛罗杰出版社出版。文集中的两篇短篇小说《切尔卡什》和《叶美良·皮里雅依》都是由当时著名的俄国作家兼翻译家奥列格·巴热斯翻译。天才的意大利女作家格拉季亚·捷列达为文集作序，其作品曾被高尔基给予了很高的评价。[①]

在这之前，高尔基的名字就已经开始频频出现在意大利的报纸和刊物上。1901年初，意大利最著名的文学和社会政治杂志《努瓦·安东洛日阿》发表了高尔基的短篇小说《阿尔希普爷爷和廖恩卡》。同年六月在这本杂志上发表了拉乌雷·格拉巴罗的长篇文章《马克西姆·高尔基》。[②] 文章分析和肯定了长篇小说《福马·高尔捷耶夫》和短篇小说《切尔卡什》、《柯诺瓦洛夫》、《我的旅伴》、《马尔华》、《沦落的人们》。

同时，1901年罗马报纸《插画论坛》刊登了长篇小说《三人》的译本，这是从法文转译而来的，同时附带高尔基的简短生平介绍。1901年

① М. Горький. Собрание сочинений в 30 томах, т. 29, М., Гослитиздат, стр.117.

② Перевод статьи Грапполо приведен в книге «Иностранная критика о Горьком»（М., 1904）.

12月，在意大利一家大型报纸上出现了关于高尔基作品的长篇介绍，这是由著名的文学评论家基诺·曼多万尼所著。

在意大利，如同在法国、英国、德国一样，高尔基的作品具有轰动性的影响。高尔基在意大利的“成功”并不仅仅指人们接受了一位俄国作家。关于这一点，著名的女诗人、最初在意大利介绍高尔基作品的希必拉·艾列拉玛说得很好：“在普希金和果戈理之后，在陀思妥耶夫斯基和托尔斯泰之后，在契诃夫之后，新世纪之初俄国在我们面前展示了自己心灵的另一个方面，这种心灵在19世纪时还以自己无尽的财富掩盖在西欧面前，但是现在可以感受到巨大的人民性。这是俄国极端贫困、忍辱负重的一群人发出的声音，他们经历了非人的磨难，从乡村到城市，从城市到乡村，不停地流浪，永远在寻找食物，永远在渴望着自由。”①

20世纪初期，高尔基毫无疑问是意大利最著名和拥有最广泛读者的作家之一。按照《努瓦·安东洛日阿》杂志社评论员的话来说，那些真正对文学和艺术感兴趣的人们这一时期都在读高尔基、托尔斯泰和陀思妥耶夫斯基的书。评论员尤其对高尔基特别关注：“我刚刚读了他那本了不起的著作《三人》。这本书并没有十分清晰的情节线条，它似乎是草草结束，但是书的内容却是直接的、不加任何粉饰的生活再现，它让人们理解了文学中自然与虚伪的分别。”② 长篇小说《三人》的单行本于1902年初在意大利米兰的一家杂志社发行。

此后，高尔基的作品被接连不断地翻译成意大利文。1902—1906年间，意大利出版了高尔基的二十三部作品（其中，并不包括当时发表在报纸和杂志上的短篇小说、中篇小说和剧本）。翻译高尔基作品的都是一些著名的翻译家，例如费杰里国·未尔基努、多缅尼科·洽姆勃里、切扎列·卡斯杰里，还有不久以后也加入其中的艾尔玛·卡杰和艾托洛·罗·卡托。他们当中的一些人（未尔基努、洽姆勃里、罗·卡托）同时也是俄国作家作品的研究者。

意大利批评界在1901—1905年期间对高尔基作品的关注程度是前所未有的。正是在这些年里形成了对高尔基作品评论的基本观点，这

① Sibilla Aleramo. Rievocando Massimo Gorki. «Rinascita», 1951, №6, p.318.

② Nuova Antologia, 1902, p.726.

种观点甚至一直保持到60年代。1901—1905年间，意大利批评家们把高尔基称作“流亡诗人”和“伟大的流浪者”。他们很片面、狭隘地评价高尔基的创作，对高尔基作品的革命性一面视而不见。非常突出的一点是，没有一位评论家注意到高尔基的浪漫主义。格拉季亚、曼多万尼、洽姆勃里在作品《切尔卡什》和《我的旅伴》里看到的是生活中悲伤失望的情绪，并试图以充满幻想的假说（洽姆勃里的话）[①] 来解释高尔基所谓的“悲观主义”。

1905—1907年间，俄国革命打破了“伟大的流浪者”这一说法。1905年，一些意大利知识分子代表联名上书抗议反对沙皇政府逮捕高尔基。1906年，当高尔基抵达意大利之时，他不是作为一位著名的俄国作家，而是作为俄国社会民主党派的一名代表得到了那不勒斯劳动人民的热烈欢迎。在意大利，正如在全世界一样，高尔基的名字与俄国革命解放运动紧紧地联系在了一起。这一点对于随后的意大利评论界对高尔基的评价起到了决定性的作用。1906年之后，在意大利评论高尔基的作品变得越来越少。1906—1913年间，在意大利评论界高尔基的地位被列奥尼德·安德烈耶夫所代替。关于此我们可以在意大利文学评论家汝杰别·安东尼奥·鲍尔热杰论俄国文学的一篇文章中读到。[②]

1906—1913年间高尔基作品在意大利的出版明显减少，但《忏悔》几乎是立即被翻译过来的。然而，意大利评论界对高尔基的关注并不代表着广大读者对高尔基的欢迎程度。在意大利，阅读高尔基作品的人总是比研究其作品的人多得多。

关于高尔基对意大利社会的非文学的影响问题，是非常有趣的。要注意到，在1901—1913年间，高尔基的作品都是由几家最受欢迎的出版社出版，这些出版社深受热爱民主的读者欢迎。阅读高尔基作品的人大多是一些进步青年以及介于无政府主义和社会主义之间的小资产阶级知识分子。这其中包括柔万尼·巴比尼和马希莫·班杰别里。

回忆起高尔基作品的影响，马希莫·班杰别里在1951年写到：“高尔基之所以给予当代人以深刻印象，首先是因为其作品完全符合那个

① D. Ciampoli. Saggi critici della letteratura straniera. Lanciano, Carabba, 1904, v.1.

② G. A. Borgese. La vita e il libro. Saggi di letteratura et di cultura contemporanea, ser. Ⅰ-Ⅲ.Torino - Roma. 1910—1913.

时代年轻人的趣味和追求……五十年以前，我们——这些学校的学生和热血青年，初次从一些小册子里接触到了马克思；我们曾如饥似渴地传阅着这些小册子，甚至当中的一些人参加了秘密集会；一到晚上，大家分头散发着那些进步刊物。正是这样一些人成为了高尔基在意大利的首批读者。他们出身于资产阶级阶层，自己却万分痛恨并羞于属于此阶层。在他们看来，这必将属于过去的历史，他们虽然没有看到这一阶级的彻底崩溃，但似乎已经听到他们垂死前的最后呻吟。”①

马希莫·班杰别里这里指出的是世纪初意大利青年的情绪，然而，他所说的内容在很大程度上也代表了意大利小资产阶级知识分子后期对待高尔基的态度，尤其是在法西斯时期。从这个意义上说，比较有代表性的是年轻的马里奥·布奇尼。②

法西斯时期，高尔基与意大利文化并没有完全隔绝，但是联系不十分明显，似乎转入了地下。法西斯主义者对待高尔基的态度是非常强硬、不可调和的。还是在1917年，在意大利流传一种说法，认为高尔基在第一次世界大战期间发表了一些诽谤意大利以及意大利人民的言辞。接着，很多意大利刊物上刊登了简讯，称有人揭露了高尔基并说他是“德国间谍”。1917年，罗别德·布拉克③ 发表文章捍卫高尔基。意大利小资产阶级知识分子轻易相信任何一种诬蔑，显然对待高尔基的态度也是恶毒的。1924年，法西斯主义者也试图扮演同样的角色，在反驳高尔基抵达意大利所作的文章时，一家报纸发表了一篇题为《他还是沉默为好》的文章，大肆侮辱了这位伟大的俄国作家，并要求立刻把他从意大利驱逐出去。

在法西斯年代，要使读者广泛结识高尔基的作品变得越来越困难

① M. Bontampelli. Le origini letterarie di Massimo Gorki «Vie nuove», 1951, №27, p.18.

② «Ambrosiano». Milano, 1928, 12 ottobre. Марищ Пуччини (1887—1957) -итальянский романист реалистического направления, переписывавшийся с Горьким (см.: «Переписка А.М.Горького с зарубежными литераторами». «Архив А.М.Горького», т.Ⅷ.М., Изд-во АН СССР, 1960).

③ Известный итальянский драматург и прозаик (1861—1943), друживжший с Горьким во время его перкого пребывания в Италии.

了。“从1920年起，高尔基的作品渐渐地从市面上消失了”，别·茨维杰列米奇在一篇文章中提到：“1930年，高尔基的作品还可以在一些小书摊上看到，而1935年之后，甚至在那里也很难找到。”①

尽管如此，高尔基的作品还继续被传阅着。某些作品还在出版，这些作品包括：《童年》、《在人间》、《剧作集》（1926）、《三人》（1929）、《过去的人》（1932）、《忏悔》（1932）、《阿尔塔莫诺夫家的事业》。1931年，《克里姆·萨姆金的一生》的第一卷出版。1933年，米兰的一家出版社出版了《母亲》。

尽管与阿尔齐巴舍夫、列奥尼德·安德烈耶夫的剧本相比较少，高尔基的戏剧这一时期也在上演。1927年，达齐亚娜·巴甫洛娃的剧团在米兰剧院表演了《在底层》，著名的导演兼戏剧评论家雷纳托·西蒙尼就此发表了文章，大加赞扬。他谈到了高尔基戏剧的创新，认为“在这部剧里现实的残酷性表现得真实而又富有诗意”。②

1924年，艾托洛·罗·卡托在罗马发表了研究性著作《马克西姆·高尔基》，这位著名的意大利斯拉夫学家为俄国古典文学在意大利的流行做出了很多贡献。意大利文艺学和批评继续关注高尔基的创作。当时评论的文章尽管表面看来具有某种客观性，但还是很片面的。意大利的评论界，可以这样说，试图减少高尔基的危害性。他们一方面试图把高尔基从俄国文学中剥离开来，另一方面，他们又完全反对高尔基——“伟大的流浪者”——社会主义现实主义的奠基者。在小说《母亲》和剧本《敌人》之后所有高尔基的作品（除了《在童年》和关于托尔斯泰的回忆）都被他们解释为“纯粹的宣传品”，他们认为那些作品毫无诗意可言。

这样的观点甚至可以在一些著名学者，如艾托洛·罗·卡托的作品中读到。1937年，在其发表的《俄国戏剧史》中，艾托洛·罗·卡托写到：“《敌人》毫无争议地证明，即使不是像某些评论所说的那样‘高尔基的终结’，也代表着其创作能力的降低。”在法西斯年代，只有列昂·基兹布克于1931年8月发表的论《克里姆·萨姆金的一生》的一篇文章中

① P. Zveteremich. La vita di Klim Samgin. «Calendario del popolo», 1956, No 136, p.2214.

② R. Simoni. Trent’anni di cronaca drammatica.Torino, 1955, v.Ⅲ, p.34.

试图证明，作为艺术家的高尔基与作为“革命的鼓吹者”的高尔基之间的联系与区别。①

尽管允许高尔基的部分作品出版，意大利的法西斯主义者们显而易见地还是试图把意大利的人民大众同文学和文化隔离开来，在墨索里尼黑暗统治的二十年里，他们采取了严酷的制度。意大利的法西斯们设法不让高尔基的声音传到意大利人民那里。然而，他们没有估量到高尔基作品的社会影响。

意大利的批评家罗别尔特·班基奥说到：“在意大利，高尔基的作品总是拥有忠实的读者。对于某些年代的人来说，这些作品起到了重要的教育作用，特别是在我们历史上那黑暗的二十年里。在法西斯年代，像《母亲》这样的作品，几乎是使我们萌生社会解放思想的唯一源泉。”②

意大利批评家和社会活动家马里奥·斯必奈拉也表达了同样的意思：“当我外出授课时，经常同工人或者学生聊天。令我感到吃惊的是，那些在他们年轻时代所读的书对其影响之大，首当其冲的要数高尔基的《母亲》。谈话之后我明白了，这些艺术作品为大部分年轻人打开了世界之窗，简单而直接地向他们展示了所受到的社会压迫制度是如何的不合理。”③

茨维杰列米奇写到：“几乎是秘密出版的小册子小说《母亲》在工人和反法西斯主义者们的手中争相传看。在法西斯年代，这部小说似乎成为了阶级斗争的教科书……”④

关于这一点毫无夸大。在法西斯时期，小说《母亲》培养了千万名意大利工人的阶级意识。马克西姆·高尔基在意大利人民为民族解放、为真正的自由而同法西斯进行的斗争中做出了巨大的贡献。意大利共

① Эта статья Сорок лет вошла в кн.:L. Ginsburg.Scrittori russi. Torino, Einaudi, 1947.

② R.Bonchio. Nelle pagine di Maxim Gorki il fermento della Russia prerivoluzionaria. «L'Indicatore», 1956, №8, p.12.

③ M. Spinella. Torna «La Madre». «L'Unita», 1958, 12 luglio.

④ P. Zveteremitch. «La vita di Klim Samgin». «Calendario del popolo», 1956, №136, p.2214.

产党也曾经很高地评价了高尔基的这个作用。1936年7月，在共产党秘密发行的一家杂志上刊登了一篇评论性文章。这篇文章遗憾地指出，高尔基的死使得意大利的劳动人民无法向作家本人表示深厚的爱戴和崇高的敬意。[①]

① Massimo Gorki. «Lo Stato Operaio», 1936, №7, p.443—444.

第二章 20世纪30年代至50年代：高尔基学的黄金时期

第一节 高尔基学总格局的建立及其话语模式

（一）高尔基学的总格局

十月革命的成功，对高尔基学产生了重要的影响。1917—1930年，是俄国社会历史发生重大变革的时期，也是文学生活发生重大变革的时期。在这个时期，高尔基本人地位有些尴尬。从一个角度而言，高尔基一直站在思想探索、文学创作、社会生活的最前沿；他不懈地写作、编辑出版古典著作、关心知识分子的生活和写作，紧张地观察和思考着苏维埃政权的运行。但从另一个角度而言，他从1922年到1928年之间绝大部分时间在西方（意大利卡普里）生活和写作，毕竟远离俄国的社会现实。苏维埃共和国最初十年，是文化发展受到多方面因素制约的十年：先是国内战争的影响，而后是国内经济条件的制约，再后来，稳定下来后就是拉普等左派的、文化发展幼稚病的“捣乱”。在这个时期，高尔基作为“革命的同路人”，被迫处于边缘。当然，他在意大利的卡普里岛上生活和写作。应该说，这个时期无所谓“高尔基学问题”。

随着苏维埃政权的稳定，也随着苏联政府在恢复国民经济、人民物质和文化生活中取得重大成功，文学生活正常化的步伐加快了。高尔基新创作（例如自传体作品《我的大学》［1923］；长篇小说《阿尔塔莫诺夫家的事业》［1925］）的一些作品逐渐出版；一些革命前的秘密档案解禁，公诸于众；高尔基与列宁的通信以及关于列宁、托尔斯泰、科罗连柯等的回忆录纷纷问世，广大读者和学者对高尔基的生活和创作越来越感兴趣，也更加深入研究他的生平和创作。归纳起来，这个时期推动高尔基学迅速升温的有三个时间或事件：1928年高尔基回国、1932年高尔基从事文学创作四十周年庆典活动和1936年高尔基去世。

1928年，高尔基回国庆祝完生日，开始游苏联。苏联报刊上出现了关于高尔基的大量文章。

1932年，苏联举行高尔基文学创作四十年的庆祝活动。

1934年，高尔基以苏联作家协会的领导者身份出现。

1936年，高尔基去世的纪念活动。

1938年，苏联政府举行高尔基诞辰70周年纪念日。

第二次世界大战和战后困难时期，高尔基学和其他学术活动一样受到严重干扰，停滞下来。

1948年，高尔基诞辰80周年纪念活动顺利举行。

每一次活动前后，大量的纪念文章、研究论文、出版庆典式的纪念著作均发表。高尔基研究几乎全方位展开，取得了奠基性成就。在1940—1950年间，收录于列宁国家图书馆以高尔基为主题的博士论文就有三十多本。一大批年轻的高尔基研究者也在不断成长起来。苏联科学院成立了两个专门研究高尔基的机构：高尔基世界文学研究所和俄国文学研究所。这两个研究所每年都出版有关高尔基研究方面的论文集和独立的研究著作。

归纳起来，从20世纪30年代到50年代，高尔基学具有以下几个显著特征：一、高尔基研究全面发展，体现了研究态势的完整性；二、特别注重高尔基学的文献，资料方面的收集、整理、编辑、发掘工作，例如高尔基的各种作品手稿的收集、整理和发掘，取得了突出进展；三、关于高尔基的创作与“社会主义现实主义”创作方法之间的关系研究；四、高尔基传记写作；五、规模不一的各类文集、选集、全集编辑出版；六、高尔基各专题研究。

（二）20世纪30年代至50年代高尔基学的话语模式

这个时期高尔基学的话语模式，与20世纪初有着本质的不同。随着十月革命的胜利，无产阶级成为俄国社会的领导阶级，布尔什维克党成为执政党。十月革命前后，高尔基在主持的《新生活报》上发表了一系列文章，严厉批评布尔什维克党和新政权的执政者们，谴责革命破坏了俄国文化建设；革命后他极力为争取知识分子的利益而与新政权弄得不愉快，最终导致不见容于新政府，于1922年离开俄国，客居意大利前后达十年之久。苏维埃政权经历了国内战争、新经济政策时期、工业化、集体农庄改革等若干运动后，逐渐肃清了国内和党内的反对派，保证了国内局势的稳定，到20世纪30年代基本掌控了国家发展的方向。

在文化领域，20世纪20年代集中讨论无产阶级文化建设问题。各种思想、流派纷纷出台，建设所谓“纯粹的”无产阶级文化，成为时髦口号；无产阶级文学成为文学进步、先进的标志；共产主义思想、价值观、社会理想，成为一种文化正确与否的标准。在这种向“左”看齐的氛围下，高尔基既作为一种“旧文学”的代表，又作为无产阶级文学的旧代表，呈现出一种被阐释的困境。这种困境大致可以表述为：20世纪20年代，高尔基作为革命“同路人”被接受，他的文学创作被看作无产阶级“旧文学”，纳入“新的”、“纯粹的”无产阶级文化话语中，以及各种文学观点的争鸣中，不过，大部分时间是在缺席状态下被接受、被阐释；1928年回国开始到20世纪50年代前，高尔基被重新经典化，甚至神圣化，重新被阐释为无产阶级文学的最高代表，同时是新出台的“社会主义现实主义”创作方法的奠基人、新的社会主义文学的最高成就体现者。在后一个时期，高尔基思想上的迷雾、政治上的错误、创作中的缺陷都被遮盖了、忽略了，只有为数很少的大理论家（例如卢那察尔斯基）谈到这一点。大部分学者选择回避这一话题，或者干脆睁着眼睛说瞎话。在高尔基学的物质文化建设中，高尔基被神圣化的倾向尤其明显。

第二节 高尔基学物质文化体现：博物馆、档案馆

20世纪30年代，高尔基学领域最重要、具有标志性意义的是1937年成立了高尔基博物馆和档案馆。

高尔基档案馆在高尔基学的发展历史上占有重要地位。在档案馆里收藏有八万多种不同的手稿，其中，2 400件是高尔基本人的手稿。长篇小说《克里姆·萨姆金的一生》的手稿有5 500多页；剧本《避暑客》有四种手稿；长篇小说《阿尔塔莫诺夫家的事业》有三种手稿，还保存有高尔基创作的近百首诗歌。

高尔基的信件也非常丰富。档案馆保存着近八千封信。屠格涅夫以信件浩繁著称，但留给我们的也没有超过六千封。高尔基写了不少于两万封信，这一点只有列夫·托尔斯泰与他不相上下。而写给高尔基的信件更是数量惊人，竟然有近四万封信。这些人当中有文学家、学者、政治家、军事家、社会活动家、工人、集体农庄社员、音乐家、演员以及普通读者。

从旧警察局和宪兵队获得的文献资料，构成了高尔基研究资料中非常独特的一部分，这为我们研究高尔基革命前的社会活动提供了有利条件。高尔基同时代人的回忆录构成了资料档案收藏中重要的一部分。这样的回忆录在档案馆里有近300本，并且在逐年递增。

1948年，《高尔基手稿概观》第一卷出版了，这本书共有700页，再次对高尔基艺术创作、批评和出版文章手稿的情况进行了详细描述。这部著作具有重要的学术价值。该书的第二卷对高尔基各种手稿情况（包括诗歌、笔记、信件等）做了仔细介绍。

高尔基学丰富的研究成果构成了档案馆坚实的基础。以前未发表的文献最先编辑出版，例如，1939年出版了高尔基的《俄国文学史》。这是高尔基在意大利卡普里党校为工人讲课的讲义。1941年，高尔基的《戏剧和电影剧本》得以出版。1949年初，30卷本的《高尔基纪念性文集》问世，这对于研究作品创作历史，作为短篇小说作家、戏剧家和诗人的高尔基的创作方法研究，甚至对于高尔基革命活动研究，无疑是一笔巨大的财富。1951年，《档案》的第三卷出版了，本卷包括戏剧文本、回忆录、时事评述和批评等文献。

苏联科学院高尔基文学研究所还拥有高尔基个人藏书。这些藏书都保存在位于莫斯科小尼吉塔大街的高尔基住所里。高尔基的藏书对于研究作家的文学、学术、哲学、政治兴趣和知识等是极有价值的。这些藏书中的许多书上还留有高尔基的手迹。

高尔基生前非常慷慨地把自己的藏书赠送给别人，不仅赠送给文学爱好者和青年作家，还赠书给一些部门、组织，包括家乡下诺夫哥罗德图书馆。[①] 高尔基还把自己的藏书赠送给列宁格勒的普希金之家和

① Д. А. Балина, Личная библиотека А. М. Горького нижегородских лет, Горький, 1948.

萨尔蒂科夫-谢德林图书馆、阿尔扎马斯图书馆和列宁格勒学者之家图书馆等。高尔基还有近900卷书籍保存在莫斯科周边的小城市，有约350本书保存在克里木。

第三节　高尔基学的众多辅助学科诞生了

高尔基的文集已经多次出版。他本人也是一个认真细致而有经验的出版家，从1898年到生命结束，甚至在革命后最匮乏的时期，他也十分重视文学遗产的编辑出版工作，亲自主编出版了一系列重要的文学遗产丛书。然而，高尔基并没有把自己许多已经发表的文章收录全，付诸出版。从1892年到1898年这六年间，高尔基发表了720篇小说、小品文、随笔、评论。但在1898年第一次出版的《随笔和小说》中，他只选了20篇发表；在随后的再版中，他仍然没有把几百篇已经发表的文章全部收录进去。高尔基去世后，其早期作品的文集《被遗忘的》、《未收录稿》等陆续问世，它们是从一些旧报纸和出版物中找到的。在这些打印的文本中，有一些由于书刊检查机关检查后的改动，还有校对错误和其他损坏情况。

苏联读者对高尔基创作过程有浓厚的兴趣，这推动诞生了一门新的学科，那就是高尔基文本研究及斯拉夫古文字研究、正字法等。高尔基早期的许多作品是以笔名或者未署任何姓名出版的。研究者们不得不根据信件、纪念册和书刊检查机关的文献来确定这些作品的作者；还有文本的注释工作，以各种版本出现的自传体三部曲（《童年》、《在人间》、《我的大学》）和《克里姆·萨姆金的一生》，都启动了详细注解的研究工作；还有《母亲》、《敌人》等的学术注释工作等等。现在，高尔基文本研究和普希金文本研究具有同等重要的成就。

围绕高尔基学还诞生了一门辅助性学科——图书馆学。特别值得一提的是，著名的高尔基研究者巴鲁哈德伊教授和他的助手穆拉托娃。他们建立起了一整套完整的高尔基图书馆数据体系，对整个苏联图书馆学的建设具有重要的意义。他们的代表著作就是1949年出版的《参考指南》，由布罗茨基主编。尽管存在许多错误和漏洞，但必须承认，“高尔基图书参考指南”包含有卷帙浩繁的高尔基作品，以及与他有关的文学索引、目录，这对于专业高尔基学术研究是非常有意义的。当然，随着高尔基学的快速发展，“图书参考指南”渐渐落伍。

博物馆学也是围绕高尔基学诞生的辅助性学科。苏联时期的博物馆里，高尔基文学博物馆，或者说众多高尔基博物馆占有重要的地位。在这一系列博物馆里，首屈一指的是位于莫斯科的苏联科学院世界文学研究所的高尔基博物馆，它与高尔基档案馆同处于一个屋檐下。博物馆里有九个宽敞的大厅，有近4 000件展品。弗谢瓦罗德·伊万诺夫在《与马克西姆·高尔基的会面》一书里较为详细地描述了博物馆完整而又鲜明的特色[①]：博物馆里丰富的资料，包括高尔基生平、历史、文学创作和艺术鉴赏资料。博物馆里藏书丰富，工作人员认真负责，使博物馆有能力为电影导演、演员、戏剧家、批评家以及教育家举办讲座。高尔基博物馆还为学术工作者、高尔基研究者和文学史家提供学术帮助，比如，研究小说《母亲》的人能够在博物馆的陈列架上找到大量的历史文献资料，追溯这部著作的创作历史。圣彼得堡的“普希金之家”文学研究所里也有两个高尔基大厅，有近700件展品，其中，有许多价值不菲的艺术品。

高尔基的家乡——下诺夫哥罗德也建设有高尔基文学博物馆，收藏了多种语言出版的高尔基著作和研究高尔基的著作，还收藏有300多件高尔基接受的礼物：相册、雕塑、相片等。另一个博物馆——高尔基童年生活博物馆，则具有另外一种意义。这个博物馆叫作“卡什林小屋”，这里收藏了阿辽沙·彼什科夫（高尔基）在外公卡什林家里生活时的日常用品。[②]

1940年，喀山建立了高尔基博物馆。高尔基在喀山的生活情况完整地呈现在众人面前。[③] 同时，古比雪夫市（前萨马拉市）也建成了高尔基博物馆，复原了1895年斯杰潘·拉津大街上高尔基曾生活过的一间半地下室的房间。在那里，高尔基为《萨马拉报》撰写了一系列评论文章，

---

① Всеволод Иванов. Встреч с Максимом Горьким, М., 1947, стр.116—146.

② Ф.П.Хитровский, Домик Каширина.Бытовой музей детства М.Горького, Горький, 1948, 100 стр., с иллюстрациями.

③ См.Казанский музей А.М.Горького. Путеводитель по музею.Казань, 1947, 63 стр., с иллюстрациями.

并在此写作了诸如《鹰之歌》等著名作品。博物馆建成之初收集了超过900件展品，至今还在不断地增加。

高尔基市、喀山市和古比雪夫市博物馆的收藏者和工作人员，同时也是高尔基研究者。博物馆收集地方性的资料，如文献、信件、回忆录、相片和物品纪念等，定期或不定期召开纪念高尔基学术讨论会。关于高尔基的博物馆学在群众和专家共同参与下发展起来。

随着资料的日益丰富，高尔基博物馆学渐渐转向地方志学。高尔基学地方研究者们渐渐把高尔基个人生平的研究框架进一步细化，开始研究作家在特定时期在某一城市或地区的生活和工作。这方面比较突出的是“高尔基与喀山”研究专题、高尔基在梯弗里斯的生活（1891—1892）研究专题。这一方面的研究，突出成果有普列修诺夫的《马克西姆·高尔基与喀山》（1939）。此书提供了大量的事实资料和图书目录，详细介绍了高尔基在梯弗里斯的生活和工作，包括高尔基与俄罗斯、格鲁吉亚、亚美尼亚和阿塞拜疆的革命者、知识分子以及工人交往的情况。

高尔基博物馆学和高尔基地方志学是苏联时期文化建设的重要成果和宝贵财富。这两个领域的研究者经常合作，为高尔基学带来了丰富成果。

第四节 高尔基传记研究

高尔基学领域里最重要的学科是传记学。

在研究高尔基的生平方面，苏联学术研究达到了很高的水平。这一时期值得注意的是高尔基去世后的1937年。苏联政府提出，把高尔基的所有手稿、资料集中到莫斯科档案馆。许多单位提供了与高尔基有关的大量文献，包括沙皇时期的官方文件，它们都被移交到了档案馆。特别珍贵的一份文献是《中心档案。高尔基的革命道路：来自警察局的资料》（1933）。这是1889年到1917年资料选集，它记录了沙皇政府对高尔基迫害的大事件，还包括有高尔基与革命者往来事件、公开演讲的资料等。

高尔基的书信集同样数量巨大，在高尔基档案馆里已收集到五万封信件。其中具有很高价值的是巴鲁哈德伊编辑的《马克西姆·高尔基和契诃夫：通信集、文章和演讲》(1937)。列宁写给高尔基信件的重要性不必赘言，它们已经被多次出版(例如，国家政治出版社，1939年，包括有38封信)。《高尔基选集》(三十卷集)也收录了作家与列宁的信件。1930年1月出版了《斯大林致高尔基的信》[①]。这些信件里涉及自我批评、青年政治教育、高尔基构想的杂志和选集出版、和平主义文学以及反宗教的宣传等问题。

与高尔基书信往来密切的当事人，在发表这些信件的同时也发表了关于高尔基的回忆录。信件集与回忆录就联系起来了。大量的文学回忆录也成为了高尔基学的重要组成部分。50年代初期，穆拉托娃确定有2 500种这样的回忆录。同时，在莫斯科高尔基档案馆和地区性的博物馆里，这样的回忆录还在不断地收集整理，数量在不断增加。回忆录作者们珍藏着对高尔基的理解——一个革命者、作家、思想家，感受到他身上有许多真诚的、在其他资料里看不到的个性。当然，假如回忆录出现记忆错误、理解错误、个人偏见以及其他不足，立刻会招致其他学者公开反对。[②]

在生平资料、信件、回忆录的基础上，又诞生了一个新的研究领域——高尔基生活和创作大事记。高尔基世界文学研究所正持续编辑这样的《大事记》。

在高尔基传记研究中，最重要的学者首推格鲁兹杰夫。他撰写的高尔基生平著作最早出现于1925年。到1938年，他出版了《高尔基及其时代(第一卷)》，本书记载了高尔基1892年前后的生活。格鲁兹杰夫善于挖掘高尔基的新材料，比如随笔《在山上》、《大屠杀》的片断、经高尔基同意而编辑的在剧院里跑龙套的小说等。这部传记还收录了高尔基未曾发表的大量信件。高尔基与格鲁兹杰夫之间有频繁的通信往来，高尔基还赠送给后者许多个人档案馆的资料，例如青年时代朋友们给他写的信件。格鲁兹杰夫认真研究了这些资料。研究史上还没有任

① И.В.Сталин, Соч., т.12, стр.173—177.

② Для примера: Ю.Лукин. О воспоминаниях К. Федина. «Правда», 1944, 24 июля, Б. Розанов. О воспоминаниях Вс. Иванова. «Литературная газета», 1950, 12 декабря.

何一本关于高尔基生平的著作能够超越格鲁兹杰夫的。他的著作推动了对高尔基生平的研究。

但是，这部著作也存在着重要的缺点。首先，作者热衷于编制附录，书里对高尔基本人的直接论述只占了46页（全书123页），而附录却有77页。其次，许多重要的问题没有澄清或者避而不谈，例如没有完全显露青年高尔基在民俗学方面的丰富知识；没有考虑到或者过低评价了民族艺术对小阿辽沙·彼什科夫的影响；没有认识到圣像作坊和店铺对小彼什科夫的意义等等。第三，对一些普通细节的忽略，妨碍格鲁兹杰夫完整勾勒出高尔基在喀山做工的生活环境。作者对高尔基早期艺术创作也注意得不够。高尔基从少年时代起就开始写作，在喀山他已经写有散文、抒情诗和长诗等；他的早期创作已表现出对社会的关怀。

1951年，《星火》杂志上连载了《高尔基及其时代（第二卷）》。此卷涵盖高尔基1893—1904年间的生活。①

高尔基与1905年革命的关系，是当时学者们特别感兴趣的问题。这方面的著作比较突出的有班克拉托夫的《第一次俄国革命1905—1907年》（1951）。

高尔基与布尔什维克之间的关系，是从列宁主持《星火》杂志开始的。这一话题是传记中探讨的主要问题之一。这个问题的中心任务是研究高尔基与列宁、斯大林、托洛茨基的交往，包括个人生活和思想上的交往。学术界取得了很多成果。我们知道，列宁和斯大林都对高尔基的创作给予了很高的评价；他们在文学、艺术、文化、民族、社会主义建设、帝国主义和法西斯主义问题方面，都对高尔基的思想产生了很大的影响。② 在高尔基的一生中，思想一直在变化，还不能完全接受马克思主义。此前，研究著作对这些现象都采取回避的态度，这就势必影响人

① Они вызвали серьезные и справедливые возражения.См.Б.Рюриков, Литературные заметки. «Литератур- ная газета», 1951, 23 июня, №74; Ф.Н.Бельчиков, По поводу работы И.А.Груздева «Горький и его время», «Ле- нинградская Правда», 1951, 26 июня, №148.

② См.новейшие статьи: С.В.Касторский.И.В.Сталин и А.М.Горький. «Звезда», 1949, №12; А.А.Волков, В.И. Ленин и А.М.Горький.Известия Академии наук СССР. Отделение литературы и языка, 1950, т.IX, вып 2.

们对高尔基的思想立场、文学作品、社会行为产生错误的理解，现在这些问题被逐一揭示出来。这是一个重要的突破。

当然，高尔基的传记研究取得了许多成果，但也存在着很多空白，还有很多资料至今仍是未曾公开，研究者未能介入。

第五节　高尔基学多元课题的展开

几乎一开始对高尔基创作和思想的研究就呈现出多方面的态势。

对高尔基创作的研究，在苏维埃政权成立初期就出现了。从20世纪30年代开始，其成果数量上不断增加，质量上也不断提升。首先，高尔基文学创作的一般特点研究。随着资料不断被发掘出来，学术界对高尔基在文学史中的位置的认识也在不断变化。20世纪50年代之前比较有代表性的是季莫费耶夫的著作《俄罗斯苏维埃文学》（1950）。在这本著作里，作者以较大的篇幅（120页）描述了高尔基的创作，试图做出完备的解释，但还是让读者感到落伍。论著没有意识到，也没有总结高尔基作为诗人、民俗学家、苏联民族文学之父的特点。同样问题也表现在卢那察尔斯基的《论高尔基》（1938）里。这部著作收录了作者1905—1933年之间所写的全部论文，有些论文在当时产生了重大影响，例如论文《艺术家高尔基》、《克里姆·萨姆金的一生》等（参见第一章的论述）。

直到50年代，还没有出现一部完整把握高尔基全部创作道路的著作。在纪念高尔基逝世十五周年之际，米哈伊洛夫斯基和塔格拉出版了《马克西姆·高尔基的创作》（1951）一书。本书记录了伟大作家的成长轨迹——从“年轻高尔基的创作探索”到“高尔基1828—1936年间的文学社会活动”。米哈伊洛夫斯基和塔格拉是两位长期研究高尔基的专家，他们作为高尔基世界文学研究所的成员，直接参与整理和编辑高尔基学术遗产的工作。本书第一次以高尔基整个一生为研究内容，这是高尔基学的首创，填补了研究空白。当然，作者也没有囊括高尔基创作的全部，例如没有提及高尔基的诗歌创作；没有评价作为文学理论家和民俗学家的高尔基；忽略了高尔基作为苏联多民族文学组织者的创造性活动；对高尔基在音乐领域和对苏联艺术的影响也没有展开论述，对高尔基的艺术创造力缺乏正确的分析等等。尽管如此，此书仍然具有很高的学术价值，产生了重要的时代影响。

“社会主义现实主义”是高尔基学领域不能回避的问题。著名高尔基研究专家——比亚里克接连发表几篇论文，出版了几部学术著作，对这个问题做了整体研究，例如《高尔基的美学观》（1939）、论文集《论高尔基》（1947），还有论文《高尔基与社会主义现实主义》（出自论文集《社会主义现实主义问题》，1948）、《马克西姆·高尔基与文学的党性原则》（出自论文集《苏联文学》，1948）。比亚里克系统地探讨了高尔基的美学思想、伦理学思想、文学观点、关于浪漫主义和社会主义现实主义问题的论述、关于列宁和斯大林与高尔基之间的关系问题，以及高尔基与文学党性等问题。这是作者耕耘十年的研究成果。作者查阅了许多档案资料，非常娴熟地运用新的资料，特别是注意到了高尔基作品中很多鲜为人知的细节问题。在论述列宁和斯大林的篇章里，他以独特的视角，选取广泛的资料，论述了高尔基和两位历史巨人的关系。同时，比亚里克并没有回避高尔基的错误和动摇。比亚里克专门选取了“高尔基的浪漫主义和社会主义现实主义”作为自己的学位论文课题。他在自己的硕士论文（1937）和博士论文（1947）中两次研究了这个问题。但是，正是在这个问题上，比亚里克的研究出现了重大的失误。由于没有仔细考虑，或者不完全同意高尔基本人在不同时段的论述，没有充分考虑俄国批判现实主义的发展历史、美学学说和革命民主主义者等特点，他赋予浪漫主义和现实主义现象以超越时间和空间、非历史主义的绝对性。比亚里克对现实主义的意义也估摸不足，认为它缺乏思想深度、毫无创造性可言；过于夸大浪漫主义在艺术创作中的功能，把浪漫主义和现实主义简单分离、相互对立起来，把现实主义“浪漫化”。比亚里克的上述观点简单机械，表现出一定程度的庸俗性。他甚至曲解了由列宁提出的、对高尔基有重要意义的“文学党性原则”。他认为，这个原则不是高尔基创作最根本的思想基础，而仅仅是“社会主义现实主义方法的出发点”。比亚里克的观点当即受到了学术界的批判。[①]

① См. «Литературная газета», 1948, 21 августа, №67 (В.Озеров); там же, 1949, 23 марта, №24（В.озеров）; «Большевик», 1949, 15 февраля, №3 (Ф.Головенченко) и мн.др.

这一时期，高尔基学面临着一个更大问题，就是必须从整体上把握高尔基创作中的民族性特色，阐述高尔基创作与苏联民族文学之间的深刻联系、高尔基的文学组织活动对民族文学的深刻影响等问题。

第六节　重点代表作研究

研究高尔基的作品，例如研究小说《母亲》，必然会涉及到“社会主义现实主义”这样的问题。这是20世纪50年代之前高尔基研究的基本路径。这方面的著作很多。卡斯塔尔斯基的专题研究《马克西姆·高尔基的小说〈母亲〉创作史》（1940）具有典型意义。围绕《母亲》的创作过程和不同语言的文本，作者做了系统深入的研究。此后，卡斯塔尔斯基一直继续做这项研究工作，提出了许多新资料，[①] 例如提出了《母亲》与19世纪90年代社会政治生活联系的问题，把这个问题作为“社会主义现实主义”的风格来考察。作者把关注的重点放在构思的过程、艺术技巧和各时期不同文本的比较研究上，对六个版本做了专题研究。

《母亲》与社会主义现实主义关系问题具有重大的意义。鲁卡诺夫的学位论文也是一部重要成果。这篇学位论文没有正式出版，但是，有详细的论文摘要。[②] 与卡斯塔尔斯基相反，鲁卡诺夫并没有总结小说创作的历史，这也正是其作品的不足之处，但鲁卡诺夫比卡斯塔尔斯基更完整、更广泛、更多角度地阐释了“社会主义现实主义”在《母亲》中的体现。作者力图揭示：“在高尔基的创作过程中，社会主义现实主义是在鲜活的社会主义生活和文化的革命实践建设过程中产生和发展起来的。”他把高尔基的创作与社会运动联系起来，“作为思想家和艺术家的高尔基”与工人阶级一同成长，他的社会主义意识也在成长的过程中不断成熟。鲁卡诺夫揭示出在高尔基的创作中体现出来的“劳动阶级的力量怎样在资本主义社会中孕育、激起、锤炼、凝聚起来”。作者

① См., например, С.В.Касторский, У истоков социалистического реализма（«Мать» М.Горького）. «Звезда», 1949, №3.

② Г.М.Луканов. Борьба М. Горького за социалистический реализм. Роман «Мать». Автореферат.Академия общественных наук. М. 1949, Ср. Ученые записки Академии общественных наук, вып.7.М., 1950 (стр.172—173).

避开许多研究者把社会运动人格化的趋势，提出学者们对群众运动理解的缺失，同时，指出他们没有把高尔基作为集体的、群众的、人民的形象来考察。构成《母亲》的故事链条虽然是1902年索尔蒙市工人斗争的部分片断，但是，鲁卡诺夫不想把高尔基的这部小说仅仅看作是“关于索尔蒙市革命事件的叙述以及扎罗莫大家庭肖像画”。作者认为，高尔基是一个彻底的社会主义理想主义者，他的革命浪漫主义“表达了在伟大的、不朽的社会主义思想指导下的工人阶级信仰”，是“现实主义不可分割的一部分”。

鲁卡诺夫还试图建构高尔基的社会主义现实主义方法体系。高尔基“坚信生活就像是革命活动。其正面主人公的社会—美学思想、对艺术中关于美的新见解也由此发展起来；美与为革命而进行斗争具有紧密联系”。鲁卡诺夫的著作没有完备论述高尔基的社会主义现实主义的历史起源，高尔基走向社会主义现实主义的道路显得有点简单化。同时，他十分了解高尔基的几次思想动摇和错误，认为他后来脱离了社会主义现实主义创作道路，“当他远离了列宁的观点时，他创作了一些错误的作品（《忏悔》[1908]）”。鲁卡诺夫强调应该对这些“错误的作品”加以详细论述。

学术界一直关注着“社会主义现实主义”的基本原则与高尔基的紧密联系。几乎与鲁卡诺夫同时，布尔索夫从事着同一个论题的研究。1951年，他出版了研究《母亲》的专著——《高尔基的〈母亲〉与社会主义现实主义问题》。[①] 与鲁卡诺夫一样，作者设立了“社会主义现实主义的历史与理论出发点”的问题，详细论述了批判现实主义原则，以及别林斯基、杜勃罗留波夫、车尔尼雪夫斯基的理论贡献等问题，提出《母亲》是“社会主义现实主义小说的典型”。他的博士论文《革命民主主义者美学中的现实主义问题》也坚持这个立场。[②]

① Б.Бурсов, «Мать» Горького и вопросы социалистического реализма, Гослитиздат, Л., 1951, 166стр.

② См.Б.Бурсов. Теория реализма в эстетике Белинского.Сб. «Белинский», изд.ЛГУ, 1949; его же, Проблема реализма в эстетике революционных демократов. Автореферат.Л., 1951.

第七节 个案研究和标志性成果

截止到20世纪50年代，虽然还没有出现对高尔基整个创作道路进行总结的研究著作，但出现了大量个案研究著述。具体归类如下：

首先，许多研究高尔基早期创作的著作出现了。高尔基早期的创作很有研究价值，能够很好地解释其创作的发展。从事这个问题研究的学者发现了高尔基早期创作的许多文本，有的是被遗忘的，有的则是存疑的（比如报纸上的匿名文章）。据统计，学者们重新发现了270多篇高尔基未署名的小品文、评论和散文。[①] 最大的新闻是1941年，高尔基的中篇小说（也是他的第一篇中篇小说）《卡列梅科·巴维尔》（1894）被再次印刷。

巴鲁哈德伊教授在整理高尔基遗产方面做了大量的工作。这个时期，他在着手撰写一部大型专题研究著作《早期高尔基》。但是，这部著作的片断只是在其去世后才被刊登出来。[②]

在新的研究著作里，必须提及的是刊登在《高尔基读物》（1949）上的米哈伊洛夫斯基的论文《年轻高尔基的创作探索：早期高尔基现实主义的特点》。

充分体现高尔基才能的自传体三部曲同样引起了学者们的广泛关注。三部曲作为极具价值的自传体资料，在皮科萨诺夫的著作《高尔基在喀山》（1932）和《高尔基学习》（1933）中广泛引用，也在格鲁兹杰夫《高尔基及其时代》（1938）第一卷中占据很重要的位置。杰斯尼茨基运用“历史—文学视野”撰写了《马·高尔基》（1940）、《谈谈高尔基〈童年〉和〈在人间〉中的问题》[③]，涉及到三部曲的专题研究；别尔金娜的研究成果《高尔基自传体三部曲中正面主人公的问题》，也是这个论题的代表作之一。[④]

---

① См. С. Балухатый и К. Муратова, Литературная работа М.Горького. Дополнительный список, Изд. АН СССР, 1941.

② С. Д. Балухатый, Стиль раннего Горького. Труды юбилейной научной сессии ЛГУ.Секция филологических наук.Л., 1946.

③ «М. Горький. Материалы и исследования», т.Ⅳ, Л., 1951.

④ Горьковские чтения, 1947-1948. Изд. АН СССР, М., 1949.

鸿篇巨制《克里姆·萨姆金的一生》自第一次出版后，就成为以卢那察尔斯基为首的文艺学家研究的对象。报纸和杂志上出现了大量论述《克里姆·萨姆金的一生》的文章，也出现几部研究著作。1951年，在《高尔基读物》上刊登了《克里姆·萨姆金的一生》初稿章节。《高尔基读物》辟出很大栏目刊登研究这部小说的成果，其中，有别尔金娜《小说的主要形象》、萨布洛夫研究《克里姆·萨姆金的一生》第一部分的创作史、卡拉西克研究克里姆·萨姆金形象的创作史等。但对《克里姆·萨姆金的一生》整部作品做专题研究的著作还没有出现。事实上，这方面的研究难度很大，大量的手稿资料整理加大了研究难度，更何况一部描写四十年俄国生活的长篇史诗本身也具有相当的难度。

高尔基戏剧创作的研究也产生很多成果，陆续发表了一些以前不为人知的剧作文本，包括类似《萨莫夫与其他人》这样有价值的剧本[①]；发表了一批关于剧本的评论文章；还出版了研究单个剧本的资料和论文集。在此方面贡献最大的是巴鲁哈德伊。他在图书编目、作品文本、戏剧批评以及高尔基戏剧的社会学研究方面做了大量的工作。戏剧学家达尼洛娃的著作《马·高尔基（1868—1936）》深入阐述了高尔基戏剧创作贡献。[②]

在这个领域，高尔基研究专家米哈伊洛夫斯基的成果《高尔基早期戏剧（〈小市民〉、〈消夏客〉、〈太阳的孩子〉、〈野蛮人〉）中的知识分子问题》，具有特殊地位。[③] 尽管作者所说的“社会主义现实主义”产生时间还存在着异议（米哈伊洛夫斯基写到：“高尔基的创作始于19世纪90年代，其剧本《小市民》的出现，开始了高尔基社会主义现实主义艺术发展的重要阶段”），但这仍不失为一篇缜密的研究论文。作者熟读高尔基的戏剧文本，不仅研读代表性作品，还熟悉一些早已停刊、已被遗忘的刊物上刊登的作品。作者没有简单割裂高尔基创作的体裁之间的联系，而是力图把戏剧作品和其他体裁的作品放置在同一个整体框架下来考察。作者还把高尔基的创作和同时代其他人的戏剧和小说创作情况进行参照研究，努力研究同一时期列宁对文学的论述，力求

① См. М. Горький, Пьесы и сценарии.Архив А.М.Горького, т.Ⅱ, М., 1941.

② С.С.Данилов, М.Горький. 1868—1936, изд. «Искусство», Л., 1950, 232 стр.

③ Горьковские чтения 1949—1950, М., 1951, стр.281—360.

在哲学的层面理解高尔基剧本的思想内容。米哈伊洛夫斯基的成果还包括对剧本《敌人》的研究。《敌人》在高尔基戏剧创作史上有很高的成就。学术界一度认为，这部作品与《母亲》一起成为人们理解“社会主义现实主义”的一把钥匙。

对高尔基戏剧作品创作历史的研究，与这些作品的舞台表演艺术的研究密切联系在一起。这个领域里有大量且有价值的资料。特别值得一提的是，在此领域里也产生了一个比较重要的理论问题，即艺术形式之间的相互关联问题。高尔基在戏剧方面的理论和实践，对于戏剧艺术产生了很大影响，还同样影响着其他类型的戏剧艺术，无论是俄国的，还是其他各民族的。斯坦尼拉夫斯基的话已经成为了一句至理名言：“在我们的剧院中，一般政治路线的发起人和创立者是阿·马·高尔基。”对于戏剧家高尔基本人来说，俄国其他类型的戏剧艺术同样具有重大的意义。

高尔基不仅仅与戏剧艺术有紧密的联系，与其他艺术同样关系密切。皮科萨诺夫《马·高尔基与音乐》专门研究高尔基与音乐的关系；[①] 吉里别尔施单娜所著《列宾与高尔基》专门论述了高尔基与列宾的关系，这部著作有大量未知资料和丰富插图。[②] 当然，高尔基与列宾——只是高尔基与绘画艺术、与造型艺术论题中的一个小方面。这个领域，还包括高尔基与斯达索夫、谢罗维、瓦斯聂措维、亚罗申科等人的关系，与苏联艺术家，包括布罗茨基、斯瓦罗克的关系，与电影活动家的交往等问题，都在值得探讨的问题之列。现在已经有相当数量的回忆录、信件和专题资料，还有高尔基论文学艺术的文选。[③] 但是，还没有形成一部大型的总结性著作。

第八节　高尔基的各种身份研究

高尔基创作研究中，有一个领域长期无人问津，那就是高尔基的

① Н.К.Пиксанов, М.Горький и музыка, Музгиз.Л., 1950, 64 стр.

② И.С.Зильберштейн, Репин и Горький, «Искусство», М., 1944, 107 стр.

③ Горький об искусстве. Сборник статей и отрывков:Сост. Е. Э. Лейтнеккер. «Искусство», М., 1940, 279 стр.

诗歌作品。甚至流传着这样一个说法，似乎高尔基不喜欢自己的诗歌，比如那篇《年轻人的过错》。但是，高尔基曾在1933年对作家弗谢沃罗德·伊万诺夫说："我每天都在写诗。"1937年，斯大林对长诗《少女与死亡》给予了很高的评价。1940年，皮科萨诺夫《诗人高尔基》一书问世具有标志性意义。①

1947年，在《诗人丛书》里收入了梅拉赫作序的《高尔基诗集》；1951年这部诗集再版，由卡斯塔尔斯基作序。当然，对诗人高尔基的研究还远没有结束：高尔基档案馆里保存着数十本未出版的诗集，有待于对其做进一步史料研究；长诗《人》等待着学者进行专门研究，它关系着高尔基创作和世界观中的人道主义问题；对高尔基诗歌美学的研究也应纳入高尔基文学创作的整体研究中。

学术界对高尔基民俗学方面的创作也进行了讨论。1935年，皮科萨诺夫的《高尔基与民俗学》一书问世。② 这部著作引起了强烈的反响。高尔基这方面的一些文本被再次印刷。由于高尔基民俗作品的影响，人们对说唱艺术家费达索娃产生了极大的兴趣，甚至有人专门著作博士论文来论述这一问题。③ 比亚里克在其博士论文《论高尔基》（1947）中也运用了大量篇幅论述"民间集体创作"问题。有人还专门研究高尔基作品里民俗小戏的意义。④ 德米特拉科夫研究高尔基与民俗学关系的博士论文《马·高尔基遗产中的民间创作问题》（1949）与《民俗学的贵族起源理论及其反动实质》（1950）⑤，也相继问世。作者运用了从高尔基档案馆里收集到的未刊登的资料。这个时期，在伦敦、纽约也出版了由费里·戈里茨曼用英语写成的《年轻的高尔基》一书。该书以高尔基民间创作学说为基础，批判了西方及俄国的资产阶级

① Н.Пиксанов, Горький-поэт, ГИХЛ, Л., 1940, 199 стр.

② Н.Пиксанов, Горький и фольклор, Л., 1935;изд.второе, дополненное, Л., 1938.

③ К.В.Чистов, Народная поэтесса И.А.Федосова. Автореферат. Петрозаводск, 1950.

④ М.Ф.Матвейчук, Фольклор малых форм в творчестве Максима Горького.Опыт изучения идейной и художественной функции фольклора в творчестве писателя, Львов, 1945 (на украинском языке).

⑤ «Советская этнография», 1950, №1.

学者对民俗学的观点。比亚里克做了同样的工作。民俗学丰富了高尔基的创作。民间创作的影响在高尔基的字里行间，在其至理名言和语言形象中，在作品的抒情风格和对劳动的热爱中都有所体现。

对高尔基创作技巧的研究成果很少，这与高尔基的创作意义极不相称。到20世纪50年代，只有几部单纯论述高尔基语言的著作，如甘什纳《高尔基短篇小说〈切尔卡什〉中的形容词》、阿巴古莫娃《简论小说〈母亲〉中的句法》。聂伊曼教授多次研究高尔基戏剧中的语言，但没有把不同时期的论文编为一本独立著作；拉利娜教授的论文同样如此。实际上，关于艺术语言、民族语言研究、方言和俗语研究的新成果，都刻不容缓地要求苏联文艺学及其分支——高尔基学重新思考高尔基创作中的语言问题，思考其关于语言的理论学说。虽然在20世纪50年代以前还没有出现这方面完整的、总结性的学术著作，但是研究已经开始起步。

相对而言，对高尔基单部作品创作史的研究进行得广泛而细致。首先要提到《马·高尔基手稿概述》(1948)，书中披露了高尔基大量有价值的作品（例如《克里姆·萨姆金的一生》）手稿出版的信息。在陆续出版的高尔基选集的附录里，经常可以看到创作历史方面的新资料。前面涉及到小说《母亲》、《克里姆·萨姆金的一生》创作史的著作，以下著作也有创作历史方面的资料，包括别尔金娜的《马·高尔基的艺术构思》(1940)、布罗茨基的论文《马·高尔基创作〈切尔卡什〉》、杰斯尼茨基的《由马·高尔基不太重要的艺术构思说起：论俄国的让·瓦里让小说》，以及马克西莫娃的《马·高尔基的小说〈阿尔塔莫诺夫家的事业〉的创作史》。[①]

高尔基关于艺术与文学的理论引起了学术界的注意。在这一领域，高尔基学还存在着很大空白，比亚里克的《高尔基的美学观》(1939)一书是唯一的代表。但是，探讨高尔基作为一名批评家的著作较多，高尔基的评论文章陆续整理、结集出版。1937年，布雷特布尔克编辑出版了高尔基《文学评论文选》；1941年，编辑出版了《未收集的文学评论文选》(1939)。高尔基1928—1936年间的文章被整理成册——《论文学》（第三版，别里其科夫编辑，1937）。对批评家高尔基的论述不计其

① Горьковские чтения. 1947—1948, М., 1949.

数。这一时期比较集中的是，一系列论文研究高尔基与文学中的颓废思潮、反动潮流的论争，其中，有沃尔科夫、卡斯塔尔斯基的著作，比亚里克的《高尔基与戏剧界反动势力的斗争》(1938)等。

高尔基团结众多的革命民主主义作家，组织创建了思想进步的文学刊物。关于这个方面的代表性研究成果有沃尔科夫博士论文《阿·马·高尔基及其在19世纪末、20世纪初革命民主主义文学中的重要地位》(1947)。自1936年起，他就多次在刊物上介绍过这个研究领域，专门研究有关《知识》文集的纪念文章、书信和文献资料。

长期以来，高尔基坚持不懈地扶持新生作家，1933年关于这个问题的研究成果出版了。[①] 从此，关于这个题目的大量回忆录、信件、文献资料和研究性文章陆续出版。[②] 学者们撰写了大批文章介绍高尔基对苏联作家(包括法捷耶夫、列昂诺夫、特列聂夫等)的影响。[③]

高尔基与民族文学之间关系的研究。皮科萨诺夫的著作《高尔基与民族文学》是其中代表。这部著作分为两部分：《高尔基在为民族文学自由与发展而进行的斗争中》和《没有高尔基的日子：根据高尔基的遗训》。本课题太大，书里还有些研究空白和不足是显而易见的。苏联是个多民族国家，历史问题、民族问题和民族政治等问题相当复杂，当前的学者得到了1946年以前不曾发现的重要资料。高尔基对于民族文学的意义不仅被苏联文学家所推崇，同时得到了各民族文艺学家的重视，不断涌现成果。1947—1948年的《高尔基读物》(1949)，一次同时刊登了四篇论文。古卡向的论文《俄国与亚美尼亚的文学关系——布留索夫与亚美尼亚文学》是一个例证。在论文里，古卡向认为“高尔基的无产阶级思想活动解决了文学与艺术的许多重要问题”。[④] 他还着手撰写关于高尔基对立陶宛、爱沙尼亚文学重要影响的博士论文。

① Н.Пиксанов, О классиках. Сборник статей.М., 1933 (стр.293—338: «Горький учит»).

② См. М. Горький. Материалы и исследования, т.Ⅰ(1934), ср.т.Ⅱ и Ⅲ; -сборники воспоминаний писателей о Горьком; -Рекомендательный указатель 1949 г.

③ См.например: А.С.Бушмин, М.Горький и А.Фадеев. («Разгром» в свете горьковской традиции). Сб. «М. Горький.Материалы и исследования», т.Ⅳ, Л.1951.

④ Ученые записки Академии общественных наук, вып.7(1950), стр. 175—176.

高尔基不仅仅帮助俄国及其他民族作家，同时也是文艺学家们的扶持者。在高尔基精神生活中曾经有过这样一段时期：当时他既是一名无产阶级作家、先进的批评家、政论演说家，同时也加入学术传播者、研究者的行列。1907—1909年，高尔基在卡普里为来自五湖四海的工人讲述俄国文学史课程。当时人们记录了各种各样的手稿，这些手稿在1936年才被巴鲁哈德伊教授公布于世，1939年世界文学研究所完整出版这些手稿。高尔基这方面的著作得到文艺学家的关注。高尔基在卡普里时期的讲义引起了一系列反响，一时间成为了学术界研究的热点。① 文学史家高尔基形象凸显出来。

对高尔基政论作品的研究，在高尔基学中也占据着重要位置。研究政论家高尔基，尤其研究其政论性和讽刺性文献，具有重大意义。这一方面选集很多，评论文章也很多，其中，米哈伊洛夫斯基和别尔金娜的《高尔基与帝国主义反动势力及西方颓废文化的斗争》(《高尔基读物》，1949)、乌斯宾斯基的《高尔基论美国》(1949)，是比较突出的成果。

高尔基与世界文学的关系。高尔基关于世界文学的单部作品和论述，不仅数量多，而且非常重要，具有思想史价值。还没有一部完整的著作论述高尔基对外国文学的影响，但出现一系列出版物刊登研究高尔基对于斯拉夫国家、法国、意大利、德国以及西班牙文学的影响。比较突出的成果有保加利亚教授维秋·维切娃的《对马克西姆·高尔基戏剧〈在地层〉的进一步阐述》(1948)。

第九节　高尔基在异域文化中

(一)西方文化里的高尔基研究②

---

① Н.К.Пиксанов. Горький-историк русской литературы. Сб. «Вопросы истории отечественной науки» , изд. АН СССР, М., 1949.

② 本部分参考以下书目： Persky, Serge M.: ***Contemporary Russian Novelists,*** trans. Frederick Eisemann, Boston: J. W. Luce and Company, 1913.; Kaun, Alexander: ***Maxim Gorky and His Russia***, New York: J. Cape and H. Smith, 1931; Olgin, Moissaye J. : ***Maxim Gorky: writer and revolutionist***, New York: International Publishers, 1933; Lavrin, Janko: ***From Pushkin***

20世纪初期，西方的读者和评论界对高尔基的作品及其人是熟悉的，他的作品在西方受到欢迎，被广泛地阅读。例如，1907年12月小说《母亲》在纽约杂志上逐章发表，前几章同时在柏林发表，英文版单行本在1907年4月问世，德语版、俄语版单行本6月在柏林问世。1907年到1908年间，该书被译成法语、西班牙语、瑞典语等在欧洲各国发行。他的一些戏剧作品也很快在国外上演，如《敌人》于1911年在德国首次上演，《小市民》、《底层》等优秀的戏剧作品被翻译成多种西方语言，在德国、法国、英国和美国等地上演。因此在上个世纪初的前三四十年，作为文学家和民主自由人士代表的高尔基在西方世界享有很崇高的威望。最突出的表现是高尔基在俄国1905年革命后被捕，法、英等西方各国的报界及民主自由派人士纷纷发表文章指责俄国政府，西方舆论界的压力和其他原因一起作用，使俄国政府释放了高尔基。这一事实足以说明当时高尔基在西方的影响和声望。

这一时期西方评论界对高尔基的研究以高尔基个人传记形式为主，这方面最重要的作品是亚历山大·考恩出版的《马克西姆·高尔基和他的俄国》（1931）。考恩曾经到索伦托拜访过高尔基，并为编撰此书以面谈或是书信的方式采访过当时许多还在世的当事人，因此该书为后人了解高尔基的生活和思想提供了大量可靠的资料和详实的论述，到目前为止依然很有参考价值。除此之外，在这方面还有两部著作值得一读：一本是纽约国际出版社出版的《马克西姆·高尔基：作家和革命家》（1933），作者是穆瓦塞·奥尔金；另一本是菲莉娅·霍尔茨曼出版的《马克西姆·高尔基的青年时代：1868—1902》（1948）。

对高尔基文学创作的研究，主要表现在文学史里的作品论述，多是集中关注高尔基几部代表作，充分肯定这些作品在主题定位、人物塑造、背景描写等方面的特色和与众不同之处，而对这些作品在艺术性、文学性等方面的不足则未予关注。代表作有法国的塞奇·佩尔斯基的《当代俄国小说家》（1913）、穆瓦塞·奥尔金在纽约出版的《俄国文学指南（1820—1917）》（1920）、拉维林·詹科在英国伦敦出版的《从普希金到马雅可夫斯基：文学发展研究》（1948）。

可以把西方在这个时期对高尔基的研究分成两部分：一是对高尔

---

to Mayakovsky: a study in the evolution of a literature, London: Sylvan Press, 1948.

基的传记研究，一是对高尔基文学创作研究。

1.《马克西姆·高尔基和他的俄国》，发表于1931年。

亚历山大·考恩在纽约创作出版的《马克西姆·高尔基和他的俄国》（1931）是这个时代研究高尔基生活、创作及革命活动最有权威性的著作。他曾经在高尔基逗留意大利多伦托期间和高尔基度过了一个夏天，从高尔基本人和他的随从那里获得了关于高尔基生活、创作和革命活动的第一手资料。

这本书主要刻画了作为普通人、作家和革命家的高尔基，记录了从沙皇统治下的俄国到布尔什维克专政这一过渡时期高尔基的创作、生活及革命活动，没有过多地评论他的文学创作。作品内容翔实，材料丰富，虽然有人批评他过于冗长细碎，可是作者在书中大量引用高尔基的作品、书信、口头回忆，以及当事人的记述、警察局的档案材料，因而整本书读来并不枯燥，再加上幽默的语言以及一些珍贵史料本身所具有的幽默色彩，此书还是颇令人回味无穷，爱不释手的。全书共分七章，主要记述了三方面的内容：首先是高尔基的童年、少年和青年时代的生活，接下来是高尔基从流浪汉到记者、编辑和作家的转变，最后是高尔基在革命年代及苏维埃时期的工作和生活。书的末尾另有两篇附录，一篇记述了高尔基在美国的遭遇和生活，一篇是托洛茨基给亚历山大·考恩的一封信。

作者坚持自然主义的立场，强调环境和遗传对高尔基性格的影响，其中有两点是最为突出的：一是父亲的遗传，一是外祖母对他的影响。作者认为无论遗传和环境是否在高尔基的生活中有重大影响，这些因素都像噩梦或火灾一样决定性地影响了高尔基性格的形成及文学创作，并留下了不可磨灭的印迹。父亲的遗传造就了高尔基桀骜不驯的性格。父亲性格中有对生活和人类幸福的信仰和爱，也有着挑战权威的勇气与倔强，这些高尔基都继承下来。外祖母对他的影响。外祖母心目中那个诗意的上帝，怀着温暖舒适的神性，丝毫不刻板僵化，即使是在童话里，也照样激励着人们盲目地信仰美和善。高尔基从母亲那里继承来的是对上流社会人士、对承诺给予普通人梦想中的幸福和美好的、诱人的、未知的眷念，对贵族生活的尊崇，以及对浪漫的美和绅士风度的钦慕，而这些事物在现实生活中的缺乏又强化了它们的魅力。此外，他还从父母那里继承了强壮高大的体魄，以及做事一丝不苟、好斗、不顺从的性格。

高尔基游历俄罗斯为他的文学创作积累了丰富的素材。考恩简单分析了高尔基的艺术观。社会意义是作为批评家的高尔基的审美标准，艺术作品的“社会意义”决定该作品是得到俄国主流批评界的接受还是拒绝。起初他对俄国艺术中的现代主义潮流是持否定态度的，特别是其颓废的一面，后来他对自己的观点有所修正，赞扬了这些现代派艺术中所包含的美和力度。考恩认为，高尔基浪漫主义写作的主要目的是歌颂英雄主义，反对单调呆板的现实生活。

考恩还分析了高尔基和他的作品受到俄国社会普遍好评的原因。首先，俄国批评家基本上是从作品的社会主题来评论一个作家。民粹主义者从他笔下的流浪汉形象中看到了城市文明对土地之子的腐化作用，从而欣然得出结论认为俄国必须保持乡村农业文化，避开城市文明；马克思主义者则高兴地指出高尔基笔下的流浪汉具有超人的智慧、脱离旧传统的自由精神和对旧势力的警醒，并把这些美德归于城市的影响，因为城市在迅速地把麻木的农民变成敏锐的无产阶级，所以俄国必须进行城市化；保守的出版界则感谢高尔基展示了流氓无产者的可恶面貌，他们混淆了流氓无产阶级与无产阶级的界限，开始为他们戴着“豪猪手套”对待大众的行为进行辩解，认为这是为了他们的灵魂着想。

由于该书出版时高尔基还健在，因此没有涉及到高尔基生命中最后几年的情况，但是对高尔基第二次旅居国外的生活、思想和文学创作还是做了较详细的介绍：记述了高尔基如何指导青年作家写作；呼吁国际社会帮助俄国处于饥饿困境中的知识分子；代表新俄国与侨民作家展开论战，同时也分析了高尔基不受多数侨民作家欢迎的原因，其中很重要的一条就是高尔基和苏维埃政府高层领导人的友谊和他本人对革命的接纳和崇拜。对于年轻的苏维埃俄国而言，高尔基的意义在于——他是一个象征性的人物，一个通过狂热和探索的现在，联系过去和未来的桥梁，他的文化成就所达到的顶峰展示了一个普通人的崛起。

2.《马克西姆·高尔基：作家和革命家》，发表于1933年。

1933年，纽约出版的《马克西姆·高尔基：作家和革命家》是这一时期出版的另一本关于高尔基的重要传记作品。这本书发表在20世纪高尔基在国内外的声誉都达到鼎盛时期的30年代初，因此这本传记可以被看作是一本圣徒传之类的作品。作者穆瓦塞·J.奥尔金在书中主要分析了作为无产阶级文学奠基人的高尔基，对高尔基的革命活动和无产阶级文学创作给予了高度评价和赞扬，积极肯定了高尔基对无产阶级文学的诞生和布尔什维克的革命活动所做出的巨大贡献，同时对高尔基在俄国文学史上的特殊地位进行了理性的分析和论述，认为高尔基在俄国文学史上的出现在本质上是一种轰动效应。这本书与亚历山大·考恩作品的不同之处在于篇幅较短（只有考恩作品的十分之一长），语言和思想都十分精练，集中刻画了作为作家和革命家的高尔基，特别是对高尔基各时期的文学作品进行了较广泛和深入的分析。

奥尔金对作为革命家的高尔基充满了赞誉之情，认为高尔基从青年时代到现在都是忠于工人阶级、忠于革命、忠于社会主义的。他是少数几个把自己的艺术才华和革命热情以被压迫人类的名义、保障自由人性成长的名义、以社会革命的名义献给与资产阶级社会进行斗争的作家之一。高尔基在成为一名作家之前就已经是一名革命者了，而他终生都保持着这两种角色。对于作为文学家的高尔基，奥尔金把高尔基的文学作品分为四个时期分别进行论述：第一个时期指创作于19世纪末的作品，主要包括早期浪漫主义小说和一些以流浪汉生活为题材的短篇小说。奥尔金着重分析了高尔基早期作品中的流浪汉式的主人公和充满传奇色彩的人物。第二个创作阶段指19世纪末、20世纪初，高尔基开始了新的更具现实主义特色、更贴近俄国现实生活的创作。对流浪汉的描写不再理想化，而是更加贴近现实。1905年革命之后在国外居留期间的创作属于第三个时期，这期间他试图对俄国革命和阶级斗争做一部艺术的编年史。1910年以后的创作是第四个阶段，这个阶段的重要作品具有强烈的自传体色彩。这些作品都描写了古老的俄国城镇，人们过着平庸污浊的生活，生活中充满了世族和帮派之间的争斗和各种仇杀。教士是统治者，商人是生活的主人，无知蹂躏着大众。然而巨大的能量也正在这底层酝酿，等待着革命运动的洪流。

奥尔金对高尔基作品中的人物塑造、创作风格、艺术特色以及他在苏联文学史上的地位都给予了高度的评价和总结，强调高尔基在苏联文学史上是俄国无产阶级文学之父。

3.《当代俄国小说家》，发表于1913年。

1913年法国人塞奇·M.佩尔斯基在他编写的《当代俄国小说家》中，用专门一章详细分析介绍高尔基的生平和作品，认为他是继托尔斯泰之后俄国最有才华、最富原创性的当代作家。他对高尔基流浪汉小说的特点及人物性格做了较深刻的分析，但是对长篇小说、剧本及早期浪漫主义小说的分析不够深刻，只是停留在情节的叙述和浅层次的理解上。

首先，佩尔斯基着重分析了高尔基流浪汉小说的特点，他把高尔基小说中的流浪汉人物主要分成两类：一类是"躁动不安的人"，一类是"沦落的人"。对于高尔基的短篇小说，佩尔斯基的观点是：情节简单，甚至没有情节，人物塑造仅仅是一种简单的勾勒。但是这些简单的框架中所包含的艺术力量却是丰富、柔韧且生机勃勃的。同时，佩尔斯基也注意到高尔基小说中存在着一种喜剧精神，而正是这种喜剧色彩冲淡了环境中的悲剧因素。尽管小说中流露着深刻的悲观主义，这些作品中人物快乐的外表却给人以错误的感觉。正是这种幽默感使高尔基成为果戈理作品风格的继承者。

佩尔斯基对高尔基小说中人物的同质性也做了很有意义的探讨。打开高尔基的任何一部作品，读者都会遇到相同类型的人物：他们不安、躁动，对自我存在的平庸感到不满，试图摆脱这种生活，对绝对自由有一种无法抵抗的偏向，并远离社会和政治责任。对此，佩尔斯基首先分析这类人具有的独特的思维意识。他们有一种强大的自制力而且不知道该如何处理这种力量；他们已经脱离了自己厌恶的常规，但对他们来说为自己创造另一种存在方式又是非常艰难的事。资产阶级的生活方式令他们感到厌恶，而各种各样的责任又为他们所摒弃。他们认为满足于这种生活的人是奴隶，不配人的称呼。他们对农民、对领导阶级和工人都持有同样的态度。在他们眼里，农民让自己的个性屈从于任何形式的利益，他们不能觉察到为了获得每天的面包而心甘情愿接受的这种束缚；工人则是一些"可怜的挖土的人"，他们永远在工作，他们的血汗成了地球上所有大厦的混凝土的一部分，然而他们得到的酬劳却不能保证他们有足够的住房和食物赖以为生。对于知识分子阶层，高尔基指责他们缺乏独立性，没有激情，甚至是些许的真诚，思想和心灵都完全服从于旧道德，所有的坚持和努力都仅仅是为了实现个人的抱负。与这些人相反，高尔基笔下的流浪汉显然是所有任何形式的奴性的敌人。个性的完全独立对他们意味着一切。任何丰厚的物质条件都不会诱使他们在这一点上做出丝毫的让步。

佩尔斯基认为，高尔基笔下的人物认为自己是无用的人，但是他们从不羞辱自己。他们精神上的躁动不安不允许他们屈从平庸或是不加反抗地成为他们中的一员。同时，他们中的一些人天生就对自身、对他们的力量拥有不可动摇的信心，这种信心使他们不去依赖社会。他们也有自己的渴望，他们中的大部分人盼望发生离奇的事件，渴望英勇的行为。一些人宣称他们愿意把自己抛到一百把尖刀之上，如果他们那样做可以使人类免于灾难；而枯燥的日常生活，即使是有用的生活，也不能让他们感到满足。

佩尔斯基分析的高尔基小说中的第二类流浪汉被高尔基称为“沦落的人”。沦落的人和躁动不安的人密切相关，然而不同的是他们把自己的观点发挥到极致，因为他们比其他人生活的更痛苦，在和社会抗争的过程中更加走投无路。这两种人共同的特征是绝对的利己主义。躁动不安的人只关心自己的不幸，他们认为所有的人都和他们一样，他们也从不尝试压制他们强烈的情感。

佩尔斯基认为，高尔基依然忠实于俄国文学传统，不是为了艺术而艺术的作家。

佩尔斯基对高尔基的长篇小说和戏剧创作也做了简单的分析。他认为，尽管高尔基的长篇小说和戏剧创作依然显露了他的才华，但是在总体上不如他的短篇小说写得好。佩尔斯基摘引《母亲》中的片断对故事和主人公做了生动的叙述，并对作品的主题做了简单的说明。他认为，作品中的主人公属于工人和农业无产者，而这个阶级在后来的俄国政治风潮中起了重要作用。高尔基运用大量的心理分析来表现这些思维简单的人如何理解真理，而这个新的真理又是如何打动他们热切的心灵。最后，佩尔斯基还提到了高尔基的另外两本作品《在人间》和《马特维·克日米亚金的一生》。高尔基在这些作品里向我们展示了社会主义在农业无产阶级中的传播，也描写了农村生活的褊狭和农民种种丑恶的行径。

4.《从普希金到马雅可夫斯基：文学发展研究》，发表于1948年。

1948年，詹库·拉伍林在英国出版了《从普希金到马雅可夫斯基：文学发展研究》，这部关于俄国著名文学家的著作主要涉及了从普希金到马雅可夫斯基等一共十六位作家或剧作家，对高尔基的评述只有短短的二十五页。他对高尔基的评述基本上是正面的，没有提到后来许多西方学者在对高尔基进行评述时经常提到的艺术性方面的诸多缺陷。因为该书是在1948年出版的，那时冷战的铁幕还没有拉开，西方对高尔基的评价还是很高的，同时人们对那个时代的社会背景，对高尔基其人及其作品也是熟悉和了解的。

首先，詹库·拉伍林强调了高尔基的独特性和在俄国文学史上的独特地位。艺术家和改革家二者在高尔基身上不像在托尔斯泰身上那样是相互敌对的，也不像在威尔斯那里是杂乱无章的，在他这里是协调统一、互不干扰的，而且还似乎互相强化。他以一种和果戈理及其后来者完全迥异的精神刻画了现实生活中丑陋的一面。他的作品中充满了强大的鞭策之力——鞭策人们把丑陋的现实变成不再使自身感到羞辱的真正存在。对高尔基的文学创作要与他在俄国历史上命运攸关时期的社会和政治生活中所扮演的角色联系起来加以考虑。他是俄国历史上第一个以无产阶级的，甚至是社会弃儿的身份从社会最底层成长起来的著名作家，这一事实强化了他的独特地位。随着工业无产阶级在俄国大中型城市中力量的壮大，高尔基在上个世纪初成了俄国工人运动——包括1905年起义和1917年革命——背后的重要文学和道德力量。高尔基作品的时代意义在于振奋人们的精神，唤起那些对生活从未有过希望的人们对生活和未来的渴望，填补了托尔斯泰和契诃夫等人留下来的空白。

和佩尔斯基一样，拉伍林对高尔基的早期浪漫主义作品和以流浪汉为主人公的短篇小说进行了详细的评述。他认为，高尔基笔下的人物已经有了阶级划分和阶级对立的意识，这点作为俄国文学中的新生事物一直是高尔基文学作品最主要的特征之一。这个时期有些评论家倾向于从他身上看到一个来自贫民窟的尼采形象，詹库·拉伍林认为这只是一种表面现象，高尔基经历了贫民窟的生活，但是他超越了这种生活，并热切地希望改变这种生活。这里既包含了他的优点也有他的弱点：优点在于这一目标提升了他的创作热情；缺点在于它使得高尔基的作品带有说教性和有计划的目的性。

对于高尔基的《母亲》，拉伍林认为与其说这是一部文艺作品，倒不如说是一部重要的社会纪实作品和具有政治宣传性质的小说。该作品描写了本世纪初俄国工人阶级为了争取权利而进行的斗争。我们可以从中看到革命组织是怎样从内部一点点发展壮大起来的，也从中见证了工人和工厂主之间的冲突以及当权反动派对人民的屠杀。但是斗争在继续，成长壮大与挫折失败并存，工人们在斗争中不屈不挠。小说表现了俄国工人一旦拥有了他们所信服的事业而表现出的令人无法置信的活力。然而，也是在这里，高尔基小说中的说教意味发挥到了极致。作品的宣传鼓动性不是得到了艺术的升华，而是和艺术混为一谈，但这一点并不影响小说对俄国及世界工人阶级思想意识的成长产生巨大的影响。

《忏悔》在拉伍林看来是高尔基最奇特、最有趣的小说之一，字里行间回荡着作者对这片土地和人民最本能的爱。辽阔的俄罗斯土地充满了迷人的魅力。该书是高尔基在深切的思乡之情的感召下，写下的关于俄国最富于诗意的作品。詹库·拉伍林认为《奥古洛夫镇》和《马特维·克日米亚金的一生》属于历史小说，这两部小说及高尔基的自传体三部曲，都控诉了那个时代环境对人性的戕害。

《克里姆·萨姆金的一生》是高尔基最庞大、最富雄心的一部作品。詹库·拉伍林认为其第一部写得最出色，表现了生活在大城市中的整整一代人的早期发展，第二部和第三部主要涉及到日俄战争和1905年革命，结构松散，内容冗长，但是却有着重要的纪实价值。第四部没有完成。高尔基通过克里姆·萨姆金这一人物分析了俄国历史上的关键时期，以及俄国知识分子不能带领人民度过危机的内在和外在原因。萨姆金在哈姆雷特式的忧疑和分裂中成为一个有趣的资产阶级知识分子的典型人物。

詹库·拉伍林对俄国“社会主义现实主义”进行了分析概括。他认为，“社会主义现实主义”是当前苏联文学中最强大的文学潮流，高尔基是“社会主义现实主义”的发起人和第一位理论家。“社会主义现实主义”不是指作家有责任进行社会主义宣传，它仅仅是和悲观的、否定的批评或西方的逃避文学相对照。苏联文学具有建构性的信仰，目的是要最终达到不仅是个人与社会的统一，而且是文学和生活的统一。

和高尔基的名字密切相关的还有社会主义、人道主义，高尔基认为挽救社会的唯一办法是社会主义和人道主义的结合，这种结合是今天和明天的重要问题之一。而文学则可能是实现这一目标的一个最有效的手段。詹库·拉伍林在结论部分认为，高尔基的多数作品以其对人性的尊重深刻体现着社会主义人道主义——这种社会主义人道主义不是孤立的、以自我为中心的人性，而是指向这种人性，并有意识地与社会融于一体。难怪高尔基成为了从俄国工人阶级中成长起来的、与前辈知识分子有着迥然不同的趣味和要求的新一代读者和知识分子的偶像。因此我们不要抱怨这个时代没有创造出能与普希金、托尔斯泰、陀斯妥耶夫斯基或是契诃夫媲美的伟大作家，因为还没有完成为新事物清除障碍和进行建设的任务。

高尔基在十月革命后竭尽全力保护俄国知识分子和文化遗产，反对狭隘的宗派主义，强烈要求旧有文化中的精华应该同苏维埃大众文化相融合，从而创作出世界一流的文化。他组织学者专家编辑出版了世界文学经典著作集。对此詹库·拉伍林给予了高度评价，认为高尔基不光是联结苏联文化和前俄国文化的桥梁，而且是联结苏联文化和世界文化的桥梁。

（二）中国高尔基研究的出现、倾向和命题

中国高尔基学的形成，与几代学者、翻译家、作家的贡献有密切的联系。中国最早的高尔基作品翻译者是吴梼。1907 年他在《东方杂志》发表了他从日文翻译的小说《忧患余生》（即高尔基的小说《该隐和阿尔乔姆》），署名“俄国戈厉机著”。译作发表的时间距离原作发表仅仅七年。1916 年，半侬翻译了《廿六人》（即《二十六个和一个》）。1917年，周瘦鹃翻译了《大义》（《意大利童话》第十一则）。1921年《小说月报》出版了“俄国文学研究专号”，其中发表了沈泽民翻译的高尔基成名作《高原夜话》（即《马卡尔·楚德拉》）。翻译高尔基的著作，在20世纪30年代初期成为一种时尚。茅盾在《高尔基和中国文坛》一文里说：

"高尔基对于中国文坛影响之大，只要举出一点就可以明白：外国作家的作品译成中文，其数量之多，且往往一书有两三种的译本，没有第二人是超过了高尔基的。30年前，中国的新文学运动刚刚开始的时候，高尔基的作品就被介绍过来了。抢译高尔基，成为风尚；从日文重译，从英文、法文、德文乃至从世界语重译。即在最近十多年中，直接从俄文翻译，已经日渐多了，这些重译还是继续不绝。这说明了读者需要之众多，光靠直接从俄文翻译是不能满足的。"[①]

把中国读者对高尔基的热爱与研究的方向联系在一起的，是著名的新闻工作者邹韬奋先生。在1932 年11月到12月的七期《生活周刊》上，他以"落霞"为笔名写了四篇题为《当代革命文豪高尔基》的文章和三篇题为《高尔基与革命》的文章。邹韬奋先生写这些文章依据的是当时美国加利福尼亚大学俄国文学教授亚历山大·考恩的著作《高尔基和他的俄国》（*Maxim Gorry and His Russia*），他是对这部著作进行了编译。这些文章后来编成了《革命文豪高尔基》一书，1933年7月出版，不到三个月，该书就销售告罄。

《革命文豪高尔基》在中国高尔基学的历程上具有不可替代的地位。它是中国学者写作和出版的第一部比较全面介绍高尔基生活、思想和创作的著作，以后许多类似的著作对这部著作的借鉴颇多。值得注意的是，这部作品出版之前，鲁迅就十分关注它。他看到1933年5月6日《生活周刊》第8卷第18期上的广告，写了一封信给邹韬奋，建议在书中增加插图；他把自己收藏的《高尔基画像集》"奉借制版"，并且将其中采用的作品的作者一一翻译出来。[②] 本书出版后，鲁迅先生还为一位广西读者寄去一本。这本书为中国高尔基学增色不少。尤其值得注意的是，《革命文豪高尔基》出版之后，7月7日，上海《申报》副刊《自由谈》发表了作者为"林翼之"的一篇文章《读〈高尔基〉》，指出了这部著作里的一些缺点，"还对这本书有一笔抹杀的意思"。鲁迅先生当即写了一篇针对它的小文《关于翻译》，为本书说话。这是值得中国高尔基学记

---

① 茅盾：《世界文学名著杂谈》，北京：人民文学出版社，1979 年。

② 邹韬奋：《革命文豪高尔基》，第三卷第五期，"编译后记"，上海：上海三联书店，1987 年。

载的事迹。[①] 邹韬奋曾经委托萧三先生把《革命文豪高尔基》一书转交高尔基的秘书。[②]

1945年高尔基去世九周年，郭沫若主持重庆中苏文化协会研究委员会的工作。在他的建议下，戈宝权、茅盾、葛一虹、郁文哉等四位先生花费一星期时间，合作翻译了苏联作家罗斯金的传记作品《高尔基》，由北门出版社出版。

1946年，为纪念高尔基逝世十周年，戈宝权和葛一虹合编了《高尔基画传》。

1947年和1948年，戈宝权和罗果夫合作编辑出版了两册《高尔基研究》；1949年的一册也编辑完了，只是由于戈宝权离开上海而未能出版。

1949年之前的中国高尔基研究，是中国高尔基学历史上的发端时期。它有两个特色：一是对高尔基的介绍侧重于他为被侮辱被压迫的人们呐喊这个角度，是“普罗”文学的代言人；二是介绍高尔基是左翼作家和艺术家共同的事业，而不仅局限在翻译家，因此鲁迅、茅盾等进步作家都投身于这个工作之中；三是这个时期的高尔基研究，在学术上不是太深入，多半局限在介绍、感想和影响上面。对高尔基创作思想、艺术手法和文化问题，对高尔基学术研究上存在的问题，以及高尔基政治思想、美学思想等等，缺乏独立的发现。

特别应该指出，在这个阶段，萧三先生在延安鲁艺讲授了题为《高尔基的社会主义美学》的课程，编辑了一份供讲课的讲稿。后来，作者根据这个讲稿和他写于不同时期的文章，结集为《高尔基的美学观》（群益出版社，1950 年）一书。这本字数不多的小册子是中国高尔基学第一个时期值得记上的一笔。虽然，它也更多地是对苏联学者研究成果的梳理，但是，却为更加深入地研究高尔基开辟了一个天地，提供了一个可供参照的范式。

（三）个案研究：中国文论建设进程中的高尔基论

在中国高尔基学发展史上，20世纪30年代的典型理论之争鸣具有标志性意义。它在一定程度上表现了后来高尔基学在中国的基本趋势。

① 鲁迅：《关于翻译》，《现代》，1933年9月，第三卷第五期。

② 戈宝权：《写在〈革命文豪高尔基〉新版的卷首》，上海：上海三联书店，1987 年。

20世纪20年代至30年代，"高尔基典型论"在现代中国文论建设过程中产生了重要作用，这里面有一个重要事件——20世纪30年代周扬、胡风围绕"高尔基典型论"进行了一场没有结果的论争。

高尔基的典型论是他全部文学思想的核心，它建立在文学是"人学"、文学是对社会现实的反映并能够使人从中认识社会、认识现实这样一个"反映论—认识论"的文学观念基础上。"高尔基典型论"的理论基础是对人的本质的社会性、阶级性、历史性的认识。它认为人在其现实性上是一切社会关系的总和，不存在超越具体社会关系而独立的抽象的人类个体，这是马克思主义经典作家对现实中的人的基本看法。高尔基人学思想尽管有一个复杂的发展、变化过程，但在30年代思想成熟时期，无疑已形成为较为稳定的关于人的看法。

高尔基论述的典型，对同时代文学、对稍后的外民族文学影响最大的，既不是对个性的强调，也不是对二者并重的要求，而是他对典型应该体现阶级性、时代性、社会性的强调。这些论述，不仅在当时以及以后一个相当长的历史时期内受到苏联国内文艺政策的欢迎，而且在异国他乡（如中国）的文坛，也受到重视。高尔基的这部分论述，包含两个方面：一是对典型化的方法的论述。这个方面表现了高尔基典型论的机械倾向。二是对典型所表现的阶级性、时代性和历史性的强调。这个方面的提法，强调了文学典型表现阶级性、时代性的功能，在传播和接受的过程中，由于时代的政策、追求的功利等因素的影响，它们往往被推向极端，成为偏激的东西。

当20世纪30年代现代中国文论大师们接触到"高尔基典型论"时，已经接受过最进步的马克思主义文论的洗礼，同时，也已接触到最新潮的西方现代文论。这一点，可以从鲁迅、冯雪峰、瞿秋白以及朱光潜等人的早期文论里看到，这里不再赘叙。他们的审美判断力完全可称成熟了。因此，尽管他们从心理上无条件接受俄苏"普列塔尼亚"文学思想，但在理论上仍不乏鉴别取舍。当"高尔基典型论"进入中国文坛时，引起的便不再是肤浅的热烈，而呈现出相当冷静、理智的认同。这一认同，建立在对文学使命、文学本质的共识基础上；这表明，30年代的中国文论已基本完成了从传统文论向现代型的转变。所以，高尔基的文论著作被译介过来，首先引起反响的是文学阶级性、真实性，无产阶级文学的使命，以及文学现实主义和浪漫主义等贴近生活的深层次问题。引起热烈争论的典型论，也与这些问题密切相关。

高尔基频繁论说典型论是20世纪20年代末、30年代初，主要对象是初学写作的人、文学青年以及为回答文学编辑的提问而写的提纲。而中国译介过来的高尔基文论几乎与之同步。1934年4月10日出版的《文艺讲座》发表了冯雪峰翻译的《劳动阶级应当养文化的工作者》（即高尔基《无产阶级应当培养自己的文化大师》），同年，鲁迅先生编辑出版《戈理基文集》，周起应编写《高尔基创作四十年纪念文集》（1933年9月）。最有直接意义的是《我的创作经验》、《我的文学修养》在《文学》第三卷1、2号（1934年7月）发表，这是现代中国文论最初接触到的"高尔基典型论"文本。从次年周扬、胡风之争发表的文章中所引用的高尔基用语可以看出，高尔基有关典型论的文章大多被译介过来了。

较之于"文学革命与革命文学"之争，周、胡两人围绕典型问题而展开的短期论争显得更为专业化，理论针对性也更为明确。争论的焦点是胡风提出的典型的共性（普遍性）和特殊性的界定。胡风在《什么是"典型"和"类型"》一文里说："典型含有普遍和特殊这两个看起来好像是互相矛盾的观念。然而，所谓普遍的，是对于那人物所属的社会群里的每个个体而说的；所谓特殊的，是对于别的群或别的社会群里的每个个体而说的。就辛亥前后以及现在的少数落后地方的农村无产者来说，阿Q这个人物的性格是普遍的；对于商人群、地主群、工人群或各个商人、各个地主、各个工人以及现在在不同的社会关系里的农民而言，那他的性格就是特殊的了。"[①] 胡风这里所说"普通的"，实际上是高尔基常说的从一个阶级所有人中间概括出来、抽象出来的共性，这是没有争议的；问题在于，他认为"特殊的，是对于别的群或者别的社会群里的每个个体而说的"。也就是说，典型的特殊性只是与其他社会阶层的每个个体相比而存在，对于自己所处的阶层而言，不存在特殊性。换句话说，一个社会群里只可能存在一个典型。这也就是后来许多研究者指责高尔基忽略个性的地方。我们在上述叙说"高尔基典型论"时得知，"高尔基典型论"并不能合乎逻辑地推导出这一结论。对此，周扬在《现实主义试论》里予以修正："阿Q的性格就辛亥前

① 赵延年：《胡风评论集》，北京：人民文学出版社，1984年，第97页。

后以及现在落后的农民而言是普遍的，但他的特殊在他所代表的农民以外的人群而言却并不存在，而是就在他所代表的农民中，他也是一个特殊的存在。"[1] 这一修正是极有价值的。对于本文论题来说，周扬引用高尔基的论点来修正对个性的忽略，对于中国文论准确接受高尔基的典型说，应该更富指导性。从周扬的《典型与个性》、《文学的真实性》和《关于"社会主义的现实主义与革命的浪漫主义"》等文章中，我们可以发现，对于文学的典型性、它的共性与个性这一问题，现代中国文论有明确的合乎文学本质规律的认识。事情并非如有的论者所说胡是而周非[2]，也并不存在胡风是对"高尔基典型论"的原意叙述而周扬则根据文学规律本身来予以修正，而他修正是"高尔基典型论"而非胡氏之说。[3] 应该说，若周、胡之间的分歧仅限于此是不足争论的。因为，胡风在那篇引起争论的文章里继续说："一个典型，是一个具体的、活生生的人物，然而，却又是本质上具有某一群体特征且代表了那一群体的。"这意味着胡风本人对典型也有深刻的、本质性的把握。从两人频频引以为据的高尔基文章来看，他们的旨趣并不在此。回首这段争论，饶有趣味的是周扬的这段话："典型问题的提出应当和中国目前文学的主要任务配合。国防文学由于民族危机和民众反帝运动而被推到了第一等重要地位。文学者应当描写民族解放斗争的事件和人物，努力创造民族英雄和卖国者这一对正负的典型。……胡风先生既然以现实的文学形势作为立论的根据，对于文学的这个神圣的任务竟没有一字提及，这样，所谓典型的创造云云，就和现实的、历史的运动没有关系了。不但如此，胡风先生的关于典型的理论还有取消文学的作用的危险。""这里，我们如果考虑了中国社会急剧猛烈的发展，以及文学的一般的落后和技术的低下等等具体情形，那么我们就不会把创造典型的希望放得太近太高。"[4] 由救亡而唤起的知识分子"五四"启蒙思想解放运动，不久便为更深刻的民族危机所吸引；深入彻底的思想批判和重建并未完成，而文学也随之浮沉。这时期大家讨论着文学的阶级性、党

① 周扬：《周扬文集》（第一卷），北京：人民文学出版社， 1984年，第161页。

② 乐黛云：《关于现实主义的两场论战》，《文艺报》，1988年8月13日。

③ 叶纪彬：《中西典型理论述评》，上海：华东师范大学出版社，1993年。

④ 周扬：《周扬文集》，《现实主义试论》，北京：人民文学出版社，第一卷，1984年。

性以及革命文学与国防文学，而正好在这一时期，伴随着救亡的马克思主义思想（包括文论）而进入中国的“高尔基典型论”不可避免地成为武器。毕竟，“目前重要的是克服文学落后于现实后面，作家和实践隔离的那种可悲的状态。要使文学成为民族解放的武器之一”。至于文学作品塑造出来的形象是否公式化，是否恶劣的个性化，是否急需理论的指导，这一切，都不是现实所急切弄清楚的。高尔基的典型论被接受的轨迹在这一时刻被宿命地固定下来。它被理解并运用为服务现实革命的工具。

在民族危机和灾难深重的历史环境下，文学不为之承担责任，是堕落的；文学完全固守自己的本质和本能而矜持地漫步在社会浪潮旁边，也是不可能的。正是在两难的历史氛围中，文学抛却了它的部分本性而投身于时代救亡和民族解放的浪潮中，成为武器与工具。对于典型论而言，个性、独特性，以及人之为人的普遍性等因素妨碍文学成为斗争的武器和工具。毕竟，当现实斗争需要全民族一致性的激励的时刻，奢谈典型里的个性特征、个人区别于阶层整体的东西，实在是渺小的。因此，高尔基的典型论处在这一种时代氛围中不可避免地被理解、被阐释为阶级性的代表，且迅速在现代中国文论中定格了。

第三章 20世纪50年代：高尔基学的重新整合

第一节　时代氛围和基本问题

20世纪50年代，是战后苏联社会全面恢复时期，学术领域也在恢复期间。这个时期，苏联意识形态经历了三个重要事件，分别是：20世纪40年代最后几年对学术界所谓“世界主义”的批评；苏共二十大召开，秘密报告揭秘，全面否定斯大林；解冻开始。文学界先是宣传塑造正面形象，强调社会主义现实主义创作方法、文学党性和人民性；在上述事件发生后，逐渐开始反思无冲突论、粉饰现实论、新典型论、社会主义现实主义创作方法的基本内涵等一系列文学基本问题，提出“创作真实”、“积极干预生活”的口号，对斯大林时代特别是战后文学中的无个性化、概念化、公式化的倾向，给予了严厉批评；在反对个人崇拜运动展开后，给全社会带来了激烈震荡，也给学术界带来一定影响。严格说，斯大林时代的结束，解冻思潮的展开，在学术研究领域带来了一定的自由、宽松气氛。高尔基学领域也感受到这股气氛，具体表现在：人们对按照陈旧思路研究高尔基表示了不满，希望拓宽路径，创新思维，带来符合时代要求的新成果。因此，研究领域有所拓展，大胆切入了20世纪30年代至50年代人们回避的研究“禁区”，出现了一批触及高尔基思想迷雾、政治错误时期的创作，对高尔基创作中出现的问题也有所触及。

但是，下面两种现象仍然很明显：一是对高尔基作为所谓“社会主义现实主义”创作方法奠基人的研究继续深入进行，强调他作为社会主义新文学的首创地位。为了强调这个立场，高尔基早期的创作成就被继续漠视或避而不谈。二是仍然没有开禁高尔基与十月革命的真实关系研究。在对1905—1908年期间高尔基的生活有所注意的条件下，对其思想迷雾、宗教观、《不合时宜的思想》的思想内容、十月革命期间高尔基与新政权之间的关系等一系列问题，依旧保持沉默。

这个时期的高尔基学还是开拓了一些新的研究方向，例如高尔基与自然科学、儿童文学、高尔基的政论笔名考据等。无论如何，在意识形态解冻时期，新的氛围已经隐隐约约形成了。

1954年4月，在莫斯科召开了关于高尔基创作研讨会。这次会议对战后这一时期的学术研究进行了总结。学者们肯定了高尔基学所取得的成绩，例如对《高尔基文集》的出版、对大型作品的研究、对高尔基与同时代作家关系的研究，以及对高尔基在十月革命前后在俄国文学中的地位的分析等等。同时，与会者也指出了存在的大量不足，具体表现在：公式化的社会学研究方法；片面孤立的研究思路，剥离文学整体进程，导致对一些文学现象做错误阐释；过高评价高尔基早期创作的意义等等。

归纳起来，20世纪50年代中期以来，高尔基学学者在研究方法上有了新的变化：采用系统分析方法对高尔基的创作进行具体历史的分析，将他的创作看作相互之间有联系的、系统的、完整的有机体。同时，类型学研究方法和历史比较分析方法也有所运用。首先，加强了对作家的文献资料、作品汇编的整理、注释和研究工作，出版了很多重要的系统文献资料。其次，在作品研究方面不仅做到普遍开花，而且着重研究过去很少研究或未研究过的作品，重视从不同的角度对同一体裁的作品进行研究，重视研究作品的艺术性。再次，摒弃了过去在一定程度上孤立地研究作家的做法，注意将作家放在他所生活的时代——即19世纪末、20世纪初的俄国文学和二三十年代的苏联文学发展的过程中，放在与他同时代作家的交往中加以研究，尽力揭示作家在文学发展中的作用。此外，对高尔基作为批评家和作为社会主义文学奠基人的研究也有某些进展。

第二节　对概念化、公式化研究模式的挑战

概念化、公式化的研究，缺乏创新，是这个时期文学创作和文学研究的普遍现象。这个时期代表性的研究著作——奥甫恰连科的《论马·高尔基创作中的正面主人公》(1956)[①] 就受到了学术界的尖锐批评。这部著作先在苏联科学院刊物上发表部分章节，引起了学者们的讨论。作者是战后最早对《三人》里的巴夫拉·格拉切娃形象感兴趣并进行研究的学者之一，他对《母亲》语言的研究也颇有心得。本书呈现了大量的事实资料，使人们能够进一步了解高尔基与其他人(多多少少成为小说的原型)之间的交往。

尽管这部论著取得一定程度突破，但还是没有完全达到学界的期望。这个时期读者的普遍心理，是期望从高尔基的创作中整理出对社会主义文学原则的建立有价值的东西，显示出高尔基作为19世纪末20世纪初文学的革新者、文学新方法的奠基者的意义。

奥甫恰连科的研究方法仍旧保持着历史文献分析方法，同时具有理论的预设。他这样理解自己的任务："正面主人公的问题是社会主义现实主义美学的根本问题之一"(第4页)，同时，"在对工人阶级形象的描绘中尤其鲜明地表现出高尔基创作方法——社会主义现实主义方法的革新本质"(第5页)。但具体到对90年代至20世纪初期作品中的工人形象进行研究时，作者并没有结合高尔基的思想变化和美学发展进行分析，基本上回避了这个复杂关联，没有深入探讨。作者过分注重材料细节，忽略了俄国文学中社会主义现实主义的形成这个核心问题。实际上，把这部著作称为《马·高尔基映像中的工人阶级》，似乎更为确切。

奥甫恰连科的著作清晰地表明，高尔基作品里反映出工人阶级是改变世界的强大力量，但是，他没有指出，高尔基是借助于什么艺术手段表现出这个规律。关于这方面，奥甫恰连科只是稍稍论及，不足以让我们理解高尔基作为一名艺术家到底与其同时代人——魏列萨耶夫、绥拉菲莫维奇等作家有什么不同，对于现实主义未来的发展具有

① А.Овчаренко. О положительном герое в творчестве М. Горького. 1892—1907. Изд. «Советский писатель», М.1956, 585 стр.

怎样的意义。作者关注的重心问题是高尔基作品里的无产者形象类型归属、正面特征，例如最后一章《马·高尔基戏剧〈小市民〉中的工人阶级》里写到："在对司机尼尔的形象描述中，艺术地刻画出俄国革命无产者在其发展和自我觉醒阶段的优秀品质，当他们变成历史的主要运动力量，他们已准备好为重建生活进行坚决的斗争，充当俄国劳动人民利益的捍卫者和保护者……尼尔在很大程度上具有这样的品质，他首先是一个社会民主主义革命的重要参加者：对知识有着强烈渴求，热爱劳动，憎恨剥削者，时刻准备着为'劳动人民的解放而贡献自己全部的力量'。"但类似的结论在各章均重复使用，造成了高尔基作品中性格多样的工人阶级正面主人公形象片面化、类型化。

奥甫恰连科对高尔基作品的引述篇幅很多，但分析简单。特别是把高尔基的作品转变为特定命题的实证，显然制约着进一步深入思考，甚至导致对文本的随意阐释，例如高尔基早期作品中"讲述者形象"的研究。这类形象在高尔基早期创作中普遍存在，却鲜有研究。奥甫恰连科完全有可能由此研究高尔基早期小说中的社会学特点以及艺术特色。然而，他却对这些问题避而不谈。

同样的情况也存在于《高尔基论集》[①]。20世纪50年代中期，《文学报》发起对学术研究中出现的"小册子现象"进行了讨论，这本文集就是"小册子"之一。本文集由1952年发表而后又进一步整理的硕士论文组成的，包括：鲍修科夫的《社会主义现实主义的起源》、列克达尔斯基的《第一次俄国革命前夕和战争年代马·高尔基创作中的工人革命者形象》、叶里扎洛夫的《1892—1904年间高尔基与反动文学潮流的斗争》等。[②]

这些文章的作者，尤其是叶里扎洛夫，一定程度上克服了论文初版时公式化的特点，但还是可以看出他力图弱化文学斗争的趋势。另外，在鲍修科夫的论文里存在着许多疏漏，比如，在103页提到的19世纪90

① Статьи о Горьком. Сборник. Гослитиздат, М., 1957, 422стр.

② В сборник вошли также статья Б.Пирадова «К истории ранних революционных связей А.М.Горького», которая содержит интересный фактический материал о лицах, встреченных Горьким в Тифлисе в 1892 году, и статья В.Вдовиченко «Слово, которое воодушевляет миллионы»-о публицистике Горького советских лет.

年代以小市民题材创作的自然主义作家行列里，鲍修科夫提到了迈热尔，但此人在1904年才进入文学界；关于高尔基作品的信息同样是不准确的，例如在141页中，鲍修科夫提到，1900年的革命起义使作家认识到“不是农民出身的人，而是知识分子阿吉姆·谢布耶夫是时代的英雄”。然而，很久以前人们就知道，高尔基不认为谢布耶夫是这样的英雄。关于这一点，他在创作《人》期间写给契诃夫和亚库鲍维奇的信中已明确地表达过。鲍修科夫对某些文艺学家抱有的成见同样是不正确的。在第120页，他写到，米哈伊洛夫斯基没能把加夫里拉形象作为民粹派分子来接受（“他写到，他不满意农民小伙子加夫里拉的形象”），并要求在这种思想观点下重新写作《切尔卡什》。但米哈伊洛夫斯基的书信原文证明，他并不反对加夫里拉作为心理学典型的真实性，认为小说是经过深思熟虑后而作，只是需要年轻的、初涉写作的高尔基能做一番艺术加工，使切尔卡什的语言与农民小伙子的语言对比更加个性化，加强对日常生活细节的描写，删减掉一些冗长之处。和其他人一样，鲍修科夫认为，小说是“原封不动，没有经过杂志编辑的处理”出版的。毫无疑问，高尔基没有按照人们对米哈伊洛夫斯基信件的随意理解来整理自己的小说，至于说到米哈伊洛夫斯基的意见，其中某些已经为高尔基所接受。在回信中，高尔基感谢米哈伊洛夫斯基对其小说的关注态度：“您很轻松地为我的初稿进行了修改。”[①] 科罗连柯同样也在1894年12月13日写到：“我邮走修改后的《切尔卡什》。”[②] 米哈伊洛夫斯基的论文也间接地证明了这些修改。米哈伊洛夫斯基认为《切尔卡什》是高尔基最好的短篇小说之一。在书信里，米哈伊洛夫斯基注意到切尔卡什与加夫里拉关于“自由”的对话。米哈伊洛夫斯基指出，切尔卡什与加夫里拉对“自由”的理解不可能完全一样。在米哈伊洛夫斯基的《再论高尔基及其主人公》一文里，他已经不再责怪高尔基的某些艺术偏差。

民粹主义者同高尔基之间的关系，表现为有倾向性的阐释。关于高尔基同民粹派文学家之间的关系，需要更广泛的资料准备和更深刻的阐释。

① М.Горький, Собрание сочинений, т.28, Гослитиздат, М., 1954, стр.7—8.

② В.Короленко. Избранные письма, т.3, Гослитиздат, М., 1936, стр.87.

论集的作者们对于高尔基早期创作及其体现出来的文学思想采取避而不谈的态度。他们对19世纪末、20世纪初文学中的现实主义和浪漫主义问题一带而过。

第三节 切入敏感时期的研究

诺维奇的著作《马·高尔基在第一次俄国革命时期》切入到高尔基与文学基本原则建立的关系。诺维奇并没有为自己设置一个专门的目的，例如对高尔基的革命活动进行新的探索，或者试图总结第一次俄国革命时期文学活动的特点。作者只是广泛地借鉴了前辈们的学术成果，总结了众多学者对高尔基1905—1907年间社会活动和文学创作活动的研究成果，例如，关于高尔基戏剧和小说《母亲》章节研究，关于作家加入布尔什维克刊物的撰稿等[①]。诺维奇首次考察了作家思想和艺术发展中这一重要阶段，较之同一时期其他学者，这是一个重大突破。他以创造性思维重新解读了我们所熟知的事实，有许多新的观察和对遗忘事实的调查，比如，关于高尔基作为一个政论家风格的论述，对围绕列宁《党的组织与党的出版物》所展开斗争激烈程度的发现，对高尔基与列宁在1906年会面事实的考证等等。

诺维奇的著作具有大众性、普及性，但这并不妨碍作者阐明许多重大问题，提供1905—1907年间出版的大批刊物，有关社会政治和文学斗争的有价值的大量信息，还有高尔基的时事评论、戏剧创作和散文的资料，帮助读者了解高尔基特定时期的社会活动和创作活动。

类似研究的成果，还有法尔别拉的《阿·马·高尔基在下诺夫哥罗德》[②]。前人对高尔基在下诺夫哥罗德工业艺术展览、他同颓废派分子之间论战，已经有过研究，但还没有人把这些论战文献与其他政论家的政论相比较。实际上，不仅高尔基和半官方的出版物对这次展览的开幕

① И.Нович. М. Горький в эпоху первой русской революции. Гослитиздат, М., 1955, 364стр.

② Л.М.Фарбер. А. М. Горький в Нижнем Новгороде. 1899—1904. Очерк жизни и творчества.Горьковское книж- ное издательство, 1957, 208стр.

有所反响，社会各界对它的反响也非同小可。[1]但遗憾的是，法尔别拉没有注意到这些情况，著作重复的内容多。

法尔别拉也提供了一些新信息，例如他在当地的档案馆里找到了警察对高尔基的态度和对他采取措施的材料，在刊物《下诺夫哥罗德之页》上刊载“反动”书籍的具体目录，其中包括马克思、恩格斯和革命民主主义者的作品。这本书可以丰富本著作内容，不知为何，法尔别拉没有继续深入研究《下诺夫哥罗德之页》，尤其是在高尔基参与编辑期间这一刊物的文学栏发生的变化。这个课题还有深化研究的空间。

《马·高尔基在1905—1907年革命时期：资料、回忆、研究》（1957）对作家在1905—1907年革命时期表现出极大的兴趣。[2]这部文集里不仅包含有大量新文献，还有许多关于生平方面的新资料。值得一提的是，保存在档案馆里的作家们的回忆录被公布于众。这些回忆录中特别有意思的是茨察林娜的《在库卡拉》、布列尼娜的《1906年的美国之行》，以及娜卡拉克娃的《在第五次党代会上》等。[3]

文集向读者展示了高尔基同社会民主党、布尔什维克的深刻联系。这些研究文章的作者以新的方式阐释了许多问题。已经有不少学者研究过第一次俄国革命时期高尔基的政论作品，但是，奥尔洛娃的论文《马·高尔基：第一次俄国革命的参与者》还是在很大程度上深化了这个话题。她对高尔基轰动一时的政论文章给予很大的关注，揭示了《再论魔鬼》的现实基础。同样有趣的分析在奥甫恰连科关于高尔基政论作品的专题论文里可以读到。作者不仅肯定了高尔基对地主、资本主义阶层的揭露，同时还有对新俄国建设的见解。奥甫恰连科在另一篇文章《马·高尔基政论作品的某些特点》里认为，高尔基在选择政论性

① Так, например, в том же «Нижегородском листке»（1896, №241, 1 сентября）была опубликована статья Н.Га- рина-Михайловского «На выставке».

② М. Горький в эпоху революции 1905—1907 годов. Материалы, воспоминания, исследования. Изд.АН СССР, М., 1957, 412стр.

③ Следует отметить также ценное издание большого свода воспоминаний о Горьком общественных деяте- лей, писателей, артистов, художников и ученых（М.Горький в воспоминаниях современников.Гослитиздат, М., 1955, 744стр.）и публикацию интересных воспоминаний И.Жиги «И.Жига. А.М.Горький.Изд. «Советский писатель», М., 1955, 156 стр.）.

的论题以及进一步阐述时缺乏独立性，多半被认为是列宁和斯大林演讲的直接反映。在这篇新文章中，奥甫恰连科把高尔基评价为“党的政论家”，其演讲回答了“社会主义刊物在特定历史时刻提出的要求”，其声音与“先进的布尔什维克评论家的声音融合在一起”。[①]

叶里扎洛夫的《在小说〈克里姆·萨姆金一生〉中的1905年》探讨了高尔基的艺术遗产。而塔拉拉叶娃《马·高尔基作品中的一月九日论题》[②] 和米哈伊洛夫斯基关于剧本《最后一个》的文章，被看作是叶里扎洛夫《第一次俄国革命时期高尔基的戏剧学》（莫斯科，1951）研究的延续。

在奥尔洛娃《谈谈高尔基参加1905年布尔什维克刊物的问题》里，我们得知高尔基有两个新笔名。通过对刊登在布尔什维克第一份合法性报纸《新生活报》页面上高尔基演讲的分析，研究者仔细考察了题为《感想》的一系列文章，这些文章的作者都是“阿”和“阿·彼”。这些文章对当时政治形势的评价、文章的部分章节以及惯用的表达方式，都与高尔基其他文章相符合，由此，奥尔洛娃断定高尔基就是这系列文章的作者。[③] 很容易把“阿”和“阿·彼”这个笔名扩展成“阿列克塞·彼什科夫”，文章风格的分析也具有鲜明特征[④] 。奥尔洛娃指出，用此笔名写作的《给工人的信》与高尔基1905—1907年间的政论作品思想具有相似性，同时《给工人的信》中使用的部分成语、短语与小说《母亲》里使用过的完全一致。然而，有的研究者也提出异议，认为高尔基政论性题材的作品与当时布尔什维克政论家的风格相似，也使用一些当时大家常用的语言。奥尔洛娃所引用的论据，不足以证明高尔基就是用此笔名的作者。

① Горьковские чтения. 1949—1952. Изд. АН СССР, М., 1954, стр.302—384.

② Той же теме посвящена статья Н.Желтовой «Первая русская революция в прозе Горького 1905-1907 годов» в сборнике:Революция 1905 года и русская литература.Изд. АН СССР, Л., 1956, стр.112—127.

③ Вопрос об авторстве Горького был затронут вперые в статье А.Овчаренко о Горьком-публицисте（Горьковские чтения.1949—1952.Изд. АН СССР, М., 1954, стр.337）.

④ Некоторые замечания по этому поводу были сделаны И.Новичем в его книге «М.Горький в эпоху первой русской революции», стр.87—89.

值得注意的是，把两封《给工人的信》和高尔基写给卡班的信件对比后，文本与部分表达极为相似，但仍然不能证明高尔基就是作者本身。奥甫恰连科公布了一组下诺夫哥罗德市俄国社会民主工党委员会的布告，在这份布告上多次运用了高尔基写给彼什科娃关于1月9日事件的信件内容，言辞完全符合，但是高尔基并没有参与这份布告的制定。写给卡班的信同样会被《给工人的信》的其他合著者使用。尽管高尔基在1905年写有大量的书信，但是，奥尔洛娃没能找到高尔基同这份报纸发生确切关系的材料。再则，《给工人的信》和以“阿·彼”署名的文章几乎是同时发表的，很难让人确信它们是同一个人写作的。

《马·高尔基在1905—1907年革命时期：资料、回忆、研究》（1957）编写者观点各不相同。奥甫恰连科在研究高尔基政论作品的文章中，对其参与《工人报》的态度小心翼翼。他写到：“1905年的8月—10月间，在《工人报》版面上刊登了四封‘给工人的信’，这几封信假如不是高尔基所作，也是在高尔基参与下完成的，这一点是毫无疑问的。”我们认为后面一种说法更符合实际。如果我们考察高尔基的笔名史，就会发现他总是在作品中特别指出给予其帮助的人物。在《萨马拉报》（1895）上，高尔基使用的笔名是“两个古”，按照彼什科娃的理解，这意味着高尔基运用了报纸的编辑主任古谢维姆为其提供的题材；在《下诺夫哥罗德之页》（1896）上发表以“叶”署名的讽刺文章，同样可以证明，它是按照报纸编辑叶什娜的意见写作的，属于他们合著。

这一时期的研究成果，还不能解释清楚高尔基与《工人报》之间的联系，没有一本专著论述“第三个”这个笔名的。《给工人的信》的作者问题仍然是个疑问。

马克西莫夫和马卡洛夫的《论高尔基参与布尔什维克〈前进报〉》一文论述了学术界一个敏感的，也是很重要的问题。高尔基对布尔什维克组织提供资金帮助，很早以前就人尽皆知。马克西莫夫与马卡洛夫的文章列举了一些新的档案资料。他们试图证明，“字母”——这个地下工作者的代号就是高尔基。他们还指出，高尔基的资金帮助不能完全保证报纸的创立，布尔什维克党经常不得不向其他作家求援，例如卡林纳-米哈伊洛夫斯基。关于他的经济援助，高尔基和克拉希恩在1905年的《新生活报》上也报道过，他为《前进报》的创立也提供了资金援助。

卡拉希克的论文《马·高尔基与讽刺杂志〈魔鬼〉和〈地狱〉》研究了高尔基与讽刺杂志《魔鬼》的新闻报道之间的关系。论文提出《魔鬼》的新闻部分是高尔基所作。把高尔基的《给编辑的信》与新闻中类似论题匿名的简讯相比较，卡拉希克得出结论说，这是“同一艺术构思的不同版本”。但应该注意到，当时轰动一时的讽刺作品相互呼应，是普遍现象，并不局限于1905—1906年间。不同作家的作品里可以找到对同一事件的反响。《魔鬼》杂志的匿名新闻运用了大量的事实，这些事实在当年许多简讯和报纸上都能找到。

通过考察纪念性的资料，高尔基和其他艺术家、作家的通信，卡拉希克证明，高尔基在创立《魔鬼》这份杂志时发挥了重要作用；同时他还力图证明，高尔基没有参与《地狱》这份杂志的工作。作者认为，高尔基积极参与了后者的创建工作，并希望与杂志合作。《地狱》第一期上发表高尔基作品，自然也征得了作者本人的同意。

布罗茨基在《高尔基1906年在美国的活动》系列文章里发表了一些有趣的报道，提供了美国媒体的短评资料。短评介绍了高尔基的大会演讲、美国记者和作家进行会谈的情况。所有这些资料能够帮助我们更深入地挖掘高尔基作为境外俄国革命的保护者和宣传家的意义。但这篇文章也存在着一些不足。作者虽然列举了一些有趣的材料，却没有透露资料的文本和内容。另外，使读者感到遗憾的是，在文集中没有提到已出版的《自由的美国给文学家的一封公开信》——这封信的俄文本保存在阿·马·高尔基档案馆里。还有，文章的作者没有使用高尔基发表在《阿波罗杂志》上的随笔全文，而只是翻译了刊登在报纸上的一小部分。布罗茨基的文章还阐述了对高尔基讽刺文章的一些看法，表达了对这位大师观点的赞同。

第四节　档案文献研究和新领域的拓展

关注新发现的档案资料，关注被遗忘的文学史实，拓展了人们对高尔基社会活动和文学活动的了解。这个时期，有许多研究机构和高等院校都开始研究高尔基的生活与创作。而高尔基世界文学研究所——作为拥有着丰富资料、建设有高尔基博物馆，在这个领域占据着重要的地位。1955—1957年间，世界文学研究所继续出版高尔基的大量信件，极大地补充了《高尔基文集》三十卷本中信件的资源。编辑者在高尔基写给彼什科娃的“书信集”中作序指出，这些书信不仅仅是“研究作家生平的重要资源，而且是杰出的文学纪念碑”（第6页）。它们对高尔基的作品研究也具有极大的意义。这些书信往来还需要研究者进一步研究。

早在1925年，高尔基热情地欢迎科罗连柯信件出版，据他所言，这一出版“具有深远的历史和历史文化意义”。[①] 同时让高尔基不满意的是，它对这些信件注释过于简略，他遗憾地认为，这些信件出版得不是很“专业”。到50年代，高尔基本人的书信集出版时，注释同样很简略。这些书信集被整理成文集和《阿·马·高尔基的档案》系列卷出版了。《档案》第五卷是由彼什科娃整理并作注的。这些信件的内容涉及到许多人名和事件，甚至还有许多暗示，假如没有收信人的解释，读者很难理解甚至不可能读懂。彼什科娃的注释是极有价值的。

编辑们没能对由收信人本人做出注释这个特殊情况有足够的重视，也没有运用一切办法，更加广泛地总结高尔基与同时代人的关系，以揭示作家在社会和文化措施中参与的程度，以及更完整地阐释他同许多文学现象的联系。高尔基写给彼什科娃的信，如果被单独编撰成书并带有详尽的解释就会更加完整，当然，这需要研究者做大量工作。

20世纪50年代，高尔基世界文学研究所开始出版高尔基与其他作家的通信。高尔基同科罗连柯的通信出版了。[②] 这本书首次刊登了30多封新信件，阐明了作家和社会文化的相互关系。书中附录有高尔基对科罗连柯的回忆录和他们相互评论的专辑。与《阿·马·高尔基的档案》相比较，基多维奇和科罗连柯完成的注释更加详细。本书的《前言》是由卡托娃所作，很有学术价值。

① М. Горький, Собрание сочинений, т.29, стр.450.

② Ранее были изданы: М. Горький и А.Чехов. Переписка, статьи, высказывания. Гослитиздат, М., 1951, 288стр.; Переписка М.Горького с Ф.И.Шаляпиным, В книге:Горьковские чтения.1949-1952.Изд.АН СССР, М., 1954, стр.5—64.

在此时期，学者关注高尔基在苏联时期的生活和创作。在《马·高尔基反映的苏联现实》[①] 一书里，班科夫认真研究了高尔基系列小说和随笔，揭示出高尔基深化了认识现实的艺术方式。这本书的价值就在于，它不仅有思想体系，同时还有对高尔基作品的艺术分析。尤其有趣的是第一章，接触到以前很少被人研究过的作品，例如《日记简评》、《弗·伊·列宁》。论著还考察了高尔基20年代初开始创作的小说，也是高尔基最后写作长篇小说《克里姆·萨姆金的一生》的积累过程。班科夫揭示了高尔基对新人类即革命捍卫者心理研究兴趣的增长。在书中，班科夫尤其注意到泽科夫的形象，他是《论不寻常的人》里的主人公，作为劳动大众的典型代表，他身上体现出许多率真的特点，这些看法也引起了比亚里克的共鸣。[②] 论著再版时，班科夫深化了自己总结的泽科夫的特点，同时删去了对他的指责。作者还论述了高尔基描写的列宁形象，由此表现出高尔基对待党的态度。通过考察高尔基关于革命领袖的第一篇作品到最后出版的《弗·伊·列宁》，班科夫帮助读者理解高尔基在特殊纪念体裁——文学肖像的领域里的艺术创新性。遗憾的是，班科夫没有把注意力投向这些特写和回忆录的语言特点，这方面也是非常有特点的。

班科夫还阐释了高尔基美学观点的历史前景，这是非常及时的。例如，他在对高尔基1919—1920年间的戏剧观点评价上比别的学者更加客观。

本书的第二部分阐述了高尔基1928年回到苏联后的创作。研究高尔基单个作品，班科夫比前辈深化，总结了高尔基创作的特点。班科夫把主要的注意力集中于戏剧《萨莫夫与其他人》的正面主人公研究。但是让人遗憾的是，作者没有解释为什么高尔基对这部著作不满，高尔基为什么不想看到这部戏剧在舞台上演。

在此之前，很少有人研究苏联文学里的“高尔基传统”。《高尔基

① В.Панков. Советская действительность в изображении М.Горького.Изд.2-е, перер. и доп., изд. «Советский писатель», М., 1957, 382 стр.

② Б.Бялик. Творчество М.Горького в советскую эпоху.Культпросветиздат, М., 1956, стр.20.

与苏联文学问题》(1956)是这方面研究的新成果。[①] 普洛特金的论文《高尔基与长篇小说和史诗问题》总结了《阿尔塔莫诺夫家的事业》和《克里姆·萨姆金一生》中体现出来的"历史主义"原则，提出了这一原则对史诗体裁创作的影响，尤其是对托尔斯泰三部曲《苦难的历程》的影响。论文对苏联其他史诗作品与高尔基小说的比较则显得有些牵强，例如《克里姆·萨姆金的一生》与肖洛霍夫《静静的顿河》的比较。在高尔基学历史上特别值得一提的是，普洛特金提出了"高尔基传统"的问题，把这一传统与苏联文学的新传统联系起来研究，这是论文可贵之处。从费定的两部曲《最初的喜悦》和《不平凡的夏天》里，作者不仅看到了对高尔基创作传统的继承，还有对托尔斯泰创作传统的运用。

科罗莫夫的论文《高尔基与30年代描写苏联社会主义劳动人民的散文》揭示了高尔基对苏联文学的影响。

卡斯托尔斯基的论文《苏联随笔中的高尔基传统》对发表在《我们的成就》杂志上的随笔进行了分析，总结了20世纪50年代最著名随笔作家的创作特点，特别注意到了旅行随笔和农庄题材随笔方面"高尔基传统"的发展。

普洛特金、科罗莫夫和卡斯塔尔斯基的论文展示了高尔基对文艺本质的认识，对后世苏联作家的深刻影响。

别列扎克的论文《为戏剧艺术形象的真实性而进行斗争》全面分析了高尔基对苏联戏剧的影响。他论证说，古谢夫的戏剧《荣誉》中"苏联母亲玛利亚·彼得洛夫娜·马特廖娃的形象"是在"高尔基母亲形象的感召下"创立起来的；他同时研究了列昂诺夫的戏剧《狼》与高尔基的戏剧《假币》的相似性问题；论文还提及了高尔基十月革命初对待戏剧的态度，但没有详细展开论述。

阿姆斯杰塔姆的《在大师的学派里》(论高尔基与新生代作家的工作)，可惜缺乏对高尔基编辑工作的总体概括。

总结高尔基社会活动和文学批评活动的论著，在研究领域中占

---

① Горький и вопросы советской литературы.Изд. «Советский писатель», Л., 1956, 484 стр. Заглавие сборника не соответствует его содержанию.В нем помещен ряд статей, не затрагивающих по существу вопросы со- ветской литературы.

有重要地位。学者们不断对大师的活动做出新的阐释。图尔琴科完成了阐述高尔基同儿童文学之间关系的著作《阿·马·高尔基致孩子们》（1955）①，可以从中找到高尔基的教育观和对儿童文学的见解，他的组织活动，还有对高尔基儿童作品的分析。图尔琴科抑制住了把高尔基描写成一位文学预言家的倾向。作者把高尔基的理论观点同20世纪20年代末、30年代初学术界对儿童文学的讨论紧密地联系在一起，使人们重新理解高尔基捍卫儿童文学的艺术特色，捍卫儿童作品中幻想和幽默的立场。作者还叙述了高尔基和其他著名作家在儿童文学领域的探索，及其评论著述对儿童文学发展的意义。在谈到儿童文学领域中的高尔基传统时，图尔琴科不是以模仿的形式，而是以对文学发展的本质规律的沉思来考察儿童文学的。"高尔基和儿童文学"的论题，不止一次被研究者和读者们关注。图尔琴科这本有意思的书也不是这一论题的尾声。比如，关于高尔基对于儿童文学观点的演变还远没有结束。但作者没有注意到高尔基写给儿童的信件的学术价值，也没有充分重视高尔基编辑出版的儿童读物，后者能够鲜明体现高尔基作为孩子们朋友的形象。

尤诺维奇《高尔基与科学》（1948）② 提出了高尔基与自然科学的问题，并提供了丰富的资料。当然，这个论题已多次被研究者阐述过③，但是，尤诺维奇在此引入了许多新的研究成果。他第一次广泛地总结了高尔基的学术观点，论述了这些观点对作家创作实践的影响。作者擅长追述高尔基的学术思想在某些作品中的反映（比如，分析戏剧《太阳的孩子》）。作者向读者介绍了关于小阿列克塞·马克西莫维奇与学者，尤其是与心理学家巴甫洛夫会面的新资料（出版了巴甫洛娃的回忆

① О.Турченко. А.М.Горький-детям, Детгиз, М., 1955, 128 стр.（Дом детской книги）.Ранее эта тема разрабаты- валась Н.Медведевой;см.ее статью «Борьба А.М.Горького за создание советской литературы для детей» в книге «О детской литературе» (Детгиз, М., 1950, стр.37—78).

② М.Юнович. А.М.Горький-пропагандист науки. Изд. «Советский писатель», М., 1955, 224 стр.

③ См., например, работу Н.К.Пиксанова:Горький и наука. Изд. АН СССР, М., 1948, 22 стр.

录)，还有高尔基在学术领域工作的资料等等。

学术界对高尔基生活和创作给予了全方位重视。纵观全貌，我们可以总结出20世纪50年代高尔基学的基本特点：学术界在力图克服高尔基研究的公式化；加强了对其创作活动历史文献和文本研究；重新审视先前研究著作中不正确的观点，丰富了高尔基作为杰出作家、社会活动家、文学组织者形象的认识。

第五节　新中国高尔基学的热潮

(一)50年代至70年代中国高尔基学的语境和总体特征

高尔基研究在中国的展开，从一开始就超越了单纯学术研究的范畴和意义，但是，也并非在单纯的社会政治话语中展开；经过众多学者的辛勤耕耘，它在学理和学术业绩方面取得了比较系统而可观的成就，成为世界“高尔基学”领域很关键的一个部分。

1950年建国之后到1970年代，高尔基研究步入了一个新的时期，在研究内容的广泛性、研究课题的拓展性、研究队伍的专业性和学术体系的构建等方面具有长足发展。高尔基学不仅是中国对外文学研究的一个重要课题，同时也是影响中国文艺发展的一个很重要的因素。高尔基研究促进了文学创作事业的繁荣和文艺理论的构建与发展。高尔基研究对中国社会的影响已经渗透到政治的、文化的、经济的、生活的多个领域，远远超出文学研究本身的意义和作用。但是，不容忽视的是，由于这一阶段受中国社会历史变革大环境的影响和前苏联社会政治局势的动荡变革以及国际形势的变化等因素的影响，高尔基研究掺杂了太多的政治、社会和历史性的复杂因素。

纵观20世纪上半叶高尔基研究成果来看，作为一门独立的学科，高尔基研究学从学术研究的方法、范畴、体系上，存在着许多历史的局限性：一是研究视野比较狭窄。由于当时中国社会的特殊背景，注重对其作品的翻译和评介，而且作品翻译和评价的重点有较大的局限性，着重于高尔基早期作品和《母亲》、“三部曲”的创作研究。二是注重影响研究。主要集中在高尔基与中国革命的关系，高尔基的作品对中国革命的影响研究等视角。三是理论研究，这个方面比较肤浅。研究成果中介绍性和纪念性的文章比较多，大多是一些随笔和感言性的文章，对高尔基的研究缺乏全面性和体系性，关于高尔基的创作思想、高尔基思想的复杂性、高尔基的美学思想等理论问题的研究尤其粗浅，许多领域没有涉猎。四是研究队伍的相对薄弱，当时从事高尔基研究的主要是一些翻译家和作家，对高尔基的研究更多是对作品的翻译和评价，缺乏高尔基研究的理论队伍。五是关于高尔基研究的文献资料的翻译出版也很薄弱。应该说高尔基研究处于初级阶段。

高尔基研究大致呈现出几个主要特点：

1. 高尔基研究体现出20世纪50年代至70年代中国社会主义革命和社会主义建设时期意识形态领域的特色。

20世纪50年代至70年代，在中国历史上是一个比较特殊的时期，中国社会经历了几次大的转折：一是从1949年中华人民共和国诞生开始，中国社会由民主革命转向社会主义经济建设时期（1949—1966）；二是1966年开始的十年“文革”由以经济建设为主转向以阶级斗争为中心的时期（1966—1976）；三是“文革”结束以后进入改革开放的新时期。在这一系列的历史风云变幻中，由于中国经济建设和意识形态领域的斗争波及了文学事业的发展和学术研究，特别是文学艺术领域呈现出了空前的复杂性和曲折性，高尔基研究也见证了中国社会所经历的岁月沧桑和风风雨雨。

新中国成立后第一个五年计划的实行，使中国进入社会主义经济建设时期，但是意识形态领域仍然突出以阶级斗争为纲，在文学艺术发展过程中，意识形态中阶级斗争的观念左右了中国的文艺运动。文艺思潮波澜起伏，如1956年毛泽东提出的“百花齐放、百家争鸣”，随之而来的反右斗争，十年“文革”极左文艺思潮以及1978年之后的文艺解放思潮等。另外这一时期也是国际政治斗争复杂化时期——中美关系的对抗、中苏关系的由亲密到冰冻，中国在国际关系中所处的反帝反修斗争立场等。中国经济建设的特殊性和意识形态领域、文化思想战线斗争的复杂性，特别是文艺界的各种思想斗争也对高尔基研究产生重大影响。高尔基研究可以折射出这一时期中国社会政治和经济发展、文学艺术潮流发展风向和脉搏，对了解中国当时的政治生活、经济生活、文化生活，特别是文艺界的思想斗争具有重大而又特殊的意义。

2. 高尔基研究引导中国文学艺术发展方向。在外国文学研究中，它居于重要地位，形成长时期的"高尔基热"。

从20世纪初高尔基研究在中国开展以来，由于中国革命的特殊需要，高尔基的文学思想成为中国革命文学的重要理论来源，高尔基研究不仅仅适应于中国当时社会主义文艺事业的建立和发展，同时也与中国社会主义经济建设需求密切相关。中国"五四"新文学，特别是革命文学从"五四"以来就受俄苏文学影响巨大。1949年新中国建立之后，中国的文学艺术和文艺理论基本上是在俄苏模式的影响下发展的。新中国成立后面临着无产阶级文学事业的发展和青年作家的培养，高尔基作为无产阶级文学的奠基者理所当然地成为中国无产阶级文学的一面旗帜，高尔基的研究也就显得格外举足轻重了。1953年9月23日第二次"中华全国文学艺术工作者代表大会"召开，将社会主义现实主义确定为中国文艺创作的方法和文艺批评的标准，将塑造新的英雄人物形象确定为对社会主义文艺的基本要求。周扬明确指出："判断一个作品是否社会主义现实主义，主要不在于它们描写的内容是否是社会主义的现实生活，而是在于以社会主义的观点、立场来表现革命发展中的生活真实。"[①] 这一主张与高尔基对社会主义现实主义的阐述是非常一致的。而高尔基无论是在前苏联或是在中国都被誉为伟大的无产阶级作家、革命的海燕。高尔基是社会主义现实主义文学的奠基者，高尔基也是世界文学发展史上第一个塑造无产阶级英雄形象的作家，高尔基作品的理想主义和英雄主义对中国文学创作具有明显的指导意义。高尔基的社会主义现实主义文学观成为中国社会主义时期文学创作的指导原则，高尔基研究对于新中国的文艺发展方向具有重要意义，所以理所当然地成为当时文学研究的一个重大课题。

早在"五四"以来，中国新文学的构建就受到了高尔基文学思想的巨大影响。茅盾曾经指出："年轻的新中国文艺，从高尔基那里得到许多宝贵的指导。'五四'以来，我们的新文艺工作者在实践中曾遇到好些问题，而这些问题都可以在高尔基的作品中找到答案。'五四'以来，中国新文艺的道路是现实主义的道路，构成中国现实主义文艺因素不止

① 周扬：《社会主义现实主义——中国文学前进的道路》，《人民日报》，1953年1月11日。

一个，俄国文学的优秀传统以及欧洲古典主义文学的影响，都应当算进去；但是高尔基的影响无疑应当视为最直接而且最大。'五四'以来，曾经有好多位外国的作家成为我们注意的对象，但是经过了几十年之久，唯有高尔基到今天依然是中国新文艺工作者最高的典范，而且以后也会仍然是；单就这一点来看，也可以知道高尔基这位伟大的艺术家与思想家和中国新文艺的关系是如何密切了。""至于中国的进步作家呢，则不但从高尔基的作品里接受了战斗精神，也学会了如何爱憎，爱什么，憎恨什么；更从高尔基的一生事业中知道了一个作家如果希望不脱离群众便应当怎样生活。"①

3. 高尔基研究与国际、国内文艺界经历的一系列政治历史事件和运动思潮相伴相随。

一是20世纪50年代至70年代，高尔基研究受到中国文艺界一系列政治运动的影响，同时高尔基的研究也对中国文艺思潮的斗争产生重大影响，与中国文艺界一系列重大问题的论战密切关联。从对当时高尔基研究的侧重点可以看出中国文艺政策和文艺观念的导向。这一时期由于中国文艺界经历了诸多的政治运动，如关于电影《武训传》的讨论；对俞平伯《红楼梦》研究的批判；对胡风文艺思想的批判；文艺界的反右斗争；关于现实主义问题的争论；对资产阶级人道主义的批判等等。特别是在关于现实主义问题和人道主义的争论中将高尔基文学思想的研究作为争论的重要理论武器。

二是来自于苏联政治风云变幻和文学思潮变化的影响。1953年3月斯大林去世以后，苏联开展了反对个人崇拜运动，要求政治民主，解除思想禁锢，要求尊重人。1954年召开第二次全苏作家代表大会，就文学创作的一系列问题开始争论，有人对第一次作家代表大会确立的关于社会主义现实主义的创作原则提出异议，甚至提出要删除社会主义现实主义创作原则中"同时艺术描写的真实性与历史具体性必须与用社会主义精神改造和教育劳动人民的任务结合起来"的表述。在苏联文学界也开始批判和否定文学创作的无冲突论和粉饰现实，重申了创作真实的原则，提出"积极干预生活"的口号。特别是在1954年作家爱伦堡的小说《解冻》发表，兴起了"解冻文学"思潮。1956年苏共二十大召

① 茅盾：《高尔基和中国文学》，《高尔基年刊》，1947年。

开，全盘否定斯大林，对斯大林时期三十年的文学艺术成就也给予否定。1968年苏联在纪念高尔基诞辰一百周年大会上，把高尔基定位于伟大的人道主义者，在苏联媒体上大力宣扬高尔基的人道主义精神。苏联“解冻文学”思潮和反斯大林主义对中国高尔基学也产生了较大影响。中国文艺界站在反修正主义的立场上，努力维护高尔基作为无产阶级作家的地位，坚持社会主义现实主义的创作原则，试图努力廓清无产阶级人道主义和资产阶级人道的本质区别，开展了关于人道主义问题的争论，积极捍卫高尔基为代表的社会主义现实主义的创作原则。

三是配合当时反对帝国主义斗争需要。将高尔基研究与反对美帝国主义联系在一起，用高尔基一系列政论文所体现出的革命斗争精神体现中国人民反对美帝国主义的政治立场。代表性文章有陈冰夷的《高尔基——坚贞不屈的反帝战士》，文章认为高尔基明确指出过“无产阶级文学不仅应该真实地反映生活，而且应该成为鼓吹宣传革命的工具，它的任务就是‘发扬无产阶级革命觉悟’，‘激起对现实的革命态度，即实践地改变世界的态度’，而无产阶级作家则必须同时负起埋藏旧世界的‘掘墓人’和催生新世界的‘助产婆’这一双重使命。高尔基自己的创作活动体现了无产阶级这种最基本的美学原则，堪称光辉模范。他把一生全部贡献给了无产阶级摧毁旧世界和创造新世界这一伟大的革命事业。高尔基是伟大的国际主义战士。高尔基关心世界被压迫人民的苦难，支持他们的革命斗争，把帝国主义看作是苏联和全世界人民的敌人。高尔基积极参加保卫世界和平运动，通过政论文、公开信、讲演等多种方式呼吁并号召世界人民起来反对侵略战争和保卫世界和平。我们应该发扬高尔基的反帝精神，给世界人民的敌人美帝国主义以更有力的打击”。①

4. 高尔基研究在20世纪50年代至60年代研究成果丰硕。

主要呈现出以下几个特点：一是涉及高尔基生平几个具有纪念意义的时期，这也是高尔基研究成果集中发表的时期。如高尔基逝世25周年（1961年）和高尔基诞辰95周年（1963年3月28日）成为高尔基研究成果集中发表时期。《文艺报》、《文艺月报》、《译文》、《人民文学》、《苏中友好》、《文学评论》、《世界文学》和《人民日报》、《光明日报》、

① 陈冰夷：《高尔基——坚贞不屈的反帝战士》，《文艺报》，1963年，第4期。

《解放日报》、《文汇报》以及各地方报刊等都发表了一系列纪念高尔基的专题研究文章和开展纪念活动，如首都文化界一千多人举行隆重集会纪念高尔基逝世25周年。这些纪念活动产生了为数不少有影响的学术性研究成果。当时具有代表性和权威性的文章和论著主要有萧三的《高尔基：党的、革命的、战斗的政论家》、叶水夫的《纪念高尔基》、程代熙的《高尔基的创作道路》和《高尔基思想初探》等。另外，这一时期关于高尔基的研究资料被大量翻译和介绍。1960年《文艺报》辑录了《高尔基论资产阶级文学遗产》、《高尔基、鲁迅论人道主义和人性论》等资料，还有许多关于回忆高尔基的译文，如《高尔基与爱罗尼格的通讯》、《高尔基与青年作者谈特写》、《高尔基给少年们的信》等。

5. 高尔基学研究队伍不断扩大，研究视域不断拓展。

20世纪50年代开始，除了早期高尔基著作的翻译家和研究专家之外，许多文艺批评家和著名作家都涉足了高尔基研究。这时期产生了一大批高尔基学的专家学者，如萧三、戈宝权、叶水夫、李希凡、罗荪、李辉凡、以群、缪灵珠、谭得伶、陈寿朋等。还有一些中国知名的作家夏衍、巴金、茅盾、秦牧、刘白羽、艾芜、冯雪峰等也成为高尔基研究队伍中的重要成员。

从20世纪初的1907年开始，高尔基的作品就被译介到了中国，高尔基对中国进步作家和进步的文艺思潮产生了积极影响。但50年代以前对高尔基的研究一般较注重其作品的翻译和作品的评论，注重高尔基与中国革命和中国新文学的关系问题研究，研究视野比较狭窄，一些理论问题的探讨也比较肤浅。50年代以后由于研究文献资料的不断丰富，高尔基研究领域不断拓宽，特别是与中国文艺发展紧密相关的一些理论问题有了深入地研究，对指导中国文艺思想具有很重要的现实意义。如高尔基的文学思想，高尔基的社会主义现实主义理论问题等。另外一些领域也有重大突破，在几个方面比较突出：一是高尔基与民间文学。二是高尔基与19世纪文学。三是高尔基与列宁、高尔基与斯大林关系问题。四是高尔基的文学思想和美学思想。如1954年新文艺出版社出版了萧三所著的《高尔基美学思想》，1958年北师大编著和出版的《十九世纪俄罗斯文学及苏联文学讲义》中也将“高尔基的美学观”列为一个题目。五是高尔基政论文的研究。50年代以前虽然也有了一些政论文的译本，但是，对于高尔基政论文中所表现的丰富而复杂思想的研究并不深入。50年代至60年代关于高尔基政论文的研究成果卓著。具有代表性的成果，萧三《高尔基——党的、革命的、战斗的政论家》、孟昌《高尔基——伟大的无产阶级政论家》[①] 提炼出高尔基一系列政论文中所体现出的革命斗争精神。辛未艾的《黄色恶魔的逻辑——重读高尔基政论集》[②]。六是高尔基的特写和报告文学。20世纪50年代至60年代高尔基的特写和报告文学研究成为一个热点。这与当时中国的政治、经济发展形势有着关联。20世纪50年代新中国经济建设事业迅猛发展，使得这一时期中国文学的首要任务是表现社会主义革命和社会主义建设时期涌现出来的新生事物和社会主义新人形象，用无产阶级的世界观教育年轻一代。20世纪50年代初，中国文学创作中通讯特写和报告文学得到空前发展，成为文学创作的重要体裁。当时中国特写和报告文学的创作主要表现两方面的题材。一方面是反映抗美援朝，许多作家亲临朝鲜战场第一线，实地调查和采访，写下了很多战地通讯特写和报告文学，如巴金的《生活在英雄们中间》、魏巍的《谁是最可爱的人》、杨朔的《鸭绿江南北》等。另一个基本主题是迅速及时地反映社会主义建设时期的新气象、新人物，如《经济建设通讯报告文学集》、《散文特写选》等。许多处于劳动第一线的业余作者也热衷于特写和报告文学的写作。特别是在50年代后期，出现了一大批讴歌各条战线上涌现出的社会主义新事物、新人物、新气象、新风尚的特写和报告文学，发挥了特写和报告文学时代感强、新闻性强和真实性强的特点。高尔基曾经在十月革命胜利后进入经济建设时期大力提倡作家去写特写和报告文学；他认为，报告文学或特写是认识自己国家的最妥善的方式，是热心而顺利地为认识生活这个事业服务的最好的文学手段。在高尔基看来，要迅速而有效地把革命无产阶级在广阔土地上所创造的一切新生事物和新生活表现出来，就必须掀起报告文学的热潮。所以，关于高尔基对特写和报告文学的论述成为高尔基研究的一个课题。这对引导和指导当时中国的特写和报告文学的创作发挥了积极的影响，主

① 孟昌：《高尔基——伟大的无产阶级政论家》，《光明日报》，1963年3月28日。

② 辛未艾：《黄色恶魔的逻辑——重读高尔基政论集》，《解放日报》，1960年9月18日。

要研究成果有：《高尔基与青年作者谈特写》[①]、《高尔基论特写》[②]、《高尔基谈特写》[③]。其中，以群在《把文学作为革命斗争的武器——纪念高尔基诞生九十五周年》中指出，高尔基特别重视反映当代现实，他自己从事报告文学的写作，也鼓励年轻的革命作家从事特写、报告文学的写作，“高尔基之所以如此地重视报告文学，其根本原因仍在于要使文学的武器在赞成或反对的斗争中，在支持新事物或改造旧事物乃至毁灭旧事物的斗争中，发挥及时、更强烈的战斗作用”。[④]

除上述研究课题之外，对高尔基戏剧思想的研究也进一步深入。从50年代开始，高尔基的戏剧在中国舞台上演，当时中国的戏剧电影也进入繁荣发展时期，高尔基戏剧思想的研究对发展中国的电影和戏剧事业具有理论指导作用。翻译出版高尔基的戏剧作品和高尔基戏剧思想研究的论著主要有《论高尔基戏剧艺术创作的几个特点》[⑤]、《高尔基底层的艺术特点》[⑥]、《高尔基戏剧创作书简》[⑦]。1959年出版了《高尔基剧作集》。需要指出，苏联学者洛格文卓娃的著作《戏剧创作与生活——高尔基与青年剧作家座谈摘要》[⑧]为高尔基戏剧研究提供了较为丰富的资料。当时主要研究成果有：《高尔基论电影剧作和导演的技巧》、《高尔基名剧“底层”研究》[⑨]、《高尔基的剧本“敌人”——冲突和性格》[⑩]、《高尔基论现代剧》[⑪] 等。

---

① 苏伊什卡巴：《高尔基与青年作者谈特写》，王丁名译，《山花》，1962年7月。

② 屈有成：《高尔基论特写》，《青海日报》，1962年11月27日。

③ 王佩剑：《高尔基谈特写》，《解放日报》，1963年5月18日。

④ 以群：《把文学作为革命斗争的武器——纪念高尔基诞生九十五周年》，《解放日报》，1963年3月28日。

⑤ 比里亚克：《论高尔基戏剧艺术创作的几个特点》，《解放军文艺》，1953年，第6期。

⑥ 芮曼：《高尔基底层的艺术特点》，张守慎译，1954年。

⑦ 高尔基：《高尔基戏剧创作书简》，宋白译，1958年。

⑧ 洛格文卓娃：《戏剧创作与生活——高尔基与青年剧作家座谈摘要》，朱立人译，1961年。

⑨ 郑谦：《高尔基名剧“底层”研究》，《人文杂志》，1958年，第5期。

⑩ 陈敬榕：《高尔基的剧本“敌人”——冲突和性格》，《南京大学学报》，1959年，第2期。

⑪ 蓝少成：《高尔基论现代剧》，《广西日报》，1964年6月20日。

6. 20世纪50年代至60年代高尔基研究出现的偏颇。

这一时期高尔基研究基本以下列主题进行：

首先，研究的重要命题之一，是围绕高尔基积极的、无产阶级的革命战斗精神，革命的无产阶级人道主义精神而展开，《鹰之歌》、《海燕》、《底层》、《母亲》等作品成为研究的重点，在一定程度上忽略了高尔基丰富创作的其他部分，例如早期创作、史诗性长篇小说、商人小说、戏剧等。其次，高尔基的无产阶级文学观。“高尔基论无产阶级文学”、“高尔基书信”、“高尔基的政论文”作为研究高尔基思想的主要著作，对高尔基创作中思想性和艺术方面的不足缺乏深入分析和客观的评价。对高尔基思想的复杂性、高尔基世界观的矛盾和曾经陷入的思想迷误以及高尔基晚年时期的思想生活缺乏深入的研究，如高尔基《不合时宜的思想》政论集中表现出来的复杂思想。第三，高尔基与列宁、与斯大林的关系研究也是一个比较薄弱的环节。特别需要指出的是，高尔基研究过程中一些观点也打上了“庸俗社会学”的烙印。另外，由于50年代至60年代俄罗斯社会历史处于变革时期，当时在前苏联，由于斯大林去世后解冻文学思潮的影响，对《高尔基文集》的出版也是不全面的，高尔基的一部分书信还封存在苏共中央和克格勃的档案馆中，如高尔基与列宁、斯大林的信，高尔基给罗曼·罗兰的信等。所以，我们翻译和出版的高尔基文集和高尔基书信集以及政论文等也是不全面的。高尔基在十月革命前后公开发表的一些作品，在苏联出版的《高尔基文集》、《选集》中没有收入，对高尔基的研究也就受到了资料文献的局限。特别是20世纪60年代由于中苏关系的进一步恶化，学术交流也处于结冰期，中苏学术交流信息阻塞，中国学者对当时前苏联关于高尔基研究方面的情况缺乏资料来源和深入了解。这时期，西方对高尔基的研究视角与我国有很大的不同；但是，对于西方高尔基研究观点很少介绍，不可避免地带来了学术研究的片面性和不全面性。十年“文革”期间高尔基研究更受到政治斗争的重大干扰和影响，研究视角和观点都被打上时代思潮的烙印。

在1966—1976年期间，由于十年“文革”时期，批判资产阶级文化，批判学术权威，许多高尔基研究的专家受到批判，被剥夺了话语权，学术研究基本处于瘫痪状态。全国文艺性的刊物和学术刊物基本上停刊了。外国作家大多数被列为资产阶级文化的代表或被打入冷宫，即使研究也是为了政治斗争的目的。尽管在当时高尔基研究没有完全冻结，但“四人帮”也借高尔基研究宣扬极左的文艺思想，主要围绕高尔基的文学思想为无产阶级专政的主题服务这一中心，对高尔基的研究走向片面化和极端化，对高尔基文学思想和一些作品的思想进行曲解甚至肢解。当时主要研究列宁给高尔基的信，借用列宁对高尔基的批评否定高尔基。1975年许多报刊发表文章讨论这个问题，例如：《走出彼得堡！——读列宁一九一九年七月致高尔基的信有感》[①]、《革命文艺工作者应做无产阶级政治家——读列宁给阿·马·高尔基的信》、《用无产阶级理论武装文艺工作者——读列宁给高尔基信的札记》[②]、《作家、创作、世界观——从高尔基的母亲和忏悔及列宁的批评想起的》[③]，以及《及时地为无产阶级政治服务——从列宁对高尔基的“母亲”评价谈起》[④]等。

受文革极左思想的影响，高尔基研究与无产阶级专政相提并论，借高尔基论无产阶级文学的观点突出宣传无产阶级专政的思想，对高尔基文学思想的研究出现了严重的误读。

7. 十年“文革”结束以后，高尔基研究开始步入崭新的时期。

从1976年10月“文革”结束之后，我国彻底纠正极左的文艺政策、文艺观念，文学创作和文学研究才又掀开新的一页，进入一个新的历史时期。

1978年《光明日报》发表了《实践是检验真理的唯一标准》一文，引发了对真理标准问题的讨论，标志着中国思想解放运动的开始，文学创作和文学研究开始解放思想，更新观念。1979年11月30日召开第

---

① 任犊：《走出彼得堡！——读列宁一九一九年七月致高尔基的信有感》，《人民日报》，1975年3月25日。

② 艾克恩：《用无产阶级理论武装文艺工作者——读列宁给高尔基信的札记》，《河北文艺》，1975年，第7期。

③ 《作家、创作、世界观——从高尔基的母亲和忏悔及列宁的批评想起的》，《朝霞》，1975年，第1期。

④ 合普：《及时地为无产阶级政治服务——从列宁对高尔基的“母亲”评价谈起》，《广西日报》，1975年8月31日。

四次文代会，提出了一系列有关文艺的新政策，艺术创作提倡不同形式和风格的自由发展，在艺术理论上提倡不同观点和学派的自由讨论。当时文艺界开始重新认识文艺与政治关系的讨论和现实主义问题的争论。高尔基的作品也重新翻译出版。高尔基研究逐步摆脱左的思潮影响。一批高尔基研究学者涌现出来，例如李辉凡、谭得伶、陈寿朋、宋寅展等。

纵观20世纪50年代至70年代高尔基研究，其过程中受时代政治影响甚大，有许多成果有待重新审视。成果形式主要是论文，很少有专著出现。进入20世纪80年代，李辉凡、张羽、谭得伶、陈寿朋等高尔基研究学者把高尔基研究推向一个崭新的时期，关于高尔基研究的专著开始问世，为之后高尔基研究历史性的飞跃奠定了基础。

（二）50年代至70年代高尔基研究文献资料的编译出版

这一时期关于高尔基研究的资料大量翻译出版，为高尔基研究提供了多方面的文献。

1. 高尔基著作的大量翻译出版。

主要有《高尔基戏剧集》（3卷本，1956）、曹葆华与渠建明翻译的《高尔基文艺书信》（1959）、《高尔基文学论文选》、《高尔基戏剧创作书简》（宋白译）、《高尔基书简》（草婴译）、《高尔基论民间文学》（大石译）、《高尔基论青年》（中国青年出版社出版，1956）、《高尔基文集》（30卷本）、《高尔基选集》（15卷本）、高尔基写的《俄国文学史》中译本出版、《高尔基研究文集》（1948—1960）等。

其中，应该特别提到的是《高尔基剧作集》（3卷集，人民戏剧出版社，1956）的出版，是根据苏联一家文学出版社俄文版《高尔基文集》（30卷本）翻译的，包括了高尔基一生所创作的16部完整的剧本，而且还有部分剧照。出版者在出版编辑说明中对高尔基戏剧思想和艺术做了高度概括：“高尔基的剧本有着高度的思想性和激动人心的艺术力量。在苏联戏剧史上以至世界戏剧史上，在剧本里首先成功地描写新的英雄人物——自觉的无产阶级战士，就是马克西姆·高尔基。他是第一个成功地用无产阶级哲学思想来武装戏剧艺术的剧作家。他的战斗情绪饱满，生活广阔，知识面丰富，他通过对一系列形形色色人物形象的创造，令人信服地预言旧世界必然灭亡和新世界即将来临，这也是高尔基全部剧作的主题。高尔基的剧本是社会主义现实主义戏剧创作的典范，它们既有高度的思想内容，又有作家自己独特的艺术风格。他的戏剧语言异常精练而又意味深长，一个字、一句话常常含有很深的哲理，耐人寻思。他特别着重人物形象的创造，善于精确地、深刻地揭露人物形象的精神世界，从而使人感觉到他笔下的人物，无不栩栩如生。他很注意故事和情节的安排，但在他看来那只是揭露形象的一种手段，从属于形象的本质要求。"

2. 关于高尔基回忆录的翻译和出版。

从20世纪50年代开始，关于高尔基生平创作资料和回忆录大量翻译出版。《马克西姆·高尔基》（伏契克和尤利乌斯著）、《和高尔基会见》（潘菲洛夫著）、《我们的高尔基》（马留金著）、阿·绥拉菲莫维奇的《回忆高尔基》、康·费定的《回忆高尔基》、巴甫连柯的《阿·马·高尔基》（克丘洛什尼柯娃著，赵秀华译）、《会见高尔基》、《列宁与高尔基》（乌里扬诺娃著）、《斯大林与高尔基》（布尔苏柯夫著），还有法国作家符拉基米尔·波兹乃写的《回忆高尔基》。

1961年，刘锡诚翻译出版了《高尔基与民间文学》。1963年第4期《世界文学》杂志在《革命战友回忆高尔基》中选择了彼得·安德烈耶维奇·扎莫洛夫的《革命的海燕》，为研究高尔基《母亲》的创作过程提供了第一手资料。扎莫洛夫是俄国社会民主工党尼日戈罗德布尔什维克委员会委员，1902年索尔莫夫"五一"游行的领导者和参加者，也是高尔基《母亲》中巴威尔形象的原型。从他的回忆中可以获得高尔基在1902年俄国革命和1905年俄国革命前后对革命的支持，《母亲》的产生与俄国革命的关系。

叶莲娜·德米特里耶芙娜·斯塔索娃所著《忆高尔基》中提到了高尔基在1905年期间对布尔什维克地下革命活动物质上的巨大支持，以及通过作品宣传革命思想在群众中所产生的影响。作者是俄国社会民主工党党员、职业革命家、布尔什维克。

薇拉·尼古拉耶芙娜·柯里别尔格《遥远年代的回忆》主要回忆了1905年12月高尔基在武装起义期间的活动。作者也是20世纪初俄国革命运动的参加者，是高尔基的密友。三位革命战友的回忆录提供了高尔基1902—1905年期间从事革命活动生动而详实的资料。

大量的译著为高尔基研究提供了原始资料。高尔基研究文献资料的丰富，使得这一时期高尔基研究领域与20世纪30年代至50年代时期相比有了很大的拓展。

3. 苏联国内高尔基研究的论著被翻译介绍。

主要有季莫费耶夫的《关于高尔基的剧本》、亚力山大·阿尼克斯特的《高尔基戏剧中社会主义的现实主义》、牟雅斯尼科夫《列宁和高尔基如何与颓废派文艺观点作斗争》[①]、潘可夫著《高尔基论描写新旧的斗争》、留里科夫的《高尔基作品研究的一些问题》、比亚里克的《伟大的教训》等。其中，《伟大的教训》主要研究在高尔基创作发展的转折点上，在他创作发生危机，决定他作为一个艺术家命运的关键时刻，列宁的思想对他所产生的作用。布尔索夫的《论高尔基戏剧创作的几个艺术特点》、《高尔基和社会主义现实主义》对高尔基社会主义现实主义创作方法的形成，以及对苏联文学的意义做了论述。《真正人民的书》（卡斯托尔斯基著）研究了高尔基的《母亲》对布尔什维克工人运动所产生的历史意义以及对苏联作家的影响。《文艺报》发表了《苏联科学院高尔基世界文学研究所所长伊阿尼西莫夫谈文艺理论方面几个根本问题》[②]，以及新文艺出版社出版了叶果林著《高尔基与俄罗斯文学》等。

关于"俄罗斯文学、"苏联文学"相关教材翻译和出版，提供了高尔基研究的系统材料和研究范畴。最有影响的是季莫菲耶夫主编的《苏联文学史》（作家出版社，1956），书中涉及高尔基的内容占了相当大的篇幅，除了对各个时期高尔基的生平、创作思想和代表作品详细介绍之外，将"高尔基和20世纪初的文学斗争"列为一个专题，一是将高尔基与蒲宁、安德烈耶夫、库普林等作家的现实主义观点进行比较，揭示了高尔基的社会主义现实主义与批判现实主义的区别，以及高尔基对马雅可夫斯基、绥拉菲莫维奇、魏列萨耶夫等同时代一些作家的影响，认为他们都是沿着高尔基所开辟和奠定的社会主义现实主义道路

① 牟雅斯尼科夫：《列宁和高尔基如何与颓废派文艺观点作斗争》，《小说》（香港），1951年，6月版。

② 《苏联科学院高尔基世界文学研究所所长伊阿尼西莫夫谈文艺理论方面几个根本问题》，《文艺报》，1959年，第9期。

而进行创作的。其次，高尔基的社会主义是在与19世纪俄国颓废主义文学艺术观念斗争中产生的。另外，季莫费耶夫主编的《论苏联文学》（作家出版社，1958），由塔盖尔撰写的“苏维埃时代高尔基的创作”一部分，主要从高尔基——社会主义现实主义文学的奠基人、20世纪20年代回忆录和自传体作品、文学肖像、《阿尔塔莫诺夫家的事业》、《克里姆·萨姆金的一生》、高尔基的戏剧创作、高尔基在1928—1936年间的文学活动与社会活动等七个方面，介绍了高尔基在十月革命之后的文学活动，提供了苏联学者对高尔基研究的视角和具体评价中的观点。捷明契耶夫著《俄罗斯苏维埃文学》（新文艺出版社，1958）全面而详细地展示和评价了高尔基的创作，特别是专门概括了高尔基作品的意义，把当时苏联国内评论家和国际上对高尔基评价的观点都做了介绍。中国教材中关于高尔基的内容基本上是以这部教材为基础。

4. 国外关于高尔基研究资料的翻译。相继介绍进来的有：朝鲜韩雪野著《高尔基和朝鲜现代文学》、法国路易·阿拉贡的《高尔基的光芒》、美国霍华德·法斯特的《给高尔基的信》等。这些研究文章大多站在无产阶级革命文学的立场之上肯定高尔基创作的意义。但是，由于当时国际关系的复杂性和中国政治立场，欧美一些关于高尔基研究持不同观点的论著没有翻译引进，国外关于高尔基研究的文献资料并不全面。

（三）20世纪50年代至70年代高尔基研究的主要课题和热点

归纳起来，这一时期中国高尔基研究的热点问题包括以下几点：

1. 关于高尔基生平和创作活动研究、高尔基对中国革命和中国新文学的影响研究。

从高尔基作品最早被翻译到中国，高尔基就与中国结下了不解之缘，高尔基创作对中国文学的影响，高尔基文学与中国革命的关系成为高尔基研究的首要问题。20世纪50年代至70年代这一问题依然备受研究者的关注。在这方面问题的研究上，主要代表性的成果有戈宝权的《中国人民的伟大友人——高尔基》、《邹韬奋和高尔基》、《高尔基和中国》、《高尔基与中国革命斗争》、《高尔基——中国人民伟大的朋友——纪念高尔基逝世二十五周年》、唐韬的《高尔基作品在中国》、冯雪峰的《高尔基和中国作家》等。

戈宝权提出，在外国作家中，再没有第二个人能够像伟大的革命作家高尔基那样，给予中国读者——特别是文艺青年以如此广大和深刻的影响了。他引用了很多丰富的史料，指出高尔基在童年时期当八国联军入侵中国时就对中国人民表示同情，辛亥革命时又给孙中山先生写信，表明“我们在精神上是兄弟，在志向上是同志”。从第一次国内革命战争、“九一八”事变、左翼作家给高尔基的呼吁信中可以看出高尔基与中国革命的密切关系和高尔基对中国进步作家的影响力。高尔基写给中国革命作家的信是研究高尔基对中国革命和中国文学影响的最可信的资料。高尔基的主要著作，无论是他的小说、中篇小说、长篇小说，还是戏剧作品、政论文，都有了译本。高尔基的作品是中国读者最好的精神食粮，比如他的《母亲》曾教育了我国广大劳动人民走上革命道路，他的《海燕》曾鼓舞了我国广大的知识分子和青年去从事英勇的革命斗争。高尔基的著作对中国现代的革命运动和文学运动，对中国的革命文艺工作者，都曾起过巨大的作用和影响。

2. 高尔基作品积极革命思想精神研究。

高尔基这位来自于社会底层的无产阶级作家，他以自己生活和奋斗的经历，以他作品中塑造的一系列积极向上的形象，体现出积极乐观的人生态度，以及不屈不挠的革命精神和崇高的革命理想。这一阶段，对高尔基作品研究的视角主要集中在他的早期作品和《海燕》、《母亲》、《童年、在人间、我的大学》上，主要围绕这些作品中体现出的积极、乐观的革命战斗精神和作品的浪漫主义与社会主义现实主义的创作方法。主要文章有巴金的《燃烧的心——我从高尔基短篇中所得到的》[①]、夏衍的《高尔基早期作品〈海燕〉〈鹰之歌〉〈底层〉》[②]、艾芜《高尔基永远走在我们前头》[③]、文峰《真正的无产阶级斗士——纪念高尔基诞辰九十周年〈谈高尔基十月革命前的作品〉》[④]、张洛《永做

① 巴金:《燃烧的心——我从高尔基短篇中所得到的》,《文艺报》, 1956年, 第152期。

② 夏衍:《高尔基早期作品〈海燕〉〈鹰之歌〉,〈底层〉》,《人民日报》, 1958年3月28日。

③ 艾芜:《高尔基永远走在我们前头》,《人民日报》, 1958年3月28日。

④ 文峰:《真正的无产阶级斗士——纪念高尔基诞辰九十周年〈谈高尔基十月革命前的作品〉》,《文史哲》, 1963年, 第2期。

革命的海燕——高尔基三部曲观后》[①]。其中，具有代表性的成果是李辉凡的《让暴风雨来得更猛烈些吧——高尔基早期革命浪漫主义作品试论》、李希凡的《召唤着新人的诞生——读高尔基早期作品的一点感想》、王西彦的《读高尔基描写流浪汉的作品》[②]，以及文峰的《谈高尔基十月革命前的作品》[③]等。

这些文章对高尔基早期代表作品《伊则吉尔老婆子》、《海燕》、《鹰之歌》中的丹柯、鹰、海燕等一系列形象所体现出的革命浪漫主义精神进行了提炼，认为高尔基早期作品中的英雄形象来自于作家对生活的体验，特别是对俄国革命发展的敏感性。早期作品充满了理想主义激情，是高尔基对人物形象的深入探索过程。

研究高尔基早期作品的意义是因为高尔基早期作品现实主义和浪漫主义的相结合，对于我国社会主义文学的发展具有理论上的指导意义。

3. 高尔基文学思想的研究。

20世纪50年代后，中国学术界开始注重对高尔基文学理论思想的研究，主要集中在高尔基的社会主义现实主义理论、人道主义思想、高尔基的文艺思想、美学思想等理论课题。《高尔基的文学书简》、《高尔基文学论文集》翻译出版，苏联研究高尔基现实主义理论和其他文艺思想的成果也有翻译和介绍。主要有布尔索夫《高尔基和社会主义现实主义》、亚·阿尼克斯特《高尔基戏剧中社会主义的现实主义》等，为高尔基文学思想研究提供大量的史料和理论依据。主要代表性成果有：程代熙的《一个大写字母的人——读高尔基“文学书简”札记》和《时代精神——革命真实英雄人物——高尔基文艺思想初探》[④]、以群的《杂谈艺术的思维——高尔基“文学论文选”笔记》[⑤]、缪灵珠

① 张洛：《永做革命的海燕——高尔基三部曲观后》，《辽宁日报》1963年4月3日。

② 王西彦：《读高尔基描写流浪汉的作品》，《世界文学》，1959年，第10期。

③ 文峰：《谈高尔基十月革命前的作品》，《文史哲》，1963年，第3期。

④ 程代熙：《一个大写字母的人——读高尔基“文学书简”札记》、《时代精神——革命真实英雄人物——高尔基文艺思想初探》，《新港》，1963年，第3、6月号。

⑤ 以群：《杂谈艺术的思维——高尔基“文学论文选”笔记》，《人民文学》，1959年，第8期。

的《高尔基的文学史观点和方法——“俄国文学史”中译本第二版后记》。[①]

除了上述重心，还在以下几个方面有所侧重：高尔基的社会主义现实主义理论的研究、高尔基的无产阶级人道主义思想、高尔基论文学遗产、高尔基美学观研究。50年代到60年代，由于中国文艺界开展现实主义问题的争论和关于无产阶级与资产阶级人道主义的论战，高尔基研究关于现实主义的论述和人道主义问题的论述成为研究的核心问题。高尔基的文学美学观点成为批驳“创作真实”论和“资产阶级人性论”的武器。

4. 列宁与高尔基的关系研究。

列宁对高尔基的评价和关注，成为20世纪60年代高尔基研究中一个重要课题。从20世纪50年代到70年代末，主要研究著作有：李希凡的《列宁论高尔基启示着我们读列宁论文学艺术之二》、李辉凡的《列宁与高尔基》，以及孟昌的《列宁和高尔基》等。上述论文主要以《列宁全集》第35卷中给高尔基的三封信为依据，论述了列宁在帮助高尔基马克思列宁主义世界观中的决定性影响。论者基本一致认为，正是由于列宁的批评和帮助高尔基改正了自己的错误，从资产阶级唯心主义中摆脱出来，用马克思列宁主义武装了自己，成为伟大的无产阶级作家。列宁给高尔基的信充分说明了树立马克思列宁主义世界观对一个作家的重要性。

5. 高尔基作品中英雄形象对中国社会现实意义研究。

学术界关注高尔基的新人形象，是出于中国特殊时期的政治历史时期的需要。高尔基在“纪念十月革命十周年”所写的一文中指出，新人形象有三个特征：第一，他进行了斗争，创立了功勋，具有英雄气概。第二，他具有积极思想和健全理智。第三，他进行自由的、创造性的劳动。在谈及文学反映现实生活、文学形象塑造和文学表现的题材时，他指出：“我们应当选择劳动做我们书中的主要英雄……把他提升到艺术的高度。我们应当学会理解，劳动就是创造。”研究高尔基塑造的新人形象和高尔基作品中所表现的英雄主义和理想主义，对中国作家和中

① 缪灵珠：《高尔基的文学史观点和方法——“俄国文学史”中译本第二版后记》，《文艺研究》，1958年，第1期。

国社会主义经济建设具有积极意义。

关于高尔基文学思想中如何塑造新人形象，成为研究的一个热点。具有代表性的文章是罗荪《创造新时代的新英雄人物——纪念高尔基诞生九十五周年》。他认为，“高尔基不止一次地宣告过，资产阶级文学界不能够描写工人的英雄。只有无产阶级文学才能够描写自己阶级的英雄形象。这一论断给予了社会主义文学一项光荣的任务、一项具有历史意义的职责：创造无产阶级时代的新英雄人物。因此创造时代的新人，便成为高尔基文学活动中的核心课题”。“在我们的新社会里，值得歌颂的新英雄人物越来越多了。千千万万的普通人中间，每时每刻都涌现着非凡的新人，在他们身上我们看到了共产主义的新品质，看到了社会主义时代的新精神。他们是平凡的，又是伟大的，他们的精神境界是高尚的，如我们现实中的雷锋，艺术中的李双双，都是极好的范例。而雷锋式的平凡英雄人物正在我们社会的各个角落涌现、成长。肯定地说，这种新型的人物，正是我们的革命成果。革命的艺术，应当如高尔基所说的，主要的是帮助确定今天的革命成果。”[①] 萧三在《高尔基与青少年》一文中写到，高尔基十分关心青少年的成长，在十月革命后二十年间，进行了多方面的青年、儿童工作，鼓励培养了大批儿童文学作家。他对青年和儿童的热爱，目的是培养社会主义新人。我们从高尔基身上得到的启示就是“我们应该十分认真地对青年进行革命思想教育和革命传统教育，进行社会主义教育，认真培养青年的‘新的社会主义个性’，雷锋式毫不利己的个性，新时代新的个性品质，而决不一味提倡‘为自己’的幸福、安乐、特权而奋斗”。[②]

这一时期对高尔基后期作品研究不足，对高尔基戏剧作品的研究也主要局限于《底层》、《小市民》等表现工人阶级意识成长的作品。对《忏悔》、《福马·高尔捷耶夫》，以及《克里姆·萨姆金的一生》等长篇小说的研究缺乏有深度的力作。主要成果有李治的《固执个人主义立场必然堕落——读〈克里姆·萨姆金的一生〉后的感想》[③]。

① 罗荪：《创造新时代的新英雄人物——纪念高尔基诞生九十五周年》，《文汇报》，1962年3月28日。

② 萧三：《高尔基与青少年》，《文艺报》，1963年，4月号。

③ 李治：《固执个人主义立场必然堕落——读〈克里姆·萨姆金的一生〉后的感想》，

（四）高尔基研究与中国文艺界的思想局势

20世纪50年代至70年代是中国当代文艺思想斗争最复杂的一个时期，学术研究领域也不可避免涉及到政治斗争。在诸多文艺思潮中与高尔基研究密切相关的，一是关于现实主义问题之争，二是资产阶级人道主义与无产阶级人道主义之争。

1. 高尔基研究与文艺界现实主义问题之争。

1956年，毛泽东提出"百花齐放，百家争鸣"的方针政策；同期，苏联理论界曾围绕现实主义问题展开论战，有人提出，"只有一种充分价值的艺术和一种充分价值的方法——现实主义"，把所有艺术现象分为现实主义和非现实主义。1956—1958年中国文学界展开了现实主义问题大讨论。

由于中国文学的现实主义理论是以高尔基为代表的"社会主义现实主义"为基础，所以，对现实主义理论的怀疑就有了反现实主义甚至是反马克思主义之嫌。李希凡发表了《社会主义现实主义是无产阶级时代的新文学——同何直、周勃辩论》和《所谓"干预生活""写真实"的实质是什么？》等文章，[①] 把"现实主义"问题的讨论定性为"文学思想的两条战线——反对教条主义和反对修正主义上的斗争"，并指出秦兆阳、周勃的文章是从理论入手提出对社会主义现实主义的怀疑和修正。许多理论家发表文章阐述高尔基为代表的"社会主义现实主义"理论，以此来批判秦兆阳、周勃等人的理论。当时比较有代表性的有温莎《高尔基——社会主义现实主义道路的灯塔》[②]，此文认为研究高尔基可以借高尔基的思想光芒来拨开迷雾，照亮社会主义现实主义文学前进的大道。从现实主义问题理解高尔基的言论和作品，从来没有使我们错误地堕入现实主义是意识形态本身的一种庸俗理论的可能性。他向来把现实主义看作一种创作方法。作为艺术方法的社会主义现实主义不是没有阶级性的。它之所以有阶级性，因为它是服务于一定的意

《读书》，1959年，第9期。

① 李希凡：《社会主义现实主义是无产阶级时代的新文学——同何直、周勃辩论》、《所谓"干预生活""写真实"的实质是什么？》，《人民文学》，1957年，第7、11月号。

② 温莎：《高尔基——社会主义现实主义道路的灯塔》，《文艺报》，1957年，第36期。

识形态——为一定的意识形态所支配、所渗透的创作方法。高尔基也标出了社会主义的阶级性，社会主义现实主义贯穿着无产阶级人道主义。这种属于无产阶级的创作方法——社会主义现实主义应该得到保护、发展、丰富。他认为应该从几个方面来把握高尔基的现实主义基本内涵：一是作为艺术方法的现实主义不是没有阶级性的。高尔基自己明确指出了旧现实主义与社会主义现实主义的阶级区别。社会主义现实主义贯穿着的是无产阶级的人道主义。二是高尔基的现实主义服膺列宁关于文艺的党性原则、文艺为政治服务的原则。社会主义现实主义文学反映的内容不仅仅受社会主义社会生活风貌、典型的限制，并且这种创作方法，典型化的方法还受社会主义精神所支配、所渗透；同时，又透过它的艺术表现魅力给予广大劳动人民读者以社会主义的教育，鼓舞他们为把大地改造成“人类美妙的住宅”而斗争。创作真实离不开阶级立场。社会主义现实主义的真实就是要反映社会主义生活和社会主义精神，以无产阶级的世界观来预见未来。温莎在文中还提出在文学的领域中这种最好的、属于无产阶级的创作方法——社会主义现实主义必须保卫。应该踏着这位伟大的奠基人——高尔基的光辉文艺思想所指引的道路去发展它、丰富它。

翁义钦发表了《略谈高尔基与社会主义现实主义》[①]，从高尔基论述社会主义现实主义的继承和革新问题、社会主义现实主义的基本特征和高尔基成为社会主义现实主义作家的基本因素、高尔基对现实主义和浪漫主义关系的理解等方面阐述了高尔基的社会主义现实主义思想。他认为高尔基对社会主义现实主义问题的阐述体现出鲜明的党性原则和阶级斗争观点。主要观点是：一、认为高尔基对待批判现实主义的态度是：以批判的态度对待遗产，挑选出历史上真正反映人民进步因素的优秀文艺作品，摒弃一切反动、落后和艺术性低劣的东西；用古典遗产为社会主义服务，认为在无产阶级革命和社会主义建设时期，只有基于马克思列宁主义世界观和列宁党性原则的社会主义现实主义才能完成历史对文学提出的艰巨而崭新的任务。二、认为高尔基论述社会主义现实主义时首先指出它的服务对象、目的与任务。高尔基指出社会主

① 翁义钦：《略谈高尔基与社会主义现实主义》，《复旦大学学报》，1959年，第9期。

义现实主义的服务对象是工人阶级和千百万的劳动人民。它的目的和任务是为了与旧世界的残余及其有害的影响进行斗争，它的任务是激发社会主义的、革命的世界观，教育人民，使人们正确认识、改造和推进现实。高尔基指出党性原则是社会主义现实主义的灵魂，作家能否深刻领会党性原则并在生活、创作、斗争中自觉地体现，是极其关键的问题。作者认为文艺为千百万劳动人民服务——工农兵服务，这是党在文艺领域中阶级路线和群众路线的具体体现。三、高尔基从阶级观点出发，把浪漫主义加以区分，他所提倡的是积极的、集体主义的、富有革命意义的浪漫主义。革命现实主义和浪漫主义相结合的创作方法，是最好的创作方法。四、高尔基社会主义现实主义的形成是与俄国革命运动密切结合的产物，是作者世界观不断改进的结果，是不断提高观察周围世界的能力和艺术技巧的过程。与劳动人民密切联系，面向群众，深入生活，这是高尔基成为社会主义现实主义作家不可缺少的因素之一。他认为高尔基的社会主义现实主义方向是中国文学的发展方向，高尔基的创作道路应该是中国作家所走的道路。

对于社会主义现实主义问题讨论最有影响力的观点，是茅盾发表于1958年的《夜读偶记》。茅盾指出："从十月社会主义革命到今天40年中，苏联及其他国家的革命文学家的艺术实践已经有力地证明：社会主义现实主义创作方法体验着理想与现实的结合，也体验着革命浪漫主义和现实主义的结合。而之所以有此可能，就因为社会主义现实主义的思想基础是辩证唯物主义和历史唯物主义。也就是在这一点上，说明了社会主义现实主义虽然继承了旧现实主义的传统，却完全是一促新的创作方法，因此，认为无须另立新名（社会主义现实主义）而只要称作社会主义时代的现实主义即可的说法，是错误的；因为它忽略了旧现实主义和社会主义现实主义这两种创作方法其思想基础的迥然不同，也模糊了社会主义现实主义鲜明的阶级性和政治原则。"①

2. 高尔基研究与两种人道主义之争。

中国文艺界关于无产阶级人道主义和资产阶级人道主义之争，主要是由对钱谷融"资产阶级人道主义"思想的批判而引发。1957年，钱谷融发表了《论文学是人学》一文掀开了全国文艺界对资产阶级人道主

① 茅盾：《夜读偶记》，天津：百花文艺出版社，1958年，第109页。

义的批判运动。“文学是人学”这个命题源于高尔基。钱谷融认为，“所谓人道主义，从积极性方面说，就是要争取自由、争取平等、争取民主；从消极方面说，就是要反对一切人压迫人、人剥削人的不合理现象，就是要反对不把劳动人民当作人的专制和奴隶制度”。钱谷融认为，“把人当作人，是从古到今一直活在人们心里的人道主义理想中一点共同的东西。……人道主义这一概念，却永远可以适用于任何一篇古典文学作品”。认为这样的人道主义精神才是作家世界观中起决定作用的部分，是评价文学作品最基本的、最必要的标准，是区别各种不同创作方法最有效的武器。钱谷融试图建立一种人道主义的美学体系。正因为如此，高尔基的人道主义思想成为一个热点问题。

二是文学是人学中的人性与阶级性，文学与无产阶级事业的关系问题。主要批判钱谷融而有代表性的，是欧阳文彬《高尔基论人道主义》[①]。他认为，钱谷融不但利用和曲解了高尔基的文学是人学，还利用和曲解了人道主义这个名词，“高尔基的人道主义是战斗的人道主义，是革命无产阶级的人道主义。它不需要抒情式的爱的宣言，不用响亮和甜蜜的词句来夸说对于人类的爱，它的目的是：把全世界的劳动人类从无耻的、血腥的、疯狂的资本家的压迫下解放出来；它教育人们不要把自己当作买卖的商品，当作制造黄金和奢侈品的原料物。它要求对资产阶级，对资本家及其走狗、寄生虫、法西斯党徒、刽子手和工人阶级政权的永不熄灭的仇恨；要求对一切使人受苦的东西、一切活在几亿人痛苦之上的东西的仇恨”。“钱谷融和另一些修正主义者对人道主义的解释，是离开了具体的阶级关系，来抽象地说什么把人当作人”，把这一抽象概念说成是从古至今一直活在人们心里的人道主义理想中一点共同的东西。

《文艺报》选编刊登了《高尔基、鲁迅论人道主义和人性论》，并加了“编者按”：“高尔基、鲁迅在自己的战斗生涯中，都曾经用犀利的笔锋刺破了资产阶级道貌岸然主义者、人性论者的伪善面孔，关于无产阶级人道主义的崇高内容，高尔基也发表过一些很好的意见。”本书主要辑录了高尔基《无产阶级的人道主义》、《论社会主义现实主义》、《论新人和旧人》、《论文化》、《关于真实的教育》、《给人道主

① 欧阳文彬：《高尔基论人道主义》，《文艺月报》，1957年第6期。

义者》、《论聪明人》、《致保卫文化大会》，以及《答复知识分子》等中对无产阶级人道主义思想的阐述。

《文艺报》1960年辑录了《高尔基论资产阶级文学遗产》（第6集）也主要是针对资产阶级人道主义的批判。“编者按”中说的很明确：“关于资产阶级文学遗产，特别是19世纪批判现实主义文学的阶级局限，高尔基曾发表过一些很好的见解，这些见解贯彻着马克思列宁主义的批判精神。高尔基认为在资产阶级文化的遗产里，蜜糖和毒药紧紧混合在一起，这正好说明了资产阶级文学的二重性。修正主义者和资产阶级文人们把旧时代资产阶级文学，特别是19世纪资产阶级文学中间的资产阶级民主主义、人道主义思想当作永恒真理，来大肆吹嘘，在青年中间造成迷信，似乎它们和无产阶级文学中间的社会主义、共产主义精神没有多大差别了。听听高尔基的见解，能够达到破除迷信的效果。”[①]

高尔基对19世纪文学的态度成为批判资产阶级文学研究的一个视角。张枚在《高尔基论十九世纪欧洲文学》一文中认为：“高尔基对文学问题的论述，特别是对19世纪批判现实主义文学的分析，对于今天发展无产阶级社会主义现实主义的文学事业仍有着重要意义，仍然是无产阶级文学与反动的资产阶级、修正主义文艺思想做斗争的有力武器之一。”“无产阶级人道主义在本质上与资产阶级人道主义不同，因此在马克思主义世界观指导下的无产阶级道貌岸然主义是最彻底的、真正的人道主义，无产阶级人道主义的内容最鲜明的表现，就是为了解放全人类，与敌人进行不调和的斗争。”[②]

吴泰昌发表《高尔基的文学是人学辨》对高尔基的文学是“人学”的出处和具体含义提出自己的看法。“当我们谈到文学反映现实内容的特点时，常爱引用‘高尔基文学是人学’的著名论点，但是高尔基这句话出于何处，原意怎样，却很少为人注意。这样客观上对它的理解就不一定很确切，甚至产生原则上的分歧。”他认为根据原文出处，“文学是人学”的正确含义是文学是“民学”（民族志学）和“人学”（人种志学）。“文学通过描写人去反映现实，这是高尔基美学思想之一。当然，高尔

① 参见“编者按”，《文艺报》，1960年第6集。

② 张枚：《高尔基论十九世纪欧洲文学》，《上海文学》，1960年第6期。

基指的人决不是超阶级的抽象人性，而是现实生活中活生生的人。”因此，他认为钱谷融《论文学是人学》一文，就是立论在对高尔基这句话不正确的理解基础上，从而得出文学界是以表现超阶级的人性为目的这一错误结论。[①]

（五）高等学校教材中对高尔基的研究和评价

20世纪50年代至70年代出版了较多的外国文学和俄苏文学方面的教材，在教材中对高尔基的研究占有突出地位，开辟了高尔基研究的一个独特领域，提供了高尔基研究的范畴、体例和重点。在众多版本的教材中，每一个时期对高尔基介绍具有代表性和较高权威性的版本有：东北师范大学主编《苏联文学参考资料》（1954），北京师范大学中国语言文学系编的《十九世纪俄罗斯文学及苏联文学讲义》（北京师范大学出版社，1959），吕元明编《苏联文学》（哈尔滨师范学院，上、下册，1962），杨周翰、吴达元、赵梦蕤主编的《欧洲文学史》（1979），朱维之、赵澧主编的《外国文学简史》（南开大学出版社，1977）。

① 吴泰昌：《高尔基的文学是人学辨》，《文汇报》，1962年，7月18日。

第四章

20世纪60年代：高尔基学的新起点

第一节　20世纪60年代文学思潮与高尔基学的重点

20世纪60年代的高尔基研究并非孤立，它和苏联社会在20世纪50年代中期发生的意识形态变化具有连贯性。苏联评论界认为20世纪50年代中期到60年代中期这十年，是苏联文学有史以来最重要的转折时期，是具有特殊意义的十年，是创作的春天。社会政治生活和经济生活都发生了深刻的变化，文学创作和文学研究领域也体现出这些变化。文学批评家库茨涅佐夫这样描述："当代文学越来越清楚地显示出不同于前十年的某些特点，正像五六十年代文学不同于战后十年文学那样。今天的社会形势和文学形势也不同于20世纪50年代和60年代初：当文学上的慷慨陈词和争论，思想上的不平静状态和苦楚已远远成为过去的时候，极端现象消失了，文学生活较为求实和建设性的气氛形成了，时代已变得不那么喧哗和那么紧张，我们给文学气质的某些部分甚至可能带来了一些损失，但文学的进程却变得丰富多彩和复杂化了。"① 另一位文学批评家捷明契耶夫则说："已经没有一个人怀疑苏联文学在我们时代已经进入本身发展的新时期。"② 那么，这个时期的文学思想关注的重点问题有哪些呢？归纳起来，在理论批评方面围绕人道主义、正面人物、现代精神、创作真实、自我表现、艺术革新、青年

① 转引自吴元迈：《战后苏联文学问题》，《探索集》，北京：外国文学出版社，1986年，第379页。

② 转引自程正民：《苏联评论界有关五六十年代文学的言论述评》，吴元迈、邓蜀平主编《五六十年代的苏联文学》，北京：外语教学与研究出版社，1984年，第520页。

作家、20世纪20年代文学等一系列问题展开争论。在这些争论中，多数人是出于重新评价过去的愿望，对不少重要的理论问题进行大胆和有益的探讨，尽管有时对一些问题的看法也难免失之偏颇。同时，也有少数人全盘否定以往时期文学所取得的成就，全盘否定联共中央关于文艺问题的一系列决议，要求实行“文艺自治”，这是一场严重的斗争。这些创作论争始终贯穿于整个那个年代的文学运动之中，一直是尖锐的、激烈的。[①]

上述情况，在理解同一时期高尔基学和其中核心问题的处理方式上，具有重要启发意义。高尔基学的研究者也在不断总结，试图在新的时代背景下，提出相适应的问题，开拓出相适应的研究领域，走出资料整理、博物馆建设、手稿、年谱等研究格局，使高尔基学更广泛、深入地介入文学创作、文学思想、理论建设的世界里，发挥更大的指导作用。事实上，这个研究迹象已经出现了。这一时期，文艺学家谢尔宾纳在《当代文艺学的现实问题》（1961）中总结了上一个时期的研究态势，并对已经取得的成果和存在的相应问题予以阐述。

首先，高尔基研究的基本布局已经形成。对高尔基的生平和创作进行有计划的研究是在20世纪30年代中期开始的。研究者们在高尔基本人的同意下考察其丰富的人生经历，揭示出高尔基与同时代人（包括安德烈耶夫、蒲宁、安费加得洛维、奥夫相尼科夫-库里科夫斯基等等）[②]的相互关系，开始研究高尔基的文学美学观点及其在俄罗斯现代文学发展中的作用。学者们完成了高尔基文献目录整理等基础性工作，为进一步研究高尔基的社会活动和文学活动打下了良好的基础。[③] 20世纪20年代被意识形态排斥的进步作家例如安德烈耶夫和蒲宁受到学术界

① 程正民：《苏联评论界有关五六十年代文学的言论述评》，吴元迈、邓蜀平主编《五六十年代的苏联文学》，北京：外语教学与研究出版社，1984年，第527页。

② См.сборники:М.Горький.Материалы и исследования, тт.1—4.Изд.АН СССР, М—Л., 1934—1951.

③ С.Д.Балухатый.Литературная работа М.Горького. Список первопечатных текстов и авторизованных изданий.1892—1934.Сост. при участии К.Д.Муратовой и Г.А.Смольянинова. «Academia», М., 1936, XXXII, 520 стр.;С.Д.Балухатый.Критика о М.Горьком. Библиография статей и книг 1893—1932 гг.ГИХЛ, Л., 1934, 594стр.В дальнейшем эти библиографические работы были продолжены.

关注。

其次，20世纪30年代以来涌现了一批优秀学者，他们对高尔基的生平和创作都非常重视。他们是杰斯尼茨基、巴鲁哈德伊、皮科萨诺夫、格鲁兹杰夫、比亚里克、卡斯塔尔斯基、穆拉托娃，以及尤佐夫斯基等。虽然他们研究著作的出版，经历的时间很长，不是短期的产物，但是，在处理专业问题的过程中还是体现了这个时期意识形态的特点，逐渐挣脱了概念化、公式化的格局，在真实性、历史主义方面有明显进展。

再次，对高尔基学相关重大问题的研究有了明显进展。例如，高尔基在20世纪文学中的作用和意义、两个世纪之交现实主义的特点问题、各文学流派的斗争以及作家们的命运等，所有这一切都与高尔基联系在一起。因此，对高尔基遗产进行专门研究，一度不仅仅是高尔基世界文学研究所的主要工作，并且从40年代末起，许多大专院校的教师也开始积极地加入进来。[①]

截止到高尔基诞辰100周年，高尔基学已经取得了不小的成果，但是，还存在着一些问题，高尔基作为文学活动家和革命者的形象还有待深入研究。已经出版了许多研究个别阶段的著作[②]，学者们很好地揭示了艺术家同革命运动的各种联系（直接参与革命、在布尔什维克的刊物工作、关心关注革命等）[③]；展示高尔基投身于列宁所领导的革命并发挥重要作用[④]；更加明确了高尔基在十月革命最初时期的观点等[⑤]。

① См.:Тезисы докладов (первой-четвертой) научной конференции горьковедов Поволжья. Горький, 1958—1961;Научный ежегодник Одесского университета. Одесса, 1957; Максим Горький.Сборник статей. Одесса, 1960; Научный ежегодник Черновицкого университета (за 1956—1959 годы). Черновицы, 1957—1960.

② См., например:Б.Пирадов. У истоков творчества Максима Горького (1891—1892). Изд. «Заря Вос- тока», Тбилиси, 1957, 112стр.

③ Горький в эпоху революции 1905—1907 годов.Материалы, воспоминания, исследования. Изд.АН СССР, М., 1957, 410стр.

④ В.И.Ленин и А.М.Горький.Письма, воспоминания, документы. Изд.2-е, доп., изд.АН СССР, М., 1961, 476 стр.

⑤ К.Д.Муратова.М.Горький в борьбе за развитие советской литературы. Изд. АН СССР, М.—Л., 1958, глава 1-2; А.И.Овчаренко.Публицистика М.Горького.Изд.2-е, доп., «Советский писатель», М., 1965（глава «В эпоху небывалую»）.

总之，作为一个成熟学科的前提，应该形成一个非常明确的研究对象，有一系列被各方学者认同的基本问题，有传统的解决问题的方法论，对一些原则的理解具有相当的时代开放性等。这种状态，正是借助20世纪60年代的形式得以稳定下来。

第二节 重头基础性著作的出版

作为这个时期标志性成果的，是四卷本《阿·马·高尔基生活和创作年表》(1958—1960)[①] 这部大型研究性著作的出版。

高尔基一生经历曲折丰富，参加的文学活动、社会政治活动非常多，和同时代人的联系非常广泛，编撰者要编撰详实确凿的年表非常艰难。《阿·马·高尔基生活和创作年表》(以下简称《年表》)收集了大量的材料，根据以上目标，在世纪初期世界文学进程的背景下，广泛地展示出高尔基同文学家、艺术家、思想家、政治家们之间的相互关系。《年表》是一本工具性质的参考书，主要是记录确切的事实，而不是对其进行解释。它不可能以学术性的生平传记来代替，那种生平传记是以阐释作家生活和创作的发展历史、确定作家的世界观为目标。格鲁兹杰夫进行了这种生平传记的研究。[②] 但遗憾的是，他只是详细地考察了20世纪之前作家的生活，而对于新的时期(19世纪90年代到20世纪初期)，只是看作新的研究前景。

本《年表》虽然有四卷，但仍然觉得档案资料匮乏，对作家复杂的生活没有进行充分地阐述(比如，第一次世界大战期间和十月革命的最初年代)。仔细阅读《年表》，更使我们感受到高尔基是一个伟大而特殊的新文学开辟者。

长期以来，人们一直认为高尔基在19世纪90年代就是一个马克思主义者，这一点也决定了其生活态度、文学观点和创作。但是，纵观这

① Летопись жизни и творчества А.М.Горького, тт.1—4 (Ред.Б.Бялик, Б.Михайловский, Л.Пономарев, В.Щербина. Контрольный ряд.тт.1-2 К.Д. Муратова). Изд. АН СССР, М., 1958—1960.

② И.А. Груздев. Горький и его время. Изд.3-е, доп., Гослитиздат, М., 1962, 700 стр.

一时期人们探讨的问题，包括考察高尔基与作家们的通信（与沃雷恩斯基、波什等）和其他大型纪念性文学作品，我们改变了这一看法。应该说，19世纪90年代是年轻高尔基执著地寻找能够彻底改变人们生活道路的时期，但是这条道路不是立刻就找到的。高尔基说过，是现实和独特的生活经历把他引向了马克思主义。然而，掌握马克思主义世界观的过程又是复杂而漫长的，并不像最初高尔基生平研究者所记录的那样。这项工作要求学者仔细研究高尔基对待民粹主义的态度问题。① 那个年代的文学批评不无根据地捕捉到民粹主义对高尔基创作的影响。

高尔基美学观点的研究还处在起步阶段。几乎没有学者研究高尔基美学观点与当时盛行的美学理论之间的联系（相符合或者相排斥）。要理解这一现象很容易，它和这个时期盛行的理论思想密切相关。在马克思主义、列宁、普列汉诺夫、斯大林和苏联党宣布的文学主张之外，还有什么有价值的文学、美学主张吗？文学史上重要的美学主张固然存在着历史局限，但是它们仍然内涵着具有普遍意义和价值的因素，值得后人借鉴。皮科萨诺夫的论文《马·高尔基长诗〈人〉的思想史》② 作为为数不多的例外，专门研究了高尔基的美学思想，是具有视野的开拓性成果。论文指出了高尔基社会学、哲学观点发展的复杂性。但皮科萨诺夫受到了米哈伊洛夫斯基和奥甫恰连科等学者的质疑。后者拒绝把高尔基的美学主张（主要是人学主张）历史具体化，而强调它的一般性意义。

同样，出于对苏维埃时期文学创作的自尊，学者们对高尔基早期（1890—1900年间）文学活动、社会政治活动的深入研究也很少。这是一个特殊时期：一方面，它在现实主义文学发展史上具有重大意义，另

① Вопрос об отношении Горького к народничеству основательно разработан лишь в связи с долитературной биографией Горького (Алексей Пешков и народнические кружки). Статья И.К.Кузьмичева «Горький-публи- цист и народники» (в кн.:Статья об А.М.Горьким и литературе XX века.Горький, 1961) и глава о ранней публицистике писателя в книге А.И.Овчаренко «Публицистика М.Горького» (М.1965) только первые заявки на разработку данной темы.

② Н.К.Пиксанов. Идейная история поэмы М.Горького «человек».Вопросы русской литера туры, вып.2. Львов, 1966.

一方面，它对俄国象征主义文学的产生和发展也有很大影响。尽管许多学者关注到早期高尔基，但是，很少有人清晰地阐释他的浪漫主义文学创作的特点。[①]

值得注意的学者首推格鲁兹杰夫。他的著作赢得了广泛的声誉。[②]作者对高尔基早期生活投入了极大的兴趣，在著作的最后一版，作者没有充分地运用新的研究成果和已出版档案资料的新信息，自然也引起了读者对这部作品的不满。学者们还继续对高尔基生活的特殊时期进行研究。[③]这显示出高尔基学的一个时代特点，即研究中心不仅仅局限于高尔基本人，同时还有与其相联系的文学、社会和生活环境。

第三节　高尔基戏剧艺术及戏剧理论研究

20世纪60年代以来，学者们对高尔基的创作研究越来越全面而广泛。收录在《高尔基文集》中的所有作品几乎都有人做过论述。但是，人们研究最集中的还是高尔基的戏剧艺术。学者们总结了高尔基戏剧艺术实践和艺术原则，追述了围绕主要戏剧作品而进行的思想角逐，以及这些戏剧在俄国以及国外的舞台表演历史，向人们展示出高尔基与剧院（例如莫斯科艺术剧院等）的相互关系，总结出戏剧艺术中的一般规律。

这一时期出版了许多总结性的著作。[④]它们都从各自的视角考察

---

① Наиболее значима работа Б.В.Михайловского «Из этюдов о романтизме раннего Горького». (В кн.:О художественном мастерстве М.Горького.Изд.АН СССР. М., 1960, стр.5—71).

② Книга издавалась с дополнениями многократно.Последнее издание:И. А.Груздев. Горький. Изд. 2-е, изд. «Молодая гвардия», М., 1960, 368 стр.

③ Многие из этих работ носят краеведческий характер:Горький в Татарии. Казань, 1961, 136стр.; Н.С. Тра- вушкин.Горький у Каспия.Критико-биографический очерк.Астрахань, 1963, 144стр.;Р.Вуль.А.М.Горький в Крыму.Очерк жизни и творчества.Симферополь, 1961, 108 стр.;Л.Я.Резников.Горький и Север. Поиски, факты, свидетельства, комментарии.Петрозаводск, 1967, 232 стр.

④ Б.Бялик.М.Горький-драматург. «Советский писатель», М., 1962, 636 стр.;С. В.Касторский. Драматургия М. Горького.Изд.АН СССР, М.—Л., 1963, 172 стр.;Б.

了高尔基的戏剧理论。尤佐夫斯基首先对高尔基戏剧创作和思想的哲学—社会学问题进行研究。他不仅关注高尔基本人如何解决这些问题，同时对高尔基的戏剧理论与其他戏剧家的理论进行比较，尤其是与19世纪末、20世纪初作家们的作品相比较，特别注意高尔基与其同时代人在文学和思想方面的论战。

与尤佐夫斯基不同，米哈伊洛夫斯基考察了高尔基作为剧作家的最初创作，描述了戏剧创作的全部发展道路，这使得作家更准确地把握高尔基在第一次俄国革命时期的文学观和社会学观点。这部著作揭示了高尔基再现社会生活、把握社会焦点进行典型化的特点。另外，米哈伊洛夫斯基与其他学者相比对高尔基的戏剧和欧洲的戏剧研究更早也更深入。

比亚里克的《剧作家马·高尔基》(1962)是其多年研究高尔基戏剧理论的结晶，他是最早研究戏剧《萨莫夫与其他人》、《老头》、《假币》的学者。本书总结了剧作家高尔基的成长道路，他的探索、发现和对一般艺术原则的曲折创新。可贵的是，他把高尔基的戏剧创作与舞台表现结合在一起进行研究。不过，作者没有把高尔基的戏剧探索与同时代其他人相比较，包括《假币》和《老头》，这是很遗憾的。毕竟高尔基的戏剧创作与契诃夫、安德烈耶夫以及欧美戏剧家的创作实践具有丰富的借鉴和影响关系。

卡斯塔尔斯基的著作《马·高尔基的剧作理论》(1963)则特别注重理论创新，本书的重点是探讨高尔基戏剧理论具有争议的一些问题。

上述著作在一定程度上表现出高尔基戏剧研究的丰富和复杂性。但即使是同一时期的学者，也不可能在所有问题上达成一致。研究者之间还存在着分歧和争议，比亚里克《戏剧家马·高尔基》与尤佐夫斯基《马克西姆·高尔基及其戏剧理论》之间，就对某些思想和创作现象的阐释存在着分歧；卡斯塔尔斯基著作也充满论战性。[①]

В.Михайловский. Драматургия М. Горького эпохи первой русской революции. Изд.2-е, доп., изд. «Искусство», М., 1955, 356 стр.; Б.В.Михайловский. Творчество М. Горь- кого и мировая литература. 1892—1916.Изд. «Наука», М., 1965, стр.375-580;Ю. Юзовский.Максим Горький и его драматургия. Изд. «Искусство», М., 1959, 780стр.

① См., например:Б.С.Бугров.Драматургия «знания».В кн.:Горьковские чтения.

对高尔基戏剧理论研究是这个时期研究的热点之一，具有相当的普及性。[①]上一个时期的研究成果，几乎都是在社会学的纲领下考察高尔基戏剧理论。而本时期，随着意识形态领域的开禁，人们对内心世界探索兴趣的提高，以新的方法来分析戏剧成为越来越普遍的趋势。也就在这个背景下，学者们开始重视高尔基的伦理和人道主义问题。例如萨伊费拉的研究成果，就把资产阶级—贵族阶层在无产阶级革命前夕的道德危机作为中心问题来探讨[②]。

在小说研究方面，对长篇小说《克里姆·萨姆金的一生》研究的著作明显增加了，[③]对一些过去注意得较少的生活阶段，例如奥古洛夫时期、文学肖像时期、《漫游罗斯》写作时期的研究有所增加。[④]

研究高尔基创作思想转向艺术手法，有下列著作为例：《论马·高

1961—1963.Изд. «Наука», М., 1964, стр.154—188.

① К.П.Лукирская, А.С.Морщихина.Литература о М.Горьком. Библиография. 1955—1960. Под ред.К.Д. Мура- товой. Изд «Наука», М.—Л., 1965, 406 стр.

② В.М.Сойфер.О проблематике пьесы М.Горького «Последние».В кн.:Советская литература. Л., 1962, стр. 81—102（«Ученые записки Ленинградского гос.университета им.А.А.Жданова», №319, серия филологических наук, вып.66）.

③ Б.С. Вальбе. «Жизнь Клима Самгина» в свете истории русской общественной мысли. «Советский писа- тель», М.—Л., 1966, 288 стр.;Н.Н.Жегалов.Роман М.Горького «Жизнь Клима Самгина».（Основные проблемы и образы）.Изд. «Просвещение», М., 1965, 312 стр.;И.С.Нович.Художественное завещение М.Горького（«Жизнь Клима Самгина»）. «Советский писатель», М., 1965, 538 стр.; А.И.Овчаренко.Роман-эпопея М.Горького «Жизнь Клима Самгина». Изд. «Художественная литература», М., 1965, 168 стр.; Л.Я.Резников.Повесть М. Горького «Жизнь Клима Самгина».Проблемы жанра и стиля.Петрозаводск, 1964, 532 стр.; П.С.Строков. Эпопея М.Горького «Жизнь Клима Самгина». «Советский писатель», М., 1962, 416 стр., и др.

④ С.В.Касторский.Повести М.Горького. «Советский писатель», Л., 1960, 380 стр.;В.Я.Гречнев.Жанр литера- турного портрета в творчестве М.Горького.（Воспоминания о писателях）. Изд. «Наука», М.—Л., 1964, 132 стр.; Е.Б.Тагер.Жанр литературного портрета в творчестве Горького.В кн.:О художественном мастерстве А.М. Горького.Изд. АН СССР, М., 1960, стр.375—418. О литературных портретах писатели также Л.П.Жак（От за- мысла в воплощению. В творческой мастерской М.Горького. «Советский писатель», М., 1963）, В.С. Барахов, Н.В.Николаев и др.

尔基的艺术手法》（莫斯科，1960）、C.B.卡斯塔尔斯基的《艺术家高尔基》（莫斯科—列宁格勒，1963）、E.Б.塔格尔的《高尔基苏联时期的创作》（莫斯科，1964）。[①] 同时，高尔基的语言风格也得到注意。[②]

第四节　高尔基的文学组织和交往活动研究

高尔基在十月革命前的文学组织活动以及与其他作家（主要是民主作家）的交往，一直处在苏维埃时期创作活动层次之下，没有得到学术界的充分重视，长期以来缺少好的研究成果。这里，很重要的原因是20世纪30年代至50年代中期的思想禁锢，虽然民主作家的作品在苏联国内得到广泛出版，但是，把他们与无产阶级作家，继而与无产阶级文学和社会主义现实主义创作方法密切联系起来研究，这是无论如何不容许的。20世纪30年代以来，苏维埃制度优越性的意识，导致苏联文学研究界拒绝任何非苏维埃的创作经验，更不用说让这些创作经验成为苏维埃社会主义文学的创建过程之中。20世纪50年代中期解冻，到60年代的解放思想运动持续展开，“20世纪20年代文学”的创作经验成为理论界研究的对象；与之相关，与这个时期紧密联系的文学组织、文学家队伍，成为研究视野内的对象，就顺理成章了。而从学理方面说，若要深入研究高尔基的人道主义思想、从民主主义向马克思主义立场的转向，离开当时的文学活动、文学组织、文学家之间的关系，就难以说清

① В.В.Новиков. Творческая лаборатория Горького-драматурга. «Советский писатель», М., 1965, 528 стр.; В.С. Нечаева.Работа Горького над пьесой «фальшивая монета». «Литературное наследство», т.74, стр. 58—69; А. А.Тарасова.Из творческой лаборатории М.Горького.Изд. «Наука», М., 1964, 160 стр.и др.

② В настоящее время заканчивается работа по составлению словаря автобиографической трилогии Горь- кого, предпринятая по инициативе Б.А.Ларина (см.:Словоупотребление и стиль М.Горького. Изд. Ленин-градского унив., Л., 1962, 148 стр.). Значительное число статей о языке Горького опубликовано в «Ученых записках» рада вузов.Большое внимание стало уделяться афористическому искусству писателя. (См., напри мер:Е.И.Беленький.Заметки об афоризмах М.Горького. Омск, 1961, 76 стр. («Ученые записки Омского гос.педагогического института им.А.М.Горького», 1961, вып.15).

楚。所以，继对高尔基1900—1917年之间文学创作、文学组织活动的广泛研究之后，学者们开始研究作家和十月革命前文学运动的联系。

在20世纪20年代的文学论争中，高尔基的同时代作家甚至高尔基本人，都被称为“同路人”。因此，在苏维埃文学的建设过程中，他们仅仅处于批判性继承的地位。

20世纪60年代的高尔基学展示了高尔基作为革命文学带头人的形象，把高尔基与其同时代的先进代表进行对比，但存在着一个共同的倾向，就是贬低了革命民主主义作家的作用，把他们看作高尔基的附属，而不是战友。许多著作都没能避免这一弊病。研究者们指出了高尔基作为一名艺术家和批评家对革命民主主义文学的影响，而后者对高尔基的影响却丝毫没有提及，例如库普林、蒲宁、魏列萨耶夫，对高尔基的积极影响长时间没有得到充分肯定。沃尔科夫著作《马·高尔基与19世纪末—20世纪初的文学运动》（莫斯科，1951年）的第一版中尤其集中体现了这一特点。他充分强调了高尔基为革命民主主义作家思想而做的工作，所做出的努力和发挥的重要作用，但是，丝毫没有关注到高尔基本人在这一过程中是如何成长，不断丰富自身的。

许多研究者强调，高尔基革新了其他作家们的意识，在知识出版社的通力合作下，促使这些作家更加关注紧迫的问题；和高尔基的接近，没有限制他们的创作主动性和积极性，而是大力发展和提升了它们。捷列绍夫在1948年写给绥拉菲莫维奇的信中，回忆起在知识出版社的工作时说：“像您一样，我们其他的同志也迅速地成长起来并赢得了读者的关注和喜爱，而在高尔基领导下的知识出版社，也成为了把劳动大众从专制制度桎梏下解救出来的、最具影响力和最富有声誉的、新思想的传播渠道。”①

片面地理解文学进程对高尔基本人艺术观点的影响，使得沃尔科夫做出了不正确的结论。沃尔科夫认为：“……确定高尔基某部作品价值唯一的范畴，就是在安抚激愤群众情绪时作品所起到的作用。”② 实际上，高尔基既没有在自己的作品中，也没有在评价其他作家的作品时

① «Литературная газета», 1967, № 46, 15 ноября, стр.6.

② А.А.Волов.М.торькцй u.лumepamypноe эВuжеНue19—20вekob, M.1951. Стр.174.

遵循这个原则。这本书再版时(莫斯科,1954),这个观点被删掉了。

许多著作都反映了高尔基对文学组织的领导活动。学者们总结了高尔基与作家们的多种联系。类似的著作很多,良莠不齐,许多题为《高尔基与……》的著作即是如此。俄国科学院文学研究所(“普希金之家”)的高尔基小组在巴鲁哈德伊和杰斯尼茨基的领导下,已经完成了系列集《马·高尔基:研究与资料》的出版工作,刊登了许多有趣的文章,包括杰斯尼茨基的《高尔基与安德烈耶夫》、《高尔基与亚库鲍维奇在1900年》、马克西莫维奇的《高尔基与阿伊兹曼》,以及格鲁别夫的《高尔基与阿·弗·果尼》等。

为了综合研究高尔基与同时代人的交往,尤其是与文学家的交往,学者们已经做了大量的工作,整理出版了许多新的信件,特别是《文学遗产》第70卷和第72卷、《马·高尔基档案》第10卷就非常有意思,其中包含了高尔基同作家、编辑和出版家安德烈耶夫的通信集。这些信件向人们展示了十月革命前以及苏联文学发展史的新的一页,同时也让人们了解了高尔基的成长史。在通信中,高尔基不仅与作家们分享自己的生活经验,同时也向别人倾诉解决一系列棘手问题的困惑。高尔基时而以一位明智的大师身份出现,时而又与别人共同商议一些困扰的问题。在与费定的通信里,就可以看到高尔基不仅仅影响着这位年轻的作家,同时也深受其影响。

1959年,米哈伊洛夫斯基发表了《社会主义现实主义具体历史研究的问题》一文。[①] 作者提出,把社会主义现实主义文学首先是高尔基的作品,与19世纪末、20世纪初俄国以及国外现实主义作家的创作进行比较的必要性。米哈伊洛夫斯基在后来的著作——《马·高尔基的创作与世界文学》中完成了这一使命。[②] 在分析到高尔基对当时问题的阐释时,作者指出了高尔基作为一名社会主义现实主义者在小说和戏剧体裁中的创新探索。但是,米哈伊洛夫斯基同时也没能克服旧的传统习惯,拒绝对新生一代作家——高尔基战友们的创作进行具体历史评价。

---

① «Вестник Московского университета», 1959, №3, историко-филологическая серия, стр.3—17.

② Б.В.Михайловский. Творчество М.Горького и мировая литература. 1892—1916. Изд. «Наука», М., 1965, 648 стр.(Институт мировой литературы им.А.М.Горького).

特别是，作者对魏列萨耶夫的中篇小说《安德烈·伊万诺维奇的结局》给予了不正确的评价，这部小说比高尔基更早展示了作为革命者的工人形象。米哈伊洛夫斯基在书中（第190—191页）对这部重要小说的论述是带有偏见的。

20世纪60年代后期，关于蒲宁、库普林以及其他散文作家的专著出现了，学术界重新评价40年代—50年代及之前形成的见解。集中体现这一主题的是《高尔基读物》（莫斯科，1966）中以“高尔基与20世纪初俄国文学”为主题的论文，包括反映高尔基与其他作家关系的论文，例如佳列兹基所写的“高尔基与库普林”、伊欧卡尔的“高尔基与加林-米哈伊洛夫斯基”以及彼特洛娃的“高尔基与斯基达里兹”等论文。他们都以崭新的思路研究了作家们的关系问题。[①] 特别值得一提的是“高尔基与库普林”的文章，在分析高尔基同库普林从最初相识到20世纪30年代期间的关系史时，作者运用了很多几乎被人遗忘的档案资料，得出结论：“库普林与高尔基的关系史，他们之间的‘吸引’和‘排斥’，持续了近四分之一个世纪，吸引人们的不仅仅是资料的记载，它更展示了社会主义现实主义与批判现实主义之间联系的个案，而这些都是我们时代文学进程的特点之一……在托尔斯泰和契诃夫强烈影响下的库普林，没有走过、也没有沿着高尔基指引的文学发展道路前行……”。（160页）[②]

在《高尔基读物》这一期里，引起读者注意的还有苏尔宾关于“高尔基与谢尔盖耶夫-岑斯基”和阿互多娃研究《母亲》“同路人”的文章。

第五节 对文学批评家和编辑高尔基的研究

作为文学家和批评家，高尔基的战斗观点（“每次当我谈到文学时，似乎就进入了战争……”）早已引起了学者的注意。关于高尔基的文艺学观点，学术界的基本倾向是：把《海燕之歌》看作作家早期的艺术

① Следует отметить также статью Г.П.Семеновой «Г.В.Плеханов и М.Горький» в «Русской литературе»（1967, №3, стр.51—71）.

② В кн.: Горьковские чтения, 1966. М., с.160.

宣言，把《论小市民习气》、《个性的毁灭》、论陀思妥耶夫斯基和《无产阶级作家的第一本文集》的前言等作品看作确定新文学主要斗争方向的代表。60年代，学术界开始把注意力转向高尔基的文学史观点、对苏联文学的任务和创作方法的见解等方面研究上来。

这有点“纯理论”的性质。关注高尔基的文学史理论遗产，使人们理解俄国以及外国现代文学进程，具有相当重要的价值。高尔基的文学史观，一直是无产阶级文学建设过程中一个主要的领域，打开无产阶级文学发展历史的视野，离开高尔基的文学史观念，几乎是不可能的。高尔基的见解，对于警示人们、避免重复20世纪文学发展最初阶段的错误，提醒人们意识到社会主义现实主义文学面临的重要任务和困难，具有重大意义。高尔基是现代文学进程的积极参与者。他的许多意见，尤其建议不要忘记在不断变动的社会和科学认知中恢复苏联人民的特性，直到今天仍不失其现实意义。很难找到一本有关苏联文学的文章或著作，其作者不在某种程度上借助高尔基的观点。因此，对批评家高尔基观点的阐释，具有相当程度的紧迫性。但是，从另一个角度说，研究高尔基的文学批评观点，很容易从客观的学术研究转向思想论争。每个参与者都力图找到与高尔基思想相近或相左的观点。在40年代至50年代的许多著作中，批评家们感兴趣的，不是能够确定高尔基真正立场的看法（特别是与新的创作方法有关的），而是批评家本人对苏联文学思想发展的见解。

在20世纪30年代至50年代，不少媒体上刊登了许多高尔基批判现代派文学的文章，但仅仅归纳了高尔基本人的表述，其反对者的声音却没有做丝毫的表述。进入20世纪60年代，学者们力求在特定历史背景下总结高尔基的观点。比较重要的著作有比亚里克的《马·高尔基——文学批评家》（莫斯科，1960）。作者总结了长期钻研的高尔基文学观，还阐释了这些观点的理论基础和演变过程。著作的价值还在于，作者对高尔基文学批评观和文学史观的分析，与其创作实践紧密联系在一起。

高尔基对陀思妥耶夫斯基和列夫·托尔斯泰的批评，已经为学术界所熟悉。高尔基深受果戈理、陀思妥耶夫斯基和托尔斯泰的影响，古典作家的个性和文学遗产的价值，在20世纪初引起了激烈的论战。现代文学究竟应该沿着谁开辟的道路继续前行：普希金，还是果戈理和陀思妥耶夫斯基？这个问题20世纪最初十年不仅仅是高尔基一个人在思考。比亚里克对高尔基与象征派批评家的对立问题只是一带而过。而阐明这种对立关系不仅是学术研究的需要，也是历史和现实的迫切需要；文学理论的发展要求阐明高尔基与自由主义批评家、与革命民主主义作家的区别。这个研究领域吸引了年轻学者，例如格尔得什的论文《关于无产阶级艺术文学与高尔基的论战》①，尽管是对老问题的重新阐释，作者还是力图别开蹊径，表述得简明清晰。

批评家高尔基是一位高水平的职业编辑，他的编辑活动受到学术界的重视。有很多著作研究高尔基作为期刊出版物组织者的工作，《马·高尔基与苏联刊物》涉及这个问题②，本书刊登了高尔基与许多杂志包括《红色处女地》、《我们的成果》、《在国外》、《文学学习》、《基体农庄庄员》的编辑的通信，与许多出版社包括世界文学、时代、儿童出版社等的交往。高尔基不仅是一位编辑，还被看作年轻的苏联文学的保护者。通信汇编、与杂志和出版社交往的资料集、大量的手稿、编辑部工作人员的回忆③，以及之前研究“编辑”高尔基的成果——这一切构成高尔基编辑活动研究的概貌。

马克西莫娃的《编辑高尔基：1918—1936》一书④囊括了已出版和未出版的档案资料，总结了高尔基三个时期（十月革命的最初阶段、在国外的几年和回到苏联后）的活动。马克西莫娃介绍了高尔基的编辑原则、合作方式和编辑工作内容。特别有价值的一个章节，是研究杂志《对话》⑤、《文学学习》和丛刊《第十六年》和《第十七年》，在此之

① В.А.Келдыш. Проблемы дооктябрьской пролетарской литературы.Горький и русская революционная поэзия.Изд. «Наука», М., 1964, стр.9-74.

② М.Горький и советская печать, кн.1-2.Изд. «Наука», М., 1964—1965（Архив А.М.Горького, т.X）.

③ См., например, книгу:И.Шкапа. Семь лет с Горьким.Воспоминания. «Советский писатель», М., 1964, стр.384.

④ В.А.Максимова. Горький-редактор (1918—1936). Изд. «Наука», М., 1965, стр.280.

⑤ Материалы к истории этого журнала содержатся в воспоминаниях М.А.Сергеева «Об одном замысле А.М.Горького»(Ученые записки Тартуского

前俄国文艺学中还没有这方面的充分论述。这部著作的意义还在于证明了高尔基从事编辑实践，具有明确的目标性。作者认为，高尔基期望向读者介绍“必须知道的”过去，推进艺术创作，使作家们对苏联现实和当代的英雄人物感兴趣。

在20世纪60年代的高尔基学里，还应该着重研究高尔基十月革命前的编辑活动。在那个困难时期，高尔基提出了很多重要的建议，曾引起世人的震惊。对这方面的研究，必然会使高尔基的许多经历被阐释清楚，例如梳理高尔基与《下诺夫哥罗德之页》、知识出版社、《年鉴》杂志的关系等等。马克西莫娃认为，在出版物内容的选择上，“高尔基以自己的批评、赞美、建议等观点在某种程度上，影响了《新语言》杂志的方向”[①]。在报纸上已发表的高尔基言论，还没有得到足够证明。

高尔基积极地参加了《生活》杂志“小说部分”的编辑工作，尽管他不是唯一的编辑，这一点毫无疑问；但可以肯定，高尔基“不仅仅是文学部分的编辑，同样还担任着整份杂志思想的指引者，直到这份杂志被封”，当然，这需要马克西莫娃加以论证。涉及编辑高尔基时，应该准确估价《生活》杂志的主要编辑勃塞和其他编辑们的地位。

第六节　理论家和社会主义现实主义的首创者高尔基

高尔基作为“社会主义现实主义”文学首创者，仍然是这个时期的研究热点。20世纪50年代的著作中，在谈到高尔基与同时代作家的相互关系时，对上述的问题多是一笔带过。这里显然有现实原因，与学者们的个性、理论兴趣没有决定性关系。高尔基创作经历的研究者（例如米哈伊洛夫斯基、塔格尔、米亚斯尼科夫等）局限于对“社会主义现实主义”的传统观点，对高尔基在这个方面的贡献，估价不足，比较突出的成果多半是论述小说《母亲》中的实践、示范作用（例如布尔索夫和卡斯塔尔斯基的著作）。

研究者认为，“社会主义现实主义”越来越成为世界性现象，它的思想艺术原则不仅体现在社会主义国家的文学实践中，还在资本主义

университета», 1965, вып.167, стр.201—210).

① В. А. Максимова. Горький-редактор (1918—1936). Изд. «Наука», М., 1965.

国家作家的创作中得到运用。同时，它也面临着西方文学的挑战。西方批评家试图把"社会主义现实主义"看成是凭空杜撰的东西，认为这种新的创作方法限制了作家的艺术创造性，与文学本身的发展背道而驰。这种认识与对"社会主义现实主义"的历史和理论阐释得不够有着密切关系。

在前一时期的研究成果里，有的著作阐释了新创作方法产生的社会历史条件（广大劳动群众的觉醒，工人运动和科学社会主义思想相结合作用的过程，马克思主义党派的产生等），揭示了新方法的思想基础：高尔基的马克思主义世界观，积极参加新社会的建设以及为其建设而进行的斗争。在20世纪50年代后期，苏联理论界开展了一场围绕"社会主义现实主义"产生时间的辩论。一种观点认为，从马克思主义产生之日起就开始了"社会主义现实主义"；另一种观点认为，是从第一次俄国革命的开始和结束后产生了"社会主义现实主义"；还有人认为，新方法是在十月革命的召唤下产生的，应该反映社会主义经验。姑且不论"社会主义现实主义"的合理性，从讨论该问题的思路上，可以很明显看到理论界的倾向性。

新一轮论争很快开始了。人们试图搞清楚的问题，包括现实主义和社会主义现实主义之间有怎样的关系；在特定民族文学里，新方法的发展道路是否具有一致性等一系列理论问题。但与20世纪30年代至50年代关于创作方法的讨论相比较，20世纪60年代的理论论争，越来越清楚的前提是：如果不以文学发展过程的研究为基础，就不可能科学和历史地解释"社会主义现实主义"的产生和发展。高尔基世界文学研究所研究成果《苏联科学问题》（1957）的出版就格外重要。书中强调了"对社会主义现实主义创作方法的起源和历史发展进行广泛学术研究"的必要性"。①

实际上，上述所有问题都与高尔基的创作研究有着直接的联系。正是在高尔基的创作中，初次呈现出新方法的某些特点。揭示"社会主义现实主义"产生的社会历史和思想条件，阐释它作为新的艺术原则的文艺学属性，成为20世纪60年代高尔基学的首要任务。这样，才能回

① Вопросы советской науки. (Генезис и развитие социалистического реализма). Изд. АН СССР, М., 1957, стр.3.

答西方批评家的观点：社会主义现实主义文学不是现实主义质变的结果，而仅仅是批判现实主义发展经历的自然阶段。

研究俄国现实主义在两个世纪之交时的状况，成为一个必要的前提。许多批评家认为，帝国主义时期在文化所有领域的衰退，削弱了现实主义批判力量，使其产生了危机。新创作方法的诞生向这种危机敞开了道路，也向我们展示了文学同无产阶级革命斗争的紧密联系。10卷本的《俄国文学史》（莫斯科—列宁格勒，1954）重新开始对1890—1917年（十月革命前）的文学进行评价。作者们不同意19世纪末和20世纪初是现实主义出现危机和衰退的时期这一观点。3卷本《俄国文学史》（莫斯科，1964）的作者们同样不支持所谓"现实主义危机"的观点。然而，持现实主义腐朽和衰退观点的学者们继续坚持自己的立场，彼特洛夫的著作《现实主义》（莫斯科，1964）特别强调这个立场和观点。这项研究的明显缺陷是，当确认"社会主义现实主义"作为艺术上的革命性质，是旧现实主义的"爆炸"的结果的同时，却缺乏具体文学过程的研究作为基础，也没有去揭示究竟是哪种现实主义原则的"爆炸"，导致人们很长时间内都没有确定新旧现实主义之间的联系。研究者却经常不假思索地把传统文学中已取得的成果归结到"社会主义现实主义"最初的发现中。正因为如此，学术界在本时期加强了对上世纪俄罗斯文学中现实主义传统的广泛研究。①

《俄国文学中社会主义现实主义的产生》（莫斯科—列宁格勒，1966）一书是这个领域的代表性成果之一。作者对1890—1917年间的文学进行了新的考察后认为：以列夫·托尔斯泰、契诃夫和科罗连柯为代表的现实主义，不仅没有失去其批判力（例如《复活》和《第六病室》），而且增添了新的特点，继续向前发展。现实主义文学的伟大代表在自己的创作中反映了时代的尖锐冲突，试图表现时代的新生力量。他们的探索在很多方面与掌握新思想艺术观点的高尔基的探索融合贯通。"高尔基与19世纪末、20世纪初文学运动"这一研究论题，充分表现出以新的历史现实性和文学本身内部发展规律为基础产生的社会主

① Проблемы социалистического реализма. «Советский писатель», М., 1961; Социалистический реализма и классическое наследие. (Проблема характера). Гослитиздат, М., 1960.

义现实主义过程，表明新的艺术原则产生的历史过程。高尔基在十月革命前期取得的成果不仅丰富了其本人的创作，同时也促进了苏联文学的发展。这笔巨大的财富还需要完整地研究。《文学理论》（莫斯科，1962）第一卷开始说明这个原则，但是还不够。

高尔基学的研究框架在不断扩大，研究领域也在不断拓展。关于布留索夫、布洛克、蒲宁、库普林、安德烈耶夫以及其他作家的最新研究，可以对这些作家的艺术实践做更广泛的总结，也可以揭示现实主义者与现代主义者之间激烈斗争的实质。

这个时期，关于高尔基在苏联时代文学创新问题的研究继续进行。深入研究高尔基的创作经验和他与苏联作家们的交往，是深入理解"社会主义现实主义"在20世纪20年代—30年代发展的前提。学者必须从整体上把握苏联文学和作家创作中的"高尔基传统"。谢尔宾纳的《马·高尔基的遗产与现代性》（《当代文艺学的现实性问题》书中的文章）一文注意到了学术界在上述问题处理上的简单化态度。搜寻与高尔基巧合及相似的观点，或者漫无边际地进行比较，不是对"高尔基传统"的科学认识。列昂诺夫说，苏联作家"从高尔基宽广的手臂下走出来，这不表明所有一切属于高尔基学派的风格"。[①] "高尔基宽广的手臂"证明了高尔基创作和社会观点的广阔性；他使新一代作家倾向于马克思主义立场，但是他们认识世界、艺术地理解生活的道路与高尔基并不总是完全一致的。

在20世纪60年代后期，学者开始研究高尔基与其他作家的各自创作特点，更具体地考察他们创作之间的联系。乌里利赫的著作《高尔基与格拉德科夫》[②] 是其中的代表。作者首次提出作家思想和美学观点

① Л.Леонов, Собрание сочинений в девяти томах, т.Ⅷ, Гослитиздат, М., 1962, стр.248.Заметный сдвиг в осве- щении горьковских традиций наметился в книге:Творчество М.Горького и вопросы социалистического реа- лизма. Изд. АН СССР, М., 1958.

② Л.Н.Ульрих. Горький и Гладков. (К вопросу о горьковских традициях в советской литературе). Ташкент, 1962, 312 стр. См. также статью В.А.Ковалева «Леонов и Горький (аспекты сопоставительного изучения)» в журнале «Русская литература» (1967, №2, стр.3—24).

的相关性，以及艺术地解释现实问题的方式。乌里利赫比前人更深刻地指出了“高尔基的开端”不仅在思考作品的作用和意义中，同时在对新的社会实践改变人心灵的理解中。与高尔基观点相同，格拉德科夫主要论述苏联文学的创作经验。许多人从格拉德科夫的文章中发展出高尔基的基本观点。乌里利赫还指出了格拉德科夫与高尔基相反的观点，但这不影响格拉德科夫批判地吸收高尔基传统的说法。这表明，就个案研究来看，20世纪60年代的高尔基学注重文学现象与重大理论问题的研究，不仅加强了对文学现象做历史具体的分析，也建立起对事物的辩证关系理解。这是高尔基学的重大进展。

第七节 美国高尔基学的新进展

相对而言，从20世纪50年代中期到整个60年代，可以说是欧美高尔基研究处于鼎盛的时期，有多种关于高尔基的论著问世。但是，随着时代的变迁和研究的深入，西方学界开始更多地关注高尔基文学作品的艺术性，并对之得出了较低的评价，认为高尔基的作品在这方面存在着诸多缺陷，因而与普希金、托尔斯泰、契诃夫等俄国文学大家相比要略逊一筹。

从研究体裁方面可以分为传记作品、文学史研究和学术专题研究三种。其中传记式作品主要有美国的尼娜·古芬克尔在1960年出版的《高尔基》，该书是一部关于高尔基的一般性叙事传记作品，大量引用高尔基的作品来描绘他生活中的几个关键时刻。另一本是1965年丹·列文在纽约出版的《海燕：马克西姆·高尔基的生活和作品》，这是一本别具特色的传记，虽然在事实上对高尔基的描述不总是很可靠，依然包含着一些对高尔基鲜活而富有原创性的观察和理解。伦敦牛津大学出版社在1962年出版了《马克西姆·高尔基：浪漫的现实主义者和保守的革命家》，该书作者理查德·海尔在书中主要探讨了高尔基在政治方面的发展，强调他和其他布尔什维克的不同之处，书中对高尔基文学创作的讨论主要是为了支持他的政治观点。

关于高尔基文学创作和文学事业的论著主要有《高尔基的文学发展和对苏维埃学术生活的影响》。该书的作者是欧文·韦尔，1966年由兰登书屋出版。书中对高尔基的革命和文学事业进行了简述，对高尔基在20世纪20年代及其以后在苏联文学中的作用进行了有益的分析。其次是1967年牛津出版的《作家马克西姆·高尔基：一种阐释》，这本书对高尔基的文学作品进行了全面的研究，该书作者波拉斯尝试对高尔基的理论和观点进行定义，并考察分析了高尔基文学创作所涉及到的各种文学体裁。

这个时期，西方出版了几本俄国文学史类的书籍，对高尔基进行了较全面的研究和探索。其中，最重要的应该是1962年由牛津大学出版社出版的《现代俄国文学史：从契诃夫到现在》一书，该书作者马克·斯洛宁是美国的俄国现代文学权威，曾在捷克、法国、美国等国多所名校任教，这本书就是根据他的课堂讲稿编写而成的。他在政治、社会及文化背景上论述俄国现代文学史上的著名作家及其作品，论点客观，轻重有序，实际上弥补了这段文学研究的空白，对我们有多方的借鉴意义，足可推荐为高校的辅助教材或参考读物。因此该书自出版后多次再版，并于2001年由人民文学出版社翻译出版。美国兰登书屋在1961年出版了《从高尔基到帕斯捷尔纳克：苏维埃俄国的六位作家》一书，作者是海伦·穆什尼克，书中主要包括研究高尔基的论文，详细探讨了高尔基的几部主要作品，对高尔基文学创作中的优点和缺点做出了敏锐的总结和论述。

此外，还有《苏维埃俄国文学，1917—1950》（美，1951）、《俄国作家的生活和文学创作》（英，1954）、《从契诃夫到革命时期的俄国文学，1900—1917》（美，1962）、《二十世纪俄国文学》（美，1974）、《二十世纪俄国戏剧：从高尔基到现在》（美，1979）等文学史类的作品中都对高尔基的小说和戏剧创作进行了探讨和论述。

这一时期西方对高尔基的研究还有一件很有意义的事，那就是1976年耶鲁大学的《戏剧》出版了高尔基专刊，其中多数文章是论述高尔基的戏剧作品和作为剧作家的高尔基，也有一些文章探讨高尔基其他体裁的文学创作及其人格个性或革命活动的总体情况。该专刊还收录了塞吉尔一篇关于高尔基的研究论文以及霍达谢维奇回忆录的英译文。

这里主要介绍高尔基与俄国文学史研究方面的成果。

（一）《从高尔基到帕斯捷尔纳克：苏维埃俄国的六位作家》

（1961）

海伦·穆什尼克在《从高尔基到帕斯捷尔纳克：苏维埃俄国的六位作家》一书中对高尔基的研究表现出两个显著的特征：其一，是在与托尔斯泰、契诃夫的对比研究中突出高尔基的艺术和思想特色；其二，将以前西方对高尔基一些作品的误读进行了纠正，指出了高尔基作品在创作和艺术性方面存在的许多不足。

1901年年底，74岁的托尔斯泰、42岁的契诃夫、33岁的高尔基由于健康原因在雅尔塔相遇了。他们的相遇意味着三个时代、三种思想方式、三个社会阶级的相遇：托尔斯泰代表着19世纪有产贵族和受到启蒙思想影响的一代个体；契诃夫是过渡时期中产阶级知识分子的代表，尊重科学，不满足于抽象的哲学思想，由于无法把自己细碎的观察统一起来而感到苦恼；高尔基则是无产阶级革命者，对自己的目标和知识很自信。年轻的高尔基对托尔斯泰充满了敬畏和不信任。在高尔基看来，托尔斯泰是一个传奇人物、一个上帝、一个魔术师，但他的智慧属于一个已经过去的时代。和同时代人一样，他崇拜这位伟人的艺术天才和道德境界，但不赞同那些对他们而言似乎过时的社会哲学，他认为托尔斯泰是孤立的、与俄国现实相脱节的。托尔斯泰提出的大胆理论无法得到有效的应用，只是产生疯狂、顽固和满是甜言蜜语的“托尔斯泰主义者”，这些人妨碍了国家的进步。

从19世纪末到20世纪50年代和60年代，俄国文学发生了巨大变化，而这种变化首先是作家和读者之间的关系发生了变化。这种变化过程在三位朋友相聚雅尔塔的时候就已经很明显了。托尔斯泰的独立是绝对的，他平静地反抗着世界，无论别人是追随他还是谴责他，都不能搅扰他的平静。契诃夫和托尔斯泰一样对公众观点漠然置之，但从客观上看他却很关心人是什么，而不是人应该是什么，他或许比无所不包、对别人要求和对自己要求一样多的托尔斯泰更加接近人，这似乎有些矛盾。高尔基则把自己完全融入了别人的生活和理想之中，完全依赖于自己的社会地位。和托尔斯泰这个把他人理解为自身延伸的、敏锐的理性主义者和浪漫的自我主义者不同，也和契诃夫不同，高尔基只有作为某一社会或理论组织的一员时才能找到自我。托尔斯泰和契诃夫因其强大的个人主义思想而不会有任何派系特征，托尔斯泰或许是上帝指派的某个派系的立法者和预言家，契诃夫则被人们普遍认为是他那个时代最真实的记录者；他们二人都没有通过加入某个帮派或是加盟某个学派而获得声誉。他们都是创始者，而非追随者，但是高尔基在成为带头人之前必须要追随他人。高尔基认为艺术家的地位，根本谈不上自足；即使是这个时代最伟大的艺术家也不能忽视其社会现实，特别是现实中人们实实在在的苦难，人的外部世界先于人的内在世界几乎是无可置疑的事情。超越个体的经验主义王国支配着有责任感的艺术家的思想和态度。和那些按照自我想象塑造现实，通过把生活视为艺术从而抹杀生活与艺术的界限的象征主义者形成鲜明对照的是，高尔基和其他有着类似观点的人，通过把艺术看作生活而抹杀二者的界限。①

对于人们以前一贯认为的高尔基最优秀的戏剧作品《底层》，海伦·穆什尼克提出了截然不同的观点，她认为这部剧作在西方的声誉主要是依赖误读，在演出中很少表现出作者的真正意图，因为作者的真正意图对西方观念而言是很陌生的，很难被他们接受。通常，人们认为该作品表达的是同胞之爱这样一种主题：在道德沦落到最低点的时候，一个高尚的流浪汉的同情挽救了人们，他给人们带来了基督的宽容和抚慰。实际上，高尔基要表达的却是相反的内容，他在1933年发表的一篇文章中描绘了四种“抚慰者”——热诚者、专业者、自负者，最后是这四者中“最危险、最聪明、最见多识广和能言善辩”的冷酷无情者，他们只关心自己的利益和心灵的安宁，安慰他人仅仅是因为他们不愿被抱怨所搅扰——高尔基声称“高尚的”鲁卡属于最后一类人，在剧中是一个反面人物，而不是英雄。

海伦认为，高尔基对吸引人们接纳的“真实”本质和人类幻想的体察完全是从实际出发的，高尔基的“真实”和“现实”是人道主义的，不是形而上学的；他们与有用的和可能的事物相联系。高尔基笔下的所有人物都不满足于现状，渴望压制他们渴望的社会能承认他们的权利，他们模糊地意识到存在着一个他们还未发现的、伟大的、解决其存在问题的途径，这部剧作在催促他们寻求这一伟大途径。他们大胆地公开承认自己犯了罪，但他们的罪不是原罪——不是冒犯了自身，而是冒犯了

① Muchnic, Helen: *From Gorky to Pasternak: Six Writers in Soviet Russia*, New York: Random House, 1961, p.14.

他们自身之外的某种令人憎恶的东西。因此，无论他们触犯了怎样的法律，在某种意义上来说就像是正义的复仇一样是无可厚非的。这些人沉沦到了社会的底层，困扰他们的不是愧疚之情，而是欠缺之感，发现真实是他们唯一的出路。他们需要一种指引他们行动的信仰，一种能够使他们成就心中渴望的保证。萨汀是这些人中代表这种道德理想的人，他是一个实干家，无情地评价个体的失败，但对人性却有着天真的崇拜，热切地相信其伟大，他与同一阶层人的命运紧密相连，但又比他周围的人更有远见、更自信，因此能够激励他们认识自己的力量。①

海伦在文中对高尔基文学创作中存在的问题进行了尖锐的批评，首先，她援引契诃夫和托尔斯泰的观点，认为高尔基的作品虚构人物的心理，他描写的是他本人没有感知过的心理。高尔基确信，所有的人都需要有行为榜样，渴望获得启示，作家的全部责任在于给人以鼓舞和劝诫。海伦认为这是一种导致虚妄和欺骗的热情。其次，高尔基作品中的人物可以按类划分，情节是由一群人的活动组成的，主题是关于这群人之间相互抵触的利益、观点，而非个人之间的。在这些作品中，如《小市民》、《避暑客》、《野蛮人》、《太阳的孩子》，人们的渴望或原则总是代表着社会阶级，在正误之间没有任何含混，不怀疑人的能力和责任，对结局也没有任何质疑：正义必胜，或胜利在不远的将来就会到来。从他的第一篇短篇小说到他最后史诗般的长篇小说《克里姆·萨姆金的一生》，高尔基对人类理想主义的歌颂逐渐演变成了对某一特定阶级的歌颂，人类的本性逐渐和社会道德融为一体。他作品的寓意总是明朗而简洁，但是缺乏自我创造，所有一切都是有目的的，是在人为意志的驱动下建构的。另外，高尔基作品中动人的片断很少，多数情况下他笔下的人物都是社会阶级的代表，即使他们的语言也只代表着社会阶级而非个体。语言直白，不会产生歧义，所有人物都是直抒胸臆，没有暧昧含混之意。作品中充满理性的思考，但是从中找不到深刻的哲理，揭示的不是人物性格而是理论教条。在这方面海伦认为高尔基算不上一个真正的艺术家。②

① Muchnic, Helen: *From Gorky to Pasternak: Six Writers in Soviet Russia*, New York: Random House, 1961. p.77.

② 同上，p.79.

海伦认为，高尔基作为一个作家的成功之处不在于他的剧作或小说，也不在于他关于艺术的批评或理论，而在于对他自己生活中人物形象的艺术把握和再创造：如《童年》中对外祖母形象的塑造，还有回忆录中的契诃夫和托尔斯泰。从这些作品中可以看到高尔基敏锐的观察力和印象主义的天赋。这里，海伦对高尔基的人物传记还是给予了很高的评价。

最后，海伦还简单分析了关于高尔基晚年从意大利回俄国定居的争议。在苏联人心目中，他是个英雄；在西方的俄国侨民那里，他的形象却并非如此高大。在这方面，海伦对高尔基的理解还算是客观公正的。无论苏联新政权有多少让他不喜欢的地方，他对之存有多少恐惧，从总体上而言，高尔基认为这个政权及其政策是有利于这个国家的，他希望自己能参与这个新国家的建设，不是为了荣誉，而是为了这个国家。此外，他希望自己有所归属，有听众，和他人一起并为他人工作，给那些饱受奴役的人以自由，并创造更美好的生活。在高尔基的晚年，他的大量书信都证明他认为自己的国家正在迅速达到他所一直期待的目标，人们正在为之学习、工作、创造；原有的麻木和贪婪已经消失了。

（二）《现代俄国文学史：从契诃夫到现在》(1962)

马克·斯洛宁是俄国现代文学的权威，曾在捷克、法国、美国等多所名校任教，他编写的这本书也是他多年执教的结晶，从政治、社会及文化背景上记述了俄国现代文学作家及其作品的风格特色。他论点客观，轻重有序，其中，对高尔基及其作品的论述既强调了高尔基作品的优点，也没有忽视其不足和缺陷，因此算得上是客观和实际的研究，基本上代表了五六十年代西方对高尔基的看法和理解。他在文中重点分析了高尔基文学创作的价值和社会意义。

首先，他分析了高尔基在作品中表现出来的对自由、自尊、力量的追求与热爱，认为高尔基充满浪漫色彩与近乎尼采思想的作品之所以大受欢迎的原因之一在于对生命的热爱，对力量、精神与肉体的原始冲动的歌颂，在于他强调凡人皆有人性。然而原因并不全在于此，更重要的一点，就是高尔基写出流浪者的拒绝消极，拒绝向命运屈服，他们是满腔怒火、个性坚强的人，准备向使他们铤而走险成为窃贼、酒鬼及废物的环境挑战，他们象征着被践踏的人奋起反抗不断剥削他们、毁灭他们的政治与社会制度。[①] 马克·斯洛宁认为这是高尔基在作品里发出的真正呼声，这种呼声契合了20世纪初群众开始觉醒，人民渴望斗争和新生活的思潮。

对于高尔基文学作品的特点，马克·斯洛宁认为一方面是对俄罗斯文学传统的传承，一方面是开创了新形势下的苏联文学。对俄罗斯文学传统的传承，主要表现在以下几个方面。首先，他的作品多是一方面以现实而粗糙的笔触描写苦痛与暴力，另一方面写出在人性与美的境界衬托之下现实之阴郁凄凉。因此他秉承了果戈理与陀思妥耶夫斯基所创立的传统，这些作品虽然有情感过于洋溢的缺点，却属于俄国文学中关于被压迫与被欺侮的伟大作品。高尔基在作品里关心弱小，青睐小人物，而这种兴趣与关心是人们公认的19世纪俄国小说家最突出的特点。同时马克·斯洛宁也指出了高尔基与果戈理、陀思妥耶夫斯基的不同。高尔基对现实的描写是残酷无情的，关于柔软心肠的描写，掩饰不住其中仇恨与反抗的感觉，而这种感觉是在果戈理的作品中所没有的，在陀思妥耶夫斯基的作品里则升华为宣扬基督教义。其次，高尔基也不像陀思妥耶夫斯基那样把恶视为形而上学的问题，或如托尔斯泰把恶视作宗教真理与文明交错处的区别，他认为人类的折磨与苦痛是政治专制、阶级之分与社会上不平等造成的。

高尔基的早期作品，一方面讲人对人之残忍，另一方面讲野蛮的人性与人之希望解放之间的矛盾。马克·斯洛宁认为人类的这些愿望在《底层》里表现得最为透彻，在作品中高尔基通过人物之口表达他对人的信任和他对人类的热烈情感。他认为所有俄国人都渴望过“正当的生活”，都渴望正义与真理，他借所写的堕落人物来强调这种渴望，其实这种渴望也是他本人信念的主旨。但是高尔基早期作品中也存在着一些缺点，如结构简陋，形式松散，感情过于洋溢，易于夸张，说教性太重等等。《三人》、《福马·高尔捷耶夫》等作品都有这样的毛病。

马克·斯洛宁把高尔基与其同时代斯拉夫派作家相比，认为高尔基与他们最大的不同之处在于他具有西方与社会主义双重色彩。他要

① Slonim, Marc: *From Chekhov to the Revolution: Russian Literature, 1900—1917*, Oxford: Oxford University Press, 1962, pp.138—139.

改造他在作品中所描写的生活，他深信他不但可以凭写作而且还可以直接参与活动以达到此目的。正是这种态度决定了他在20世纪初创作作品的主题。这些作品包括：《海燕之歌》、《夏天》、《野蛮人》、《敌人》和《母亲》。《母亲》讲述了俄国人民革命意识的觉醒，里面的人物都是新阶级（革命者）的代表，并以丰富的情节、人物及直白笔法记述了俄国社会主义运动和劳动阶级思想的改变。其重大社会意义在于它充分肯定了革命理想，对于苏联文学发展和苏联年轻作家发挥了重要的指导作用。马克·斯洛宁认为《母亲》出现以前，俄国文学对于革命活动本来是轻描淡写的，高尔基的《母亲》则是完全赞美革命者的小说，其目的决定了它的种种限制，但是也使它十分有力。然而从美学观点来看，这部作品是有缺点的，它里面的若干小人物写得很精彩，可是巴维尔和他的同志与母亲则成了具有模糊浪漫色彩的人物。

马克·斯洛宁认为高尔基在《母亲》发表之后创作了他最成熟的作品，其中主要指他在1905年到1917年间创作的作品，如《忏悔》、《夏天》。这些作品中，高尔基一方面保持早期作品里的优点，一方面改掉许多缺点。那段时期俄国一般知识分子不是陷于失望，便是逃避现实，唯独高尔基仍在相信人性、相信社会主义。他认为社会主义理当与他的注重人性、愤恨俄国人生活上种种罪恶与不平的观念相一致。马克·斯洛宁认为《忏悔》反映了俄国知识分子在1905年之后对宗教问题的兴趣，《夏天》则具有更明显的社会主义传统；这两部著作都有民粹主义色彩，也有一种民谣似的意味，不足的地方是作品中仍有以前作品中的溺情主义余迹和瑕疵。值得一提的是，马克·斯洛宁在书中没有批判高尔基作品中表达的造神论思想。

马克·斯洛宁认为高尔基的创造性幻想力并不高，属于既不想写，也永远写不出“精致细腻”小说的现实派作家，因此，才创作了卷帙成叠的回忆录及传记式作品，如《奥古洛夫镇》、《马特维·克日米亚金的一生》以及《童年》、《在人间》、《我的大学》等等。马克·斯洛宁认为《童年》是其中最为优秀的一部，这部作品之所以吸引人，就是因为这部现实派暴露文学巨著虽具悲剧性质，然而其中洋溢着对人生的一种欣悦感觉，它爆发出一种力量，高尔基在表示信心与希望里表达出他对于人生的那种朝气蓬勃的态度。而这种信念与人生态度也成了高尔基描写各种不同人物的动力，高尔基在1908年至1923年间所写的小说不再有任何连贯的情节：它们都是具有现实主义风格的一连串景象，里面出现许多具有惊人活力的人物。高尔基运用相同笔法创作了托尔斯泰、契诃夫、科罗连柯等人的回忆录。

对于高尔基后期的小说，如《克里姆·萨姆金的一生》，马克·斯洛宁认为高尔基是想从社会观点分析俄国资本主义的崩溃，苏联批评家也就是因此才盛赞高尔基。对于作品本身，马克·斯洛宁认为该书叙事缺乏形式而且冗长，整个作品沉闷乏味，不妨当作研究革命前俄国社会的小说参考一下，在俄国文学史上没有重要价值。

马克·斯洛宁总结了高尔基作为旧文化代表人物和新时代文学思路开创者的矛盾存在。首先，高尔基对于自由及正义有一种宗教气味的向往，他以现实笔法对俄国生活的暴露，他的社会及民族情绪都是秉承19世纪传统，因此他算得上是一个旧文化的代表人物。另一方面，高尔基以他全部小说的主题及写作手法宣告中下层阶级所创造的一种艺术已经产生，这种艺术是致力于描写中下层阶级的，虽然不高尚典雅而且在写实方面显得笨拙，却有雄壮气魄、豪放见解及蓬勃力量。同时他完全赞同布尔什维克的美学原则，认为写作是一种重要而需负责的公众事务，作家必须在政治方面活跃，因此他被苏联学界认为是社会主义现实主义的奠基人。马克·斯洛宁认为高尔基在苏联文学史上具有双重地位：他既是民族文化传统的监护人，又是新一代文学青年的导师，从而成为帝俄文学与苏联文学的桥梁。[①]

① Slonim, Marc: *From Chekhov to the Revolution: Russian Literature, 1900—1917*, Oxford: Oxford University Press, 1962, p.158.

第五章

20世纪70年代：高尔基研究的新境界

第一节 20世纪70年代的文学思想氛围

在经历了20世纪50年代至60年代的解冻后，苏联意识形态领域发生的重大转折，在很多领域和很多问题上不仅出现颠覆斯大林时代意识形态的趋势，甚至有打着反斯大林主义而背离马克思主义、列宁主义的迹象。1967年1月27日，《真理报》发表社论《当落后于生活的时候》，有学者把它看作“苏联文学发展进程中的又一个转折点”。[①] 社论针对苏联两家重要杂志《十月》和《新世界》之间的争论，实质上表明苏共在文学领域方面的立场。基本观点可以这样表述：既反对热衷于揭露阴暗面，刊登各种反常情况和病态现象的作品，片面地把反英雄人物放在首位，对正面现象存在着戒心；也批评对现实采取简单化、贴标签的态度对待严肃问题，粉饰现实，对文学的批判功能估计不足。“后来在一些中央文件里，在反对‘意识形态的和平共处’和加强‘思想攻势’的号召下，便发展成为反对文艺界的两个极端：一个是歪曲历史，把一切问题都说成是个人崇拜的后果；另一个是回避现实生活的主要变化，忽视个人崇拜的后果。反对两个极端便成为苏联文学领域的中心口号。在这个时期，由于逐步地总结了战后以来文学中‘左’和‘右’两种倾向的历史教训，吸取了正反两个方面的历史经验，苏联文学及其理论思潮有了进一步的较大的发展。”[②] 这个概括，应该认为是切中实际的。在结束赫鲁晓夫时代以后，继之而来的勃列日涅夫时代基本上保持着和缓、

① 吴元迈：《探索集》，北京：外国文学出版社，1983年，第379页。

② 同上，第380页。

小步、不偏不倚的姿态前进。在文学艺术创作领域，强调了表现苏维埃社会“正面人物”，反对理想化和非英雄化两种极端现象；强调创作真实，不回避困难和错误，但又要“表现我们生活在其中的世界”和“丰富多彩的现实”，展示“人民的伟大英雄业绩”；针对文学创作中的人道主义问题，反对抽象的人道主义，特别加强对西方人道主义宣传的批判，强调以人道主义精神批判在个人崇拜盛行时期对性和人的基本权利的抹杀，表现人民群众的人性美；在社会主义现实主义这个被称为“苏联文学进程中的中心课题”时，对如何发展它，有了多方面的讨论，特别是马尔科夫提出了社会主义现实主义是“多方面的认识生活和描写生活的历史的开放的体系”这个思想。[①] 这个思想虽然不尽统一，但是，较之于20世纪30年代至50年代一味固守正统性、永恒性的做法，是一个巨大进步；也变相地解决了这一口号思想和实践的多重来源问题。

20世纪70年代，文学创作、理论建设获得了极大的发展；而受这一发展影响并置身于其中，高尔基学在艺术创作和方法论原则问题的研究方面，取得了相当大的进展。这一时期出现了许多集体编著的成果，也有一部分个人成果发现和引用新资料，迈出了理论探索的新步伐。这个时期高尔基学成果的学术层次、理论发掘的深度，明显高于以前的境界，无论是在文献、资料、书信、版本的整理、注释等方面，还是对具体问题的研究水准上，或者对纯粹美学理论问题的开拓方面，20世纪70年代达到了前人未曾达到的高度。

第二节　基本文献的整理和出版

在20世纪70年代出版的著作里，有许多介绍作家生活和创作的新文献，首先必须提及多卷本的《高尔基文集》[②] 第13卷和《阿·马·高尔基档案》第14卷。

《阿·马·高尔基档案》第8卷，内容包括高尔基与马克西姆·阿列克谢耶维奇·彼什科夫的通信，彼什科夫、谢玛什果、诺维科夫–普利勃

① 吴元迈：《探索集》，北京：外国文学出版社，1983年，第379—389页。

② Горький М. Полн. собр.соч., Художеств. произв. в 25-ти т.М., 1968-1976; Варианты к художеств. Произв., т.1-8.М., 1974—1980.（Издание продолжается）.

伊的回忆以及《马·阿·彼什科夫的自传》（1920年间）。这一卷资料向人们展示了高尔基丰富的兴趣、广博的知识、美好的生活情趣。“我再说一遍，一个人知道得越多，他对其他人来说就越有趣而珍贵”，这是1907年高尔基写给儿子的话。[①] 1909年1月初意大利发生了地震，儿子非常担心当时正在那儿的高尔基并写信给父亲，高尔基在回信中写到：“亲爱的，你不要为我担心，我已经告诉你了，这儿的地震不是很强烈，谁也没有受伤，只有一些葡萄园、教堂和围墙倒塌。现在我想，在西西里长时间内不会再发生地震，因为地球的深层已经震动并渐渐平息下来。你应该读一些有关地质学的书籍，地质学是关于地球结构的学问，你应该知道，地震究竟是为何并怎样发生的。”[②]

在《阿·马·高尔基档案》第13卷中，高尔基个人形象，其广阔的社会活动不仅仅在信件、注释中体现出来，同时在插图中也有所表现。在第24—25页中重现了高尔基在圣彼得堡发给儿子的明信片。在明信片上，有艺术家卡里克的政治漫画。在高尔基写给马克西姆·彼什科夫的信件文本中，也出现了“卡里克”的名字，而与之配套的是关于1905年俄国革命的讽刺作品。还有一些类似的资料，具有独特的文化意义。

在儿子的信中，能够深深地体会到他对父亲的那份感情、关心以及心灵的贴近。例如，儿子详细地叙述了他在巴尔瑙尔市买面包时的一次遭遇，一起在那个城市的，当时还有诺维科夫-普利勃伊和他的妻子——伊万·沃里诺夫。这次旅行是以日记的形式描写的，叙述准确而详细，这对于高尔基学来说是非常重要而有趣的。[③] 关于这次旅行的感受，马克西姆·彼什科夫在1918年6月发表了一篇题为《兰波奇卡》的随笔。我们还可以在《阿·马·高尔基档案》第13卷的176—178页中看到这篇随笔的出版情况。

本书第一次刻画出高尔基儿子有趣的形象。他是一个聪明、精力充沛而有教养的人。为了帮助马·阿·彼什科夫获得奖学金，列宁曾经在1921年写道：“马克西姆·彼什科夫是一个共产党员，1917年的10月白卫

① Архив А. М. Горького, т.XIII.М., 1971, с.42.

② Там же, с.54.

③ Архив А. М. Горького, т.XIII.М., 1971, с.170—175.

军两次要枪毙他，我们应该帮助他。”[1]

列夫·尼库林非常准确地指出了儿子在高尔基生活中的意义：“儿子走了，他把全部的生命献给了父亲……”[2]

《阿·马·高尔基档案》第14卷刊登了386封信，其中272封是高尔基写的信。以前出版过而取得很好反响的信件，这次又重新再收录进来，并且在第14卷里占据着很大的比重。第14卷在论题上与《弗·伊·列宁和阿·马·高尔基：通信集、回忆、资料》（第3版，补充卷，莫斯科，1969）和《文学遗产》的第80卷[3]非常相近。例如，卢那察尔斯基1907年11月25日（12月8日）写给高尔基的一封信和高尔基的回信。后者曾经在《19世纪末—20世纪初俄国的文学美学观点》[4]一书中刊登过。卢那察尔斯基的信只是部分地被刊登出来。这些信件不仅对研究卢那察尔斯基和高尔基的活动很重要，同时对于理解现代艺术文化的美学问题同样很重要。它们能够帮助我们进一步确定高尔基和卢那察尔斯基在“艺术和哲学”方面的道德审美观和政治观。

高尔基长期探索（尽管并不总是成功）现代哲学与社会进步、人道主义的思想关联。高尔基写给卢那察尔斯基的信，表达了建立自然和社会和谐相处的强烈愿望。他把塑造革命者主人翁的思想与宇宙、人类和自然、社会共同进步的思想，非常自如地结合起来。信件展示了高尔基用哲学思维和历史辩证法解释社会发展规律、不断完善人类和社会的强烈愿望。这些信件改变了读书界对高尔基的认识，对他的文学创作也产生更深刻的认识。在书信中，高尔基的两种观点交叉出现，一种是在自传体三部曲、《意大利童话》、《俄罗斯童话》里表现出来的，即《谈谈小市民习气》和《母亲》观点的继续；另外一种是高尔基的寻神说、造神说。高尔基的思考反映了他对“社会主义现实主义”的坚定态度，也反映出他对当时政治状况的理解程度和对道德问题进行更深入社会心理分析的愿望。

① Ленин В.И. Полн.собр.соч., т.53, с.197.См.также т.52, с.287—288.

② В кн.:М.Горький в воспоминаниях современников.М., 1955, с.564.

③ В.И.Ленин и А.В.Луначарский. Переписка, доклады, документы.М., 1971）.

④ Литературно-эстетические концепции в России конца ⅩⅨ-начала ⅩⅩ в., М., 1975, с.370—371.

高尔基和卢那察尔斯基在1907年开始通信，这些通信与高尔基和列宁的通信具有密切联系。它能够使人们更深入地理解列宁对高尔基的影响，有助于对“社会主义现实主义”创作方法的特色做进一步研究。除此之外，高尔基同卢那察尔斯基的通信，不仅能够展示卢那察尔斯基对高尔基的影响，反之亦然。这样，首先会使人们更加确信美学和社会观对艺术实践的重要影响，例如关于小说《忏悔》，人们通常会谈及波格丹诺夫和卢那察尔斯基的思想对高尔基的影响。卢那察尔斯基本人在1931年的《艺术家马·高尔基》中也这样写到：“我现在不想谈论高尔基类似《忏悔》这样的作品。关于此问题应该单独谈论，因为大家都知道这与我个人有关（的确，这部作品中有我的某种细微的过错）。”① 注意一下卢那察尔斯基所承认的为小说《忏悔》所犯的“过错”——“的确，有某种细微的过错”，也就是说，卢那察尔斯基认为，他的影响是有可能的，因为符合那时候高尔基的兴趣。

《阿·马·高尔基档案》第14卷刊登的资料，向人们展示了高尔基同各种不同群体的交往。高尔基致力于研究认识世界的不同方式，包括自然科学在20世纪艺术思想中的作用，例如，与著名历史学家巴克洛夫斯基的通信，经吉米娜详细注释，可以看出高尔基兴趣的多样性。

特别值得称赞的是《阿·马·高尔基档案》的注释。编撰者不仅仅对提到的人名、日期、出版组织等等做出了明确的说明，同时，还清楚地解释了所出版文献的社会、美学思想，它们与时代、文学、艺术和科学广泛而又多样的联系。

《阿·马·高尔基档案》第13卷和第14卷的信息含量非常丰富，很难做简单的概述，对高尔基学很多领域的研究，都可能涉及到它们。

第三节　高尔基学的综合研究态势

随着高尔基学有关文献的出版，20世纪70年代的高尔基学研究立足于创作、文艺学思想和文学批评的研究基础，形成了综合分析体系下具体信息的探讨，与社会历史注意研究方法紧密联系在一起。

学术界越来越关注高尔基晚期的长篇史诗。瓦因别尔克对《克里

① А.В. Луначарский. Собр.соч. в 8-ми т., М., 1964, с.128.

姆·萨姆金的一生》进行了广泛的历史分析。[①] 而对史诗的意义和特色研究，在沃尔科夫、奥甫恰连科、艾文托夫等人的著作中都可以找到。几所大学联合出版的文集《马·高尔基与文学体裁问题》(1978)[②] 和《马·高尔基与体裁和风格问题》(1979)[③]，也多半以高尔基的小说艺术为选题。尼库林在《马·高尔基小说〈克里姆·萨姆金的一生〉中的哲学意识》的论文中提出了自己独特的观点。[④] 格列契涅夫的著作《马·高尔基创作中的文学素描体裁》(莫斯科—列宁格勒，1964)、巴拉霍夫的学术著作《文学素描艺术(高尔基论弗·伊·列宁、列·尼·托尔斯泰、契诃夫)》(莫斯科，1976)都对回忆录作者高尔基进行了各有特色的研究，这种研究是由卢那察尔斯基开始，格鲁兹杰夫、米亚斯尼科夫、塔格尔、穆拉托娃、尼古拉耶夫等人继续的，他们对高尔基学在此方面做出的成果进行了总结。

在这些研究成果中，有特色的研究有：格列契涅夫选择高尔基描写的文学肖像(卡拉尼娜-彼特拉巴夫洛夫斯基、科罗连柯、契诃夫、列·托尔斯泰、安德烈耶夫、勃洛克)体裁特点为研究对象；巴拉霍夫

① И. И. Вайнберга: «Жизнь Клима Самгина»М. Горького.Историко-литературный комментарий.М., 1971. и За горьковской строкой. Реальный факт и правда искусства в романе «Жизнь Клима Самгина». М., 1972; изд. 2-е, доп.—М., 1976.

② См. статьи: С. И. Сухих- «Жизнь Клима Самгина»М.Горького и «Философия общего дела» Н.Ф.Федорова; Г. С. Зайцева-Концепция крестьянского характера в «Жизнь Клима Самгина»; А. В. Бармин-Пластические и гротескные формы в эпопее XX века; А. Н. Сабат-Сатирический портрет в романе М. Горького «Жизнь Клима Самгина» как средство социальной типизации; В.Ю.Полыскалов-Объективное и субъективное в художественной системе «Жизнь Клима Самгина»; А.В.Рассказов-О некоторых особенностях перевода романа А.М.Горького «Жизнь Клима Самгина»（1ч.）в Германии и откликах на него немецкой критики.

③ См.статьи:В.Ю.Полыскалов.Точка зрения повествователя в композиции «Жизнии Клима Самгина» М. Горького;В.Н.Морохин-Фольклор в «Жизни Клима Самгина».

④ В кн.:От Грибоедова до Горького.Из истории русской литературы. Межвузовский сборник. Л., 1979.

则在艺术意识类型学体系下分析高尔基描写的文学素描。这种艺术意识类型学体系形成的历史，在俄国回忆录文学中是由赫尔岑开始的。正像巴拉霍夫所说，高尔基的创新是以20世纪革命人道主义观点为基础的，他力图“建立‘俄国式形形色色伟大人物’的肖像画廊。高尔基认识到了人类创作智慧、毅力、历史能动性和神奇天赋”。①

贝科夫采娃《高尔基在意大利》（莫斯科，1979）描述了高尔基在意大利的15年生活、他的社会声誉和创作实践等生活，提供了一些特别有趣的事实和资料，非常详细地阐述了高尔基同俄国、意大利以及世界文学的广泛联系。贝科夫采娃的研究比穆拉托娃的《马·高尔基在卡普里》（列宁格勒，1971）更具体、更详细。穆拉托娃的著作主要研究高尔基1911—1913年间的生活和社会活动，而贝科夫采娃则包含了1906—1913年、1924—1933年高尔基在意大利的生活。

艾文托夫《马·高尔基创作中挖苦、讽刺和幽默的力量》（列宁格勒，1973）是第一本对高尔基的讽刺性作品进行研究的总结性学术著作。此前，高尔基学的研究者考察了某个时期高尔基作品中的讽刺性动机，对其中的讽刺、幽默因素进行过比较研究，但与之相比较，艾文托夫的研究更具有综合性、更全面。

克鲁吉科娃《世纪初：高尔基与象征主义者》②（1978）沿着“高尔基及其时代”的研究路径，多方面研究高尔基与20世纪社会历史、精神生活，以及高尔基在文学艺术和社会道德范围进行的多方面探索。

奥甫恰连科的一系列著作，把高尔基对20世纪艺术文化里的人道主义作用作为一个重要命题来研究。作者探讨了由高尔基创新思想所构成的多元性，这种多元性也决定了“社会主义现实主义”创作方法的广度和深度。他说：“在新世纪的黎明，高尔基坚定地指出，不是破坏，而是创立成为人类社会新的人道主义纲领中的结晶体。”③从高尔基“创造性”的命题，学者们注意到了高尔基有积极作用的政论作

① В.С.Барахов. Искусство литературного портрета.Горький о В.И.Ленине, Л.Н.Толстом, А.П.Чехове. М., 1976, с.46.

② См. рецензию в №4 «Русской литературы» за 1979 год（с.204—209）.

③ А. И. Овчаренко. Гуманизм А. М. Горького и становление советской литературы.-В кн.:Горьковские чтения. 1978.Горький, 1978, с.9.

品。奥甫恰连科对高尔基的文学创作与世界文学、苏联文学发展相互作用，做了深入研究。这个主题，在20世纪70年代占有重要地位。[①]

“艺术进程问题”一直都是文艺界关注的问题，对它的理解直接关系到对当代文学和艺术价值的判断。这个问题在高尔基学中当然也得到了体现。在20世纪70年代高尔基研究著述里，可以列举出涉及到这个主题的以下论著：奥甫恰连科的《马·高尔基与20世纪的文学探索》（莫斯科，1971年）[②]、库兹密切夫的《马·高尔基与艺术进程》（高尔基，1975）。库兹密切夫首先对作为艺术进程标志的现实主义的重要特点进行了历史考察。他认为，表象与客观事物的关系、特点，决定着这种方法的特点。库兹密切夫在这一原则下考察了高尔基作为“社会主义现实主义”奠基者的创作特色，指出了高尔基对“现实主义”定义与恩格斯的现实主义方法特点相一致。的确，库兹密切夫对高尔基创作和艺术进程问题的研究，具有历史与逻辑的统一性，能够帮助更深入地理解以下美学问题，如高尔基天才的表现、受其创作思想方向决定的作品的社会意义等。众所周知，在恩格斯那封信里，论述到了现实主义方法的特点，这种方法有利于修正作者政治态度和倾向，并为正确的艺术创作指引方向。恩格斯强调真实反映现实生活的美学原则，建立在具有鲜明政治倾向和社会立场的基础上。他认为典型性格具有表现倾向性的功能，是艺术发展的重要源泉。艺术这一发展进程使作家的美学动机与现实革命发展统一起来。[③]

沃尔科夫《高尔基的艺术世界（苏联时期）》（莫斯科，1978）主要研究了高尔基在20世纪艺术进程中的作用。在这本专著中，作者不仅仅显示出了自己对高尔基在苏联时期活动的独特观察，同时还有对高尔基研究者们观点的评价。在对高尔基构思、创作、陈述的分析结论中，突出了与文学发展进程的紧密联系。沃尔科夫的著作属于一种历史文

① См., например: Овчаренко А.И.1 (Новые герои-новые пути.От М.Горького до В.Шукшина. М., 1977;2) М. Горький и литературные искания XX столетия.М., 1971 (изд.2-е, доп.—М., 1978) ;3) В творческом состязании. М.Горький и развитие советского романа. -Москва, 1980, №4.

② См. рецензию в №4 «Русской литературы» за 1972 год (с.225—228).

③ К. Маркс и Ф. Энгельс об искусстве, в двух томах, т.1.М., 1976, с.7.

献学的研究模式，这种模式把史料学、文献的再现和对艺术文本的阐释三者结合起来，在不同结构相互丰富的方式下考察它们。尤其在该书的第六章，对艺术创作与文学发展进程的关系有充分的论述。在论述作品《克里姆·萨姆金的一生》中，作者展示了对长篇史诗体裁性质的理解，具体影响到叙述艺术风格特点，对其历史思想的阐释也有一定的影响。沃尔科夫援引了别格金的论文《当代苏联关于长篇史诗的研究》[①] 和库兹密切夫的著作《英雄人物与人民：关于长篇史诗命运的思索》（莫斯科，1973），他指出，在《克里姆·萨姆金的一生》中非常鲜明地表现出了"社会主义现实主义"长篇史诗的特点：史诗和长篇小说的结构不可分割的联系。沃尔科夫书中的观察具有独特的意义，因为这种观察是在长篇史诗体裁当代观点的广阔视角下展开的。

"弗·伊·列宁与马·高尔基"的问题，是社会主义革命成长时期的研究的一个重要分支。列宁与高尔基的交往和友谊、列宁对高尔基的影响，已经在高尔基学中得到了大量的阐述。特别要提及卢那察尔斯基、杰斯尼茨基、米亚斯尼科夫的著作和1958—1969年期间三次出版的《弗·伊·列宁和阿·马·高尔基：书信、回忆、文献》文集等重要文献。由卢那察尔斯基和杰斯尼茨基开始研究列宁与高尔基的友谊和交往、与社会—政治以及文学因素相互作用的趋势，在当代关于高尔基的著作中得到了延续。20世纪70年代，先后有两本著作研究"列宁和高尔基"论题：比亚里克的《统治者的思想和感情：列宁与高尔基》（莫斯科，1970）和沃尔科夫的《列宁和高尔基》。[②] 比亚里克和沃尔科夫著作的内容和意义在一些出版物中有所评论。在此，我们仅对阐述高尔基创作中关于党性的一些细节稍作论述。

沃尔科夫表示不赞同其他学者的观点，他们认为，"高尔基只是在读过列宁的《党的组织和党的出版物》一文之后才接受党性原则的"。沃尔科夫认为："这种见解的错误是显而易见的。当与伟大艺术家名字相联系的世界文学新时期到来的时候，艺术家们遵循独特的理论观点，这种见解才存在。"[③] 但是，这一观点排除了决定新文学产生的其他

① «Русская литература», 1976, №1.

② А. А. Волков. Ленин и Горький.Изд.2-е, доп., М., 1974.

③ Там же. с.155, 157.

角度，例如对生活的艺术分析中世界观作用问题。米亚斯尼科夫指出，“众所周知，马克思列宁主义先进的世界观拓展了艺术家的创作空间，这一点从高尔基本人的创作中就可以清楚看到”。[①] 应该看到高尔基是受到列宁《党的组织与党的出版物》一文的影响，在与列宁的个人交往过程中开始领会党性原则的。掌握了列宁的党性原则与和谐个性形象——列宁形象的艺术体现，成为高尔基美学思想发展的主流。

诺维科夫在一系列著作中，考察了列宁与高尔基对解决苏联文学、文学与意识形态之间的关系以及美学诸问题的影响，其中，包括1979年出版的《历史运动——文学运动、当代苏联文学遗产和体裁多样化》一书。该书的《弗·伊·列宁与现代性》和《马·高尔基与现代性》两部分中，作者强调了在确立现实主义美学原则过程中，列宁活动的永恒意义以及高尔基遗产的永恒价值。

以“弗·伊·列宁与马·高尔基”为题的著作中，值得一提的还有古雷廖夫的论文《马·高尔基美学中列宁的反映论和典型性问题》。[②] 古雷廖夫从艺术创作实践的角度出发，通过理解世界文学艺术形象的发展，考察了高尔基美学观点中的典型性问题，总结了列宁关于社会意识形式的学说的具体化为艺术的进程。古雷廖夫还讨论了艺术创作中的想象力的独特意义，并把列宁和高尔基关于想象力在认知世界中的作用的表述做了有趣的对比。

20世纪70年代出版的著作，引起特别注意的是作家费定的新书《高尔基在我们中间：文学生活图片》（莫斯科，1977）和杰斯尼茨基关于高尔基的一系列论文。[③] 杰斯尼茨基关于研究高尔基学的回忆，在他自身学术生涯和苏联文艺学中都占有重要的地位。作者详实地记录了高尔基生平中生动鲜活的事实，丰富了学术界在这一方面的研究。

---

① А. С. Мясников. В. И. Ленин и М.Горький, М., 1969, с.42.

② В кн.:Некоторые вопросы теории культуры и искусства. Труды ГВПШ, вып.Ⅱ. Горький, 1975, с.64—80.

③ См. в кн.: Десницкий В. А. Статьи и исследования. Л., 1979, с.327—535. Первое издание книги В. А. Десниц- кого о Горьком вышло в 1940 году, следующее—в 1959-м.

第四节 百年纪念研究的高潮和理论发掘层次提升

20世纪70年代，高尔基世界文学研究所的学术活动极为丰富。高尔基学的大量研究成果、纪念文献都在各种文集公开出版。[①] 在故乡高尔基市（尼日尼诺夫戈罗德市），掀起了对高尔基遗产积极研究的热潮，多次举办学术研讨会，出版了许多专题论文选集，如《高尔基与苏联人民文学》、《高尔基——伟大的人道主义者》、《高尔基与文学批评》、《高尔基与文学体裁和风格问题》，以及《高尔基与民俗学》等。

苏黑赫的论文《阿·马·高尔基——剧作家马·高尔基的评论家》[②] 力图更深入地挖掘高尔基与注释者对话剧作品的"不吻合"阐释。苏黑赫对高尔基的观点和实践相互关系进行了细致分析，力图使读者明白，有时候高尔基关于自己作品的表述是没有充分根据的。它使我们意识到，以后诸如"高尔基——作为一名作家的批评家"的论题，应该划归到当代美学思想的范围里探讨，它首先属于对艺术作品理解的艺术理论问题。对于"社会主义现实主义"艺术来说，艺术和艺术理论的相互作用，是在党性原则的基础上实现的，同时，艺术作品的形成和对它的理解过程，是艺术理论作用不断增长的过程。高尔基对自己作品的解说，与其个别作品客观美学意义相矛盾，这一现象，实际上与其思想演变密切相关。应当提醒读者回忆起高尔基对自己最初创作的"说教主义"的抱怨，这些最初的作品也锻炼了作家的创作技巧，丰富了其人道

① См., например:Горький и современность.М., 1970;М.Горкий и деятели грузинской культуры. Тбилиси, 1970;Гранин Д.А.Трилогия Горького.-В кн.:М. Горький.Детство.-В людях.-Мои университеты. М., 1975; Горький и современность.-Новый мир, 1977, №1; Современная советская литература и художествен- ный опыт Горького.-Вопросы литературы, 1977, №9; Максимова В.А.М.Горький и Большевистская печать.-В кн.:Революция 1905—1907 годов и литература. М., 1978;Новиков В.В.Признаем ли мы за искусством право преувеличивать—(Горький о новых формах художественного обобщения).-Вопросы Литературы, 1978, №3;Пархоменко М.Н.Художественный опыт Горького и развитие литератур народов СССР. -Вопросы литературы, 1980, №1.

② В кн.:Горьковские чтения, 1976.Горький, 1977, с.26—32.

主义思想。[①] 对高尔基戏剧理论的考察，使我们发现高尔基的创作构思与具体实现不相符合的现象。当然，这种情况不具普遍性。高尔基的艺术创作完全可以证明艺术进程的最高成就，那就是：作家的主观动机和创作行为的协调一致。

高尔基学的研究者们对其戏剧学理论保持高度的注意，[②] 既关注高尔基对戏剧艺术的不同观点，也对这一领域的创作保持极大兴趣。早在1968年，穆拉托娃就提出："高尔基戏剧方面的主要特点已被揭示出来。"[③] 但是，正像文艺学发展和高尔基剧本的舞台生命所显示的那样，研究高尔基戏剧学对于当代的艺术文化来说具有更远大的前景和现实必要性。许多著作证明了这一点。例如，比亚里克著作的第二版《戏剧学家马·高尔基》（莫斯科，1977），引入了新的资料，进一步深化了第一版（莫斯科，1962）中的观点。第二版中包括了戏剧演出、戏剧批评和20世纪70年代的研究成果等内容。诺维科夫的《剧作家高尔基的创作活动》（第一版，莫斯科，1965）也出了第二版。1975年，第比利斯大学出版了吉果洛夫的著作《马·高尔基1902—1906年间的戏剧理论在当代的批评和论述中》。[④]

高尔基学也增加了一项新的内容，即对高尔基的生平和创作的某一个别因素做具体观察。如此细致地研究高尔基的遗产，不仅是为了总结而进行事实材料的积累，而且是更深刻地揭示艺术规律，发现高尔基不断增长的社会作用。《高尔基读物》中论述"阿·马·高尔基与戏剧"论题，都是由一些不太长的论文构成。法尔别拉的《马·高尔基〈在底层〉的结构特色》，探讨了《在底层》的结构，阐释了高尔基科学地、艺术地理解世界相统一的新成果。列娃吉娜《对阿·马·高尔基戏剧的

---

① См.об этом в книгах С.В.Касторского- «Драматургия М.Горького.Наблюдения над идейно –художест- венной спецификой»(М.—Л., 1963) и А. И. Овчаренко-«М. Горький и литературные искания XX столетия» (изд.2-е, М., 1978).

② См.:Горьковские чтения. 1976. Материалы конференции «А. М. Горький и театр». Горький, 1977; Вопросы горьковедения. (Пьеса «На дне»). Межвузовский сборник. Горький, 1977.

③ Русская литература, 1968, №1, с.11.

④ См. рецензию Б. А. Бялика в «Вопросах литературы» (1976, №5, с.261—265).

文本研究结论》伴有“收集作家全集的经验”副标题，证明论文本身具有美学和科学的思考。

《高尔基学问题》（戏剧《在地层》）（高尔基市，1977）是由一系列文章组成的，这些文章揭示了高尔基戏剧的内容和诗学意识，考察了现阶段对其戏剧的接受状况。库兹密切夫的《阿·马·高尔基的戏剧〈在底层〉与现代性》一文提出，高尔基的戏剧创作受到当代美学意识制约的功能问题。本文与某些其他对高尔基戏剧的论述相比，带有明显的论战性。《高尔基学问题》强调了学科教育的学术责任。[①] 高尔基的创作在学校教育中变成了重点内容，对当代人的行为和心灵产生艺术、道德、思想的影响。

著名作家沙吉娘指出：“每个年代的人们按照自己的方式读书，那些伟大的著作会随着人类一起成长，而渺小的则随着时代的逝去被人们忘记。”[②] 如果对20世纪70年代高尔基学的研究和宣传进行总结，可以看到历史主义与多种思想并存的现象。

高尔基市出版的研究著作考察的问题非常重要，很有必要进行专门探讨。沃罗涅日市正在出版的著作，也保持这种学术分量。沃罗涅日市是高尔基学学者们另一个集中地。

《革命、生活、作家》（沃罗涅日，1980）是沃罗涅日大学定期出版的文集。全书从不同视角研究高尔基生活和创作：高尔基的人道主义观点、高尔基与古典传统、高尔基与苏联文学、高尔基作品的诗学特点、文学批评与新闻工作。各种范围的问题建立在扎实的材料基础上。学者们为理解苏联文学历史和发展，同时也为了对20世纪文学进程的规律性进行理论研究而从事高尔基学研究工作。

阿勃拉莫夫在论文《高尔基：从关于人的神话到“普通人”》中，对高尔基的艺术梦想进行了总结。他指出，在高尔基的著作中“两股力量”（Две струй）合为一体，这两种力量决定了人类美学意识运动从神话创作到现实主义的漫长过程。作者有趣地揭示了马·高尔基与马雅可夫斯基美学体系的特色，认为两位艺术家把艺术从历史思考的道路推向艺术创作的最高峰。

① См.например, статью В .К. Красунова «Лука и другие:диалектика образа»）.

② М.Шагинян. Собр.соч. в 9-ти т., т.6.М., 1974, с.99.

下列论文在苏联文学的整体背景下对高尔基进行了研究：阿希茨吉的《谈谈“高尔基和马雅可夫斯基”的问题》、巴洛兹金娜的《列夫·托尔斯泰与马·高尔基（论个性和创作联系问题）》、布拉文加尔特的《在Э. 维捷马作品中的高尔基讽刺因素》、采姆巴立斯坚科的《在马·高尔基和阿·万比洛夫戏剧中的象征主题：以戏剧〈太阳的孩子〉和〈鸭猎〉为例》。卡夫里洛夫在论文《马·高尔基在乌克兰》中谈到了高尔基停留在乌克兰的感受，以及高尔基与乌克兰作家从19世纪90年代至20世纪70年代的创作联系。除此之外，在《选集》里还有一些文章，论述了高尔基20年代散文中的童话叙述方式，考察了长篇小说《阿尔塔莫诺夫家的事业》、戏剧《在底层》、中篇小说《童年》和《在人间》的结构，阐释了高尔基关于文学批评问题的观点。

《高尔基与列夫·托尔斯泰》、《高尔基与陀思妥耶夫斯基》是高尔基学的常有论题。正像高尔基的名字从艺术文化中响起一样，上述作家组合是从社会意识比较中产生的。高尔基、托尔斯泰、陀思妥耶夫斯基活动的对比，首先以高尔基体系为参照研究他与前辈的关系：列夫·托尔斯泰和马克西姆·高尔基都为对方留下了不少的见解，而陀思妥耶夫斯基的个性和创作特色，也不时在高尔基艺术作品的字里行间闪现。因此，把关于高尔基与托尔斯泰和陀思妥耶夫斯基联系的文章收录一起，以《革命、生活、作家》为题刊登出来不仅仅是完全有道理的，而且，对于解决当代艺术文化基本问题也有一定的现实性。卡尔涅秋克研究陀思妥耶夫斯基的中篇小说《双重性格》与高尔基小说《悠闲的生活》，把二者的创作动机联系起来，表现出对重复情节和遥相呼应问题的研究兴趣，揭示了作者对作品中主人公的阐释倾向。

此文集与上期文集里发表的文章论题相同①，例如，赫列巴斯特拉耶娃又发表了一篇关于高尔基和托尔斯泰的论文。赫列巴斯特拉耶娃在两篇著作里把共同的任务结合起来：从文学和艺术发展的角度对托尔斯泰和高尔基遗产的相互作用进行多方面的总结。她考察了高尔基和托尔斯泰在理论和方法上解决文学进程中的创作个性和继承性问题的联系，把诸如人类和世界观点的先进艺术意识观点区分开来。实

① И. В. Хлебостроева. Л. Толстой и М.Горький. Философия искусства и жизни.（1890—1910гг.）.-В кн.: Револю- ция, жизнь, писатель. Воронеж, 1979, с.3—34.

际上，到底是什么决定着艺术上不断更新？可以肯定的是艺术家的人道主义思想占主要地位；这些思想包含在哲学、政治、美学、诗学和现代性的社会趋势中。赫列巴斯特拉耶娃在托尔斯泰和高尔基的作品中找到了相似的解释，显示出这种对比的令人信服，并可以理解为伟大的艺术家对周围世界现实理解是一致的。同时，在赫列巴斯特拉耶娃的文章中没有提到的一点，那就是托尔斯泰对高尔基态度的转变。按照赫列巴斯特拉耶娃的观点，这种转变可以解释为“高尔基面对托尔斯泰试图把他转向‘真理的信仰’的不断抗争”。[①] 然而，我们所拥有的资料和刊登的研究证明，事情不仅仅在于高尔基对托尔斯泰影响的“抗争”，还应该从托尔斯泰自身伦理学说的矛盾中、在19世纪现实主义者的艺术趣味、主人公的心理、高尔基作品风格的不平凡性中寻求解释。这当然涉及到高尔基对待托尔斯泰的态度问题。

第五节　欧美高尔基学简述

1976年，耶鲁大学的《戏剧》出版了高尔基专刊，其中多数文章是论述高尔基的戏剧作品和作为剧作家的高尔基，也有一些文章探讨高尔基其他体裁的文学创作及其人格个性或革命活动的总体情况。该专刊还收录了塞吉尔一篇高尔基的研究论文以及霍达谢维奇回忆录的英译文。

这一时期比较重要的著作《二十世纪俄国文学》（美国，1974）、《二十世纪俄国戏剧：从高尔基到现在》（美国，1979）等文学史类的作品中都对高尔基的小说和戏剧创作进行了探讨和论述。

1979年美国哥伦比亚大学出版社出版的《二十世纪俄国戏剧：从高尔基到现在》对作为剧作家的高尔基进行了全面的评述。该书作者哈罗德·塞吉尔把高尔基的戏剧作品分为两个阶段：第一个阶段是俄国十月革命前出版的作品，第二个阶段是高尔基在苏联时期的戏剧创作。

对于第一个阶段的作品，塞吉尔先是回顾了高尔基走上戏剧创作道路的过程，以及契诃夫对他戏剧创作的影响和帮助，并重点分析了二者的不同之处。在契诃夫的作品中，强烈的悲观厌世之情困扰着无论是

① Там же, с.5.

拥有土地的中上层阶级还是知识分子阶层。对高尔基而言，这种悲观厌世基本上根植于资产阶级和商人阶级物质和精神的空虚之中。和契诃夫戏剧作品形成鲜明对比的是，高尔基的所有作品，从不通过任何滑稽或讥讽的内容来抵消整体氛围而做出让步。在高尔基这里，契诃夫笔下对精微细节的敏锐消失了，中间色调没有了，取而代之的是刻板僵硬和沉重的情感。塞吉尔认为高尔基对贪婪、愚钝的俄国资产阶级和商人以及无能的知识分子的辛辣描写与他对社会主义革命的同情一起使他的戏剧作品充满了意识形态的热情，而这点也成了其作品最明显的缺陷。高尔基戏剧作品所表现出的强烈的说教性成了他和契诃夫之间不可跨越的鸿沟。

塞吉尔对高尔基的早期戏剧作品进行了较全面的论述，并对《底层》进行了较深入的分析和研究。他早期认为《底层》的声誉可以归结到其人物的新鲜性方面，但从高尔基的哲学立场来看，与其说他是一个富于原创性和深刻内涵的思想家，不如说他是一个具有很强意识形态色彩的训诲者。《底层》中所表现的“真实”与“虚幻”的冲突成为在社会和政治背景下很有意思并值得讨论的话题。从文本上说，鲁克基本上是作者出于正直善良的动机来刻画表现的，因此这个人物不能完全被看作是消极的，而高尔基在这一点上的态度是很不明朗的。在戏剧结构方面《底层》没有什么独到之处，该剧基本上是一种静态的叙述。鲁克和萨汀之间从来没有发生直接的冲突。

《底层》这部作品在西方英语国家受到欢迎，最突出的表现除了有几个不同的译本外，就是美国剧作家尤金·奥尼尔创作了与《底层》主题很类似的《送冰人来了》(1940, 1947)。该剧发生在纽约一个下层的酒吧旅店中，和《底层》中的下等客栈十分相似。剧中的人物也和《底层》中的人物一样穷困潦倒，迷恋于虚幻的东西，害怕离开他们的避难所。人物关系网络也十分相似。不同的是在奥尼尔的《送冰人来了》中找不到《底层》结尾时的含混和模糊。塞吉尔在这里也指出了这两部作品的不足之处，如果说高尔基没有意识到鲁克和萨汀之间潜在的戏剧性冲突，结尾处明显的含混态度降低了作品的说服力，那么奥尼尔的失误在于他在这方面做得有些过分。

塞吉尔简要介绍了高尔基在苏维埃时期的戏剧创作，如《萨莫夫与其他人》、《耶戈尔·布雷乔夫和别的人》、《陀斯契加耶夫和别的人》等作品，此外还着重分析了两点：第一是高尔基从1915年到1930年这15年中没有创作戏剧作品的原因，第二是高尔基在30年代后的戏剧作品受到欢迎的原因。

他认为，高尔基在1915年到1930年这15年里中断了戏剧创作的主要原因是对革命后出现的流行戏剧形式，如浪漫纪事剧和通俗剧感到很不适应。但是他在20世纪30年代回到苏联以后，当时苏联戏剧界和其他文艺领域一样面临着要创作符合时代特色作品的任务，作为文化界的旗手和领路人，高尔基当然责无旁贷。高尔基本人主张复兴经典剧目，鼓励创作悲剧、浪漫喜剧和通俗剧。当时主流的苏维埃戏剧理论是以浪漫纪事剧反对传统的社会现实主义剧作，高尔基没有创作英雄史诗剧的天赋，革命前的现实主义和自然主义戏剧是他的专长。但是他创作的以第一次世界大战和国内革命为背景的戏剧作品使他的作品具有了史诗般的风格，在这一点上和浪漫纪事体戏剧十分接近。结果是两种戏剧风格在他的作品中达到了一种有效的平衡，他的戏剧成为社会心理现实主义和浪漫纪事主义以一种相互促进的方式融于一体的范例。这也成了他的剧作在30年代继续受到官方和观众推崇的原因。

第六章

面向新世纪：20世纪80年代以来的高尔基学

第一节　转机和新变：俄国高尔基学

（一）意识形态剧变和高尔基学的转向

从20世纪70年代到80年代末期，是苏联文学界发生重大变化的前奏。最初文学界的中心和热点话题是“社会主义现实主义”创作方法的讨论。1972—1975年，著名的文学期刊《文学问题》组织“社会主义现实主义美学问题”专题讨论；1979—1980年，《文学报》编辑部组织“社会主义现实主义：艺术经验与理论”专题讨论。基本思想是：讨论的各方面都认同“社会主义现实主义”作为苏联文学正统的、基本的创作方法，但不一定是唯一的创作方法。有理论家已经区分开“社会主义现实主义”、“社会主义文学”和“苏联文学”这三个概念。但这一立场受到一些人的批判。后者认为，社会主义现实主义是苏联文学唯一的创作方法，除此之外，没有别的创作方法。苏奇科夫于20世纪70年代发表题为《现实主义的历史命运》的系列论文，提出在“社会主义现实主义”方法的统一下对其他方法的包容问题。德·马尔科夫发表了《在社会主义现实主义中的艺术概括形式》（1972）、《真实地表现生活的历史的开放体系》（1977），提出“社会主义现实主义的开放体系”观点。理论界围绕开放体系问题进行着断断续续的讨论。应该说，20世纪30年代提出的苏联文学正统的创作方法，受到了来自各个方面的质疑，或者它自寻出路，找到贴切的解释；或者它被其他的提法所替代。到20世纪80年代末期，1989年3月，《苏联作家协会章程》（草案）里已经回避这个术语了。1989年8月，苏联宣布解体。

20世纪90年代，在经历了多次大争论后，文学思想界发生的重大转向就是把文学思考从依附于政治拉回到理性思考中，在纯粹的文学创作经验、艺术规律的前提下来讨论文学创作方法问题。所谓“社会主义现实主义创作方法”基本上无疾而终，这也说明，它之所以维持自己的生命依赖所在。各种在苏联时代被压制的文学思潮、文化思潮纷纷回潮，其中又以“宗教文化批评”的崛起最为耀眼，它和民族主义、国家主义等因素混同在一起，成为这个时期文学研究和文学批评的主流之一。

受到这种政治、经济和意识形态的剧烈变化影响，高尔基研究显示出三个重要的走向：一是高尔基多年前被禁止出版的著作重新受到重视，获得了出版；二是高尔基晚年与斯大林和政府之间的关系（所谓晚节问题）、高尔基之死、高尔基与列宁之间的争论和矛盾等，受到注意；三是高尔基表现俄罗斯民族文化心理、性格的作品受到重新研究，给予较高的评价。高尔基学的这种转向有其自身研究态势的调整，更多的是在面向意识形态全局、反思后的调整。应该说，这个调整对于高尔基学健康持续发展，具有积极作用。

（二）《不合时宜的思想》出版事件

1988年，苏联高尔基学界，也是苏联文学界发生的一个重要事件，就是高尔基被禁止出版50年的著作《不合时宜的思想》（革命与文化）出版了。这部著作一经面世，就引发了巨大的轰动。

《不合时宜的思想》是高尔基在十月革命前后写作的一系列争论文章的合集，其中，有的发表在《新生活报》上。《新生活报》1917年5月1日（俄历4月18日）在彼得格勒出版。1918年6月1日起增出莫斯科版。它的主办者是自称“国际主义者”的一批孟什维克，出版人是阿·谢列布罗夫，编辑部成员有高尔基、谢列布罗夫、杰斯尼茨基、苏汉诺夫，撰稿人有巴扎罗夫、波格丹诺夫等。该报的宗旨是反对与国际共产主义利益背道而驰的帝国主义战争，联合一切革命力量和民主力量，捍卫二月革命成果，在俄国社会主义民主党的领导下，通过工兵代表苏维埃，在进一步实现国内社会主义改造过程中发展文化、教育和科学。

《新生活报》的政治立场基本上是反布尔什维克党的。在革命和战争的问题上，往往在国际主义和所谓的“革命护国主义”之间摇摆。十月革命前后，它既反对临时政府的反革命措施，又和苏维埃党进行论战，1918年2月曾被勒令停刊8天。高尔基也渐渐对《新生活报》的立场感到困惑，他在给彼什科娃的信中谈到，“我准备在独立自主原则情况下和布尔什维克共事。我对《新生活报》无力的、没有实践意义的立场感到厌烦。卷入革命的‘旋涡’，就像陷入水深火热中似的，真令人苦恼不堪”。1918年夏天，国内战争已加剧，由于《新生活报》的反苏维埃态度，该报在1918年7月16日（俄历7月3日）被彼得格勒苏维埃政权查封，共生存了14个半月。

高尔基在《新生活报》工作了一年多，发表了部分《俄罗斯童话》，一些短篇小说、随笔、速写和80篇左右的文章。其中，58篇是在《不合时宜的思想》总标题下发表的。这些文章后来由高尔基本人两次结集发表，首次出版时间是1918年秋，由拉迪日尼科夫出版社在柏林用俄文出版，名为《革命与文化——1917年政论集》，共收入33篇文章，按发表文章的时间顺序编排。第二本是于1918年秋在彼得格勒由“文化与自由”协会出版，名为《不合时宜的思想——关于革命与文化的札记》，共收入48篇文章，按文章内容编排。此后，西方出版界多次以《不合时宜的思想》为名，将两个集子合并出版。1919年到1920年或1922年到1923年，作者对原书进行了增补和调整，从这两本书中选出64篇文章，打算重印，书名仍是《不合时宜的思想》，但这一计划没有实现。此后六七十年时间里，《不合时宜的思想》没有在苏联再版。在西方却出现了几个版本。1922年，巴黎出版了安德烈·皮埃尔编的《马克西姆·高尔基论革命的文献》一书，收入了《不合时宜的思想》中大约三分之一的文章。1968年纽约的一家出版社出版了叶尔莫拉耶夫翻译的名为《不合时宜的思想》的英译本，收入的77篇文章中，57篇是“不合时宜的思想”的专栏文章，译本的副标题改为《关于革命和布尔什维克的札记》。这个本子后来于1971年2月在伦敦再版。这一年还在巴黎出版了由叶尔莫拉耶夫编辑的俄译本，它与译本相比，增加了《致工人同志们》和特写《在莫斯科》。直到1988年，在重新评价古典文学和作家作品的形势下，苏联《文学评论》杂志分期连载了《不合时宜的思想》单行本，保持了该书原有的48篇文学的主要内容。

20世纪80年代，苏联文学界重新出版了《不合时宜的思想》一书，一些杂志开始刊登文章，重新评价《不合时宜的思想》。

重新评价高尔基，首先是对高尔基经典地位的质疑。苏联国内政治斗争的需要和“庸俗社会学”使高尔基被简单化。苏联解体前后，苏联国内出现了极力诬陷苏维埃国家全部历史的狂潮。这一时期，对高尔基的谩骂和指责几乎一夜之间勾销了高尔基在文学史上的地位，而一直被当作禁书的政论《不合时宜的思想》却成为苏联文学界重新认识高尔基的新发现。

列昂尼德·列兹尼科夫是较早全面论析《不合时宜的思想》的苏联理论家。他在《涅瓦》杂志1988年第1期上发表文章，首先阐述了重新出版《不合时宜的思想》的理由。作者指出，由于《不合时宜的思想》这本书只是1918年在彼得堡出版过一次，且发行量很小，所以，只有革命初期少数研究高尔基政论的学者了解这部作品的全貌。之后，人们只能从阿·奥甫恰连科的专著《马·高尔基的政论》中了解部分内容。而西方出版社就利用我们不了解这部书的内容，进行了各种政治投机。他们的译文公开或隐秘地歪曲了作者的原意，把高尔基视为深藏在布尔什维克队伍中和列宁身边的敌人，而这是不符合历史事实的。高尔基是列宁和革命群众的真正朋友。再版这本书有助于了解这部作品的全貌。

在论证高尔基思想的矛盾时，过多地强调了作家的个性因素。作者认为，《不合时宜的思想》写于高尔基世界观矛盾发展的重要阶段，从中可以找到高尔基错误思想的根源，况且这些思想远不都是错误的。文章分析了高尔基“不合时宜的思想”产生的根源，主观原因是高尔基对人民的态度是“不温存的”，“出于浪漫地企图一下子清除几千年生活积习的愿望”；他不相信群众的理智，尤其不相信农民的理智，对千百万群众参加政治活动感到讨厌，认为这会产生无政府主义、无理性，会损坏社会公益。高尔基明显夸大了知识分子在历史中的作用。这种情绪产生的客观原因是包围着作家的旧知识分子的嘤嘤啜泣，是高尔基对阶级斗争规律和辩证法缺乏了解，不理解革命的战略和策略，不止一次地站在超历史的、抽象人道主义的和天真幼稚的乌托邦立场上。作者认为，高尔基的错误与他的真理观有关，高尔基要的是一种无条件地适应一切人的真理。

在高尔基与列宁的关系上，作者指出了艺术家高尔基和政治家列宁的关系问题。作者指出，列宁和高尔基共同的理想都是反对一切对人的暴力，不同的是，作为政治家的列宁精神紧张集中，镇定从容，有求实精神。作为艺术家的高尔基其情绪表现为痛苦的叫喊，坐立不安，长期惊恐造成的沉重的压抑感、不满，甚至绝望。列宁与高尔基个性的亲近，不仅决定于他们共同的社会主义革命理想，还在于他们不同的性格是这一理想的互相补充。从个性、气质和情绪特征上对二者的分析比较，深化了对《不合时宜的思想》的理解。作者肯定了高尔基最主要的品质：真诚、求实精神、谦逊、爱劳动和公民责任感，他用“不温柔的目光”看待俄罗斯和她的历史。这在过了这么多年无批评、自我夸赞、歌功颂德的日子之后的苏联，“《不合时宜的思想》中的观点对我们今天有重大价值”[①]。列兹尼科夫指出，高尔基在这组政论文章中包含着不少错误的因素，但字里行间处处流露出对高尔基的崇敬心理和惋惜之情。

1988年7月逝世前，苏联科学院版《高尔基全集》主编阿·奥甫恰连科应《文学报》之约写了论高尔基《不合时宜的思想》的一篇文章。他指出：“改革时期的标志是重新评价我们文化发展中的许多珍品，重新看待一些过去被认为是不可动摇的原则。”“与此同时，重新研究高尔基，对他的遗产给予真正科学的解释，同时‘谨慎地’，也不回避伟大作家生活与创作中不久前被称为是错误的，不愉快的失言、笔误和失常现象，这个时机已经成熟。”“对刊登于1917年4月至1918年6月《新生活》报上的高尔基的政论作品《不合时宜的思想》，早就应加以评述。长期以来，不仅仅议论这组文章中的某些篇章，甚至连提起他们都需要很大的勇气。这组文章——是革命独特的编年史，是资产阶级民主主义革命发展为社会主义革命的一本日记。”

奥甫恰连科的评价可以归纳如下：

第一，高尔基自身的悲剧性。“在这本书里，他是以悲剧人物出现的，尽管这是由于他爱俄罗斯，经常关心她，为她而担忧。”“正是《不合时宜的思想》反映出高尔基既看出了革命是非常复杂的、残酷的，具有自相残杀的疯狂性，同时又对产生善良、正义的国家抱有一线希望。”“是的，《不合时宜的思想》的作者对现实的认识并不总是正确

① 陈政：《苏联重新评价高尔基〈不合时宜的思想〉一书》，载《苏联文学》，1989年，第2期。

的，然而，这些文章虽未被那时所理解，可站在我们面前的高尔基却是一位备受折磨、昂首挺胸的伟人，在斗争中无畏的人，由于迷途而带悲剧性的人物。”作者把这一点看作是高尔基的悲剧性，认为其原因是高尔基在阐述革命具体事件时，没有估计到事件的全局，表明作家在这段革命时期，在一定程度上脱离了革命中最积极作用的力量。然而，在《不合时宜的思想》一书中，已为正确反映俄国革命发展的各类不同方法打下了基础，这既指悲剧性的《静静的顿河》，也指多罗霍、扎祖勃林、巴别尔、塔拉索夫-罗季翁诺夫、阿尔乔姆·韦肖雷、维亚切斯拉夫·希什科夫等人坦率写出的、有关革命现实的复杂性的作品。此外，还有普拉东诺夫的《切文古尔》和帕斯捷尔纳克的《日瓦戈医生》。

第二，革命和文化的关系。对于高尔基来说，革命如果要合理而正确地进行，就必须与革命同时进行文化建设，文化建设的基础就是要尊重革命前俄国被蹂躏了的个人。关于文化建设，高尔基要求言论和出版自由，重视公开性。他特别注意革命的阴暗面，不能容忍无政府主义、暴力、大规模破坏和掠夺、无辜逮捕人、群氓政权这种“成群的烂货”以及相互残杀等行为。高尔基强调要教育人尊重劳动，这是文化建设的另一方面。同时，高尔基认为革命式地发展文化事业是与国内兴办有科学基础的、技术发达的工业彼此相连。

第三，高尔基对列宁及其战友的态度是非常复杂的。作者认为高尔基在反映革命的一些片断时对总体的勾画不总是成功的。

第四，高尔基对人民的态度和对农民的评价。他指责俄国人民未养成对劳动的热爱，对事业不能善始善终，民族心理不稳定。他痛苦地谈论着俄国人民的缺点，这种痛苦基于热爱。高尔基对农民表示不信任，似乎农民具有“从本质上与城市无产阶级敌对的心理、思想和目的”。

第五，高尔基对列宁及其战友的态度是非常复杂的。文章认为，高尔基对革命领导人的活动，还有布尔什维克的作用等方面的评价，许多地方是不公正的。他承认列宁“本人当然是位具有非凡力量的人”，但是谴责“从斯摩尔尼宫来的无政府主义的共产党员和空想家”在俄罗斯进行“残酷的、早已注定要失败的试验”。“给人的印象是：他在反映革命的一些片断时，对总体的勾画并不总是成功的。”

第六，高尔基也没有避开民族问题，其中包括所谓“犹太人问题”。他谴责民族主义的任何表现形式。

文章认为，高尔基与自己的国家一起经历了一场悲剧，但是这场悲剧给他的不仅是痛苦，而且他和自己的人民一起在革命烈火中受到洗礼，并接受了最崇高的感情。[①]

理论家瓦因别格著文《为了革命与文化》，全面肯定了高尔基政论文中关于文化启蒙重于武装夺取政权的观点。[②]

（三）所谓“高尔基晚节问题”

1996年，莫斯科阿格拉乌出版社出版了瓦季姆·伊里奇·巴拉诺夫写的《高尔基传——去掉伪饰的高尔基及作家死亡之谜》，他认为，发生在1917—1919年间的高尔基与列宁的第二次冲突，主要分歧表现在对知识分子和农民的认识方面，表现在对无产阶级革命进程以及采取何种手段夺取政权等问题上。20世纪80年代以后苏联文坛开始重新评价高尔基。一方面，一些人在高尔基晚节上做文章，在报刊上对高尔基大泼污水，有人认为他是“双头海燕”，“这只曾经郑重宣告革命暴风雨即将来临的高傲的海燕，在晚年已经变成了灾难的信使——一只黑乌鸦！”有人指责他在1928年回国以后，特别是在他生命的最后几年，“对斯大林的暴政实际上起了美化和支持的作用”。著名作家索尔仁尼琴发表文章并在闻名世界的小说《古拉格群岛》里，谴责高尔基为索洛维茨基政治犯劳改营乔装美饰，认为他应该为斯大林时代的政治迫害承担责任：“（高尔基）以鹰和海燕的名义，在我们和西方具有自由思想的大型报刊上，连篇累牍发表文章说，用索洛维茨基劳改营进行恫吓是徒劳的。那里的犯人生活得非常好，改造得也非常好。”[③] 作家瓦西里耶夫在《消息报》上发表了连载三天的长文《风雨如晦日，热爱俄罗斯》，指责高尔基“过着谨小慎微的生活”，“他对如何保卫人民，保卫文化，捍卫法律和正义却一声不吭”。

巴拉诺夫以“剥去各种外衣，塑造历史上真实可信的精神面貌，毫

① 亚·奥甫恰连科：《论高尔基的〈不合时宜的思想〉》，娄力译，《俄苏文学》，1989年，第3期。

② 黎皓智：《高尔基与十月革命》，《外国文学研究》，1989年，第4期。

③ 瓦·巴拉诺夫：《高尔基传——去掉伪饰的高尔基及作家死亡之谜》，张金长等译，漓江出版社，1998年，第15页。

无粉饰的面貌，这就是我的使命”。在这部著作里，着重讨论的就是高尔基的晚节，尽管他没有直接使用这个术语。全书包含内容大致如下：一、高尔基回国后与周围环境之间的关系。二、高尔基与斯大林之间的关系。三、高尔基儿子之死与他自己的死。作者的立场是明确的。高尔基归国后，面对严酷的政府高压采取了容忍的办法，在白波运河工地、索洛维茨基劳改营等地参观，他所发表的意见，带有明显的矛盾心理。作者特意指出了高尔基与斯大林之间的矛盾：拒绝为斯大林写传记，敌视派来的秘书，抗议对政治家的迫害和肉体消灭活动等。高尔基与斯大林之间的矛盾，实质上是人、良知、文化和民主传统，与暴政、专制、个人意志残暴力、野蛮性之间的矛盾，是不可调和的。关于高尔基之死，作者把这个问题与他晚年与斯大林专政的矛盾之加深联系在一起来研究。这个矛盾包括了儿子之死因的猜测（雅戈达、飞机坠毁、儿媳）。作者明确提出，高尔基是非正常死亡，所以，在全书结束时写到：“把此书作为纪念60年前其生命被强制终止了的、我们伟大的同胞和我的同乡……”①

重要的是，巴拉诺夫以本书回应了国际传播界对高尔基晚年的种种疑问，用坚实的材料，为读者还原了一个特殊政治环境、社会环境和心理状态下的高尔基——这个时候的高尔基，距离鹰和海燕已经不近，但是，他还是有一颗与鹰、与海燕为邻的心。

苏联高尔基学家正在致力于全面研究高尔基的工作。前苏联科学院高尔基世界文学研究所所长库兹涅佐夫说：“研究所准备有计划地公布档案材料，让广大读者看到一个完整的高尔基。”高尔基档案馆馆长巴拉霍夫表示，有义务把高尔基的遗产完整地交给读者，不做任何删节，不出任何疏漏。负责苏联科学院版《高尔基全集》编辑、出版工作的扎伊卡认为《不合时宜的思想》这组文章涉及到关于文化、教育、培养个性等问题，值得人们重视。

（四）《高尔基：新的观点》（2004）

2004年，斯比里多诺娃出版了《高尔基：新的观点》（莫斯科，2004）一书，由俄罗斯科学院高尔基世界文学研究所出版。该书是人类

① 瓦·巴拉诺夫：《高尔基传——去掉伪饰的高尔基及作家死亡之谜》，张金长等译，桂林：漓江出版社，1998年。

跨入21世纪以后比较新的研究著作。与1900年代最初几年相比较，那个时期，例如1902年，在报纸、杂志上，每天都有评论文章发表。据统计，从1902年9月到1904年12月，俄文和外文出版的描述高尔基的书籍达到100多种；1976—1980年五年间，国外出版苏联作家作品数字，高尔基的作品出版达到313次，排名第二、三位的是肖洛霍夫、艾特马托夫，分别是74次、72次。因此，作为一本严格意义上的高尔基学学术著作，斯比里多诺娃的《高尔基：新的观点》表达了进入新世纪后高尔基研究的新动态。

全书分为12章、导言、后记，包括作家与时代、早期创作研究、创作中的事实与虚构、高尔基的内心矛盾、作为新宗教福音书的《母亲》、精神上政治上的矛盾立场、回国前后、高尔基在国内的生活：是凯旋还是悲剧、与斯大林之间关系的演变、逐渐失去自由直到神秘地死去、高尔基艺术世界的神话基础、高尔基作品中的创新问题、世纪之交的高尔基学。全书的重点在高尔基研究和后期问题的反思，特别是对完美无缺的高尔基形象的质疑、化解和颠覆，提出理解高尔基创作和思想方面的矛盾，例如《母亲》创作和阐释过程中的矛盾、政治思想和立场的矛盾、高尔基创作中的神话因素问题等等，在相当程度上代表了国际高尔基学的大趋势。

本书在研究方法上多采用比较方法，引用国际高尔基学的观点、材料，进行平行比较，阐述各自的合理性。在最后部分，引述了各国高尔基的研究著述，有重要的参考意义。作者对世纪之交高尔基学的变化格局有比较清醒的认识，他写道："20世纪末期全部人文科学面临的方法论危机同样波及到高尔基学。高尔基作为思想家、艺术家和人的观点不仅得到改变，而且，研究格局本身也得到改变。拒绝苏联文艺学固有的教条化和图解式，导致高尔基作为正统的马克思主义者、无产阶级作家、社会主义现实主义奠基人形象的倒塌。国外的文艺学也初步形成了客观、不带任何偏见的研究作家遗产的趋势；作家名字的某种提法是苏维埃现实的否定者。重新阅读和思考它作品的愿望，按照新的思路阐释复杂而矛盾的高尔基形象，这是世纪之交的高尔基学的特征。"[①] 这个宏观把握的思想，基本概括了世纪之交国际高尔基学的研究态势。

① 斯比里多诺娃：《高尔基：新的观点》，莫斯科，2004年，第218页。

同样的新的研究成果还有《围绕高尔基之死：证据、材料、解释》（莫斯科，2001）[①]一书，作为俄罗斯科学院高尔基世界文学研究所编辑的“高尔基：资料和研究丛书”的其中一种出版。书中分析了高尔基的病史、去世前的书信来往、高尔基的临终之际、托洛茨基案件的审判、警察局对高尔基去世的解释、结语等，汇集了很多材料，对纷纷扬扬的高尔基之死问题，提出了新的解释。应该说，这个问题具有新闻价值，能够吸引大众关注高尔基学，但是，毕竟高尔基之死——自然死亡或者非自然死亡，在“他晚年生活环境严酷”这个观点得到学术界基本认可后，死亡的原因就只是一个新的证词了。

应该注意，俄罗斯科学院高尔基世界文学研究所编辑的“高尔基：资料和研究丛书”，是两个世纪之交高尔基学的一项重要的工程。丛书从1989年开始。前两种书题为《高尔基和他的时代》，于1989年出版。第三种名为《不为人知的高尔基》，于1994年出版，初次发表了致政治家、社会活动家，还有作家的信件，比如有致列宁、雅戈达、罗曼·罗兰、楚科夫斯基等人。第四种是1995年出版的《高尔基和他的时代：对高尔基的新看法》，收集了以“时代发展中的高尔基遗产”为主题的研究论文。第五种《高尔基未出版过的通信》（1998，二版2000）包括与列宁、斯大林、波格丹诺夫、季诺维耶夫、加米涅夫、科罗连柯，初次公开了未曾出版的书——《今天俄罗斯》的情况。第六种即上述《围绕高尔基之死：证据、材料、解释》在2001年出版。2002年完成了第七种《高尔基和他的编辑》。最近几年，高尔基世界文学研究所着力编辑整理《高尔基档案》（15卷），1996年出版了《高尔基与罗曼·罗兰——通信集（1916—1936）》。2002年出版《高尔基档案》（16卷），内容是1920—1936年间高尔基与布德别尔格的书信来往。还有两卷集《高尔基和他的同时代人》，以及高尔基出版次数很少的论文，如《知识分子与革命》、《论俄国农民》以及书信集。

① 《围绕高尔基之死：证据、材料、解释》，俄罗斯科学院高尔基世界文学研究所“高尔基：资料和研究丛书”编辑部，2001年。

第二节　建设中国高尔基学的新路

(一) 中国高尔基学的提出以及问题设计

20世纪80年代以来，“高尔基学”在中国的发展经历了一个大发展时期。1981年6月11—19日，为纪念高尔基逝世四十五周年，全国苏联文学研究会、高尔基著作编辑委员会、辽宁师范学院等单位联合举办了高尔基学术讨论会。这是建国以来第一次全国性的讨论高尔基文艺思想的大型会议。会议集中讨论了两个问题：一是关于高尔基的人道主义包括“人学”的问题。二是关于社会主义现实主义问题。会议获得了成功，被誉为“我国高尔基研究的一个新的起点”，“把对高尔基的研究推向了一个新阶段”。

这一时期中国高尔基的特点是逐步走向系统性研究。20世纪50年代中期以来，苏联高尔基学在研究方法上的新变化——采用系统分析方法对高尔基的创作进行具体历史的分析，将他的创作看作相互之间有联系的、系统的、完整的有机体——这个思想方法，对中国高尔基学产生了较大影响。从20世纪80年代下半期至20世纪末期，中国高尔基学经历了一个大发展的时期。中国学术界在关注当代俄罗斯文艺现状的前提下，把握20世纪80年代苏联重新评价高尔基的动向，因此，这一时期的中国高尔基学研究呈现出更为厚重的纵深感，它就像一个晴雨表，反映了俄罗斯文艺界从20世纪50年代至80年代的争鸣与探讨，在独立的学术意义上，真正使高尔基学淡化了政治性特征和功利性需求，走向了纯学术研究。

这个时期是欧美、日本等国家文学大规模引进的时期，相对于铺天盖地的西方现代主义思潮的评介，高尔基似乎“被国人冷落了”。然而，纵观中国高尔基学的发展历程，20世纪80年代的高尔基研究正在经历着由激情崇拜到理性评价的转换，由功利需求向审美批评的转换，完整、真实——成为这一时期高尔基研究的原则。中国高尔基学正在走向成熟期。

这一时期，中国高尔基学研究系统性增强，具体体现在以下几个方面：

一是系统地研究高尔基文艺思想中的理论命题和现实意义，注重在当代语境中阐释它的价值。其中，文学是“人学”问题、艺术典型论问题、浪漫主义的两个倾向问题、创作方法问题等得到深入研究。二是在高尔基美学思想研究方面取得了突出的成就。陈寿朋的专著《高尔基美学思想论稿》被认为是中国数十年来论述高尔基美学思想最系统详尽的著作，具有很高的学术价值，是中国高尔基学历史进程中的标志性成果。三是对于高尔基的作品研究更加全面，逐渐关注高尔基作品的全部而不仅仅局限在几部代表性作品上，对作品艺术品质的研究得到了加强。高尔基的早期创作、戏曲等得到重视。关于高尔基的重要作品《母亲》、《海燕》、《阿尔塔莫诺夫家的事业》和《克里姆·萨姆金的一生》等作品研究成果众多。四是突破了一些研究禁区。在20世纪末期，高尔基的许多未公开发表的作品，包括《不合时宜的思想》重新出版，得到研究界的呼应，产生了很大的影响。五是把作家放在他生活的时代文化氛围、文学发展进程、文学交往等关系中进行研究。对于高尔基与列宁的关系、高尔基的晚节、高尔基与同时代作家的关系等方面也做出客观、完整的评价。

（二）高尔基文艺思想中的理论命题

高尔基的文学思想中理论命题丰富，而且散见于他的著作、文学评论、书信、谈话和一些创作中，是一个非常庞杂的体系。中国文学界对高尔基文学理论与批评的接受，经历了一个起伏变化的过程。1978年开始，高尔基学开始致力于全面认识和准确理解高尔基，对高尔基文学思想的研究开始向着系统化方向发展。大量会议就高尔基的文艺思想所展开的关于人道主义以及文学是人学的讨论、关于高尔基与社会主义现实主义的关系的讨论，把高尔基研究深入到文学理论自身的内涵与特征研究，试图摆脱17年以来极左思潮对高尔基研究的影响。但是，成果不是很突出。20世纪90年代以后，高尔基研究得到了深入。究其原因，一是国内文学界对文学自身规律的认知已超越了肤浅的社会学需求，不再唯功利为标准，文学研究越来越深入到文学创作与文学理论自身；其二是思想解放的政治氛围中学术研究思想的解放和方法的兼收并蓄；其三是苏联政体的变化导致苏联文艺研究中对经典作家的重新审视，大量珍贵的研究资料、档案材料首次向社会公开，为重新认知高尔基等经典作家提供了弥足珍贵的资料。“把一个真实的、全面的高尔基还原给历史”成为高尔基研究的学术方向。

首先，建立了研究对象的历史概念。汪介之《高尔基的文学理论与批评在中国的接受》一文阐释了高尔基的文学理论与批评在中国的接受过程，他认为：20世纪20年代至40年代高尔基的文学理论和著述已经有相当一部分被译介到中国来了，这一时期主要集中于高尔基关于文学的社会作用、创作方法、文学修养方面的论述；20世纪50年代至70年代末译介工作走向系统化，但在报刊上发表的文章受胡风现象的影响，其主旨不外是认定并强调他是以文学服务于政治的楷模。他的全部理论见解、全部文学活动，都被偶像化、典范化了。八九十年代的译介填补了一些重要空白。但一些重要的工作仍未完成，《高尔基与20世纪初的俄国期刊：未发表的通信》（即《文学遗产》第95卷）还基本处于我国文学界的阅读视野之外。这一段总结无疑是符合中国高尔基学发展的实际的。[①]

20世纪80年代以后高尔基文学思想研究的深入，首先表现为译介工作的系统化。1978年，人民文学出版社出版了孟昌等译的高尔基《论文学》，次年出版了冰夷等译的《论文学（续集）》。这两本译文集收集文学论文66篇，远远超过1958年版《文学论文选》28篇的数量。1978年，再版巴金、曹葆华合译的《回忆录选》的部分译文，书名改为《文学写照》。1979年，上海译文出版社再版了缪灵珠译的高尔基《俄国文学史》。20世纪80年代以后翻译的高尔基文艺理论和批评著作有臧乐安等译的《三人书简》（高尔基、罗曼·罗兰、茨威格书信集）（1980）、林焕平编的《高尔基论文学》（1980）、王庚虎译的《高尔基论新闻和科学》（1981）、孟昌选译的《高尔基政论杂文集》（1982）等。余一中编选的《高尔基集》（1998）和朱希渝译的《不合时宜的思想》（1998）中一些文章、书信和言论也有不少是涉及文艺批评和理论的。很多文献是第一次译成中文，填补了此前高尔基文学理论领域译介的空白。期刊上也刊登了一些译文，如张羽译的《还是那些话》（1993）、谭得伶选译的《高尔基给安·普拉东诺夫的四封信》（1988）、郭直京译介的《高尔基给斯大林的两封信》（1993）、汪介之译的《论俄国农民》（1987），以及

① 汪介之：《高尔基的文学理论与批评在中国的接受》，《吉林大学社会科学学报》，2005年，第7期。

《高尔基致罗曼·罗兰的五封信》（1999）等也具有同样的价值。

其次，学术界强调高尔基提出的理论命题的现实意义，注重在当代语境中阐释它的价值。主要问题有：高尔基的人道主义问题，以及与此相关的文学是“人学”的问题；高尔基关于文学遗产的批判和继承的观点；高尔基对社会主义新文学中创作方法的理解；高尔基的文学史观；艺术典型论问题、浪漫主义的两个倾向问题；以及反对小市民习气等等。

1. 高尔基的人道主义问题。

关于高尔基的人道主义性质问题。李辉凡先生对高尔基的人道主义思想进行了深入研究。他的研究集中体现了评论界80年代对高尔基人道主义思想的主导观点。他认为，高尔基的人道主义问题是一个大题目。它既包括高尔基的创作思想，也涉及其理论主张；就理论方面而言，所涉及的范围也很广：文学与“人学”问题；对人的观点；资产阶级人道主义与无产阶级人道主义的区别；人道主义与阶级斗争、与无产阶级专政的关系问题等，是个复杂的问题。李辉凡认为，高尔基无疑是无产阶级人道主义者。“他既是资产阶级人道主义最激烈的批判者，又是文学中无产阶级人道主义的首倡者。研究高尔基的人道主义思想，不仅可以进一步了解他的创作倾向，而且对于阐明一般人道主义以及人道主义与文学、人道主义与阶级斗争等问题都有重要的借鉴意义。”①

学术界倾向于认为，高尔基的人道主义思想也有一个发展、变化、成熟的过程。在人道主义问题上，他经历了一条复杂、曲折的道路。高尔基人道主义的形成和发展与其世界观的形成和发展过程是一致的。在创作初期，他虽然接触到了一些无产阶级革命思想，但总的来说，其世界观还属于革命民主主义的范畴。他这个时期的人道主义，主要是通过描写被侮辱与被损害的人民的不幸遭遇，并寄予深切的同情而表现出来的。这种人道主义虽然与旧现实主义作家如托尔斯泰、契诃夫等人的思想已有明显的区别，但在总的方面还没有突破民主革命的思想界限。1905年俄国第一次无产阶级革命完成了高尔基世界观的转变，即从民主主义思想走向了社会主义思想。这一时期的作品如《母亲》、《仇敌》等是这一转变的标志。《母亲》表现出来的人道主义思想有了鲜明

① 李辉凡：《高尔基的人道主义思想》，《苏联文学》，1981年，第2期。

的阶级界限。高尔基从无产阶级革命立场出发，对托尔斯泰、陀思妥耶夫斯基的"忍耐"和"勿抗恶"的消极人道主义说教进行了猛烈的抨击。这说明，高尔基的人道主义思想发展到了一个新阶段。

然而，在高尔基的人道主义思想发展过程中也出现过反复。李辉凡认为，在《新生活报》上发表的题为"不合时宜的思想"的一组文章，以及后来给列宁、给罗曼·罗兰的信里，高尔基虽然拥护社会主义，却反对武装夺取政权，宣扬社会主义发展的道路首先必须是"从道德上革新"着手，说明他在无产阶级革命、无产阶级专政等一系列重大问题上陷入了一般民主主义和抽象的人道主义思想的泥潭。列宁的帮助教育使高尔基终于从迷误中解脱出来。

从20世纪30年代初起，高尔基不仅在文学批评上而且在政论上越来越多地谈到人道主义问题。在《给人道主义者》、《"文化大师们"，你们跟谁站在一起？》、《无产阶级人道主义》、《论文化》等文章里，高尔基运用马克思列宁主义理论，对暴力、爱与恨、无产阶级专政以及战争等一系列问题，做了重新阐释，深刻批判了旧的资产阶级人道主义的虚伪性，确立了新的无产阶级人道主义原则。

李辉凡认为，从广义上说，人道主义的基本思想是：人要过正常人的生活，反对一切社会压迫，让人在各方面都能得到自由的全面的发展，也就是中外古今文化中早就表述过的人道思想，高尔基的早期和中期创作中都有所表现。高尔基的人道主义是发展的、变化的，在某些问题上曾经犯过错误，即使是后期的思想，也不能说没有任何偏颇之处。不同的是，高尔基不愧是无产阶级人道主义的开拓者，并且在最后达到了马克思主义的理论高度。马克思主义的人道主义原则是废除私有制，通过阶级斗争来消灭不人道的现象。高尔基正是在马克思主义原则上，通过自己的创作在理论上第一个为苏联文学确立了新的人道主义原则，提出了无产阶级人道主义的口号。

高尔基为无产阶级人道主义提出了以下几条原则：第一，无产阶级人道主义是建立在马克思列宁主义基础上、建立在阶级斗争学说基础上的，是"马克思和列宁的人道主义"；它不是一种抽象的说教，而是积极的行动，"战斗的实践"。这样，它就排除了资产阶级人道主义的虚伪性和软弱性。第二，无产阶级人道主义的目的是推翻资本主义制度，

“把全世界无产阶级从资本家的压迫中解放出来”，“改变我们这个世界社会经济生活的一切基础”。因此，它需要有对资产阶级、对资本家及其仆从等“不可磨灭的憎恨”。第三，无产阶级人道主义是“真正博爱的学说”，但它是在没有阶级压迫的基础上实现全人类的博爱，从而它就克服了资产阶级人道主义的欺骗性和空想性。第四，这种无产阶级人道主义已经在列宁领导的苏维埃国家确立起来了，因此它“不是一种幻想，不是一种理论”，而是“无产阶级的战斗的、勇敢的和英雄主义的实践”。

陈寿朋则站在无产阶级美学的角度评价了高尔基的人道主义，重点指出它的革命性。在谈到用革命态度继承批判现实主义文学遗产问题时，陈寿朋指出，高尔基在他的论文《谈谈小市民习气》中尖锐地指出了欧洲批判现实主义文学中的人道主义是“想在迫害和受难者之间调解”。高尔基还进一步指出，对无产阶级来说，资产阶级“人道主义的思想体系在各方面都是完全格格不入的”。他认为，“革命无产阶级的人道主义是勇往直前的。它不说些关于爱邻人的响亮和甜蜜的语言，它的目的是把全世界无产阶级从资本家可耻的、血腥的、疯狂的压迫中解放出来，教导人们不要把自己当作被买卖的商品，当作制造资本家的黄金和奢侈品的原料”。陈寿朋还针对当时苏联文坛有人公然抹杀资产阶级人道主义和无产阶级人道主义之间本质区别的做法提出批评，认为这种做法是对高尔基革命传统的背叛。[①]

20世纪90年代末，有学者对这一观点提出质疑，并进行了新的诠释。“把高尔基的人道主义思想放到他的全部创作和他一生的社会活动中去分析研究，我们发现在阶级阵线相对分明时，他的人道主义思想具有强大的感染力和战斗力，而在斗争尖锐复杂时，他的人道主义思想就在是以一般的、抽象的人为基点，还是以社会的、具体的人为基点这样的重大问题上左右摇摆而显得无力。正因为如此，高尔基的人道主义未能实现最后的飞跃，所以不是马克思主义的或无产阶级的人道主义。”“高尔基的人道主义思想一直处在动态地发展演变之中，超越了传统的资产阶级人道主义；在他生命的后期，他对人道主义的语言阐释接近马克思主义的人道主义的表述，但在实际行动中表现出的

① 陈寿朋：《高尔基美学思想论稿》，西安：陕西人民出版社，1982年，第195—196页。

人道主义思想又不完全等同于马克思主义的人道主义；把高尔基的人道主义界定为积极乐观的人道主义比较合适。今天，当我们已经超越了高尔基所生活的时代，却发现高尔基的人道主义具有终极价值上的意义。”①

可以说，理论界对高尔基人道主义的研究，也是对20世纪50年代以来苏联文艺界探索人道主义的思潮做出的呼应。

2. 文学是“人学”的问题。

对高尔基文学是“人学”命题的重新思考，在中国文坛80年代新时期文学对于人的重新发现的背景下开展。关于高尔基提出来的文学是“人学”这一论题，钱谷融曾经出版过《文学是人学》，在建国后的理论建设中引起了巨大轰动。“理论界重提文学是‘人学’的命题，不仅是对1957年钱谷融文章的一种悠远的呼应，而且是确认了最先做出这一精辟概括的高尔基的文学思想。尽管某些研究者有意回避了高尔基的名字，但文学是‘人学’这一命题的价值却无法否认。”②

关于文学是“人学”的说法，集中体现在高尔基是否说过文学是“人学”，如何表达，“人学”的含义是什么等几个问题上。重要研究成果有一系列论文，如吴元迈《高尔基和艺术领域里的人学》、何茂正《高尔基的“文学是人学”思想》、吴泰昌《高尔基的文学是“人学”辩》，以及刘保瑞《高尔基如是说》等等。他们对这个命题的来源、它的内涵和理论意义，做了扎实的研究。李辉凡《高尔基的人道主义思想》、《论高尔基的人道主义》，以及《我国高尔基文艺思想研究中的几个问题》等文章辨析了高尔基的文学是“人学”的美学特质，及其与高尔基人道主义思想的联系，是这一时期高尔基研究的突出成果。刘宝瑞在《新文艺论丛》上发表题为《高尔基如是说》（1980年第1期）的文章。文章从语法角度考察了高尔基原话中的“人学”概念，认为高尔基的原意是“民学”（“人种志学”）即“人学”，因此，“高尔基把文学叫人学的命题是不存在的”。

李辉凡就这种说法阐述了自己的观点。他认为，要说明高尔基把文

① 韦建国：《高尔基再认识论》，西安：陕西师范大学出版社，1999年，第134、125页。

② 汪介之，陈建华：《悠远的回响——俄罗斯作家与中国文化》，银川：宁夏人民出版社，2002年，第348页。

学称作“人学”这一命题的成立，不能只局限在一两段文字上，而要从高尔基全部的言论和整体创作思想中去考察。在高尔基看来，文学不仅要描写、要表现各种各样的人及其生活，更重要的是：文学是影响人、教育人、使人得到不断发展、不断完善的一种手段，是改造人的客观世界和主观世界强有力的武器。因此，高尔基称文学是“人学”，不仅概括了他的基本美学思想，而且也是他对文学的人道主义性质最明确、最简洁的一种表达。李辉凡明确地表示了自己的看法，认为文学是“人学”的命题不仅成立，而且有着极其深邃的含义。

在宋寅展《把高尔基研究推向一个新阶段》的述评文章中，他这样综述：经过一段时间的研究和讨论，目前对这个问题的理解以下三点看法比较一致：（1）尽管高尔基没有直接说过“文学即人学”这句话，但从高尔基的全部言论及整个创作思想中去考察，高尔基称文学是“人学”这一命题不仅成立，而且有着极其深刻的含义。当然，为了把高尔基的意思表达得更准确一点，最好不使用“文学即人学”这一用语，可以改为文学是“人学”，或高尔基把文学称为“人学”。（2）在世界文学史上，高尔基是第一个把文学表述为人学的作家。高尔基在谈论“人学”的时候，指的是艺术领域的人学。既然文学是艺术领域的人学，那么文学就应当全面、完整、真实地表现人，塑造出栩栩如生的人物形象。为此，一方面要反对撇开历史和社会进程的抽象人性，另一方面，也不能以偏概全，以阶级特性的描写囊括人的描写，因为“单靠‘阶级特征’还不能烘托出一个活生生的、完整的人物，一个经过艺术加工的性格”。（3）高尔基称文学为“人学”，不仅概括了他基本的美学思想，而且也是他对文学的人道主义性质最明确、最简洁的一种表述。作为一个无产阶级人道主义者，高尔基赋予艺术领域的人学，特别是社会主义艺术领域的人学的重大使命是：为“人性”——为改造不符合“人性的环境”和发扬善良美好的“人性”而斗争。高尔基始终强调，文学应当成为传播生活真理，鼓舞人民斗志，激励人们为摧毁旧世界、建设新世界而奋斗的精神武器。①

3. 社会主义现实主义的问题。

关于高尔基与“社会主义现实主义”的关系问题，这一时期得到深

① 宋寅展：《把高尔基研究推向一个新阶段》，《外国文学研究》，1986年，第3期。

入探讨。

20世纪80年代初，关于社会主义现实主义问题，学术界肯定了高尔基对社会主义文艺的杰出贡献及其在文学史上的重要地位，认为其基本特征是：（1）依据时代的要求，呼唤新的创作方法。（2）认为高尔基所倡导的新方法是现实主义和浪漫主义相结合而形成的东西。这一探索奠定了社会主义现实主义的理论基础。（3）认为高尔基的创作已形成了新的创作方法，《敌人》、《母亲》是社会主义现实主义的奠基之作。

不同的观点出现在20世纪90年代以后。在苏联解体、大量历史文献资料得以公开发表、俄罗斯国内对高尔基的评价出现重大变化的背景下，中国学术界在新的历史条件下总结高尔基研究的历史经验，探讨全面、公正地评价高尔基的路径。一批中青年学者把目光投向高尔基，使高尔基研究队伍增加了活力。汪介之、陈建华，以及韦建国等出版专著，重新探讨了高尔基与社会主义现实主义的关系问题。

关于高尔基的创作方法问题，汪介之指出，不少研究者都认为他走过了一条从浪漫主义到现实主义、再由现实主义到社会主义现实主义的探索道路。考察作家的创作方法，离不开作家的创作实际。对于高尔基创作方法的确定，必须与他对文学的任务和目标的独特理解结合起来。“总体来看，他始终抱有一个鲜明的文化目的：提高人的自信心和道德文化水准，推动俄罗斯民族摆脱历史和精神的重负，走向现代。可以将高尔基的全部文学活动看成他为实现这一文化目的而实施的具体努力。”“他始终怀抱着通过文学艺术唤起人自我意识的觉醒，提高人的文化心理素质的崇高目标；这一文化目的使得他在直面惨淡人生、直书全部真实的同时，总想通过美化、‘虚构’来显示人生的亮色，使人们不至于因可怕的现实而沉沦和绝望。因此他才强调：作家、艺术家既要从现实出发，敢于揭露生活中的黑暗现象，又要‘善于站在现实之上’，把肯定性的现象加以‘浪漫主义化’。”从高尔基对浪漫主义的理解和对“消极的浪漫主义”、“积极的浪漫主义”的划分，可以看出，高尔基远不是19世纪初欧洲文学中那种作为“热情奔放的个人主义者、叛逆者”的浪漫主义作家。

汪介之对社会主义现实主义概念的形成过程、发布过程进行了分析，认为最先把苏联文学的创作方法定名为“社会主义现实主义”的，不是别人，而是斯大林本人；高尔基本人没有参与过这个口号的讨论。高尔基是“社会主义现实主义奠基人”的说法并不符合高尔基的创作实际。[①]

汪介之在《俄罗斯命运的回声——高尔基的思想和艺术探索》一书中，分析了高尔基创作的浪漫主义、现实主义及其与自然主义的区别、高尔基对批判现实主义的评价，最后回顾了社会主义现实主义概念和定义的产生过程，他认为，首先，社会主义现实主义风格源于斯大林，在作家代表大会上经由日丹诺夫阐述，强调的是文学的政治倾向性和文学为政治服务。高尔基并未附和日丹诺夫，相反，却赞同布哈林提出的观点。布哈林号召作家吸收古典文化遗产，掌握艺术技巧，不要忽视俄国形式主义的成就。高尔基也强调重视文学的美学特征。其次，高尔基对社会主义现实主义持怀疑和抵触态度。1935年2月，即第一次作家代表大会刚开过半年，高尔基曾在一封信中写到：“关于社会主义现实主义，过去和现在都写过不少东西，但是还没有一致和明确的意见，这说明了这样一个可悲的事实：在作家代表大会上，批评没有显示自身的存在。”“我怀疑，社会主义现实主义——作为一种方法——在以完全必要的明确性显示自己之前，我们已经有权利来谈论它的‘胜利’，并且是‘辉煌的’胜利。”第三，《母亲》之后作家写的大量作品，没有一部符合1934年“日丹诺夫模式”。

汪介之指出，高尔基在创作方法方面的“归属”好像是相当含混的。他始终没有否定浪漫主义，却又认为只有现实主义才能“不朽”。他对现实主义文学做出了高度评价，却又强调“虚构”、夸张甚至“美化”的意义。他首先对“社会主义现实主义”提出怀疑，却也使用过这个词组，但是对它的解释又和20世纪30年代流行的观点迥然不同。汪介之先生得出结论，“如果说，俄罗斯全部文学在创作方法上‘综合’性特征有很多方面的原因，那么，就高尔基来说，起主要作用的则是他献身文学事业的文化目的。他属于那种并不十分关注自己的流派归属和‘方法’的纯洁性的作家。为了他所抱定的文化目的，他宁愿自己创作方法的‘纯洁性’受到影响。他一直认为，‘文学是极其复杂的现代科学和人

① 汪介之：《高尔基：“社会主义现实主义”的奠基人？》，《译林》，2002年，第6期。

民之间的桥梁'，文学活动是一种社会活动；他多次强调，他所从事的文学工作是一种社会工作。他进行创作活动的社会—文化目的是极为明确的，因而他从未在所谓'纯文学'领域中遨游，也是始终同'为艺术而艺术'绝缘的。他始终怀抱着通过文学进行思想文化启蒙，改造社会人生，促进俄罗斯民族的文化转化，推动俄罗斯走向现代文明的目标。为着实现这一矢志不渝的目标，他在漫长一生的思想艺术探索中，认真考察过多种创作方法。他从未在理论上对某种创作方法以及信奉某种'主义'的作家做过简单的否定。在创作实践中，他则积极地做过多方面的尝试，运用过多种创作方法，这就使得他的全部创作显示出风格的多样性。于是，在高尔基的时代，俄罗斯文学善于'综合'诸种创作方法而呈现特有面貌，便得到了继续保持。"①

韦建国的论著《高尔基再认识论》辟出专章讨论高尔基与社会主义现实主义的关系，标题措词异常尖锐——"社会主义现实主义理论的摆设"："在文化艺术领域，斯大林只需要一个完全体现他的思想的理论体系，一个完全贯彻他的意志的文学组织，一个德高望重、又言听计从的代言人。这个理论体系就是社会主义现实主义，这个文学组织便是初期的苏联作家协会，而这个代言人的最佳人选是高尔基。"韦建国认为，斯大林选中高尔基的原因有三：一是他对无产阶级文学的伟大贡献以及他和列宁深厚而诚挚的友谊，这使他在苏联人民群众中享有极高的威望，具有其他任何人都无法替代的地位。第二，在创作新时代的新文学这一点上，斯大林发现了高尔基的某些观点与自己有相似之处。在斯大林看来，高尔基的"第三种现实"和社会主义现实主义要求"艺术家从现实的革命发展中"描写的"现实"两者有共通之处，都是"未来的现实"。第三，在斯大林看来，高尔基只是一个政治上比较幼稚，书生气较浓的文人，比较容易利用和驾驭。韦建国先生对作为艺术方法的社会主义现实主义理论持激烈的否定态度。②

总的来看，青年学者对高尔基与社会主义现实主义关系的质疑，倾向于否定传统，从中可以看出他们对高尔基研究中"庸俗社会学"倾向

① 汪介之：《俄罗斯命运的回声——高尔基的思想和艺术探索》，桂林：漓江出版社，1993年。

② 韦建国：《高尔基再认识论》，西安：陕西师范大学出版社，1999年。

的极力排斥。从这一意义上说，这些研究无疑是中国高尔基学研究的进步。

4. 高尔基的文学史观念。

高尔基的文学史观念，包括他对文学遗产的批判、继承和革新等多方面的文学理论，一直是国内外学界关注的重要文艺思想之一。重要的批评文章有李辉凡《高尔基的文学史观念》和黎浩智的《高尔基对待文学遗产的科学态度》等。李辉凡在《高尔基的文学史观念》一文中，对高尔基的论著《俄国文学史》做了分析。他指出，高尔基并没有把这一讲稿当作一部完整的文学史对待，也不是按照一般文学史的体例来编写或讲授。高尔基在准备写这部讲稿时曾公开明确自己的任务是研究“俄国文学和俄国知识分子对人民的关系”。高尔基把俄国古典文学的传统分为两个源头：一个是普希金，另一个是果戈理和陀思妥耶夫斯基。前者被尊为革命的人民艺术之源，后两人则被视为颓废文学的鼻祖。高尔基常常在批判陀思妥耶夫斯基时把他同果戈理的错误联系在一起，这也表现了高尔基认识中的某些偏颇是在所难免的。而高尔基对于托尔斯泰的评价却表现出与列宁文章的一致性，都是从马克思主义观点出发，从积极和消极两个方面评价了托尔斯泰的功与过。一方面指出托尔斯泰的伟大之处：“20年来他严厉而正直的呼声在呐喊，在揭发一切；他告诉我们俄罗斯的生活，几不下于全部俄国文学……他的作品将永世留存，俨若大才顽强劳动的纪念碑。”另一方面，高尔基又警告说：“我们不应该固守托尔斯泰的结论，他草率倾向的无抵抗主义的说教……这种说教就其最后结论来说乃是积极反动的。”对于批判现实主义文学，高尔基首先看到他们的“社会意义”，就是它的批判性。高尔基认为，“批判性”乃是这些作家的“最大的功绩”。“在无情地、鲜明地展示生活罪恶和人们缺陷的同时，他们培植人们对美好事物的渴望，他们教育人们。”高尔基还肯定了批判现实主义的认识价值，“依据左拉的小说我们可以研究整个时代”。高尔基对古典艺术大师们的艺术技巧评价也很高，称他们在创作技巧上是“不可超越的”艺术家。高尔基也指出了批判现实主义文学的局限性：“19世纪欧洲文学和俄国文学的基本主题，乃是跟社会、国家、自然界对立着的个人。激起个人起来反对资本主义社会的主要原因，乃是跟阶级思想和生活传统相矛盾的、独特地组织起来的大量否定印象……”[①]

《俄国文学史》的译者缪灵珠在20世纪50年代对高尔基的文学史观点和方法所做的概括，也在我国文学研究界引起了回响。高尔基认为：“俄国文学大部分是俄国知识分子的思想体系；在这里，在俄国文学里，知识分子追求较好生活地位的历史，他们对人民的态度的历史，乃至他们的心灵、他们的内心生活的全部历史，是特别详尽、深刻而且忠实地被描画出来。”高尔基在这里不仅提供了一种看待文学史的独特视角，也甚为精当地概括了俄国文学的一个重要特点：俄罗斯文学是知识分子精神历程、心灵历程的形象描述。

5. 反对小市民习气。

反对小市民习气是高尔基文艺思想中的一个重要内容。评论界认为，高尔基40多年的文学活动中，注意力从来没有离开过这个问题，高尔基一系列反对小市民习气的文学论文提到这个问题的重要性。反对小市民习气体现着高尔基对文学任务的理解，对文学遗产批判与继承的态度，以及对新创作方法的探讨，是高尔基无产阶级美学思想体系的重要组成部分。

陆人豪指出，十月革命以后，高尔基仍然警告决不可低估市侩习气的影响，社会主义文学要负起与小市民习气斗争的任务，同时也要在自己的领域内坚决清除小市民习气的有害影响。高尔基这个观点之所以引起我们的重视，是因为它启发我们去思考我国文艺现状和现实生活中的一些问题。[②]

汪介之指出，这部作品对“萨姆金精神”——小市民习气做了讽刺性刻画，形象地说明了小市民精神心理的历史延续性和恶劣腐蚀性。同时，作品库图佐夫为另一类正直、积极的知识分子的代表，通过贯彻作品始终的对照性描写，以充满深思熟虑的笔触揭示了近代俄国社会精神文化领域斗争的全部复杂情况，展示了小市民人生观的戏剧性破产和形形色色的陈腐、没落、反动的思想、学说、观念江河日下的颓势，以

① 李辉凡：《文学·人学——高尔基的创作及文艺思想论集》，重庆：重庆出版社，1993年，第293、316页。

② 陆人豪：《反对小市民习气是社会主义文学的重要任务》，《江苏师院学报》，1981年，第4期。

及科学世界观的日益深入人心与巨大影响力，从而显示了伴随整个民族历史行程的民族精神、心理演变的主流。这部巨著，既是一部关于俄国知识分子“对人民态度的历史”的艺术性总结，又是作家探究俄国小市民心理，考察俄国国民性的一个总结，也是作家对自己关于知识分子的许多思考的全面梳理。[①]

6. 高尔基与现代主义。

在高尔基时代，苏联文学给予现代主义的关注是很微弱的。但是，高尔基却注意到了这一现象。有学者指出，1913年，高尔基在给德·尼·谢苗诺夫斯基的信中，提到“现代主义”这个术语。现代主义这个概念在高尔基的论述中，是指19世纪末20世纪初同现实主义相对抗的一种文学流派。在许多场合下，他用“颓废派”这个术语。就所论及的文学现象、作家、创作风格来看，高尔基是把现代主义和颓废派视为一体的。到了后期，他又用形式主义这个术语来论述这些流派。首先，高尔基从文学目的出发，抨击了颓废派的悲观主义、个人主义和神秘主义倾向。其次，高尔基批判了现代主义作家对人的畸形描写。高尔基认为现代主义本质上是反人道主义的。第三，高尔基并未虚无主义式的全篇否定现代主义，而是实事求是地肯定了现代主义作家的才华和作品的价值。第四，高尔基对俄国现代主义作家的影响是巨大的。第五，高尔基的创作也渗透了一些现代主义形式的因素。[②]

（三）高尔基美学体系的建构

陈寿朋在中国高尔基学发展中最突出的成就，是他对高尔基美学体系的建构。1982年12月，陈寿朋先生出版了《高尔基美学思想论稿》。这是一部专注于高尔基美学思想的论著。《高尔基美学思想论稿》涉及到高尔基美学思想的发展道路、无产阶级文学中的真善美、劳动的美学观、社会主义文学的创作方法、典型论问题和继承文学遗产的方法论等学术问题，在研究层次上较高，得到了包括戈宝权、孙绳武等老一辈专家和读书界的充分肯定，被认为是中国高尔基学的代表性和标志性著作。

① 汪介之：《社会批判·文化心态批判·自我批判——高尔基创作中审美取向的历史进程》，《外国文学评论》，1988年，第2期。

② 参见白嗣宏：《高尔基论现代主义》，《外国文学研究》，1981年，第3期。

（四）《不合时宜的思想》译本出版

长期以来，国内对高尔基《不合时宜的思想》的研究处于空白状态，直到1988年苏联重新出版这本著作以后，关于《不合时宜的思想》的译介与研究，才在20世纪90年代出现高潮。

1998年1月，江苏人民出版社出版了朱希渝翻译的《不合时宜的思想》单行本；同年9月，新华出版社出版了陈寿朋、孟苏荣合著的《步入高尔基的情感深处》。这部论著分析了十月革命期间"不合时宜"的高尔基，其中的"附录"全文译出了《不合时宜的思想》。前64篇文章是根据高尔基编辑、审定，但未能出版的文稿译出。后22篇文章也曾在《新生活报》发表过，但未被作者收入计划出版的文集中。陈寿朋希望像苏联同行所期待的那样，通过这组文章，"让中国读者了解一个完整的高尔基，一个'活生生'的高尔基，了解他的伟大、他的探索、他的迷误和不足"，把一个真实的、全面的高尔基还原给历史。

国内评论界的观点基本上与列兹尼科夫、奥甫恰连科等苏联文学评论家重新评价高尔基的论点相一致。评论界对《不合时宜的思想》所涉及的历史事实和内容，开始了较为客观而全面的研究，抹去了高尔基头上神圣的光环，把一个真实的高尔基还原给人们，标志着高尔基学的研究进入到一个新的阶段。

第三节　欧美国家的高尔基学

这一时期西方对高尔基的研究和以前一样关注高尔基的生平传记和政治活动，如法国作家亨利·特罗亚出版了《高尔基》（1989）一书，加拿大学者亚德琳·特迪亚撰写了《马克西姆·高尔基的政治传记》（1999）。与以往不同的是，大量研究高尔基的史料得以出版，如《高尔基档案》（1993）、《马克西姆·高尔基：书信选编》（1997），这些书籍的出版为人们深入研究高尔基提供了第一手资料。在对高尔基文学作品的解读方面，也比以前有了深入和细化，学者们开始研究高尔基一些以往被人们忽视的作品，如美国学者巴里·舍尔撰写出版的《马克西姆·高尔基》。此外，这一时期陆续发表了一些对高尔基的研究很有深度的论文，如1996年发表在《今日历史》杂志上的《马克西姆·高尔基和俄国革命》和2000年12月《加拿大斯拉夫论文》上刊登的辛西娅·马什关于《底层》的评论文章。

（一）《高尔基》（1986）

法国传记作家亨利·特罗亚创作的《高尔基》一书是中国读者熟知的一本高尔基的传记著作，该书1986年在法国出版，1989年洛威尔·拜尔翻译的英文版在美国出版，2000年北京出版社的中文版出版。

该书以高尔基一生中的重大事件为线索用生动的语言描绘了高尔基极具传奇色彩的一生，对高尔基的生活、思想、创作等方面进行了广泛的记述，肯定了作为无产阶级文学家的高尔基对苏联革命和苏联文学所做出的伟大贡献，但他认为晚年高尔基思想中存在着深刻的机会主义。例如，1917年十月革命前后，高尔基创办的《新生活报》对革命群众中的一些过火行为以及包括列宁在内的布尔什维克党的领袖进行了猛烈抨击。由于形势所迫，在列宁的命令下该报被取缔。对这之后高尔基思想上的转变，亨利·特罗亚是这样阐述的："由于这场反对布尔什维克专制的斗争没有取得任何结果，他开始意识到自己的斗争是徒劳的。厌倦逆水行舟的高尔基发现了机会主义在物质和精神上的好处。他想，否认日常现状将一无所获。这样，虽然他不完全赞成布尔什维克学说，但他正向布尔什维克学说的坚定拥护者靠近。这不是屈服，而是近乎讨好。"① 亨利·特罗亚还认为自从高尔基与布尔什维克和解以后，就受到这个政权的"操纵"。他成了国家棋盘上一个任人摆布的小卒。对于苏维埃当局来说，高尔基是唯一能在国内外有效地起到革命道德楷模作用的人。②

对于高尔基晚年对苏联政权和政策的拥护与支持，他是这样阐释的，"虽然他揭露旧制度的一切错误，却希望隐去新制度的缺点。昔日对祖国的热爱，他宁愿撒一个甜蜜的谎，也不愿说出苦涩的事实。对自己的变化，他没有清醒地认识到。相反，他认为自己没有放弃年轻时的观点，因为像过去一样，今天他仍然将无产阶级的幸福置于他的个人利益之上。在他看来，只要目的是好的，可以不择手段"。③ 特罗亚就高

① 亨利·特罗亚：《普罗作家高尔基》，单飞译，北京：世界知识出版社，2000年，第169页。

② 同上，第234页。

③ 同上，第210页。

尔基对新政权的虔诚态度也提出了质疑："他对政权的虔诚里，真诚和机会主义各占多大比例呢？高尔基可能想不顾一切地使自己相信他是在为理想制度服务。他拒绝面对这个制度的缺点是出于自卫本能。对他来说，停止信仰，就意味着放弃自己的过去、自我的完整性、事业和生命。与其因为过分清醒而丧失生存的理由，还不如不时地进行自我欺骗。只有对现实怀有希望，才更有可能征服命运。"[①] 从他的分析中，我们不难看出，特罗亚认为晚年的高尔基生活在自己编织的谎言和欺骗之中，高尔基成了一个自欺欺人的人，那么他的虔诚就应该是虚伪的，被苏联人民和世界无产阶级所崇拜和敬仰的高尔基就应该是一个纯粹的机会主义者，一个彻头彻尾的大骗子了。由此可以看出，在这一点上特罗亚对高尔基的评价有欠公允。

对于高尔基的文学创作，亨利·特罗亚认为高尔基的自传体三部曲和戏剧《底层》是成功且不朽的。三部曲揭露了俄罗斯民族最卑劣的性格和最令人憎恶的野蛮行为。《底层》反映了下层人民的苦难生活，这部戏剧经受了时间、翻译和表演的考验，仍然具有极强的现实性。对于高尔基最负盛名的作品《母亲》，他给予的评价是"思想偏执、形式呆板"。

虽然对高尔基晚年的政治观予以了否定和批判，特罗亚对高尔基在苏联文学史上的地位还是给予充分的肯定，认为高尔基开创了苏维埃文学的先河，是反映俄罗斯帝国末期社会现实的大作家和那些凭借社会主义现实主义进行创作的后继者之间的活纽带。他致力于文学新人的培养，苏联许多文学新人取得的成就都要归功于他。他跨越了两个时代，确保了俄罗斯文化的延续。他既是继承者，也是革新者。

（二）《马克西姆·高尔基的政治传记》（1999）

亚德琳·特迪亚撰写的《马克西姆·高尔基的政治传记》没有探讨高尔基的文学创作，把大部分内容集中探讨高尔基的信件和政论作品。这本书按年代顺序编写，记述了高尔基个人生活中一些对其政治选择产生影响的细节，这些材料的多少恰能满足叙事的需要。书中对高尔基的政治思想发展状况进行了系统阐述，认为这是他对无产阶级文学事业的伟大贡献。加拿大多伦多大学的一位学者韦恩·道勒发表评论文

① 亨利·特罗亚：《普罗作家高尔基》，单飞译，北京：世界知识出版社，2000年，第220页。

章，认为特迪亚写作目的在于正视高尔基神话，她旨在对高尔基的政治观和政治活动进行真实可靠的描述。特迪亚认为，高尔基和布尔什维克党所宣称的一样——在政治方面是一个前后矛盾、不成体系的思想家，同时，她也刻画了政治喧嚣背后一个始终坚信人性和人类教化的高尔基，而这一点正是布尔什维克害怕在高尔基身上见到的。韦恩·道勒也对该书提出了批评，认为在多数情况下，亚德琳更乐于列举材料，而不进行深入分析，她这种表达方式上的节制阻碍了她深入研究高尔基晚年所面对的痛苦的两难困境，从而不能满足读者渴望深入解读高尔基的愿望。此外，该书缺乏细致缜密的编辑整理。

（三）《欧洲作家》（1983）

《欧洲作家》对高尔基的评述较为客观、全面和公正。这套由乔治·斯塔德任总主编的《欧洲作家》，从1983年问世以来，曾多次再版，最新的一版是1992年出版的。书中对高尔基的生平、短篇小说、长篇小说、戏剧创作和传记作品进行了较为全面的评述，同时，也对20世纪后半期西方对高尔基的评价做了较全面和客观的论述，对于我们了解西方对高尔基的认识和理解是很有帮助的。

书中认为，高尔基在世时的声望是与托尔斯泰和契诃夫等同的。然而，随着读者群生活时代的变迁，高尔基文学创作中的缺点和不足日益凸显出来，批评界不大愿意以高尔基的自由主义、同情心和从俄国革命时期到他去世期间对俄国作家和俄国文化的贡献而原谅他这些缺陷。但是随着作家的个人声誉远远超过人们对其文学作品的兴趣，其作品重要性日渐模糊，高尔基这个人似乎比他的作品更为重要。和其他受人尊崇但少有人读的文学“巨匠”一样，现在人们更多地是关注高尔基作品中存在的缺点和不足，而其作品文学创作方面的成功之处却被人们忽略了。

在西方，人们提到高尔基时基本上是指剧作家高尔基，因为他创作的《底层》依然不断被人们搬上戏剧舞台。英语世界中，高尔基作为剧作家的声誉首先是由于英国皇家莎士比亚公司在20世纪70年代对高尔基戏剧作品的成功排演而得到复兴和加强的。高尔基的《小市民》、《敌人》经过重新翻译被搬上了英美各地的舞台，美国的戏剧界还推出了高尔基不太有名的戏剧，如《太阳的孩子》、《耶戈尔·布雷乔夫和别的人》。1999年高尔基的《瓦萨·日烈兹诺娃》再次被搬上了伦敦的舞台。然而，高尔基的第一部剧作也是高尔基最优秀的几部剧作之一的《小市民》，却由于英文版本老旧等因素一直未能重新唤起人们的注意。

该书对高尔基文学创作的优缺点都给予了充分的阐述。例如，书中认为，高尔基的长篇小说是他文学创作中最薄弱的一个环节，作为作家，高尔基认为他的最大责任是把人物作为观念的载体。他的作品更多地是传达他的社会和政治观，因此他的作品有过于明显的宣传性，过于把人物作为思想的载体。但是他在叙事和对话方面的天才以及他创造极其生动、可信的人物的能力部分地弥补了这些不足。[①] 高尔基的作品，由于其倾向性和改革主义者的热情而使他有时会忽略作品的艺术性，这一点经常受到人们的指责；尽管如此，他的作品中还是有许多有趣、令人愉快、值得一读的东西。他的短篇小说中充满了不安分的、对浪漫主义冒险的渴望，展示了作者对不平凡的、多姿多彩的生活的敏锐观察。他最出色的戏剧作品则展现了俄国资产阶级和知识分子在历史转折的关键时期富于戏剧性的生动画面。高尔基的长篇小说描绘了最广阔的俄国社会，在这方面同时代任何作品都无法与之相比。高尔基对其周围世界的兴趣及其非凡的观察能力在他的回忆录和传记中有着最出色的反应，这些作品反映了高尔基在不受意识形态所累时杰出的写作技巧。因此，无论作为作家的高尔基具有怎样的缺点，高尔基作为那个时代最耀眼的文学家，其大量的文学作品还是和其人一样值得人们做出公允的评价。

（四）《高尔基》（1988）

巴里·舍尔撰写的《高尔基》是一部关于高尔基文学创作的学术专著。他在该书前言中阐述了该书的写作目的，同时介绍了西方读者对高尔基作品的接受情况。在苏联，高尔基的作品被奉为经典，备受推崇，他本人也被人们称为“苏联文学之父”。他的作品在中学和大学得到广泛的阅读和研究，几乎每年都有一本关于他作品的研究著作问世。在西方，高尔基的声誉主要是在他生前，当时他的许多作品几乎在国内出版的同时在国外就有了译本。但在当代他的声望已经大大降低了，尽管在

① Stade, George (ed.): *European Writers: Selected Authors (Vol. II)*, New York: Charles Scribner's Sons, 1992 , p.691.

20世纪80年代末有些复兴的迹象，但批评界对他的关注还是零星的，多数英语读者是通过剧本《底层》了解他的，《底层》是他的作品中依然受到国外观众好评的剧作，其次是他的传记作品，还有少数几篇短篇小说和长篇小说，然而即使是在学习俄国文学的学生中，多数人对他的大部分作品还是陌生的。

因此，舍尔写作这本书的目的就是使西方读者熟悉一下被人们忽视了的高尔基著作，同时也告诉读者高尔基还有许多作品值得一读。另一方面作者也力图展示高尔基在《底层》和他的自传体三部曲中所体现的优秀的创作风格在其他不被人们看好的作品中也同样可以找到，甚至表现得更加完美。

这本书分七章分别探讨了在不同阶段高尔基的短篇小说创作、长篇小说创作、戏剧创作以及自传体作品和回忆录方面的创作情况。

舍尔把高尔基的短篇小说按照不同的风格进行了细致的分类：浪漫传奇小说、寓言小说、流浪汉小说、自然主义小说、幻灭小说。他归纳了每类小说的风格特点、叙事角度及人物特征，使读者对高尔基的短篇小说有一个全面的认识和了解。首先他分析了传奇小说中叙事主人公的特点，第一人称的叙事主人公通常不会陈述任何与自己有关的故事，他只是在故事开头做些铺垫以后，就不再发言，直到结尾才偶尔站出来对故事里的主人公发表一点看法。这一点在小说《马卡尔·楚德拉》中表现得尤为明显。高尔基另一本传奇小说的代表作是《伊泽吉尔老婆子》。与之不同的是流浪汉小说中的主人公不再依赖任何人。他追求自立，有自己的规则，既拒绝知识阶层的优柔寡断又拒绝农民阶级的逆来顺受。他不受良心的困扰，愿意接受他自认为正确的事，如《切尔卡什》、《柯诺瓦洛夫》等作品中的主人公。

自然主义小说主要是指高尔基在19世纪末创作的几部带有批判现实主义色彩的小说，如《在筏上》、《草原》。舍尔还着重分析了高尔基笔下的女性人物，如小说《马尔华》（1897）中的女主人公马尔华，他认为高尔基短篇小说中的女性形象具有共同的特征，那就是独立、坚强，和高尔基笔下挑战社会规范的流浪汉人物一样蔑视传统的道德规范。

幻灭小说的代笔作是《沦落的人们》、《二十六个和一个》，这类小说大多创作于19世纪末期，作品里的人物或是有着被玷污的理想，或是曾经有过他们无法企及的对美好生活的憧憬，但最终得到的都是绝望。寓言小说主要包括《撒谎的黄雀和爱真理的啄木鸟》、《鹰之歌》、《海燕之歌》。这类小说的显著特点就是比其他形式的文学作品更加直接地陈述自己对生活和文学的观点，如《海燕之歌》中搏击风雨的海燕就是动荡社会中一场革命暴风雨即将到来前的通报者和革命急先锋的隐喻。

对于高尔基的长篇小说，舍尔着重分析了《福马·高尔捷耶夫》、《三人》、《母亲》、《夏天》、《忏悔》、《奥古洛夫镇》。其中值得一提的是对小说《母亲》的论述。由于这部小说对现代革命的刻画和对变革社会的革命事业的全身心投入，被认为是社会主义现实主义的奠基之作。舍尔首先回顾了这部小说的创作修改及出版过程，探讨了作品中主人公的生活原型以及该部作品重大的社会意义。尽管社会主义现实主义是在20世纪30年代早期才得到广泛确认的，但是写于约25年前的小说《母亲》就已经对政党理论家们产生了很大影响。舍尔引述拉法斯·马修森（Rufus Mathewson）的观点说明了该部小说对后来苏联文学的影响。《母亲》中的两种明显的“程式”是后来苏联文学中常常出现的：一是幼稚的、没有革命头脑的人“皈依”革命；二是在面临挫折困境时标志性的政治英雄主义程式。高尔基创造了革命的原型人物：儿子代表着整个年轻的、革命的一代；母亲代表着老一辈人和下一代人联合起来。总之，小说《母亲》可以被阐释为一部革命精神的神话。小说明显是在刻画革命意识的成长，尽管小说表现的是母亲深深为自己对儿子的爱所激励，依然刻画了一个原本对政治一无所知的人被卷入革命洪流的整个过程。[①]

舍尔在这里还试图通过对《母亲》、《无用人的一生》、《夏天》、《忏悔》这几部小说中一些情节描写来追述高尔基造神论思想的发展脉络。首先是小说《母亲》，小说中的主人公巴维尔尽管后来对有组织的宗教形式持怀疑态度，早期的他则曾在墙上挂有一幅耶稣复活像。无政府主义者米哈伊洛·雷宾告诉巴维尔“有必要发明一种新的信仰……创造一个能成为人民朋友的上帝”！这里雷宾的思想就已经接近了高尔基后来在《忏悔》中宣扬的造神论思想。小说中的另一个人物

① Scherr, Barry: *Maxim Gorky*, Boston: Twayne, 1988, p.44.

安德烈·霍霍尔也曾不止一次表达了和雷宾很相似的关于上帝的思想。其实，书中没有一个人比尼洛夫娜本人对宗教问题考虑得更多。她本是一个虔诚的基督徒，但她对教会没有好感，认为教会远离了基督的教导，同时她的宗教信仰被摆在她面前的新的革命信仰撼动了，在革命洪流的冲击下，她不但没有放弃自己的信仰，反而感到自己更接近基督了。尼洛夫娜在小说中对于宗教的见解足以表明高尔基对宗教的抨击，尤其是对俄国东正教教会的抨击。高尔基试图从腐败的教会中挽救并将之归还给人民的宗教感情集中在巴维尔和尼洛夫娜所理解的基督或雷宾、霍霍尔所理解的"新上帝"身上。因此经常被许多当代批评家所忽视或轻视的《母亲》中的精神关怀，实际上是高尔基叙述工人运动不可或缺的一部分，同时也是研究高尔基本人思想发展的重要线索之一。

舍尔对于高尔基在《忏悔》中所表达的造神论思想，在当时的俄国社会引起的不同反响，以及当代批评界对造神论的关注进行了简单的评述。一方面《忏悔》反映了当时一部分布尔什维克领导者的马克思主义理论观，得到了如波格丹诺夫、卢那察尔斯基等人的肯定，同时也受到了正统的马克思主义者如普列汉诺夫和列宁的反对，另一方面，俄国象征主义者，如别雷、勃洛克等一些过去一直攻击高尔基的人突然在这部小说中发现了值得他们热情赞颂的东西。由于在《母亲》中高尔基已经在雷宾、霍霍尔和尼洛夫娜等人物身上流露出了造神论思想的萌芽，舍尔认为高尔基在《忏悔》中表达的造神论思想并不是无源之水、无本之木，而是有着思想和创作上的渊源，不同的是在这部小说中表现得最为鲜明和突出。

高尔基的另一部作品《夏天》(1909)中的主人公库金是一个上年纪的农民，也是一个坚定的宗教信仰者。作为俄国东正教的忠实追随者，他对革命事业产生了深刻的同情，但是他以自己的方式来阐释，这种方式和造神论很相似。小说的叙事者叶戈尔是《忏悔》中叙事者马特维的一个宗教意味不是很浓的翻版。叶戈尔追随革命更多地是出于本能，而不是信仰。他和马特维一样是一个流浪者，一个追寻"真理"的朝圣者。将他作为《夏天》的主人公进行描写，表明高尔基的造神论思想并没有在完成《忏悔》后一夜间消失，这里高尔基依然在寻求把革命与宗教结合起来，尽管他在一年前完成的小说《忏悔》中已经对此有了充分的表达。

舍尔在对高尔基的戏剧进行分析的过程中，重点分析了《底层》中两个历来最有争议也是最受人瞩目的人物：一个是萨金，一个是鲁卡。鲁卡主要在剧本的前三幕出现，而萨金则是第四幕的中心角色。从一开始，鲁卡就不断地鼓励他人，他告诉安娜不要畏惧死亡，死亡会给他带来最后的安宁。他告诉"演员"有一个人们喜欢他而且可以医治他酗酒毛病的地方。他建议贝贝尔（剧中的小偷）逃往西伯利亚。多年后高尔基承认鲁卡给予人们的都是些"慰藉的谎言"。鲁卡是那种有知识善于表达但是只关注自身利益的人，高尔基认为自己未能清楚明白地表现鲁卡的思想。通常人们认为，萨金讲述的是不带任何虚幻色彩的事实，从而是与鲁卡站在相反立场上的人物形象；然而舍尔认为萨金在某种意义上不代表鲁卡的对立面，而是有着一致的立场，这个立场就是他们两个人都想帮助别人，只不过是通过不同的语言形式罢了。高尔基追求的是表达的强度而不是前后一致和连贯性，在努力把他所有的想法都囊括进来的同时他却失去了关注的焦点。这就解释了该剧有些模糊的寓意和无意中对鲁卡的肯定描写。然而尽管存在这样那样的问题，作品中背景的无情与残酷，人物设置的独特性，以及希望与绝望之间的互动都使该剧成为这位当时还羽翼未丰的剧作家的优秀之作。

《避暑客》、《太阳的孩子》、《野蛮人》是高尔基创作的一组关于知识分子阶层的戏剧创作。舍尔认为这三部剧作在艺术特色上都不及《底层》，但在个体人物塑造和背景设置方面还是取得了很好的舞台效果。这些作品的人物和情境设置依然可以在契诃夫的作品中找到原型，就是说高尔基依然没有摆脱契诃夫的影响。在简要叙述了三部作品的大致情节之后，舍尔认为高尔基在这三部作品中对知识分子形象的描绘越来越悲观暗淡。《避暑客》中几位主人公打破现状，试图成就一番业绩。《太阳的孩子》中没有太多的邪恶，但也没有太多的美好和善良，受过良好教育的主人公除了无能之外并不很坏，但是在《野蛮人》中，所有主要人物不是残暴、堕落就是软弱无力。

舍尔还提到了高尔基过渡时期的戏剧作品，过渡时期主要指高尔基在戏剧创作中逐渐摆脱契诃夫的影响，从刻画俄国郊外别墅和乡绅的世界转向了新兴的资本家工厂主和商人阶层，这也是这一时期他小说的主要内容。主要作品包括《敌人》、《最后一代》和《怪人》。

《敌人》和《母亲》一样是高尔基在美国逗留期间创作的，如果说《母亲》是第一部社会主义现实主义小说，那么《敌人》就是第一部社会主义现实主义戏剧。这部作品很快就受到了普列汉诺夫等人的注意，普列汉诺夫赞扬了该作品的意识形态特性和文学成就，注意到高尔基对来自普通工人阶层主人公形象的塑造。《最后一代》故事的主题和《敌人》一样，都涉及到政治问题，但是故事冲突没有发生在工厂里，而是在一个官员的家里，因此该剧更多地带有室内剧的特点，而不是政治剧。高尔基的这部剧作具有双重价值。首先，他创作了一出没有政治人物的政治剧，受到指控的革命者没有出现在舞台上。因此他所代表的事业基本上成了通过人们对之做出的反应来界定个体的试金石。其次，高尔基简化了情节，但使冲突更加尖锐了。如果说《敌人》标志着高尔基第一个戏剧创作阶段的结束，那么《最后一代》则标志着第二个阶段的来临。《怪人》也是一部过渡性的作品，甚至在某些方面这部作品又回到了高尔基的早期创作风格。不同的是，这部作品把社会问题放到了幕后，置于台前的是心理问题和哲学问题。

舍尔认为高尔基的自传体写作既保持了他的创作优势，又克服了其缺陷。高尔基生动再现了他所熟知的生活和他青年时代难以忘怀的往事。同时在处理自己对生活的观察时比之其他作品，高尔基更注意让事实说话，回避过多的说教。

舍尔仔细分析了《童年》、《在人间》、《我的大学》中的重点章节，通过与高尔基先前写作但未发表的自传作品的对比，指出了高尔基在创作童年生活方面对真实生活的艺术加工和对人物形象的深化，尤其是他对外祖母形象的美化。《童年》中的外祖母勤劳勇敢、任劳任怨、慈祥和蔼、能歌善舞，尤其擅长讲童话故事，简直就像童话中的人物一般，而没有提到真实生活中的外祖母经常酗酒，有时甚至喝得不省人事。然而《童年》中童话故事般的气氛，在后两部作品里却让位于清醒而残酷的现实主义风格。《我的大学》的题目就很有讽刺意味。他的“大学”不过是喀山的大街小巷和他在这里加入的政治团体。尽管这部作品中涉及到的时间跨度和《在人间》中的时间跨度差不多，但是长度却明显不如后者，连一半都达不到。

《罗斯游记》的主要内容取材于高尔基在19世纪80年代末和19世纪90年代初在俄国南部和高加索地区的游历生活。这些作品也带有很强的自传性质，但是在创作手法上又和短篇小说很相似。作品关注的焦点不在阿历克谢·彼什科夫以及他的成长历程，而在于他所遇到的俄国人和他们的生活。《日记摘要·回忆录》涉及到高尔基从19世纪90年代中期一直到十月革命开始的生活，包括笔记、随笔、回忆录以及新闻报道等各种形式的文章，涉及内容非常广泛，有很多地方是在描写俄国生活中残酷的一面，尽管高尔基在该书的结论部分说最好不要回想那些使人蒙羞的“事实”。

高尔基的文学回忆录按内容可以分为三类：政治家，主要指列宁的回忆录；商人，如布格罗夫；作家，如契诃夫、托尔斯泰、科罗连柯、安德烈耶夫、勃洛克、叶赛宁等人。高尔基的这些文学回忆录以一些看似是细节材料的堆积为读者了解他所记录的个体提供新鲜、有时让人吃惊的，但总是很恰当的观察角度。例如在托尔斯泰的回忆录中，高尔基在一些似乎是随意提到的瞬间揭示出托尔斯泰深刻而内在的东西，这些简短、片断的回忆比许多大部头研究更好地勾勒出一个让人难忘和怀念的人物形象。高尔基通过这篇回忆录表明，天才和圣人不同，一个人与伟大靠得越近，对伟大的充分理解就变得越发虚幻。

十月革命后的高尔基继续探索着文学创作的新题材、新形式。1925年出版了《高尔基1922—1924年短篇小说集》，其中收录了《一本小书的故事》、《隐士》，以及《蔚蓝的生活》等短篇小说，在这些短篇小说中高尔基尝试运用新的题材、新的角度和叙事技巧进行创作，从而与高尔基早期短篇小说创作形成鲜明的对比。例如，小说《隐士》在叙事方面有两个显著特征，其一是小说结尾的开放性，叙事者不再发表任何观点，而是留给读者去思考；其二是作者与小说的叙事者分开，增强了作品的客观性，由此可以看出创作成熟的高尔基依然没有停止探索新的主题和题材。在这些作品中，他更喜欢让他的主人公及他们的行为来说话，这应该是作者对自身能力的一种自信的表示。还有重要的一点就是高尔基尝试探索人物的内心世界。在这些小说中，社会因素和政治背景依然很重要，但高尔基对人物的挖掘更加深刻，并提出了一些很难回答的问题。因此，他的这些小说比他的早期作品更加复杂和难以捉摸。

高尔基在20世纪30年代的戏剧创作主要包括：《索莫夫和别的人》、《耶戈尔·布雷乔夫和别的人》、《陀斯契加耶夫和别的人》，并改写了《瓦萨·日烈兹诺娃》。这个时期高尔基共创作了两部长篇小说，《阿尔塔莫诺夫家的事业》和没有最终完成的《克里姆·萨姆金的一生》。舍尔指出《克里姆·萨姆金的一生》在苏联学者看来是一部史诗性的文学巨著，可是西方学者们却一直对该书保持冷静的态度，认为其艺术性还不及《阿尔塔莫诺夫家的事业》。但舍尔认为这部作品在人物塑造、背景设置等许多方面都具有创新精神，不愧为作者在探索文学世界方面的伟大成就。

最后，舍尔引用高尔基本人的论述，阐述了高尔基文学创作的宗旨。高尔基认为文学的任务是教育人们，给人们指明通向与现在不同的更美好生活的道路，而他本人则毕生致力于推动文学事业的发展。对于他文学作品的艺术性问题，存在许多争议，在当今苏联国内，他的作品基本上被奉为经典。在《简明文学百科全书》中他被称为“社会主义现实主义文学的奠基人和苏联文学之父”。而在《文学百科全书》里，柏斯帕洛夫关于高尔基的文章（1929）则以较公允的态度总结了高尔基的创作，“高尔基的作品是由情景、事件、自然描写、日常生活、人物的外在面貌等等一系列因素的机械组合建构起来的”。“这些因素的引进不是因为主要情节或人物形象塑造的需要，而是因为其各自独立的重要性。”① 这篇文章的语调几乎是否定性的，但是却要比其他关于作家及其成就的观点更具现实性。

总之，舍尔在书中较为全面地分析了高尔基各阶段的文学创作，对高尔基的短篇小说、戏剧、长篇小说和传记作品，给予了尽可能详细的梳理和分析，特别是对一些当代读者不熟悉、一些几乎已经被人们所遗忘的作品的重视，使读者对高尔基的文学创作有了较全面的了解和认识，并在书中多处引用高尔基本人对这些作品的观点以及其他评论家很有见地的分析，从而大大提高了该书的学术科研价值。但是本书也存在一些不足，首先是对高尔基作品的分析在深度方面挖掘得不够，其次就是缺乏一家之言，就是说作者在大量引用他人研究结论的同时，缺乏自己的东西，特别是自己独到的见解。

① Scherr, Barry P.: *Maxim Gorky*, Boston: Twayne, 1988, p.111.

（五）辛西娅·马什关于《底层》的评论文章

除了对高尔基的研究论著外，在20世纪八九十年代还出现了一些关于高尔基的学术论文。其中，重要的有2000年12月辛西娅·马什在《加拿大斯拉夫论文》上发表关于《底层》的评论文章。辛西娅·马什是英国诺丁汉大学俄国文学高级讲师，研究方向是俄国戏剧。在俄国文学和戏剧研究方面她已经出版了三本著作和多篇文章，目前正在写作一本关于高尔基戏剧的专著。

这篇文章对《底层》中主题与形式的对比衬托进行了深入的分析，认为剧本中运用口头讲述故事的形式强化并延伸了谎言与真理的辩论，剧作中真理和谎言不是在形式上相互冲突或碰撞，而是合作并存从而形成一个统一的整体，各种观点的优劣之间没有冲突，有的只是不同观点之间的相互对照和补充。高尔基更多地是一个人道主义者，而不是通常人们所认为的政治宣传家。由此，剧本《底层》所表达的就不是片面的政治纲领而是一个接受了多种观点的综合体。

以前评论界对《底层》的批评多是集中探讨“残酷的事实”与“安慰的谎言”之间的对立，并将这个问题作为该剧的核心，认为这是一个与意识形态相关的问题，而与哲学问题关系不大。对于这种论调，辛西娅·马什在文章中予以了反驳，她认为，这种观点忽视了创作剧本其目的是为了演出。如果主题在意义建构过程中与戏剧形式结合在一起，那么就可能出现与迄今为止在批评中占支配地位的观点不同的阐释。主题与形式相互促进的兴趣领域主要在于剧本中讲述故事的片断。这些片断使戏剧形式有意识地与戏剧中真理和谎言的主题相结合成为可能，同时也产生了阐释戏剧复杂结局的纽带。《底层》中故事的讲述不仅例证、强化而且大大拓展了真理与谎言之间的辩论。

对于鲁卡和萨金之间的对立，辛西娅·马什也提出了自己的看法。人们通常认为，萨金是一个理性的现实主义者和悲观主义者，接受生活中的一切；鲁卡是一个安慰者和乐观主义者，通过给人们送去生活将会改善的希望而给人们以抚慰。无望者（支持萨金）鄙夷给人们带来暂时的、谎言的努力，希望者（倾向于鲁卡）拥抱一切能够缓解目前苦痛的事物和观点。事实上，马什认为二者之间的区别并非如此泾渭分明，其中的复杂与纠葛也已经在评论界引起了争论。随着剧情的发展，高尔基的观点是有所改变的。萨金，这个现实主义者和悲观主义者，欣然接受了统一全人类的理想主义观点，而鲁卡，这个乐观、处处给人以安慰的人，在使信念服从于自身目的的同时透露出隐约的悲观主义：如果你相信，那么事物（包括上帝和故事）就是真实的，反之，就不是真实的。其实，这两个主要人物都拒绝人们对之随便归类。对于生活的意义，剧本为观众提供了哲学的思考，对于平等和一致问题提出了意识形态的解决途径。然而，这一思考或这个解决途径都不能包含该剧内在的复杂性。剧中“演员”的自杀呼应着剧中早些时候讲述的一个故事，并把现实/虚构与真理/谎言之间复杂的衬托关系凸显出来，防止该剧停留在唯一的意识形态的思考上。

马什认为，高尔基的《底层》强调的是观点的多重性而不是观念的冲突性，冲突是一种基本的政治力量，是高尔基作为一个马克思主义者全身心接受的，但同样，高尔基在这部戏剧中，理解了人类深层次的苦难，对这一点，任何意识形态或哲学对该问题的解决都只是暂时的、转瞬即逝的。因此，这里存在另一个高尔基，他能够把自己世界观的复杂性与戏剧表演中引发的多重性相融合。

另一方面，高尔基的戏剧创作处于欧洲戏剧自然主义潮流发展的末期，《底层》中对社会底层人们生活处境的逼真描写就是受这种文艺思潮影响的结果。《底层》中存在着两种模式：一是环境的真实，一是戏剧的自指，这二者对《底层》的结构是很重要的，他们在真理和谎言辩论的形式中获得的多重性存在既具有示范性又得到强化。真理存在于隐含的舞台背景丧失社会性的真实性之中，存在于房客的苦难之中；对谎言的意识则来自对戏剧假象存在的内指暗示。因此，《底层》的一个基本特色是虚幻与现实的相互关照，安慰性的谎言作为生活复杂过程的一部分是真理的基本的“他者”。换句话说，这一争论的任何一方都无法令人满意：问题不是在萨金和鲁卡之间进行选择，而是要同时接纳两者。

总之，辛西娅·马什在文章中通过对该剧形式与内容统一性的研究，反驳了通常人们对该剧进行的政治性的诠释，强调了其观点的多重性，这些彼此相异的观点是对真理的争相展示而非解决途径，这才是《底层》的核心所在。

第七章 20世纪末期的高尔基学①

在走向21世纪的最后20年，高尔基学如同国际学术界面临的人文科学的方法论危机一样，也产生方法论的多样性探索。在这个背景下，高尔基作为思想家、艺术家和人的研究呈现出多样性价值取向；对他的创作研究的基本格局也得到改变。拒绝苏联文艺学界固有的教条和僵化，成为共同的趋势。国际高尔基学研究领域里，客观、公正地研究作家高尔基的文学遗产，得到了充分重视，但对他名字的一种评语是“苏维埃现实的否定者”。要求重新通读和思考他的创作价值和意义，按照新的思路解释高尔基复杂而矛盾的形象，这是走向21世纪的最近20年国际高尔基学的显著特征。

《高尔基全集》第二版里的《书信集》的出版，使这个意愿成为可能。1995年到2003年，高尔基的书信出版了十卷，每一卷照例有三分之一的内容属于首次出版。其中，高尔基致政治家的信件（例如致托洛茨基、山策尔、亚力克申茨基、波格丹诺夫、巴扎洛夫、科隆泰）、致作家艺术家和文化活动家的书信（谢苗列夫、沃隆斯基、奇里科夫、戈罗杰茨基、皮亚特里茨基、莱坚洛夫、夏里亚宾、涅米洛维奇-丹钦科、斯坦尼斯拉夫斯基、索比诺夫、特尔则宾），以及致亲戚（叶·彼什科娃、斯·彼什科夫、沃尔金斯卡娅、卡缅斯基）等的信件等，它们使读者理解高尔基作为艺术家、思想家和普通人的一系列特点。这些特点在苏维埃时期高尔基学里未被人意识到，或者干脆被漠视。有的信件揭示了高尔基创作与马克思主义的深层关系，对社会主义作为新的群众性宗

① 本部分根据斯比里多诺娃《高尔基：新的观点》（莫斯科，2004）一书的第12章改写。

教的理解，他在意大利卡普里党校的组织和活动中的作用，他与现代文学艺术派别的关系以及其他问题。

对作家的看法在许多方面得到改变，尤其是20世纪80年代末期关于高尔基的许多文献资料——一系列新的材料和证据、早期未能出版或者鲜为人知的材料——潮水般涌入。最重要的资料是95卷《文学遗产》（1988）中的《高尔基与世纪初的俄国出版界》，披露了作家在《现代人》杂志（与阿姆菲捷阿特洛维、利亚茨基的通信）、《当代世界》、《遗训》、《视野》（与沃静斯基的通信），在布尔什维克出版界，与切尔诺夫、吉洪诺夫、洛巴金斯基的通信，《附件》里有皮亚特里茨基关于在卡普里与高尔基相遇的日记片段。

在《马克西姆·高尔基，文学遗产：高尔基与犹太问题》（耶路撒冷，1986）里披露了不少重要的材料，作者有阿古尔斯基、什克罗夫斯卡雅。其中，包括有高尔基的论文、书简、应答、讲话，还有回忆录，关于保存在东欧犹太人研究和资料中的文献。同时，还出版了同样重要的弗雷西曼《俄苏文化史资料集》，摘自古维罗夫斯基学院的档案（参见《斯坦福斯拉夫学研究》）[①] 。英俄文出版的《两岸》、《俄罗斯20世纪文学在国内和国外》（莫斯科，2002），首次刊载了高尔基与流亡的俄国作家艺术家的通信。

高尔基书信，有一部分长期封存在档案馆里，这个时期开始陆续在《共青团消息报》（1989年第1、3、5、7期和1990年第5、7、9期）、《新世界》（1986年第1期、1989年第10期、1990年第1期、1997年第9期、1998年第9期）、《新文学评论》（1999年第40期）、周六出版的报纸《俄罗斯消息报》（1993年3月15日）、《文学报》（1986年4月30日，1993年3月10日、1997年2月19日）、《文学问题》（1986年第6期第156—173页）、*Revue des etudes slaves* （1992，LXIV, NO1.C.143—156）和其他刊物上发表。

丛书《高尔基：资料与研究》由高尔基世界文学研究所1989年出版，绝大多数不为人知的材料由学识渊博的学者做了注解。以《高尔基和他的时代》（1989）为名出版的丛书第一、二卷，使读者熟悉了高尔基著名论文《作家意识与当代俄国文学》，重新找到的一系列政论小品

① *Stanford Slavic Studies*, 1992, No. 9, p.9—144.

文，与沃尔诺夫的通讯，大量很高质量的论文——它们成为研究高尔基学里很少人专门研究的问题。

第三卷《不为人知的高尔基》（莫斯科，1994）首次发表了高尔基与政治家和社会活动家（与列宁、雅戈达）、与作家罗曼·罗兰、楚科夫斯基等的通信。

第四卷《高尔基和他的时代：高尔基研究的新观点》（莫斯科，1995）包括了以"时代更迭之际的高尔基遗产"为主题的学术会议的材料，这次会议于1993年3月30日至4月1日在高尔基世界文学研究所召开。参加这次会议的有来自俄罗斯和外国的不少学者。

1998年出版了第五卷《高尔基：未发表的信件》（莫斯科，1998；第二版，2000），把高尔基致列宁、斯大林、波格丹诺夫、季诺维耶夫、加米涅夫、科罗连柯放在前面；第一次披露了未出版的书《今日俄罗斯》的内幕，收集了保存下来的高尔基论斯大林的唯一一页。

第六卷《高尔基之死（文献、材料、档案）》（莫斯科，2001）围绕作家一生最后时间的争论，这种争论因俄罗斯和国外的研究者的关注而在20世纪末再次热烈起来。本书还收集了高尔基的病例和死亡证明、他的亲属的证词、护士的病例卡，还有警察局若干警察的回忆。

第七卷《高尔基和他的通信人》在2002年完成，收集了高尔基致叶·彼什科娃几封不常见的信件，与彼什科夫、克拉西诺夫（Л.Красинов）、罗萨科夫-依文诺夫（О.Лошаков-Ивинов），以及苏尔古切夫（И.Сургучев）、苏夫青斯基（П.Сувчинский）等人的通信，还有巴扎洛夫给高尔基的信件与其他一些材料。高尔基致波格丹诺夫的很多信件的一部分，1988年曾在法国编辑发表过。

近年来，高尔基世界文学研究所重新出版了多卷集《高尔基档案》。1996年出版了由米哈伊洛夫（А.Д.Михайлов）、列舍夫斯卡娅（Н.Ф.Ржевская）、斯比里多诺娃（Л.А.Спиридонова）编辑的第15卷——《高尔基与罗曼·罗兰：书信集（1916—1936）》。1991年，阿尔宾·米切尔（Albin Michel）《罗曼·罗兰笔记：罗曼·罗兰与高尔基往来信件》[1] 出版了。这是两位文化大师用两种文字出版的书信大全。与法

① Michel, Albin: *Cahier Romain Rolland.Correspondance Romain Rolland—Maxime Gorki*. Pref. notes de Jean Perus , cahier 28.

文文本相比较，俄文版略微多一些，并初次发表一些书信的初稿。

2002年出版了第16卷《高尔基档案》——《高尔基与布德别尔格通信集（1920—1936）》，不仅披露了作家与他的“秘书兼朋友”之间复杂的个人关系，而且还透露了作家在20—30年代许多活动因素。两卷本《高尔基和他的同时代人》（莫斯科，1997；莫斯科，2002）发表了高尔基在莫斯科博物馆珍藏的许多相片文献。

近年来，报刊杂志发表了不少高尔基未曾正式收入文集的文献：《知识分子与革命》（《真理报》，1991年2月25日）、《论俄国农民》（《星火》，1991，第49期，第9—12页）、高尔基与奥甫恰连科的通信，涉及到高尔基在第一次全苏作家代表大会筹备中发挥的真正作用以及关于社会主义现实主义理论的提出问题（《文学问题》，1989年第2期，第143—146页）、扎波静斯基（В.Е.Жаботинский）与高尔基的通信（《俄罗斯国外文化的犹太人》，第2卷，耶路撒冷，1993）、高尔基1917—1918年给叶·彼什科娃的未发表的信件（《祖国》，2001，第9期，第59—64页）；克格勃发表了一些封存的秘密档案，这些材料收入在先塔陵斯基（В.Шенталинский）《自由的奴隶：克格勃文学档案》（莫斯科，1995）一书里。

有几种文献和论文很有特色：托洛茨基《马克西姆·高尔基》（《文学评论》，1991，第8期，第70—71页）、《罗曼·罗兰的莫斯科日记》（《文学问题》，1989，第3期，第190—246页；第4期，第219—254页；第5期，第151—192页）、别尔别罗娃（Н.Берберова）*The Idalics are Mine.*（London，1991）、格隆斯基《过去岁月》（莫斯科，1991）、楚科夫斯基《日记（1901—1929）》（莫斯科，1991）和《日记（1930—1969）》（莫斯科，1994）、普里什文《日记（1930—1932）》（《观点》，1991，第3期，第410—456页）、《普里什文谈高尔基》（《各民族友谊》，1993，第6期，第229—237页）、费定《彼得堡1910—1921年日记三篇》（《俄罗斯文学》，1992，第4期，第139—164页）、扎伊采夫《我的同时代人》（伦敦，1988）、安次非洛夫《往事如烟：回忆录》（莫斯科，1992）、奇里科夫《生活之路和创作之路。回忆录摘要》（《我们同时代人》，1991，9期，第66—90页）、瓦连季诺夫《与高尔基见面》（见《列宁遗产继承人》莫斯科，1991）、丹萨斯《马克西姆·高尔基》（《祖国》，1989，第12期，第20—22页）、阿达莫维奇《马克西姆·高尔基》（《文学评论》，1992，第5—6期，第38—40页，转自《同时代人笔记》1936，第61期第359—377页）、泽林斯基《与高尔基的一次见面》（日记摘抄）（《文学问题》，1991年5月号，第144—170页）和《高尔基家的晚会》（1932年10月26日）（《过去年代》，1990，第10期，第88—117页）、斯洛尼姆斯基《日记摘抄》（《涅瓦》，1987，第12期，第168—171页）、利哈乔夫《回忆录》（圣彼得堡，1995）、布罗星娜《在监督下：高尔基生活若干页》（《尼日尼诺夫哥罗德真理报》，1991，6月27日）、《作家谈白海》（《星火》，1993，第20期）、格隆斯基《与高尔基一次谈话》（《过去年代》，1990，第10期，第64—87页）。

关于高尔基的生活和创作的研究，可以有条件地分为两组：总体研究和具体的研究。第一组研究成果有：维尔（I. Weil）的《阿·马·高尔基》（现代俄国百科全书和苏维埃文学）[①]、《马克西姆·高尔基》，金德勒新文学词典，慕尼黑，1989，第671—696页。瓦因别尔格（И.Вайнберг）《马克西姆·高尔基》（《俄罗斯作家，1800—1917年》，传记辞典第一卷，莫斯科，1993，第645—657页），瓦因别尔格《马克西姆·高尔基》（《俄罗斯政治活动家，1917年》，《传记辞典》，莫斯科，1993，第82—85页），列维亚青娜（И.А.Ревякина）《马克西姆·高尔基》（《俄国作家在国外（1918—1940）》，莫斯科，1993，第164—172页），格鲁伯科夫（М.Голубков）《马克西姆·高尔基》（《俄罗斯作家：传记辞典》，第一卷，第212—216页）。这些章节在俄罗斯文学史的著作里也有体现。巴锡英斯基（П.В.Басинский）《马克西姆·高尔基》（《俄国文学在国外（1890—1920）》，莫斯科，2000，第505—539页）。

一些研究作家的整体创作的著作，包括鲜为人知和按照新观点诠释的高尔基学的问题开始出现。谢尔（B.Scherr）的传记《马克西姆·高尔基》（波士顿，1988）[②] 就属于这一类型。在这本书里，高尔基被看作作家和革命者，他的创作道路被分析成从早年的短篇小说到压卷之作《克里姆·萨姆金的一生》。值得注意的是，英语国家对高尔基晚年的

① Neil, Irwin: "Aleksei Maksimovich Gorkij", *The Modern Enciclopedia of Russian and Soviet Literature*, Florida: 1989, p.1—13.

② B.Scherr: *Maxim Gorky*, Boston, 1988.

兴趣在降低，研究者在重新反思他的作品，并做出结论："读者过于经常地带着期望朴素的叙述和准确构思的短篇小说来关注高尔基，这时，仿佛他预先选定了曲折的道路和多面的立场。在任何条件下，他的书写风格和宽阔视野都允许人们说，他较之欧洲人认为的他，是更其复杂和更其完备的作家。"（p.112）

吉尔·耶茨的著作[①] 显示出资料丰富和概念新颖的特点，它专注于近十年来最新的研究成果（这本书也用英语和法语出版，俄语出版的书名叫《马克西姆·高尔基：作家的命运》，莫斯科，1997）。巴拉的著作在美国、澳大利亚和新西兰科学出版社出版：《马克西姆·高尔基的早期小说：六篇文本的解读》、《文化超级英雄的死亡》、《马克西姆·高尔基自传三部曲：神话的吸引力和事实的力量》[②] ，他在这三部著作中提出了对高尔基早期创作很好的理解以及新鲜的观点。他结合社会、历史—文学和作家传记等方面来分析作家的作品。像谢尔一样，巴拉也抱怨说，高尔基作为最杰出的俄国作家之一，在英语国家很少为人研究。

斯蒂夫的著作研究了高尔基的早期创作[③] 。在艾伦·马兴–德里克的《拯救俄国二十世纪文学的神话》[④] 一书里，第六部分论及高尔基（《马克西姆·高尔基：忏悔》），在世界文学和俄国白银时代文学的广阔背景下审视他的创作。玛丽·路易斯·罗伊的著作《高尔基与尼采：寻找俄国超人》[⑤] 和《尼采在俄国》[⑥] 像这部书一样，特别注意高尔基早

---

① Kjetsaa, Gein: *Maksim Gorkij-- en dikerskjebne*, Oslo, 1994.

② Barratt, Andrew: *The Early Fiction of Maksim Gork: Six Essays in Interpretation*, Nottingam, 1993. 和 *Gorky: Six Essays in Interpretation: The Death of a Cultural Superhero?*, *Soviet Studies*, 1991, Vol. 43. No6. pp.1123—1142.以及 *Maxsim Gorky's Autobiographical Trilogy: The Lure of Myth and the Power of Fact*, AUMLA, No80, November 1993, pp.57—79.

③ Stief. C: "Young Gor'kij and The Exalting Delsion", *Text and Context: Essays to Honor Nils Ake Nilson*. Stockholm, 1987, pp. 67—70.

④ Masing–Delic, Irene: *Salvation Myth of Russian Twentieth–Century Literature*, Stanford, 1992. clowes, Edithw: *Maksim Gorky: A Referene Guide*, Boston, 1987.

⑤ Loe, Mari Louise: "Gorky and Nietzche: The Quest for a Russian Superman", *Nietzsche in Russia*, Ed. Bernice Glatzer Rosenthal, Princeton, 1980.

⑥ Rosenthal, Bernice Glatzer (ed.) : *Nietzsche in Russia*, Princeton, 1980.

期对哲学和美学的探索。瓦斯特尔的研究成果《高尔基：反抗童年》① 用神话学的观点研究中篇小说《童年》。

耶尔丁的《马克西姆·高尔基：一个政治传记》② 以保存在美国、芬兰和俄罗斯大量档案为基础，客观分析了高尔基的政治观点。在她的著作《马克西姆·高尔基的政治生涯》、《俄国和东欧的历史》③ 注意研究了作家政治观点的形成问题。

卢克主编出版了文集《五十年：高尔基和他的时代》④；阿古尔斯基用英语发表论文《高尔基与衰退的布尔什维克》⑤；莫斯科翻译出版了伊尔温·维尔的著作《马克西姆·高尔基》⑥。巴拉和谢尔主编和翻译出版了高尔基的部分书信——《高尔基书信选》，使得英语读者目睹作家最重要的书信体遗产⑦。谢尔的论文触及到高尔基学上很少被关注的部分《马特维·克日米亚金的一生》、《母亲》和高尔基的美学观、《二十世纪俄国文学》⑧ 等。需要注意的还有英文出版的高尔基研究文献——特里的《马克西姆·高尔基：书目的第二次修订和扩展》，同时还应该指出克罗威尔斯的《马克西姆·高尔基：参考指南》。⑨

法语界高尔基研究饶有趣味的研究著作有：《关于高尔基文学及假想的研究》（《俄国苏维埃史录》，1988，29期，第79—94页），《高尔

① Wachtel, Andrew Baruch: "M. Gorky: Anti–Childhood", *The Battle for Childhood: Creation of A Russian Myth*, Stanford, 1990, pp. 131—132.

② Yeldin, Tovah: *Maksim Gorkij: A Political Biography*, London, 1999.

③ Yeldin, Tovah: "The Political Career of Maxim Gorky (1884—1921)", *Russian and East European History*, Ed. R Elwood, Berkeley, 1984, pp. 184—219.

④ Luker, Nicolas: *Fifty Years On: Gorky and His Time*, Nottingham, 1987.

⑤ Agursky, Mikhail: "Maksim Gorky and the Decline of Bolshevik Theomachy", *Christianity and Russian Culture in Society*, London, 1990, pp.69—101.

⑥ Weil, Irwin: *Maksim Gor'kij*. Vzgljad iz Ameriki, 1993.

⑦ Barratt, Andrew and B. Scherr: *Maksim Gor'kij: Selected Letters*, Oxford, 1997.

⑧ *Russian Literature*, 1988, xxiv. pp.539—554; 1991, xxix, pp.455—470, *Twentieth-Century Russian Literature*. (Ed.) K.L.Ryan and B.P.Sherr, Hampshire, 1995.

⑨ Clowes, Edith: *Maxim Gorky in English: A Bibliography* (second revised and enlarged edition), Notting Ham:Astrc, 1992.

基之死研究》(《过去》, 1988, 第5期, 第329—350页)、《关于〈克里姆·萨姆金的一生〉里的玛利亚·扎多瓦雅的鞭挞派研究》(见《马克西姆·高尔基与20世纪》, 尼日尼诺夫哥罗德, 1998, 第54—59页)、《高尔基之死在阿拉贡的长篇小说〈严肃的死亡〉里的反映》(《马克西姆·高尔基在21世纪的门槛上》, 第一卷, 尼日尼诺夫哥罗德, 2000年, 第39—45页)、俄克夫拉西斯(Экфрасис)在《高尔基的〈克里姆·萨姆金的一生〉》(《高尔基读本》, 尼日尼诺夫哥罗德, 2002, 第22—25页)、伊·谢尔曼(И.Серман)在(《高尔基在时代主人翁的探索》)、拉·海勒和米·尼克的著作《俄罗斯乌托邦的历史》(巴黎, 1995)简短描述了高尔基的观点。

以下德语著作可以称得上最近的严肃研究著述: 汉斯·叶特尔《社会主义超人: 高尔基和苏联民间英雄传奇》(斯图加特—魏玛, 1993)、阿·科尼克《马克西姆·高尔基文学著作》(慕尼黑, 1994)、尼·卡泽尔《马克西姆·高尔基文学作品中的俄罗斯社会民主》(威斯巴登, 1990)、弗·米勒《俄国人在柏林(1918—1933): 文化的融合》(威恩汉姆和柏林 , 1988), 以及迈耶拉(Майера)的《俄罗斯意志》和《光》发表的论文:《为资产阶级而斗争: 记二月革命前夜的普罗都波波夫和高尔基》, 发表在《俄国史》上(莫斯科, 1996, 第1期, 1—2月, 第29—52页)。

发生在俄罗斯的重建过程, 并没有反映在中国的高尔基研究中。中国最近出版的高尔基研究著作有张羽教授和汪介之教授研究高尔基创作的著作。

在一个时期, 科学地研究作家的创作, 在重新评价浪潮中停滞下来。时代要求重新思考他的创作道路和生活道路, 要求在引进大量不为人知的早期材料的基础上重新研究。刚刚过了几年, 就出现了皮亚里克的《马克西姆·高尔基的命运》(莫斯科, 1980)、奥甫恰连科《马克西姆·高尔基与20世纪文学探索》(莫斯科, 1982)、扎伊克《马克西姆·高尔基和俄国古典文学》(莫斯科, 1982)等专题论著, 出版了高尔基《不合时宜的思想—关于革命和文化的思考》(莫斯科, 1990), 书的序言由拜恩别尔格作, 序名《高尔基: 熟知和不为人知》。

20世纪90年代, 对作家的创作的研究达到了新的高度。在这个方面，俄国科学院高尔基世界文学研究所组织的系列著作具有重要意义，代表作是《苏维埃文学史研究现状和走向》（第1、2部，莫斯科，1990）、《从教条中解放出来：俄罗斯文学史：状态和研究道路》（第1、2卷，莫斯科，1997）。斯比里多诺娃的专题著作《高尔基：与历史对话》（莫斯科，1994）显示了崭新的方法论立场和导向，对高尔基早期不为人知的传记材料做了科学的评价。苏锡赫德书《马克西姆·高尔基的迷惑与醒悟》（尼日尼诺夫哥罗德，1992）里很重要的一部分研究史诗《克里姆·萨姆金的一生》，著作大量使用了解禁的档案材料。还有几部在研究作家创作的论文基础上完成的专题论著：扎伊采夫的《高尔基与农民作家》（莫斯科，1989）、普利莫奇金《作家和权力：高尔基和20年代的文学运动》（莫斯科，1996）、郭陆博科夫《马克西姆·高尔基》（莫斯科，1997）、伊万诺夫《俄罗斯作家的神话创作：马克西姆·高尔基、阿·托尔斯泰》（亚罗斯拉夫，1997）、谢洛科夫《РСДРП：新生政权的领袖问题》（1906—1911）里的一章“高尔基与卡普里党校”（莫斯科，1995）、尼基金《高尔基的中篇小说〈忏悔〉：新的读法》（莫斯科，1999）、乌多多夫《高尔基作为美学现实的非凡业绩：起源和功能（1880年代初期、1890年代）》（沃罗涅日，1999）、别洛娃《高尔基的文化观：艺术与政论相结合》（萨拉托夫，1999）、《1900年代高尔基的戏剧创作：风格分析》（萨拉托夫，2000）、贝科夫彻娃《“荒唐的屋”，“但还能工作”》（莫斯科，1999）、哈诺夫《高尔基创作里的宗教哲学探索》（尼日尼诺夫哥罗德，2000）、别甫措娃《高尔基与尼采》（莫斯科，2001）。

关于高尔基的严肃研究著作，由扎伊采夫、库兹米切夫、摩罗欣、伽拉宁纳主编的《高尔基阅读》（1986、1987、1988、1990、1991年第1和2集、1993、1995）在尼日尼诺夫哥罗德有计划、成体系地出版。最近出版的国际会议的资料，包括《今日高尔基：美学、哲学、文化问题》（尼日尼诺夫哥罗德，1996）、《高尔基与20世纪》（尼日尼诺夫哥罗德，1998）、《高尔基在21世纪的门槛上》（第1、2集，尼日尼诺夫哥罗德，2000）、《艺术家高尔基：问题、研究的总结和前景》（尼日尼诺夫哥罗德，2002）。从2001年起，喀山恢复出版《阅读高尔基》，它以丛书《高尔基在20世纪和21世纪分界点上》（2001）为材料。

在高尔基研究方面具有崭新的观点、建立在对早期未知的材料进行坚实分析的基础上，比较有特色的著作有列兹尼科夫（Л.Я.Резников）的《马克西姆·高尔基：知名与鲜为人知的》（彼得罗扎沃茨克，1996）；科斯金科夫（В.Костинков）的《马克西姆·高尔基和流亡者：不为人知的历史一页》（《新的和最新的历史》，1990，第1期，第134—152页）、《与俄罗斯一起承受》（同上，第4期，第478—506页）；库兹米切夫（И.Кузьмчев）的《德社里里克的隐居士：作家生活的最后一页》（《尼日尼诺夫哥罗德新闻》，1993年3月23日）；巴拉霍夫（В.Барахов）的《幻想传播者还是生活建设者？》（《文学俄罗斯》，1991年6月28日）、《高尔基生活的最后一页》（《文学问题》，1990，6月号，第182—206页）、《未完成的辩论：高尔基致潘菲洛夫未公布的信件》（《文学俄罗斯》，1992年4月3日）；列维亚金娜（И.Ревякина）《高尔基与波格丹诺夫：关系史和通信史》［《社会和人文科学研究》（论文摘要杂志），第7期，莫斯科，1996年第3—17页］，她还有《瓦连金诺夫：高尔基的传记作者》［《社会和人文科学研究》（论文摘要杂志），第2期，莫斯科，1991，第29—61页］和《高尔基与当代立场：国外生活的年代（1921—1928）》［《社会和人文科学研究》（论文摘要杂志），第7期，莫斯科，1993，第15—27页］；Л.斯比里多诺娃（Л.Спиридонова）《高尔基和斯大林》（《俄国评论》，1995，第三期，第413—423页）、《今日高尔基》（《语文学》1993，第42—53页）和《高尔基是否入过党？》（《消息报》，1990，第5期）；瓦因别尔格（И.Вайнберг）《高尔基在柏林办的杂志〈交谈〉》、《〈交谈〉杂志：出版者卡普鲁因（Каплун）、霍达谢维奇（Ходасевич）和其他人》（《犹太人在俄罗斯外国文化》，第四卷，耶路撒冷，1995）、《一切都将得到评价，不可能有另外的结局（泽·格列兹宾和高尔基）》（《犹太人在俄罗斯外国文化》，第1卷，耶路撒冷，1992、1993）；尼·普里莫奇金纳《高尔基与布尔加科夫：关系史研究》（《科学院消息报》，ОЛЯ，1994，第6期）、《消灭：一个残酷的词（高尔基反对契卡）》（《科学院消息报》，ОЛЯ，1995，第2期）、《布尔什维克的堂吉诃德（高尔基和布哈林）》（《自由的思想》，1993，第4期，第62—69页）；鲍恰诺娃（И.Бочанова）《看不见的友谊：罗萨诺夫致高尔基的信件》（《文学问题》，1989，第10期，第149—170页）、《高尔基与斯捷潘：书信往来》（1993，第3期，第43—54页）；杜炳斯基-萨里洛娃雅《高尔基在世纪之交的遗产》，（1993，第5期，第943—97页）；叶列米娜雅（И.Ф.Ереминая）《列夫·托尔斯泰、高尔基：对精神世界的某些观点的新看法》（莫斯科，1996）。

阿古尔斯基（И.Агурский）的研究著作《伟大的异教徒：作为宗教思想家的高尔基》（《哲学问题》，1991，第8期，第54—74页）、《高尔基与欧洲作家》（《过去的年代》，1990，第10期，第175—204页）、巴兴斯基（П.Басинский）论文集《高尔基研究：唯一的和最终的》（《新世界》，1989，第3期，第249—258页）、《人文科学的逻辑：高尔基悲剧的探讨》（《文学问题》，1991，第2期，第129—154页）、《高尔基作为纯艺术的悲剧家》（《文学报》，1994年1月12日）、《高尔基的"虚无主义"研究》（《科学院通讯》［语言文学系列］，1993，第52卷，第4集，第26—33页）、《古怪的高尔基》（《文学报》，1993年4月28日）、帕拉莫诺夫（Б.Парамонов）《白色的污点》（大陆气候，1988，第58集，第303—354页、《十月》，1992，第5期，第146—167页）等著作，可以称得上研究高尔基哲学观点的严肃著作。

最近十年间，高尔基学领域一些常规的问题受到了重新审视，例如，高尔基与列宁牢固的友谊，他与斯大林和其他革命领袖在精神上的一致性，坚持暴力集体农庄化和没收富农财产的观点等等。按照另一种观点看待高尔基传记材料的可能出现了：1921年他出国的原因和回国的原因、参观索罗维琴和参加编撰关于白令海—波罗的海"运河文丛"的原因等。随着《不为人知的高尔基》一书出版，高尔基致列宁的信件曝光，巩固了斯米尔诺夫（Л.Смирнов）《高尔基与列宁：一个杜撰的毁灭》（《文学问题》，1993，第5期，第219—230页）和伊萨科夫（С.Исаков）《高尔基致列宁的不为人知的信件》（*Revur des etudes Slaves*，1992，LXIV，第1期，第143—156页）的研究成果。《托洛茨基反对高尔基》（《年代与我们》，1993，第119期，第248—256页）一书献给早先被禁止的"高尔基与托洛茨基"主题。皮利尼亚克（Е.Пильняк）和安东诺夫（В.Антонов） 的论文《是否阴谋反对斯大林？》（《十月》，1994，第3期，第166—178页）以及伊万诺夫（Вс. В яч. Иванов）

《为什么斯大林要杀死高尔基？》（《文学问题》，1993，第1卷，第91—134页）也饶有趣味。

《不合时宜的思想》的出版，带动出版了一系列研究这本高尔基政论集的著作，包括巴齐尼（Л.Пачини）《高尔基的不合时宜的思想》（《俄罗斯文学》，1992，第3期，第200—207页）、温茨洛娃（Венцлов Томас）的著作《文化大师的诱惑："不合时宜的思想"》（《俄国文学》，1988，XXIV，第569—580页）、马克·斯登别尔哥（Марка Стейнберг）作序的书《不合时宜的思想，革命的文本，文化和布尔什维克：1917—1918》[①]。

不少论文试图揭示高尔基在勃洛克和古米廖夫命运中的作用：克留科夫（А.М.Крюков）主编的高尔基参与诗人勃洛克生命最后一段时间的书《勃洛克：研究与资料》（列宁格勒，1987，第274—277页）、吉苦兴娜（Н.Дикушина）《勃洛克：诗人的命运是怎样决定的》（《文学报》，1990年11月28日）、鲁科尼茨卡娅（В.Лукницкая）和鲁科尼茨基（С.Лукниский）合作的《古米廖夫事件：起皱的封面》（《星火》，1990，第18期，第13—16页）、鲁德涅夫（В.Руднев）《关于古米廖夫事件的抗议》（《消息报》，1991年10月26日）、赫雷斯塔科夫（Э.Хлыстаков）《他没有出售俄罗斯的荣誉：古米廖夫之死的秘密》（《青年近卫军》，1992，第7期，第274—282页）、蒋松（Х.Джонсон）的《根据高尔基的呼吁来帮助》（《国家与世界》，1992，第2期，第19—21页）论述了高尔基1920年代初期的人道使命，包括饥饿者帮助组织问题、赫耶特索（Г.Хьетсо）《高尔基致教授米克的未予公开的信件》（1991，第37期，第101—107页）。

理查德·皮尔斯《高尔基作品里的某些陀思妥耶夫斯基式主题》[②]和苏茜茜的《高尔基与陀思妥耶夫斯基：悲剧的继续》（诺夫哥罗德，1999）、"高尔基和尼采关系问题"在科罗巴耶娃（Л.Колобаева）的著作《高尔基与尼采》（《文学问题》，1990，第10期，第162—173页）得到

① Gorky, Maxim: *Untimely Thoughts: Essays on Revolution, Culture and the Bolsheviks 1917—1918*, Yale University Press, 1995.

② Ptace, Richard A.: "Some Dostoevskian Themes in the Work of Maksim Gorky", *Dostoevsky Studies*, 1987, Vol.8, pp.141—154.

论述："高尔基与安德烈·别雷的关系问题"在克留科娃（А.Крюкова）的书《安德烈·别雷：创作问题》（莫斯科，1988）得到独特论述。

关于"社会主义现实主义"作为一种创作方法，以及高尔基在其诞生过程中发挥的作用的研究还在继续。斯特拉达（В.Стррада）《"社会主义现实主义"的起源：高尔基的俄罗斯文学观念》（《俄罗斯》，1987，第5期，第139—146页）、库兹米切夫（И.К.Кузьмичев）和叶尔绍夫（Л.Ф.Ершов）《社会主义现实主义的今天和明天》（莫斯科，1987）、别尔青（В.В.Перчин）《高尔基的文学论争（1935—1936）：走向有特色的批评方法》（《圣彼得堡大学信报》，第2辑，第4分册，第50—57页），高尔基的中篇小说《母亲》与这个话题相关，重新引发了研究者的注意。除了已经提及到的，卡特琳娜·克拉克的论文《苏维埃小说史里的高尔基〈母亲〉：历史仪式》[②]、本内特·维吉尼亚（Bennet Virginia）的《马克西姆·高尔基：意识觉醒之基石》（《俄国文学期刊》，1987，第83—94页）、萨雷·潘克尼耶尔（Сары Панкениер）和巴尔·谢尔（Барри П. .Шерра） 的研究《文本的UR探索》（《俄国文学〈期刊〉》，1997，No.68—170，第125—148页），致力于小说的俄罗斯、美国和英文版本的比较分析。

在高尔基的单个作品里，产生最重大影响的是晚期的史诗作品《克里姆·萨姆金的一生》、政论《论俄国农民》、特写《列宁》（Л.Н.Иокар的《高尔基的特写〈列宁〉第一次发表的版本和它的背景：资料与研究》，莫斯科，1995，第86—90页）、特写《索洛维茨》（Т.А.Рыжова所著《高尔基的特写〈索洛维茨〉，高尔基国家博物馆最引人感兴趣的一部分材料及注释》，《高尔基读物》，1990，尼日尼诺夫哥罗德，1991，181—189页）；契尔科夫（Ю.Чирков）《索洛维茨的夏天》（《4月》第三卷，1991，第206—226页）；切尔努兴娜（В.Н.Чернухина）《高尔基的索洛维茨之行（目击者的证词）》（《高尔基和他的时代，资料和研究》，第4卷，莫斯科，1995，第124—135页）。

高尔基的戏剧也获得了积极的研究。安琪博罗夫斯基（З.Анчиполовский）的《高尔基的时代：20世纪初期外省城镇作家戏剧

② Clark, katerina: *Gorky's Mother in the Soviet Novel: History as Ritual*, Bloomington:Indiana Vniversity Press, 1985, pp.56—60.

的命运》(沃罗涅茨, 1993);霍斯特·格里克《俄国戏剧》(杜塞尔多夫, 1986, 第200—212页);海伦·伊门多夫《俄国文学和历史》(耶路撒冷, 1898, 第103—112页)。吉尔《合混的态度:〈低下层》中的鲁卡》(《俄国文学》, 1988, XXIV, 第4卷, 第517—524页), 辛西娅·马什《太阳之子:无处安放的怜悯》(《五十年:高尔基和他的时代》, 1987, 第105—126页)。

从晚年高尔基的传记材料中, 可以注意到作家与下诺夫哥罗德环境的相互关系(波斯特尼:《青年高尔基的朋友》, 高尔基市, 1990);他1921年出国的原因(АринштейнЛ.:《阿列克赛·马克西姆维奇离开了:为什么高尔基长期离开俄罗斯?》,《文学俄罗斯》, 1990, 第4期, 第18—19页);他1928年回国的历程(斯比里多诺娃:《终止自己的事情, 唾弃索伦托吧》,《青春》, 1988, 第3期, 第79—83页);科斯金科夫(В.В.Костиков)的《幸福的幻觉》(《星火》, 1990, 第1期, 第10—14页);И.列维亚钦纳(И.А.Ревякина)《高尔基与现代状态:1921—1928年国外时期》(《人文社会科学研究》, 第7分册, 文艺学, 1993, 第2期, 第15—27页);关于推荐高尔基竞争诺贝尔文学奖的问题[马尔琴科(Т.В.Марченко):《为什么高尔基没有获得诺贝尔文学奖?》(《科学院通报》, 文学语言分册, 2001, 第60卷, 第2集, 第3—16页)];作家的死因(斯比里多诺娃:《"荒谬的家"的被俘者》,《祖国》, 2000, 第8期, 第71—79页)。

在这里, 我们没有提及俄罗斯重建时期许多杂志和报刊, 这些报刊杂志的阅读者众多, 但是它们的材料具有不确定性。例如, 关于高尔基死于他的私人秘书克留契科夫或者布德别尔格所送的巧克力中毒、马克西姆·彼什科夫之死。关于高尔基之死的文献著作最重要的是集体之作《高尔基死亡问题:文献、材料、解释》(莫斯科, 2001)。

巴兰诺娃的著作《火焰和灰烬:高尔基的创作探索和命运》(高尔基市, 1990)引发了读者巨大的兴趣。《去掉伪饰的高尔基:死亡的秘密》[莫斯科, 1996、2001(第二版有增删)、《高尔基:真实的或者虚伪的》(莫斯科, 2000)、《没有终结的彗星:高尔基命中的女人》(莫斯科, 2001)], 这些书在风格上自由, 使用了大量的新材料。但是, 这些材料在作者手里使用的过于主观, 带有比较重的个人观点和立场, 认为是斯大林利用作家亲近的人——“致命的女人”布德别尔格——杀死了高尔基。

在巴克斯别尔格（А.Ваксберг）文献式的书《海燕的毁灭：高尔基：最后二十年》（莫斯科，1999），科金诺夫（Ю.Когинов） 的《再次降临》（莫斯科，1996），舒博列夫（Л.Зуборев）《海燕的尖叫》（明斯克，1989）和库兹明（Н.Кузьмин）的《海燕最后的飞翔》（《青年近卫军》，2001，第9—11期；2002，第1—5期）里，作家们利用自己无可争议的权利面对自己耳闻目睹的作家圈，讲述了远不是不可争议的关于1920—1930年间的事件。这给了库兹明在论文《革命海燕的悲剧，或者第二次降临……》（《莫斯科真理报》，1996年11月6日）里尖锐批评科金诺夫的书的一个基础。

最后，综上所述，无论如何不能够穷尽最后15年高尔基学研究的主题。在高尔基创作室——在那里有计划地推出传记研究著作——关闭之后，关于高尔基研究文献就远不能够准确统计了。最后一版文献索引《高尔基研究文献》[主编单位是俄罗斯科学院（ИРЛИ РАН），包括摩尔什娜（А. С. Моршихина）、莫罗连科（Л.Г.Мироненко）、穆拉托娃（К.Д.Муратова）等]在1987年出版，收集了1971—1975年间的文献。在尼日尼诺夫哥罗德出版的索引《高尔基在故乡出版界》（尼日尼诺夫哥诺德，1992）仅仅收集到1987年前。至于说到外国的文学研究，远不能全部阅读完研究高尔基著作的论述，这些论文有计划地出现在《俄国评论》、《加拿大斯拉夫语论文》、《新西兰斯拉夫杂志》、《斯拉夫与东欧杂志》和其他杂志上。同时，对高尔基后期创作的兴趣也在增长。挪威学者盖拉·赫尔特索（Гейр Хьетсо）说得好：“高尔基——俄罗斯最优秀的作家之一，关于他们，世界上的研究者正重新开始书写他们最近几年的事件。”（《高尔基，作家的命运》，莫斯科，1997，第5页。）

第二编

高尔基学术史研究

第八章 十月革命期间“不合时宜”的高尔基

历史是无情的。

无论是历史事件还是历史人物，都不容曲解、涂改、丑化或美化。是的，历史不是小姑娘，不能随意打扮它。历史总应还它本来面貌。

明乎此理，人们对近年来人们要求看到一个“未经化妆”的高尔基，就不会感到惊讶了。

高尔基是来自“底层”的伟大的俄罗斯作家。长期以来，由于历史的误会，当权者政治斗争的需要，高尔基在他的故乡被捧为圣贤。到了20世纪80年代，对高尔基的评价发生了变化，有人指责他是“双头海燕”。

十月革命前后高尔基撰写的反对列宁、反对十月革命的政论文章于1988年在苏联《文学评论》杂志上重新发表。大半个世纪以来，在“为贤者讳”成为风气的那些岁月里，这组文章一直被视为“禁书”，剥夺了跟读者见面的权利，现在终于和人们谋面了。这就使本来扑朔迷离的高尔基评价问题变得更加复杂。

说来也巧，恰恰在20世纪80年代后期90年代初期，一些人在报刊上对高尔基大泼污水。前苏联科学院高尔基世界文学研究所所长库茨涅佐夫说：“其实在我国，许多人并不真正了解高尔基。”他一再表示，“研究所准备有计划地公布档案材料，让广大读者看到一个完整的高尔基。”

高尔基档案馆馆长巴拉霍夫认为，过去和现在，苏联学术界都存在片面理解高尔基的现象。这样就无法科学地、正确地评价这位作家。他表示，作为高尔基档案馆馆长，有义务把高尔基的遗产完整地交给读者，不做任何删节，不出任何疏漏。座谈中扎伊卡则强调高尔基是新时代的产物，是革命的产物，是我们时代的儿子。他认为高尔基是个大世界，是无所不包的。要认真研究他的全部创作，包括《不合时宜的思想》，这组文章涉及到关于文化、教育、培养个性等问题，值得人们重视。

《不合时宜的思想》重新发表，是由研究所的瓦恩贝尔格博士负责编辑并进行注释的。他详细地介绍了本世纪初《不合时宜的思想》的发表和后来成书的情况，以及这本书的坎坷遭遇。1988年在苏联杂志上发表后，为了购买这几本杂志，书报亭前经常排着长队。刊载高尔基《不合时宜的思想》的三期《文学评论》，同时发表了瓦恩贝尔格的一篇评论文章《为了革命和文化》，他强调要“让读者了解一个完整的高尔基，一个‘活生生’的高尔基，了解他的伟大、他的探索、他的迷误和不足”。

革命风暴来临前的高尔基

1913年纪念罗曼诺夫王朝300周年，沙皇颁布了特赦令。列宁建议侨居意大利的高尔基回国：“好像文学家都获得了大赦，您应当试试回国一趟，走一趟，以后可能给罗曼诺夫王朝以百倍的打击。”高尔基接受了列宁的建议，于1913年底返回故乡。

高尔基回国后，仍受到沙皇政府的监视和迫害。这几年高尔基继续写作自传体小说《人间》和系列短篇《俄罗斯漫游散记》，编辑出版了《无产阶级作家文集》，热心指导青年作家写作，并积极参加社会活动。

1914年爆发了第一次世界大战，这是一场重新瓜分市场和争夺势力范围的帝国主义战争。沙皇俄国参加了这场罪恶的大屠杀。在第一次世界大战期间，高尔基站在反对帝国主义战争的立场上。他和列宁保持着密切的联系。他为布尔什维克党的刊物撰稿，并帮助列宁在孤帆出版社出版《帝国主义是资本主义最高阶段》一书，帮助列宁的夫人克鲁普斯卡娅在生活和知识出版社出版了小册子《国民教育和民生》。当时列宁正过着流亡生活，经济十分拮据。出版社交付的稿费曾给列宁帮了

“大忙”。然而，这一时期，高尔基的一些错误言行却遭到列宁的指责。大战初期，沙文主义狂热席卷俄国社会，一些演员、作家、政客发表了一份宣言，错误地指责德意志民族是这场战争的罪魁祸首，高尔基也在宣言上签了名。列宁在给施略普尼柯夫的信上提起这件事时说：“可怜的高尔基！多么遗憾，他玷污了自己，竟在一群俄国自由主义者那一张龌龊的烂纸上签了名，滚到那里去的有梅什柯夫斯基，还有普列汉诺夫等人。”

列宁在《帝国主义是资本主义的最高阶段》书稿中尖锐批判了考茨基的机会主义。作为出版者的高尔基竟反对这种批判，并删去了有关的段落，这不能不引起列宁极大的不满。

在这个时期，高尔基作为社会民主党的成员，一直考虑筹建一个激进的民主主义的政党，为此他已着手创办《光线报》。1917年1月14日他在给科罗连柯的信中写到：“本报的政治倾向是激进民主主义，其目的是为那些比立宪民主党左、比社会主义政党右的所有集团服务。将来，本报希望建立一个激进民主党。”后来由于革命形势迅猛发展，这一意图胎死腹中。但这件事本身却说明了当时高尔基在政治上是多么不成熟。

由于长期战争，俄国大片土地荒芜，人民饥寒交迫。广大群众对沙皇政府的不满日益增长。布尔什维克党在工农兵中进行了广泛的宣传、组织工作，城市中工人不断起来斗争，一些地区的农民烧毁地主庄园，前线的不少士兵也不愿再为沙皇卖命。

1917年2月彼得格勒的普梯洛夫工厂工人开始罢工，一时间许多厂的工人纷纷行动起来。他们喊出了“打倒沙皇！打倒战争！需要面包”的口号。布尔什维克党提出了举行总起义，成立临时政府的号召。工人积极响应这一号召，士兵也转向起义。27日起义者逮捕了沙皇的将军和大臣，并于当晚召开了彼得格勒工兵代表苏维埃第一次代表大会。统治俄国三百多年的罗曼诺夫王朝终于覆灭。这时各地相继出现了苏维埃。与此同时，一些资本主义化的地主和资产阶级代表人迫不及待地成立了资产阶级临时政府。因此俄国出现了两个并存的政权：工兵代表苏维埃和资产阶级临时政府。

这年4月，流亡国外的列宁回到俄国，立即做了《无产阶级在这次革命中的任务》的报告，即著名的《四月提纲》。他提出了“一切政权归苏维埃”的口号。在布尔什维克的领导下，群众革命情绪高涨，举行大规模的示威游行。临时政府开始镇压群众。无产阶级革命日趋成熟，以列宁为首的布尔什维克党于1917年10月25日（公历11月7日）领导了彼得格勒的武装起义，推翻了临时政府，成立了世界上第一个社会主义国家。

二月革命后，高尔基热烈欢迎革命的胜利。他曾写信给罗曼·罗兰说：“俄罗斯不再是欧洲反动堡垒中的一员，我国人民和自由联姻了……从此他们将会诞生许多为人类增添光彩的天才人物。”作家积极投身社会活动，筹建各种文化团体，如“文化与自由协会”、“十二月党人纪念协会”，参加了工兵苏维埃的各种会议，考虑如何保护皇家文物等事宜。

但就在这时，高尔基在许多革命原则问题上和列宁、布尔什维克党发生了严重的分歧。《新生活报》上刊出的以《不合时宜的思想》为总标题的一组文章集中反映了高尔基当时的思想。

高尔基和《新生活报》

《新生活报》1917年4月18日（公历5月1日）在彼得格勒出版。1918年6月1日起增出莫斯科版。它是由一批孟什维克中的所谓“国际主义者”创办的。出版人是阿·谢列布罗夫（阿·尼·吉洪诺夫），编辑部成员有高尔基、谢列布罗夫、杰斯尼茨基、苏汉诺夫，撰稿人有巴扎罗夫，以及波格丹诺夫等。编辑部宣称，该报的宗旨是反对与国际无产阶级利益背道而驰的帝国主义战争，联合一切革命力量和民主力量，捍卫二月革命成果，在俄国社会主义民主党的领导下，通过工兵代表苏维埃，在进一步实现国内社会主义改造过程中发展文化、教育和科学。十月革命前《新生活报》的政治立场是动摇的，在揭露帝国主义战争时，往往在国际主义和所谓的“革命护国主义”之间摇摆。它反对临时政府的反革命措施，又和布尔什维克党进行论战，特别是当布尔什维克把武装起义和社会主义革命问题提到日程上以后。十月革命后，它成了苏维埃政权的论敌。1918年2月曾被勒令停刊8天，因为苏汉诺夫在该报刊刊登《投降》一文，坚决反对条件苛刻的《布列斯特合约》。当时高尔基曾写信给他的第一个妻子彼希科娃说：“我们被查封了，看来星期天因‘鼓动推翻苏维埃政权’而要受审。杰斯尼茨基和苏汉诺夫被传，但到时候编辑部全体人员都要坐到被告席上，有巴扎洛夫、我，还有所有其他的人。我们都希望这样。对付这种毫无道理的事情没什么了不起的。”

后来高尔基对《新生活报》反对布尔什维克党的立场逐渐感到困惑，他给彼希科娃的信中承认：“我准备在坚持独立自主原则的情况下和布尔什维克共事。我对《新生活报》无力的、没有实践意义的立场已感到厌烦。卷入革命的‘旋涡’，就像陷入水深火热中似的，真令人苦恼不堪。”

1918年夏天，国内革命形势空前严峻，反革命分子到处叛乱，国外帝国主义军队开始入侵，国内战争日益加剧。对苏维埃政权持反对态度的《新生活报》终于在1918年7月16日被查封。编辑部提出了抗议。高尔基在抗议书上签了名，并立即向列宁呼吁：“亲爱的弗拉基米尔·伊里奇！《新生活报》的问题已经非常尖锐了，职工们要求明确回答《新生活报》出还是不出？……恳请您务必回答——尽可能快些——您是否准许出版该报？……这张便条由我儿子交给您。务必请您说一句：‘行还是不行？’”

当时在中央出版局工作的马尔金回忆说，《新生活报》的问题提到列宁面前，由他来做最后决定。

“我们面前站着工人国家在思想原则上铁面无私的领袖。他毫不犹豫地抛开一切个人情面与爱慕之情。‘当然，《新生活报》必须关闭。在目前的情况下，必须动员全国人民起来保卫革命，任何知识分子的悲观主义都绝对有害。可是高尔基——这是我们的人——他和工人阶级，和工人运动有着密切的联系，他自己出身于底层。毫无疑问，他一定会回到我们这里来……’”

高尔基在《新生活报》工作了一年多，在该报发表了约80篇文章，其中58篇是在《不合时宜的思想》总标题下发表的。后来高尔基把这些政论两次结集出版。1918年由拉迪日尼科夫出版社在柏林用俄文首次出版，名为《革命与文化——1917年政论集》，共收入33篇文章，按发表时间的顺序编排。第二本是于1918年秋在彼得格勒由文化与自由协会出版，名为《不合时宜的思想——关于革命与文化的札记》，共收入48篇文章，按文章内容编排。20年代后，《不合时宜的思想》成了“禁书”，但西方却多次出版，并加上了编者片面性、歪曲性的注释。

关于革命与文化的思考

《不合时宜的思想》这组文章谈论的中心是俄国革命过程中发展文化的问题。难怪高尔基把第一个集子命名为《革命与文化》，给第二个集子加上的副标题是《关于革命与文化的札记》。

二月革命后，列宁在《四月提纲》中提出了“一切政权归苏维埃”的口号，制定了从资产阶级革命过渡到社会主义革命的方针，为建立无产阶级专政开始了紧张的斗争。

当时高尔基认为，在文化和科学十分落后的俄国，尚不具备进行社会主义革命的条件。长期的君主专制制度给革命留下的遗产是骇人听闻的：在人的内心和外部，到处都是精神空虚、一片衰败、乱七八糟和一场长期混战后的遗迹。在高尔基看来，推翻沙皇统治后，“在智力方面使国家富有的过程，是个非常缓慢的过程。可是这对我们来说却是必需的。革命，作为它的领导力量，应当马上毫不迟疑地负责创造条件、建立机构，并使这些机构立即并持久地承担起国家智力发展的工作。智力按其本质来说，是最重要的生产力，关心其迅速成长应当成为各阶段热切的关心点”。高尔基反复强调，“我们应当齐心协力地抓起全面发展文化的工作”。

高尔基认为，在俄国，“自由和政权最可怕的敌人是来自我们内部，这是指我们的愚蠢，我们的残酷以及一种混乱的蒙昧和无政府感情；这种感情是君主制度无耻和下流的残酷行为在我们心灵中所引起的”。总之，“我们素来的敌人就是愚蠢和残酷”。

因此，高尔基提出，在二月革命之后，当务之急是发展文化，普及科学，提高人民的知识和道德水平。他明确提出：“文化的任务就是发展和巩固人的社会良心、社会道德，培养和组织人的全部能力和天赋。”

这个时期，高尔基还亲自着手筹建发展和普及实验科学自由联合会，声称通过普及科学知识对人民进行启蒙教育。他还组建了文化与自由协会，并被选为协会主席。该协会在高尔基领导下开展了许多促进文化发展的活动。例如，它曾由高尔基署名发出公告，号召青年学生为人民图书馆搜集图书，号召社会各界人士捐献图书。高尔基本人就捐赠了800多册书籍。

高尔基认为，正是在政治斗争中，一些人“煽起群众的阴暗本能”，在街上到处出现暴行、抢劫、流血等现象；这时与其提“祖国在危险中”的口号，不如提“文化在危险中”更能惊醒人们。“如果祖国能有更多的文化，它就会较少地感到危险。”他甚至提出：“如果革命无力立即在全国开展文化建设这项紧急工作，那么，在我看来，革命是徒劳的、没有意义的，而我们人民也就没有活下去的能力。”高尔基提倡大力发展文化科学，使人民摆脱愚昧无知的状态，提高他们的文化水平，可见其用心良苦。的确，在社会主义革命的进程中，不抓文化建设，不努力提高人民的素质，不重视国家的精神文明建设，社会主义事业是无法取得彻底胜利的。但是在十月革命前后这段非常的历史时期，阶级斗争空前激烈，国内外敌人疯狂扑向新生的红色政权，这时作家把文化建设凌驾于政治斗争之上，反对工人阶级和贫苦农民夺取并保卫政权，显然是十分错误的。而且，在人民遭受剥削阶级奴役的情况下，要在劳动人民中普及文化、科学，开展启蒙工作，这只是一种天真的想法。

高尔基的俄罗斯民族心理观

在认识高尔基对革命与文化问题的思考时，不得忽略他对俄罗斯民族心理的分析。

1915年，高尔基曾发表过《两种灵魂》一文，在比较俄罗斯和欧洲文化时，他把“积极的西方”和“消极的东方”对立起来。谈到俄罗斯人民时，他认为人民本质上倾向于无政府主义；他们是悲观的，但很残酷；他们灵魂中受人称颂的善良是卡拉马佐夫式的伤感主义；他们很不善于领会人道主义和文明思想。在《不合时宜的思想》中，高尔基重提《两种灵魂》的观点，并用了大量篇幅揭露俄国人民灵魂的丑恶：他们打架斗殴、残杀无辜、滥施“私刑”；在农村，他们破坏庄园、摧残妇女、酗酒行凶。

高尔基对自己的同胞从来是不“温存”的。他反复强调：“我们——俄国人，是天生的无政府主义者，我们是残暴的野兽”，“世界上最作恶多端、卑劣下流的人民，不辨善恶，沉湎于伏特加，被暴力的犬儒主义所扭曲，十分残暴，同时又不可理解的温厚，这一切综合在一起，就是天才的俄国人民”。

高尔基十分清楚，俄罗斯人的种种恶习并非与生俱来，而是专制制度长期统治的恶果。他说：“我谴责我国人民，因为他们倾向无政府主义，不爱劳动，以及种种粗野行为和愚昧无知。我知道，他们不可能是另外一种样子。他们所生活的环境不可能培养他们尊重人，意识到公民的权利，有正义感——这是一种完全无知、对人压迫、无耻说谎和像野兽一般残酷的环境。”

高尔基并没有一味谴责人民，他总是带着哀其不幸的情愫写下这一篇篇使人触目惊心的文字。他对这些“不幸的人”怀有深沉的爱，他写到：“对俄国人，你没法骂他；欲骂无言，只有泣血。”

应当指出，高尔基对这些“不幸的人”并没有绝望。他认为应当做启蒙工作，让他们掌握文化，了解科学，提高素质，学会做人。他说，由于苦难深重，俄国人民像野兽一样哀号和奔突，因此不得不改变他们的心理素养，他们的偏见和成见。他们应当很快理解，不管外部敌人多么强大和贪婪，对俄国人民来说，最可怕的是内部敌人——他们本身，他们对待自己、对待人的态度，对待理性和知识的态度。

当时形形色色的人写信给高尔基，指责他“仇视人民”。高尔基向这些侈谈热爱人民的人提出这样的问题：难道让他爱那些喝酒喝得发了狂，然后用脚踢孕妇肚子的庄稼汉？爱那些耗费几百万普特粮食私自酿酒，而让他们的亲人活活饿死的庄稼汉？爱那些把几百万普特粮食留在地里烂掉，而不愿送给饥饿者的那些庄稼人？爱那些在街头搞残酷私刑的人，那些怀着愉悦心情欣赏如何把人殴打致死，或在河里淹死的人？高尔基斩钉截铁地说：“对这些人，我不爱。”

高尔基明确表示，他有权说出“关于人民的令人不快的、痛苦的真实”。这和敌人对人民的缺点抱幸灾乐祸的态度不同，作家真诚地希望，自己的人民能清除专制制度留下的脓疮溃疡，克服旧文化带来的心理痼疾，通过顽强而诚实的劳动去创造新的健康的生活。

在分析高尔基对待俄国人民的态度时，令人很自然地想起鲁迅和他不朽的作品《阿Q正传》。这位作家对我国农民身上的痼疾同样是敢于暴露、毫不留情。两位作家都热爱自己的同胞，但又哀其不幸，怒其不争，对自己人民灵魂中的丑恶毫不宽容。他们都“直面人生”，向同胞说出“痛苦的真实”，其目的就是要唤醒群众用积极态度对待生活，让民族走上复兴的道路。

历史证明：高尔基错了

在《不合时宜的思想》中，高尔基对俄国各阶级做了错误的分析，他极力反对十月革命，反对革命领袖列宁。这一切都与作家文化至上的思想有关。

高尔基认为，俄国农民决不是革命的力量，他们愚昧、无知、懒惰、自私、倾向野蛮的无政府主义。靠他们是无法进行社会主义革命的。因此他断言，在现代俄国的生活条件下，没有实现社会主义革命的可能性，因为不可能像神话中说的那样出现奇迹，使国内85%的农民变成社会主义者，何况农民中间还有几千万游牧民族。他甚至预言：“农民最主要和最根深蒂固的特点是凶狠的、私有者的个人主义，他们将不可避免地向工人的社会主义理想宣布残酷无情的战争。巴黎公社就是被农民扼杀的——这就是工人应该记取的教训。”

高尔基从发展文化的角度高度评价工人阶级在革命中的伟大作用。他说：“我把工人阶级看作我们愚昧的农民国家的强大的文化力量。”与列夫·托尔斯泰截然不同，高尔基强调国家要发展工业。他认为“工业是文化基础之一，为了拯救国家，为了使它赶上欧洲，必须发展工业”。应当强调指出的是，高尔基特别看重有文化的产业工人。因为他们不仅是干体力活儿的力量，而且是精神力量；不仅是他人意志的体现者，而且是把自己的意志变为现实的人。高尔基还分析过产业工人和农民的区别。他说：“产业工人不像农民那样靠天吃饭。农民的劳动是无形的，是不能永存的。农民生产的一切，被他们卖光吃尽，他们的精力被大部分或全部消耗掉；而工人的劳动成果却留在大地上，美化大地，并为了人的利益进一步征服大自然。”

在这里，高尔基的分析也许并不尽确切，但从中却可以看出，他对工人和农民迥然不同的态度。他甚至把有觉悟的工人看作“民主派中的上层分子”。由此可见，他对工人阶级在俄罗斯文化发展中的作用评价是何等的高。

不过，高尔基对十月革命前后工人队伍成分的变化却感到十分忧虑。“战争夺去了成千上万优秀工人的生命。代替他们站在机器旁边的，是一些为了逃避兵役而走上‘为国防’的生产岗位的人，这是一些与无产阶级心理无关的政治上落后的人，他们没有觉悟，没有对无产阶级来说是天生的那种创造文明的愿望；他们有的只是尽快而且一定要取得个人好处的那种小市民的愿望。这些人根本不可能接受社会主义思想。”正是在这类人群中，存在着野蛮的无政府主义倾向，干出了“拆下机器上的铜部件拿出去变卖”的这种罪行和丑事。

高尔基还认为，为数很少有觉悟、有文化的工人在群众中往往是孤立的。他们并没有成为工人阶级中的核心。

高尔基从发展文化、提高国民素质考虑，高度评价知识分子在革命中的作用。由于专制制度的毒害，人民群众变得愚昧、残酷、懒惰、酗酒、因循守旧、消极无为，高尔基并不认为他们已经病入膏肓，但应妥善耐心地对他们进行治疗。而俄国知识分子正应承担起对人民进行精神治疗的伟大职责。他一再强调，在俄国千千万万愚昧的人群中，只有为数不多的知识分子能意识到智力因素在历史进程中的意义，他们过去是、现在仍然是俄国的大脑和心脏。在高尔基看来，只有知识分子和无产阶级中有觉悟、有文化的工人，才是教育愚昧的人民，并把俄国引向精神复兴道路的唯一力量。

基于对俄国各阶级力量对比的这种看法，高尔基极力反对十月革命。他认为靠知识分子和为数很少的有觉悟有文化的工人，在愚昧农民占全国人口绝大多数的俄国发动社会主义革命，无异于拿一把盐撒在俄国农村这个淡水池里。他十分担心，革命失败会使千万群众人头落地，出现经济崩溃、饿殍遍野的现象。接踵而来的是更加血腥更加黑暗的统治。因此，他用十分激烈的言辞指责某些人，认为他们是一伙没有良心的冒险家，权迷心窍，蛮干一气，想用皮肉和鲜血来做某种试验。

十月革命胜利后，高尔基仍然坚持文化至上的思想，他不能容忍破坏文化、街头私刑、公开抢劫、复仇行凶等现象。他怀着十分厌恶的心情揭示街头私刑：“在亚历山大集市附近抓住一名小偷，人群马上对他进行殴打并举行公决：‘如何处死小偷——淹死他，还是枪崩他？’大家决定淹死他，于是把他投进冰河中。但他却游上了岸，当时人群中有人走近他，并开枪将他打死。”他指责把艺术家送到前线去打仗的行为：“把有才华的艺术家送上战场，这是浪费人才和愚昧无知，就像给拉大车的马钉上黄金马掌。没有教他们军事知识，就把他们送上战场，这等于是给无辜的人判处死刑。”他抗议当局逮捕著名的出版家、教育家瑟京。瑟京从事出版工作50年，组建了媒介出版社，帮助列夫·托尔斯泰、契诃夫、卢巴金等许多知名人士出版过著作。他还出版过多卷本《农业百科全书》，编印过上亿份瑟京日历和活页，这在群众中产生过巨大影响。高尔基认为，用牢狱来奖赏这位罕见的出版工作者一生的劳动，是不可救药的俄罗斯式的愚蠢，是用荒谬的做法堵塞了国家复兴之路。高尔基甚至把镇压反动势力，逮捕临时政府部长也斥之为可耻的不人道的行为。

高尔基反复强调国内出现的这一系列野蛮的无政府主义现象，其罪魁祸首是群众的愚昧无知。他谴责当权者不能制止这些暴行，不能加紧文化建设，切实做些教育群众的工作，甚至认为正是这一伙冒险家煽起了群众的阴暗本能。

高尔基对列宁领导的十月革命持激烈批评的态度。历史已经证明高尔基错了。他不相信群众的理性，特别是农民的理性，他过高地估计了知识分子在革命中的作用，他不恰当地夸大了革命过程中的阴暗面，他错误地全盘否定革命暴力。后来他撰写回忆列宁的文章时，自己也承认：“13年前我是这样想的，也就这样错了。我的这一页回忆本应删掉。但是‘用笔写下来的用斧头也砍不掉’。”高尔基不能不同意列宁的意见：“在这空前猛烈的战斗中还能讲人道吗？哪儿还有仁慈和宽大的余地呢？欧洲在封锁我们……反革命像熊一样从四面八方向我们袭来，而我们——怎么办呢？难道我们不应该、没有权利斗争和反抗吗？……在打架的时候，您用什么标准来判断哪一拳是多余的呢？”

误入迷途的缘由

十月革命前后，高尔基在政治上误入迷途，是有多方面原因造成的。

作为艺术家，高尔基在政治上很不成熟，在复杂尖锐的阶级斗争形势下，不能明辨是非，往往用“一般的民主主义”观点来观察问题。他不像作为伟大政治家的列宁，遇到任何艰险的情况都能沉着冷静，高瞻远瞩，牢牢把握革命巨轮的航向。作为艺术家，高尔基面对革命的转折关头，考虑问题往往缺乏理智，感情用事，在“特别困难的一种分娩”——史无前例的十月社会主义革命过程中，他看到大量血污便大喊大叫，不能自持，表现出病态的情绪。他不像列宁那样，流血、暴力、空前残酷的现实也丝毫不能动摇他铁的意志。

作为艺术家，高尔基往往缺乏主见，容易受到周围人的影响。他不像伟大的列宁那样，在革命进程中坚持真理，力排众议，始终高举无产阶级革命的大旗。

早在寄居卡普里的时期，高尔基和宣扬修正主义哲学思想的波格丹诺夫等人在一起，受到他们的影响，于是宣传起“造神论”的主张，为此遭到列宁的批评。列宁指出，分析问题绝不能脱离无产阶级的观点，而去迁就一般的民主主义观点。1916年，列宁在谈到高尔基不同意他批判考茨基的修正主义思想时，以惋惜的口吻说：“唉！天真的人儿！”同年，列宁还在给施略普尼柯夫的一封信中写道：“高尔基始终是在政治上最没有主见，而且是感情用事的。”

十月革命前，列宁在“远方来信”——《如何实现和平》中谈到高尔基的一些错误言行时，再次指出：“笔者在卡普里岛同高尔基见过几次，曾一再提醒他，为了他的政治错误还责备过他。高尔基用他无比和蔼的微笑和坦率的声明挡回了这种责备，他说：‘我知道，我是一个不好的马克思主义者。再说，我们这些艺术家，都是不大能自持的人。’要反驳这种话是不大容易的。毫无疑问，高尔基是一个伟大的艺术天才，他给世界无产阶级运动做出了而且还将做出很多贡献。但是，高尔基为什么要搞起政治来呢？”

十月革命前后，高尔基生活在故都彼得格勒——这个最不健康的地方。这里到处是破坏、暴行、饥荒、瘟疫，处在“今天是无端打碎玻璃，明天是枪声和狱中的叫喊，接着是留在彼得格勒的不工作的人中最疲惫的一些闲话，然后又是知识分子的，没有首都的首都知识分子的千千万万的印象，接着又是受委屈的人们的千百种诉苦”的环境之中。在这里，一个人只有具备大量的政治斗争经验，十分了解世界发生的事件，才能对形势做出正确的结论。政治上没有主见，而且往往感情用事的高尔基感到迷惘、悲观。罗曼·罗兰在《莫斯科日记》中曾这样描绘过高尔基当时的心境：“革命使他陷入全面的道德困惑。开始有一段时间他对革命不能理解，革命的不可避免的残酷使他受到很大的震动。”

在这种情况下，高尔基参与政治斗争。他在《不合时宜的思想》中对革命做出错误的评价也就不足为怪了。

《不合时宜的思想》真实地反映了高尔基在十月革命前后一段时期的思想和立场。作家对当时俄国革命的形势任务，对各个阶级的分析都存在着一系列错误的看法，这已被历史所证实。但是这组文章中有许多闪光的思想，至今仍值得我们认真研究。

高尔基重视精神文明建设的思想对我们有很大的启示。他能正视人民群众心灵中的丑陋，从治病救人的善良愿望出发，提出应在群众中普及文化科学知识，提高他们的文化水准，培养他们的高尚情操，帮助他们认识劳动的意义，唤起他们用积极态度对待生活。

作家怀着对革命前途、人民命运忧虑的心情，敢于对当权者，包括革命的领袖提出直率的，有时也许是过分尖刻、十分刺耳的批评，这的确是十分难能可贵的。尽管高尔基的这些批评多半是错误的，但这比那些明知当权者犯有错误，仍然阿谀奉承、一味讨好的政治小人要高出百倍。从这里看到了热爱人民的艺术家的一颗真诚的心和他那无私无畏的勇气。

通过对《不合时宜的思想》的研究，我们更全面地了解高尔基这位来自“底层”的作家，了解到他的伟大，了解到他的探索，也了解到他的迷惘和不足。

第九章

关于作家晚节的思考：瓦西里耶夫的发难

这是1989年春天，莫斯科街头的积雪已经融尽，街心花园中的树木正透出绿意。克里姆林宫钟楼在蓝天衬托下，仍是那么雄伟，三五成群的鸽子在红场上安闲地踱步。这一切是那么熟悉，一如我从俄罗斯文学作品中多次读到过的那样。

但是，这时注定要给整个世界带来一些变化的一股新思潮，已在俄罗斯大地悄然崛起。所有造访莫斯科的外国人具有一种同感：这变化是深刻的，深不可测。徜徉在莫斯科街头，众多忽闪着困惑与不安目光的行人擦肩而过。当一个又一个历史积案重被莫斯科人激动地大声谈论的时候，人们的心禁不住变得沉重而复杂，仿佛一下子到了一个异常陌生的国度。

一位熟悉的苏联作家瓦西里耶夫在《消息报》上连载了三天的长文《风雨如晦，热爱俄罗斯》。由他的作品改编的电影《这里的黎明静悄悄》，让世界观众分享了俄罗斯文学艺术的无穷魅力。想不到就是这位作家，此刻正向俄罗斯社会主义文学奠基人高尔基发难。

这篇文章援引卢那察尔斯基的话，说高尔基1928年从意大利索伦托回国是"为了庆祝他的60大寿"。因此，他对"使农民陷入绝境，把贵族的远近亲属全部处决，不经审讯就把千百万无辜的群众流放他乡，大规模地镇压知识分子，最后是全国性的饥荒"这一残酷的现实漠然处之。这位当年革命的海燕，曾经谴责过各级首脑；这位改善学者生活委员会的创始人，曾把一些人从要被处决的情况下拯救出来。但现在，"他对如何保卫人民，保卫文化，捍卫法律和正义却一声不吭"。瓦西里耶夫还说："这时他的妻子叶·巴·彼什科娃和列宁的妹妹玛丽亚·伊里涅奇娜都在奋不顾身、千方百计地把人们从牢狱、流放地和集中营中解放出来，而阿·马·高尔基却过着谨小慎微的生活，出现在政府的包厢中，各种会议的主席团里，接待权贵，改写剧本《瓦萨·日烈兹诺娃》和赶写《克里姆·萨姆金的一生》……”

瓦西里耶夫素来有一支优美和泼辣的笔，想不到现在把笔锋指向了高尔基。他断然认为高尔基的晚节已经“不忠”，为了既得的利益，已经背弃了人民和民族的愿望与要求。

再后来，报刊上发表了更多的文章，瓦西里耶夫对高尔基的发难既不是第一个，更不是最后一个。还有不少的文章公开指责高尔基，认为他1928年回国以后，特别是在他生命的最后几年，他“对斯大林的暴政实际上起了美化和支持的作用”。“这位曾经郑重宣告革命暴风雨即将来临的高傲的海燕，在晚年已变成了灾难的信使——一只黑乌鸦!”

莫斯科市最主要的街道“高尔基大街”已去掉“高尔基”的名字，恢复了“特维尔斯卡娅大街”的旧称；高尔基家乡“高尔基市”也仍然改称尼日尼·诺夫哥罗德市；苏联文学界最重要的报纸《文学报》刊头，在普希金和高尔基并列的头像中，取掉了高尔基像，只留下普希金一个人在那里忧郁地注视着惶惑不已的俄罗斯人民。这些，也许高尔基的在天之灵并不介意——因为他生前就没有对获得殊荣表现过分的热情——问题在于，今天做出这些决定的人们，他们是怎么想的，难道那个备经人生苦难的作家，那个始终与俄罗斯共命运的作家，那个为全世界革命人民奉献了堆积如山的卓越作品的作家，他的晚节就这样被轻而易举地否定了吗?

气节，指的是一个人的品格和节操，是在最本质的意义上对一个人的判定。高尔基的晚年，从1928年到1936年，从意大利到苏联，经历了世界法西斯主义滋生暗长的时期，又是斯大林个人专断、个人迷信逐渐显露的时期。在这复杂的历史情况下，判断高尔基的晚节，至少要在阶级性、民族性和人民性等诸多方面做综合性的分析和整体性的探讨才可能更符合历史的本来面貌。简单肯定一切固然缺少说服力，简单地否定一切同样是不公正的。我们只有回到历史本来的结构中和当时具体的社会条件下全面地看问题，才可能避免简单片面的错误。

从一封60年后发表的信谈起

对于研究高尔基晚节的学者来说，1989年《苏共中央通报》第三期上发表的高尔基致斯大林的信，是一份珍贵的史料。

这是早在60年前，即1929年高尔基写给斯大林的一封信。长期以来，人们都知道1930年1月17日斯大林给高尔基写过一封回信。在中国各种版本的《马恩列斯论文艺》上都选印了这封信。它是高校中文系学生必读的材料。从这封信中人们才知道高尔基给斯大林写过信。但令人遗憾的是，高尔基的去信一直无法见到。

人们认为，由于高尔基与苏联领袖的特殊密切的关系，他写给列宁和斯大林的信件当然不在少数。这无疑是研究高尔基品格和节操的重要侧面。一本《列宁与高尔基通信集》收入高尔基给列宁的信件有三十多封。实际上，这位作家给列宁的信远不止这个数字。十月革命前的一些信件显然没有保留下来。但从现在的信札及列宁的复信中也可以看出，高尔基关心的并不只是文学问题，在十月革命前后的岁月里，他处心积虑地思考着并关注着大至革命时局、国家前途，小至学者、作家的衣食起居、情绪和愿望……但不知为什么，高尔基给斯大林的信件却从未见披露。

在高尔基的晚年，列宁不在了，高尔基把斯大林当作党和国家的代表。他把自己对国家和社会生活大小事情的思考写给斯大林当是情理中事。通过这些信件可以了解高尔基当时的思想状态。但直到1989年，60年前高尔基给斯大林写的一封信才从历史的尘封中面世。对于研究高尔基当时的思想状态，我们总算有了一点点“第一手材料”。

在这封信中，作家主要谈了两层思想。首先说到苏联报刊反映新生活的阴暗面太多，这样的材料往往会成为敌人攻击苏维埃政权的子弹。他以前也说过类似的话，他认为，大量反映出来的阴暗面的东西，“是那些已经不中用的人最可口的食品，侨居国外的政治家和小品文作家幸灾乐祸地咂嘴，把这些阴暗面的东西像色情狂似的反复咀嚼，然后又把它打嗝翻出来”。

接下来作家便神情抑郁地说道，他对目前国内政治生活中出现的不正常现象深感不安。他写到，现代青年中弥漫着一种悲观主义和怀疑主义情绪，而且，最能思考的那部分青年，正受到这种情绪的支配。这些青年，是“通过自身经历、书本和老布尔什维克的言论，学会认识事物的。现在他们看到，他们的导师一个接一个离开了党，成了异己分子……”。

信中没有提到成为异己分子的“导师”是谁，但了解1930年前后苏共历史的人都知道，1929年6月，托姆斯基从全苏工会领导岗位上撤了下来。接着被列宁在“遗嘱”中称为“不仅是党最可贵的和最伟大的理论家，他也应当被认为是全党所喜欢的人物”的布哈林离开共产国际执委会；8月21日和24日《真理报》连续刊载点名抨击布哈林的文章；11月，中央全会决定把布哈林从政治局除名。稍微早些时间，这年9月12日，列宁时代的布尔什维克、杰出的演说家、政治家、文艺批评家卢那察尔斯基被免去教育人民委员的职务。随着时间的推移，一批又一批老布尔什维克不明不白地成了“异己分子”，或免职、流放，或监禁、枪决。

高尔基在信中坦率地指出，党在青年中的威信逐渐下降，这在某种程度上是因为“党内摩擦”造成的。他说：“过去这种摩擦形成‘优选’，造就了布尔什维克。如今它产生了相当一批两条腿的废物，其中包括‘马哈伊斯基分子’[①]。这批人相当得心应手地向党内老知识分子、有修养的人士展开进攻。后者的人数在党内并不多，这是由于明显的平庸之辈，愈来愈多地安插在重要的文化岗位上，一些最能活动、自私自利和‘渴望抓权’的年轻人，看到官僚们平庸无能，便竭力向前窜去，占据显要位置。革命的词句和狐狸般的机灵，是他们唯一的武器……这种条件不可能造就在工作能力及坚强意志方面都优秀的接班人。”

对于这封信，有人评价说，高尔基在这里谈了两个问题：一个是不忘给斯大林已露端倪的残暴政治“歌功颂德”，另一个是表示对青年们丧失革命信仰的忧虑。平心而论，如果不是带着有意贬损高尔基的偏见的话，这样的评价是失之公允的。

仔细揣摸这封信的全部内容，认真权衡信中的基调，可以看出这封信中的第二层意思是很值得人们重视的。

高尔基1928年离开意大利，他是带着对社会主义祖国无比兴奋和

① 19世纪末，俄国出现的无政府主义的反革命派别。

喜悦之情归来的。六年前，他离开祖国时，国内战争刚刚结束。祖国大地上满目疮痍，工厂遭到破坏，农村一片萧条。到处是饥荒、瘟疫，人民在挨饿、受冻。现在呢，祖国正在执行第一个五年计划，社会主义建设搞得热火朝天。高尔基是这样描述他的感受的："好像我离开祖国不是五六年，而起码是20年。在此期间，祖国变得年轻了。我有这样的印象：在旧事物的包围中，成长着新的、朝气蓬勃的东西……我看到一个年轻的国家，在此期间，我也变得年轻了。"

但毋庸讳言，世界上第一个社会主义国家，在它的发展过程中，有过坎坷，有过曲折。建国之初，它处在资本主义的包围之中，一直遭到帝国主义各国的切齿仇恨。国内的阶级敌人也从来没有停止过破坏活动。面对这种严酷形势，当时党的领导人斯大林提出了"社会主义愈向前发展，国内阶级斗争就愈显得尖锐"的错误理论。在这种理论的指导下，反对"破坏分子"的斗争被严重扩大化了，大批无辜人民遭到镇压。更为不幸的是，20世纪20年代末、30年代初，苏联政治生活中个人专权、个人崇拜的现象逐渐显露。国内封建专制遗毒远未肃清，社会主义民主尚待发展。由于斯大林的个人专断，党内生活极不正常。不同意见的探讨往往被视为"路线斗争"，而"路线斗争"又迅速演化为"敌我矛盾"。民主法制遭到严重的破坏，从而给党和人民带来了巨大创伤。作为来自俄罗斯社会最"底层"的流浪儿，作为亲眼目睹了西方法西斯分子扼杀民主力量的革命者，他既不愿看到斯大林用逐渐抬头的偏执与独断给列宁的布尔什维克党抹黑，也更不愿看到国内外真正的敌人借此从根本上把社会主义的苏维埃推翻。三年来，他看到了越来越多他不愿看到的事情。他对不正常的党内斗争感到忧虑，对大批老布尔什维克罹难感到痛心，对青年中悲观主义情绪感到不安，对机会主义小人抢占重要岗位感到愤慨。他想毫无顾忌地对党的领导人提出忠告，一如当年对列宁力陈己见那样。这显然是充溢在信中的高尔基情绪的焦点。

可是，这时的斯大林正在热衷于开展党内斗争，强化党内"摩擦"，在盲目冒进的农业集体化运动中，斯大林的农村政策遭到了布哈林等人的反对，于是党内对布哈林等人进行了无情的批判和打击。斯大林很清楚高尔基来信的用意，所以在回信中，除了对能否写阴暗面做了"我们不能没有自我批评"的表白外，着重回答了高尔基的忠告。他强调说，

“从前过着富裕生活的整批整批的居民脱出轨道，离开队列”，“大规模破坏旧事物”便是“理所当然的现象”，以至党内出现大批异端分子，都是革命不可避免的“消耗”，人们必须放弃过“四海升平”的天堂般安乐生活的幻想，继续准备党内出现新的“消耗”。

今天从这封信研究高尔基的“晚节”，我们的着眼点不在于斯大林做了怎样的回答。主要的是，能从中窥见作家那颗诚实的心，能够清楚地看到，作家对俄罗斯祖国已经出现的“灾难”没有“漠然处之”。当然他没有像布哈林那样，对斯大林的农业集体化政策做了针锋相对的斗争；但他也没有像拉狄克那样俯身屈就，不分是非地一味讨好；更没有像亚戈达和后来的叶若夫、贝利亚那样，成为肃反扩大化的帮凶。高尔基就是高尔基，一个伟大的文学家、思想家和革命家。他不能拔着自己的头发离开地球，他只在自己所生活的条件下，做了自己应该做的一切。布哈林有布哈林的尊严，高尔基有高尔基的伟大。站在岸上指点与旋流搏斗者的姿势是否优美，未免过于浅薄和不负责任。正如苏联高尔基世界文学研究所所长库兹涅佐夫所说的那样：“今天某些人向高尔基射出一支支毒箭，这是多么卑鄙渺小的事!站在今天的高度去责难（过去的人）甚至像高尔基那样的巨人，当然是非常容易的事。但是要理解（过去）却要困难得多。应当理解的是：那个看上去是英雄的时代，实际上是悲惨的、痛苦的时代，人们发生了些什么事情，国家发生了些什么事情。”

勇敢的海燕没有停止他的叫喊

高尔基是呼啸于俄罗斯大地与天空间的勇敢的海燕。

作为战斗者的海燕，高尔基在1901年发表的《海燕之歌》中提出了具体的阶级斗争的内容和明确的革命理想。他斗争的矛头所向，是乌云般遮住大地的俄罗斯的反动统治，他呕尽心血为之呐喊的是这样一个愿望：全俄罗斯人民永远不再过那种他所经历的乞讨、流浪、受尽鞭打和侮辱的非人生活。十月社会主义革命的胜利，使他看到了这种光明理想的现实。但是，他并没有停止他嘹亮的叫喊。因为他看到，人类美好理想的最终实现，不会因为一种进步制度的建立而一劳永逸。十月革命初期，他曾经有过对革命的陌生和隔膜感，他曾有过内心的挣扎和痛苦。在他的晚年，他看到了更大的威胁，这是来自国际国内两面的对苏维埃政权的夹击：一是国际帝国主义勾结国内反动派发动的对社会主义的进攻；一是来自革命队伍的内部的对伟大的列宁原则的歪曲和践踏。

他对此没有沉默。

瓦西里耶夫说，革命的海燕“一声不吭”了，这是不公平的。

高尔基的挚友、奥地利著名作家茨威格，对此说过的一句话也可能引起人们的误解。高尔基说茨威格“是一位优秀的、谦虚的、很有才气的人，他对我国的事物了解很透彻，衷心地赞同苏维埃政权的令人神往的工作”。茨威格说高尔基“为世界创造了另一个天地，即各种激动人心的命运和形象的世界，并向各国人民展示了俄国人民的伟大”。他们两个人的友谊被视为世界文坛的佳话。正因如此，人们才轻易地把茨威格的一个判断当为定论。茨威格访问高尔基之后给罗曼·罗兰的信中说：“高尔基清楚全世界都在等他作证：苏维埃等他表示赞同他们的一切做法，另一些人则等待他谴责这一切。而他却保持沉默。又有谁能明白，会理解他的沉默。要晓得，即使孩子做得不像期待的那样，你也不好骂自己的孩子啊……”

多少年来，当人们说到高尔基对斯大林时代的种种错误“保持沉默”时，很大程度上是相信了茨威格在此处的判断。但茨威格的这段话并不能够当作对高尔基的盖棺定论，即使茨威格是完全站在高尔基一边，表达了对后者的同情与辩解。的确，高尔基没有也不可能去“谴责这一切”。但这并不等于高尔基“一切”都没有“谴责”。事实上，就在茨威格1930年1月到索伦托拜访高尔基的当时，高尔基就给斯大林写出了本文第二节谈论的那封信。难道信中没有对违背布尔什维克行为准则的错误进行“谴责”吗？还有，茨威格一生访问高尔基两次，分别是1928年在苏联，1930年在意大利。这期间高尔基对苏联国内千变万化的局势，包括对斯大林本人的错误行为都处于朦胧认识的阶段，他真正对应当“谴责”的事情看得比较清晰的，恰是此后的年月。隔雾看花，总缺少一些真切。在异国他乡的茨威格，对此当然就更难以了然于心了。

事实上，高尔基为了生他养他的俄罗斯人民的壮丽事业，用带血的歌喉喊叫了一生，即使在情况已很困难的晚年，他也没有须臾保持过沉默。

这首先，我们看到他所显示的对世界法西斯主义的昂扬战斗精神。

高尔基一生中有15年以上的时间侨居国外，这使他对资本主义西方，特别是美国、德国、意大利等国种种黑暗与罪恶现象十分了解。《篝火和灰烬》的作者巴兰诺夫对高尔基在国外的见闻和感受有详尽描述。按这本书介绍，早在1921年，高尔基初到德国时，他便亲身了解了希特勒成为法西斯党魁的过程。“历史似乎不安地提醒人们注意，对欧洲政治生活中的新情况，无论如何不能置之不理。”

1924年他到意大利的当天，正好当地报纸公布臭名昭著的资产阶级政客墨索里尼采用不光彩手段使法西斯占据议会大部分席位的丑闻。

然后是社会主义议员马丁奥蒂因为反对法西斯破坏法纪而被杀害；社会党议会党团代表佐万涅·阿盂道拉被冲锋队员毒打致死。高尔基在那不勒斯的住宅，光天化日之下，遭到意大利警察的搜查。墨索里尼公然宣称，他非常崇拜战争，他把战争看作人类才能的最高表现。高尔基清楚，这种赤裸裸的战争叫嚣，首当其冲地是对着社会主义苏联。所以，他郑重地提醒人们对这种可能发生的强盗式侵略，保持清醒头脑：

> “如今已经到了这样的时刻，不论是瞎子也好，聋子也好，都应当十分明白有一小群不负责任的、憎恨劳动的强盗，有一个人类寄生虫的组织，在威吓着要破坏文化……
>
> 由于它自己赤裸裸的犬儒主义，生活越来越可厌了，人们呼吸不到任何东西……大气日益浓重，含着突然爆发一阵暴风雨的威胁，这阵暴风雨要破坏并扫荡人类的一切文化成就。”

1928年高尔基回国以后发生的事情是：

1931年日本法西斯入侵中国。

1933年先是希特勒发动法西斯政变上台，不久借德国国会纵火案，逮捕德共主席台尔曼，公审保共领导人季米特洛夫，然后是挪威傀儡政权头子吉斯林组织法西斯政党——民族统一党。

1936年，墨索里尼入侵埃塞俄比亚。

高尔基很早就预见到法西斯分子瓜分世界的阴谋，并且肯定地说他们正在准备世界战争。他指出："白种人独霸世界的理论，不但可以把有色人种，甚而也可以把自己白种的邻居欧洲人，看作应该奴役和消灭的野蛮人。"苏联学者格鲁兹杰夫在《高尔基传》一书中写到：

> "我们可以这样说，在那些年代，从1933年到1936年，从法西斯国家产生的时刻起到高尔基逝世止，他从不疲倦地——在论文、书信、谈论、演讲中——揭露法西斯主义，用集中起来的憎恨去憎恨它。"

据我们所知，高尔基晚年回国以后，一共发表了二百多篇政论文章，其中相当多数都是他以勇敢的战斗者的声音向日益猖狂起来的世界法西斯主义发出谴责的。他在逝世前不久发表的一篇文章中写到：

> "我们活在这样的时代：全世界的坏蛋——资产阶级面临不可避免的灭亡而完全吓破了胆。它的基本因素——贪婪，无比丑恶地摆在我们面前。全世界的老板惯于干出肆无忌惮的行为和惨无人道的行动，其横蛮的规模空前未有，正如在日本侵占满洲里奴役中国，墨索里尼企图奴役埃塞俄比亚人，希特勒准备发动新的欧洲大屠杀这些事件中我们所看到的。我们应该知道，老板们企图又一次重新瓜分世界，以便侵犯我们，侵犯我们富饶的国家……"

这就是高尔基以毫不妥协的斗争精神，为俄罗斯人民留下的反对侵略、保卫祖国的伟大的遗言。

跟与世界法西斯斗争精神比起来，高尔基与斯大林错误的斗争，确实不那么"直接"，不那么"无情"。这是因为，斯大林的专断有个发展演化过程。更为重要的是，他既是个人崇拜、个人专断主义的始作俑者，又是率领苏联人民，以英勇无畏的精神突破世界资产阶级的封锁，誓死保卫社会主义成果的领导人。列宁逝世后，斯大林在其执政期间，的确犯了一些极为严重的错误。但他毕竟顶住了帝国主义的压力，坚持了社会主义革命和建设，并取得了举世瞩目的成就。这是铁的事实。高尔基亲身感受到：十月革命胜利后在世界上建立的第一个社会主义国家，消灭了阶级剥削和阶级压迫，劳动人民成为国家的主人，他们正在学习管理国家。这是人类历史上何等巨大的进步!高尔基亲眼看到了，祖国的人民“不顾重重困难，以一种不曾有过的形式进行创造”，他们坚信“在地球上将要实现天下大同的理想，人们将是自由的、聪明的、健康的和勇敢的”。苏联人民“在把世界引向这个目标”。在这种情况下，高尔基怎么能像揭露沙皇专制残酷镇压人民的罪行那样，来揭露斯大林政权的失误呢？怎么能像白俄分子那样，公开参加帝国主义报刊的反苏反共大合唱呢？因此，与斯大林错误的斗争就要比前一种斗争复杂得多、艰难得多，使每一个置身其中的人，常常陷入一种“投鼠忌器”的两难境地。

高尔基就是在这种情况下，力所能及地做出了自己“抵制”和“谴责”的努力。

他抵制对皮里尼亚克等人的“残酷斗争”就是一例。

皮里尼亚克是二三十年代苏维埃文坛上的重要作家，苏联小说创作的奠基人之一。1926年，他在《新世界》杂志上发表了《不会隐没的月亮的故事》，小说描写了红军统帅患胃溃疡，在高加索疗养，症状已经消失。但党的最高领导人却命令他立即回莫斯科动手术，统帅觉得其中定有蹊跷，并预感到凶多吉少，结果，统帅死在手术台上。在作品的前言中，作者请读者不要将故事和伏龙芝之死联系起来。但明眼人一看就知道，作品正是暗示斯大林和伏龙芝之间的关系。作者注明，此作是献给批评家沃隆斯基的，但却遭到沃隆斯基的拒绝；这位批评家还写信给《新世界》的编辑部，指出作品是对党的“恶毒诽谤”。后来《新世界》编辑部公开承认刊登这一作品的错误，作者本人也进行检讨，这一公案才算暂时了结。1929年，皮里尼亚克在国外出版物上发表了长篇小说《红木》。小说描写了农奴制时代一些能工巧匠制作了一批像艺术品一样精致的红木家具。革命后，这些工匠的传人成了修复、鉴赏红木家具的专家，他们“像诗人一样热爱自己的事业”。《红木》表现了作者怀旧复古的思想，但也揭露了革命后社会生活中的弊端，像城市中领导人的种种特权，农村中富裕农民被视为敌人。

和《红木》一起刊出的，还有扎米亚京被认为是恶意诽谤社会主义的长篇小说《我们》。当时苏联作家在国外发表作品是绝对不允许的，而《红木》的内容又被视为不健康的作品，加上皮里尼亚克还有“前科”，于是一场暴风骤雨式的大批判开始了。1929年8月26日，《文学报》刊出了沃林的文章《不能容忍的现象》。这是一枚进攻的信号弹。9月2日，《文学报》用整整一版的篇幅发表了批判皮里尼亚克的文章。马雅可夫斯基在《我们的态度》这篇短文中声称，苏联作家在国外发表作品，这是不能容忍的行为。“在乌云密布的今天，这种行为无异于在战场上背叛。”马雅可夫斯基公开承认，“不管是《红木》”，还是“他的其他小说及别的什么货色”，他一概没有读过。

当时许多作家纷纷表态，异口同声地谴责皮里尼亚克。这些作家中有伊凡诺夫、奥格辽夫、泽林斯基、卡拉耶夫、格罗斯曼、罗欣等人。文艺团体“打铁炉”、“山隘”联名发表抗议信。苏联作家联盟、全苏农民作家协会、全苏艺术工作委员会争先恐后地向皮里尼亚克提出抗议。皮里尼亚克原是全俄作家协会莫斯科分会主席。该协会理事会马上召开紧急会议，在9月15日匆匆解除了皮里尼亚克的主席职务，就在这紧锣密鼓的批判、抗议中，突然传出了高尔基的声音：“不能这样对待人!”就在9月15日，《消息报》刊出了高尔基的文章——《论精力的浪费》。高尔基并未给皮里尼亚克护短，他指出，皮里尼亚克是有才的，但求名心切，“他匆忙地生活，他也匆忙地写作”。他想使他的作品译成各国文字。十月革命后，他没有能“自我改造思想”，因而犯了错误。

如何对待犯错误的人，高尔基和当局的一些做法是大相径庭的。高尔基认为：皮里尼亚克因为自己的过错而受到了十分严厉的惩罚。这种惩罚似乎会毁掉他在苏联文学部门的一切功绩。但是谈的不仅是关于皮里尼亚克。高尔基写道：“我毕生是秉着对人采取慎重的态度而奋斗的，而我觉得，现在，在我们的环境里，必须加强这种奋斗。因为新人，群众中被提拔的工人，以及那个希望和群众的先进部队和群众中富有创造性的积极分子一起并肩前进的人，正在共同开始改造现实。我们对待这些人们的态度是否够慎重呢？对他们的工作和才能是否充分重视呢？对待他们的错误和过失是否过分严厉呢？使我提出这些问题的，不是温情的人道主义，而是认识到有必要节省人的精力，因为人是新生活的创造者，是在这个像罗曼·罗兰所说的‘世纪最伟大的事业’中的助手，我们能不能培养这些助手呢，率领这些同路人跟自己走呢？我觉得我们现在不能够。”

值得注意的是，高尔基在这里指出：“谈的不仅是皮里尼亚克。”是的，一些人为了自私的目的，肆无忌惮地使用“庸俗的、市侩的、豺狼般的陷害手段”，这种现象，在20世纪20年代末已经出现；而随着时间的推移，这种恶劣的做法愈演愈烈。高尔基曾经说过：“我不能说我是‘先知’、预言家，然而我的职业是文学家，也就是观察者，我大概比其他职业的人看得远一些。”高尔基在这时是否预感到了残酷斗争、无情打击、肆意陷害、残杀无辜的悲剧已经逼近了呢？

高尔基认识到社会主义事业是艰巨的，国外敌人包围着苏联，国内敌人在进行破坏。所以必须要团结一切可以团结的人民大众，而不应把那些能够帮助我们的人推到敌人那边去，所以他说：

> “我们生活着，知道我国有许多内部敌人，有意和无意的‘暗害分子’。这一切不应使我们害怕，可是一分钟也不应忘记这些。必须记住，我们自己的人还不那么多，不要把那些在我们艰苦而壮丽的事业中能够帮助我们的人抛掉和推开……如果我们采取这样对人的态度，我们就完全会从自己的孩子们当中制造出敌人的。”

请注意结尾这句话“从自己的孩子们当中制造出敌人”中“制造”一词的运用，这不是说，在没有敌人的地方“制造”“敌人”，把不是敌人的人硬打成“敌人”吗？这和当时已经开头、随后越演越烈的阶级斗争扩大化的实质不是一模一样吗？难道高尔基在这里关于“不能这样对待人”的叫喊，仅仅针对文学界吗？他自己就明确说过，他“谈的不仅是关于皮里尼亚克”。他应当明白，他这种逆流而上、仗义执言的见解必然不为当局所容忍。果然，一些御用评论家马上把矛头指向这位敢于仗义执言的作家。他们公开指责高尔基的文章，认为“庇护皮里尼亚克的文章是送到无产阶级国家的敌人手中的新的武器”。发表《论精力的浪费》这篇文章的《消息报》也很快和这篇文章划清了界限。对高尔基攻击得最厉害的是“拉普”派西伯利亚小集团《当代》的代表人物。1924年9月22日，《苏维埃西伯利亚报》刊出了一篇文章，标题是《遭到浪费的高尔基的精力》。高尔基在《论精力的浪费》一文中，曾预料到“有人会说我鼓吹自由主义‘调和主义’，这是撒谎”。高尔基认为，工人阶级的正义事业不允许搞调和，搞折中，提出慎重对待人的主张是从工人阶级的利益考虑，不要搞无限上纲、无情批判那一套，以避免浪费人的精力。《苏维埃西伯利亚报》上的文章却针锋相对地说：“不，高尔基，您正在鼓吹调和主义，这不是撒谎……您，阿列克赛·马克西莫维奇，是个坚定的、自觉的调和派，可以说是国际范围的调和派。”

面对这一片叫嚣声，高尔基没有后退。现在他义无反顾，决心揭露那些幸灾乐祸、落井下石、踩着别人的脑袋往上爬的家伙。于是他又着手写一篇新的文章，题目是《老生常谈》。他一针见血地指出：形形色色的机灵鬼，正为这件丑事而感到兴高采烈。他们把这件事看成是弹跳板，靠它可以跳得更高，从而让人们注意他们。他们当中有不少工人阶级中的贪得无厌者、恶意煽动者、小喽啰、被虚荣心折磨的家伙。1905—1906年革命后，这些人被称之为“大车队里的恶棍”。对他们来说，文化也革命的口号只是一句空话，他们根本不懂得这些口号的意义……我发现，在我们这里，一些人滥用“阶级敌人”、“革命”这些概念，他们多半是平庸之辈、社会价值令人怀疑的人、冒险主义分子和贪得无厌的人。

在文章中高尔基还提到当时成为众矢之的的一些作家。他力排众议，明确指出，他们不是社会主义事业的敌人：

> “除了皮里尼亚克，还有不少其他的文学家，有些人公然要在他们头上试试自己拳头的力气，并力图使领导相信，只有他们才知道如何保持工人阶级和青年思想的纯洁。举例来说，叶夫盖尼·扎米亚京，在他们看来是工人阶级意志和理智力量所创造的现实生活中可怕的敌人……据我所知，扎米亚京、布尔加乔夫以及他们所有被诅咒的人，在我看来，他们并不想妨碍历史完成其事业——美好和伟大的事业，他们对从事这一伟大和必要事业的正直人士，并没

有盲目的仇恨。”

虽然在当时缺乏民主、舆论一律、政治生活极不正常的情况下，高尔基的反驳文章未获发表，但是他能写出这样的文章，要求公开发表，他的胆识和勇气是令人敬佩的。他依然是名副其实的海燕。

我们知道，斯大林时代最失去人心的地方，除了滥杀无辜，还有一个是个人迷信。我们没有见过高尔基反对个人迷信的文章，但我们不能据此说他默认了这种违反列宁原则的行为。恰恰相反，我们有很多根据证明高尔基是反对这样做的。

首先是“祝寿”。1928年，苏联国内曾掀起一股飓风般的为高尔基祝寿的狂潮。这在列宁时代是禁止的，但被斯大林滥用了。斯大林自己就热衷于祝寿、命名之类的逢场作戏。但高尔基明确表示他对此“不感兴趣”，他无法制止国内的这股狂潮，但是他决不前往助兴。他的60寿辰是3月28日的事，但他左拖右拖；直到国内祝寿浪潮平息下去，他才于5月28日离开索伦托返回祖国。他是在用实际行动提醒斯大林不要忘记列宁的教导。

给领袖作传，真心实意地赞美人民爱戴的领袖，特别是通过赞颂领袖达到对党、对社会主义事业的赞颂，高尔基是乐于做的。他在列宁逝世以后，就满怀深情地写过列宁回忆录。但是他不愿向已被人民心怀怨忿的人讲出矫情的话，所以他几次三番地拒绝歌颂斯大林。

据说，高尔基1928年回国以后，斯大林一直有意要前者写一部有关他和列宁的友谊或单独写他英雄业绩的书。开头大约高尔基是答应过的，因为不少材料都说到高尔基在30年代初期曾经收集并掌握了一定数量关于斯大林的艺术性材料。1932年1月国家出版局局长哈拉托夫写信给高尔基说：“撰写约·维·斯大林传记的素材我们已经给您寄去，请来信告知，您是否还需要什么材料，您打算何时把传记给我们。”按这封信的语气看，当初高尔基好像没有断然拒绝写作斯大林传的要求似的。通常斯大林的这种要求，总是由内务人民委员亚戈达转达的。

斯大林时代出逃西方的亚历山大·奥尔洛夫所著的，已被很多人经常引用过的《斯大林肃反秘史》一书也提及此事。当然，《斯大林肃反秘史》一书反映的情况是否完全可靠，有待进一步核实，但书中提供的一些材料不妨作为我们思考问题时的参考。书中说："当亚戈达及其助手们确信高尔基已完全接受了他们的影响之后，斯大林就吩咐亚戈达去暗示这位名作家：他若能写上一本赞扬列宁和斯大林的书，那就太好了。……斯大林想借高尔基的笔，来把他塑造成列宁当然的接班人。为了让自己名垂青史，为了使世界驰名的俄罗斯作家来为自己歌功颂德，斯大林有点迫不及待了。"但是结果如何呢？亚历山大·奥尔洛夫在书中继续说："有一天，我在阿格拉诺夫办公室里，波格列宾斯基突然闯了进来。他就是那个因创办了两个劳改释放犯就业公社而闻名全国的契卡，他同高尔基有着特别深厚的友谊。波格列宾斯基告诉我们，他刚从郊外的高尔基别墅回来。'有人把整个事情都弄砸了，'他抱怨道，'无论我怎样劝高尔基，他总是一味地回避写书的事情。'阿格拉诺夫也同意他的看法，认为肯定有人'把整个事情都弄砸了'。"

阿格拉诺夫和波格列宾斯基们弄不清楚，到底是谁把事情弄砸了，其实，弄砸事情的只有斯大林自己，使高尔基改变初衷，拒不写作斯大林传的，只是因为高尔基越来越不理解斯大林公然违背列宁主义原则这一行为本身。

亚历山大·奥尔洛夫还分析说，从高尔基拒绝写作《斯大林传》之后，他同斯大林的关系便开始趋于紧张而复杂。斯大林对他的回答是冷落、封锁、取消当初答应他每年可以去意大利小住的许诺。罗曼·罗兰对此证实说，斯大林给高尔基这头"老熊的嘴唇穿上了一个铁环"。"不幸的老熊，头上堆满桂冠，身上堆满种种光荣之衔；而在他内心深处，对所有这些荣誉之名漠然置之，他宁可用这一切换取往昔的流浪汉的独立不羁。"在此种情况下，高尔基对斯大林的馈赠又是什么呢？不仅不写斯大林传，连亚戈达以《真理报》之名要高尔基写篇《列宁与斯大林》的短文的要求也遭到拒绝。1934年底，季诺维耶夫、加米涅夫因基洛夫案被诬陷逮捕时，亚戈达再次转达斯大林的要求，要高尔基撰文控诉"个人恐怖"。高尔基回答得更为响亮："我是要谴责个人恐怖，但我更要谴责这种恐怖！"

这不正是在愤怒的大海上与海浪搏击的、勇敢的海燕那无畏的叫喊声吗？

人道主义者的光辉

在高尔基的晚年，1934年基洛夫案件以后，斯大林大搞肃反扩大化，其践踏民主、破坏法纪、随心所欲地抓人杀人的情形令人怵目惊心。斯大林借口打击托洛茨基反对派，把斗争矛头残酷地对准列宁时代的老布尔什维克。按赫鲁晓夫在苏共二十大的秘密报告中所列举的事实看，从1934年到1938年，遭到逮捕和枪决的党中央委员和候补委员共98名，占中央委员会总数的70%；政治局委员半数以上遭到清洗；党代表大会有表决权和发言权的1 966名代表中，有1 108人被指控犯有反革命罪行而被捕，占到总代表人数的56%。斯大林使用“人民敌人”的罪名，随便地可以把与他有争论的或有敌对情绪的人置于死地。

在这种不容人说话的强权政治下，谁如能拍案而起并能至死不屈地同斯大林抗争，那的确令人敬佩。但复杂而严峻的政治斗争告诉人们，斗争的形式不止这一种。这使我想起赫鲁晓夫当年在二十大秘密报告中的一则传闻。当赫鲁晓夫愤激地咒骂斯大林是“赌棍”、“白痴”的时候，台下传来一张纸条，问“斯大林在世时你为什么不站起来”？赫鲁晓夫读完纸条大声问：“这是谁写的纸条，请站起来!”场内寂静一分钟，无人起立，赫鲁晓夫便大笑地说：“这就是最好的回答!”他的潜台词是：“正如现在你也没有站起来!”这则传闻给人的启示是：采取哪种斗争的方式，跟当时的具体形势有关。

但是，我们遗憾地发现，今天恣意贬损高尔基晚节的人，要求当年的高尔基必须同斯大林撕破脸皮，斗个你死我活。如最近苏联《星火》杂志刊出的一篇文章《幸福的梦幻》就诘难作家：“为什么当年在专制面前毫不妥协的海燕，不像列夫·托尔斯泰那样奋起呐喊：‘我不能沉默’？”我们可以回答：高尔基所处的时代与托尔斯泰所处的时代已经截然不同。托尔斯泰面对的是，必须彻底摧毁专制制度，所以他才有“撕下了一切假面具”的勇气，成为一个“强烈的抗议者、激愤的揭发者和伟大的批评家”。而高尔基却置身于一个自己亲手参加创造的崭新的社会，这个社会却出现了与本来的原则和目标格格不入的坏因素。斯大林既犯有严重的错误，又是列宁事业，即全世界第一个社会主义国家的革命和建设事业的实际继承人。他对这一切既要批判，又要维护。

这使他感到了比托尔斯泰更为艰难的处境。我们想一想割狼的肉和割自己身上的病肉时的情景，就会理解高尔基为何不是托尔斯泰。但是，在另一个意义上，在伦理原则与道德范畴上，在尊重人的价值，捍卫人的尊严，提高人的地位上，两位伟大的作家都同样是伟大的人道主义者。

高尔基在革命人道主义旗帜下，曾救助了一批又一批革命家、文学家和无辜的群众。早在十月革命后，在那些动荡不安的日子里，高尔基就曾把许多怀抱冤情的人从死神手里挽救出来，仅在高尔基书信集中，就可以发现下述人的名字："一个17岁的非常狂热的女诗人"，左派社会革命党人娜塔莉娅·什克洛夫斯卡娅，"我对他政治上的忠诚确信无疑"的文学家伊万·沃尔纳，"共产党员、有光荣的革命历史"的最高国民经济委员会手工业部主任列昂尼德·沃罗比约夫……

1934年，斯大林借换发党证而大搞清党时，高尔基故乡高尔基市"红十月"糖果厂共产党员尤里·亚历山大洛维奇·波克罗夫斯基受父亲历史问题株连，面临着被作为"阶级异己分子"开除出党并被流放他乡的厄运，他的父亲正是高尔基1901年因涉及购置油印机印制传单一案而被捕坐牢的尼日尼市监狱的监狱长。前者曾在政治上给过高尔基和很多政治犯以方便。这位共产党员在绝望之际想到高尔基，便给他写了一封求援的信。出乎意料之外，他很快就收到了高尔基寄自莫斯科的亲笔信，信中说：

> "波克罗夫斯基同志，我告诉您，我在尼日尼监狱坐牢时，没有受到来自监狱长的任何限制，我也没有从我的同志那里听到过指控他对待他们态度粗鲁……我的印象里，这是个'温和的'善良的人，他为自己的职位感到苦恼。"

只这一封信，便把这位共产党员的全家从厄运下解救出来。卫国战争期间，波克罗夫斯基同志应征入伍，奋勇杀敌，英勇地战死沙场，为国捐躯。

很有才华的俄罗斯作家扎米亚京，由于在国外发表了长篇小说《我们》，受到严厉批评，遭受难忍的排挤、打击、被剥夺写作权利。但是高尔基力排众议，一如既往地关心他的生活，鼓励他的创作，亲自转交扎米亚京写给斯大林的请求出国的信，并四处奔走，使扎米亚京终于获得出国机会。扎米亚京离国前，高尔基把他接到家里，殷勤款待。扎米亚京虽然出国了，但他像怀念热土一样，永远怀念高尔基给他的温暖与关怀。他在日后的回忆录中写到：

> “1927年至1932年最艰难的时期，苏联文学落到了‘拉普’的控制下，他们把对其他作家进行‘再教育’视为己任。一部分‘被教育者’开始沉默，另一部分人的作品开始明显地说假话……见面时，我不止一次地对高尔基谈到此事。他默默地抽着烟，咬着胡须。后来他打断我说：‘等等吧，我要为自己记下这段历史来。’”
>
> 记下这段历史的意思，直到很晚，至1932年我才弄清楚。这一年的4月，令人意外地发生了真正的文学变革：政府颁发法令承认“拉普”的活动“是阻碍苏联文学发展的”。这个组织宣布解散。这对于高尔基来说并不突然：我完全相信，这个法令正是他准备的，他像高明的外交家一样采取了行动。

这之后，社会主义苏维埃进入异常艰难的时刻。1934年基洛夫被刺以后，俄罗斯大地草木皆兵，人人自危。先有104人无辜被当作“白匪奸细”枪决，五千多名“托洛茨基反对派”在各地未经审判而杀掉。这年底，季诺维耶夫、加米涅夫遭到逮捕和秘密审判。加米涅夫是高尔基平素所敬重的朋友。1936年8月19日，就在高尔基的骨灰在红场安葬的前一天，加米涅夫和季诺维耶夫等16名“被告”在莫斯科第一次大审讯中受到公审，五天之后，16名被告被全部枪决。根据这个日程表，不幸的高尔基当然无法为加米涅夫等人的死而奔走。但是有材料证明，在高尔基说话还有一定分量的时候，他为加米涅夫等人讲了很多话。

据亚历山大·奥尔洛夫说：“1932年，他（高尔基）因平素所敬重的加米涅夫被捕而感到极度的不安和不解，并把这一看法告诉了亚戈达。斯大林听说后，为了打消这位名作家的疑虑，赶紧下令放人，让加米涅夫回莫斯科。据我所知，由于高尔基的干预，还有几个老布尔什维克也免去了被继续监禁或流放之苦。但作家并没有因此而感到欣慰。

他知道，还有许多老党员，过去饱受沙皇的折磨，现在又遭到斯大林的迫害，对此，他实在不能容忍。他经常找亚戈达、叶努启则或其他有权有势的人物，发泄自己的愤懑，表示自己对斯大林越来越感到失望和不满。”

以上事实说明，高尔基没有像托尔斯泰那样拍案而起，是他所处的特殊的社会环境所决定的。但是他没有“沉默”，没有“谨小慎微”或“忍气吞声”。他的伟大的革命人道主义者的思想光辉照亮了无数苦难者的心。他在苏联人民、中国人民和世界革命人民心目中永远是一只冲击不平命运的雄鹰与海燕。

伟大人物的另一面——难以摆脱的历史局限

我这里怀着无限仰慕与崇敬的心情来追思与评价高尔基的晚节。但我丝毫不想把高尔基说成是完美无缺的人。任何人总是有他不足的一面。遗憾于历史的一面，只是后人说与不说、迟说与早说的问题。

高尔基也是这样，他既曾经站到了进步人类的思想的峰巅，也同时具有难以摆脱的历史局限。他对建设社会主义的复杂性、艰巨性、长期性，乃至对为之而斗争的残酷性，是认识不足的。且不说十月革命前后作家曾误入歧途，单就他的晚年来看，他一直未能认清斯大林的专制主义。

1921年，他出国的时候就没有怀着好的情绪：他因对刚刚实行的无产阶级专政的距离感所受到的批判心怀余悸；因为作为改善学者生活委员会主席，为给作家、知识分子解决衣食困难，受到当时彼得堡苏维埃主席季诺维耶夫的困扰和侮辱。但尽管这样，他也没有想到，他出国六年以后，尤其是列宁逝世以后，国内发生了如此深刻的变化——在生活的表层，国家工业化带来欣欣向荣的繁荣景象；而在生活的潜层里，斯大林的个人迷信、专断、弄虚作假、左倾片面方针政策已经给苏联人民的生活和心理造成沉重的灾难。而这些，靠高尔基侨居在索伦托所接触的那些有限的朋友和信件是难以了然的。

就这样，1928年，在鲜花与美酒，在喊破天的“乌拉”声中，高尔基高兴得像个天真烂漫的孩子似的回到了俄罗斯大地。回国后，高尔基曾决心深入到“底层”去，看一看、问一问祖国的人民干些什么、想些什么，一如他1891年—1892年那样随心所欲地漫游俄罗斯。他于1928年—1929年底，又两次走访俄罗斯的工厂和农村。但因为他的名气太大了，各地人民像朝拜图腾似的向他欢呼，当局为他精心设计行走路线，安排会见场面，前呼后拥地随行护驾，稍有常识的人都知道，这样的“走访”不能访问到几分真情。何况在许多访问的现场和要被会见的人中，亚戈达们往往事先做了手脚，将真情掩盖起来，给作家只展示一个五彩缤纷的假象。

据说，当时身处逆境的布哈林盼高尔基回来如久旱之望云霓，非常希望高尔基能全面了解俄罗斯生活。他希望“给他提供机会，仔细看看俄国发生的一切；而要仔细地观察，只有在这种情况下，打比方说，不用辛勤的扫庭院工友帮忙，因为他们总是用沙子洒在各条肮脏的道路上”。但是布哈林的希望显然落空了。

由于只观察到表层的生活，高尔基就很难写出反映深层生活的文章，如1929年出版的《苏联游记》中访问巴库的特写、访问库里亚日儿童工学团的特写以及描写第聂伯河电站的特写。

作家只能通过新旧对比或忆苦思甜来表现“社会主义的繁荣”。这些文章不是不可写，也并非不是好文章，只是这样的文章出自高尔基之手，就未必能满足密切关注祖国命运的人们的愿望了。

这里还应提到高尔基关于索洛威茨岛劳改营的文章和关于修建白海—波罗的海运河工程的文章。1929年高尔基回国后，曾参观北方的索洛威茨岛，归来后写了特写《索洛威茨改造营》，记录了许多刑事犯通过劳动改造成新人的故事。1933年高尔基和一批作家参观了修建白海—波罗的海运河的工程。《斯大林白海—波罗的海运河》一书，作为高尔基主编的《工厂史》的一种，于1934年出版。高尔基为该书写了序言《社会主义的真理》。作家在序言中谈到敌对分子对大自然的改造，谈到国家政治保安局执行劳改政策取得的成效，谈到小市民习气和职业上的妄自尊大妨碍教育新人的斗争。高尔基写作这些文章的意图是非常美好的，他想通过劳改营把犯人改造为新人的描写，来歌颂劳动，歌颂社会主义劳改政策，歌颂国家保安局执行劳改政策取得的成绩，但是，他忽略了非常重要的一点，就是劳改营里关着的都是些什么犯人。

不错，这里的确有反对和破坏社会主义革命和建设的敌人，但这些犯人中的相当多数都是斯大林专制主义和左倾片面政策下的牺牲品，其中包括成千上万对农业集体化抱敌对情绪的公民、无家可归的儿童，受托洛茨基、季诺维耶夫、布哈林不同政见者牵连的工人、知识分子和布尔什维克，这些人怀着无处伸张的冤屈死于非命。据说在白海—波罗的海运河工程中死去的“犯人”就达十万之众。冬天病死卧倒在地上的犯人，被大雪埋住，收尸时，尸体与铁锹碰撞，发出木头般的响声。有时雪下得很厚，究竟有多少人被埋在雪里都弄不清楚，只有到冰雪融化的时候才能知道确切数字。

高尔基不了解内情，不分辨“劳动”的性质，仅从对“劳动”的“神圣意义”的偏爱上，就对劳改营和强制性的劳动改造使用了那么美好的言词，无论从哪个意义上也显得有些过于偏激励。

这样，我们就不能不提及索尔仁尼琴的《古拉格群岛》一书。这部著作所揭露的斯大林时代劳改集中营的残酷情况，使几十年后的读者仍然心惊肉跳。而这部书中的内容与高尔基上述两篇文章的内容，恰巧都是使用的同一个背景材料，甚至索尔仁尼琴还偏偏写了高尔基曾经访问过的人和事情，而所得到的结论却和高尔基正好相反。这无疑是对高尔基文章的真实性提出的严重挑战。当然，索尔仁尼琴写作的动机和高尔基的不可同日而语；但这部书在全世界都产生了重大影响，后来在苏联国内也已公开出版，这不能不反过来给高尔基的“社会责任感”蒙上一层阴影。无论如何，这些文章都写得过于草率，甚至不知深浅地仓促命笔而成。为一时之需，写些过眼烟云的文章，终于经不起历史的考验，这应当是一切善良的文学家们至死不忘的教训。如果说，高尔基回国的前两年，无论是由于主观原因还是客观原因，无论是由于自己缺少思想准备还是亚戈达有意隔离他和人民的关系，不管怎样，由于他确实“不知内情”，写了一些不尽实事求是的文章，那还是有情可原的话，那么到了30年代以后，斯大林的轻信、偏执和专断渐渐膨胀为不可扼制的浊流，他通过种种渠道，包括自己的许多切身体会，终于对苏维埃繁荣表面下汹涌而来的灾难有了直接感受的时候，仍然说一些不切实际的，甚至是违心的话，那就不能不使人感到十分遗憾了。

这里，我必须提到他在1930年11月15日发表的那篇极其著名却极有争议的文章《敌人不投降——那就要消灭他》。罪大恶极的敌人，手持武器的敌人，拒不投降，当然要消灭他，这应该是天经地义的原则。至于政敌，乃至意识形态方面的不同政见者，那就得另作别论了。这里更主要的问题是：谁是敌人，你要消灭谁？在这之后，在1932年，庆祝高尔基文学创作活动40周年时，斯大林写给他的祝词中说："亲爱的阿列克塞·马克西莫维奇!我衷心地祝贺您，并紧紧地握着您的手。我希望您为使全体劳动者快活，为使工人阶级的敌人恐怖，而长久地生活和工作。"同样，这里也有个对"敌人"概念的界定的问题。不幸的是，在这个应当区分敌友的马克思主义的最基本的常识上，高尔基受斯大林的影响，有时就把"敌人"和"朋友"的界线混淆了。

我们还回到《敌人不投降——那就要消灭他》一文上来。这不是一篇孤立的文章，以他回国以后陆续发表的《给苏联的"机械的公民"》、《再论"机械的公民"》等文为例，按作家自己在文中所列举的四个最反动的观点分别是：一、"他们很一致地，很激烈地否认苏维埃成绩的存在。"二、"为着共产主义的将来，而多种多样地限制自己和别人，这在我们方面，难道不是枉然的、完全无结果的牺牲吗？"三、"我却要'呸'一下，管什么社会，管什么劳动创造的号召，我是不爱人的，我只要简单地为着我自己，为着我的家庭而生活……"四、"俄国民众不懂得自由，他们需要的是哥萨克和鞭子。"在举出了上述种种观点之后，高尔基得出结论说：

> "你们是谁？"
> "你们是劳动民众的仇敌。"

他以无比辛辣的语气在信中嘲弄他说"看不见苏联里面的一切坏的、黑暗的"那些读者，他说："那是完全不对的。例如，我看见了你们，而要知道，说得温和些吧——实在不能够承认你们是什么好现象。"这公式是：你们说我看不见苏联里的坏现象——不对，我看见了——你们就是苏联里的坏蛋。这话幽默是够幽默的，辛辣是够辛辣的，但是怎样品味都觉得有欠公道。

在《再论“机械的公民”》中，他回答要求他说真话的“机械的公民”时说道：“这个人劝我说真实。高兴之至，看吧，这就是真实——政权属于劳动者，虽然这对于野兽不大痛快，对于无事可做的人，以及‘诸如此类’的一切人，不大痛快，然而这是不可避免的。”这里的公式是：谁对“政权属于劳动者”感到“不大痛快”，谁就是“野兽”。

这个思想发展到《敌人不投降——那就要消灭他》一文，阶级斗争的“锋芒”更加锐利，他说：“这些‘机械的公民’幸灾乐祸地指责着一切小错误、缺点和罪过。在国内，极狡猾的敌人在组织饥荒来反对我们，富农用恐怖手段对付集体农场的农民，暗杀放火，多种多样的卑劣手段，一切活完了历史所给的时代的人物，都在反对我们，这使得我们有权利认为我们还在国内战争的状态之中。这里就有一个自然的结论：如果敌人不投降，那就消灭他。”

我们丝毫不怀疑高尔基这里要“消灭”的，有确确实实的真正敌人——他们仇视新生的无产阶级政权，他们同国外法西斯勾结，要毁掉这个新生的苏维埃国家。作家要人们提高警惕，迎接这些敌人的挑战，号召人们为彻底埋葬资本主义进行斗争。这无疑都是应当充分肯定的。卫国战争期间，“敌人不投降，那就要消灭他”这句话曾鼓舞红军战士英勇杀敌，坚决打击法西斯侵略者。但是我们不能不指出，从上述高尔基所列举的“罪状”中可看出，有相当多的人只不过是自私自利、自由主义，对社会主义的“成绩”表示怀疑，或至多由于立场世界观而产生的对苏维埃的敌对情绪。不分青红皂白，把他们统统打成了敌人，这显然就不对了。

而且重要的是，我们不能忽略发表这篇文章的背景：过快的农业集体化的速度，种种强制性的农业政策，使成千上万农民死于饥荒，又有许许多多的人因无法生存而反抗时，被当作“工人阶级的仇敌”流放、监禁和枪决。大量无家可归的儿童流入城市，沦为罪犯。敢于非议这些时弊的知识分子和共产党人，统统成了“托派分子”或“布哈林的支持者”。把这些人统统打成“敌人”，对他们进行残酷镇压，这实在是人间巨大的悲剧。在这种情况下，人们多么希望高尔基以作家的良知讲几句“真实的话”。可是他在《敌人不投降——那就要消灭他》一文中却不加分析、笼而统之地提出要“消灭”拒“不投降”的“敌人”，这不能不带来某些消极的影响。个别别有用心的人就曾拿它来为自己的错误乃至罪行辩护。例如在肃反中，西西伯利亚军区检察长伊晓夫在向苏联总检察长维辛斯基汇报工作时，提到一些地方为了取得犯人的供词，采取了不能容忍的手段。当时维辛斯基回答说："我们不想抚摸敌人的脑袋。给人民的敌人一记耳光，并没有什么不好。您别忘了，伟大的无产阶级作家马克西姆·高尔基说过，'如果敌人不投降，那就要消灭他。'"出现这种情况，高尔基大概也是始料未及的吧。在那个充满矛盾的时代，作家的内心也是矛盾重重。我们就常常见到作家在无法改变现状的时候，只好痛苦地改变自己以适应本来格格不入的社会现状的情景。如1931年的某个时候，斯大林一次杀掉48人，指控他们"组织饥荒"来反对社会主义。这曾使高尔基十分震惊。据亚历山大·奥尔洛夫叙述，"高尔基简直怒不可遏。他马上找到亚戈达，抗议政府嫁祸于人，滥杀无辜。亚戈达及其手下人旁征博引，费尽口舌，高尔基仍然不相信这些人确实有罪"。但是后来，为了"国际斗争的需要"，高尔基回答有爱因斯坦、罗曼·罗兰、萧伯纳、辛克莱、威尔斯等世界著名人士参加的"民权主义作家国际联合会"关于对苏联48人案的谴责时，却写文章说道："那48个人的行为难以形容的凶恶，我是很知道的，我知道所做的事情，比芝加哥的和辛克莱的《屠场》所描写的屠宰公司，还要恶劣……我认为这个死刑是完全合法的。"当然，我们至今尚未获得这48人案最后定评的材料，但是仅从高尔基对一件事情前后两种截然不同的态度上，似乎感到他的"转变"是在强权之下硬装出来的一种"姿态"。他的痛苦并不比别人轻多少。他这种难言之隐的痛苦告诉我们，他的局限性，既是他自己的，也更是这个不由他自己选择的历史和时代所造成的。

高尔基曾为无产阶级的伟大理想奋斗终生。实现这一伟大理想的历程是曲折的。但有些人却不容许一种伟大社会理想有迂回的余地。一旦发现了理想结构中的阴影，不是大惊小怪，就是丧失信心。其中有的是为认识水平所局限，有的是为个人情绪所左右。同样，有些人也不容许一个为理想献身的杰出人物的心态转向中有逆序空间。一旦发现了杰出人物心态的逆序空间，不是横加指责，便是全盘否定。高尔基心态转向中的阴影，认识水平上的局限，既是伟大理想曲折历程打在杰出人物身上的烙印，也是杰出人物在献身理想进程中意识不到的认识误区。伟大理想并不会因为在前进中有了迂回就失去其伟大光辉；杰出人物也不会因为在认识上有了误区而不再杰出。这正如中国文化巨人鲁迅说的：“有缺点的战士终究是战士。”

高尔基，这个俄罗斯人民伟大的儿子，1868年他怀着一颗苦难的心，从灾难深重的旧俄罗斯走来，68年后又带着一颗无法宁静的心，从矛盾重重的俄罗斯中归去，他集中了他那个时代进步人们的一切聪明和智慧，他也同样摆脱不了时代和历史给予他的局限。他是个有缺点的伟大战士，他是个大写的“人”。

第十章

高尔基之死：一个解不开的历史之谜

1936年6月18日夜晚，莫斯科郊区哥尔克村上空乌云密布，雷电交加，暴风雨席卷大地，无产阶级文学的创始人马克西姆·高尔基——曾经呼唤革命风暴来临的海燕，在暴风雨中永远熄灭了自己的声音。

半个世纪以来，关于这位文豪的死因，一直众说纷纭。西方一些研究者普遍怀疑高尔基是非正常死亡。典型的是《大英百科全书》。该书在"高尔基"条中写到："高尔基的死因是一个谜。1936年他在医疗中突然死去，他是否是自然死亡现在还不得而知。在1938年对布哈林和其他人的审讯中把这个问题提了出来。在审讯中，他们承认了高尔基是右翼分子和托洛茨基分子集团反苏阴谋的牺牲品。在被告人中有前警察首脑亚戈达，他供认指使暗杀了高尔基。一些西方作家猜测高尔基是死于斯大林的指令，因为他后来已被约瑟夫·斯大林所厌恶。但是，除了指出惯于指控别人干了他自己的阴谋以此来陷害他人是斯大林的擅长外，没有提出任何证据。"近年来，从高尔基的故乡俄罗斯也传出了各种猜测，普遍认为高尔基的死因是历史上的"空白点"。

官方公报说：高尔基死于肺炎

1936年5月27日，高尔基从苏联南方克里米亚的泰斯里回到莫斯科，第二天准备去郊区哥尔克村别墅。在去别墅的途中，他到新处女公墓看望儿子马克西姆的墓。这时天色已晚，寒气侵人。到哥尔克后，高尔基就感到不适。6月1日，他开始发烧，病情迅速恶化。医生认为高尔基已濒临死亡。

1936年6月6日，《真理报》刊出了《关于阿·马·高尔基患病的公告》。《公告》称，6月1日，作家“患严重感冒，后转为肺炎和心脏衰竭”，他正处在列文大夫和朗格教授的医护之下。

6月8日，斯大林、伏罗希洛夫、莫洛托夫来高尔基寓所探望病人。这时，高尔基忽然显得很有精神，甚至谈起《国内战争史》的出版事宜。

报纸上不断刊出高尔基的病情公告。在公告上签名的有列文大夫、朗格教授，还有苏联卫生人民委员卡明斯基、克里姆林宫保健院主任霍道罗夫斯基、著名内科大夫冈察洛夫斯基和普列特涅夫。

6月18日，高尔基在哥尔克村去世。联共（布）中央和苏联人民委员会联合发出讣告：“联共（布）中央委员会和苏联人民委员会沉痛通告，伟大的俄罗斯作家、天才的语言艺术家、劳动人民的忠实朋友、争取共产主义胜利的战士——阿列克塞·马克西莫维奇·高尔基于1936年6月18日在莫斯科附近哥尔克村逝世。”

6月19日，《真理报》在刊出悼念文章的同时，登载了关于作家生病和死亡的医疗结论和对尸体解剖记录的鉴定。解剖是作家死后在哥尔克寓所由著名病理解剖专家达维多夫斯基做的，参加医疗的大夫在场。鉴定中提到：“左肺下部严重发炎，使心肺剧烈扩张，并停止活动，最后导致阿·马·高尔基的死亡。”

第二天，《真理报》刊登了冈察洛夫斯基的谈话记录《阿·马·高尔基生命的最后几天》，其中谈到，6月8日斯大林、莫洛托夫、伏罗希洛夫探视了作家，谈到高尔基的病情开始好转。6月16日，会诊后，阿列克塞·马克西莫维奇从大夫那里得悉他的病情已经有好转的意见后，紧紧握着冈察洛夫斯基的手说：“呶，看来我已经好了……”可是，衰竭的心脏经受不住，病变的肺部也经受不住……阿列克塞·马克西莫维奇去世了。

当时，对高尔基自然死亡的结论谁也没有提出怀疑。似乎也没有理由提出怀疑。因为一切都能那样的自圆其说。

骇人听闻的结论：布哈林杀死了高尔基

但是，只隔半年，一切都变了。1937年3月，在第三次莫斯科审判中，布哈林被指控“从事间谍活动、叛国、搞破坏和谋杀”，被判处死刑。布哈林的“罪行”之一，就是谋杀高尔基。在法庭上，右派托洛茨基集团被指控通过内务人民委员亚戈达指使医生对高尔基进行错误治疗，害死这位无产阶级作家。这就否定了高尔基是自然死亡的结论。在曾被奉为“马克思主义百科全书”的《联共（布）党史简明教材》中，在列举布哈林这些“人类渣滓”的“罪状”时，也提到“凶杀高尔基”的这一罪行。此后在苏联出版的所有政治读物、历史教材、文学史著作中都认定，高尔基死于托洛茨基—布哈林反革命集团之手。《苏联大百科全书》（第一版）“高尔基条”中这样写着：“1936年6月18日，高尔基与世长辞了，人民的敌人——右派——托洛茨基分子、帝国主义的奸细将高尔基暗害了，因为他英勇地和他们进行过斗争。”季莫菲耶夫主编的《俄罗斯苏维埃文学简史》中写道：“高尔基的名字引起了和平和民主的敌人的疯狂仇恨。苏联人民的公敌组织了血腥阴谋，杀害伟大的作家。他们利用高尔基重病的机会，故意进行不正确的治疗，因此使作家过早丧命。1936年6月18日，高尔基长辞人世。”

就这样，高尔基被谋害之说，在苏联整整持续了50年。1988年，苏联意识形态发生重大变革，许多斯大林时代的历史积案被彻底推倒。这年2月，苏联最高法院在重新调查、研究了布哈林等人的案件后，宣布当年对这一案件的调查粗暴破坏了社会主义法制，伪造证词，用不能允许的方法向被告人取得口供。事实上，“关于被审判的人犯有组织反革命和破坏活动罪的结论，同事实真相是矛盾的，所以是没有根据的”。有关的专门委员会根据当年的医疗鉴定，还做出结论，认为医生对高尔基的诊断和治疗都是正确的。因此布哈林等人，包括被指控“进行错误治疗，谋害高尔基”的医生们，都获得平反。这样，持续了50年的高尔基死于医生谋害一说冰消雪融了。

马克思非常欣赏伊壁鸠鲁讲过的一句话：“死亡对于死者并非不幸，对于生者才是不幸。”

高尔基这个从苦难的俄罗斯大地上走来的人类卓越的思想家，他生得那么艰难，死得又是那样不幸。事实上，他已经被当作了反复无常的"政治斗争"的一个道具，一个被有些人用来诛杀无辜，置对立面于死地的筹码。这诚如伊壁鸠鲁所言，是生者的不幸，但是对于死者呢？死得那样沉重，死后又那样不得安宁，这又是幸运抑或不幸？

有关巧克力糖的传闻

问题的复杂性在于，官方隆重宣布的新结论，并没有堵住所有人的嘴。近年来，有关高尔基的死因的各种说法，仍在苏联流传。

1988年第45期《俄罗斯文学报》上，刊出安年科娃的一篇文章《马克西姆·高尔基》。文章说，曾为高尔基治病的普列特涅夫教授在1937年因被指控对高尔基进行"错误治疗"而判死刑，后减为25年有期徒刑，囚禁于北冰洋岸边苦寒地带的沃尔库特集中营，几年之后兼作集中营医生。1948年，即高尔基去世后12年，他遇到一个名叫布列基达·盖尔兰德的德裔女囚，后者不久成为他的医助。他们共同工作数月以后，相互建立起信任。普列特涅夫当时已经78岁，他不想把高尔基死亡的秘密带进坟墓，便把它告诉了自己的助手。他说："我们替高尔基治的是心脏病，但他所受的痛苦，与其说是肉体上的，倒不如说是精神上的，他不断以自我谴责来折磨自己，他在苏联已呼吸不到一口自由空气了。因此，急切想回到他曾经养过病的意大利去。事实上高尔基极力采取遁世的办法，他已经无力进行反抗了。但克里姆林宫的主宰最害怕这位著名作家公开发表言论来反对其体制，所以就施出其惯技——在他认为需要的时刻采取最有效的措施。这一回的措施是：一盒精美的巧克力糖果。对，那是一个鲜红鲜红的糖果盒子，上面系着缎带。糖盒就放在高尔基的床头柜上。他喜欢用食品来招待客人，这次他慷慨地将巧克力糖拿给两个照料他的卫生员吃，自己也吃了一块。一小时后，三人尾部开始疼痛；再过一小时，死神已经来临，立即进行了尸体解剖，结果如何呢？同人们最担心的完全一致——三人全部中毒而死。我们——医生们全部缄口不言。即使在克里姆林宫炮制出关于高尔基之死的弥天大谎之后，我们也畏于自辩。然而，沉默并未使我们得救。莫斯科谣言纷传，人们窃窃私语：高尔基被“索索”[①] 毒死了。斯大林对这一传闻极为不快。必须转移群众视线，另找替罪羊。最简单的办法莫过于嫁祸于医生。这样医生们便被指控毒害高尔基而被投入监狱。医生和他无冤无愁，为何要毒害他？这是个愚蠢的问题。当然，是法西斯和垄断资本主义授意干的。结局呢？结局你们都知道。”此后不久，普列特涅夫病死于集中营，盖尔兰德幸而获释。于是，高尔基之死的第三种说法终于为世人所知。

高尔基死于巧克力糖之说，不胫而走，广为流传。我国出版的《海外文摘》1989年第5期曾以《高尔基死因新释》为题，译摘了《俄罗斯文学报》的这篇文章。不久，《文摘报》亦摘要刊载。但苏联报刊最近有人撰文指出，根据有关资料确认，普列特涅夫大夫在1941年就被枪决。因此他不可能在1948年把高尔基被毒害致死一事告知盖尔兰德。另据高尔基的孙女——现在高尔基博物馆工作的玛尔法·马克西莫夫娜·彼什科娃称：“爷爷不喜欢巧克力，从来不吃这种糖。他总是把巧克力糖慷慨地分给孙女们。”

死因新说

最近，在《星火》杂志刊出了柯斯切科夫的长文《幸福的梦幻》。文章最后部分提出了高尔基死于斯大林毒手的新说法。在高尔基逝世前几年，“有证据证明，高尔基想把一切告诉西欧的知识分子，让他们注意俄国的悲剧。他迫不及待地要他的法国朋友来这儿和他见面。他发出了电报……高尔基的死和纪德及阿拉贡来莫斯科的日子碰到一起。他和他们见面已不可能。他们的到来是不是加速了作家的死亡？阿拉贡本人也不排除这种说法。他在1965年写的长篇小说《杀害》中，以斯大林统治下的莫斯科为背景，描写了高尔基的死。现在我们已经了解到1937—1938年审判的全部虚伪性。但高尔基的秘书克留奇科夫的供词中难道没有哪怕是丝毫的真实性？他曾供出，1936年5月，亚戈达催促他赶紧毒死高尔基。亚戈达的催促和纪德、阿拉贡即将来访有无联系？高尔基在西欧知识分子中威望是很高的。斯大林难道不怕作家冲出黄金笼，重新发出海燕的喊声？最近苏联报刊公布了证明高尔基自然死亡

① “索索”即政府安排在高尔基身边的人们。

的医学方面的根据。对此我们不准备反驳。但高尔基死亡的情况留下了许多疑点。现在提出一个最简单的问题，为什么解剖高尔基的尸体要在哥尔克，在别墅中，而不在医院？谁需要这么仓促地进行解剖？……”。

在这里，柯斯切科夫只是提出怀疑。至于高尔基真正的死因仍然是一团迷雾。

身边人的回忆

前不久，苏联科学院高尔基世界文学研究所高尔基档案馆馆长巴拉霍夫在《文学报》上，第一次公布了高尔基档案馆收藏的高尔基身边的亲人谈作家去世前几天情况的回忆，其中，有高尔基的第一位夫人叶卡捷琳娜·巴甫洛夫娜·彼什科娃的笔记，有根据作家的秘书彼得·彼得罗维奇·克留奇科夫、在意大利索伦托时期的秘书玛丽娅·伊格纳季耶芙娜·扎克廖夫斯卡娅—布德贝尔格和护士切尔特科娃（丽芭）的口述。

记录和整理工作是由高尔基的同事吉洪诺夫完成的。

叶·巴·彼什科娃的笔记如下：

阿列克塞·马克西莫维奇的病情恶化，医生预告我们，他的生命即将结束，已无法挽回。再采取措施也是无效。他们建议我们进去作最后的告别。

我们来到他的身边。

阿列克塞·马克西莫维奇坐在沙发椅上，闭着眼睛。脑袋耷拉着，双手软弱无力地放在膝盖上。

呼吸若断若续，脉搏不均。面部、耳朵和手指已经发青。过了会儿开始呃逆。双手不安地动着，就像要推开什么东西，要从脸上抹去什么东西似的。

医生一个跟着一个悄悄离开了卧室。

阿列克塞·马克西莫维奇跟前只留下了亲人。娜捷施达·阿列克塞耶芙娜、玛丽娅·伊格纳季耶芙娜—布德贝尔格（阿列克塞·马克西莫维奇在索伦托的秘书）、丽芭（切尔特科娃，家庭护士和朋友）、克留奇科夫——他的秘书、拉基兹基——多年来一直住在阿列克塞·马克西莫维奇家中的画家。

我一直在紧张地想，难道他再也睁不开眼睛了吗？这时，我站了起来，从后边绕着沙发椅走过去，在他腿旁边放的一把椅子上坐下来。我非常清晰地问他说："你不需要什么吗？"

周围的人用不赞成的目光看着我。大家认为，不该打破这种寂静。

经过一段持续的间歇，阿列克塞·马克西莫维奇睁开了眼睛。

他的眼神显得捉摸不定，就像刚刚睡醒，缓缓地看着我们大家。他久久地盯着我们每一个人，然后开始困难地，用不像本人的奇怪的声调说话。声音喑哑，但音节清晰。

"我到了那么远的地方，从那儿好不容易才回来……"

他把头托在右手上，靠着沙发椅的扶手，把左手放在沙发椅的另一边扶手上。又闭上眼睛。这时已经没有痉挛动作，也不打嗝了。他的脸色发亮了。

丽芭问道：

"还打针吗？"

阿列克塞·马克西莫维奇没有睁开眼睛，但否定地摇了摇头。

还是打了一针。

过了一段时间，阿列克塞·马克西莫维奇抬起头来，睁开眼睛。他面部的表情不寻常地改变了，变得像一生中最美好时刻出现的那种表情。他又长时间地看着我们大家，说道：

"多好呵……多么好呵……都是自己人，全是自己人……"

坐在他左边的娜捷施达·阿列克塞耶芙娜把手放在他手上。他抽出自己的手，用手掌温存地覆盖在娜捷施达·阿列克塞耶芙娜的手上。

然后，阿列克塞·马克西莫维奇说道：

"季莫莎、彼得·彼得罗维奇，你们留下。"

我想，他要和他们单独说点什么。我和别人都准备退出去。这时，他做了个手势，让我们留下。

阿列克塞·马克西莫维奇的情况明显地改变了。眼神不再显得迷糊和恍惚，手上的青颜色也消失了。似乎由于一种意志的超自然的努力，阿列克塞·马克西莫维奇活过来了。

“准备再注射一次樟脑。”当丽芭说这话时，阿列克塞·马克西莫维奇否定地摇了摇头，轻轻地，但非常平静和坚定地说：

“不用了……该结束了……”

还是决定给打一针。

这时去接电话的克留奇科夫进来了，说道：

“阿列克塞·马克西莫维奇，刚才斯大林打电话询问，他和莫洛托夫可不可以来看您？”

阿列克塞·马克西莫维奇的脸上掠过一丝微笑，他缓慢地，但很坚定地说：

“让他们来吧……如果还来得及的话……”

阿列克塞·阿米特里耶维奇·斯别兰斯基走来说：

“您瞧，斯大林和莫洛托夫已经出发了，还有伏罗希洛夫和他们一起来。现在我坚持要给您注射樟脑，不然的话，您没有气力和他们交谈。”

“还有伏罗希洛夫……”阿列克塞·马克西莫维奇说道，“这很好！”接着他又继续说，“是这样，我们大家都是成年人，让我们来表决，要不要再注射……”

当然，大家都“同意”，于是又打了一针。

斯大林、莫洛托夫和伏罗希洛夫来了。他们进来时，阿列克塞·马克西莫维奇已经能够控制自己，对“自我感觉怎样？”这个问题什么也没回答。马上就谈开了文学。他开始称赞我国文学界正涌现出来的女作家们。

“还会出现很多女作家呵！应当支持她们所有的人……”

然后，他谈到进入苏维埃联盟的各民族的文学的繁荣，谈到法国文学、法国的新作家。

“等您痊愈了，我们再谈这些事。”斯大林打断了他的话。

“要晓得，有这么多工作……”阿列克塞·马克西莫维奇继续说。

斯大林又打断了他的话：

“您瞧，工作这么多，而您突然生起病来，快点把病治好！”然后斯大林又补充说，“也许这里能找到酒？我们最好能为您的健康干一小盅……”

拿来了酒，大家干杯。

十分激动的伏罗希洛夫向阿列克塞·马克西莫维奇弯下腰来，吻了吻他。

而后，他们很快就走了。走到门口。他们停了下来，向他挥挥手。

这以后，阿列克塞·马克西莫维奇又活了十天。

1961年6月8日，叶·巴·彼什科娃补记：

马克西姆死后，阿列克塞·马克西莫维奇说过：

"我死了，请把我葬在马克西姆墓的一旁。"

1936年，当我得悉政府决定把阿列克塞·马克西莫维奇·高尔基葬在克里姆林宫旁边时，我给斯大林打了电话，告诉他阿列克塞·马克西莫维奇这番话。我说，我知道改变政府的决定是不合适的。但为了满足阿列克塞·马克西莫维奇的愿望，我提出要求，哪怕是分一部分骨灰，哪怕是很少一部分，放到新处女公墓马克西姆的墓旁。

斯大林说，他把这事通告政府。

不久，通过亚戈达转告我，政府未能找到改变决定的可能性。我也没有奢望改变决定。我只不过是要求分出一部分骨灰。

彼·彼·克留奇科夫的叙说：

1936年7月30日记录

从阿列克塞·马克西莫维奇一得病，我就不相信他能康复。8日，阿列克塞·马克西莫维奇死去了。医生认为已经无望，都走开了。当时有人建议注射樟脑，冈察洛夫斯基大夫说：

"在这种情况下，我们不再徒然折磨患者。"

阿列克塞·马克西莫维奇全身布满了针眼，他坐在沙发椅上，手肿了，肿大了一倍，而且发青，耳朵也是一样，斯佩兰斯基坚持要注射。房间里共有四个人（克留奇科夫、玛丽娅·伊格纳季耶芙娜、丽芭和斯佩兰斯基）。阿列克塞·马克西莫维奇说："瞧，我们四个聪明人，也就是说不是笨蛋，让我们来表决，谁赞成？"大家都赞成注射。丽芭给他打了九针。注射了25毫升。阿列克塞·马克西莫维奇有些生气了。这时，有人说，斯大林来了，还有莫洛托夫、伏罗希洛夫。斯大林见到有这么多人，感到惊讶，“谁在这里负责？”我回答说：“我负责。”“为什么这么多人？您知道么，我们对您能有办法的！”“知道。”“为什么是这种送葬的气氛？在这种气氛里好人也会死。”他们谈到目前的一些情况。大家喝了酒。临走时，和阿列克塞·马克西莫维奇吻别。过后高尔基感到后悔，“我们用不着接吻。我患感冒会传染给他们的。”

他不相信医生们。他知道，他已濒临死亡。8日以后，谈到医生，他说：“他们可把我骗了。”从生病第一天起，他就不相信自己是患感冒（像人们对他说的那样）。他知道是患了肺炎。“医生们错了，从痰里我看出是肺炎。这种事情，自己能弄清楚。”8日后，情况一天天变化。好一阵，坏一阵。只有靠输氧维持生命（用了150个氧气袋）。他跟季莫莎谈到死：“该在草木发青、万象苏醒的春天死去。”他对丽芭说：“应当做到安乐死。”他只相信斯佩兰斯基。当医生的人数增多时，他说：“看来情况不妙，医生增加了，但其中几个是‘我们的人’（指支持斯佩兰斯基意见的人）？”10日夜晚，斯大林等人又来了。没有让他们见病人。他们留下一张条子，上面写着：“前来探望，但您身边的‘郎中’不让见面。”他们要求一定转交。第二天我问医生：“能转交吗？”他们不同意转交。大概是因为上面写着“郎中”二字，他们怕因此损害他们的威信。12日，斯大林等人又来过一次。阿列克塞·马克西莫维奇像健康的人，和他们谈到法国农民的情况。

他一直待在自己的卧室里。坐在床上，而不是躺着。有时候，把他抬高一点。有一次人们用手把他托起来时，他说：“好像升天了！”

打针是很疼痛的。但他并不抱怨，只是在去世前，有一次他用十分微弱的声音说：“放我去吧（去死）。”再一次打针时，他已经不能说话了，用手指着天花板和门，似乎想从房里出去。

他几乎没有睡。有时醒过来后，他感觉更不好受。意志在衰退下去。

他死了。在医生看来，这时他们和他的关系已经变了。对他们来说，他成了一具尸体。这时他们对他的态度十分可怕。护士开始给他脱衣服，像翻一段原木似的，把他从一边翻到另一边。开始解剖了。我走进房间，看到四肢摊开、血迹斑斑的身躯。一帮医生围着他走动，然后洗涤内脏。用一种普通的线——灰色的粗线缝合切口。把盛放着刚刚还是活着的人脑的桶拎走，这是很不愉快的事。我把桶放在汽车上。我确信，如果不是他们来治疗，给阿列克塞·马克西莫维奇安静，也许他会康复的。

肺部的情况十分可怕，两肺几乎全部“硬化”了。他是怎么活下来的？是如何呼吸的？——真不可思议。肺部情况如此糟糕，医生们甚至感到高兴，他们没有责任了。心脏一直十分健全，经受得了每分钟跳动60—160次。

玛·伊·布德贝尔格的叙述：

1936年6月23日记录

8日，医生宣布，他们再也无能为力了。高尔基正在死去，斯佩兰斯基来了，坚持要继续注射樟脑。高尔基拒绝了。房间里聚集了他亲近的人：玛丽娅·伊格纳季耶芙娜、克留奇科夫、丽芭、叶卡捷琳娜·巴甫洛夫娜·彼什科娃、列文。高尔基坐在沙发椅上。他拥抱了玛丽娅·伊格纳季耶芙娜，并说道：“我一生都在考虑，要是我能美化这一时刻就好了。我能做好一点吗？”“能。”玛丽娅·伊格纳季耶芙娜回答说。“这就好！”他呼吸很困难，很少说话，但眼睛仍很明亮。他环视了一下所有在座的人，说道：“多好呵，这里只有亲人（没有旁人）。”他看了看窗口——天色阴暗。他对玛丽娅·伊格纳季耶芙娜说：“真让人烦闷。”又是一阵沉默。叶卡捷琳娜·巴甫洛夫娜问道：“阿列克塞，你说你想要什么？”沉默。她把这个问题又重复了一遍。过了会儿，高尔基说：“我已经离你们很远了，我很难回来了。”他的手和耳朵发黑。他已濒临死亡。这时，他轻轻摆动着手，似乎向人们在离去时告别一样。

有人来报告，斯大林、莫洛托夫、伏罗希洛夫来看望他了。他变得稍微有些生气了。大家劝他注射樟脑，为了有精神和斯大林会面。他犹豫不定，后来说：“现在这儿有四个聪明人，”他马上又更正说，“不蠢的人（玛丽娅·伊格纳季耶芙娜、丽芭、列文、克留奇科夫）。”“让我们来表决，要不要注射。”大家都赞成注射。注射后，他很快活过来了，并且能动了。“难道这一切又重新开始了吗？”他说道。

政治局委员们来了。人们报告他们说，高尔基已濒临死亡。他们进入房间，准备寻找濒临死亡的人。但高尔基却显得十分精神，这使他们感到惊讶。“这里为什么有这么多人？”斯大林问道，他不怀疑人们是来和垂死的人告别的。

进来的这些人佯装精神十足地谈论起眼前的一些事情（伏罗希洛夫由于流泪，脸色都发红了），高尔基附和他们的意见，并谈到必须出版《国内战争史》的普及本。拿来了酒，他们为他的健康干杯。他们待了十分钟就走了。

深夜2时他们又来了。这时高尔基正在入睡。列文没有去叫醒病人，他说：“如果你们一定要去，我先进去打听打听。”玛丽娅·伊格纳季耶芙娜坚决表示，不能让他们去病人那边。朗格教授也说，在他看来，不应惊动病人，来探视的人给高尔基留下了一封信，就走了。

12日，他的病情又恶化了。呼吸困难，不能谈话。他拉住玛丽娅·伊格纳季耶芙娜的手，紧握着。

13日晨，人们把他抬到床上（他横躺在床上），他说：“升天了。”

斯大林、伏罗希洛夫第三次又来了。玛丽娅·伊格纳季耶芙娜从房间里走出来。她和医生朗格、列文在工作室里等着，给斯大林他们探视时间不超过十分钟，玛丽娅·伊格纳季耶芙娜听到高尔基一开始就谈到希托尔姆关于农民史的作品，然后又转到法国农民情况的话题上来。医生们看着表，感到不安，怕探视者逗留太久。“已经八分钟过去了。”朗格说，“玛丽娅·伊格纳季耶芙娜，您去告诉他们该走了。我们去不方便。”“当然，我去说。”玛丽娅·伊格纳季耶芙娜回答说。可是，这么做已经没有必要了，因为过了八分钟，探视的人已经从卧室出来了。

在他身边放着一本谢尔沃德·安德逊的作品（当然，他已经不能读它了）。玛丽娅·伊格纳季耶芙娜突然听到他说：“一部出色的作品，终于发现了一位能解决全民团结问题的作家。谁也不能解决，他解决了。玛丽娅·伊格纳季耶芙娜，您读过这本书吗？”接着就是胡话——一些不连贯的字眼，有的是意大利语，有的是俄语……

他死得很安静。坐在沙发椅上，脑袋倒向右肩。玛丽娅·伊格纳季耶芙娜扶着他的脑袋。他的双手无力地垂下，出了两声长气，就去世了。

在最后的日子里，他曾相信他会康复。其实，他在8日就死过去一次，如果不是斯大林来探视，他未必能生还。死的感觉产生在12日，他只是默默的感觉，他握着玛丽娅·伊格纳季耶芙娜的手。

他没有任何委托和遗嘱。只是在6日，第一次病危时，他问丽芭："我的病情如何，严重吗？"她回答说："是的，阿列克塞·马克西莫维奇，严重。"他叫来了玛丽娅·伊格纳季耶芙娜，并对他说："丽芭说，我的事情不妙？"玛丽娅·伊格纳季耶芙娜开始安慰他："不要紧，不要紧，你说吧……要做些什么？档案馆的事怎么办？"

丽芭的叙述：

1945年7月8日哥尔克村。

阿·马·高尔基的卧室。傍晚。

阿列克塞·马克西莫维奇从捷赛里回来是6月1日，两个小姑娘患感冒了。大家不让他到她们那儿去，但他仍然悄悄地去了。第二天，大家去哥尔克村。路上经过公墓。阿列克塞·马克西莫维奇还没有看见过马克西姆的墓碑。看过儿子的墓碑后，他又想看看阿里卢耶娃的墓碑。这是个阴冷的傍晚。克留奇科夫劝阿列克塞·马克西莫维奇："以后我们再去看吧。"阿列克塞·马克西莫维奇坚持己见。我也开始劝他。"你们见鬼去吧——走！"他常常这样跟我说："你们见鬼去吧。"

傍晚，我在哥尔克发现阿列克塞·马克西莫维奇不舒服。我给他量体温——37.1℃。这就开始病了。一天比一天恶化。体温很高，有时躺在床上。有时坐在床上。当年床靠墙放着。

医生就住在哥尔克村。他们在楼下的办公室围着圆桌会诊。在楼上饭厅的饭桌上，放着许多药品、氧气袋和各种医疗器械。

给他注射樟脑、葡萄糖。一开始我给注射，但我拒绝注射葡萄糖，因为针太粗，他会感到疼痛。这我可受不了。一个姓"别洛"什么的医生给注射。在审判中，他谈到了这次注射。第三次注射葡萄糖后，脉搏异常，我去跟列文说了。他让我参加会诊，我对所有医生说了脉搏异常的事。他们经过磋商，决定不再注射葡萄糖。别洛医生在审判时说，是他报告了关于脉搏的情况，这是瞎说。是我对他们说的，而不是他说的。

病情愈来愈恶化。但阿列克塞·马克西莫维奇不相信会死。只有一次他问我:“怎么,我这状况是没有希望了?”“您说什么呀,阿列克塞·马克西莫维奇!”我回答说,“您会康复的。您的病情是严重的,但总会好的。”他放心了。

8日,他的情况变得很不好。他坐在沙发椅上,耷拉着脑袋,一言不发。就像谁也认不出来了。家里所有的人都来到卧室。玛丽娅·伊格纳季耶芙娜坐在他的身旁。她身穿一身黑衣服,季莫莎、“夜莺”、克留奇科夫、叶卡捷琳娜·巴甫洛夫娜站在后边。下面饭厅里坐着斯大林、伏罗希洛夫、莫洛托夫。医生不再进行治疗,认为已经无望了。我想起在索伦托如何抢救阿列克塞·马克西莫维奇的,当时给他注射了常情下不允许的大量樟脑(20毫升)。我去找列文,说:“请允许我给他注射20毫升樟脑,反正情况是无望了。”没有他们的允许,我不敢这么做。列文和医生商量一阵,说:“您想怎么办就怎么办吧。”我给他注射了樟脑。他睁开了眼睛,微笑着:“为什么你们都聚到这儿?准备埋葬我,是吗?”这时,斯大林等人进来了。阿列克塞·马克西莫维奇像健康人一样,和他们谈到《国内战争史》一书,他笑了,像健康人一样。

斯大林劝他别多讲话。“不要紧,我自己感觉很好。”斯大林让人取来香槟。在办公室门口,他问克留奇科夫:“坐在阿列克塞·马克西莫维奇旁边穿黑衣服的女人是谁?是个尼姑?”克留奇科夫解释说,这是玛丽娅·伊格纳季耶芙娜。“就差手里拿着蜡烛。”斯大林说。又指着我问到:“这是谁?”克留奇科夫解释说,他是伺候阿列克塞·马克西莫维奇的。“所有的人都从这儿出去,”他说,“除了这个穿白大褂的,她要伺候他。”拿来了香槟。他们和阿列克塞·马克西莫维奇碰杯。“您最好别喝。”斯大林对阿列克塞·马克西莫维奇说。阿列克塞·马克西莫维奇只是沾了沾唇。

在饭厅里,斯大林见到了根里赫(亚戈达)。“这个人为什么到这儿来逛荡?不允许他在这儿。这一切你要用脑袋对我负责。”他对克留奇科夫说,他不喜欢根里赫。

情况愈来愈糟。一天好,一天坏。

有一次夜里他醒来,说:“你可知道,刚才我和上帝先生争论了。争论得真厉害。你想让我给你说说吗?”

我不好意思问他。他会想，在他临死前我问这问那。说到要死，我怎么也不相信。尽管我知道他已经没有希望了。就这样，我没有了解到他和上帝争论些什么。

有时他失去知觉，说各种胡话。有一次，也是在夜里，他对我说："你听我讲，你把这记下。这是一个很大的秘密。"他便跟我讲了一个从伊凡诺夫那里听来的故事。这个故事已经发表，而他认为这是个秘密。过后，我把它记下了，给伊凡诺夫看了，正像他发表的那样。这说明，他的记忆力还是很好的。他总要求记下他的胡话。"等我康复了，你拿给我看。想知道，我说些什么胡话。"但我没有记录……

16日，医生对我说："他肺部开始水肿。"我把耳朵贴到他的胸部，想听听是不是这个情况。他突然像健康的人，紧紧拥抱着我，并吻了我。我就这样和他告别了。他再也没有恢复记忆。最后一夜曾有大雷雨。他开始进入濒死状态。所有的亲人都来了。不断给他输氧。一夜送来300袋氧气，直接从卡车通过传送带沿着楼梯传送到卧室。11时去世，死得很安静。只是喘气。在卧室中，在这张桌子上进行尸体解剖。让我在场，我没有走开。我要看看如何把他的内脏取出来。原来他的胸膜已胀得像紧身褡。医生剥胸膜时，它破了。因为胸膜已经钙化了。难怪当我扶他的胸部时，他说："别动，我感到疼！"

迷雾还在继续笼罩

巴拉霍夫公布的这些材料应该说是丰富的。它们给人的印象是：第一，斯大林等苏联领导人对高尔基的病情至为关怀；第二，医生们尽了最大的责任；第三，病重期间，亲人们始终守候在身边；第四，他的肺部病状已不存在生还的可能。照理，高尔基属于自然死亡的结论是确定无疑了，但是问题仍然不那么简单，同一件事像翻烙饼一样翻得次数多了，人们甚至连雪是否是白的、煤是否是黑的都要发生疑问。同样，对这些即使是很丰富的材料提出怀疑，也不见得就毫无理由。比如：这些记录和笔记是在什么情况下写的？吉洪诺夫又是在什么情况下整理的？既然大部分材料都写于1937年以前，为什么未能改变1937年对布哈林无端的指控？亚戈达和克留奇科夫为什么在审判中又编出那么圆满的神话？既然认为克留奇科夫后来是在迫不得已的情况下说了假话，那么又有什么理由说明这以前的笔记和记录说的都是真话？假作真时真亦假。在一个政治生活不正常的国家“迫不得已”的事情实在太多了。诚如巴拉霍夫在公布上述档案材料时所说：“同时代人的回忆和医生平反的有关材料，提供不少论据，说明高尔基是自然死亡的。但这里并非一切都彻底弄清了。在专家们面前，仍有许多情况有待查明、研究、证实。”

是的，大约是历史还没有走到终点，这个持续了半个世纪的历史之谜还不到开解的时候。“不到火候不揭锅。”一切关心高尔基命运的人，都在焦急地等待这一最后“揭锅”的时候。

重要文献（1980年以来）

Абдель-Рахим Мухаммед Латиф. Влияние творчества М. Горького на арабскую драматургию: (На примере сопоставления пьес «Мещане» и «На дне» с пьесами Ашура Нумана«Люди, которые вверху» и «Люди, которые внизу»): Автореф.дис канд. филол. наук / МГУ. — М.: Изд-во МГУ, 1980. — 20 с.

Абышева А. Традиции русской литературы и проблемысатиpu и юмора в творчестве М. Горького // Проблемы литературной преемственности в свете марксистско-ленинского сравнительного литературоведения: Сб. науч. ст. / Киргиз. ун-т.Фрунзе, 1987. С. 72—79.

Агапова А. С. Традиции М. Горького в изображении социально-активного героя // Место и роль художественной литературы в формировании социально-активной личности в свете решений XXVII съезда КПСС: Тез. докл. науч.-практ. конф. （20—22 окт., 1988 г.) / Фрунз. пед. ин-т рус. яз. и лит. Фрунзе, 1988. С. 19—20. «Мещане», «Мать».

Агеносов В. [Рецензия] // Лит. обозрение. 1981. № 1. С. 74—75.—Рец. на кн.: Баранова Н. Д. М. Горький — мастер критической прозы. — Горький: Волго-Вят. кн. изд-во, 1978. 142 с.

Азизова Н. Э. Б. Шоу и А. М. Горький: Из истории творч.контактов писателей / Тадж. ун-т. Душанбе, 1986. 23 с. —Деп. в ИНИОН АН СССР 13.06.86, № 75Р-86.

Алиев Р. ДомГорькогов Сорренто: «Синьора Джез....»//Алиев Р. Путевые огни: Стихи / Авториз. пер. с туркмен.С.Поликарпова. —М.: Сов. писатель, 1977. С. 64—66.

Андрианов Е. В Богородск из Сорренто // Лит. Россия.1980. 10 окт. С. 24.
Интерес Г. к работе Богородского научно-педагогического краеведческого института. Письма Г. к И. И. Алексееву (1927—1928).

Аннинский Л. Наши старики // Дружба народов. 1989.№ 5. С. 236—246.
«Несвоевременные мысли» Г. Позиция Г. в 1917—1918 гг. Прочтение заметок Г. в наше время.

Аннинский Л. Откровение и сокровение: Горький и Платонов // Лит. обозрение. 1989. № 9. С. 3—21.

А. М. Горький. Последние дни жизни: Свидетельства очевидцев и недоказанные версии / Предисл. и публ. В. С. Барахова//Лит. газ. 1989. 12 июля. С. 5.

А. М. Горький в армянской периодике и критике (1937—1977): Материалы к библиографии / Сост. Л. А. Абаджян // Литературные связи: Русско-армян. лит. связи: Исслед. и материалы. —Ереван: Изд-во Ереван. ун-та, 1981. Т. 3. С. 242—284.
Литература, опубликованная на армянском и русском языках.

Архив А. М. Горького: Т. 15. М. Горький и Р. Роллан. Переписка (1916-1936) / АН СССР. Ин-т мировой лит.им. А. М. Горького —М.: Наследие, 1995.

Архив А.М. Горького: Т. 16. А. М. Горький и М.И. Будберг: Переписка (1920—1936) / АН СССР. Ин-т мировой лит. им.А.М. Горького М.: ИМЛИ РАН, 2001.

Асмолова В. И. Художественный портрет публики в эстетике М. Горького // Изв. АН ЛатвССР. 1979. № 3. С. 34—45.
То же. См. № 783.
Раскрытие личности героев через их отношение к искусству («Коновалов», «Трое», «Мещане», «На дне», «Жизнь Клима Самгина»).

Баранов В. «Вождизм — заболевание психики»: Почему молчал Максим Горький // Новое время. 1989. № 40. С. 46—47.

Баранов В. «Да» и «нет» Максима Горького // Сов. культура. 1989. 1 апр. С. 9—10.

Баранов В. Гражданская война — с кем? // Полит.образование. 1989. № 16. С. 81—87.

История создания статьи «Если враг не сдается, — его уничтожают». Различная трактовка и использование ее с разными целями. Г. и Сталин.

Баранов В. И. Вслед за Горьким // Дойти досути: 70-е гг. в лит. Горький: Волго-Вят. кн. изд-во, 1980. С. 258—267.

Горьковские традиции в советской литературе.

Баранов В. И. Огонь и пепел костра: М. Горький: Творч.искания и судьба. — Горький: Волго-Вят. кн. изд-во, 1990. 367 с: ил.

Рец.: *Сченснович В. Н.* // Общественные науки в СССР: РЖ. Сер. 7. Литературоведение. 1991. № 2. С. 176—184.

Начало творческой биографии Г. Нижегородский период. Арест. Письмо Г. к Ю.А.Покровскому, 15 февр. 1934 г. Г. и русская литература начала XX в. «Мать». «Враги». Г. на Капри и в Германии. Г. и А. Н. Толстой, встречи в Берлине. Музей Г. в Герингсдорфе. Творчество 20-х гг. «Рассказ о необыкновенном». Г. и В. И. Ленин. Публицистика Г. «Дело Артамоновых». Г. и Сталин. Сложности последних лет жизни Г. Смерть.

Баранов В. Максим Горький: Последние годы: Док. повествование // Горьк. рабочий. 1989. № 52—63.

Барахов В. С. Наследие Горького и вопросы культуры //Рус. лит. 1985. № 3. С. 43—57.

Баранов В. Свобода и дисциплина, или «эксперимент мирового значения» // Учит. газ. 1989. 19 окт.

Барахов В. С. После юбилея // Вопр. лит. 1989. № 9.С. 232—236.

Баранов В. Три письма к «вождю народов»: Думается, они отвечают на вопрос: «Стал бы Горький воспевать 37-й год? » // Правда. 1990. 12 авг.

Г. и Сталин (1929—1930).

Баранов Вадим. Горький без грима. Тайна смерти. Роман - исследование. —Москва: Аграф 1996.

Баранов Вадим Ильич. Максим Горький: подлинный или мнимый. —М.: Просвещение, 2000.

Баранов Вадим. 93-й не должен повториться. Литературоведческие мечтания: возвращение Максима Горького обязательно состоится. // Независимая газета. 1998, № 37, 4 марта.

Баранов Вадим. Максим Горький — «агент влияния» Текст и подтекст в переписке Горького со Сталиным // Новый Мир. 1998, №12.

Барнов Вадим. Не только о Горьком //Новый Мир. 2001, №12.

Баранов В. Вокруг смерти Горького. Документы //Новый Журнал. 2003, №232.

Баранов В. «Надо прекословить!» М. Горький и создание Союза писателей. //Вопросы Литературы. 2003, №5.

Барахов В. М. Горький: Последняя страница жизни (Факты и версии) // Вопр. лит. 1990. № 6. С. 182—206.

Анализ воспоминаний и дневниковых записей Е. П. Пешковой, П. П. Крючкова, М. И. Будберг, О. Чертковой, И. М. Кошенкова и др. Рассматриваются версии М. Нике, Д. Д. Плетнева, показания врачей, лечивших Г.

Бармин А. В. Своеобразие фольклоризма эпопеи «Жизнь Клима Самгина» по ее вариантам // Фольклор народов РСФСР.Межвуз. науч. сб. —Уфа: Башк. кн. изд-во, 1982. С. 123—130.

Басинский Павел Валерьевич. Ранний Горький и Ницше. (Мировоззренческие истоки творчества М. Горького 1892—1905 гг.):

Дис. канд. филол. наук / Лит. ин-т им. А. М. Горького. —М., 1997.

Басинский Павел. Горький. —М.: Молодая гвардия, 2005.

Басинский Павел. Максим Горький: миф и биография / Павел Басинский. —Санкт-Петербург: Вита Нова, 2008.

Басинский Павел. Опасные связи. Нижегородский ужас Максима Горького Литературная газета. 1998, № 12, 25 марта.

Басинский П. К Горькому — единому и цельному //Новый мир. 1989. № 3. С. 249—252.

Рец.: *Александрович О.* Рецензия на рецензию о «Несвоевременных мыслях» М. Горького // Наш современник. 1989. № 10. С. 173—175. См. № 1003.

Баскаков В. Н. Пушкинский Дом, 1905—1930—1980. (Ист. очерк). — Л.: Наука, 1980. — 320 с.

С. 55—56, 84—90, 111 — 113, 204—211, 232: участие Г. в формировании фондов Пушкинского Дома, его деятельность на посту директора. Изучение творчества Г. в ИРЛИ. См. также указ. имен.

Батурина Т. П. Концепция человека в дооктябрьском творчестве Горького и национальные литературы // формирование общесоветских литературно-художественных традиций / Ставроп. пед. ин-т. Ставрополь, 1980. С. 27—52.

Г. и Ницше. Романтический герой у Г., Я. Райниса, А. Исаакяна. Влияние Г. на творчество Я. Коласа, М. Коцюбинского и др.

Баширова И. Б. Художественно-прозаическая речь М. Горького в переводах на татарский язык // Лексика и стилистика татарского языка / АН СССР. Казан. фил. Ин-т яз. и лит.Казань, 1982. С. 97—101.

Быковцева Л. Горький сегодня // Лит. Россия. 1982.24 сент. С. 11.

Мировое значение творчества Г.

Быков Дмитрий Львович. Был ли Горький? : [биогр.очерк] / Дмитрий Быков. —М.: АСТ, 2008.

Быковцева Лидия Петровна. Жилярди - Гагарин - Горький: дом на Поварской, 25-а. Музей А.М. Горького ИМЛИ РАН / Л.Быковцева ; Рос.акад.наук, Ин-т мировой лит.им.А.М.Горького. —М.: ИМЛИ РАН, 2003.

Беленький Е. И. Горький и Сибирь // Беленький Е. И.На земле, жаждущей человека. —Омск: Кн. изд-во, 1982. С. 7—163.

Литературные связи Г. в Сибири. Письмо А. С. Деренкова к Г. от 23 февр. 1936 г. Распространение произведений Г. в Сибири в начале 1900-х гг. Народ Сибири в произведениях Г. («Жалобы», «Жизнь Матвея Кожемякина», «Маленькая!..», «Дачники», «Рассказ о необыкновенном», сибирские мотивы в пьесе «На дне», история публикации рассказа «Ланпочка»). Переписка и литературные связи с писателями В. Зазубриным, В. Шишковым, Г. Вяткиным, Г. Д. Гребенщиковым и др.

Белкин Д. И. Грандиозный замысел: Горький и изд-во «Всемир. лит.» // Проблемы Дальнего Востока. 1988. № 4. С. 172—182.

Белкин Д. И. Мир Востока в творчестве раннего Горького // Звезда Востока. 1988. № 8. С. 134—138.

Интерес Г. к Китаю и Японии. Г. и Сунь Ятсен. Очерк «Две души».

Белотурова Мария Михайловна. Книга М. Горького «Заметки из дневника. Воспоминания». Проблематика. Поэтика: автореферат дис. кандидата филологических наук: 10.01.01.

Выходные данные: Москва, 2008.

Белова Тамара Дмитриевна. М. Горький: концепция культуры: Худож. и публицист. Воплощение. —Саратов: Изд-во Сарат. пед. ин-та, 1999.

Белова Тамара Дмитриевна. Эволюция эстетических взглядов М. Горького (1890—1910 гг.) в контексте культурологических исканий эпохи: Монография. —М.: Изд-во Моск. гос. обл. ун-та, 2004.

Белова Т. Д. Пьеса М. Горького «Мещане» как целостное единство: [Опыт жанрового анализа драматургического произведения] //

Целостное изучение художественного произведения в ВУЗе и школе: Межвуз. сб. науч. тр. / Сарат. пед. ин-т.—Саратов, 1989. С. 69—79.

Берберова Н. Н. Железная женщина: Рассказ о жизни М. И. Закревской-Бенкендорф-Будберг, о ней самой и ее друзьях // Дружба народов. 1989. № 8. С. 125—159; № 9. С. 107—159;№ 10. С. 152—184; № 11. С. 136—160; № 12. С. 86—143.

Рец.: *Баранов В.* Необходимы уточнения // Новый мир. 1990. № 12. С. 264—266.

То же. — М.: Кн. палата, 1991. 316 с. Будберг и Г. Сведения в разных главах книги.

Бесчеревных Б. С. Горьковский роман: Соотношение метода и жанра // Проблемы взаимодействия метода, стиля и жанра в литературе: Тез. докл. науч. конф. (Свердловск, 15—18 марта 1989 г.). Свердловск, 1989. Ч. 2: Рус. лит. Совет. лит. С 48—50.

Блок А. Письмо А. М. Горькому, 19—26 ноября 1919 г. //Вопр. лит. 1980. № 10. С. 203.

По поводу привлечения Р. Иванова-Разумника к работе во «Всемирной литературе».

Благов Д. А. У истоков советской классики: Из эпистоляр. наследия М. Горького 20—30-х годов // Русская советская классика: Ист.-лит. и функцион. аспекты изучения / ИРЛИ. —Л.: —Наука, 1989. С. 82—88.

Бордова Н. А., Гусарова Н. П. Ономастика в цикле рассказов М. Горького «По Руси»: Метод. разработка / М-во высш.и сред. спец. образования. Латв. ун-т. Каф. рус. яз. — Рига,1980.—35 с.

Бондарев Ю. Свобода: [К 120-летию со дня рождения М. Горького] // Лит. Россия. 1988. 15 апр. С. 5.

Борисова М. Б. Вопросы эстетики слова в трудах и выступлениях М. Горького // Проблемы развития советской литературы: Межвуз. науч. сб. —Саратов: Изд-во Сарат. ун-та, 1988.С. 32—39.

Боровиков С. Г. Перечитывая заново: К 120-летию со дня рождения А. М. Горького // Лит. газ. 1988. 23 марта. С. 2.

Борисова М. Б. Подтекст в драме Чехова и Горького: Функционирование единиц на уровне текста // Норма и функционирование языковых единиц: Межвуз. сб. науч. тр. / Горьк.—пед. ин-т. —Горький, 1989. С. 111—118.

Борис Пастернак в переписке с Максимом Горьким /Публ. Е. Б. и Е. В. Пастернаков // Изв. АН СССР. Сер. лит. и яз.1986. Т. 45, вып. 3. С. 261—283.

Публикуются письма, не вошедшие в 70-й том «Литературного наследства» (Горький и советские писатели: Неизд. перписка. М., 1963): 8 писем Пастернака к Г. (27 окт., 15, 16 нояб., 21 дек. 1927 г., 7 янв. 1928 г., 31 мая 1930 г., 4 марта, 8 апр. 1933 г.), а также надпись Г. на книге 27 дек. 1927 г. и 2 письма Г. (7 нояб. 1927 г., июнь 1930 г.)

Борисова Л. М. «Мещане» М. Горького в контексте идейной борьбы начала XX в. // Вопросы русской литературы: Респ. межвед. науч. сб. / Черновиц. ун-т. —Львов: Свит, 1990. Вып. 1(55). С. 76—83.

Боровкова Наталья Владимировна. Проблема человека в художественной историософии М. Горького и Т. Манна: автореферат дис. кандидата филологических наук: 10.01.01.

Выходные данные: Магнитогорск, 2006.

Браже Т. Г. Изучение в школе романа А. М. Горького «Мать»: Пособие для учителя. — Л.: Просвещение, 1980.—112 с.

Содерж.: О месте романа «Мать» в идейно-эстетическо воспитании учащихся старших классов. Пути и методы изучения романа «Мать» в школе; Анализ ключевых сцен романа «Мать». Анализ системы образов романа. Изучение материалов о роли романа «Мать» в литературе и искусстве.

Рец.: *Лопатина Т. О.* Педагогическая концепция изучения романа «Мать» // Веч. сред. шк. 1981. № 6. С 75— 76.

Бундзен Г. В., Савинкова Т. В. М. Горький в современной общественной жизни / О-во «Знание» РСФСР. Ленингр. организация. — Л., 1989. 32 с.

Бялик Б. Предисловие // Горький М. Сказки об Италии. М.: Дет. лит., 1980. С. 3—8.

Бялик Б. А. Трагедия социального одиночества // Горький М. Фома Гордеев. М.: Худож. лит., 1980. С. 5—20. (Классики и современники: Сов. лит.).

Бялик Б. А. Живее всех живых: Почему противников коммунизма заинтересовала тема «В. И. Ленин и М. Горький»? // Иностр. лит. 1980. № 4. С. 201—207.

Фальсификация фактов в трудах зарубежных советологов: Б. Вулф «Мост и пропасть» (1967), Д. Левин «Буревестник» (1965), статьи Жэнь Ду и др.

Вадим Баранов.Беззаконная комета: Роковая женщина Максима Горького. — М.: Аграф, 2001.

Вайнберг И. И. Страницы большой жизни: М. Горький в документах, письмах, воспоминаниях современников (1868—1907). — М.: Дет. лит., 1980. 240 с: ил.

Рец.: *Прохоров Е. И.* Великая биография // Лит. в шк. 1981. № 4. С. 72—74; *Жегалов Н.* // Дет. лит. 1981. № 8. С. 37— 38.

Повествование и монтаж документальных материалов.

Вайнберг И. М. Горький о современниках // Горький М. Очерки и воспоминания. —М.: Сов. Россия, 1983. С. 5—22.

Вайнберг И. И. Неизвестное письмо М. Горького // Лит.газ. 1987. 1 янв. С. 6.

Комментированная публикация письма Д. Б. Ивенскому (2 янв. 1921 г.).

Весть: Кн. совет.-инд. дружбы: [Сб.] / Сост. Н. Скалдина. — М.: Радуга, 1987. 352 с: ил.

Содерж.: Из переписки А. М. Горького с индийскими революционерами: Письмо Горького Б. Р. Кама, сент. 1912 г.; Письма Горькому: Б. Р. Кама, 31 окт. 1912 г.; Ш. Кришнаварма, 28 окт. 1912 г.; Литературная лига Пенджаба, 5 сент. 1930 г., 1930 г. [без. указ. мес.]; *Рао. Р,* 31 окт. 1934 г. С. 139—143; *Рамакришна Б. Ш.* Меня вдохновила «Мать» Горького [1968] / Пер. 3. Петруничевой. С. 144; *Сахни Б.* Премчанд и Горький [1982] / Пер. Н. Солнцевой. С. 145—146; *Найду С.* На смерть

М. Горького [1936] / Пер. А. Баранниковой. С. 147.

Вайнберг И. Горький, знакомый и незнакомый // Горький М. Несвоевременные мысли: Заметки о революции и культуре. —М.: Сов. писатель, 1990. С. 3—74.

Политическая позиция Г. в 1918 г. Публицистика Г. в «Новой жизни». Общественная деятельность Г., его отношение к революции.

Вайнберг И. Во имя революции и культуры: Публицистика М. Горького 1917—1918 годов // Лит. обозрение. 1988. № 9. С. 91—98; № 10. С. 92—99, К публикации «Несвоевременных мыслей» Г.

Ваксберг Аркадий Иосифович. Гибель Буревестника: М. Горький: Послед.двадцать лет —М.: Терра–Спорт, 1999.

Варвары: Материалы и исслед. / Отв. ред. Б. Бялик. М.: ВТО, 1980. 239 с: ил. — (Б-ка театра Горького).

Содерж.: От редакции: *Бялик Б.* Экзамен на человека: Когда «героическое» оказывается жалким, а «смешное» трагическим: [Связь «Варваров» с окуровским циклом.рас крытие темы «разрушения личности» в образах пьесы.Особенности языка]; *Ревякина И.* Из истории текста пьесы: [Сопоставление черновой и беловой рукописей. Авторские изменения в характеристике образов]; *Никитина* И. К характеристике городка Верхополье: [Арзамас как прототип Верхополья. Г. в Арзамасе, его знакомыеарзамасцы. Некоторые прототипы героев пьесы. Приводится письмо Г. к А. М. Храброву]; И: [Сценическая история пьесы] 1. Малый театр, 1941 г.: *Гоголева Е.* Надежда Монахова; *Зубов К.* Цыганов; *Анненков Н.* Черкун; *Тарасова К.* Анна; *Белёвцева Н.* Лидия; *Старковский П.* Доктор Макаров; *Лебедев В.* Головастиков; *Кноблок Б.* Создание спектакля: [Художник о своей работе]; 2. Большой драматический театр имени М. Горького, 1959 г.: *Товстоногов Г.* О «Варварах»: [Режиссерское прочтение пьесы]; *Стржельчик В.* Моя работа над образом Цыганова; *Лебедев Е.* Мой Монахов; 3. Спектакли и роли: *Прокопович М.* Надежда Монахова в театре города Горького; *Обухович А.* Надежда Монахова в Государственном русском театре БССР; *Соколова М.* Надежда Монахова в Волгоградском драматическом театре; *Артмане В.* Надежда Монахова в Латвийском Художественном театре имени Я. Райниса; *Болотова Е.* Сценическая жизнь пьесы: [Анализ постановок 30—60-х годов].

Васильева Владимир Ефимович. «Серапионовы братья» и А.М. Горький (Проблема преемственности в идейно-эстетических исканиях писателей): автореферат дис. кандидата филологических наук: 10.01.02.

Выходные данные: Санкт-Петербург, 1992.

Вахрушев В. Максим Горький — канонический и не канонический: О разн. ред. романа «Мать» и очерка «В. И. Ленин» // Волга. 1990. № 4. С. 169—177.

Великая Н. И. «Жизнь Клима Самгина»: Особенности повествовательной структуры и проблемы жанра // Проблемы жанра и стиля художественного произведения: Межвуз. сб. Владивосток: Изд-во Дальневост. ун-та, 1988. Вып. 4. С. 19—32.

Ветюгова И. П. Творчество М. Горького и литературные искания в первые годы советской власти (1917—1925): Автореф.дис. канд. филол. наук / Моск. ун-т. — М., 1983. 18 с.

Вокруг смерти Горького. Документы, факты , версии. Материалы и исследования. Вып. 6. М. ИМЛИ РАН, 2001.

Вопросы стилистики: Функциональные стили рус. яз.и методы их изучения: Межвуз. науч. сб. Вып. 17. — Саратов:Изд-во Сарат. ун-та, 1982. 167 с.

Содерж.: *Семенова О. Н.* О межцикловом композиционном единстве у М. Горького. Ст. 2: [«По Руси» и «Сказки об Италии»]. С. 22—446; *Кулюкин А. М.* Обращения в ранних рассказах М. Горького и их отражение в словаре писателя. С. 102—109; *Рублева О. Л.* Контекстуальная синонимия и антонимия глаголов в романе М. Горького «Жизнь Клима Самгина». С. 123—132; *Николаева Н. С., Сиротина В.А.* Семантико-стилистическое функционирование качественных наречий в прозе М. Горького. С. 132—142; *Иванова Л. П.* О синтаксическом строении речи автора и речи персонажей в произведениях А. М. Горького. С. 142—154.

Вопросы горьковедения: Межвуз. сб. / Горьк. ун-т. —Горький: Изд-во

ГГУ, 1985. 112 с.

Содерж.: *Красунов В. К.* Творческий метод раннего М. Горького как явление реализма; *Злобин В. А.* К проблеме горьковской концепции человека: [Интерес Г. к личности Ф. Ницше и его произведениям. Философские взгляды Г. «Мой спутник»]; *Позднин Е. Н.* Когда начались «Университеты» М. Горького? : [Фактографический анализ повести «Мои университеты». Уточнение биографических дат Г.]; *Шустов М. П.* «Сказочность» как слагаемое стиля раннего Горького («Емельян Пиляй»); *Гаврова А. Л.* Конфликт в драме М. Горького «Мещане»; *Некоркина Н. В.* Мотивы в массовой сцене «Жизни Клима Самгина» М. Горького; *Грачева Е. В.* Память Клима Самгина; *Морохин Н. В.* Горьковские традиции в антифашистской сатире И. Эренбурга: [Публицистические традиции Г.]; *Путинцева Е. В,* Горьковские традиции в «Памяти» В. А. Чивилихина: [Мастерство Г.-очеркиста]; *Баевская И. М.* Творческая история воспоминаний М. Горького «Лев Толстой» в критике; *Зайдман А. Д.* «Я с великой радостью вижу: русская литература жива...»: (О работе М. Горького над альманахом «1921 год»): [Г. и «Серапионовы братья»].

Гаглоева В. В. М. Горький и литературный кружок«Среда»: Революц. направленность творчества: Автореф. дис. канд. филол. наук / Моск. обл. пед. ин-т им. Н. К. Крупской.—М., 1981. 24 с.

Ганелин Р. Ш. М. Горький в Америке (По письмам Н. Е. Буренина) // Рус. лит. 1985. № 1. С. 173—176.

Галаган Г. Я. Л. Толстой 1900-х годов и роман М. Горького «Мать» // Рус. лит. 1983. № 1. С. 152—158.

Перекличка романа Г. «Мать» с незавершенным рассказом Л. Н. Толстого «Кто убийцы? Павел Кудряш».

Галуенко Л Н. А. М. Горький и его современники: Фотодокументы. Описание / Рос. акад. наук. Ин-т мировой лит. им. А. М. Горького. Музей А. М. Горького; Сост. Л. Н. Галуенко и др. —М.: Наследие, 1997.

Гвенетадзе Г. Д. Грузинские впечатления в творчестве М. Горького; «Будка всеобщего спасения» // Литературное содружество народов СССР / Тбил. ун-т; Киев. ун-т; Ин-т лит. АН УССР. Тбилиси, 1984.

Вып. 3. С. 164—184.

Гвенетадзе Г. Д. Дореволюционная грузинская критика о пьесах М. Горького «Дачники» и «Дети солнца» // Литературное содружество народов СССР / Тбил. ун-т; МГУ. Тбилиси, 1985. Вып. 4. С. 64—79.

Горький М. Мойдруг, великийчеловек...: [Сб. о В. И. Ленине] — М.: Мол. гвардия, 1980. 236 с: ил.

Содерж.: *Гончарова Т. Е.* Две судьбы: В. И. Ленин. М. Горький; Незабываемое: Воспоминания о В. И. Ленине и М. Горьком; *Крупская Н. К.* Ленин и Горький; *Ульянова М. И.* Ленин и Горький: [Памяти Г.]; *Андреева М.* Встречи с Лениным: [В Петербурге, 1905; в Лондоне, 1907; на Капри]; *Пешкова Е. П.* Владимир Ильич у А. М. Горького в октябре 1920 года; *Пешкова Н. А.* О Максиме Пешкове: [Пешков и Г.]; *Замысловская Е.* Из воспоминаний: [Знакомство с Г. (1902). Г. и партия]; *Накоряков Н. Н.* На пятом партийном съезде: [Встречи с Г.]; *Луначарский А. В.* Из статьи «Новая пьеса Ромен Роллана»: [Отношение Г. к Р. Роллану]; *Малкин Б.* В. И. Ленин и М. Горький: [Встречи в Москве]; *Бонч-Бруевич В.* Горький и организация ЦЕКУБУ; *Гляссер М* Ленин и Горький: [Встречи. Воспоминания сотрудника секретариата Совнаркома]; *Федин К.* Из воспоминаний о Горьком: [Отношение Г. к Ленину]; *Иванов Вс.* Встречи с Максимом Горьким; *Бахметьев В.* Незабываемая встреча: [Ленин о Г.].

Горьковские чтения, 1980: Материалы конф. «А. М. Горький и роман XX века» / Горьк. ун-т; Горьк. Музей А. М. Горького; Горьк. комис. при исполкоме Горьк. обл. Совета нар. депутатов. — Горький: Волго-Вят. кн. изд-во, 1980. 191 с.

Содерж.: *Горев А. Ф.* Из вступительного слова председателя Горьковской комиссии, заместителя председателя Горьковского облисполкома; *Кузьмичев И. К.* М. Горький и роман XX века: [Принципы классического романа и эпические произведения Г.: «Мать». Автобиографическая трилогия, «Жизнь Клима Самгина». Влияние творчества Г.]; *Овчаренко А. И.* А. М. Горький и развитие советского романа: [Новаторство Г. в разработке образа героя. Г. и писатели В. Шишков, О. Форш, А. Чапыгин, М. Пришвин, М. Шолохов и др. Работа над «Жизнью Клима Самгина», обращение к опыту писателей исторической темы]; *Шахов В. В.* А. М. Горький и развитие русской реалистической прозы на рубеже XIX—XX вв. (Традиции демократов 1860-х годов): [Жизнь рабочих в очерках Гл. Успенского, В. Слепцова, А. Левитова и развитие этой темы в очерковом жанре у Г. Куприна, Серафимовича и др.]; *Бармин А. В.* Функции диалога в эпопее XX века (На материале «Жизни Клима Самгина»); *Евстигнеева Л. А.* А. М. Горький и А. В. Амфитеатров: (К проблеме творческого метода); *Фарбер Л. М.* Роман о партии: [«Мать». Документальные источники изображения революционной организации в романе]; *Ильинич К. М.* А. В. Луначарский об «Исповеди» А. М. Горького; *Минакова А. М. А.* М. Горький и советская философская проза 20—30-х годов: [Г. и Л. Леонов]; *Морохин В. Н.А.М.* Горький о значении фольклора для развития литературы; *Червяковский С. А.* Горьковские традиции в романе и сценарии А. С. Серафимовича «Город в степи»; *Гаранина Л. Л.* Традиции А. М. Горького в романе Г. И. Коновалова «Истоки»; *Ханов В. А. А.* М. Горький и В. Астафьев: [Традиции Г. («Детство») у Астафьева]; *Прохоров Е. И.* Некоторые черты творческой работы М. Горького: [Текстологическое исследование работы Г. над «Жизнью Матвея Кожемякина»]; *Нуралиев Д. Н.* А. М. Горький и вопросы стиля туркменского романа: [Горьковская традиция художественного исследования новой личности в историко-революционном романе]; *Сабирова Р. М.* А. М. Горький и развитие узбекского советского романа; *Мамедова В. И.* А. М. Горький и становление азербайджанского советского романа; *Пирадов Б. А. А.* М. Горький и роман Л. Киачели «Тариэл Голуа»: [Традиции романа Г. «Мать»]; *Гаранин Л. Я.* А. М. Горький и проблема философских исканий в романах К. Чорного; *Вавре В. А.* Максим Горький и Андрей Упит: [Оценка Упитом романов «Мать», «Жизнь Клима Самгина»]; *Киреева И. В.* Американский роман XX века в оценке А. М. Горького: [Г. о Э. Хемингуэе, Ш. Андерсоне, С. Льюисе, Э. Синклере]; *Сохряков Ю. И.* А. М. Горький и литература США 20—30-х годов: [Г. и Ш. Андерсон, Т. Драйзер, Э. Синклер, Д. Стейнбек. Взаимосвязи и традиции]; *Леонова Е. А.* Традиции Горького в антивоенном романе ГДР: [Антифашистская тема]; *Ремизов Б. Б.* А. М. Горький и автобиографические романы А. Кронина 40—90-х годов: (К вопросу о типологии «романа воспитания» XX в.): [Тема духовного формu рования человека в автобиографической трилогии Г.];К*ауфман Л. С.* Роман А. М. Горького «Мать» и немецкая анти фашистская литература 30—40-х годов: [Воздействие творчества Г. на писателей Э. Вихерта, Р. Хуха, Г. Вейзен-борна].

Горьковские чтения, 1982: Материалы конф. «Художественный опыт М. Горького и сов. лит.» / Горьк. ун-т и др.—Горький: Волго-Вят. кн. изд-во, 1982. 191 с.

Содерж.: *Овчаренко А. И.* Художественный опыт М. Горького и современная литература: [Горьковские традиции]; *Евстигнеева Л. А.* Художественный опыт М. Jрького и современная сатира: [В. Маяковский, Д. Бедный, В. Шукшин]; *Зайцева Г. С.* М. Горький и современная деревенская проза: [Крестьянство в творчестве Г.]; *Минакова А. М.* М. Горький и советская философская проза 50—70-х годов: [Философские взгляды Г., «Жизнь Клима Самгина»]; *Ревякина И. А.* Опыт Горького и тема нравственных исканий в современной прозе: [Гуманистическая тема в творчестве Ю. Бондарева, Ф. Абрамова, В. Распутина. Цикл Г. «По Руси»]; *Злобин В.* А. Вперед и выше: (Горьковская концепция человека и современность); *Глушкова Н. К.* Документальная проза Горького: [Публицистика Г., документализм творчества]; *Желтова Н. И.* Об одном из направлений исследования темы В. И. Ленин и М. Горький: [Взаимодействие литературы и литературоведения]; *Цирулев А. Ф.* Автобиографическая трилогия М. Горького в советской критике; *Морохин В. Н.* М. Горький об освоении советскими писателями народнопоэтических традиций: [Г. о фольклоре]; *Бугаенко П. А.* О Горьком и Федине; *Сучкова М. К.* О горьковской традиции в творчестве молодого А. Фадеева; *Ачкасова Л. С.* К. Паустовский — корреспондент журнала «Наши достижения»: [Г. - редактор]; *Сохряков Ю. С.* М. Горький и М. Пришвин; *Ханов В. А.* М. Горький и Н. Кочин; *Гаранина Л. Ф.* Традиции М. Горького в творчестве Чингиза Айтматова; *Исаев Г. Г.* К вопросу о традициях Горького-портретиста в современной советской литературе (М. Горький и В. Чивилихин): [Очерки Г. «Лев Толстой» и «В. И. Ленин»]; *Полыскалов В. И.* Традиции эпоса Горького в «Вечном зове» А. Иванова: [На примере «Дела Артамоновых» и «Жизни Клима Самгина»]; *Киреева И. В.* Художественный опыт Горького в интерпретации зарубежных писателей (По материалам neplого съезда советских писателей); *Журавлев В. П.* Традиции А. М. Горького в развитии белорусского, советского роман-хроники; *Пирадов Б. А.* М. Горький и грузинская литература: [«Песня о Буревестнике» Г. и «Море» А. Канчели.

Статья Г. «О кавказских событиях»]; *Сабирова Р. М.* М. Горький и национальные традиции в творчестве узбекских писателей: [С. Айни, А. Кадыри, Х. Шамса, А. Каххар]; *Чарыяров Б. Ч., Нуралиев Д. Н.* Уроки М. Горького и проблемы современной туркменской литературы: [На примере творчества Б. Кербабаева]; *Рагимова Р. М.* М. Горький и становление азербайджанского советского романа: [Творчество М. Ф. Ахундова, С. Рагимова, А. Абульгасана, М. Гусейна]; *Холодова Г. М.* М. Горький в оценке литературно-критической мысли Армении: [Е. Демирчян, Е. Чаренц, А. Исаакян, Р. Кочар, Т. Ахумян о Г.]; *Егорова Л. П.* М. Горький и писатели Северного Кавказа: [Письмо И. Хубиева к Г., его статья «Максим Горький и народы СССР»]; *Куликов В. И.* Традиции М. Горького и мемуарно-автобиографические повести и романы марийских писателей: [В. Патраш, Я. Ялкайн, И.Ломберский, О. Тыныш]; *Кулагин А. В.* «Листки календаря» М. Танка и горьковская очерковая традиция; *Вишневский И. П.* И. Франко и М. Горький.

Горьковские традиции в советской литературе: Межвуз. сб. науч тр / Отв. ред. В. В. Агеносов. — М.: МГПИ им. В. И. Ленина,1983. 159с.

Содерж.: *Лазарев В. А.* Уроки М. Горького: О мировом значении циклов «ВАмерике», «Мои интервью»; *Агеносов В. В.* О художественном историзме горьковской Ленинианы и его значении для советской литературы: [Анализ статьи «Владимир Ильич Ленин» (1920) и очерка «В. И. Ленин» (1924)]; *Славина В. А.* А. М. Горький о гуманизме: По публицистическим произведениям; *Раков В. П.* О роли А. М. Горького в идейно-творческом становлении В. В. Маяковского; *Мескин В. А.* Проблема героической личности в романах М. Горького «Мать» и Л. Андреева «Сашка Жегулев»; Дол*женко Л. В.* М. Горький и очеркисты «Кузницы»: [История отношений Г. с И. Жигой, руководителем кружка писателей-очеркистов]; *Климова Г. П.* М. Горький и идейно-художественные искания комсомольских поэтов Ленинграда двадцатых годов; *Украинцева Л. В.* О жанровом своеобразии творчества М. Горького и Л. Леонова 20-х годов: «Городок Окуров» М. Горького — «Записки Ковякина» Л. Леонова; *Смирнова И. А.* Особенности изображения внутреннего мира ребенка в рассказах М. Горького и Б. Житкова: [«Дед Архип и Ленька», «Нищенка», «Встряска», «Пепе»]; *Трубина Л. А.* Развитие горьковских традиций изображения революционеров в романе С. Дангулова «Дипломаты»; *Курасова Н. В.* Изображение народного характера в произведениях М. Горького и «деревенской прозе» 60—70-х годов: [С. Залыгина, В. Астафьева, Ф. Абрамова]; *Емельянов В. А.* Горьковские традиции изображения человека труда в прозе В. Белова; *Кашкин А. В.* Горьковские традиции в творчестве Бориса Можаева: На материале повести «Живой»; *Колядич Т. М.* Особенности писательской мемуаристики 70-х годов в свете горьковских традиций; *Карпов И. П.* Художественный опыт М. Горького и роман М. Рекемчука «Тридцать шесть и шесть»: [«Жизнь Клима Самгина»]; *Черная Г. А.* Влияние горьковских традиций на процесс становления литератур малых народов Советского Севера и Дальнего Востока; *Салаев К. Б.* Воздействие горьковских традиций на творчество М. И. Шевердина. Роман «Санджар непобедимый»: [Традиции романа «Мать»]; *Минин Н. А.* Эстетическая сущность труда: Горьковская традиция в романах О. Куваева «Территория» и «Правила бегства».

Горький М. Избранные сочинения. — М.: Худож. лит1986. 1086 с.

Содерж.: *Овчаренко А., Ревякина И.* Художник новой эпохи: [Отражение эпохи революции в творчестве Г.]. С. 3—18. (См. также № 798.); *Крупская Н. К.* Ленин и Горький. С. 1007—1010; *Заломов П. А.* Буревестник русской революции. С. 1010—1011; *Десницкий В. А.* Из книги «А. М. Горький»: [Г. и Ленин в Лондоне (1905)]. С. 1019—1020; *Телешов Н. Д.* Из «Записок писателя»: [«На дне» в МХТ (1902)]. С. 1022—1024; *Станиславский К. С.* «На дне». С. 1024—1029; Писатели и критики о М. Горьком: [Отрывки из книг и статей А. В. Луначарского, В. В. Воровского, К. А. Федина, Л. М. Леонова, О. Гончара, Г. Манна, Р. Роллана, А. Барбюса]. С. 1030—1047; Основные даты жизни и творчества М. Горького. С. 1048—1050.

Горьковские чтения, 1986: Материалы конф. «Творчество М. Горького в худож. системе социашcmuzeckoco реализма» / Горьк. ун-т и др. — Горький: Волго-Вят. кн. изд-во, 1986. 180 с.

Содерж.: *Галкина Г. Н.* Из вступительного слова заместителя председателя Горьковской комиссии; *Овчаренко А. И.* М. Горький и его место в художественной системе нового мира: [Г. — художник. Историзм его творчества. Г. — летописец. Переписка Г. как отражение жизни России до и после революции. Г. —теоретик нового искусства]; *Ермакова М. Я.* Главнейшие пути создания художественных типов в новаторском искусстве М. Горького и русская литературная традиция; *Касаткина Т. А.* К вопросу о слове в полифоническом романе (Освоение Горьким традиций русской литературы в послеоктябрьский период): [Традиции Достоевского в «Жизни Клима Самгина»]; *Глушков Н. И.* Художественные системы реализма и творчество М. Горького; *Спиридонова Л. А.* К вопросу о формировании исторического сознания в творчестве М. Горького: [На материале изучения помет Г. на книгах его личной библиотеки]; *Борисова Л. М.* М. Горький и актуальные проблемы драмы; *Куприяновский П. В.* А. Воронский о М. Горьком и «горьковской школе» в литературе; *Холодова Г. М., Сохряков Ю. И.* Концепция личности в творческом наследии М. Горького (Эволюция темы «маленького человека»): [Тема мещанства и тема социальной активности человека]; *Хоменко Н. И.* Поэтика контрастов как средство выражения М. Горьким гуманистического идеала: [Рассказ «Страсти-Мордасти»]; *Зайцева Г. С.* Концепция народного характера в мировоззрении и творчестве М. Горького; *Головченко Л. С.* А. М. Горький и «крестьянские писатели» 20-х—начала 30-х годов; *Минакова А. М.* Эстетический идеал и метод социалистического реализма в философской прозе М. Горького; *Кудряшова Е. И.* Максим Горький и Лариса Рейснер; *Гринфельд Т. Я.* М. Горький и М.Пришвин: [Изображающее слово в пейзаже]; *Холодова 3 Я* Автобиографическая трилогия М. Горького и «Кощеева цепь» М. Пришвина: [Герой и действительность]; *Примочки на Н. Н., Примочкин Б. П.* М. Горький и Е. Замятин: (К истории творческих взаимоотношений); *Морохин Н. В.* Горьковские традиции в военной сатирической публицистике Е. Петрова; *Еремина И. Ф.* Максим Горький и Анатолий Иванов: [К проблеме героя]; *Горюнова Р. М.* М. Горький и развитие современного военного романа; *Джолдошева Ч.* Горьковские традиции в современной киргизской романистике; *Гаранина Л. Ф.* Конфликт как структурообразующая основа в творчестве М. Горького и его исследование критикой 80-х годов; *Быковцева Л. П.* Горький в сегодняшней Швеции; *Толоконникова И. В.* Драматургия М. Горького на английской сцене в начале XX века (Из истории восприятия творчества писателя в Англии): [Постановки: «На дне» в 1903—1912 гг., «Мещане» в 1906 г.]; *Пронин В. Н.* Драматургия М. Горького и французский реалистический театр; *Кирнозе 3. И.* Творчество Жана-Ришара Блока в оценке М. Горького; *Самохвалова В. И.* Э. Синклер и М. Горький: [Об идейно-художественных функциях женских образов в романах о рабочем классе]; *Смирнова А. Д.* Н. А. Некрасов в библиотеке А. М. Горького.

Горьковские чтения, 1986: Материалы конф. «Творчество М. Горького в худож. системе социалист. реализма». Ч. 2 /Горьк.ун-т и др. — Горький: Волго-Вят. кн. изд-во, 1987. 176 с.

Содерж.: *Асадуллаев С. Г.* М. Горький — теоретик социалистического реализма; *Микешин А. М.* М. Горький-романтик в оценке А. Луначарского-критика; *Морохин В. Н.* К проблеме «М. Горький и устное народное творчество»: [Книги по фольклору в личной библиотеке Г.]; *Савинкова Т. В.* Образ нового человека в гуманистической концепции М. Горького; *Колесникова Е. А.* М. Горький о романтике и эстетике труда: [Тема труда в творчестве Г. и в советской литературе]; *Желтова Н. И.* М. Горький об оценке общественной значимости художественного произведения: [Г. о Достоевском]; *Ачкасова Л. С.* М. Горький о научном и художественном познании; *Рублев К. А.* Научно-фантастическая образность в советской нефантастической прозе в свете горьковской концепции «третьей действительности»: [Г. о романе Л. Леонова «Дорога на Океан»]; *Бельчанская И. Д.* Об историзме творчества М. Горького; *Корж П. Я.* Проблема исторического романа в эстетике М. Горького; *Уманская А. Б.* М. Горький и русская советская проза 20-х годов: [Проблема женского героического характера]; *Макашева С. Ж.* Традиции М. Горького и принципы изображения народного характера у М. Шолохова и А. Нурпеисова; *Гассиева В. З.* Достоевский, Горький и Шолохов: Традиции и новаторство; *Шустов М. П.* Авторская правка ранних рассказов М. Горького; *Тамаркина Э. А.* Образ черта в творчестве молодого М. Горького: [Рассказы: «О черте», «Еще о черте», «И еще о черте»]; *Абрамович С. Д.* «Мать» Горького и чеховская традиция; *Бобух-Саськова Т. В.* «Городок Окуров»: К проблеме развития метода социалистического реализма; *Подшивалова Е. А.* Герой и рассказчик в очерке М. Горького «В. И. Ленин»; *Гаврилюк В. Л.* Концепция юности в автобиографических произведениях М. Горького 20-х годов: [На материале повести «Мои университеты»]; *Пшеничнюк Т. М.* Концепция человека в «Рассказах 1922—24 годов» М. Горького; *Никонова Т. А.* Народный характер в «Деле Артамоновых» М. Горького; *Захарова В. Т.* Киносценарий М. Горького «Степан Разин» и советский исторический роман; *Фурдей О. Н.* Литературно-критическая публицистика М. Горького до Великого Октября; *Молчанова Н. А.* Символика в повести

М. Горького «Трое»; *Романова С. Н.* Нравственный мир героев романа «Мать»; *Михалева* Э.Н.Об авторской позиции М. Горького в автобиографической трилогии «Детство», «В людях», «Мои университеты»;*Райхман А. С.* Очерк М. Горького «В. И. Ленин»: [Своеобразие принципов воплощения образа вождя]; *Павленко И. Я.* Разоблачение либерально-народнических концепций общественного развития в романе-эпопее М. Горького «Жизнь Клима Самгина»; *Бучилин Н. В.* Особенности художественной образности М. Горького как представителя социалистического реализма: [Роман-эпопея «Жизнь Клима Самгина»]; *Трофимов В. М.* Идейно-эстетическая и функционально-стилевая речь автора в эпопее «Жизнь Клима Самгина»; *Егорова Л. П.* Горьковская традиция интернационализма в организаторско-творческой деятельности А. Фадеева; *Заровная В. П.* «Варвары» и «Песня Судьбы»: [О творческих взаимоотношениях М. Горького и А. Блока]; *Кузнецов Н. И.* О некоторых аспектах переписки М. Горького и К. Федина 20-х годов; *Шулова Я. А.* М. Горький и А. Белый: [Творческие переклички, аналогии]; *Белова Т. Д.* М. Горький и К. Федин: [Проблема творческих взаимоотношений в период 20-х годов]; *Леднева Т. П.* Рассказчик и герой в ранних произведениях М. Горького и Л. Леонова; *Химич В. В.* М. Горький в восприятии Л. Леонова; *Ларионова Н. Г.* М. Горький и А. Чапыгин: [К вопросу о становлении жанра исторического романа в советской литературе]; *Агеев А. Л.* М. Горький и Дм. Семеновский; *Бородина Л. Т.* Горьковские традиции в современной производственной драме; *Бару М. З.* М. Горький и концепция человека в современном советском романе; *Недува Э. Ш.* М. Горький и развитие современной литературной сказки; *Ворожбитова А. А.* М. Горький и проблемы русскоязычного творчества писателей народов СССР; *Дасаева Т. Н.* Горьковские принципы изображения человека труда в белорусской прозе 20—30-х годов: (На материале творчества Х. В. Шинклера); *Науменко А. В.* М. Горький и особенности развития армянской прозы 30-х годов: [Автобиографизм в произведениях Г. и Ст. Зорьяна]; *Присовский Е. М.* Традиции М. Горького в украинской прозе 50—80-х годов; *Киреева И. В.* М. Горький в восприятии А. Р. Вильямса; *Лазарев В. А.* Очерк М. Горького «В. И. Ленин» в довоенной Чехословакии; *Девицкий И. И.* Клаус Манн и Томас Манн о творческом методе М. Горького; *Зинченко В. Г.* М. Горький и становление романа в чешской литературе социали стического реализма; *Разумовская Т. Ф.* Из истории восприятия романа М. Горького «Мать» в зарубежной литературе 30-х годов; *Бузуев О. А.* Нравственно-гуманистический идеал М. Горького и революционная литература Германии 20-х годов; *Андреева И. И.* М. Горький Вьетнаме; *Леонова Е. А.* К вопросу о роли М. Горького в становлении литературы ГДР.

Горьковские чтения, 1988: Материалы конф. «М. Горький — художник и современность» / Горьк. ун-т и др. — Горький: Волго-Вят. кн. изд-во, 1988. 176 с.

Содерж.: *Втюрин А. В.* Вступительное слово заместителя председателя облисполкома, председателя Горьковской комиссии; *Кузьмичев И. К.* В художественном мире Максима Горького: [Творческий метод Г. в исследованиях горьковедов. Поэтизация разума как основа художественного своеобразия Г.]; *Овчаренко А. И.* М. Горький-художник: [Цикл «По Руси» — рассказ «Рождение человека». Образ «проходящего» и новый человек]; *Заика С. В.* Реальность героя и авторская позиция: [К проблеме идеала раннего Горького]; *Спиридонова Л. А.* Поэтика раннего Горького: [Рассказ «На плотах»]; *Красовский В. Е.* М. Горький — критик эстетики и творческой практики натурализма; *Драгомирецкая Н. В.* К современным спорам о методе и стиле в свете становления реализма М. Горького: [Реализм Чехова и реализм Г.]; *Киселева Л. Ф.* Художественный историзм М. Горького и его модификации в современной советской прозе; *Егорова Л. П.* М. Горький и проблемы гуманизма в современной советской литературе: [На примере творчества Ч. Айтматова]; *Желтова Н. И.* К проблеме «общественное значение труда писателя» в трактовке М. Горького: [Г. и Ленин]; *Холодова Г. М.* От Достоевского к Горькому (Тема «подпольного» человека): [«Маленький человек» и мещанство у Г.]; *Иванова Е. В.* А. Блок и М. Горький в споре о крушении гуманизма; *Ермакова М. Я.* Горьковские традиции в советской литературе 20-х годов: [М. Горький и А. Фадеев]; *Минакова А. М.* М. Горький и М. Шолохов: Преемственность эпического; *Барахов В. С.* М. Горький и Ю. Бондарев:[Концепция человека]; *Чистякова Н. А.* Образы народных сказителей в творчестве А. М. Горького и И. А. Бунина: [Очерк Г. «Вопленица»]; *Морохин В. Н.* Проблема «литература и фольклор» в трактовке М. Горького; *Еремина И. Ф.* Некоторые особенности романтики раннего Горького: [«Старуха Изергиль». Генезис образа Данко]; *Химич В. В.* Поэтика цвета в рассказах М. Горького 90-х годов; *Захарова В. Т.* Тема одиночества человека в буржуазном мире в рассказах М. Горького 90-х годов; *Цирулев А. Ф.* У истоков художественной концепции М. Горького: [рассказ «Макар Чудра»]; *Леднева Т. П.* К решению проблемы «героя и толпы» в рассказе М. Горького «Макар Чудра»; *Ханов В. А.* Человек и природа в рассказе М. Горького «Старуха Изергиль»; *Полуяхтова И. К.* Литературные реминисценции в драме М. Горького «Мещане»; *Грачева А. М.* К вопросу о типологии романа М. Горького «Мать»: [«Эпизод» И. Новикова]; *Хоменко Н. И.* «Исповедь» М. Горького и нравственно–эстетические искания современной литературы; *Токарев А. Н.* К вопросу о горьковских традициях в современной автобиографической повести: [На примере повести М. Карима «Долгое-долгое детство»].

Горький М. О детской литературе, детском и юношеском чтении: Избранное / Сост., вступ. ст. и коммент. Н. Б. Медведевой. — М.: Дет. лит., 1989. 224 с.

Содерж.: *[Медведева Н. Б.]* А. М. Горький о детской литературе, детском и юношеском чтении: [Педагогические взгляды Г., его требования к литературе для детей]. С. 6— 20; *Венгров Н.* Верный веселый друг: [Воспоминания об участии Г. в утренниках для детей в Петрограде. Встречи с Г. и беседы о литературе для детей]. С. 166—169; *Ильин М.* Несколько встреч с Алексеем Максимовичем: [Советы Г., его отзывы о книгах Ильина для юношества]. С. 169—170; *Макаренко А.* Беседа с начинающими писателями: [Воспоминания о Г., его отзывы о работе над «Педагогической поэмой»]. С. 171—172; *Маршак С.* Разговор за письменным столом: [Воспоминания о беседе с Г. о детской литературе (1932)]; Последняя встреча: [1936 г., Крым]. С. 172—176; *Серафимович А.* Из воспоминаний о Горьком: [Отрывок. Разговор в издательстве «Знание»]. С. 176—177; *Чуковский К.* Из статьи «Горький»: [Воспоминания. Роль Г. в истории развития детской литературы]. С. 177—184.

Горький и его эпоха: Исслед. и материалы. Вып. 1 / Отв. ред. Б. А. Бялик; ИМЛИ. — М.: Наука, 1989. 280 с.

Содерж.: От редакции: [Задачи современного горьковедения]; *Горький М.* Все о том же: [Подгот. текста и примеч. А. Е. Погосовой]; *Бялик Б. А.* О статье М. Горького «Все о том же»: [Стремление Г. защитить от политических обвинений Б. Пильняка и других писателей. Статья Г. «О трате энергии» (1928) и другие выступления писателя]; *Горький М.*Маленький фельетон («Нижегородский листок», 1898); *Петрова М. Г.* Неизвестный цикл фельетонов Горького: История находки и проблемы атрибуции: [Полемика между И. Груздевым и С. Балухатым (1934) об атрибуции текста Г. Приводятся аргументы в пользу доказательства авторства Г.]; Из переписки А. М. Горького и И. Е. Вольнова: [Публикация Архива А. М. Горького. Подгот. текста и примеч. И. И. Вольнова. Приводятся два письма Вольнова и одно письмо Г., 1925 г.]; *Слонимский М. Л.* История одной книги: [О своей работе над биографией Г. Передача материалов этой работы И. А. Груздеву для его книги «М. Горький: Биогр. очерк». Л., 1925]; *Тарасова А. А.* Пометы А. М. Горького на книге М. А. Слонимского «М. Горький: Материалы для биогр.»: [Характер помет, дополнения и уточнения. Архивные материалы, требующие изучения]; *Храбровицкий А.* Зачем Горький ездил в Пензу? : [Г. и И. Ф. Блинов. Пребывание Г. в Пензе в 1904 г. с конспиративными целями. Приводятся 2 письма И. Ф. Блинова и ответное письмо Г., 1935 г.]; *Иванова Е. В.* Горький и Б. В. Бер: [Бер как возможный прототип Туробоева — «Жизнь Клима Самгина»]; *Поздний Е. Н.* Героиня рассказа «О первой любви» (Документы к портрету): [О. Ю. Каминская]; *Вольнов И. И.* Четырнадцать дней из жизни А. М. Горького: [Путешествие Г., М. Ф. Андреевой и Н. Е. Буренина из Нью-Йорка в Неаполь, окт. 1906 г. Приводится текст статьи из итальянской газеты, 1906 г.]; *Скворцова Л. А.* М. Горький в 1910—1912 гг.: К истории взаимоотношений с ред. журн. «Современный мир»; *Вольной И. И.* В. И. Ленин и И. Е. Вольнов (По документам): [Участие Г. в судьбе И. Е. Вольнова]; *Дудко В. И.* М. Горький и М. Коцюбинский (Новые и малоизвестные материалы): [Связи Г. с украинскими писателями. Использованы материалы на украинском языке]; *Корецкая И. В.* Горький и Вячеслав Иванов: [Близость некоторых идейных и эстетических позиций, взаимооценки писателей. Иванов у Г. в Сорренто. Использованы материалы личной библиотеки Г.]; *Никитина М. А.* М. Горький и Ф. Сологуб (К истории отношений): [Приводятся дарственные надписи и письма Г. по архивным материалам]; *Швецова Л. К.* М. Горький и Николай Клюев: [Интерес Г. к поэту, его книги в личной библиотеке Г. Приводятся выдержки из переписки. Отношение Г. к Клюеву и другим крестьянским поэтам]; *Иокар Л. Н.* Участие А. М. Горького в художественной жизни первых послеоктябрьских лет (1917—1921):

[Г. и Дом искусств. Г. и музеи. Г. и художники. Портреты Г.]; *Бонами Т. М.* М. Горький и В. Лужский: [Связь Г. с МХТ. Лужский - интерпретатор драматургии. Г. и исполнитель ведущих ролей в «Мещанах», «На дне», «Детях солнца». Письмо Г. к Лужскому, 1903 г.]; *Примочкина Н. Н.* У истоков советской науки (М. Горький и В. А. Стеклов): [Участие Г. в работе Свободной ассоциации для развития и распространения положительных наук. Приводятся письма Г. к В. Стеклову]; Борис Аронович Бялик (1911—1988): [Некролог].

Рец.: Горький и его эпоха: Исслед. и материалы. Вып. 1. —М.: Наука, 1989 // Волга. 1990. № 8. С. 184—185. — Подпись: Д. *Т.*

Горький и его эпоха: Исслед. и материалы. Вып. 2 / Отв. ред. Б. А. Бялик; ИМЛИ. — М.: Наука, 1989. 272 с.

Содерж.: *Горький М.* Призвание писателя и русская литература нашего времени: [Подгот. текста и примеч. Е. Г. Коляды]; *Саша Черный.* Письма М. Горькому: [6 писем 1912— 1914 гг. Подгот. текста и коммент. Н. И. Дикушиной]; *Петрова М. Г.* Первый приезд Горького в Петербург (окт. 1899 г.): [Отношения Г. с издателями его сочинений С. П. Дороватовским, А. П. Чарушниковым и журналом «Жизнь». Г. и В. А. Поссе, Г. и В. Г. Короленко. Инцидент с организацией вечера памяти Н. Г. Чернышевского]; *Н. К. Михайловский и критика «Русского богатства»*: [Освещение народнической критики Г. в современном горьковедении]; *Бялик Б. А.* Почему полуправда хуже неправды: (О ст. М. Г. Петровой «Н. К. Михайловский и критика «Русского богатства»); *Иванова Е. В.* «Очерки и рассказы» в отзывах современников: [Тема босячества в критике различных направлений. Н. Минский, Д. Мережковский, А. Волынский о ницшеанстве Г.]; *Корецкая И. В.* К полемике вокруг «окуровских» повестей: [«Городок Окуров» и «Жизнь Матвея Кожемякина» в полемике журналов «Новое время», «Русское богатство», «Вестник Европы» и др. Критические выступления К. Чуковского, 3. Гиппиус. Рецензии М. Кузмина]; *Келдыш В. А.* Автобиографический цикл 10-х годов и его критика: [Критические отзывы на повести «Детство», «В людях», «Хозяин», рассказы цикла «По Руси»]; *Корецкая И. В.* Горький в восприятии Блока: [Отмечена эволюция отношения Блока к Г. в отзывах 1905— 1907 гг. и 1919—1920 гг.]; *Ревякина И. А.* А. А. Дивильковский — критик Горького (К истории ранней марксистской критики): [Приводятся 3 письма Г. к А. Дивильковскому, 1904 г.]; *Спиридонова Л. А.* Амфитеатров — критик Горького; *Галушкин А.*

Ю. Еще раз о письме Горького в газету «Накануне»: [Реакция Г. на процесс против эсеров (1922). Выступление Г. Зиновьева с выпадом против Г. как один из поводов к написанию письма].

Горький и его корреспонденты / [редкол.: И. А. Бочарова, М. А. Семашкина, Л. А. Спиридонова (отв. ред.)]. —М.: ИМЛИ РАН, 2005.

Горький и Поволжье. Казань, 2006 .

Горький и его эпоха: [исслед. и материалы]: Вып. 8. Публицистика М. Горького в контексте истории / [Рос. акад. наук, Ин-т мировой лит. им. А.М. Горького] —М.: ИМЛИ РАН, 2007.

Горький и его эпоха: [исслед. и материалы]: Вып. 9. Концепция мира и человека в творчестве М. Горького / Учреждение Рос. акад. наук Ин-т мировой лит. им. А.М. Горького. —М.: ИМЛИ РАН, 2009.

Горький и его эпоха: Исслед.и материалы: Вып. —4. Новый взгляд на М. Горького / Рос. акад. наук. Ин-т мировой лит. им. А. М. Горького. —М.: Наследие, 1995

Горький и его эпоха: Исслед. и материалы: Вып. 3. Неизвестный Горький / Рос. акад. наук.Ин-т мировой лит. им. А. М. Горького —М.: Наследие, 1994.

Горьковские чтения, 1997: Материалы международной конференции»М.Горький и XX век, 1998.

Горьковские чтения, 2000: Максим Горький-художник: Проблемы, итоги и перспективы изучения: Материалы Междунар.конф. —Н.Новгород: Изд-во Нижегор.ун-та, 2002.

Горьковские чтения, 2002: Максим Горький и литературные искания XX столетия:Материалы Междунар.конф. / Ин-т мировой лит. им.А.М.Горького Рос.акад.наук,Горьк.комиссия при губернаторе Нижегор.обл.,Нижегор.гос.ун-т им. Н.И.Лобачевского и др. —Н.Новгород: Изд-во Нижегор. ун-та, 2004.

Горьковские чтения, 1984: Материалы конф. «М. Горький и лит. XX столетия» / Горьк. ун-т и др. — Горький: Волго-Ват. кн. изд-во, 1984. 174 с.

Содерж.: *Горев А. Ф.* Из вступительного слова заместителя председателя облисполкома, председателя горьковской комиссии; *Овчаренко А. И.* Место и значение М. Горького в художественном развитии человечества: [Новаторство реализма Г.]; *Минакова А. М.* А. М. Горький и формирование литературы социалистического содружества: [К постановке проблемы]; *Красунов В. К.* Принципы изображения босячества в раннем творчестве М. Горького: [Родство героев романтических рассказов Г. с героями пьесы «На дне»]; *Зайцева Г. С.* М. Горький и проблема творческого метода «крестьянских писателей» начала XX века: [«Мать», «Лето». Влияние Г. на творчество писателей: С. Подъячева, И. Вольнова, Н. Неверова, И. Касаткина]; *Иезуитова Л. А.* Повесть А. М. Горького «Городок Окуров» в ряду «итоговых книг» русской прозы начала XX века: [Общие черты «Городка Окурова» с «Деревней» И. Бунина, «Сашкой Жегулевым» Л. Андреева, «Петербургом» А. Белого]; *Захарова В. Т.* М. Горький и проблема литературного героя в русской советской прозе 20-х годов: [Судьба интеллигента в революции у А. Толстого, К. Федина, Л. Леонова, И. Эренбурга, В. Вересаева и в «Жизни Клима Самгина» Г.]; *Глушков Н. И.* О фактографическом (документальном) начале в художественном методе М. Горького: [Очерк «В. И. Ленин», роман «Жизнь Клима Самгина» и др.]; *Ларионова Н. Г.* М. Горький и пути развития пролетарской прозы: [История взаимоотношений Г. с А. П. Бибиком, отрывки из переписки]; *Ляпаева Л. В.* «Сказки об Италии» М. Горького в дооктябрьской критике; *Примочкина Н. Н.* М. Горький и Б. Пильняк; *Гринфельд Т. Я.* М. Горький и М. Пришвин в 1920-е годы: Тема человека и природы; *Хоменко Н. И.* Об одном «фаустианском» мотиве в «Жизни Клима Самгина»; *Морохин Н. В.* К вопросу о горьковской традиции в сатире Великой Отечественной войны: [В публицистике А. Толстого, И. Эренбурга, Л. Леонова, С. Маршака]; *Ермакова М. Я.* Горьковские традиции в повести В. Распутина (Почему не трагичен характер Гуськова?): [Разрушение личности в рассказе «Карамора» Г. и в повести «Живи и помни»]; *Ревякина И. А.* Вопросы современной интерпретации драматургии М. Горького: [Постановки Б. Бабочкиным «Дачников», О. Ефремовым «Последних», Г. Товстоноговым «Варпаров» и «Мещан»]; *Гаранина Л. Ф.* Принципы типизации А. М. Горького в социальнофилософском романе 80-х годов: [Ю. Бондарева, Ч. Айтматова, Д. Гранина]; *Чарыяров Б. Ч., Нуралиев Д. Н.* М. Горький и вопросы художественных исканий в туркменской литературе: [На примере творчества Б. Кербабаева]; *Пронин В. Н.* Восприятие творчества М. Горького во Франции; *Михалев А. Д.* Горьковские традиции сатирического обличения буржуазного миропорядка в зарубежной литературе XX века; *Кирнозе З. И* Горький и Жироду (Об одной лит. ремарке): [О трактовке Ж. Жироду «Дела Артамоновых» Г.]; *Киреева И. В.* Горький — критик американской литературы; *Самохвалова В. И.* Роман Элтона Синклера «100%. Биография патриота» и повесть М. Горького «Жизнь ненужного человека» (Вопросы жанра); *Быковцева Л. П.* М. Горький в изменяющемся мире: [Последние переводы романа «Мать» за рубежом, спектакли «На дне» и «Последние» в Италии]; *Морохин В. Н.* Объединяя усилия горьковедов: [Деятельность Горьковской комиссии: К 40-летию ее образования]; *Гудиленкова Э. М.* Научная обработка фондов в Государственном музее А. М. Горького на родине писателя; *Иванова Е. В.* М. Горький и Б. В. Бер: [Бер — прототип Игоря Туробоева в «Жизни Клима Самгина»].

Горьковские чтения, 1988: Материалы конф. «М. Горький-художник и современность». Ч. 2 / Горьк. ун-т и др. — Горький: Волго-Вят. кн. изд-во, 1990. 211 с.

Содерж.: *Зайцева Г. С.* К вопросу о структуре народного характера в творчестве М. Горького: [Диалектика народного характера в изображении Г. Принципы социальной и нравственной обусловленности. Рассказы 1890-х гг., «Мать», «Жизнь КлимаСамгина»]; *Щепакова Т. А.* Концепция народного характера в трудах М. Горького и задачи современной литературы: [Творческое и теоретическое обоснование Г. своих принципов]; *Шеншин В. К.* Тип «героя-идеолога» в художественной системе А. М. Горького и творческий опыт Ф. М. Достоевского; *Матевосян Е. Р.* Сюжет о старце и юноше у Горького и Достоевского: [Рассказы Г. «У схимника» и «Сказание о графе Этельвуде де Коминь и о монахе Томе Эшере». Тема христианства и богостроительства]; *Лапин Б. А.* К проблеме повествования в советском романе-эпопее (А. Толстozo и М. Горькozo): [На примере «Жизни Клима Самгина»]; *Оляндэр Л. К.* Опыт М. Горького и современная документально-художественная проза; *Морохин Н. В.* Горьковские традиции в сатирической публицистике Л. Леонова 1941—1945 гг.: [Антифашистская тема в публицистике Г.]; *Белова Т. Д.* Эстетическая концепция пьесы М. Горького «Дети солнца»; *Уртминцева М. Г.* «Егор Булычов и другие» на сцене Горьковского театра драмы им. А. М. Горького (К проблеме интерпретации конфликта и драматического характера): [Рассмотрены постановки 1932—1933 гг. — реж. Н. И. Соболыщиков-Самарин, 1951 —1952 гг. — реж. Н. Покровский, 1986—1987 гг. — реж. О. Джангишерашвили]; *Иезуитов С. А.* Имена и фамилии в пьесах Горького «Егор Булычов и другие», «Достигаев и другие», «Васса Железнова»; *Иванова Л. Н.* М. Горький и Вс. Иванов; *Шулъман Л.* А. М. Горький и Б. В. Шергин; *Головченко Л. С.* Художественные принципы А. М. Горького в романе К. Горбунова «Ледолом»: [Новаторство в изображении народа и социального конфликта]; *Головчинер В. Е.* Образ Луки в структуре драматического действия пьесы М. Горького «На дне»; *Заровная В. П.* Образ «зрителя» в художественной концепции М.Горького: [Рассказ «Зрители»]; *ПримочкинаН. Н.* Рассказ М. Горького «Голубая жизнь»: (К вопросу о традициях и новаторстве): [Выделена гоголевская традиция изображения больной души]; *Великая Н. И.* «Жизнь Клима Самгина»: Жанр и его типологические признаки; *Некоркина Н. В.* Характер сюжетно-композиционной мотивации в «Жизни Клима Самгина» М. Горького; *Позднин Е. Н.* К истории создания сцены ходынской катастрофы в романе-эпопее М. Горького «Жизнь Клима Самгина»: [Книга В. Краснова «Ходынка» и другие печатные источники, использованные Г.]; *Букаров М. М.* Художественное своеобразие литературного портрета в творчестве М. Горького: [«Время Короленко», «В. Г. Короленко»]; *Владимирова Е. И.* Новые исследования о М. Горьком в немецкоязычных странах Запада: [Обзор литературы, вышедшей в ФРГ, Австрии, Швейцарии в 1970—1980-х гг.]; *Фортунатова В. А.* Концепция героя М. Горького и нравственно-эстетические искания в прозе ГДР 60—70-х годов: [Традиции Г. в творчестве Э. Штриттматтера, Г. Канта и др.]; *Зинченко В. Г.* Горьковская традиция в чешском романе XX века; *Полякова Т. С.* Луи Гийу и Максим Горький (К проблеме изображения народной жизни): [«Мать» Г. и «Дом народа» Л. Гийу]; *Пронин В. Н.* Творчество М. Горького в оценке Р. Роллана; *Самохвалова В. И.* Автобиографическая трилогия М. Горького и жанр автобиографии в литературе США XX века: [Постановка проблемы]; *Киреева И. В.* М. Горький — читатель

Швервуда Андерсона: [В творческой лаборатории писателя]; *Чернухина В. Н.* Комплектование, первичная и научная обработка изобразительных фондов: [По материалам Московского музея А. М. Горького]; *Рыжова Т. А.* Перспективы создания государственного музея-заповедника А. М. Горького на родине писателя; Никитина И. В. О необходимости мемориализации места рождения А. М. Горького; *Моторная Л. И.* К реставрации дворовых построек в усадьбе В. В. Каширина на Успенском съезде; *Степанова Л. В.* Основные положения концепции реэкспозиции Литературного музея А. М. Горького на родине писателя; *Попова С. В.* М. Горький — Буревестник революции: Освещение темы музейными средствами: [Из опыта проведения игровой учебной экскурсии в Государственном музее А. М. Горького]; *Лебедева А. М.* Роль музея в формировании исторического сознания и музейной культуры детей дошкольного возраста: «Горьковские елки» в Музее-квартире А. М. Горького; *Таскина Т. А.* Е. П. Пешкова: (По документам и материалам, хранящимся в фондах Государственного музея А. М. Горького); *Гарифжанова Р. Г.* Вклад казанских ученых в горьковедение; *Останина В. Г.* Литературно-мемориальный музей А. М. Горького в с. Красновидово Камско-Устьинского района ТАССР: [Г. и М. А. Ромась]; *Ерофеева З. Е., Пряникова О. Е.* Музей А. М. Горького в Арзамасе.

Голубков Михаил Михайлович. Максим Горький: В помощь старшеклассникам, абитуриентам, преподавателям / М.М. Голубков. —М.: Изд-во Моск. ун-та;Самара:Учеб. лит., 2004

Голубева Ольга Дмитриевна. Публичная библиотека и М. Горький. — СПб.: Рос. нац. б-ка, 2003.

Горьковские чтения, 1988: Материалы конференции:«М.Горький - художник и современность»,ч.2, 1990.

Горьковские чтения, 1990: Материалы конференции «М.Горький и революция»,ч.1, 1991.

Горьковские чтения, 1990: Материалы конференции «М.Горький-художник и революция»,вып.2, 1992.

Горьковские чтения, 1992: Материалы конференции «Ранний М.Горький», 1993.

Горьковские чтения, 1993: Материалы конференции «А.М.Горький и литературный процесс XX века»: (К 125-летию со дня рождения А.М.Горького), 1994.

Горьковские чтения, 1995: Материалы международной конференции «А.М.Горький - сегодня:проблемы эстетики,философии,культуры», 1996.

Гудов Валерий Александрович. М. Горький и Ф. М. Достоевский: концепция личности: автореферат дис. кандидата филологических наук: 10.01.01.

Выходные данные: Екатеринбург, 1997.

Гуманистические принципы Г. и их развитие в творчестве писателей-романистов: С. Н. Сергеева-Ценского, А. П. Чапыгина, М. М. Пришвина и др.

Десницкий В. В. И. Ленин и М. Горький // В. И. Ленин в воспоминаниях писателей. —М.: Худож. лит., 1980. С. 27—40.

Дергачева Э. С. М. Горький и ранняя советская проза:К вопр. о традициях и новаторстве в изображении характера в прозе перв. половины 20-х годов // Жанрово-стилистическоесвоеобразие литературы. Челябинск, 1983. С. 43—74. —Деп. в ИНИОН АН СССР 22.08.83, № 13898.

Дементьев А. Г. А. М. Горький: Искания и заботы. Революция и гуманизм. Дела издательские. «Лит. учеба» и РАПП //Дементьев А. Статьи о советской литературе. —М.: Худож. лит.,1983. С. 106—183.

Отношение Г. к революции 1917 г. Г. и Ленин. Очерк «В. И. Ленин». Издательская деятельность Г.

Дёмкина Светлана Михайловна. Поиски новых форм искусства на рубеже веков: Чехов, Горький и МХТ: автореферат дис. кандидата филологических наук: 10.01.01.

Выходные данные: Москва, 2003.

Дёмкина Светлана Михайловна. Поиски новых форм искусства на рубеже веков: Чехов, Горький и МХТ: автореферат дис. кандидата филологических наук: 10.01.01.

Выходные данные: Москва, 2003.

Добрев Ч. Драматургия Максима Горького на болгарской сцене / Пер. Р. Грецкой // Пути и судьбы: Диалог братских литератур. —М.: Литгазета, 1980. С. 348—360.

Трактовка пьес, анализ постановок (40—50-е гг.): «Враги», «Васса Железнова», «Дачники», «Егор Булычов и другие».

Долинина А. А. Из истории арабских переводов ромна М. Горького «Мать» // Вестн. Ленингр. ун-та. 1980. № 20: История, яз., лит., вып. 4. С. 59—64.

Переводы Лияна Дейрани, Сухейлема Айюба и др.

Дорогая В. Б. Имя собственное и нарицательное в системе именований персонажа (Роман М. Горького «Жизнь Клима Самгина»): Автореф. дис. канд. филол. наук / ЛГУ. Л.,1985. 22 с.

Дорогая В. Б. Художественное единство именований персонажа в романе М. Горького «Жизнь Клима Самгина» //Вестн. Ленингр. ун-та. 1985. № 23. История, яз., лит. Вып. 4.С. 103—105.

Дмитриевский В. И. Шаляпин и Горький: История взаимоотношений в контексте обществ. и лит.-худож. процесса конца XIX—первой трети XX века. — Л.: Музыка, 1981. 240 с.

Драгомирецкая Н. В. Традиции Горького в стилевом движении современной прозы // Гуманистический пафос советской литературы / ИМЛИ. —М.: Наука, 1982. С. 201—215. (Сер.:Сов. лит. и мировой лит. процесс; Кн. 3).

Образ женщины-матери в творчестве Г. и произведениях Ч. Айтматова, В. Шукшина, В. Распутина.

Дудевский Х. Роман М. Горького «Мать» в Болгарии/Пер. З. И. Карцева // Русская и болгарская литература XX века: типология и связи. —М.: Изд-во МГУ, 1982. С. 131 — 149.

Влияние романа Г. на творчество Г. Караславова и К. Велкова.

Емельяненко И. П. Атеистические идеи в художественных произведениях А. М. Горького / Заоч. ин-т сов. торговли. —М., 1981. 13 с. — Деп. в ИНИОН АН СССР 10.06.81, № 7687.

Ермакова М. Я. Традиции Горького и Достоевского в современной социально-философской прозе: [Повесть В. Распутина «Живи и помни»] // Традиции и новаторство в художественной литературе: Межвуз. сб. науч. тр. / Горьк. пед. ин-т.Горький, 1983. С. 36—53.

Ермакова М. Я. Горьковские традиции раскрытия социального и нравственного потенциала личности в романе А. Фадеева «Разгром» // Советская литература и воспитание общественно активной личности: Межвуз. сб. науч. тр. / Моск. пед.ин-т. М., 1988. С. 26—37.

Есаулв И. «Вопросы Литературы» 1998, №6.

Жак Л. П. От замысла к воплощению: В творч. мастерской М. Горького. — 2-е изд. — М.: Сов. писатель, 1983. 272 с.

Содерж.: *Вайнберг И.* Об этой книге и ее авторе; Книга об Л. Н. Толстом: [История создания очерка «Лев Толстой». Приведены отрывки из воспоминаний М. Д. Беляева,А. А. Золотарева, А. Н. Колтенской. Созвучие восприятия Толстого у Г. и В. И. Ленина]; Портреты-полемика: Очерк «Леонид Андреев»: [Г. и Андреев. Три редакции очерка]; « Работяга Словотеков »: [Постановка в Театре народной комедии. Оценка пьесы критикой. Связь пьесы с жизнью, ее герой]; Разинская тема и ее решение: [Неосуществленные замыслы произведений о Разине. Образ Разина в русской литературе и сценарий Г. Два варианта сценария. Исторические и фольклорные источники. Сценарий Г. и книга Н. Костомарова].

Жегалов Н. Возможности и границы эмпиризма //Вопр. лит. 1980. № 1. С. 265—271. — Рец. на кн.:pailer W.Die frühen Dramen M .Gorkijs in ihrem Verhältnis zum dramatischen Schaffen A.P.Cechovs .München, 1978. 212 s.

Традиции Чехова и новаторство драматургии Г.

Жегалов Н. Горький, его эпоха, его герои ... // Кн. обозрение. 1980.

25 июля. С. 9: ил. — Рец. на кн.: А. М. Горький: [Альбом изобраз. материалов] / Сост. Е. М. Герасимова, С. А. Головина, Н. И. Головицкая, В. Н. Чернухина; ред. М. Б. Козьмин. М.:Просвещение.

Издание не осуществлено.

Жегалов Н. Н. Идейно-художественные традиции Лескова и творчество Горького // Лесков и русская литература /ИМЛИ. —М.: Наука, 1988. С. 218—244.

Жегалов Н. Творчество М. Горького на рубеже XIX и XX веков // Горький М. Фома Гордеев. Трое. —Куйбышев: Кн. изд-во, 1989. С. 531—543.

Жегалов Н. [Рецензия] //Дет. лит. 1981. №8. С. 37—38. —Рец. на кн.: Вайнберг И. Страницы большой жизни: М. Горький в документах, письмах, воспоминаниях современников (1960—1970). — М.: Дет. лит., 1980. 240 с.

Желтова Н. И. Горьковедение 70-х годов // Рус. лит. 1981.№3. С. 175—184.

Обзор критических работ о Г., а также XIII и XIV томов «Архива А. М. Горького». См. также № 422.

Жегалов Н. Н. Философско-историческая дилогия Горького // Горький М. Егор Булычов и другие. Достигаев и другие. —М.: Дет. лит., 1989. С. 5—12.

Жиженков Ф. «Там, на Капри, небо голубее...» // Горький нижегородских лет: Воспоминания. —Горький: Волго-Вят кн.изд-во, 1978. С. 244.

Жирков А. В. Художественный опыт М. Горького и развитие региональных взаимосвязей литератур: Автореф. дис. докт. филол. наук / Кирг. ун-т. — Фрунзе, 1989. 36 с. — Библиогр.: 21 назв.

Жак Л. П. От замысла к воплощению: В творч. мастерской М. Горького. — 2-е изд. — М.: Сов. писатель, 1983. 272 с.

Содерж.: *Вайнберг И.* Об этой книге и ее авторе; Книга об Л. Н. Толстом: [История создания очерка «Лев Толстой». Приведены отрывки из воспоминаний М. Д. Беляева,А. А. Золотарева, А. Н. Колтенской.

Созвучие восприятия Толстого у Г. и В. И. Ленина]; Портреты-полемика: Очерк «Леонид Андреев»: [Г. и Андреев. Три редакции очерка]; « Работяга Словотеков »: [Постановка в Театре народной комедии. Оценка пьесы критикой. Связь пьесы с жизнью, ее герой]; Разинская тема и ее решение: [Неосуществленные замыслы произведений о Разине. Образ Разина в русской литературе и сценарий Г. Два варианта сценария. Исторические и фольклорные источники. Сценарий Г. и книга Н. Костомарова].

Жегалов Н. Возможности и границы эмпиризма //Вопр. лит. 1980. № 1. С. 265—271. — Рец. на кн.:pailer W.Die frühen Dramen M .Gorkijs in ihrem Verhältnis zum dramatischen Schaffen A.P.Cechovs .München, 1978. 212 s.

Традиции Чехова и новаторство драматургии Г.

Жегалов Н. Горький, его эпоха, его герои ... // Кн. обозрение. 1980. 25 июля. С. 9: ил. — Рец. на кн.: А. М. Горький: [Альбом изобраз. материалов] / Сост. Е. М. Герасимова, С. А. Головина, Н. И. Головицкая, В. Н. Чернухина; ред. М. Б. Козьмин. М.:Просвещение.

Издание не осуществлено.

Жегалов Н. Н. Идейно–художественные традиции Лескова и творчество Горького // Лесков и русская литература /ИМЛИ. —М.: Наука, 1988. С. 218—244.

Жегалов Н. Творчество М. Горького на рубеже XIX и XX веков // Горький М. Фома Гордеев. Трое. —Куйбышев: Кн. изд-во, 1989. С. 531—543.

Жегалов Н. [Рецензия] //Дет. лит. 1981. №8. С. 37—38. —Рец. на кн.: Вайнберг И. Страницы большой жизни: М. Горький в документах, письмах, воспоминаниях современников (1960—1970). — М.: Дет. лит., 1980. 240 с.

Желтова Н. И. Горьковедение 70-х годов // Рус. лит. 1981.№3. С. 175—184.

Обзор критических работ о Г., а также XIII и XIV томов «Архива А. М. Горького». См. также № 422.

Жегалов Н. Н. Философско-историческая дилогия Горького // Горький М. Егор Булычов и другие. Достигаев и другие. —М.: Дет. лит., 1989. С. 5—12.

Жиженков Ф. «Там, на Капри, небо голубее...» // Горький нижегородских лет: Воспоминания. —Горький: Волго-Вят кн.изд-во, 1978. С. 244.

Жирков А. В. Художественный опыт М. Горького и развитие региональных взаимосвязей литератур: Автореф. дис. докт. филол. наук / Кирг. ун-т. — Фрунзе, 1989. 36 с. — Библиогр.: 21 назв.

Зангов Ц. Идиллия: По Максиму Горькому («Крыло мне преломила злая буря...») /Пер. с болт. Н. Упеник//Дружба: Лит.-худож. и обществ.-полит. альм. —М.: Мол. гвардия; Нар. младеж,1976. №8. С. 181.

Заика С. В. М. Горький и русская классическая литература конца XIX—начала XX века / ИМЛИ. — М.: Наука, 1982. 144 с: 2 л. ил.

Рец.: *Баранов В.* Художник нового типа // Горьк. рабочий.1984. 28 марта.

Г. и проблема литературной преемственности. Личные и творческие взаимоотношения Г. с Л. Толстым, А. Чеховым, В. Короленко. Оценка Г. творческой концепции М. Лермонтова и Ф. Достоевского.

Заика С. В. Творчество А. М. Горького и проблемы литературной преемственности: 90-е, начало 1900-х годов // Рус.лит. 1982. № 1. С. 16—31.

Заика С. В. Творчество М. Горького и идейно-художественные искания в России 1890-х, начала 1900-х годов (Историко-функцион. аспект): Автореф. дис. докт. филол. наук/ИМЛИ. — М., 1983. 32 с.

Зайцева Г. С. М. Горький и «крестьянские писатели»начала XX века: Учеб. пособие / Горьк. ун-т. — Горький: Изд-во ГГУ, 1985. 94 с.

Зайцева Г. С. М. Горький и крестьянские писатели. —М.: Высш. шк., 1989. 103 с. —Б-ка преподавателя.

Литературно-творческие связи Г. с писателями С. Подъячевым, И. Вольновым, И. Касаткиным, А. Неверовым, А. Чапыгиным. Наставническая деятельность Г. в 1900-х гг. Н. И. Новиков и Ф. Е. Поступаев (Темный), их знакомство с Г. и начало писательской работы. Концепция крестьянского характера в рассказах Г. 1890-х годов и романе «Мать» и творчество С. Подъячева. Параллель героев повести Г. «Лето» с судьбами писателей И. Касаткина и И. Вольнова.

Зайцева Галина Сергеевна. А. М. Горький и крестьянские писатели: автореферат дис. доктора филологических наук: 10.01.02.

Записки краеведов: Очерки, ст., док., хроника. Сб. 5.—Горький: Волго-Вят. кн. изд-во, 1981. 192 с.: ил. Горьк.обл..

Содерж.: *Липовецкий А. С.* Дом № 13 по улице Новой, где жил А. Пешков: [1881 г.]. С. 107—115; *Моторная Л. И.* К реставрации музея «Домик Каширина». С. 108—115; *Гудиленкова Э. М.* Новые сведения об А. М. Горьком и его окружении: По дневникам Ф. М. Коменского: [Г. в Нижнем Новгороде в 1901 г. Общение с Ф. И. Шаляпиным, Н. И. Долгополовым, семьями Кольбергов и Ланиных]. С. 115—119; *Ганина И. А.* К истории дома Киршбаума: [Здесь Г. жил с 1902 по 1904 г.]. С. 116—119.

Захаров В. Ртищевский корреспондент Горького // Лит.Россия. 1981. 17 апр. С. 24.

Отрывки из переписки Г. с В. И. Цепулиным (1902, 1932).

Зобнин Юрий Владимирович. Максим Горький: proet contra: Личность и творчество М. Горького в оценке рус. мыслителей и исследователей, 1890-1910 гг.: Антол. / Сев.-Зап. отд-ние Рос. акад.образования. Рус. Христиан. гуманит. ин-т.;Вступ. ст.,сост. и примеч. Ю.В. —Зобнина. —Спб.: Изд-во Рус. Христиан. гуманит.ин-та, 1997.

Кабак Марина Анатольевна. Тема семьи в творчестве М. Горького: На материале драматургии 1908—1916 гг.: автореферат дис. кандидата филологических наук: 10.01.01.

Выходные данные: Москва, 2005.

Калустова Н. Г. Горьковская традиция изображения женщины-матери в современной советской литературе // Вопросы литературы народов СССР: Респ. межвед. науч. сб. / Одес.ун-т. Киев; Одесса: Вища шк. 1980. Вып. 6. С. 68—75.

На примере произведений В. Закруткина, Ч. Айтматова, Э. Межелайтиса.

Калустова Н. Г. Литературный портрет М. Горького «В. И. Ленин» и его изучение в школе // Проблемы нравственно-эстетического воспитания в процессе преподавания литературы в средней школе: Межвуз. сб. науч. тр. / Перм. ун-т. Пермь, 1980. С. 98—104.

Калустова Н. Г. О горьковских традициях в творчестве Ч. Айтматова // Вопросы литературы народов СССР: Сб. // Одес.Ун-т. Киев: Вища шк., 1983. Вып. 9. С. 80—87.

Калустова Н. Г. Горьковские традиции изображения женщины-матери в зарубежной европейской литературе XX в. //Проблемы типологии литературного процесса: Межвуз. сб. науч.тр. / Перм. ун-т. Пермь, 1982. С. 91 — 101.

Сопоставление романа Г. «Мать» с произведениями М. Андерсена-Нексе, Б. Брехта, И. Ольбрахта, М. Майеровой и К. Чапека о материнстве.

Калустова Н. Г. Истоки женского образа в романе М. Горького «Мать» // Вопросы литературы народов СССР:Респ. межвед. науч. сб. / Одес. ун-т. —Киев; Одесса: Вища шк., 1989.Вып. 15. С. 49—59.

Русские фольклорные, мифологические и христианские истоки.

Кайгородова В. Е. Новый человек и вечные ценности в повестях М. Горького 1900-х годов // Этические принципы русской литературы и их художественное воплощение: Межвуз. сб. науч. тр. / Перм. пед. ин-т. Пермь, 1989. С. 107—115.

Гуманистические и нравственные традиции в повестях «Мать», «Исповедь». Сопоставление некоторых мотивов и образов с евангельскими.

Кейтлина Т. О. Проблема соотношения метода и стиля в творчестве М. Горького 90-х годов: Автореф. дис. канд. филол.наук / Моск. гос. ун-т. М., 1985. 23 с.

Ким-Олег Алексеевич. М. Горький и развитие социально-психологической драмы 30-х годов: Дис. канд. филол. наук / МГУ им. М. В. Ломоносова. Филол. фак. М., 1991.

Ким Олег Алексеевич. М. Горький и развитие социально-психологической драмы 30-х годов: автореферат дис. кандидата филологических наук: 10.01.02.

Ким О. А. Поиски социальной истины: Об особенностях социально-психолог. Драмы Горького 30-х годов // Вопросы лингвопоэтики и литературоведения. М., 1990. С. 107—114. — Деп. в ИНИОН АН СССР 12.10.90, № 43022.

Киреева И. В. Горький о романтической традиции в литературе США // Литературные связи и проблема взаимовлияния: Межвуз. сб. / Горьк. ун-т. —Горький: Изд-во Горьк. ун-та, 1980. С. 3—16.

Г. о Ф. Купере, Г. Лонгфелло, Э. По, Брет Гарте и др. По критическим выступлениям Г.

Кириллова Л. Я. Б. Шоу, М. Горький, Л. Андреев // Методологические основы изучения и преподавания зарубежной литературы в высшей школе: Сб. науч. тр. / Ташкент. ун-т. Ташкент, 1980. № 642. С. 102—108.

Сходства и различия творческих методов писателей в разработке темы человека.

Кипко Ю. В. Ранний Куприн и ранний Горький: К проблеме метода и стиля // Проблемы взаимодействия метода, стиля и жанра в литературе: Тез. докл. зон. науч. конф. (Свердловск,15—18 марта 1989 г.) / Свердл. пед. ин-т. Свердловск, 1989. Ч. 2: Рус. лит. Совет. лит. С. 9—11.

Ковальчук Л. А. Революция 1905—1907 годов в публицистике М. Горького и И. Франко // Вопросы литературы народов СССР: Респ. межвед. науч. сб. / Одес. ун-т. Киев; Одесса: Вища шк., 1982. С. 96—103.

Комлик Н. Н. Подтекст в драматургии А. М. Горького 10-х годов: На материале драм «Фальшивая монета» и «Старик»:Автореф. дис. канд. филол. наук / Том. гос. ун-т. Томск, 1985. 20 с.

Колобаева Л. А. Концепция личности в творчестве М. Горького: Учеб.-метод.пособие / М-во высш. и сред. спец. образования СССР; Науч.-метод. каб. по заоч. и веч. обучению МГУ. — М.: Изд-во МГУ, 1986.

56 с.

Содерж.: Введение; Философско-эстетический идеал личности в раннем творчестве М. Горького (1890-е гг.); Историческое измерение личности в романе «Фома Гордеев». Образ автора в пьесе «На дне»; Проблемы «личность и народ», «личность и культура» в эпоху революции в драма тургии М. Горького 1901 — 1906 гг.; Проблема личности и творческий метод Горького; Заключение; Литератур [20 назв.].

Колобаева Л. Горький и Ницше // Вопр. лит. 1990 № 10. С. 162—173.

Увлечение молодого Г. философией Ницше, ее влияние на творчество писателя. Темы греха, преступления и покаяния («Трое»), правды и лжи («На дне»), силы и слабости («Макар Чудра», «Каин и Артем») и др.

Коновалова Светлана Александровна. Горький и Казань: к научной биографии писателя: автореферат дис. кандидата филологических наук: 10.01.01.

Выходные данные: Нижний Новгород, 2000.

Кондаков Г. Путеводная звезда: М. Горький и алтайской литература // Алтай: Лит.-худож. альм. 1981. № 3. С. 77—82 .

Корокотина А. М. М. Горький в советской критике 20-х годов: Проблемы творч. метода // Проблемы метода и жанра. Томск: Изд-во Том. ун-та, 1980. С. 57—69.

Споры о реализме и новаторстве Г. Выступления критиков А. Воронского, В. Фриче, Л. Гроссмана, И. Лежнева, А. Луначарского и др.

Корокотина А. М. М. Горький и классическое наследие в критике 20-х годов // О традициях и новаторстве в литературе: Межвуз, науч. сб. / Башк. ун-т. Уфа, 1980. С. 106—116.

Проблема классических традиций и своеобразия творчества Г. в полемике критиков Пролеткульта, напостовцев и др.

Корниенко Н. В. Единство стиля повести М. Горького «Городок Окуров» // Жанрово-стилевое единство художественного произведения: Межвуз. сб. науч. тр. / Новосиб. пед. ин-т.Новосибирск, 1989. С.

93—102.

Анализ поэтики повести (композиция, типизация образов, язык).

Корниенко Н. В. Философские аспекты изучения общественно-литературного процесса начала XX века: Учеб. пособие к курсу рус. лит. XX века / Новосиб. пед. ин-т. Новосибирск, 1989. 85 с.

Содерж.: Идеал—жанр —стиль. Некоторые вопросы творческого пути М. Горького: [Классические традиции в ранних произведениях: «Старуха Изергиль», «На дне». Жанрово-стилевая организация повести «Городок Окуров»]. С. 57—77; Нравственно-эстетическая проблематика повести М. Горького «Мать». С. 83—85.

Котовсков В. Я. Шолохов и Горький: О традициях и новаторстве // Котовсков В. Я. Шолоховская строка: Ст. Страницы из дневника. —Ростов н/Д: Кн. изд-во, 1988. С. 19—42.

Котовсков В. Горький и Шолохов // Звезда. 1980 № 5.С. 203—212.

Горьковская традиция историзма («Жизнь Клима Самгина») в «Тихом Доне» Шолохова. **Бобылева Т**. Лингвистический анализ художественно-публицистического текста: На материале очерка А. М. Горького «В. И. Ленин» // Рус. яз. в казах. шк. 1980. № 9. С. 41—48.

Котовская Е. Г. М. Горький о взаимодействии и взаимовлиянии национальных культур // Вопросы русской литературы:Респ. межвед. науч. сб. —Львов: Изд-во Львов, ун-та, 1983. Вып. 2.С. 12—18.

Красовский В. Е. Натурализм в русской литературе конца XIX-начала XX в. и его осмысление в литературно-эстетической концепции М. Горького: Автореф. дис. канд филол.наук / МГУ. — М., 1984. 21 с.

Красунов В. К. Концепция цельной личности в раннем творчестве М. Горького: Автореф. дис. канд. филол. наук /Горьк. ун-т. — Горький, 1984. 23 с.

Крупская Н. К. Больше советоваться с Горьким // Пед.соч.: В 6 т. М.: Педагогика, 1980. Т. 6. С. 141—146.

О составлении программ по литературе для школ взрослых.

Крупская Н. К. Письма к А. М. Горькому, 28 янв. 1924,25 мая, 18 сент. 1930 // Жизнь Ленина: Избр. страницы прозы и поэзии: В 10 т. —М.: Дет. лит.,1980. Т. 1. С. 53—54, 56—60. (Б-кашкольника).

Приводятся ответные письма Г.

Крупская Н. К. Письмо А. М. Горькому, 30 сент. 1932 г.//Пед. соч.: В 6 т. —М.: Педагогика, 1980. Т. 5. С. 437—438.

К 40-летию литературной деятельности Г.

Крюкова А. М. Горький и Андрей Белый: Из истории творч. отношений // Андрей Белый: Проблемы творчества: Ст.,воспоминания, публикации. —М.: Сов. писатель, 1988. С. 282—308.

Крюкова А. М. К истории отношений Горького и Блока // Вопр. лит. 1980. № 10. С.197—227.

На материале личных библиотек писателей. Концепция Г. в идейно-эстетических взглядах Блока (по дневниковым записям 1905—1919 гг.). Приводится письмо Блока к Г., нояб. 1919 г. (см. № 1216). Высказывания Г. о Блоке (пописьмам 1910—1920-х гг.). Эволюция интереса Г. к творчеству и личности Блока.

Крюкова А. М. Творческое взаимодействие: Ст. о сов. лит. — М.: Современник, 1988. 272 с.

Содерж.: Пути творческого взаимодействия (А. М. Горький и А. Н. Толстой): [Личные взаимоотношения, сходство во взглядах на революцию, историческая тема в творчестве писателей — «Жизнь Клима Самгина» и «Хождение по мукам»]. С. 45—73. См. также № 547; М. Горький и Андрей Белый: Завершение спора: [Личные и литературные связи. Приводится переписка 1920 г.]. С. 73—98. См. также № 916; Диалектика постижения гармонии (Горький и Блок): [Взаимооценки писателей, расхождения и противоречия. Пометки Г. на книгах Блока]. С. 99—128. См. также № 783.

Кудрявцев П. Ф. Страницы великой жизни: Краткое воспоминание об Алексее Максимовиче Пешкове (Максиме Горьком) / Публ. и вступ. ст. Б. Коптелова и Л. Пустильник //Лит. обозрение. 1984. № 8. С. 98—100.

Кузнецов Ф. Ф. Максим Горький и современность //Сов. культура. 1988. 31 марта. С. 2.

Кузова М. Д. Глагольные неинфинитивные безличные предложения в русском языке периода конца XIX—начала XX вв.: На материале худож. и публицист. произведений И. Бунина, М. Горького, А. Чехова: Автореф. дис. канд. филол. наук /Воронеж. ун-т. — Воронеж, 1988. 22 с.

Кузьмичев И. К. «На дне» М. Горького: Судьба пьесы в жизни, на сцене и в критике. — Горький: Волго-Вят. кн. изд-во,1981. 223 с.: ил.

Рец.: *Злобив. В.* Итог борьбы или борьба итогов // Волга. 1982. №9. С. 153—157.

Изучение пьесы в школе. Критика о пьесе. Авторская оценка. История постановок пьесы. Анализ спектаклей МХАТа и зарубежных постановок. Трактовка образа Луки. Библиогр. список (139 назв.).

Кунева В. Горьковская концепция человека в советской литературе 60-х годов // Проблемы изучения и преподавания русской классической и советской литературы. —М.: Изд-во Моск.ун-та, 1983. С. 30—36.

Проблема личности у Г. и в произведениях А. Беляускаса,Ш. Рашидова, В. Кожевникова.

Курылев Ю. И. Философско-этические воззрения А. М. Горького. — Саратов: Изд-во Сарат. ун-та, 1988. 152 с.

Рец.: *Воронина Л. А. //* Философ. науки. 1990. № 1. С. 135— 136.

Нравственные и философские искания раннего Г. в критике конца XIX—начала XX века (Н. К. Михайловский, М. О. Меньшиков, М. А. Протопопов, Е. А. Ляцкий, М. И. Неведомский). Марксистские критики (Г. В. Плеханов, А. В. Луначарский). Оценка философских взглядов Г. советскими литературоведами. Критика индивидуализма в творчестве раннего Г. («Старуха Изергиль», статьи «Разрушение личности», «О цинизме», «Заметки о мещанстве»). Критика мещанства («Коновалов», «Супруги Орловы», «Жизнь Клима Самгина»). Принципы горьковской концепции воспитания личности в последних работах («По Союзу Советов», «Еще раз об «Истории молодого человека XIX столетия», «О старом и новом человеке»).

Лазарев В. А. Роман М. Горького «Дело Артамоновых» в зарубежной печати и критике 30-х годов // Идейно-стилевое многообразие советской литературы: Сб. науч. тр. / Моск пед.ин-т. М., 1982. С. 160—193.

И. Водак, С. Цвейг, Й. Гостовский о романе. Сопоставление романа Г. с «Будденброками» Т. Манна критиком А. Любером.

Ланцузский В. А. Луначарский — критик Горького:[О ст. Луначарского «Дачники»] // Искусство слова: О мастерстве писателя и критика: Сб. науч. тр. / Ташкент. пед. ин-т. Ташкент, 1982. С. 43—52.

Лапицкий М. И. Своевременность «Несвоевременных мыслей»: Письма В. Г. Короленко к А. В. Луначарскому и «Несвоевременные мысли» А. М. Горького глазами современника // Рабочий класс и современный мир. 1989. № 5. С. 159—167.

Ле Нгок Ча. Историческая правдивость идейной на правленности литературного произведения (На материале творчества А. М. Горького в 1890—1900-х гг.): Автореф. дис. канд.филол. наук / МГУ. — М., 1980. 29 с.

Литературный процесс и русская журналистика конца XIX—начала XX века. 1890—1904: Социал.-демократ. и общедемократ. изд. / ИМЛИ. — М.: Наука, 1981. 392 с.

Содерж.: *БяликБ.* и др. Введение: [Сотрудничество Г. в журналах «Русское богатство», «Северный вестник» и др. Отношение критики к Г.]. С. 4—67; *Максимова В. А.* «Искра» и «Заря»: [Публикации «Искры» о Г.]. С. 90—135;*Скворцова Л. А.* Мир Божий: [Анализ статей А. И. Богдановича о творчестве Г. в журнале]. С. 167—170; *Максимова В. А.* «Новое слово» и «Начало»: [О публикации «Коновалова» и «Бывших людей» Г. в «Новом слове»]. С. 205— 206; *Келдыш В. А.* «Жизнь»: [Критика Г. Андреевичем в журнале]. С. 273—278; *Коляда Е. Г.* Журнал для всех: [А. А. Богданов о Г. Приведено письмо А. А. Богданова к Г.от 25 дек. 1903 г.]. С. 339—343; *Чуваков В. Н* Курьер: [Отношения редакции газеты с Г.]. С. 353—375. См. также указ. имен.

Литературный процесс и русская журналистика конца XIX—начала XX века. 1890—1904. Буржуазно-либеральные и модернистские издания / ИМЛИ. — М.: Наука, 1982. 372 с.

Содерж.: *Никитина М. А.* «Вестник Европы»: [Критические статьи о Г. в журнале в 1900-х гг.]. С. 41—43; *Корецкая И. В.* «Новый путь». «Вопросы жизни»: [А. Меньшов, А. Крайний и Д. Философов о драматургии Г. в журнале «Новый путь»]. С. 226—228; *Тарасова А. А.* Реакционно-охранительная журналистика: [Отрицательная оценка творчества Г. в статьях А. Ф. Филиппова и работе Н. Стечькина]. С. 257—260; *Гиголов Г. М.* Церковные издания: [Церковная пресса о ранних произведениях Г. И. Колосов] . С. 269—272; *Иокар Л. Н.* Театральные журналы: [А. Р. Кугель и др. Критика о драматургии Г. в журнале «Театр и искусство»]. С. 321—327; *Усманов Л. Д.* Научные издания:[М.Шайкевич о Г. в докладе «Психопатологические черты героев М. Горького»]. С. 349—350.192.*Логвинов А. С.* На стрежне жизни: Лит.-крит. ст. — Тула: Приок. кн. изд-во, 1982. 175 с.

«Россия, нищая Россия...». С. 19—91.

Народный характер творчества Г. и И. А. Бунина 1900-х годов.

Литературное наследство. Т. 95. Горький и русская журналистика начала XX века: Неизд.переписка / Отв. ред.И. С. Зильберштейн, Н. И. Дикушина; ИМЛИ. — М.: Наука,1988. 1080 с: ил.

Содерж.: *Зильберштейн И. С.* О разысканиях горьковских материалов для томов «Литературного наследства»: [Г. и «Лит. наследство». Приводится письмо Г. к Л. Авербаху (1932). Материалы Г. в частных коллекциях. Г. и 3. А. Пешков]; *Бялик Б. А.* «Организация левой печати — наша задача»: [Общая характеристика материалов тома]; Горький и журнал «Современник». Переписка с А. В. Амфитеатровым: [Вступ. ст. Н. И. Дикушиной. Публ. и коммент. Ф. М. Иоффе, А. Е. Погосовой, Е. Г. Коляды, С. И. Доморацкой. Публикуются 172 письма Г. и 178 писем Амфитеатрова (1902—1919)]; Письма Горького к А. В. и И. В. Амфитеатровым, надписи Горького на книгах, подаренных Амфитеатрову: [Публ. и коммент. Д. Нормана и В. Эджер-тона]; *Пятницкий К. П.* Шаляпин в гостях у Горького на Капри в сентябре 1910 г.: Из дневника К. П. Пятницкого: [Публ. Е. Г. Коляды]; Журнал «Современник» по документам департамента полиции: [Публ. Л. С. Пустильник]; Переписка с Е. А. Ляцким: [Вступ. ст. С. В. Заики. Публ. и коммент. И. В. Дистлер. Публикуются 37 писем Г. и 22 письма Ляцкого (1912—1913)]; Приложение:*Люстерник Е.Я.* Горький о национально-освободительном движении в Индии (По страницам журн. «Современник»): [Г. и Кама. Приводится письмо Г. Кришнаварме

(1912)]; Переписка с М. Ф. Владимирским: [Публ. и коммент. О. В. Симоненковой. Публикуется 1 письмо Владимирского (окт. 1912 г.) и ответное письмо Г.]; Переписка с В. М. Черновым: [Вступ. ст., публ. и коммент. И. И. Вайнберга. Публикуются 7 писем Г. и 10 писем Чернова (1911 —1913)]; Переписка с Н. К. Муравьевым: [Публ. и коммент. И. В. Дистлер. Публикуются 4 письма Г. и 3 письма Муравьева (1912)]; *Ревякина И. А.* Горький — редактор журнала «Просвещение»: [Приводятся письма И. М. Касаткина, М. А. Савельева, М. П. Герасимова, С. Г. Астрова, Л. Н. Старка к Г.]; *Пустильник Л. С.* Об участии Горького в газете «Звезда» и журнале «Просвещение»: Из материалов ЦГАОР; Горький и журналы «Современный мир», «Заветы», «Кругозор»: Переписка с Н. И. Иорданским, М. К. Куприной-Иорданской, В. П. Кранихфельдом: [Предисл., публ. и коммент. Н. И. Дикушиной и М. А. Никитиной. Переписка 1910—1912 гг.]; Переписка с Р. В. Ивановым-Разумником: [Вступ. ст., публ. и коммент. Е. В. Ивановой и А. В. Лаврова. Публикуются 6 писем Г. и 10 писем Иванова-Разумника (1912—1921)]; *Иванов-Разумник Р. В.* Отношение Максима Горького к современной культуре и интеллигенции. (1910г.): [Общая оценка творчества Г.]; Переписка с В. А. Тихоновым: [Публ. и коммент. И. В. Дистлер. Публикуются 7 писем Г. и 11 писем Тихонова 1905, 1911 —1913]; *Дикушина Н. И.* «Один из талантливейших русских людей»: [Г. и Г. А. Лопатин]; Переписка с Г. А. Лопатиным: [Публ. и коммепт. С. С. Зиминой и Л. С. Пустильник. Публикуются 2 письма Г., 1 письмо М. Ф. Андреевой и 8 писем Лопатина (1910—1912)]; Первая встреча Горького с Лопатиным (1909): [Публ. С. С. Зиминой, коммент. Н. И. Дикушиной]; *Пятницкий К. П.* Из дневника К. П. Пятницкого; Г. А. Лопатин в гостях у Горького на Капри: Отрывки из дневника (1909); *Коляда Е. Г.* О Горьком и Лопатине: [По письмам Лопатина к В. Л. Бурцеву (1908—1914) Предисл. И. С. Зильберштейна]; Горький в переписке Лопатина с А. В. и И. В. Амфитеатровыми:[Публ. и коммент. Е. Г. Коляды]; *Лопатин Г. А.* [В Ставрополе]. Рассказ в записи А. В. Амфитеатрова: [Публ. Е. Г. Коляды]; *Пустильник Л.* С. К биографии Лопатина: [По неизв. док.]; Горький и журнал «Летопись»: Переписка с В. С. Войтинским: [Вступ. ст., публ. и коммент. Н. Н. Примочкиной. Публикуются 4 письма Г. и 7 писем Войтинского (1914—1916)]; Перепискас С. С. Кондурушкиным: [Предисл., публ. и коммент. В. Н. Чувакова. Публикуются 16 писем и 1 телеграмма Г. и 22 письма Кондурушкина

(1908—1913)]; *Кондурушкин С. С.* Из дневника (1908): На Капри; Переписка с О. О. Грузенбергом: [Предисл., публ. и коммент. Ф. Н. Пицкель. Публикуются 14 писем Г. и 17 писем Грузенберга (1905—1935)].

Литература о М. Горьком: Библиогр. указ., 1971—1975 /Сост. А. С. Морщихина, Л. Г. Мироненко; отв. ред. К. Д. Муратова; библиогр. ред. Г. В. Бахарева; БАН; ИРЛИ. — Л., 1987. 208 с.

Личная библиотека А. М. Горького в Москве: Описание: В 2 кн. / Сост. А. Д. Смирнова, М. М. Пешкова, Р. Г. Бейслехем; ред. Л. П. Быковцева, А. М. Крюкова; ИМЛИ. Музей А. М. Горького. — М.: Наука, 1981. — Кн. 1—2. Кн. 1. — 412 с, 4 л. ил.

Смирнова А. Д. Горький — читатель. С. 5—20. Кн. 2: Приложения, указатели. 228 с. Рец.: *Зайдман А.* «Всем хорошим во мне я обязан книгам...» // Вопр. лит. 1982. № 9. С. 217—220; *Кацев А.* // Новый мир. 1983. № 6. С. 268—269; *Максимова В. А.* Еще раз о личной библиотеке А. М. Горького // Альманах библиофила. —М: Книга, 1985. Вып. 17. С. 89—95; *Прохоров Е.* М. Горький-читатель // Лит. газ. 1982. 22 дек. С. 6; *Трифонов Н.* Богатство горьковской библиотеки // В мире книг. 1983. № 2. С. 51—52.

Максим Горький и XX век. Горьковские чтения, Нижний Новгород, 1998.

Максим Горький на пороге XXI столетия. Нижний Новгород. 2000.

Максим Горький на рубеже XX-XXI веков: Материалы Горьк. чтений,28—29 марта 2001 г. / Нац. музей Респ. Татарстан, Лит.-мемор.музей А.М. Горького. —Казань: Карпол, 2001.

Максим Горький и литературные искания XX столетия. Нижний Новгород, 2004.

Максим Горький в воспоминаниях современников:В 2 т. — М.: Худож. лит., 1981. Т. 1—2. — (Сер. лит. мемуаров). Т. 1 / Вступ. ст. и примеч. И. С. Эвентова и А. А. Крундышева; сост. и подгот. текста А. А. Крундышева. 445 с.

Содерж.: *Эвентов И., Крундышев А.* Воспоминания о Горьком;

Картиковский И. А. Юношеские встречи: [1882— 1884 гг.]; *Деренков А. С.* Из воспоминаний о великом писателе: [Нижний Новгород. Работа в пекарне]; *Вартаньянц С. А.* М. Горький в Тифлисе: [1891 — 1892 гг.]; *Калюжный А. М.* Старый друг (Из воспоминаний о Горьком): [1892 г., «Макар Чудра». См. также № 967]; *Мицкевич С. И.* Из встреч с молодым Горьким; *Пешкова Е. П.* Горький в Самаре; *Смир нов А. А.* Максим Горький в Самаре; *Гриневицкая А. Д.* Горький в Нижнем Новгороде: [Работа Г. в «Нижегородском листке»]; *Пешкова Е. П.* В украинском селе Мануйловка; *Скиталец С. Г.* Максим Горький (Встречи): [1899 г. Васильсурск, 1900 г. Мануйловка]; *Богданович А. Е.* Из жизни Алексея Максимовича Пешкова; *Десницкий В. А.* Из книги «А. М. Горький»; *Войткевич А. Ф.* Из встреч с М. Горьким: [1901 г., арест Г.]; *Телешов Н.Д.* Из «Записок писателя»; *Серафимович А. С.* Воспоминания о Горьком; *Белоусов И. А.* Максим Горький среди литераторов; *Заломова Ж. Э.* Встречи с А. М. Горьким; *Андреева М. Ф.* Поездка в Крым; *Спендиаров А. А.* М. Горький в Крыму: [1902 г.]; *Немирович-Данченко В. И.* Из книги «Из прошлого»; *Станиславский К. С.* «На дне» ;*Лужский В. В.* К постановке «На дне»; *Гардин В. Р.* «Из воспоминаний»; *Нестеров М. В.* Из «Давних дней»; *Желябужский Ю. А.* Памятные встречи: Отрывки из воспоминаний; *Бонч-Бруевич В. Д.* Из «Воспоминаний»; *Маршак С. Я.* Три встречи; *Заломов П. А.* Буревестник революции; *Цыцарин В. С.* В Куоккале; *Драбкина Ф. И.* В дни декабрьского восстания; *Арабидзе В. О.* Грузинские дружинники и Максим Горький; *Буренин Н. Е.* Из книги «Памятные годы»; *Накоряков Н. Н.* На Пятом партийном съезде; *Бродский И. И.* Из книги «Мой творческий путь»; *Прохоров С. М.* У Горького на Капри; *Андреева М. Ф.* Встречи с Лениным: Отрывок из воспоминаний; *Манучарьянц Ш. Н.* Знакомство с Горьким; *Пришвин М. М.* Любимая земля; *Микаэлян К. С.* Великий друг народов; *Семеновский Д. Н.* Из книги «А. М. Горький: письма и встречи»; *Бадаев А. Е.* На революционном посту; *Бабенчиков М. В.* Слово должно быть властным; *Матюшина О. К.* Впечатления и встречи; *Чапыгин А. П.* Беседы с М. Горьким; *Шишков В. Я.* Мои встречи с М. Горьким; *Бабель И. Э.* Начало; *Арский Р.* Горький во время войны 1914 года; *Зозуля Е. Д.* Без штампа; *Рождественский В. А.* А. М. Горький; *Нерадовский П. И.* Воспоминание о Горьком; *Чуковский К. И.* Горький; *Шухаев В. И.* Встречи с Горьким.

Т. 2.— 445 с.

Содерж.: *Крупская Н. К.* Ленин и Горький; *Ульянова М. И.* Ленин и Горький; *Гляссер М. И.* Ленин и Горький; *Малкин Б. ф.* В. И. Ленин и М. Горький; *Пешкова Е. П.* Владимир Ильич у А. М. Горького в октябре 1920 года; *Луначарский А. В.* Максим Горький. Новая пьеса Ромен Роллана; *Бонч-Бруевич В. Д.* Горький и организация ЦЕКУБУ; *Воронский А. К.* Встречи и беседы с Максимом Горьким; Микоян А. И. Встречи с Горьким; *Ольденбург С. Ф.* Максим Горький и ученые; *Юрьев Ю. М.* Из «Записок»; *Федин К. А.* Из книги «Горький среди нас». Картины литературной жизни; *Иванов Вс.* Встречи с Максимом Горьким; *Слонимский М. Л.* Начальные годы. М. Горький; *Ходасевич* В.М. Таким я знала Горького; *Гзовская О. В.* Из книги «Пути перепутья»; *Болгарев П. Т.* Незабываемая встреча; *Керженцев П. М.* У Горького в Сорренто; *Бенуа Н. А.* У Горькогоf Италии; *Асеев Н. Н.* Встреча с Горьким. Из разговоров Горьким; *Алерамо С.* С Горьким в Сорренто; *Бахметьев В. М.* На родной земле; *Жига И.* Из книги «А. М. Горький. Воспоминания»; *Барбюс А.* Беседа с Горьким; *Ермаков Б. М.* У колонистов-макаренковцев; *Максимов П. Х* Свидание с А. М. Горьким; *Алазан В. М.* Максим Горький в Армении; *Кекелидзе К. А.* Встреча в Коджори; *Полонский М. О.* Нижегородцы встречают великого земляка; *Сейфуллина Л. Н.* Человек; *СёмуН.* Беседа с М. Горьким; *Горбунов К. Я.* Четыре часа...; *Богородский Ф. С.* Из «Воспоминаний художника»; *Кэмрад С. С.* Тогда, в Неаполе...; *Курская А. С.* Горький в Италии в 1928 году; *Гладков Ф. В.* О Горьком; *Кольцов М. Е.* Что значит быть писателем; *Никулин Л. В.* В доме Горького; *Захава Б. Е.* Из воспоминаний режиссера; *Шкапа И. С.* Семь лет с Горьким; *Чертова Н. В.* Строгая школа; *Герман Ю. П.* О Горьком; *Муканов С. М.* Он жив, он с нами; *Сенгалевич М. Я.* Незабываемое; *Толстой А. Н.* По такому образцу должны формироваться люди; *Коптелов А. Л.* У Максима Горького; *Сивко И. А.* Память; *Сурков А. А.* Наш редактор, добрый и строгий; *Прокофьев А. А. У* Горького; *Шапорин Ю. А.* О Горьком; *Яунзем И. П.* В гостях у А. М. Горького; *Ошурков М. Ф.* «Потом, потом...»; *Павленко П. А.* Страницы воспоминаний. А. М. Горький; *Тренев К. А.* Мои встречи с Горьким. Кукрыниксы у Горького; *Корин П. Д.* Мои встречи с А. М. Горьким; *Пешкова Н. А.* Рядом с Горьким; *Бурденко Н. Н.* Энциклопедист социалистической эпохи.

Рец.: *Баранова Н.* Исключительная сила личности // Вопр.лит. 1983. №9. С. 190—200; *Белкин Д.* М. Горькийвво-споминаниях современников // Горьк. рабочий. 1982. 27 марта; *Каплан И. Е.* Живой Горький //

Лит. в шк. 1982. № 4. С. 63—65; *Садовский Я.* // Рус яз. в нац. шк. 1982. № 5. С. 92.

Ман Тхук Лоан. Горьковская концепция социально активной личности в ранней драматургии писателя (пьесы «Мещане», «На дне»): Автореф. дис. канд. филол. наук / МГУ. —М, 1984. 17 с.

Матвейчук Н. Ф. В творческой мастерской М. Горького — Львов: Вища шк., 1982. 159 с, портр.

Творческая работа Г. над фольклорными источниками. Героико-романтические сказки 90-х годов («Песня о Соколе», «Девушка и смерть», «Хан и его сын», «Старуха Изергиль»). Образ Василия Буслаева в замыслах писателя. Фольклорные сюжеты и мотивы в «Автобиографической трилогии», в киносценарии «Степан Разин». Использование Г. народных фразеологизмов в речи персонажей: пословицы и поговорки у купечества («Фома Гордеев»), язык рабочих («Мать», «Мещане»). Образ судьбыволи в повести «Жизнь Матвея Кожемякина». Приведен «Список основных изданий о работе А. М. Горького над фольклорными источниками» (147 назв.).

М. Горький и современный литературный процесс: Межвуз. сб. / Отв. ред. И. К. Кузьмичев; Горьк. ун-т. — Горький, 1984. 100 с.

Содерж.: *Кузьмичев И. К.* К вопросу о месте М. Горького в современном литературном процессе; *Ершов Л. Ф.* М. Горький и развитие эпоса в XX веке: [«Жизнь Клима Самгина» и «Царь-рыба» В. Астафьева]; *Спиридонова Л. А.* Горький и проблемы новаторства; *Савинкова Т. В.* Горький и проблема нового героя в современной советской литературе: [Образ Ленина у Г.]; *Желтова Н. И.* М. Горький и культура XX века; *Дарьялова Л. Н,* Философичность литературы и жанровые особенности «Дела Артамоновых» М. Горького; *Красунов В. К.* Концепция личности в раннем творчестве М. Горького («Коновалов»); *Фурдей О. Н.* Теория литературного портрета и творческий опыт А. М. Горького: [«Семен Подъячев», «О М. М. Пришвине», «А. П. Чехов» и др]; *Шустов М. П.* О «сказочности» стиля М. Горького («Болесь»): [Фольклорные элементы в рассказах Г.]; *Щепакова Т. А.* Традиции М. Горького в творчестве В. Астафьева: [Автобиографическая трилогия Г. и «Последний поклон», «Царь-рыба» В. Астафьева]; *Калустова Н. Г.* О горьковских традициях в творчестве Ч. Айтматова; *Сабирова Р.М.* М. Горький и художественное изображение революционного сознания в узбекской советской литературе; *Черных С. Я.* Традиции М. Горького в творчестве М. Шкетана.

М. Горький и вопросы художественного мастерства:Межвуз. сб. / Отв. ред. И. К. Кузьмичев; Горьк. ун-т. Горький, 1986. 128 с.

Содерж.: *Хоменко Н. И.* Утешители и утешительство в нравственном мире М. Горького: [Социальный и этический аспекты проблемы в пьесе «На дне», образ Луки]; *Красунов В. К.* «Старуха Изергиль» как философское произведение: [Идеалы «героической личности» и гармоничного человека в философии раннего Г.]; *ГавроваА. Л.* Конфликт в рассказе М. Горького «Челкаш»; *Цирулев А. Ф.* Автобиографическая трилогия М. Горького как художественный феномен: [Место трилогии Г. в мировой автобиогра фической литературе. Новаторство Г.]; *Жильцов В. И.* О композиционной роли «мысли народной» в «Жизни Клима Самгина»; *Некоркина Н. В.* Массовая сцена в сюжетно-композиционных связях «Жизни Клима Самгина»; *Толоконникова И. В.* Из истории борьбы вокруг творчества М. Горького в английской печати (1905—1907 гг.): [Обзор газетных статей. Выделено предисловие Г. К. Честертона к сборнику рассказов Г.]; *Дарьялова Л. Н.* Горьковские традиции в романах Ю. Бондарева «Берег», «Выбор», «Игра».

М. Горький читает роман «Бруски» / Публ. А. А. Кубарева, В. Ф. Панферова // Лит. газ. 1986. 8 окт. С. 3.

М. Горький и вопросы поэтики: Межвуз. сб. / Отв. ред. И. К. Кузьмичев. — Горький: Изд-во ГГУ, 1981. 88 с.

Содерж.: *Сухих С. И.* Проблемы поэтики «Жизни Клима Самгина»: По материалам зарубежной печати: [Анализ романа в монографии Х. Имендорфер «Перспективная структура романа Горького «Жизнь Клима Самгина» (Берлин, 1973)]; *Дарьялова Л. Н.* «Жизнь Клима Самгина» М. Горького как новый тип романа-эпопеи: [роман философский и роман «потока сознания»]; *Полыскалов В. Ю.* О природе жанра «Жизни Клима Самгина»; *Жильцов В. И.* Вопросы композиции «Жизни Клима Самгина» в критических работах 20-х годов; *Шустов М. П.* Композиционная структура «Валашской сказки о маленькой фее и молодом чабане» М. Горького: [Фольклорные мотивы сказки]; *ЛяпаеваЛ. В.* О стилизации в «Сказках об Италии»

М. Горького; *Цирулев А. Ф.* О путях анализа нравственного становления личности: [Автобиогр. трилогия М. Горького]; *Киреева И. В.* Горьковская концепция американского реализма XX века: [Э. Хемингуэй, Т. Драйзер, С. Льюис, Д. Дос Пассос и другие в критике Г.]; *Цирулев А. Ф.* Автобиографическая трилогия М. Горького: Крат. библиогр. (1914— 1980): [64 назв.]; *Худайбердиев Д.* М. Горький о выражении человеческих отношений в сказках о животных; *Морохин Н.* Горьковские традиции в критике 1941 —1945 гг.

М. Горький и проза XX века: Межвуз. сб. / Отв. ред. И. К. Кузьмичев. — Горький: Изд-во ГГУ, 1981. 102 с.

Содерж.: *Николаева К. С.* А. М. Горький и становление советского романа 20-х годов; *Ванюков А. И.* «Мои университеты» М. Горького и русская советская повесть 20-х годов; *Куприяновский П. В.* Романы Д. А. Фурманова в свете оценок А. М. Горького и горьковских традиций; *Зайцева Г. С.* М. Горький и крестьянский роман конца 20—начала 30 годов: [М. Карпов, Я. Коробов, В. Ряховский, Н. Брыкин, М. Шолохов. Г. — критик]; *Васин К. К.* Традиции М. Горького и становление марийского историко-революционного романа [С. Чавайн и др.]; *Слобожанинова Л. М.* Горький и Бажов (Изображение человека труда в советской прозе 30—40-х гг.): [Близость новаторских поисков писателей в области языка]; *Ханов В. А.* Традиции М. Горького в повести Н. Кочина «Юность»: [Сопоставление с автобиографической трилогией Г.]; *Шустов М. П.* Стилевые особенности рассказа М. Горького «Хан и его сын»: [Фольклорные мотивы и образы]; *Цирулев А. Ф.* Многоликая истина (К спорам о «Детстве», «В людях» Горького в дореволюционной критике): [Вл. Кранихфельд, К. Чуковский, И. Игнатов, Д. Мережковский, М. Неведомский о Г. 1915—1916 гг.]; *Полыскалов В. Ю.* Сопоставление как стилистический прием в «Жизни Клима Самгина»; *Червяковский С. А.* Повесть «Жизнь ненужного человека»; *Ильинич К. М.* М. Горький и А. В. Луначарский в период каприйской школы и группы «Вперед»; *Злобин В. А.* Максим Горький и Джузеппе Мадзини; *Линючева А. В.* Фольклор в романе-эпопее А. М. Горького «Жизнь Клима Самгина»; *Морохин Н. В.* Традиции раннего М. Горького в лирике Г. Поженяна; *Учуватова Т. В.*Художественное пространство в повести М. Горького «Хозяин».

М. Горький и современная советская литература: Межвуз. сб. / Горьк. ун-т. — Горький: Изд-во ГГУ, 1983. 92 с.

Содерж.: *Баранова Н. Д.* М. Горький о классике как источнике развития советской литературы; *Ханов В. А.* Образ автора-рассказчика в автобиографической тетралогии Н. Кочина и традиции М. Горького; *Морохин Н. В.* К вопросу о горьковской традиции в советской военной сатире (М. Горький и русские сатирики первой мировой войны): [А. Аверченко, В. Маяковский, Э. Кроткий]; *Бармин А. В.* Мифологические традиции в «Жизни Клима Самгина» и в современной прозе: [В. Астафьев, В. Распутин]; *Хоменко Н. И.* Время и вечная песня матери: [Горьковская тема в творчестве Ч. Айтматова]; *Смирнов А. А.* М. Горький и Бернар Клавель; *Толоконникова И. В.* Пьеса М. Горького «Враги» на американской сцене: [Линкольнский репертуарный театр в Нью-Йорке (1972), компания «Арена Стейдж» (Вашингтон, 1973)]; *Зайцева Г. С., Сухих С. И.* Горьковедение на родине Максима Горького; *Шустов М. П.* «Макар Чудра»в современной критике; *Злобин В. А.* Миф или реальность?: [К вопросу о «ницшеанстве» М. Горького]; *Позднин Е.Н.* О датировке рассказа «Старуха Изергиль»; *Шустов М.П.* «Макар Чудра» М. Горького: Крат. библиогр. (1893—1978).

М. Горький. Неизданная переписка. Материалы и исследования. —М.: Наследие, 1998. Вып. 5.(Второе издание, ИМЛИ РАН, 2000).

М. Горький в печати родного края, 1969—1977: Указ.лит.: [982 назв.] / Сост. О. К. Галенко, Г. Д. Исакова, Г. В. Кашина и др; Горьк. обл. б-ка. Библиогр. отд. — Горький: Волго-Вят. кн.изд-во, 1982. 144 с.

Рец.: *Зеленева Э. М.* Горький в печати родного края // Горьк. правда. 1982. 6 нояб.

Метченко А. И. Подвиг Горького // Метченко А. И. Избр.работы: В 2 т. —М.: Худож. лит., 1982. Т. 1. С. 53—60.

Значение творчества Г.

Митрофанов Г. Ф. О художественно-языковом приеме наделения героев обостренным чувством слова в пьесах М. Горького // Художественное творчество и литературный процесс:Сб. ст. / Том. ун-т. Томск, 1982. Вып. 3. С. 51—63.

«На дне», «Последние», «Старик», «Васса Железнова».

Минокин М. В. Горьковский кружок молодых писателей на Капри // Науч. докл. высш. шк. Филол. науки. 1989. № 1. С. 72—75.

Михайлова С. Б. Почему мы, Русь, — несчастнее других? // Горький М. Несвоевременные мысли и рассуждения о революции и культуре (1917—1918 гг.). М. 1990. С. 3—15.

Мирова-Флорин Э., Штаухе И. Горьковедение в ГДР:(60—80-е гг.) // Русская классическая и советская литература зарубежом: Изучение, преподавание, оценка. —М.: Изд-во МГУ,1988. С. 22—31.

Молчанов В. Ф. Неизвестное письмо А. М. Горького //Записки Отдела рукописей / ГБЛ. —М.: Кн. палата, 1990. Вып. 48. С. 187—191.

Мороз Д. П. Читая прошлого страницы: Из записок книголюба. — Минск: Полымя, 1989. 287 с.

Горьковские сборники «Знание». С. 227—239.

Муратова К. Д. Л. Андреев в полемике с М. Горьким:(Отношение к Мысли) // Творчество Леонида Андреева: Исслед.и материалы / Курск, пед. ин-т. Курск, 1983. С. 3—13.

Муратова К. Д. Максим Горький: Социалист, реализм //История русской литературы: В 4 т. —Л.: Наука, 1983. Т. 4: Литература конца XIX—нач. XX века (1881—1917). С. 285—329.

Муратова К. Д. Горький // Книговедение: Энцикл. словарь. —М.: Сов. энцикл., 1981. С. 147.

Мухонкин Марат Шамилевич. Литературные портреты в прозе М. Горького 1890—1920-х гг.: автореферат дис. кандидата филологических наук: 10.01.01.

Выходные данные: Москва, 2007.

Насиров К. К творческой истории перевода «Песни о Соколе» М. Горького на узбекский язык // Русско-узбекские литературные связи: Сб. науч. тр. / Ташкент, Дед. ин-т. Ташкент, 1981. С. 34—42.

Наследие М. Горького и современность / Отв. ред. Б. А. Бялик; ИМЛИ. — М.: Наука, 1986. 288 с.

Содерж.: От редакции; *Бялик Б. А.* Актуальные задачи изучения наследия М. Горького: [Отмечена необходимость создания новой летописи жизни и творчества, словаря языка Г., выделены темы, требующие более глубокого изучения]; *Келдыш В. А.* Начало творческого пути («Макар Чудра»): [Особенности романтизма Г. Автобиографизм]; *Заика С. В.* «Макар Чудра» в русской дооктябрьской критике; *Гвенетадзе Г. Д.* М. Горький и «Всероссийская социально-революционная организация»: [Связь Г. с членами «Процесса 50-ти» в Тбилиси — Г. Читадзе, И. Джабадари и др.]; *Пирадов Б. А.* М. Горький и кавказская цензура; *Гиголов Г. М.*А.Е. Оболенский как критик Горького; *Иокар Л. Н.* М. Горький и проблемы советского исторического романа 20-х и начала 30-х годов: [По материалам личной библиотеки писателя]; *Островская С.* Д. М. Горький о стиле художественной прозы: [По материалам личной библиотеки писателя]; *Чагин А. И.* Традиции М. Горького и современная советская поэзия; *Осипова Н. О.* Из наблюдений над прозой М. Горького и В. Шукшина: [Традиции Г. в новеллистике Шукшина]; *Быковцева Л. П.* М. Горький в современном зарубежном мире: [Материалы об изданиях и театральных постановках произведений Г. за рубежом в экспозиции Музея А. М. Горького при ИМЛИ]; *Юрьева Л. М.* Творчество М. Горького и литература капиталистических стран: [Влияние творчества Г. на латиноамериканских писателей. «Егор Булычов и другие» и «Смерть Артемио Круса» К. Фуэнтеса. Традиции Г. в творчестве Т. Драйзера, Д. К. Оутс, С. Льюиса]; *Дикушина* Я Я. Полпред культуры социализма: [Переписка Г. с советскими дипломатами. Предисл. к публикациям]; Переписка М.Горького с А. М. Коллонтай: [Публикуются 10 писем Коллонтай и 4 письма Г. 1908—1934 гг. Подгот. текстов и примеч. А. Е. Погосовой]; Переписка М. Горького с П. М. Керженцевым: [Публикуются 12 писем Керженцева и 14 писем Г. 1920—1935 гг. Подгот. текстов и примеч. Н. И. Дикушиной]; Переписка М. Горького с Д. И. Курским: [Публикуются 11 писем Курского и 9 писем Г. 1928—1931 гг. Подгот. текстов и примеч. Р. Г. Бейслехем]; Переписка М. Горького с В. С. Довгалевским: [Публикуются 13 писем Довгалевского и 11 писем Г. 1928—1933 гг. Подгот. текстов и примеч. Р. Г. Бейслехем]; Письма Г. Я. Сокольникова к М. Горькому (3 марта, 5 апр. 1932 г.): [По поводу публикации статьи Г. «О старом и новом человеке» в английском еженедельнике «New statesman and Nation»]; Из писем М. Горького Р. П. Аврамову; М. Горький и семья Кадомцевых: [Письма, воспоминания, документы. Подгот. текста и примеч. И. В. Дистлер]; *Кадомцева О. М.* Воспоминания о встречах с А. М. Горьким: [Пребывание на Капри (1909), дружба с Г. Помощь Г. семье Кадомцевых].

Насрин Сабир Хамад. Национальное своеобразие художественной детали и ее воссоздание в переводе: (На материале переводов на курд. яз. романа М. Горького «Мать» и книги Р. Гамзатова «Мой Дагестан»): Автореф. дис. канд. филол. наук / МГУ. — М., 1990. 20 с.

Наум Шафер. Максим Горький и Павел Васильев //НЛО. 2006, №80.

Наум Лейдерман. Непрочитанный Горький //Урал. 2008, №7.

Неизвестный Горький (К 125-летию со дня рождения). Материалы и исследования. Вып. 3. —М.: Наследие, 1994.

Неизвестный Горький. М. Горький и его эпоха. Материалы и исследования. Вып. 4. —М.: Наследие, 1995.

Немцова Надежда Михайловна. Концепция мира и человека в художественно-философских исканиях С.Н. Сергеева-Ценского и М. Горького: На материале переписки 1910—1930-х годов: автореферат дис. кандидата филологических наук: 10.01.01.
Выходные данные: Тамбов, 2003.

Никитина И. В. По следам героев М. Горького: Нижегород. коммент. к произведениям писателя. — Горький: Волго-Вят.кн.изд-во, 1982. 191 с: ил.
Рец.: *фих С.* Пробиваясь к истокам // Горьк. рабочий. 1982. 25 февр.
О ранее неизвестных прототипах героев Г. на основе журнальных и газетных материалов. Прототипы революционеров («Мать»), купцов («Егор Булычов и другие» «Достигаев и другие», «Фома Гордеев»), дворян Богаевских («Варвары»), Марины Зотовой («Жизнь Клима Самгина») Г. в Арзамасе. Арзамасские реалии в «Жизни Клима Самгина» и окуровском цикле. Приведено письмо к А. М Храброву (1903) из Архива ИМЛИ.

Никулин Н. И. Становление новых литератур в социалистических странах Азии и творчество А. М. Горького // Гуманистический пафос советской литературы / ИМЛИ. М.: Наука 1982. С. 169—178. (Сер.: Сов. лит. и мировой лит. процесс; Кн. 3).

Влияние творчества Г. на вьетнамскую и монгольскую литературу. О переписке Г. с Д. Эрдени Батуханом.

Никитин Евгений. Семейная честь или истина? Новый Мир. 1994, №11.

Нинов А. А. М. Горький и театральный репертуар Нижегородской Всероссийской выставки (1896 г.) // Русский театр и драматургия конца XIX века: Сб. науч. тр. / ЛГИТМИК. Л.,1983. С. 118—144.

Г.- корреспондент «Одесских новостей» и «Нижегородского листка». Цикл очерков «С Всероссийской выставки»,

«Беглые заметки». Г. о гастролях Малого театра. Спорное авторство Г. в заметках «Труппа Малого театра» под псевдонимом «А.».

Нинов А. А. М. Горький и Ив. Бунин: История отношений. Проблемы творчества. — 2-е изд., [доп.]. —Л.: Сов. писатель, 1984. 560 с, 17 л. ил.

Нинов А. Смерть и рождение человека: Ив. Бунин и М. Горький в 1911—1913 годах // Вопр. лит. 1984. № 12. С. 100—133.

Нозимов А. А. А. М. Горький и проблемы национальных литератур / Моск. пед. ин-т. — М., 1984. 25 с. — Деп. в ИНИОН АН СССР 24.04.84, № 16418.

Новиков В. В. Движение жизни — движение литературы: Наследие и стилевое богатство соврем. сов. лит. — М.: Сов. писатель, 1982. 576 с.

Содерж.: М. Горький и советская литература: [Влияние Г. на творчество К. Федина, Л. Леонова, М. Шолохова]. С. 128—156; «Лучшая радость на земле — быть близким народу своему»: [Тема труда в «Сказках об Италии» (—Симплонский туннель) и в очерках «По Союзу Советов» (—О Днепрогэсе)]. С. 156—174; М. Горький о новых формах художественного обобщения: [Критические отзывы Г. о романе А. Молчанова «Крестьянин», В. Ильенкова «Ведущая ось», А. Белого «Маски», Вс. Иванова «Похождения факира». Г. о сущности романтизма как литературного течения]. С. 174—206.

Овчаренко А. М. Горький (1868—1936) //История русской советской литературы (1917—1940): Учеб. для пед. ин-тов /Под ред. А. И. Метченко. —М.: Просвещение, 1983. С. 158—211

Овчаренко А. Жизнь народная: Горьк. традиции в творчестве сибиряков: [Г. Маркова, С. Сартакова, С. Залыгина] // Новый мир. 1983. № 3. С. 240—258.

Овчаренко А. Изучая наследие Горького: [Беседа с докт.филол. наук А. Овчаренко / Записал И. Шимов] // Гудок. 1983.27 марта.

Овчаренко А. Роман-эпопея «Жизнь Клима Самгина» //Горький М. Жизнь Клима Самгина (Сорок лет): Повесть. —М.:Худож. лит., 1987. Ч. 1. С. 3—38.

Овчаренко А. И. В творческом состязании: М. Горький и развитие сов. романа // Москва. 1980. № 4. С. 200—213.

Овчаренко А. И. М. Горький и литературные искания XX столетия. — 3-е изд., доп. — М.: Худож. лит., 1982. 590 с.

То же. — 4-е изд. — М., 1986. 591 с. — (Овчаренко А. И. Избр. произведения: В 2 т. Т. 1).

Классические традиции и новаторство Г. «Заметки из дневника. Воспоминания», «Дело Артамоновых», «Жизнь Клима Самгина» и др. О VIII томе архива Г. «Переписка А. М. Горького с зарубежными литераторами».

Овчаренко А. И. От Горького до Шукшина. — М.: Современник, 1982. 495 с.

Рец.: *Климко А.* Поиски и открытия // Лит. Россия. 1983. 11 февр. С. 20; *Скороспелова Е.* Земля, время, слово // Лит. газ. 1982. 6 окт. С. 4.

Содерж.: М. Горький: Поиски новых путей: [Эстетические воззрения Г.]. С. 5—21; М. Горький, его рассказы и пьесы: [Творчество Г. как художественная история русского общества]. С. 21—53; Горький, Федин и советская литература: Размышления над книгой «Горький среди нас». С. 109—129; Беспримерная вершина в мировой литературе: [Г. и Первый съезд советских писателей]. С. 130—136.

То же. — М.: Сов. Россия, 1984. 432 с: ил.

Огнев Александр Васильевич.М.Горький о русском национальном характере: Моногр. / Твер. гос. ун-т. Тверь, 1992.

Орлова Г. В. А. М. Горький и монгольская литература // Азия и Африка сегодня. 1982. № 7. С. 49—50.

То же // Искусство и культура Монголии и Центральной Азии. М., 1983. 4.2. С. 113—121.

Интерес Г. к монгольской культуре по материалам личной библиотеки и документам архива Г. Содержание переписки Г. с Э. Батуханым.

Орлов А. Тайная история сталинских преступлений // Огонек. 1989. № 50. С. 20—23.

Версия убийства Г. Сталин и Г.

Осипова Н. О. Жанровые искания М. Горького на рубеже XIX—XX вв. (90-е): Автореф. дис. канд. филол. наук / ИМЛИ. — М., 1981. 13 с.

Осипова Н. О. Жанрообразующая роль фольклора в прозе раннего А. М. Горького // Фольклор и литература: Проблемы их творч. взаимоотношений: Сб. науч. тр. / Моск. пед.ин-т. М., 1982. С. 84—100.

Османова З. Г. Традиции Горького в советской литературе: К вопр. об изучении данной проблемы в соврем. литературоведении // Литературное содружество народов СССР / Тбил.ун-т; ИМЛИ. Тбилиси, 1982. С. 59—71.

Отрошеко Владислав. Волжский мужичок, или Вечный Горький Октябрь. 1997, №12.

Пархоменко М. Н. Художественный опыт Горького и развитие литератур народов СССР//Вопр. лит. 1980. № 1. С. 3—27.

Исследование темы в советском литературоведении. Горьковские традиции эпоса в национальных литературах.

Пархоменко М. Н. Художественный опыт Горького и развитие литератур народов СССР // Пархоменко М. Горизон ты реализма:

О традициях и новаторстве сов. лит. —М.: Сов. писатель, 1982. С. 38—76.

Паола Чони. Феномен М. Горького в политической борьбе первой трети XX века: автореферат дис. кандидата исторических наук: 07.00.02.

Выходные данные: Москва, 2007.

Примочкина Наталья. «первым своим учителем считаю м. горького (М. Горький и Георгий Гребенщиков: к истории литературных отношений)» //НЛО. 2001, №48.

Переписка М. Горького: В 2 т. — М.: Худож. лит., 1986.Т. 1—2. — (Переписка рус. писателей).

Т. 1 / Сост., подгот. текста и коммент. М. А. Семашкиной, Л. А. Евстигнеевой. 479 с.

Содерж.: *Семашкина М. А., Евстигнеева Л. А., Прохоров Е. И.* М. Горький и его корреспонденты: [Отражение жизни и личности Г. в его переписке. Состояние эпистолярного наследия Г. Характер переписки в различные годы]. С. 5—26; От составителей. С. 27—28.

В томе содержится ранее публиковавшаяся переписка Г. с разными лицами за период 1889—1911 гг. Впервые публикуются 8 писем Г. и 52 письма к нему: Волжина Е. П. (Пешкова) 23—24 мая, 9авг. 1896,16 окт. 1897,8 мая 1898,27,31 марта, 15окт. 1899,21 апр. 1901,11 (24) июня 1904,15 (28)апр. 1907, начало (середина) февр. 1909, 5 или 6 (18 или 19) нояб. 1910, 2 или 3 (15 или 16) марта 1911; Доровaтовский С. П. 3 марта,15 дек. 1898, 28 мая 1899; Кони А. Ф. 15 нояб. 1899; Батюшков Ф. Д. 13 янв. 1900; Пятницкий К. П. 20 янв., 11 февр.,16июля 1900,15 сент. 1901,13янв., 28 дек. 1902,11 марта 1904,16 нояб. 1907, 24 июня 1908; Телешов Н. Д. 18 дек. 1900, 21 нояб. 1901; Вересаев В. В. 2 февр. 1902, 5 авг. 1904, 13 янв.1906; Калюжный А. М. авг. 1903; Айзман Д. Я. 25 нояб. 1904,9 авг. 1905, 29 нояб. (12 дек.) 1906; Ладыжников И. П. 15 (28)авг. 1906, 26 марта (8 апр.) 1909; Хилквит М. 27 нояб. (10 дек.)1906; Черемнов А. С. июль (около 20) 1907; Амфитеатров А. В.1 (14) марта 1908, 25 дек. 1909 (7 янв. 1910), 10 (23) нояб. 1910;Венгеров С. А. 23 июля 1908; Тихонов А. Н. 15янв. 1909; Шмелев И. С. 1,13 марта 1910; Елпатьевский С.Я. 1 (14) июня 1910;Иорданский Н. И. 10 янв. 1911.

Т. 2 / Сост., подгот. текста и коммент. Л. А. Евстигнеевой, Е. И. Прохорова. 447 с.

В томе содержится ранее публиковавшаяся переписка Г. с русскими и зарубежными деятелями культуры за период 1912—1936 гг. Впервые публикуются 13 писем к Г.: Ляцкий Е. А. 3 марта 1912; Пешкова Е. П. около 10 (23) сент. 1912, 26 февр. 1916; Ладыжников И. П. 24 нояб. 1912, 27 окт. (9 нояб.) 1913; Амфитеатров А. В. 18 (31) дек. 1912; Семеновский Д. Н. 1 июня 1913; Подъячев С. П. 20 сент. 1914; Малышев С. В. 29 дек. 1914; Ахумян Т. С. 24 окт. 1916; Арсеньев В. К. 4 янв. 1928; Берсенев И. Н. 19 дек. 1935; Бирман С. Г. 24 апр. 1936.

Рец.: *Боровиков С.* Уроки великой жизни // Лит. Россия. 1986. 29 авг.

Певцова Раиса Тимофеевна. Максим Горький и Фридрих Ницше / Моск.гос.открытый пед. ун-т им. М.А. Шолохова. —М.: Альфа, 2001.

Пименов В. Ф. Школа Горького // Воспоминания о Литинституте. 1933—1983: К 50-летию Лит. ин-та. —М.: Сов. писатель,1983. С. 5—14.

Погожева Айна Петровна. Славная моя человечица...: Горький и его окружение(1928—1936гг.): Воспоминания Алмы (П.Т. Кусургашевой) / Публ. А.П. Погожевой(Кусургашевой). —М.: Муравей, 2004.

Поэтика художественной прозы М. Горького: Межвуз.сб. / Горьк. ун-т; под ред. И. К. Кузьмичева. — Горький, 1989. 123 с.

Содерж.: *Красунов В. К.* Поэтика художественной прозы М. Горького и пути ее изучения: [Проблемы в изучении поэтики творчества Г. современными исследователями. Подробный анализ]; *Дмитренко С. Ф.* Лиризм в поэтике М. Горького; *Ванюков А. И.* М. Горький о русской повести: [Оценка Г. повестей Д. Я. Айзмана «Горький разлив», Л. А. Никифоровой «Две лестницы», В. Я. Шишкова «Тайга», Б. Пастернака «Детство Люверс», Ф. Гладкова «Новая земля»]; *Цирулев А. Ф.* О поэтике повести М. Горького «Фома Гордеев»; *Хоменко Н. И.* «Исповедь» в творческой эволюции М. Горького: [Жанрово-стилевые искания]; *Иванов Н. Н.* Анализ и синтез в повествовании М. Горького (Об одном из принципов организации материала в повести «В людях»); *Некоркина Н. В.* Мотив в сюжетно-композиционных связях «Жизни Клима Самгина» М. Горького.

Позднин Е. Н. Друзья молодого М. Горького / Предисл. И. К. Кузьмичева. — Горький: Волго-Вят. кн. изд-во, 1990. 112 с.

Позднин Евгений Николаевич. Документальная основа повести М. Горький «Мои университеты» (К научной биографии писателя): автореферат дис. кандидата филологических наук: 10.01.02.

Выходные данные: Н. Новгород, 1993.

Пономарев О. Путь вниз: Жизнь и смерть Генриха Ягоды // Ленингр. рабочий. 1989. 14 июля. С. 11; 21 июля. С. 11.

Пронин В. Н. Из истории взаимоотношений М. Горького и Р. Роллана / Горьк. пед. ин-т. Горький, 1981. — Деп. в ИНИОН АН СССР 22.06.81, № 7768.

Прохоров Е. И. Великая биография // Лит. в шк. 1981. № 4.С.72—74. — Рец. на кн.: Вайнберг И. Страницы большой жизни: М. Горький в документах, письмах, воспоминаниях современников (1868—1907). — М.: Дет. лит., 1980. 240 с.

Прохоров Е. И. Текстология художественных произведений М. Горького / ИМЛИ. — М.: Наука, 1983. 280 с.

Рец.: *Макаров А.* Новая глава науки о Горьком // Вопр. лит. 1985. №9. С. 241—246.

Анализ текстологической работы при подготовке Полного собрания сочинений Г. группой сотрудников ИМЛИ. Описание работы над беловыми и черновыми автографами, машинописными копиями. Особенности почерка Г., своеобразие его работы над рукописями. Характеристика рукописных источников текстов («Жизнь Клима Самгина», «Жизнь Матвея Кожемякина», «Городок Окуров» и др.) История прижизненных изданий сочинений Г., методика выбора источника основного текста произведений. Издания С. Дороватовского и А.Чарушникова. Заграничные издания К. Пятницкого, И. Ладыжникова, И. Дитца. Работа издательства «Жизнь и знание» npu В. Бонч-Бруевичеи, берлинского издательства «Книга». Творческая история текста пьесы «Старик», «Легенды о Марко».

Проблемы традиций и новаторства в русской и советской прозе и поэзии: Межвуз. сб. науч. тр. / Горьк. пед. ин-т. —Горький, 1987. 166 с.

Содерж.: *Орфанова А. Н.* Щедринские традиции в зарубежных очерках

М. Горького: «Мои интервью»: [Сатира в очерках Г.]. С. 20—28; *Ермушкин В. Г.* Народные социально-утопические идеалы в творчестве М. Горького и В. Г. Короленко: [Близость в осмыслении народных идеалов у Г. и Короленко. Социальные утопии в пьесе «На дне»]. С. 29— 37; *Курочкина-Лезина А. В.* М. Горький и литературное народничество: [К вопр. создания крестьян.характера в повести М. Горького «Лето» и в повести С. Каронина «Снизу вверх»]. С. 37—46; *Ханов В. А.* Традиции М. Горького в современной мемуарно-автобиографической прозе: [Автобиографическая трилогия Г. и повествования советских писателей: В. Астафьева, В. Каверина, В. Кетлинской]. С. 46—52.

Прополянис Г. Э. Архив А. М. Горького: (к 70-летию со дня основания) / Г. Э. Прополянис. —М.: ИМЛИ РАН, 2007.

Прижизненные издания произведений А. М. Горького в фонде Правительственной библиотеки БССР им. А. М. Горького: Библиогр. указ.: [150 назв.] / Сост. Н. Носова, Л. Чудная;ред. Р. Попович. — Минск, 1988. 22 с.

Примочкина Наталья Николаевна.Писатель и власть: М. Горький в лит. движении 20-х гг. / Рос. акад. наук. Ин-т мировой лит.им. А.М. Горького. —М.: Росспэн, 1996.

Примочкина. Наталья Николаевна. Писатель и власть: М. Горький в литературном движении 20-х годов. —М.: РОССПЭН, 1998.

Примочкина Наталья Николаевна. Горький и писатели русского зарубежья; Рос. акад. наук. Ин-т мировой лит. им. А. М. Горького. —М.: ИМЛИ РАН, 2003.

Публицистика Горького в контексте истории. Материалы и исследования, вып. 8. ИМЛИ РАН, 2007.

Примочкина Наталья Николаевна. Горький и литературное движение 20-х годов: автореферат дис. доктора филологических наук: 10.01.02. Выходные данные: Москва, 1994.

Прошунин Андрей Владимирович. Образ-концепт Странника в раннем творчестве М. Горького: Генезис и типология: автореферат дис. кандидата филологических наук: 10.01.01.

Выходные данные: Воронеж, 2005.

Примочкина Наталья. М. Горький и Павел Муратов: история литературных отношений //НЛО. 2003, №61.

Пшеничнюк Т. М. Критика 20-х годов о художественных исканиях М. Горького // Поэтика художественного произведения: Межвуз. науч. сб. / Башк. ун-т. Уфа, 1983.С. 148—156.

А. Воронский, В. Шкловский и др. о книгах Г.: «Заметки из дневника», «Воспоминания», «Рассказы 1922—1924 годов».

Пынзару С. Г. Творчество М. Горького и литературная жизнь Бессарабии // Молдавско-русско-украинские литературные связи начала XX века (1901 —1917) / АН МССР. Ин-т яз. и лит. —Кишинев: Штиинца, 1982. С. 70—99.

Первые публикации произведений Г. в Бессарабии. Полемика в критике о Г. Первая сценическая переделка повести «Фома Гордеев» Б. Д. Веккерblм. Дискуссия по поводу пьесы «Дачники» в молдавской печати.

Ревякина Ирина Александровна. Шаляпин и Горький: Двойной портр. в капр. Интерьере М.: Компания Спутник+, 2003.

Ревякина Ирина Александровна. Шаляпин и Горький: Двойной порт. в Капр. интерьере / И.А. Ревякина. —М.: Компания Спутник+, 2002.

Революция, жизнь, писатель: [Сб.]. — Воронеж: Изд-во Воронеж. ун-та, 1980. 151 с.

Содерж.: *Абрамов* А. М. Горький: От мифа о человеке к человеку просто: [Новый герой в творчестве Г., его суждения о мифе]; *Хлебостроева И. В.* М. Горький и Л. Толстой: (К постановке проблемы); *Корнейчук Г. А.* Горький и Достоевский: Мотив двойничества: [«Голубая жизнь» Г.и «Двойник» Достоевского]; *Осицкая Т. С.* К проблеме «Горький и Маяковский»; *Бороздина П. А.* А. Толстой и М. Горький: (К вопр. о лич. и творч. связях); Акаткин В. М. Горький о литературной критике; *Мущенко Е. Г.* О сказовой манере повествования в прозе М. Горького 20-х годов: [Заметки из дневника. Воспоминания]; *Скобелев*

В. П. Сюжетно-композиционная структура романа М. Горького «Дело Артамоновых»; Удодов А. Б. Идейно-композиционная структура и проблема авторской позиции в пьесе А. М. Горького «На дне»; *Лепешинская Е. Л.* Об одном герое автобиографических повестей М. Горького «Детство» и «В людях»: [Образ отчима *Е. В. Максимова*]; *Кулиничев В. Г.* Уроки горьковского журнала: [«Наши достижения»]; *Гаврилов Ф. Т.* М. Горький на Украине: [Факты пребывания Г. на Украине. Украинские темы и образы в его творчестве. Г. и писатели: М. Коцюбинский, В. Стефаник, И. Франко]; *Браунгардт Г.* Элементы сатиры Горького в произведениях Э. Ветемаа: [Сопоставления с сатирическим гротеском в очерках «В Америке» и «Мои интервью»]; *Цымбалистенко Н. В.* Символы-лейтмотивы в драматургии М. Горького и А. Вампилова (На примере пьес «Дети солнца» и «Утиная охота»); *Соколова Н. В.* Два отзыва о М. Горьком (Из истории лит. борьбы нач. XX в.): [Д. Мережковский и М. Цветаева о Г.].

Резников Л. Я. Отцы и дети // Резников Л. Я. Нравственная и эстетическая позиция писателя: Ст. и очерки. —Петрозаводск: Карелия, 1983. С. 148—173.

Отношения Г. с сыном. Отрывки из их переписки. Личность Г.-педагога.

Резников Леонид Яковлевич. Максим Горький — известный инеизвестный. —Петрозаводск: Амитье, 1996.

Резников Л. О книге М. Горького «Несвоевременные мысли» // Нева. 1988. № 1. С. 148—171.

То же. Сокр. // Перечитывая заново: Лит.-крит. ст. —Л.: Ху-дож. лит., 1989. С. 60—105.

История создания и издания книги. Г. и газета «Новая жизнь». Мировоззрение и политические взгляды Г. Ошибки Г. Ленин и его отношение к Г.

Рецензент А. Пешков. Рубрику ведет Лев Аннинский //Дружба Народов. 2000, №11.

Ризаев С. А. Деятели армянского театра о Максиме Горьком / Арм. театр. о-во. — Ереван, 1980. 134 с.

Интерес армянского театра к драматургии Г. Постановки «На дне» 1906—1930 гг. Приведены записи бесед с режиссерами и артистами

(1953) о значении творчества Г. и их работе над постановками пьес Г.: Л. А. Калантар, В. М. Аджимян, А. Г. Харазян, А. К. Гулакян, Б. Е. Захава, В. Г. Вартанян, А. А. Абарян, О. Н. Гулазян, В. Б. Вагаршян, Л. Б. Зограбян, Ц. К. Америкян, О. Абелян.

Ринне М. «Настоящее золото гуманизма»: Горький в Финляндии // Вопр. лит. 1980. № 2. С. 299—303.

Особый интерес к творчеству и личности Г. Постановки пьес Г. в Финляндии.

Русаков Виктор. Максим Горький в карикатурах и анекдотах. —СПб.: Гос. публ. ист. б-ка России, 1995. с. 46.

Русаков Виктор.Максим Горький в карикатурах и анекдотах / Гос. публ. ист. б-ка России —М., 1995.

Сависько О. В. А. М. Горький в борьбе с панидеологизацией культуры и искусства / Ростов. ун-т. — Ростов н/Д. 1990. 39 с. — Деп. в ИНИОН АН СССР 12.03.90, № 41304.

Сабат А. Н. Идейно-художественная функция портрета в романе М. Горького «Жизнь Клима Самгина»: Автореф. дис. канд. филол. наук / Киев. ун-т. Киев, 1982. 24 с.

Самвелян Г. К. Проблемы художественного стиля в произведениях А. М. Горького 1909—1917 гг.: Автореф. дис. д-ра филол. наук / Тбил. ун-т. — Тбилиси, 1980. 52 с.

То же / Моск. пед. ин-т им. В. И. Ленина. — М., 1963. 33 с.

Самвелян Г. К. Проблемы художественного стиля продлений М. Горького: 1909—1917 гг.:Автореф. дис. докт. филол. наук / Моск. пед. ин-т. — М., 1983. 32 с.

Сафронова Э. П. Философские предпосылки «утери предмета» в дореволюционной критике творчества М. Горького // Русская литература: Учен. зап. высш. уч. Заведений Лит. ССР. Вильнюс: Мокслас, 1983. Вып. XXV (2). С. 3—19.

Селезнева Марина Анатольевна. Поэтика характеров в «Рассказах

1922—1924 годов» М. Горького: автореферат дис. кандидата филологических наук: 10.01.01.
Выходные данные: Тамбов, 2006.

Сергеев О. В. Мастерство психологического анализа в повести М. Горького «Жизнь ненужного человека» / Моск. обл.пед. ин-т. — М., 1989. 22 с. — Деп. в ИНИОН АН СССР 27.12.89. № 40604.

Серман И. «Наш русский вопрос...»: Горький о евреях// Ковчег: Альм. еврейской культуры. —М.: Худож. лит., 1990; Иерусалим: Еврейск. культур. ассоциация Тарбут, 5471. С. 236—249.
Выступления Г. в защиту евреев до революции и в 1920-е годы.

Словарь автобиографической трилогии М. Горького: В 6 вып. с прил. словаря имен собств. / Основан проф. Б. А. Лариным; ред. Л. С. Ковтун; ЛГУ. Межкаф. словар. каб. Вып. 3— 6. —Л.: Изд-во ЛГУ, 1982—1990.
Рец.: *Черторижская Т. К. //* Вестн. С.-Петерб. ун-та. Сер. 2. 1992. Вып. 4. С. 114—117.

Словарь драматургии М. Горького: «Сомов и другие», «Егор Булычов и другие», «Достигаев и другие»: В 3 вып. с прил.словаря имен собств. Вып. 1: А—З / Авт.-сост. Н. И. Бахмутова,М. В. Глушкова, Н. А. Кирсанова и др.; ред. М. Б. Борисова; Сарат. ун-т. — Саратов, 1984. 224 с.
Рец.: *Ступин Л. П., Карпова О. М.* // Науч. докл. высш. шк. Филол. науки. 1985. № 6. С. 85—86.

Славин Л. «Вопросы Литературы» 1997, №3.

Словарь повести М. Горького «Фома Гордеев»: Вып. 1:Имена собственные / Сост. О. Л. Рублева. — Владивосток: Изд-во Дальневост. ун-та, 1990. 52 с.

Словоупотребление и стиль М. Горького: Описание семантико-стилист. системы писателя, сопоставит. характеристика стиля, принципы словаря М. Горького. — Саратов: Изд-во Сарат.ун-та, 1982. 166 с.
Содерж.: *Ковтун Л. С.* Одна или две стилистики художественной речи? :

[На материале «Автобиографической трилогии»]; *Сиротина В. А.* Актуализация образных возможностей слова в прозе М. Горького; *Языкова Ю. С.* Смысловая структура слова в индивидуальном языке и системы народно-разговорной речи: (На материале повествовательной прозы М. Горького); *Карпенко М. А.* О системе обобщенно-символического словоупотребления в романе М. Горького «Жизнь Клима Самгина»; *Рублева О. Л.* Особенности смысловой структуры слов «игра — играть» в романе М. Горького «Жизнь Клима Самгина»; *Поцепня Д. М.* Об идеологическом аспекте художественной семантики: [Слово «скука» в произведениях М. Горького]; *Борисова М. Б.* Специфика словаря драматургических произведений М. Горького: [Словарь драматургической трилогии: «Егор Булычов и другие», «Достигаев и другие», «Сомов и другие». Сравнение со «Словарем автобиографической трилогии»]; *Гусарова Н. П., Козина Н.* А. Символические значения и их отражения в словаре языка М. Горького: [Анализ рассказа «Зрители»]; *Кирсанова Н. А., Ножкина Э. М.* Фразеологические и метафорические словосочетания: [Из опыта лексикографического описания драматургической трилогии М. Горького]; *Гайкович Т. И.*Материалы словаря М. Горького в аспекте общей лексикографии; *Городецкая И. Л.* Анализ народно-поэтических реминисценций в творчестве М. Горького при лексикографическом описании; *Пахмутова Н. И.* О возможностях методов структурной семантики в исследовании тропов; *Хижняк Л.Г.* Мотивация внутренней формы собственных имен в художественной речи; *Ковалев В. П.* Традиционные лексико-семантические средства экспрессии в произведения М. Горького и современной восточнославянской прозе; *Глушкова М. В.* Нейтральная форма личного имени собственного в позиции обращения в драме М. Горького «Егор Булычов и другие»; *Крылова Г. В.* Обусловленность союзной связи как стилистическая проблема: [На материале «Автобиографической трилогии» Г.]; *Цепова С. П.* Особенности использования существительных с суффиксами -ушк-/-юшк-, -ишк-/-ышк- в драматургии М. Горького.

Смирнова Анастасия Николаевна. Великий читатель земли русской...: (последняя библиотека А. М. Горького). —Москва: ИМЛИ РАН, 2008.

Смирнов Ф. В. Молодой Горький / Предисл. В. Бочарникова // Сев.

правда. Кострома, 1980. 9 окт.

Знакомство с Г. в 1892 г. в Нижнем Новгороде. История публикации «Макара Чудры» в газете «Волгарь» (1893). Отношение Г. к позднему народничеству (радикалам). Прототипы рассказа «Супруги Орловы».

Современники о М. Горьком: Воспоминания, письма,очерки / Сост. С. И. Сухих. — Горький: Волго-Вят. кн. изд-во,1988. 255 с: ил.

Содерж.: *Сухих С. И.* Человек ломоносовской породы; *Ленин В. И.* Отрывки из статей: Начало демонстраций, Трепов хозяйничает, Перед бурей, Басня буржуазной печати об исключении Горького, Заметки публициста, Автору «Песни о Соколе», Письма из далека; отрывки из писем: М. А. Ульяновой, Н. А. Семашко, В. М. Молотову; *Крупская Н. К.* Из письма А. М. Горькому 25 мая 1930 г., Ленин и Горький; *Десницкий В. А.* Из книги «А. М. Горький»; *Андреева М. Ф.* Встречи с Лениным; *Ульянова М. И.* Ленин и Горький; *Гляссер М. И.* Ленин и Горький; *Бонч-Бруевич В. Д.* Из воспоминаний; *Малкин Б. Ф.* В. И. Ленин и М. Горький; *Пешкова Е. П.* Владимир Ильич у А. М. Горького в октябре 1920 года; *Луначарский А. В.* Максим Горький; *Шкапа И. С.* Из книги «Семь лет с Горьким»; *Скиталец С. Г.* Максим Горький; *Богданович А. Е.* Из жизни Алексея Максимовича Горького; *Войткевич А. Ф.* Из встреч с М. Горьким; *Заломова Ж. Э.* Встречи с А. М. Горьким; *Заломов П. А.* Буревестник революции; *Драбкина Ф. И.* В дни Декабрьского восстания; *Накоряков Н. Н.* На пятом партийном съезде; *Зозуля Е. Д.* Без штампа; *Чуковский К. И.* Горький; *Слонимский М. Л.* Начальные годы: М. Горький; *Ольденбург С. Ф.* Максим Горький и ученые; *Ходасевич В. М.* Таким я знала Горького; *Полонский М. О.* Нижегородцы встречают великого земляка; *Бурденко Н. Н.* Энциклопедист социалистической эпохи; *Калюжный А. М.* Старый друг. См. также № 28; *Смирнов А. А.* Максим Горький в Самаре; *Гриневицкая А. Д.* Горький в Нижнем Новгороде; *Серафимович А. С.* Воспоминания о Горьком; *Спендиаров А. А.* Горький в Крыму; *Лужский В. В.* К постановке «На дне»; *Немирович-Данченко В. И.* Из книги «Из прошлого»; *Станиславский К. С.* «На дне»; *Гардин В. Р.* Из «Воспоминаний»; *Нестеров М. В.* Из «Давних дней»; *Буренин Н. Е.* Из книги «Памятные годы»; *Бродский И. И.* Из книги «Мой творческий путь»; *Шишков В. Я.* Мои встречи с М. Горьким; *Бабель И. Э.* Начало; *Рождественский В. А.* А. М. Горький; *Иванов В.* Встречи с Максимом Горьким; *Богородский*

Ф. С. Из «Воспоминаний художника»; *Шапорин Ю. А.* О Горьком; *Павленко П. А.* Страницы воспоминаний: А. М. Горький; *Герман Ю. П.* О Горьком; *Федин К. А.* Из воспоминаний о Горьком; *Корин П. Д.* Мои встречи с А. М. Горьким; Комментарии; Список основных мемуарных изданий о М. Горьком: [16 назв.].

Спиридонова Л. М. Горький: диалог с историей —М.: Наследие: Наука, 1994.

Спиридонова Л. А. М. Горький: новый взгляд. —М.: ИМЛИ РАН, 2004.

Спиридонова, Лидия Алексеевна. М. Горький в жизни и творчестве: учеб. пособие для шк., гимназий, лицеев и колледжей / Л.А. Спиридонова. —М.: Рус. слово, 2008.

Спиридонова Л. А. Был ли А. М. Горький членом партии? // Изв. ЦК КПСС. 1990. № 5. С. 133—137.

На материале писем, архивных документов.

Спиридонова Л. Новое о Горьком // История советской литературы: Новый взгляд: По материалам Всесоюз. науч.-творч.конф. (11—12 мая 1989 г., Москва) / АН СССР. ИМЛИ; Союз писателей СССР. —М.: Наука, 1990. Ч. 2. С. 79—89.

Попытки пересмотра исторической роли Г. в критике 80-х годов XX в. Выделены основные проблемы: Г. и марксизм, Г. и Ленин, Г. и Сталин, и др.

Сченснович В. Н. Драма М. Горького «На дне» в русской критике начала XX века: Обзор // Общественные науки в СССР: РЖ. Сер. 7. Литературоведение. 1990. № 6. С. 9—30.

Сухих Ольга Станиславовна. Горький и Достоевский:продолжение «Легенды...»: (Мотивы «Легенды о Велик.инквизиторе» Ф. М. Достоевского в творчестве М. Горького). —Н. Новгород: КиТиздат, 1999.

Сухих Станислав Иванович. М.Горький и другие: избр. ст. / Сухих С.И. —Н.Новгород: [б. и.], 2007.

Сугу Шейк. Горьковские традиции в литературе Сенегала: Автореф. дис. канд. филол. наук / МГУ. — М., 1980. 26 с.

Суматохина Любовь. Максим Горький и Вячеслав Шишков о русском крестьянстве. //Сибирские огни. 2010, №3.

Сурганов В. Стревожной думой о России: Ленин и Горький: Попытка восхождения к истокам одной полемики // Лит. обозрение. 1988. № 8. С. 16—24.

«Несвоевременные мысли», «О русском крестьянстве» Г. Эволюция взглядов Г. на революцию и роль крестьянства.

Сухих С. И. М. Горький и Н. Ф. Федоров // Рус. лит.1980. № 1.С. 160—168.

Интерес Г. к философии Федорова. Философские концепции Федорова в «Жизни Клима Самгина».

Сушкова В. Н. М. Горький и Э.Синклер: К проблеме типологии героя («Жизнь ненужного человека» и «100%») // Проблемы творческого метода / Тюмен. ун-т. Тюмень, 1981. С. 18—28.

Творчество Горького в социокультурном контексте эпохи. Нижний Новгород. 2006.

Толгская Е. Р. Проблема русского народного характера в повести М. Горького «Лето» // Из истории русской литературы конца XIX—начала XX века. —М.: Изд-во МГУ, 1988. С. 5—11.

Толгская Е. Р. Проблема русского национального характера в творчестве М. Горького предреволюционного десятилетия: Автореф. дис. канд. филол. наук/ МГУ. — М., 1988. 15 с.

Топер П. М. В горьковской перспективе // Роль прогрессивных литературных традиций в развитии и взаимообогащении социалистических культур / ИМЛИ. —М.: Наука, 1986. С. 16—36.

Травушкин Н. С. Буревестник до и после Горького: Символ, метафора, слово-сигнал// Рус. лит. 1983. № 4. С. 158—164.

Образ Буревестника у И. С. Тургенева, Г. Ибсена, Ф. Шпильгагена, С.

Надсона. «Буревестник» Г. как символ революционного подъема. Появление образа в поэзии («Мы — буревестники» А. Арайс-Берце), в названии пьесы («Буревестники» Н. И. Соболыцикова-Самарина), в названиях книжных издательств, газет. Закрепление образа-символа за самим Г.

Травушкин Н. С. «Песня о Буревестнике», ее пафос, ее мир: Ист.-лит. очерк // Песня о Буревестнике: Сб. —Горький: Волго-Вят. кн. изд-во, 1987. С. 29—190: ил.

Цензурные условия в России начала 1900-х гг. и публикация «Песни о Буревестнике» в журнале «Жизнь» (1901). «Весенние мелодии», история появления и распространения текста. Полемика со статьей В. П. Владимирцева «Кто и когда назвал Горького Буревестником? ». «Песня о Буревестнике» и русское революционное движение. Воздействие стихотворения Г. на читателей Украины, Кавказа, Прибалтики. Отклики зарубежных читателей. «Песня о Буревестнике» в музыке.

Троицкий В. Исторические реалии в пьесе М. Горького «На дне» // Лит. в шк. 1980. № 5. С. 50—52.

Труайя Анри. Максим Горький / Анри Труайя; Пер. с фр. О.Озеровой. —М.: Эксмо, 2004.

Уайл Ирвин. Максим Горький: Взгляд из Америки / Пер.с англ. О.Н.Рединой. М.: Мир кн., 1993.

Усов В. Ю. Крейсер «Максим Горький» .—Спб.: Гангут, 1993

Удодов А. Б. Художественная структура литературного произведения как основа его социально-эстетического функционирования (По ранней драматургии М. Горького) / Воронеж.пед. ин-т. — Воронеж, 1988. 27 с. — Деп. в ИНИОН АН СССР 01.06.88, №34112.

Фарбер Л. М. А. М. Горький в Нижнем Новгороде: Очерк жизни и творчества. 1889—1904. — 3-е изд., сокр. — Горький:Волго-Вят. кн. изд-во, 1984. 271 с: ил.

Содерж.: От автора; Среди нижегородской интеллигенции, 1889—1891: Снова в Нижнем. У Н. Е. Каронина-Петропавловского. С. Г. Сомов и А. В. Чекин. Казанские улики. Первый арест. Э. Алкина и В. Кларк. П. Н. Скворцов. Н. Ф. Анненский. У В. Г. Короленко. Близкие друзья. Уход из родного города; Первые шаги писателя Максима Горького, 1892—1895: Возвращение в родной город. О. Ю. Каминская. Произведения М. Горького в газете «Волгарь». Ларра и Данко. Не гадание о невозможном, а угадывание возможного; Выставка мира Маякиных, 1896—1898: Начало новой эпохи. Выставка 1896 года. «Больше всего знаний о хозяевах...». Разгром. Е. П. Волжина-Пешкова. Яков Маякин и Фома Гордеев. Арест по делу Афанасьева; Журналист, публицист, литературный наставник, 1899—1903: В«Нижегородском листке».Домашние библиотеки А. В. Панова. Поэты из народа. Революционер А. Яровицкий, он же писатель А. Корнев; Неутомимый общественник, 1899—1903: Просветительские общества. Новогодние елки для детей бедняков. Чайная «Столбы» для босяков. Библиотеки, читальни, музеи, книжный магазин. Клубные вечера. Трагедия Германа Ливена; И революционер,1899—1903: «Студентики — лучшие люди...». Прокламации. Опять арест. Проводы в Крым. Арзамасское лето 1902 года. Подвиг Петра Заломова. «С большевиками я с 1903 года и немного раньше»; Художественный мир Буревестника, 1899—1903: «Убиваете реализм». Павел Грачев и Нил — будущие хозяева мира. Босяцкий «воротничок» и «праведный рай» Луки. «Человек» и «Дачники»; Заключение: Отъезд из Нижнего; Приложение: Горьковские места в Нижнем Новгороде — городе Горьком.

Рец. // Лит. обозрение. 1984. № 11. С. 33.

Федоров А. В. М. Горький и культура перевода // Федоров А. В. Искусство перевода и жизнь литературы: Очерки —Л.: Сов. писатель, 1983. С. 111 —154.

Роль Г. в развитии переводной литературы. Организация Г. выпуска трех сборников национальных литератур в издательстве «Парус». Редакция «Альманаха мировой литературы». Работа Г. по отбору переводов для «Библиотеки всемирной литературы». Требования Г. к искусству перевода.

Федин и Горький / Публ. Н. Фединой, А. Старкова //Волга. 1986. № 3. С. 180—187.

Феньвеши И. Горький и Венгрия: «Хочу, чтобы народ считал меня своим...»: Три венг. интервью с М. Горьким в 1902— 1910 годах. «Его интерес — не простая вежливость...»: Три встречи венгров с Максимом Горьким в 1912— 1924 годах / Пер. с венг. и коммент. И. Феньвеши // Звезда. 1984. № 11. С. 171—183.

Форрестер. С. «Вопросы Литературы» 2009, №5.

Фрумкин Константин. О ложном гуманизме и настоящей магии. Взгляд на пьесу Горького «На дне» после прочтения Густава Майринка // Нева. 2006, №9.

Фучик Ю. «Мать» Максима Горького / Издал Ян Фромек в Праге. Праздник Горького в Сословном театре / Вступ. заметка, публ. и коммент. Э. Олоновой // Вопр. лит. 1982. № 8.С. 172—176.

Рецензия на чешский перевод романа Г. «Мать»; О премьере «Вассы Железновой» в Сословном театре (1937). Обе заметки были напечатаны в газете «Руде право» под псевдонимами Ф. и Фк. и позднее не перепечатывались.

Харчев В. В. Наставник нижегородцев: М. Горький и писатели родного края. — Горький: Волго-Вят. кн. изд-во,1983. 144 с: ил.

Рец.: *БарановаН.* //Лит. обозрение. 1984. № 12. С. 82—283; *Михалева Э.* // Волга. 1985. № 3. С. 165—166.

Литературное наставничество Г. с начала 1900-х гг. Отношения с писателем А. Яровицким. Приведен автограф Г. на фотографии, подаренной Яровицкому (1901). Создание Г. литературного поэтического кружка. Общение с крестьянскими поэтами: Н. Новиковым, А. Белозеровым, П. Клоковым, Г. Чудовым, А. Сусловым. Приведен автограф письма Г. Белозерову (22 мая 1928 г.). Анализ переписки и литературные отношения Г. с И. Касаткиным, Г. Устиновым, А. Лаптевым. Оценка Г. творчества В. Мартовского. История знакомства с П. Заломовым. Отрывки из переписки с В. Жаковой (1928). Традиции Г. в творчестве современных писателей-горьковчан — Н. И. Кочина, А. Муратова, М. Шестерикова и др.

Хацкевич А. А. М. Горький на Соловках // Полит. собеседник. 1989. № 3. С. 29—30.

История впервые опубликованной фотографии Г. с Г. И. Бокием и М. С. Погребинским.

Хуссеин С. Дасуд. Изображение рабочего-революционера в произведениях М. Горького периода первой революции / Одес. ун-т. — Одесса, 1989. 14 с. — Деп. в ИНИОН АН СССР 19.06.89. № 38431.

Художественные материалы Музея А. М. Горького:Описание / Сост. Е. М. Герасимова, Г. В. Орлова, В. Н. Чернухина; отв. ред. Л. П. Быковцева, Л. Н. Иокар; ИМЛИ. Музей А. М. Горького. — М.: Наука, 1986. 432 с.

В описание включены портреты современников Г., виды мест, связанных с жизнью и творчеством Г., работы художников театра и кино (оформление постановок и пр.), портреты Г., иллюстрации к его произведениям. В приложении — описание художественных коллекций Г.

Хьетсо Гейр. Максим Горький: Судьба писателя. —М.: Наследие, 1997.

Хайруллина Дина Мунировна. Образ женщины в русской и татарской литературе 1890—1917 годов: На примере творчества Г. Исхаки и М. Горького: автореферат дис. кандидата филологических наук: 10.01.02

Выходные данные: Казань, 2005.

Цвенгрош Г. Письмо из прошлого в сегодня: Не публиковавшееся ранее письмо Р. Роллана М. Горькому, в котором он предугадывает трагич. годы репрессии: [22 окт. 1930 г.] // Львов. правда. 1989. 11 апр.

Чанкаева Татьяна Азаматовна. А. М. Горький и становление карачаевской прозы: автореферат дис. ... кандидата филологических наук: 10.01.02.

Часть общепролетарского дела: Лит. критика в дореволюц. большевист. изд. — М.: Современник, 1981. 383 с.

Содерж.: Демонстрация по поводу высылки М. Горького: [Отрывок из ст. (Искра. 1901. 20 дек.)]. С. 25; *Луначарский А. В.* «Варвары»: Пьеса М. Горького: [Вестник жизни. 1906. 10 апр.]. С. 74—79; *Боровский В. В.* Две матери: [Сопоставление образов Ниловны и Вассы (Звезда. 1911. 6 (19) янв.)]. С. 169—172; Литературные наброски: Еще о Горьком: [Художественное мастерство Г. «Чудаки» (Мысль. 1911. № 3)]. С. 228—236; *Шаумян С.* О Горьком: [«Жалобы» и «Мордовка» в оценке Гр. Старцева. Статья Г. «О писателях-самоучках» (Современная жизнь. 1911. 26 марта)]. С. 276—284; *Ольминский М. С.* Поход против

Горького: [О протесте Г. против постановки «Бесов» в МХТ (За правду. 1913. 4 окт.)]. С. 300—303; *Еремеев К. С.* «Сказки» Максима Горького: [Путь правды. 1914. 23 февр.]. С. 304—312; Сборник пролетарских писателей: [О предисловии Г. (Рабочий. 1914. 23 июня)]. С. 313—319.

Черкезова М. Вступительное слово учителя в системе преподавания литературного произведения // Рус. яз. в шк. Вильнюс, 1980. № 5. С. 30—32.

Беседа, предваряющая изучение рассказа «Старуха Изергиль». Влияние творчества Г. на литовскую литературу 1912—1914 гг., в частности — на Ю. Янониса.

Чикин В. В. Первопроходцы нового мира: Ленин втворч. биогр. А. М. Горького // Наш современник. 1980 № 4.С. 145—160.

Чирва Ю. Н. О пьесах М. Горького и Л. Андреева эпохи первой русской революции // Русский театр и драматургия эпохи революции 1905—1907 годов: Сб. науч. тр. / Ленингр. ин-т театра, музыки и кинематогр. Л., 1987. С. 4—33.

Шерешевский Лазарь. Затмение и прояснение //Дружба Народов. 2002, №7.

Шкапа И. Семь лет с Горьким: Своими глазами: Воспоминания. — М.: Сов. писатель,. 1990. 512 с.

Содерж.: *Нуйкин А.* Невыправленные документы прошлого: [Шкапа и Г. Историческое осмысление воспоминаний о Г.]. С. 5—8; *Шитиков А.* Незабываемое: Беседа с И. С. Шкапой: [Шкапа в общении с Г. Ответы на вопросы об отношении Г. к крестьянству, Г. о советских писателях — М. Шолохове, А. Платонове и др.]. С. 9—28; *Шкапа И. С.* Семь лет с Горьким: [Встречи 1928—1935 гг., работа в журнале «Наши достижения». Г. и «Крестьянская газета». Высказывания Г. об искусстве, литературе, его отношение к войне. Приводятся письма и документы]. С. 29—364. То же. Сокр. См. № 28, 967.

Шкляев А. Г. Влияние романтизма А. М. Горького и финских поэтов на удмуртскую поэзию в период ее перехода креализму // Вопросы литературы народов СССР: Межвед. науч.сб. / Одес. ун-т. —Киев; Одесса: Вища шк., 1982. Вып. 18. С. 139—146.

Шустов М. П. Сказочная поэтика в горьковском рассказе «Челкаш» / Запорож. ун-т. — Запорожье, 1987. 24 с. — Деп. в ИНИОН АН СССР 08.07.87, № 30207.

Шустов М. П. Художественные особенности горьковского рассказа «Дед Архип и Ленька» / Запорож. ун-т. — Запорожье, 1987. 16 с. —Деп. в ИНИОН АН СССР 25.03.87, № 28859.

Шустов М.П. Рассказ М.Горького «Макар Чудра» в критике / Горьк. пед. ин-т. — Горький, 1989. 23 с. — Деп. в ИНИОН АН СССР 24.10.89, № 39858.

Шустов Михаил Парфенович. М. Горький как продолжатель сказочной традиции в русской литературе. Нижегородский гос. педагогический университет, 2005.

Эль-Хилали Ахмед Рабие Абд-эль Наби. Вопросы гуманизма в литературно-критическом наследии и публицистике М. Горького 20-х годов: Автореф. дис. канд. филол. наук /Лен. пед. ин-т. — Л., 1981. 21 с.

Энциклопедия русской жизни: Роман и повесть в России второй половины XVIII—начала XX в.: Рек. библиогр.справ. / Гос. б-ка СССР им. Ленина; сост. Е. М. Сахарова, И. В. Семибратова; под ред. В. И. Куликова. — 2-е изд., перераб. и доп. — М.: Кн. палата, 1988. 400 с.

Максим Горький. С. 361—365.

Якутские друзья А. М. Горького / Сост. А. Т. Тимшин, И. В. Дистлер. 2-е изд., доп. —Якутск: Кн. изд-во, 1988. 312 с.

Из содерж.: *Тимшин А.* Якутские друзья Горького: [История знакомства и дружбы Г. с А. А. и Н. П. Семеновыми. Их общественная деятельность. Интерес Г. к Якутии. Семеновы на Капри у Г.]. С. 3—62; *Горький А. М.* О единице. С. 63—73; *Семенов А. А.* На Капри у М. Горького: [Воспоминания].С. 74—77; *Горький А. М.* Письма А. А. Семенову и Н. П. Семеновой: [(7), 1912—1929 гг.]. С. 78—85;

Семенов А. А. Письма А. М. Горькому: [(39), 1912—1936 гг.]; Е. П. Пешковой:[(2), 1925, 1935 гг.]; П. П. Крючкову: [(5), 1934—1936 гг.].С. 86—164; *Семенова Н. П.* Письма Е. П. Пешковой: [(2),1921, 1934 гг.]; А. М. Горькому: [(5), 1930—1932 гг.]. С 165—171; *Пешкова Е. П.* Граждане своей страны: [Воспоминания о Н. П. Семеновой]. С. 172—175; *Гронский И. М.* Патриот Якутии: [В статье приводятся воспоминания о встрече с Г.].С. 180—192; *Шкловский В. Б.* Люди больших планов:[Н. П. Семенова у Г.]. С. 195—198; *Краковецкая Г. А.* Свой человек: [Участие Г. в судьбе Семеновых]. С. 211—216;Ч*епалов В. А.* Клуб приказчиков: [«На дне» на сцене Клуба с участием Семеновых]. С. 221—223; *Угловская Е. П.* Моя жизнь у Семеновых: [Г. и Семеновы]. С. 224—229; *Дистлер И.* Послесловие: [Сведения о ненайденных письмах Г. А. А. Семенову]. С. 304—305.

Японские писатели о Стране Советов. — Л.: Лениздат,1987. 254 с.

Содерж.: *Миямото Ю.* Моя встреча с Горьким: [Пер. К. Рехо. Воспоминание о встрече в 1928 г. Впечатления от личности и творчества Г.]. С. 32—37; *Курода О.* Визит к Горькому: [Пер. К. Рехо. У Г. в Сорренто в 1927 г. Беседа о современной литературе, искусстве и пр.]. С. 38—45; *Сему Н.* Живая сила нашего творчества: (Беседа с Максимом Горьким): [Пер. К. Рехо. Встреча в Москве в 1928 г. Г. о своей работе, отзывы о японском искусстве]. С. 46—52.

文献目录里的缩略词提示：

БДТ — Академический Большой драматический театр им. М. Горького. Ленинград.

ГБЛ — Государственная библиотека СССР им. В. И. Ленина.Москва.

ВГИК — Всесоюзный государственный институт кинематографии. Москва.

ГИТИС — Государственный институт театрального искусства им. А. В. Луначарского. Москва.

ГПБ — Государственная Публичная библиотека им. М. Е. Салтыкова-Щедрина. Ленинград.

ИМЛИ — Институт мировой литературы им. А. М. Горького АН СССР. Москва.

ИРЛИ — Институт русской литературы (Пушкинский Дом) АН СССР. Ленинград.

МХАТ — Московский Художественный академический театр им. М.

Горького.

МХТ — Московский Художественный театр.

附录二 人名中外文对照及索引

附录三

书、报、刊、篇名中外文对照及索引

附录四 专有名词和表达中外文对照及索引